미겔 데 세르반테스
Miguel de Cervantes

1547년 스페인 마드리드에서 멀지 않은 대학 도시 알칼라 데 에나레스에서 태어났다. 가난한 외과의사인 아버지의 빚 때문에 가족은 재산을 압류당한 후 여러 지역을 전전했고, 세르반테스는 감옥살이를 하기도 했다. 어린 시절 정규 교육을 받지는 않았으나 당대의 유명한 문법 교수 후안 로페스 데 오요스의 지도를 받은 것으로 알려져 있다. 1568년 오요스의 문집《역사와 관계》에 세르반테스의 시가 실렸는데 이때부터 그의 창작 활동이 시작되었음을 알 수 있다. 1569년 이탈리아 로마로 떠나 추기경의 시종으로 일하다, 이듬해 나폴리에서 스페인 보병대에 입대했다. 1571년 레판토 해전에서 세르반테스의 표현을 빌리면 "오른손의 명예를 높이기 위해 왼손을 잃게" 되었는데, 그때 '레판토의 외팔이'라는 별명을 얻었다. 이후 이탈리아 각지를 여행하다 1575년 나폴리에서 귀국하던 중 터키 해적들에게 붙잡혀 알제리에서 5년간 포로 생활을 하게 된다. 포로수용소에서 여러 차례 탈출을 시도하지만 모두 실패하고, 1580년 삼위일체수도회의 한 수사가 몸값을 내주어 석방되었다. 고향 마드리드로 귀국 후 살길이 막막해지자 문필가의 길로 들어섰다. 1585년 첫 작품인 목가소설《라 갈라테아》를 발표했으나 큰 호응을 얻지 못했다. 1587년 세비야로 이주해 무적함대를 위해 밀과 올리브유를 거두어들이는 식량 징발 참모로 일하다가 직권 남용 혐의로 투옥되었다. 1597년에는 그라나다에서 국가 공금을 관리하는 일을 했는데, 공금을 맡긴 은행이 파산하는 바람에 두 번째로 투옥되었다. 이 시기에 감옥 생활의 무료함을 달래기 위해《돈키호테》를 구상했던 것으로 추정된다. 58세 때인 1605년,《재치 넘치는 시골 양반 라만차의 돈키호테》(《돈키호테 1》)를 출판하여 일약 명성을 얻었다. 그 후 중단편 소설을 모은《모범 소설집》(1613), 장편 시집《파르나소에의 여행》(1614),《새로운 여덟 편의 희극과 여덟 편의 단막극》(1615)을 출간했으며,《돈키호테 1》이 출간된 지 10년 만인 1615년《재치 넘치는 기사 라만차의 돈키호테》(《돈키호테 2》)를 출간했다. 1616년 4월 22일 수종으로 69세의 생을 마감했다. 그의 유해는 마드리드의 트리니타리아스 이 데스칼사스 수도원에 매장되었다고 전해지나 무덤은 아직까지 발견되지 않았다.

Don Quijote × Salvador Dalí

《돈키호테》살바도르 달리 에디션

"《돈키호테》는 너의 비범한 능력을 발휘할 수 있는 작품이다."

—달리의 아버지가 달리에게 보낸 편지에서

《돈키호테 I》의 삽화들은 1946년 미국 랜덤하우스 출판사에서 출간된 《명성이 자자한 라만차의 돈키호테의 일생과 업적 제 1부》에 실린 드로잉과 수채화 작품들이다. 달리의 예술적 영감은 조국 스페인에 관한 주제를 접할 때 더욱 빛을 발한다. 특히 세르반테스의 작품에서 달리가 돈키호테라는 인물에 깊이 매료되었다는 것은 의심의 여지가 없다. "나와 광인의 유일한 차이는 내가 미치지 않았다는 것뿐이다"라는 말을 모토로 삼았던 달리의 마음속에는 분명 돈키호테가 있었다. 세르반테스의 천재성이 달리의 천재성을 끌어냈고, 두 사람의 마음이 만나 환상과 마법으로 가득 찬 독창적인 이미지들을 만들어냈다. 《돈키호테》에서 가장 유명한 풍차 전투 장면을 돈키호테 머릿속 상상으로 표현한 그림(컬러 화보 두 번째 그림)을 특히 눈여겨볼 만하다. 또 달리가 사랑했던 엠포르다 지방과 아내와 집을 짓고 살던 리가트의 모습을 작품 속 라만차의 풍경에 담아낸 것은 이 작업에 대한 그의 애정을 보여준다.

"내 의지와 상관없이, 그 돈키호테 석판화는 세기의 석판화 작품이 될 것입니다." ─ 달리가 출판인 포레에게 보낸 편지에서

《돈키호테 2》의 삽화들은 1957년 프랑스 파리의 미술전문 출판인 조셉 포레가 출간한《라만차의 돈키호테》에 실린 석판화 작품들이다. 랜덤하우스판《돈키호테》출간 후 10년 만에 포레는 달리에게《돈키호테》에 수록할 새로운 석판화 시리즈를 제안했고, 포레의 설득으로 작업을 수락한 달리는 석판화에 전무한 새로운 기법들을 탐색하고 실험했다. 가장 유명한 기법은 화승총에 잉크를 듬뿍 바른 탄환을 넣고 발사해 독특한 소용돌이 패턴을 만들어내는 것인데, 개미처럼 작은 병사 무리로부터 시작된 소용돌이가 갑옷 입은 돈키호테의 형상을 만들어내는 그림(작품명 〈돈키호테〉)에서 이 기법을 발견할 수 있다. 2권의 삽화들은 돈키호테 서사를 직접 연상시키지는 않지만, 폭발적인 색채와 이미지들은 작품에 흐르는 한결같은 절박함의 정서를 자아낸다. 달리는 끊임없이 자신만의 세계로 파고들었고, 서구 문학의 가장 위대한 작품인《돈키호테》의 삽화에 신화와 상상, 그리고 현실이 결합된 그의 세계를 오롯이 담아냈다.

이 글은 미국 달리미술관The Dalí Museum에서 제공한 자료를 바탕으로 편집자가 정리한 것이다.

EL INGENIOSO HIDALGO
DON QUIJOTE DE LA MANCHA
— Miguel de Cervantes Saavedra —
• 1605•

돈키호테 1

미겔 데 세르반테스 사아베드라 • 김충식 옮김

문예출판사

일러두기

1. 이 책은 마르틴 데 리케르Martín de Riquer의 *El Ingenioso Hidalgo Don Quijote de la Mancha*(RBA Editores, S.A., Barcelona, 1994)를 저본으로 삼았다.
2. 1605년판 원서 *El Ingenioso Hidalgo Don Quijote de la Mancha*의 체제를 그대로 따랐으며, 저본에 충실하되 일부는 우리말 맥락에 맞게 의역하였다.
3. 본문의 각주는 옮긴이의 것이다.

제1권 차례

──────────── 제1부 ────────────

제4부

제2권 차례

EL INGENIOSO
HIDALGO DON QVI-
XOTE DE LA MANCHA,

*Compuesto por Miguel de Ceruantes
Saauedra.*

DIRIGIDO AL DVQVE DE BEIAR,
Marques de Gibraleon, Conde de Benalcaçar, y Baña-
res, Vizconde de la Puebla de Alcozer, Señor de
las villas de Capilla, Curiel, y
Burguillos.

Año,   1605.

CON PRIVILEGIO,
EN MADRID Por Iuan de la Cuesta.

Vendese en casa de Francisco de Robles, librero del Rey nro señor.

재치 넘치는 시골 양반
라만차의 돈키호테

미겔 데 세르반테스 사아베드라 지음

히브랄레온의 후작이시며 베날카사르와 바냐레스의 백작이시고

라 푸에블라 데 알코세르의 자작이시자

카피야, 쿠리엘 및 부르기요스의 영주이신

베이아르 공작님께 삼가 바칩니다.

1605년 특허를 획득해

마드리드에서 후안 데 라 쿠에스타가 펴내고

우리 국왕의 서적상 프란시스코 데 로블레스 서점에서 판매한다.

가격 감정서

나, 왕실 심의회 상임 위원의 일원이며 우리 국왕 폐하의 왕실 공증인 후안 가요 데 안드라다는, 국왕 폐하의 인가를 얻어 펴낸 미겔 데 세르반테스 사아베드라의 책《라만차의 재치 넘치는 시골 양반*El ingenioso hidalgo de la Mancha*》을 왕실 심의회 상임 위원들이 심의한 후 한 장당 3.5마라베디[1]로 책정했으므로, 83장으로 구성된 이 책의 총액은 290.5마라베디임을 증명한다. 이 책은 제본하지 않고 종이로 팔아야 하며, 심의회 상임 위원들은 이 가격으로 팔 수 있도록 허가한다. 또 이 규정 가격은 앞에서 언급한 책의 첫 장에 표기하고, 이 가격을 표기하지 않은 채로 판매될 수 없다는 것을 명한다. 이와 같은 사실을 증명하기 위해 1604년 12월 20일 바야돌리드에서 본 가격 감정서를 발행한다.

후안 가요 데 안드라다

---

[1] maravedí. 당시의 주된 화폐 단위였다. 1605년 카스티야의 물가로, 양고기 1킬로그램은 약 28마라베디, 닭 한 마리의 값은 55마라베디, 달걀 12개의 값은 63마라베디였다.

오류 검정증

이 책은 그 원본과 대조해본 결과 아무런 흠이 없이 오류를 바로잡았음을 증명한다. 1604년 12월 1일, 알칼라 대학교의 '신학자들의 하느님의 성모 대학'에서.

석사, 프란시스코 무르시아 데 라 야나

국왕[2]

미겔 데 세르반테스, 그대 측에서 '재치 넘치는 시골 양반 라만차의 돈키호테'라는 제명이 붙은 책을 썼다는 이야기를 접하고, 우리는 이 책이 무척 수고를 많이 해서 아주 유용하고 쓸모가 있는 책이라 간주하여 그대가 부탁하고 간절히 바라는 대로 인쇄할 수 있는 인가권과 사용하는 기간 동안 혹은 우리 폐하께서 인정하는 기간 동안 특허권을 내줄 것을 명령하는 바이다. 우리 왕실 심의회 심의 위원들이 앞에서 언급한 책에 관해 최근에 제정된 도서 인쇄에 관한 법률을 통해 내용을 분석하고 따져본 결과, 절차에 하자가 없다고 사료되어 앞에서 언급한 이유로 인가해주는 것이 마땅하다고 생각된바 그대에게 우리의 이 증명서를 발행하라는 명령을 내리는 것이 타당하다는 의결을 했고, 이렇게 하는 것이 옳다고 인정하는 바이다. 이런 연유로 그대에게 자비와 은혜를 베풀어 인가권을 허가하니, 그대나 그대의 권한을 위임받은 자 이외에는 어느 누구라도 '재치 넘치는 시골 양반 라만차의 돈키호테'라는 제명이 붙은, 앞에서 언급한 책을 인쇄할 수가 없다. 우리가 발행한 이 증명서가 허가된 날로부터 기산하여 향후 10년 동안 모든 카스티야 왕국에서 효력이 있다. 또 그대로부터 권한을 위임받지 않고 이 책자를 인

---

2 el rey. '국왕'이라는 제목이 붙은 이 문서는 10년간 위작으로부터 이 책의 저작권을 보호하기 위한 국왕의 특허장이다. 그러나 실제로 저작권 보호 효과는 크지 않았다.

쇄하거나 판매하거나 인쇄하고 판매하게 하는 자들은 인쇄물과 지형 및 인쇄물의 자재들을 압수하고, 법을 어길 때마다 5만 마라베디의 벌금에 처해질 것이다. 앞에서 언급한 벌금의 3분의 1은 고발한 자의 몫이고, 다른 3분의 1은 우리 왕실 심의회 몫이고, 또 다른 3분의 1은 선고를 내린 재판관의 몫으로 돌아간다. 앞에서 언급한 10년 동안 앞에서 언급한 책을 인쇄할 때마다 그 인쇄가 원본과 일치함을 증명하기 위해 각 인쇄면마다 도장을 찍고, 앞에서 언급한 인쇄물이 원본에 의거해 인쇄되었는지를 알기 위해 마지막에 우리 궁전에 거주하는 우리 왕실 심의회의 공증인 후안 가요 데 안드라다의 서명을 받아 원본과 함께 우리 왕실 심의회에 제출해야 한다. 그렇지 않으면 우리의 명령에 의해 임명된 교정관이 공식적으로 인정한 증명서를 가져와야 한다. 증명서에는 원본에 의해 앞에서 언급한 인쇄물이 검토되었고 교정되었고 인쇄되었으며, 교정관이 지적한 오자들이 인쇄되어 있는가를 증명해야 한다. 이러한 조치는 인쇄된 책마다 그에 상당하는 가격을 책정하도록 하기 위함이다. 그리고 우리는 앞에서 언급한 책을 이렇게 인쇄할 것을 인쇄인에게 명령하는 바이다. 우리 왕실 심의회 심의 위원들에 의해 앞에서 언급한 책이 교정되고 정가가 매겨질 때까지는, 앞에서 언급한 교정과 규정 가격을 정하기 위해서 인쇄인은 책의 처음이나 첫 접지를 인쇄하지 말라. 그리고 작가나 책 인쇄비를 부담한 자에게는 원본과 함께 책을 단 한 권 이상 주지 말아야 하며, 다른 어떤 사람에게도 정가가 매겨질 때까지 단 한 권도 넘겨서는 안 된다. 이렇게 모든 절차가 끝난 후에 우리 왕국의 법과 소관 규정을 어기지 않고 앞에서 언급한 책의 처음과 첫 접지를 인쇄할 수 있고, 계속해서 우리의 이 증명서와 허가증과 가격 감정서와 오류 검정증을 싣도록 하라.

우리 왕실 심의회 위원들과 다른 사직 당국자들에게 우리의 증명서를 보관하고 증명서에 포함된 사항을 지키고 이행하도록 명령한다.

바야돌리드에서, 1604년 9월 26일

짐, 국왕

우리 영주 국왕의 명령에 의해

후안 데 아메스케타[3]

---

3   Juan de Amézqueta. 펠리페 3세의 왕실 심의회 위원 겸 비서.

베하르 공작[4]님께 바치는 헌사

히브랄레온의 후작이시며 베날카사르와 바냐레스의 백작이시고 라 푸에블라 데 알코세르의 자작이시자 카피야, 쿠리엘 및 부르기요스의 영주이신 베하르 공작님께 삼가 바칩니다.

공작님께서는 훌륭한 예술 작품들, 특히 귀하의 성품이 고상하시므로 평범한 이들의 봉사와 이익에 반하지 않는 작품들을 두둔해주시는 경향이 많은 고관대작으로서 모든 종류의 책을 아주 기쁘고 자랑스레 받아주시리라고 믿어 의심치 않아, 귀하의 고명하시기 이를 데 없는 성함의 은덕을 입어《재치 넘치는 시골 양반 라만차의 돈키호테*El ingenioso hidalgo don Quijote de la Mancha*》를 세상에 내놓기로 결심했습니다. 귀하의 위대하심에 빚을 진 심정으로 경의를 표해 간청하오니, 기꺼운 마음으로 이 책의 보호자가 되어주시길 바랍니다. 식자들의 집에서 쓴 작품처럼 우아함과 박학다식함을 나타낼 정도로 그렇게 훌륭한 장식은 없지만, 자기 무지의 한계를 벗어나지 못하고 남의 작품을 가장 혹독하고 가장 부족한 판단력으로

---

4 세르반테스가 이곳 말고는 다시 이름을 언급하지 않는 이 백작은 알론소 디에고 로페스 데 수니가 이 소토마요르Alonso Diego López de Zúñiga y Sotomayor(1577~1619)이다. 세르반테스는 1580년 세비야에서 발행된《가르실라소의 주석이 달린 작품집*Obras de Garcilaso con anotaciones*》에서 페르난도 데 에레라Fernando de Herrera가 아야몬테 후작el marqués de Ayamonte을 위해 쓴 헌사를 그대로 베꼈다.

늘 비난하는 자들로부터, 귀하의 비호 아래 안전하게 지켜주시기를
바랍니다. 저의 이 바람을 귀하의 세심한 배려로 눈여겨보시고 이
토록 비천한 봉사의 정신이 미력하나마 기꺼이 거두어주실 줄 믿
사옵니다.

미겔 데 세르반테스 사아베드라

머리말

무료하신 독자여, 내 두뇌의 소산이나 마찬가지인 이 책이 더할 나
위 없이 아름답고 가장 고상하고 가장 빈틈없고 재치 있는 책이 되
기를, 작가인 제가 바란다는 것을 굳이 맹세까지 하지 않는다 하더
라도 믿을 줄 아는 바입니다. 그렇지만 나는 자연의 법칙을 거스를
수 없었습니다. 천지 만물은 자기와 닮은 것을 낳게 마련이기 때문
입니다. 그러하오니 원체 모자라고 메마르며 가꾸기조차 잘 못 한
내 재주인지라, 메마르고 비틀어빠지고 변덕스러우며 여러 가지 공
상, 결코 상상키 어려운 사고방식으로 가득 찬, 좌석이 불편하기 짝
이 없고 방 안에서 온갖 구슬픈 소리를 만들어내는 감옥에서나 태
어날 그런 이야기 말고 무엇을 만들어낼 수 있겠습니까?[5] 고요함,
평온한 곳, 들판의 아늑함, 하늘의 맑음, 냇물의 졸졸거리는 소리,
정신의 안정 같은 것이야말로 메마른 시상을 풍요롭게 해주고 불
가사의한 일과 만족감으로 충만한 세상에 작품을 낳게 하는 데 크
나큰 구실을 합니다. 아무리 못생기고 귀여움이라곤 전혀 없는 자
식을 둔 아비일지라도, 애정 때문에 눈에 붕대를 감아 제 자식의 결
점은 보지 못하고 도리어 그것을 재치와 귀여움으로 판단하여, 총
명하고 우아하다고 친구들에게 이야기하게 됩니다. 그렇지만 돈키

---

5 세르반테스가 세비야의 감옥에서 지내던 1597년과 1602년 중 한 시기에 대한 언급으로
　　자주 나오는 말이다. 이 시기에 감옥에서 《돈키호테》를 구상했다고 알려져 있다.

호테의 아버지인 것 같지만 의붓아비인 나는 시류에 따르고 싶지 않습니다. 더욱이 친애하는 독자시여, 나는 남들이 하듯 눈물 콧물까지 흘려가면서, 그대들이 보시는 대로 내가 낳은 이 녀석의 결점을 용서하고 눈감아달라고 간청하지도 않겠습니다. 왜냐고요? 그대는 그의 아비도 친구도 아닐뿐더러 그대의 몸속에 영혼과 자유의지를 당당히 지니고 있으며 왕이 세금을 거두어들이듯 그대도 그대의 집안에서는 마음대로 호령할 수 있기 때문이고, 또한 "망토 밑에 있으면 왕이라도 죽일 수 있다"[6]라는 속담도 있기 때문입니다. 요컨대 특별히 고려하거나 의무를 짊어질 필요가 없다는 말입니다. 그러므로 그대가 생각하는 것에 대해 모든 이야기를 할 수 있습니다. 나쁘게 말했다고 해서 욕을 먹거나, 좋게 말했다고 해서 상을 받을 염려라곤 손톱만큼도 없습니다.

책 서두에 항용 쓰이는 서문이나 으레 있는 소네트나 풍자시나 찬사 같은 자질구레한 것으로 서두를 장식하는 게 아니라, 그저 있는 그대로 탁 터놓고 하는 이야기를 보여드리고 싶을 뿐입니다. 사실을 말하자면, 이 책 본문을 엮을 때도 꽤 힘들었지만, 지금 독자 여러분이 읽고 있는 이 머리말이야말로 정말 까다로웠습니다. 이 머리말을 쓰려고 수차 펜을 잡았다가 무얼 써야 할지 몰라 펜대를 던져버린 것이 헤아릴 수 없을 정도입니다. 한번은 종이를 앞에 놓고 펜대를 귀에다 꽂고 팔꿈치는 책상에, 손은 볼에 댄 채 무얼 쓸까 고민에 싸여 있을 때, 아주 상냥하고 똑똑한 내 친구가 느닷없이

---

6   debajo de mi manto, al rey mato. '각자는 자기가 원하는 것을 생각한다'라는 뜻.

들어왔습니다. 그는 내가 깊은 생각에 잠겨 있는 것을 보고 그 까닭을 물었습니다. 나는 돈키호테 이야기에 붙일 머리말을 구상하고 있으며, 그게 하도 어려워 고귀하고 영특하신 기사의 위업을 세상에 알리는 일도 그만두어야겠다고 숨김없이 말했습니다. 그리고 이어서 이렇게 말했습니다.

"글쎄, 내가 골치를 앓고 있는 이유야 뻔하지 않은가. 벌써 오랜 세월을 망각의 침묵 속에서 잠자고난 내가, 이 많은 나이[7]를 등에 업고 지금 나타나는 것을 보게 되면 앞으로 할 말도 많지 않은데, 에스파르토[8]처럼 말라비틀어지고 독창성도 없고 서툴기 짝이 없는 문장에다 사상조차 빈약하고 학식과 교리도 턱없이 모자란 전기를 쓴다면, 만고불변의 입법자라 불리는 독자들이 뭐라고 할까 하는 생각 때문이라네. 다른 책을 보면 말일세, 아무리 엉터리고 속된 것이라도 아리스토텔레스며 플라톤이며 온갖 철학자의 인용을 가득 실어서 독자들이 감탄하고 경탄하며 그 저자들을 책을 많이 읽고 해박한 지식을 가진 문장가로 간주하게 되는데, 그런 식의 난외欄外나 책 끝에 넣은 주석들이 내 책에는 없다네. 어디 그뿐인가. 그들이 성경을 인용할 때는 또 어떤가! 그 구성을 보면 어찌나 묘한지, 한 줄에는 풋사랑이 그려져 있는가 하면 또 다른 줄에는 읽고 듣기에 귀가 솔깃해지고 마음이 흐뭇해지는 설교가 있어, 그들

---

7 세르반테스는 이 부분을 쓸 때 쉰일곱 살이었고, 1585년 목가소설《라 갈라테아*La Galatea*》 출간 이후 20년 동안 아무 작품도 내지 않았다.

8 약 70센티미터 높이의 줄기에 잎이 약 60센티미터인 볏과 식물.

이야말로 모두가 성 토마스[9] 같은 사람들이 아니면 교회의 박사임에 틀림없단 말일세. 그런데 내 책에는 전혀 그런 것이 없다네. 난 외나 책 끝의 주석 또는 누구나 하듯이 아리스토텔레스부터 시작하여 크세노폰[10], 그리고 조일로스와 제욱시스[11]에 이르기까지, 조일로스는 험담이나 늘어놓는 자에 불과하고 제욱시스는 화가일 뿐인데도, 저자들을 참고했답시고 가나다순으로 늘어놓지 못하기 때문이네. 그뿐만 아니라 내 책에는 책 머리에 놓는 소네트도 없다네. 적어도 공작이나 후작이나 백작이나 주교나 귀부인이나 고명한 시인들이 작자作者인 소네트가 말일세. 하기야 나라고 해서 공직에 있는 친구 두셋에게 부탁하면 그들이 선뜻 해주리라는 것을 모르지 않고, 그것이 우리 에스파냐에서 가장 명성이 자자한 시인들의 작품 못지않으리라는 것도 잘 알고 있지만 말이네……" 나는 "여보게, 사실 말이지……" 하고 계속해서 말했습니다. "부족한 것을 장식해줄 만한 사람을 하느님이 보내주실 때까지, 나는 라만차의 문서 보관소에다가 《돈키호테》를 두기로 작정했네. 모자라고 배운 것이 별로 없는 나로서는 그런 것들을 메워나갈 수 없다는 것을 스스로 잘 알고 있을뿐더러, 태어날 때부터 게을러빠져 나 혼자서도

---

9   이탈리아의 신학자 겸 철학자인 토마스 아퀴나스Thomas Aquinas(1225? ~1274)를 말한다. 그는 스콜라철학의 대표자 가운데 한 사람으로, 이성과 신앙의 조화를 추구하여 방대한 신학 이론의 체계를 수립했다.

10 Xenophōn. 고대 그리스의 군인 겸 작가(B.C. 431~B.C. 350?). 카루스 반란군의 용병으로 참가하여 수기 《아나바시스Anabasis》를 저술했다. 아테네 전쟁에서 스파르타 측에 가담했다가 추방되었다.

11 Zeuxis. 기원전 5세기경 그리스 화가(?~?). 이오니아학파의 거장으로 신들의 모습이나 초상화를 주로 그렸으며, 특히 미녀 그림을 잘 그렸다.

할 수 있는 이야기를 대신 해줄 저자를 찾아다니기조차 귀찮아 죽을 지경이라네. 자네가 조금 전에 본 대로 내가 시름에 빠져 있던 것도 그 때문이었는데, 지금 나에게 들은 그대로 나는 그런 사정이 있었던 것이라네."

내 말을 듣자마자 친구는 손바닥으로 이마를 탁 치면서 배꼽이 빠지도록 웃고는 내게 말했습니다.

"이거야 원, 형제여, 자네를 안 뒤로 지금까지, 언제나 자네가 하는 일이면 모두가 생각이 깊고 슬기로운 것인 줄로 여겨왔는데, 이제 보니 오해였다는 걸 알겠네그려. 하늘과 땅 사이가 먼 것처럼 자네도 똑똑한 것과는 아주 거리가 멀군. 자네처럼 뛰어난 재주를 가지고 그런 땅 짚고 헤엄치기보다 쉬운 일들로 고민을 하다니, 이보다 훨씬 더 어려운 일들도 거뜬히 해치운 자네가 도대체 어찌 된 영문인가? 그건 말일세, 재간이 없어서라기보다 게으름이 지나치고 사리 판단이 부족하기 때문이네. 내가 한 말이 사실인지 알고 싶나? 눈 깜짝할 사이에 자네의 어려움을 말끔히 없애주고, 천하를 주름잡는 모든 편력 기사의 빛이요 거울인 자네의 그 유명한 돈키호테 이야기를 세상에 내놓지 못하도록 기를 꺾어버린 온갖 결점을 단번에 고쳐주겠네."

그의 말을 듣고 나는 대답했습니다. "말을 해보게. 대체 무슨 수로 내 공포의 공간을 메워줄 것이며 내 의기소침한 혼란을 깨끗이 해소시켜줄 수 있단 말인가?"

이 말에 그는 말했습니다.

"첫째, 서두에 있어야 할 소네트나 풍자시나 찬사, 그것도 쟁쟁한 인사들이 쓴 것이 없다 해서 착수를 못 하고 있는 것으로 말하자면, 손수 자네가 다소 힘을 들이고나서, 그다음에는 마음 내키는 대로 서인도의 사제 후안이라든가 트라피손다[12] 황제의 어제御製라든가 하는 이름을 붙여 세례를 주면 될 것이 아닌가. 그들이 이름난 시인이었다는 말이 있지 않은가. 그리고 만일 그런 사람들은 시인이 아니라고 어떤 아는 체하는 녀석이나 대학 졸업자들이 이러쿵저러쿵하며 자네를 헐뜯거나 하거든, 그 작자들은 언급할 만한 가치가 없는 자들이니 아예 무시해버리게나. 자네의 글이 거짓으로 판명되더라도, 이미 써버린 손을 자를 수야 없지 않겠나. 그리고 자네의 이야기에서 난외에 인용하는 서적들과 저자들의 문장과 속담만 하더라도 외우고 있는 것이나 손쉽게 알아낼 수 있는 몇 마디 문장과 라틴 말만 있으면 그만이니, 예컨대 자유와 구속을 들어 말할 때면

온갖 황금을 다 주어도 자유는 쉬 살 수 없다.[13]

라고 슬쩍 난외에다 호라티우스[14]나 다른 누구의 말이라고 적어두면 되는 것이네. 만약에 또 죽음의 위력을 말하고 싶거든 다음과 같은 문구를 갖다 붙이면 된다네.

창백한 죽음은 가난한 이의 오두막집과 왕의 성탑을 똑같이 발로

---

12   Trapisonda. 오늘날 터키의 트레비손다Trebisonda.

13   Non bene pro toto libertas venditur auro.《이솝 우화》중 한 대구의 첫 시구.

14   Horatius Flaccus, Quintus. 고대 로마의 시인(B.C. 65~B.C. 8). 풍자시와 서정시로 명성을 얻어 아우구스투스의 총애를 받았다. 그의《시론Ars Poetica》은 아리스토텔레스의《시학 De Poetica》과 더불어 후세에 큰 영향을 주었다.

건어찬다.[15]

그리고 원수에 대해 하느님께서 말씀하신 우정과 사랑을 말하려거든, 당장 성경을 찾아보게나. 그런 것이야 조금만 신경 쓰면 할 수 있고, 적어도 바로 하느님의 말씀을 할 수도 있지. '나는 너희에게 말한다. 너희는 원수를 사랑하여라Ego autem dico vobis: diligite inimicos vestros.'[16] 나쁜 생각에 대해 말하고 싶거든, 〈마태오 복음서〉의 '마음에서 나쁜 생각들이 나온다De corde exeunt cogitationes malae'[17]라고 하면 그만일 걸세. 친구의 말을 믿을 수 없음을 말하고 싶다면 대구對句를 제공해줄 카토[18]가 있지 않은가.

　　행복할 때면 친구들이 많을 것이나
　　암담한 시절이 오면 그대 혼자 남으리.[19]

15 Pallida mors aequo pulsat pede pauperun tabernas, Regumque turres. 호라티우스의《카르미눔Carminum》제1권 4장. 루이스 데 레온 신부Fray Luis de León는 다음과 같이 이 시를 번역하고 있다. que la muerte amarilla va igualmente / a la choza del pobre desvalido / y al alcázar real del rey potente. 창백한 죽음은 / 의지가지없는 가난한 이의 오두막집과 / 강력한 임금님의 왕궁에 똑같이 간다.

16 성경 〈마태오 복음서〉 5장 44절.

17 〈마태오 복음서〉 15장 19절.

18 Cato Censorius, Marcus Porcius. 로마의 정치가 겸 문인(B.C. 234~B.C. 149). 로마가 그리스화하는 것에 반대했고, 중소 농민을 보호하고 반反카르타고 정책을 펼 것을 주장했으며, 라틴 산문 문학을 개척하는 데 기여했다.

19 Donec eris felix, multos numerabis amicos, / Tempora si fuerint nubila, solus eris. 이 구절은 카토의 명언이 아니고, 오비디우스Ovidius의《비가Tristia》1장 9절 5~6행의 다음과 같은 시구다. En tanto que eres feliz, contarás numerosos amigos, / pero si el tiempo se anubla, estarás solo.

이런 라틴 말과 그와 비슷한 것을 쓰게 되면 자네는 마치 고전학자처럼 보일 테고, 요즘 세상에서는 적잖은 명예와 이익이 있을 것이네. 책 끝에 주석을 붙이는 것에 대해 말하자면, 이렇게 하면 틀림없을 것이네. 즉 자네의 책에 어느 거인의 이름을 대야 하겠으면, 거인 골리아스라 하게나. 자네에겐 이게 아무것도 아닌 것 같아도, 그것만으로도 대단한 주석을 달게 되는 것이라네. '거인 골리아스 또는 골리앗. 그는 필리스티아 사람이었으며, 구약성경 〈열왕기〉에 의하면 테레빈 골짜기에서 양치기 다윗이 큼직한 돌멩이로 죽인 거인이었음'이라고 그 장에 쓰인 것을 자네도 알게 될 것이네.[20] 그런 다음에는 자네가 인문과학이나 우주지리학의 학자라는 것을 보여주기 위해서 자네의 이야기책에 타호강江의 이름이 나오게 하되, 또 하나의 멋들어진 주석을 달아놓는 걸세. 즉 '타호강은 에스파냐의 한 왕에 의해 명명되었음. 어떤 곳에서 시작하여 리스본이라는 유명한 도시를 돌아 대양으로 흘러 들어감. 사금이 난다고 전해옴, 등등'이라고 말일세. 만일 도둑에 관해 쓰려면, 내가 줄줄 외고 있는 카쿠스의 이야기를 자네에게 말해줄 것이고, 몸 파는 여자들 이야기라면 라미아며 라이다며 플로라를 자료로 제공해줄 몬도녜도의 주교[21]가 있지. 그 주석은 자네에게 굉장한 신망을 안겨줄 것이네. 성품이나 행동이 악독한 여자인 독부에 관한 이야기라

---

20 성경 〈열왕기〉가 아니라 〈사무엘기〉 상권 17장 48~49절. "필리스티아 사람이 다윗을 향하여 점점 가까이 다가오자, 다윗도 그 필리스티아 사람을 향하여 전열 쪽으로 날쌔게 달려갔다. 그러면서 다윗은 주머니에 손을 넣어 돌 하나를 꺼낸 다음, 무릿매질을 하여 필리스티아 사람의 이마를 맞혔다. 돌이 이마에 박히자 그는 땅바닥에 얼굴을 박고 쓰러졌다."

21 el obispo de Mondoñedo. 안토니오 데 게바라 신부Fray Antonio de Guevara를 말한다.

면 오비디우스가 메데이아[22]를 제공해줄 것이고, 요술이나 마법을 부리는 여자 이야기라면 호메로스[23]는 칼립소[24]를, 그리고 베르길리우스[25]는 키르케[26]를 제공해줄 것이네. 용감한 장군의 이야기라면 율리우스 카이사르[27]가 그의 전기를 통해 바로 자기 자신을 자네에게 제공해줄 것이고, 플루타르코스[28]는 수천 명의 알렉산더 대왕을 제공해줄 것이네. 애정 문제라면, 자네가 아는 토스카나 말[29]이라곤 한두 마디뿐이지만, 레온 에브레오[30]가 신물이 날 만큼 도매금으로 넘겨줄 것이네. 그리고 다른 지방까지 가고 싶지 않다면, 바로 자네 집에 폰세카의 《하느님의 사랑에 대하여》라는 책[31]이 있지 않나. 거기엔 자네나 뛰어난 재주꾼들이 이런 문제에 대해 꼭 알았으면 하는 모든 것이 인용되어 있다네. 결론적으로 말하자면, 자네의

22 Medeia. 《변신 *Metamorfosis*》 7권의 이야기.

23 Homeros. 고대 그리스의 시인(?~?). 유럽 문학 최고最古의 서사시 《일리아드 *Iliad*》와 《오디세이 *Odyssey*》의 작가로 알려져 있다.

24 Calypso. 《오디세이》 10권에 나오는 이야기.

25 Vergilius Marco, Publius. 고대 로마의 시인(B.C. 70~B.C. 19). 로마의 건국과 사명을 노래한 민족 서사시 《아이네이스 *Aeneis*》를 썼다.

26 Circe. 《아이네이스》 7장에 나온다.

27 Caesar, Julius. 로마의 군인 겸 정치가(B.C. 100~B.C. 44). 크라수스 및 폼페이우스와 더불어 제1차 삼두정치를 수립했으며, 갈리아와 브리타니아에 원정하여 토벌했다. 크라수스가 죽은 뒤 폼페이우스마저 몰아내고 독재관이 되었으나, 공화정치를 옹호한 카시우스 롱기누스와 브루투스 등에게 암살되었다. 《갈리아 전기 *Commentarii de Bello Gallico*》, 《내란기 *Pharsalia*》 등의 역사서를 남겼다.

28 Plutarchos. 그리스의 철학자 겸 전기 작가(46?~120?). 플라톤학파에 속한다. 저서에 《영웅전 *Bioi Paralleloi*》, 《윤리논집 *Moralia*》 등이 있다.

29 옛 토스카나 왕국에서 사용했던 말로, 오늘날의 이탈리아 말을 뜻한다.

30 León Hebreo. 16세기에 세 차례 카스티야 말로 번역된 《사랑의 대화 *Dialoghi d'Amore*》의 저자.

31 크리스토발 데 폰세카 신부가 1592년에 쓴 《하느님의 사랑에 대하여 *Tratado del amor de Dios*》를 말한다.

전기에 이런 이름들을 주워대고 내가 방금 한 이야기들을 끼워 맞추면 만사가 끝나네. 주나 주석은 나한테 맡기게나. 여백을 가득 채워주고 책 뒤에 써야 할 네 쪽은 메워줄 걸 맹세하네. 그럼 이제 다른 책에는 있는데 자네 책에는 없는 저자들의 인용 문제로 돌아가 보세. 이 문제라면 땅 짚고 헤엄치기라네. 자네 말마따나 에이A부터 제트z까지를 모조리 뽑아놓은 책 한 권만 구해서 그걸 자네 책에다가 알파벳순으로 죽 베껴놓으란 말일세. 자네는 그런 것들을 이용할 필요성이 별로 없어. 그런 거짓은 빤히 들여다보이겠지만 그건 아무 상관이 없다네. 그리고 아마 어떤 독자는 아주 단순해서 소박하고 단순한 자네의 이야기책에 그 모든 것이 인용되었다고 믿을지도 모를 일이네. 그게 별다른 도움이나 참고가 되지 않는다 할지라도, 적어도 기다란 저자의 목록은 책에 뜻하지 않은 권위를 줄 수도 있다는 말일세. 그뿐이겠는가. 자네가 그것들을 죄다 참고했는지 안 했는지 조사할 사람은 있지도 않을 것이며, 그래보아야 쥐뿔도 아무런 소득도 없을 것이네. 더구나 자네가 빠졌다고 말하는 그런 것은 애당초 자네의 책에 있어야 할 것도 아니지 않은가. 자네의 책은 아리스토텔레스가 꿈에도 생각지 않았고, 성 바실리오가 말 한마디 하지 않았으며, 키케로가 언급한 일조차 없는 기사도 책들에 대항하는 공격 문서가 되는 셈이네. 그리고 그런 황당무계한 이야기에 진리의 엄정성이니 점성술에 관한 관찰 같은 것은 당치도 않은 일이고, 기하학의 측정이나 수사학에나 쓰이는 논쟁의 반론에도 상관없는 일이며, 신과 인간을 뒤섞으면서 무슨 설교라도 하는 그런 책은 더더욱 아니지 않나. 그렇게 뒤섞는 따위의 설교는 기독교적 지성이 받아들여서는 안 되는 유의 책이 아닌가 말일세. 그러

32

므로 자네는 써나가는 것에 모방만 잘하면 되네. 그것이 완전하면 할수록 더욱더 훌륭한 책이 될 걸세. 그리고 자네의 책이 목적하는 바는 속세에서 기세를 떨치고 있는 기사도 서적들의 권위와 세력을 쳐부수는 것 말고는 아무런 의미도 없으니, 구태여 철학자들의 명구나 성경의 교훈이나 시인들의 우화나 수사학자들의 웅변이나 성인들의 기적 등을 구걸할 필요는 없네. 아무 꾸밈 없이 의미가 담기고, 정직하고, 잘 다듬어진 말로 뜻하는 바가 제대로 이루어지기까지 낱낱이 묘사하고, 자네의 의도가 비뚤어지거나 흐려지지 않도록 하면 되네. 또 자네가 힘써야 할 것은 자네의 이야기책을 읽어가면서 우울한 독자는 웃고, 쾌활한 이는 더욱더 유쾌해지고, 단순한 이는 성내지 않고, 신중한 이는 그 독창성에 탄복하고, 점잖은 이는 업신여기지 못하고, 용의주도한 이는 그것을 읽고 입에 침이 마르도록 칭찬하지 않고는 배기지 못하도록 하는 걸세. 실로 수많은 사람들이 싫어하더라도 훨씬 더 많은 사람들이 좋아하는 이 허무맹랑한 기사도 책을 뒤집어놓는 데 초점을 맞추게나. 그렇게만 된다면 자네의 성공은 따놓은 당상일 걸세.”

내 친구가 나한테 하는 말을 듣고 나는 한참을 잠자코 있었습니다. 그의 차근차근 따지는 논리가 어찌나 내 마음에 깊은 감동을 주었던지, 나는 이러쿵저러쿵 따질 것 없이 한마디도 빠뜨리지 않고 그냥 그것을 머리말로 옮겨놓고 싶었습니다. 친절한 독자여, 그대는 이 머리말에서 내 친구의 신중함을 발견할 것이고, 시의적절하게 이러한 조언자를 발견한 나의 행운을 볼 것이며, 그 유명한 라만차의 돈키호테 이야기를 손쉽게 구해 볼 수 있는 기쁨을 맛볼 것입니다. 돈키호테에 대해서는 몬티엘이라는 시골 지방에 사는 사람이라면 누구나 옛날부터 오늘날에 이르기까지 그 지방의 주변에서 가장 순결한 연인이며 가장 용감한 기사라는 소문이 자자합니다. 나는 그 고귀하고 정직한 기사를 독자들에게 알려드리는 일쯤 가지고 무슨 대단한 일이나 하는 것처럼 동네방네 떠들어댈 생각은 추호도 없습니다. 그러나 명성이 자자한 그의 종자從者 산초 판사를 소개하는 데 대해서만은 고맙다는 말을 들어야겠습니다. 제 생각으로는 하잘것없는 기사담이 담긴 책들에 여기저기 흩어져 있는 종자들의 온갖 웃음거리를 산초 판사 한 사람한테 모두 인용해 바치는 바입니다. 그럼 바라옵건대 하느님께서는 독자인 귀하에게 건강을 내려주시고 부디 저를 잊지 않으시기를 비는 바입니다. 발레.[32]

---

32 Vale. '그럼 안녕히 계십시오'라는 뜻으로, 작별할 때 쓰는 라틴 말 서식書式이다.

정체를 알 수 없는 여자 마법사[33] 우르간다가 라만차의 돈키호테라는 책에게

책이여, 그대가 주의 깊게
현인들의 곁에 간다면
풋내기들도 그대를 잘 모른다
그대에게 말하지 않으리라.
그러나 허둥지둥하다가
멍청이들의 손에라도 넘어가게 되면
설령 그들이 손가락을 씹으면서
풍류객인 체하더라도
잘못된 과녁을 노린 것을
그대 금방 깨쳐 알게 되리라.

그리고 큰 나무에 기대는 이

---

33 기사도 이야기의 대표작《가울라의 아마디스*Amadís de Gaula*》에 나오는 여자 마법사로, 둔갑술에 능하고 알아볼 수 없는 모습을 지니고 있기 때문에 '정체를 알 수 없는 여자la desconocida'로 불린다. 시구들은 '꼬리가 잘린 시구'라고 하는데, 각 시구의 강조하는 마지막 음절에 운을 맞춘 연이 10행으로 되어 있어 '10행 시'라고 한다. 즉 abbaaccddc의 형식이다. 역자는 마지막 음절을 살려 번역했다.

훌륭한 그늘을 얻는다는 걸
경험이 가르쳐주듯
베하르 땅에서 그대의 행운의 별을
그대에게 큰 나무가 제공하리.
그 나무는 결실로 왕자들을 낳고
거기서 한 공작이 번창해
새로운 알렉산더대왕[34]이 되리라.
어서 그의 그늘로 다가가라
행운은 용감한 자를 돕는다.

황당무계한 책을 많이 읽고
머리가 돌아버린
라만차의 한 고귀한 시골 양반의
모험들을 그대는 이야기하게 되리.
귀부인들과 무기들과 기사들이
그에게 마음을 빼앗겨 제정신을 잃고
격노하는 오를란도처럼
마음속에 연정을 품고 각고정려의 결과
완력으로 얻었네.
엘 토보소의 둘시네아를.

---

34 Alejandro Magno. 마케도니아의 왕(B.C. 356~B.C. 323). 그리스, 페르시아, 인도에 이르는
대제국을 건설했으며, 그 정복지에 다수의 도시를 건설하여 동서 교통과 경제 발전에 기
여했고, 그리스 문화와 오리엔트 문화를 융합한 헬레니즘 문화를 이룩했다. 알렉산드로
스대왕이라고도 한다.

허세가 심한 상형문자를
문장에 새기지 말지어다.
모두 그림 카드만 나오면
천박한 점들에게 패하게 되리라.
헌사에서 사양하듯 소극적이면
"루나의 돈 알바로나
카르타고의 한니발이나
에스파냐에 온 프란시스코 왕
얼마나 불운을 한탄하더냐!"
라고 조롱하지 않으리라.

흑인 후안 라티노처럼
라틴 말에 통달하게 해달라고
하느님께 빌지 않아도 되니
라틴 말로 지껄일 필요는 없노라.
나에게 너무 명석한 척 자랑도 말며
나에게 철학자인 척 논하지도 말라.
왜냐하면, 속임수를 쓰는 사람이라면
입을 실룩거리면서
귓전에 대고 속삭일 테니.
"나한테 무슨 달콤한 말을 하려고?"

남의 사생활을 묘사하려고도

알려고도 하지 마라.
자기와 무관한 일에는
참견하지 않는 것이 슬기로우니
남의 일에 간여하기를 잘하는 자는
바라던 일을 틀어지게 하기 일쑤니
명성을 얻을 일에만
그대는 오로지 열과 성을 다하라.
보잘것없는 작품을 내게 되면
오명은 영구히 따라다닐 것이니라.

지붕이 유리로 되어 있는데
이웃에 던지기 위해
손에 돌멩이를 드는 일은
상궤를 벗어난 일임을 깨달아라.
사려 깊은 이가
작품을 쓸 때는
신중하게 펜을 휘두르도록 하라.
아가씨들을 즐겁게 하기 위해
책을 세상에 내놓는 자는
아무렇게나 써도 무방하지만.

가울라의 아마디스가 라만차의 돈키호테에게

소네트

임과 헤어지고 업신여김을 당하며
그 큰 페냐 포브레 암산 위에서
기쁨에서 고통으로 변한
내 슬픈 삶을 모방한 그대

그대에게, 비록 짭짤하지만
두 눈은 풍성한 마실 것을 주었고
그대에게 은과 주석과 동 식기를 빼앗고
들에 앉아 흙을 양식으로 삼은 그대

적어도 제4의 천체에서
금빛 아폴로가 말을 타고 달려가는 동안
이제 그대 영원히 안전하게 살리라.

그대는 분명 용맹한 기사의 명성을 날릴 것이고
그대의 조국은 모든 나라 중에서 으뜸이 되고
그대의 현명한 작가는 세상에 유일무이하리라.

그리스의 돈 벨리아니스[35]가 라만차의 돈키호테에게

소네트

편력 기사가 세상에서 할 수 있는 그 이상을
난 부셨고, 잘랐고, 팠고, 말했고, 행했노라.
난 노련했고, 난 용감했고, 난 늠름했노라.
수천의 모독을 보복했고, 십만을 쳐부수었노라.

무훈으로 명성의 여신에게서 불후의 명성을 얻었고
난 예의 바르고 인정 넘치는 연인이었노라.
세상의 거인은 모두 나한테는 난쟁이에 불과했으며
어디서든지 결투 신청을 받아주었노라.

난 운명의 여신을 발아래 무릎을 꿇렸으며
내 사려는 대머리 기회의 여신의 하나뿐인
앞 머리카락을 인정사정없이 끌고 갔노라.

그러나, 비록 내 운이
늘 저 높은 달의 뿔 위에까지 우뚝 솟아 있었지만
난 그대의 위업이 부럽다오, 오, 위대한 키호테여!

---

35 《용감무쌍하고 백전백승의 그리스의 돈 벨리아니스 왕자 첫 권 *El libro primero del valeroso e invencible Príncipe de don Belianís de Grecia*》으로 시작한, 헤로니모 페르난데스 Jerónimo Fernández가 쓴 기사도 책 시리즈의 주인공이다.

오리아나 부인[36]이 엘 토보소의 둘시네아에게

소네트

오, 아름다운 둘시네아여,
누가 더 편안하고 더 좋은 휴식을 위해
그대의 마을 엘 토보소와 내가 살던
미라플로레스[37]가 있던 런던과 바꾸겠는가!
오, 그대의 바람과 제복으로
마음과 몸을 매만져 꾸미고, 그 유명한
기사를 그대가 행운아로 만들고,
누가 이런 멋진 결투를 바라보겠는가!

오, 그렇게 순결하게 그대가 했듯이
정중한 시골 양반 돈키호테로부터
누가 아마디스 님으로부터 도망치랴!

이렇듯 남부럽잖은 부러움을 받을 것이니
슬펐던 시절이 기쁨이 되고
후회 없는 즐거움을 만끽하시기를.

---

36 가울라의 아마디스의 연인.
37 런던에서 약 11킬로미터 떨어진 성 이름.

가울라의 아마디스의 종자 간달린이 돈키호테의 종자 산초 판사에게

소네트

안녕, 유명하신 사내여, 운명의 여신이
종자의 일을 그대에게 맡겼을 때
그리도 부드럽고 신중하게 대해서
그대는 어떤 불행도 겪어보지 않았군.

이제 괭이나 낫도
편력 기사의 수업에 잘 어울리는구나.
이제는 종자의 소박한 일이 유행이라
헛된 꿈을 꾸는 오만불손한 자를 꾸짖노라.

난 그대의 당나귀와 그대의 이름을 선망하며
그대의 용의주도함을 보여주는
그대의 여행용 식량 자루도 선망의 대상이노라.

또다시 안녕, 오, 산초여! 참으로 착한 사람아,
오직 그대에게만 우리 에스파냐의 오비디우스가
머리와 아래턱을 때리며 경의를 표하노라.[38]

---

38 buzcorona는 손에 입맞춤을 하도록 하면서 손에 입맞춤하는 사람의 머리와 아래턱을 때리는 장난.

잡탕 시인 도노소[39]로부터 산초 판사와 로시난테에게

산초 판사에게

난 라만차 사람 돈키호테의
종자 산초 판사
꾀바르게 살아가려고
먼지 속에 발을 내디뎠네.
무언의 비야디에고[40]가
기회가 오면 삼십육계 줄행랑치면서
모든 변명을 준비하고 있다네.
인간적인 면을 더 덮으면
《셀레스티나》[41]는
내 생각으로는 성스러운 책.

로시난테에게

나는 로시난테,
위대한 바비에카[42]의 유명한 증손자.
몸이 비쩍 마른 죄로

---

39   바타이욘Bataillon의 말에 의하면, 이 도노소는 에스파냐의 시인 가브리엘 라소 데 라 베
가Gabriel Lasso de la Vega(1555~1615)의 필명일 가능성이 있다.

40   Villadiego.《라 셀레스티나*La Celestina*》의 소시극 12장에 '삼십육계 줄행랑치다tomar las
(calzas) de Villadiego'라는 구가 나온다.

41   페르난도 데 로하스Fernando de Rojas의 희곡체 소설《라 셀레스티나》.

42   Babieca. 에스파냐의 국민적 영웅 '엘 시드 캄페아도르El Cid Campeador'로 알려진 기사
로드리고 디아스 데 비바르Rodrigo Díaz de Vivar(1043?~1099)의 애마.

나는 돈키호테의 수중에 들어갔네.

다리가 비슬비슬 둔중했지만

말발굽이 닳도록 달린 덕분에

나는 한 번도 보리는 놓치지 않았네.

이것은 눈먼 이의 포도주를 훔쳐 마시기 위해

내가 밀짚 빨대를 주었던 라사리요[43]에게서

배운 요령이라오.

격노하는 오를란도[44]가 라만차의 돈키호테에게

소네트

그대가 귀족이 아니라면, 작위도 못 받았어.

그대 숱한 귀족 중에서 귀족 될 수 있는 자

그대 있는 곳에서는 그런 귀족은 없을 터.

오, 결코 패한 적이 없는 상승의 승리자여.

난 오를란도, 키호테여, 앙헬리카에게

연정을 품고 정신이 팔려, 먼 바다를 헤매며

명성의 여신 제단에 바쳤네

43　Lazarillo. 1554년 출간된 피카레스크소설(악자惡者 소설)《라사리요 데 토르메스의 삶, 그
　　　의 행운과 불행*Vida de Lazarillo de Tormes y de sus Fortunas y Adversidades*》에 등장하는
　　　주인공이다.

44　Orlando. 이탈리아 르네상스 후기의 대표적 서사시인 루도비코 아리오스토Ludovico
　　　Ariosto(1474~1533)의《격노하는 오를란도*Orlando furioso*》의 주인공.

망각이 존중한 그런 용기를.

난 그대와 같을 수 없다네. 이 영예는,
설사, 그대 나처럼, 이성을 잃었다고 할지라도
그대의 위업과 그대의 성가로 인한 것이네.
그러나 만일 저 오만한 무어인과 흉포한
스키타이[45] 사람을 그대가 길들인다면, 그대는 내 편
오늘날 우리를 불행과 사랑에서 똑같이 부를 터.

페보[46]의 기사가 라만차의 돈키호테에게

소네트

에스파냐의 페보여, 호기심 많은 조신朝臣이여,
내 칼은 그대의 칼에 필적할 만하지 못했네.
태양이 뜨고 날이 저무는 곳에서 내 손은
그 높은 용기의 영광에 미치지 못했네.

나는 제국들을 무시했고, 먼동이 밝아오는 동방이
나에게 선물한 국토도 헛되이 버렸노라.

---

45 기원전 8세기부터 기원전 3세기까지 흑해 동북 지방의 초원 지대에서 활약한 최초의 기
마 유목 민족. 오리엔트 및 그리스의 금속 문화 영향을 받아 무기와 마구 등을 발달시켜
강대한 왕국을 건설했다.

46 Febo. 디에고 오르투녜스 데 칼라오라Diego Ortúñez de Calahorra의《왕자들과 기사들
의 거울el Espejo de príncipes y cavalleros》(1562)의 주인공 중 한 사람.

나의 아름다운 여명 클라리디아나[47]의

지고한 얼굴을 보고 싶은 간절한 심정으로.

난 엉뚱하고 기묘한 기적으로 그녀를 사랑했네.

그녀의 불행도 개의치 않은 내 팔이 두려웠던지

지옥도 그녀의 분노를 잠재웠노라.

그대 고명하시고 명민하신 에스파냐 사람 돈키호테여,

그대 때문에 둘시네아가 유명하고 명예롭고 현명하듯

둘시네아 때문에 그대 세상에 영원하리라.

솔리스단[48]이 라만차의 돈키호테에게

소네트

설령, 돈키호테 나리, 얼뜬 짓거리가

그대의 머리를 깨뜨려놓을지라도

비열하고 천박한 행동을 한 인간으로

결코 어떤 비난도 받지 않으리라.

그대의 공적들은 심판관이 되어

애꾸눈이를 고치겠다면서 돌아다니니

비열한 포로들과 천박한 자들로부터

---

47 Claridiana. 트라피손다 황제의 딸.
48 Solisdán. 이 사람이 누구인지는 아직까지 밝혀지지 않고 있다.

몽둥이찜질을 당한 것이 몇 번이던가.

비록 그대의 아름다운 둘시네아가

그대에게 무례를 범하거나

그대의 슬픔에 기분 나빠하거나

그런 행동이 그대의 배우자로 마땅찮다면

산초 판사가 뚜쟁이 노릇을 잘못한 것이니

미욱한 그, 냉혹한 그녀, 그대는 버림받은 자.

바비에카와 로시난테의 대화

소네트

바 그대는 어찌해서 그토록 말랐나, 로시난테?

로 아무것도 먹지 않고 죽도록 일만 하기 때문이지.

바 그럼 보리와 밀짚은 무엇인가?

로 내 주인이 한 입도 못 먹게 하거든.

바 아니, 이보시오, 그대는 버르장머리가 없구먼.

　아무리 당나귀 혓바닥이라고 주인을 욕보이다니.

로 당나귀는 요람에서 관에 들어갈 때까지 그렇다네. 보고 싶은가?

　그럼 한번 사랑에 빠져보라고.

바 사랑하는 게 어리석은 짓인가?

로 그다지 현명한 짓은 아니라네.

바 그대는 형이상학적이군.

로 못 먹은 탓이네.

바 종자를 원망하게나.

로 그것만으로는 부족하네.
주인도, 종자도, 집사도
로시난테처럼 비쩍 말라비틀어져 있는데
어떻게 내가 내 입으로 내 고통을 원망하겠어?

제1부

제1장

라만차의 유명한 시골 양반 돈키호테의
성격과 생활에 대해

마을 이름은 기억하고 싶지 않은 라만차 지방의 한 마을에, 그다지
오래되지 않은 어느 날, 창걸이에 창을 걸어두고, 낡은 구식 방패랑
말라비틀어진 말이랑 날쌘 사냥개를 갖춘 한 시골 양반이 있었다.
그는 일반적으로 양고기보다 쇠고기가 더 많이 들어간 끓인 요리[49]
를, 저녁에는 거의 언제나 살피콘[50]을, 토요일은 두엘로스 이 케브
란토스[51]를, 금요일은 렌테하[52]를, 일요일은 비둘기 고기를 곁들여
먹었는데, 이처럼 그는 먹는 일에 수입의 4분의 3을 소비했다. 또
나머지 4분의 1은 검고 두꺼운 외투와 축제일에 입는 비로드 바지
와 구두, 보통 때 입는 최고급 순모 윗도리에 써버렸다. 그의 집에
는 마흔 살이 넘은 가정부와 스무 살이 채 안 된 조카딸이 있었고,

---

49 세르반테스가 살던 시대에는 쇠고기보다 양고기를 즐겨 먹었다.
50 쇠고기, 소금, 후추, 식초, 양파를 넣고 끓인 요리.
51 프라이한 달걀과 기름에 튀긴 돼지고기.
52 렌즈콩.

들일도 하고 심부름도 하는 하인도 한 사람 있었는데, 그는 비루먹은 말에 안장을 얹기도 하고 가지치기도 했다. 우리 시골 양반은 나이가 쉰에 가까운 사람으로, 허우대는 건장하나 말라비틀어졌고, 얼굴은 여위었으나 새벽잠이 없고, 사냥을 무척 좋아했다. 그의 별명은 키하다라 하기도 하고 케사다라고도 하는데, 이 점에 대해서는 작가들 사이에도 의견이 분분하나, 가장 합리적인 추측에 의하면 케하나라고 부르는 것이 옳을 듯하다. 그러나 이것은 우리 이야기에 그다지 중요한 것이 아니고, 우리는 단지 이야기를 해나가면서 조금이라도 진실에서 벗어나지만 않으면 그것으로 족하다.

그런데 이 시골 양반은 아무 할 일이 없는 한가한 때에는, 1년 내내 대개 그렇지만, 너무나 지칠 정도로 기사들의 무용담을 읽는 데 골몰했다. 어찌나 지나치게 골몰했던지 사냥은 거의 잊다시피 했고, 집안 살림살이마저 거의 돌보지 않을 정도였다. 무용담에 대한 호기심과 광기가 극에 달해 마침내 그는 그런 책을 사기 위해 몇 정보나 되는 많은 땅을 팔아치워야 했고, 닥치는 대로 책을 사 집에 가져왔다. 그 모든 책 중에서도 유명한 펠리시아노 데 실바[53]가 쓴 작품에 비견할 만한 책은 없다고 생각했다. 그의 우아한 문체와 미묘한 묘사는 빛나는 보석처럼 느껴졌다. 특히 애인끼리 서로 속이는 대목이나 결투를 신청하는 대목에 이르면 더더욱 그러했다. 예컨대 "이성이 아닌 이성이 내 이성을 요 모양 요 꼴로 병들게 하니,

---

53 Feliciano de Silva.《셀레스티나의 두 번째 코미디*Segunda comedia de Celestina*》의 저자 (1491~1554). 이외에도《그리스의 리수아르테*Lisuarte de Grecia*》,《그리스의 아마디스*Amadís de Grecia*》,《그리스의 로헬*Rogel de Grecia*》같은 여러 권의 기사도 책을 썼다.

그대의 미모를 원망하는 것도 이성이로다"라든지 "별과 더불어 그대의 신성을 신성하게 지켜주시는 저 높은 하늘은 그대의 위대하심이 마땅히 받아야 할 공덕을 받을 만하게 하시는도다"라는 대목을 읽을 때도 그렇다.

이러한 이유로 이 가엾은 기사 양반은 이성을 잃기 일쑤였고, 그 뜻을 알아내기 위해 자주 밤샘을 했으나 핵심을 찌를 참뜻을 알아내지 못했다. 설령 아리스토텔레스가 그 뜻을 알아내려고 부활한다 해도 풀지 못했을 것이다. 그는 또 기사 돈 벨리아니스가 주고받은 상처에 대해서도 의문을 풀 수 없었다. 제아무리 훌륭한 의사의 치료를 받았다고 하더라도 상처와 흉터투성이로 만신창이가 된 얼굴과 전신이 멀쩡할 리는 없을 것이라고 생각했기 때문이다. 그러나 끝을 낼 수 없는 모험담을 끝마무리도 하지 않은 채로 끝내버린 그 작가의 솜씨에 감탄하면서, 수차에 걸쳐 자기 자신이 직접 펜을 들고 그 작가를 대신해 속편을 써볼까 하는 생각도 했다. 의심할 여지도 없이 끊임없이 일어나는 과대망상이 방해하지 않았다면 그는 틀림없이 그렇게 했을 테고, 그랬으면 아마 성공을 거두었을지도 모른다. 그는 시구엔사 대학 졸업생으로 학식이 풍부한 마을의 신부와 더불어, 영국의 팔메린[54]과 가울라의 아마디스 중에 누가 더 훌륭한 기사인가에 대해 종종 토론을 했다. 그런데 같은 마을의 이발사인 니콜라스는 이렇게 말했다. "이 세상에서 페보의 기사와 견

---

54 Palmerín de Ingalaterra. 포르투갈의 작가 프란시스코 데 모라에스 카브랄Francisco de Moraes Cabral이 쓴, 같은 이름의 소설《영국의 팔메린Palmerín de Ingalaterra》속 주인공. 매우 용감한 기사도 책으로 1547년 카스티야 말로 번역되었다.

줄 만한 사람은 아무도 없습니다. 만약에 있다면 가울라의 아마디스의 동생인 돈 갈라오르 기사뿐입니다. 왜 그런고 하면 갈라오르는 임기응변에 능하고, 용맹스러움에 있어서도 그의 형에게 조금도 뒤떨어지지 않으며, 또한 형처럼 으스댄다거나 공연히 눈물을 잘 흘리지도 않으니까요."

결론적으로 말해 그 양반은 밤에 한잠도 자지 않고 낮에는 동이 틀 때부터 땅거미가 질 때까지 기사들의 무용담에만 골몰하고 있었다. 그렇게 잠은 별로 자지 않고 과다한 독서를 하다보니, 그의 머리는 이상하게 꼬여 올바른 판단력을 잃게 되었던 것이다. 책에서 읽은 온갖 마법이나 말다툼, 전쟁, 결투, 부상, 귀엣말, 사랑, 고통, 황당무계한 일들이 환상으로 그의 머리를 가득 채웠다. 그런 식으로 그는 자기가 읽은 그 황당무계한 이야기가 모두 진실이라는 신념을 가지게 되었고, 이 세상의 실제 이야기도 그런 이야기보다 더 진실한 것은 아니라고 믿게 되었다. 그는 시드 루이 디아스[55]가 아주 훌륭한 기사임에는 틀림없지만, 사납고 거대한 거인을 둘이나 그것도 단칼에 두 동강을 내버린 불타는 칼의 기사[56]와는 견줄 수 없다고 했다. 또 헤라클레스가 대지의 신의 아들 안테오를 두 팔로 껴서 죽일 때 쓴 무술로 론세스바예스에서 귀신같은 롤단을 죽인 베르나르도 델 카르피오도 훌륭한 기사라고 했다. 그는 또한 거

---

55 el Cid Ruy Díaz. 중세 에스파냐의 영웅 로드리고 디아스 데 비바르Rodrigo Díaz de Vivar(1043?~1099). 일명 엘 시드El Cid라고 한다. 이슬람으로부터 발렌시아를 탈환하고, 이슬람의 이베리아반도 침입에 대항하여 활약하다 전사했다.

56 el Caballero de la Ardiente Espada. 기사도 서적 중에서도 매우 유명한《그리스의 아마디스》의 주인공을 일컫는 또 다른 이름.

인 모르간테를 아주 높이 평가했다. 모두가 거칠고 오만불손하기만 한 거인 족속에 속했지만, 그 사람만이 상냥하고 예절이 바르기 때문이었다. 그러나 모든 기사 중에서도 레이날도스 데 몬탈반[57]을 최고의 기사로 그는 간주했다. 이 기사가 성을 뛰쳐나와 닥치는 대로 약탈하는 광경이나, 역사에 기록되어 있는 바와 같이 모두 순금으로 만들었다는 그 마호메트 상을 바다 건너 이교도의 나라에서 빼앗아 오는 용맹스러움에 그는 아낌없는 찬사를 보냈다. 만일 배반자 갈랄론[58]을 발길로 한번 냅다 차줄 수만 있다면, 그의 가정부는 말할 것도 없고 조카딸까지 내주어도 아깝지 않을 것 같았다.

아무튼 이제 우리 신사 양반의 정신은 완전히 이상해져서 이 세상의 어떤 미치광이도 시도하지 못했을 기이한 공상 속으로 빠져 들어갔다. 그리하여 마침내 그는 자신의 명성을 높이고 나라에 봉사하기 위해서는 편력 기사가 되어야겠다고 생각하기에 이르렀다. 그는 모험을 찾아 무장하고 말에 올라 온 세상을 두루 다니며, 그가 읽은 편력 기사들의 수행을 본받아 잘못된 것을 죄다 고치면서 어떠한 위험 속에라도 몸을 던져 이를 극복함으로써 후세에 길이 남을 이름과 명예를 얻기로 결심했다. 이 가엾은 양반은 자신의 무술로 최소한 트라피손다 제국[59]의 왕위는 이미 따놓은 당상이라 상상하고 있었고, 그런 달콤한 공상에서 오는 기묘한 쾌감에 도취

---

57 Reinaldos de Montalbán. 마테오 보이아르도Matteo Boiardo의 서사시《사랑에 취한 오를란도Orlando innamorato》속 주인공들 중 한 사람.

58 el traidor de Galalón. 론세스바예스Roncesvalles의 배반자.

59 el imperio de Trapisonda. 서기 1220년에 세워진 비잔티움 제국의 네 지방 중 한 곳의 수도로, 흑해에 있는 지중해 안의 도시.

되어 자신의 생각을 곧 행동으로 옮기려고 서둘렀다. 그가 맨 처음
착수한 일은 수 세기 동안이나 한구석에 처박아두어 잊힌, 쇳녹이
닥지닥지 슬고 쓸모가 없는, 증조할아버지가 입었던 갑옷을 손질하
는 일이었다. 그는 있는 정성 없는 정성을 다해 닦고 고쳐보았으나,
중대한 결함이 한두 가지가 아니라는 것을 알게 되었다. 즉 그 투구
는 얼굴 덮개가 없는 단순한 철모에 불과했던 것이다. 그러나 그가
온갖 정성을 다해 판지를 오려서 덮개를 만들고, 그것을 투구에 갖
다 맞추고보니 완전무결한 아주 근사한 투구 모양이 되었다. 그리
고 그것이 칼을 받더라도 견딜 수 있을지를 시험해보기 위해 자신
의 칼을 뽑아 들고 두 번을 내리쳤다. 그러자 일주일이나 걸려 애
써 만든 것이 단 한 번에 그만 결딴나고 말았다. 그는 자기가 그것

을 그처럼 쉽게 부숴버릴 수 있었다는 데 대해서는 별로 기쁨을 느끼지 못했다. 위험을 방지하려면 그토록 허망하게 부서져버리고 만 것을 그냥 내버려둘 수도 없었다. 이번에는 방법을 바꾸어 안에다 굵은 철사를 가로질러 넣고 얼굴 덮개를 다시 만들었다. 그렇게 하고보니 투구가 얼마나 튼튼한지 자신도 만족할 만해서, 두 번 다시 시험해볼 것도 없이 그 투구를 아주 훌륭하게 잘 만든 것으로 인정하고 그대로 사용하기로 결심했다.

그다음에는 자신의 비루먹은 말을 살펴보았는데, 그것 역시 레알[60]을 쪼개어낸 동전보다 더 많이 굽이 터져 있고, 가죽과 뼈만 앙상하게 남았다는 고넬라의 말보다 더 형편없는 것이었음에도 불구하고, 알렉산더대왕의 애마 부세팔로와 엘 시드의 말 바비에카도 그 비루먹은 말에는 비교조차 할 수 없다고 생각했다. 그는 자신의 말에게 어떤 이름을 지어줄까 하고 생각하는 데만 꼬박 나흘을 소비했다. 그 사람 자신의 말에 의하면, 도대체 천하의 유명한 일등 기사가 타시는 말에게 이름이 없다는 것은 말도 안 된다는 것이 그 이유였다. 그래서 그는 편력 기사가 타던 말이 그전에는 어떠했으며 지금은 또한 어떻게 되었는가를 똑똑히 알려주는 그런 이름을 붙이려고 애썼다. 주인의 지체가 높아졌으니 그의 말도 거기에 걸맞은 이름을 지어주어야 하겠는데, 그런 만큼 그 주인의 새로운 사명이나 품위에 어울리는 장엄하고도 당당한 이름이어야만 했기 때문이다. 그래서 기억을 더듬고 상상력을 짜내서 수를 헤아리기 어

60   real. 옛 에스파냐의 화폐 단위로, 25센티모나 34마라베디에 해당한다.

렵도록 많은 이름들을 지었다가 지우고, 잘랐다가 붙이고, 없앴다가 고치고 한 끝에 마침내 '로시난테Rocinante'라고 결정하고나니, 자기 생각으로는 얼마나 고귀하고 당당하고 의미가 깊을 뿐만 아니라, 지금의 지위에 오르기 전에는 천하에 둘도 없는 명마도 한낱 평범한 말에 지나지 않았다는 것을 잘 나타내주는 것이었다.

이렇듯 마음에 꼭 드는 이름을 말에게 지어주고나자, 이번에는 자신의 이름을 짓기로 결심하고 그걸 생각하기에 또다시 일주일 동안[61]이나 여념이 없었다. 그리고는 드디어 '돈키호테Don Quijote'라 부르기로 결심하기에 이르렀다. 앞에서도 말했지만, 이 이름 때문에 실제 이야기의 작가들은 그의 본명이 케사다가 아니고 키하다라며 논쟁을 벌였던 것이다. 어쨌든 그는 저 용맹스런 기사 아마디스가 그저 아마디스라는 자기의 이름만으로는 만족하지 않고 이름을 더욱 빛나게 하기 위해 자기가 태어난 왕국과 고향의 이름을 덧붙여서 '가울라의 아마디스'라고 했던 것을 기억해내고는, 자기 자신도 한 사람의 당당한 기사로서 이름에다 고향의 이름을 덧붙여서 '라만차의 돈키호테Don Quijote de la Mancha'라 부르기로 결정했다. 그렇게 함으로써 자기의 가문과 고향을 생생하게 알릴 뿐만 아니라 고향을 명예롭게 했다고 생각했다.

이제 갑옷도 말끔하게 손질된 데다가 투구도 완전해졌고, 말이름도 짓고 자신의 이름까지 확정해놓았으니, 다른 것은 부족함이

---

61 otros ocho días. 본래 '여드레 동안'이란 뜻이나 오늘이 포함된 8일을 뜻하기 때문에 '일주일'을 'una semana' 혹은 'ocho días'로 쓰기도 한다. 우리가 여행 등을 할 때 7박 8일을 일주일이라 하는 것과 같다.

없으나 그가 열렬히 사랑을 바칠 여성을 구하는 일만 남았음을 알게 되었다. 사랑이 없는 편력 기사는 잎이나 열매가 없는 나무나 다름없고, 영혼이 없는 육체와도 같았기 때문이다. 그는 혼자 중얼거리듯 말했다.

"편력 기사에게 흔히 있는 일이듯, 만일 내가 내 죗값 때문이거나 혹은 운이 좋아서 언제 어디서 어마어마하게 큰 거인을 만나게 된다면, 한칼에 그놈을 때려누이든지 아니면 몸을 두 쪽으로 갈라놓든지, 어쨌든 꼼짝달싹 못 하게 항복을 받아야지. 그래서 그놈을 잡아다 내 아름다운 여인에게 선물로 보내 그녀의 앞에 무릎을 꿇리고는, 공손한 말씨로 '아가씨, 소인은 말린드라니아섬의 왕인 거인 카라쿨리암브로이온데, 사람의 입으로는 이루 다 찬양할 수 없는 라만차의 돈키호테 기사님caballero Don Quijote de la Mancha에게 단 한 차례 접전으로 패하고, 그분의 분부로 이제 당신 앞에 대령하게 되었나이다. 소인은 감히 아가씨의 처분만 기다릴 뿐이옵니다'라고 하게 한다면 그 얼마나 신명 나는 일이겠는가."

아, 이러한 상상을 했을 때, 우리의 마음씨 고운 기사 양반은 얼마나 마음이 흐뭇했겠는가! 더욱이 그의 여인이라고 부를 수 있는 여인을 발견했을 때의 기쁨은 또 얼마나 컸겠는가! 그 여인이 누구냐 하면, 전하는 바에 의하면 그 기사 양반의 마을에서 그리 멀지 않은 곳에 살고 있는 아주 예쁘게 생긴 농사짓는 처녀로, 그가 한때 사모한 바로 그 여인이었다. 그러나 그 여인은 그가 사모하고 있다는 걸 전혀 알지 못했고 생각조차 하지 않았다고 한다. 여인의 이름은 알돈사 로렌소Aldonza Lorenzo였는데, 그는 그녀를 자기가 그리워하는 여인으로 삼는 것이 적합하다고 생각했다. 그리하여 여인의 본명과도 과히 동떨어지지 않으면서 공주나 귀부인 신분임을 암시해주는 근사한 이름을 생각한 끝에, 그 여자를 '엘 토보소의 둘시네아Dulcinea del Toboso'라 부르기로 했다. 왜냐하면 그 여자는 원래 엘 토보소 태생이었기 때문이다. 그는 앞서 자신과 자기 소유물에 대하여 모두 그랬던 것처럼, 그 이름이 음악적이고 멋들어지면서도 의미심장한 것이라고 생각했다.

· 제2장 ·

재치 넘치는 돈키호테가
자기 고향에서 행한 첫 출향出鄕 에 대해

이런 준비가 되고나자 생각을 실천에 옮기는 데 잠시도 지체할 수 없었다. 한시라도 빨리 풀어주어야 할 억울한 일, 바로잡아야 할 부정, 다스려야 할 무법, 뜯어고쳐야 할 폐습, 그리고 갚아야 할 은혜, 이러한 임무를 수행해야 할 자기가 빨리 나서지 않으면 온 세상이 당하게 될 손실이 너무나도 클 것이라고 생각했기 때문이다. 그리하여 자기의 뜻을 아무에게도 알리지 않고, 또 누구의 눈에도 띄지 않게 7월 한더위의 어느 날 아침 동틀 무렵에 갑옷을 차려입고 로시난테에 올라타, 제대로 고치지 못한 투구를 쓰고 방패를 끼고 창을 비껴들고는 뒷문을 통해 들판으로 나섰다. 그는 자기의 멋진 계획을 이렇게도 쉽게 착수했다고 생각하니 기쁘고 즐겁기 한량없었다. 그런데 막상 들판으로 나갔을까 말까 했을 때 갑자기 무서운 생각에 사로잡혀서 모처럼 시작한 계획을 포기할 뻔했으니, 그것은 그가 기사 서품식을 거치지 않았을 뿐만 아니라 기사도 법에 의하면 이러한 기사로서는 다른 정식 기사와 싸울 수도 없고 또 싸워서도 안 된다는 것을 기억해냈기 때문이다. 또 설령 기사 서품을 받았다 하더라도, 올챙이 기사이고보면 제힘으로 문장紋章을 획득하기까지는 견습 기사로서 문장이 없는 갑옷을 입어야 하기 때문이었다. 이런 생각들이 그의 계획을 흔들리게 했으나, 그의 광기는 어떠한 이유들보다 강했기 때문에, 이런 경우 숱한 기사들이 이러이러했다는 것을 책에서 읽은 그대로 그는 자기가 맨 처음 만나게 될 어느 기사한테서 서품을 받기로 결심했다. 또 갑옷에다 문장을 달 수 없으니, 그건 틈나는 대로 갈고 닦아서 흰여우보다 더 하얗게 만들면 그만이라고 생각하기에 이르렀다. 이러고나니 적이 마음이 가라앉았다. 그는 가던 길을 다시 가기로 하고, 말이 가는 대로 내맡겼다. 그래야만 모험의 보람도 있는 것이라고 굳게 믿었기 때문이다.

그리하여 우리의 이 빛나는 모험가는 계속 길을 가면서 혼잣말로 중얼거렸다.

"후대에 가서 내가 이룩한 유명한 행적이 실제 이야기로 세상에 나올 때, 이 행적을 기술할 현인은 아침 일찍 떠난 나의 첫 출향을 틀림없이 다음과 같이 적지 않을 것이라고 누가 의심하겠는가? '불그레한 태양신 아폴로가 광활한 대지의 얼굴에 황금빛 아름다운 머리채를 드리우실 무렵, 또한 형형색색 어린 새들이 고운 목청을 뽑아서, 저 시샘 많은 남편의 포근한 침상을 떠나 라만차의 지평선 창문들과 발코니에 나타난 장밋빛 새벽의 여신 오로라에게 달콤한 노래로 인사를 드릴 즈음, 유명한 기사 라만차의 돈키호테는 포근한 새털 이불을 걷어차고 명마 로시난테에 높이 올라, 예부터 유명한 몬티엘의 들판을 가로질러 편력의 장도에 올랐던 것이다'라고 말이다."

61

　사실 몬티엘의 들판은 우리 기사님이 실제로 택한 길이었다.
그는 또 덧붙여 말했다.

　"미래를 기념하기 위해 청동에 기록하고, 대리석에 새기고, 판
에 그려둘 만큼 혁혁한 내 공훈이 빛낼 그 시대는 정말 다복한 세
상이로다. 오, 그대 현명하신 마법사여, 그대가 누구이든 진기한 이

이야기를 엮으려거든 행여 내 착한 로시난테를 잊지 말라. 어딜 가나, 무얼 하나 항상 그는 나의 영원한 동반자였도다."

그러고는 또 정말 사랑이나 속삭이듯이 말했다.

"오, 둘시네아 공주시여, 사랑에 사로잡힌 이 마음의 주인이시여, 그대는 저를 물리치시며 다시는 아름다운 그대 앞에 '나타나지 말라는 너무나도 잔인한 명령을 내리시어 저에게 크나큰 상처를 주셨나이다. 오, 당신이시여, 그대를 사랑하는 까닭에 이렇듯 괴로움을 참아야 하는 그대의 포로를 기억해주소서."

이런저런 되지도 않는 말을 엮어대면서 길을 걷는데, 그 모두가 책에서 배운 소리로, 그는 될 수 있는 한 그 말들을 흉내 내는 것이었다. 그러자니 걸음은 더디고 해는 중천에 솟아 쨍쨍 내리쬐는 바람에 머리가 몇 개라도 녹여버리기에 넉넉할 지경이었다.

그날은 거의 하루 종일 이야기할 만한 사건이 없어 걷기만 했다. 누구든지 만나는 대로 당장 힘을 겨루어보려는 것이 그만 수포로 돌아가고 말았다. 작가들의 말에 따르면, 그가 만난 최초의 모험은 푸에르토 라피세에서 만난 모험이었다고 하고 더러는 풍차 모험이었다고 하지만, 가능한 한 내가 이 일에 대해 조사한 것과 라만차의 연대기에 적혀 있는 바에 따르면, 그는 그날 온종일 길을 갔고 해 질 녘에는 그도 말도 지치고 배가 고파 죽을 지경이었다는 것이다. 그래서 사방을 휘휘 둘러보면서 행여나 몸을 쉬고 기갈을 해소할 어느 성이나 양치기들의 움막이 있지 않나 하고 살핀 끝에, 가던 길에서 과히 멀지 않은 곳에 있는 객줏집 하나를 발견했다. 그것은 마치 처마 밑이 아닌 구원의 왕궁으로 인도하는 별과도 같았다. 그는 급히 말을 몰아 어두워질 무렵에야 그 객줏집에 도착했다.

때마침 문간에 젊은 여자 둘이 있었는데, 그들은 행실이 형편없는 여자들로서 말몰이꾼들과 같이 세비야로 가다가 그날 저녁을 이 객줏집에서 묵게 된 것이었다. 그런데 우리 모험가는 모두가 자신이 책에서 읽은 그대로 되어 있고 또 그렇게 되어간다고 믿고 있었기 때문에, 조금 전에 객줏집을 보았을 때부터 네 귀퉁이에 있는 발코니와 은빛 찬란한 첨탑은 물론이고 조교弔橋와 해자 등 그림에서 본 성에 딸린 것이면 무엇이든 다 구비되어 있는 것으로 알았다. 그리하여 성으로만 보이는 객줏집으로 다가가서 몇 걸음 떨어진 곳에 로시난테를 멈추어 세웠다. 난쟁이 문지기가 나팔을 불어서 기사님이 성으로 행차하신다고 알리기를 은근히 바랐던 것이다. 그러나 아무런 소식도 없고 로시난테는 어서 마구간으로 가고 싶어 하는 눈치여서, 객줏집 문간으로 썩 들어섰을 때 거기서 그 노는 두 여자들과 마주친 것인데, 그는 그 여자들을 성문 어귀에서 산책을 즐기는 어여쁜 아가씨가 아니면 우아한 귀부인이라고 생각하게 되었다. 그러자 공교롭게도 마침 그때, 보리걷이가 끝난 밭에서 한 양치기가 돼지 떼―쑥스러운 말이지만 사람들이 그렇게 불렀다―를 몰아내느라고 짐승을 부리는 뿔나팔을 불었다. 그 순간 돈키호테는 옳거니 그 소리로구나, 난쟁이 놈이 내 행차를 알리는 소리로구나 하고 무척 좋아하면서 여자들에게 다가갔다. 여자들은 웬 남자가 투구에다 갑옷을 입고 긴 창과 방패를 들고 오는 것을 보자 겁을 집어먹고 집 안으로 뛰어 들어가려 했다. 돈키호테는 그녀들이 무서워서 도망하려는 걸로 알고 종이 얼굴 덮개를 치켜올려, 말라비틀어지고 먼지투성이가 된 제 몰골을 보이면서 점잖은 태도와 착 가라앉은 목소리로 말했다.

"존귀하신 아가씨들이여, 부디 달아나지 마십시오. 그리고 조금도 해를 끼치려고 하는 것이 아니니 염려를 놓으십시오. 기사도의 예법으로 말씀드리건대, 누구에게도 해를 입히는 것을 용납하지 않거늘, 하물며 지체 높으신 아가씨들에게 그럴 수가 있겠사옵니까?"

젊은 여자들은 그를 쳐다보며 야릇한 얼굴 덮개에 가려진 그의 얼굴을 보려고 이리저리 눈을 굴렸다. 그러나 자기들의 직업과는 너무 동떨어진 아가씨라는 소리를 듣자, 그만 터져 나오는 웃음을 걷잡을 수가 없었다. 이것이 도리어 돈키호테를 겸연쩍게 만들었던지, 그는 다시 말했다.

"아름다우신 아가씨들에게는 정숙한 태도가 어울립니다. 더구나 사소한 일에 웃으신다는 건 커다란 어리석음이옵니다. 그러나 이렇듯 아뢰는 바는 아가씨들에게 괴로움을 끼쳐드리거나 조금이라도 언짢게 해드리려 함이 아니옵니다. 소인은 다만 아가씨들을 섬기는 몸일 따름이옵니다."

그녀들이 자신들로서는 알아듣지 못할 소리에다 해괴망측한 그의 모습에 더욱 웃음을 터뜨려놓으니, 돈키호테도 그만 발끈 성이 났다. 만일 그때 객줏집 주인이 나오지 않았더라면 큰일이 날 뻔했다. 객줏집 주인이라는 사람은 뒤룩뒤룩 살이 찌고 천하태평의 위인이기는 하나, 말고삐며 긴 창이며 방패며 갑옷이며 모두가 어울리지 않는 차림으로 무장을 한 돈키호테의 모습을 보고는 여자들의 웃음판에 한몫 끼지 않을 수 없었다. 그러나 워낙 무기를 갖춘 몸인지라, 두려워서 그저 공손히 대해주는 것이 상책이라 생각하고는 이렇게 말을 건넸다.

"기사님, 혹시 쉴 자리를 구하시는 것이라면, 저희 집에는 평상 하나밖엔 없습니다. 다른 것들은 얼마든지 있으니 그렇게 아시지요."

객줏집을 성으로, 객줏집 주인을 성주로 보는 터라, 돈키호테 는 그러한 성주의 겸손한 말을 고맙게 여기면서 대답했다.

"성주님, 제게야 무엇이건 상관없습니다. '내 장식품은 무기들 이요, 내 휴식은 싸우는 것 등'[62]이기 때문입니다."

객줏집 주인은 자기가 카스테야노[63]라고 불린 것을 보니 기사 가 자신을 성이 많은 카스티야의 성실한 사람인 줄로 안다고 생각 했다. 실상 그는 안달루시아, 그나마도 산루카르의 바닷가 사람으 로 카쿠스 못지않은 도둑놈, 샌님 나부랭이, 꼬마 소매치기보다 더 잔꾀에 능한 사람이었다. 그는 이렇게 대답했다.

"그럼 나리의 '누우시는 자리는 딱딱한 바위요, 주무심은 늘 밤 을 꼬박 새우시는 것'이시구면요. 그러시다면 마음 푹 놓고 내려오 십시오. 비록 움집일망정 밤샘쯤이야 하룻밤이 아니라 1년 내내 여 기서 하실 수 있을 테니까요."

그렇게 말하면서 등자鐙子를 잡아주려고 돈키호테에게 다가갔 고, 그는 그날 온종일 아무것도 먹지 못한지라 가까스로 말에서 내 렸다.

곧이어 객줏집 주인더러 매우 조심하여 말을 보살펴달라며, 이 세상에 다시없는 명마라고 덧붙여 말했다. 객줏집 주인이 보아하

---

62 mis arreos son las armas, / mi descanso el pelear, etc. 옛 로맨스의 시구. 계속되는 시구에 서 성주는 다음과 같이 빗대어 말한다. 내 침대는 딱딱한 바위mi cama las duras peñas / 내 잠은 늘 밤새우는 것mi dormir siempre velar.

63 성주城主.

니, 돈키호테가 말하는 말은 명마는커녕 그 절반도 못 될 것 같았다. 어쨌든 마구간으로 끌어서 가져다 두고 손님이 또 무엇을 시키지나 않나 싶어서 돌아와 보니, 언제 사이가 좋아졌는지 아까 그 여자들이 그의 갑옷을 벗겨주고 있었다. 그런데 가슴받이와 등받이는 벗겼지만 목받이만큼은 어떻게 벗겨야 할지, 그리고 그 빌어먹을 투구는 어떻게 벗겨야 할지 알 수가 없었다. 그도 그럴 것이 얼굴 덮개는 푸른 노끈으로 매여 있었는데, 그 매듭이 풀리지 않아서 줄을 끊어야만 했다. 그러나 기사가 그 말을 들어줄 리 만무했다. 그래서 우리의 기사는 그날 투구를 쓴 채로 밤을 지새우게 되었는데, 그 꼴이란 생각만 해도 가관이 아닐 수 없었다. 갑옷을 벗겨주던 약삭빠른 여자들을 성안의 지체 높은 귀부인인 줄로만 알고 있는 그는 정중한 태도로 이렇게 읊어댔다.

그의 마을을 떠나와
돈키호테처럼
아가씨들로부터 이렇게 시중을 잘 받은
장한 기사가 이 세상에 또 있을까
아가씨들은 그를 보살펴주고
공주님들은 그의 여윈 말을 보살펴주네.[64]

"참, 아가씨들이시여, 로시난테는 제 말의 이름이고, 저는 라만

64　란사로테Lanzarote의 옛 로맨스 시구.

차의 돈키호테, 실은 아가씨들을 위해 공훈을 세워서 저절로 알려지기까지 이름을 밝히지 않으려고 했는데, 란사로테의 옛 노래를 여기서 본떠 부르자니 아직은 생소한 이름을 대게 되었군요. 하지만 곧 때가 올 것입니다. 아가씨들의 분부가 계시기만 하면 이 몸은 분연히 일어나서 제 무술의 힘으로 아가씨들을 섬기고자 하는 소망을 만천하에 보여드리겠습니다."

여자들은 이러한 수사에 익숙하지 못해서 뭐라고 대꾸할 말이 없었다. 다만 묻는다는 것이, 무엇을 잡숫고 싶으십니까 하는 정도였다.

"시장이 반찬이라고 뭐든지 먹겠습니다." 돈키호테가 대답했다. "마침 시장기가 돌아 속이 출출하던 참이었습니다."

그날이 마침 금요일이라서 객줏집에 있는 거라곤 카스티야에서 '아바데호', 안달루시아에서 '바칼라오', 또 다른 지방에서는 '쿠라디요' 혹은 '트루추엘라'라고 하는 대구 새끼 몇 인분뿐이었다. 그래서 다른 생선은 드실 게 없으니 트루추엘라라도 드시겠느냐고 묻자, 돈키호테는 대답했다.

"트루추엘라라도 많이만 있다면야 트루차[65] 한 마리 폭은 되죠. 한 돈쭝짜리 은돈 여덟 닢이나 여덟 돈쭝짜리 한 닢이나 마찬가지니까요. 말하자면 소보다는 송아지, 산양보다는 새끼가 더 좋듯이, 어쩌면 트루추엘라가 나을지도 모를 일입니다. 아무튼 빨리나 가져오고 볼 일이오. 뱃속을 다스리지 않고는 노역과 무기의 중량

[65] 송어.

을 감당할 수 없는 법이니까 말이오."

　시원한 자리를 마련해주기 위해 객줏집 문간으로 식탁이 옮겨졌다. 제대로 절여지지도 않고 불에 슬쩍 그슬리기만 한 트루추엘라 한 토막과 우리 기사님의 갑옷처럼 더럽고 시꺼먼 빵 한 조각을 객줏집 주인이 들고 나왔다. 그러나 정작 우스운 것은 먹어대는 그 꼬락서니였다. 투구를 쓴 채 얼굴 덮개를 치켜올리고 있자니, 제 손으로는 아무것도 입에다 넣을 수 없고 남이 집어넣어줘야만 했으므로, 여자들 중 하나가 그 일을 맡았던 것이다. 그건 그렇다지만, 마실 것을 넣어주는 일이 또 큰일이었다. 하는 수 없이 객줏집 주인이 갈대에다 구멍을 내서 그 한끝을 그의 입에 넣고 다른 한끝에 포도주를 부어 넣었다. 그래도 돈키호테는 투구의 끈만은 절대로 끊을 수 없다는 듯 꾹 참고 받아먹었다. 이러고 있을 때 돼지 불알을 까는 자가 한 사람 객줏집으로 들어섰다. 그는 객줏집에 도착하자 갈피리를 네댓 번 불었다. 그러자 돈키호테는 자기가 지금 유명한 성에 와서 풍악까지 곁들인 환대를 받는 것이로구나 하면서, 얼간을 한 아바데호를 트루차, 검은 빵을 희디흰 밀가루로 만든 빵, 창녀들을 귀부인, 객줏집 주인을 성주로 믿어 의심치 않았다. 그래서 그는 자기의 결심과 출발을 아주 잘 한 일이라고 생각했다. 그러나 무엇보다도 기가 꺾이는 일은, 아직 기사의 칭호를 받지 못한 점이었다. 기사 품급을 받지 않고는 어떠한 모험이라도 합법적으로 할 수 없는 것이라고 생각했기 때문이다.

제3장

돈키호테가 기사 서품식을 치르는 재미있는 방법에 대한 이야기

이런 생각으로 고민을 하며 객줏집의 초라한 저녁을 먹고나자, 그는 객줏집 주인을 불러 마구간으로 끌고 들어가서는 그의 앞에 무릎을 꿇고 말했다.

"용감무쌍하신 기사님이시여, 저에게 한 가지 소청이 있사오니, 이를 들어주시기까지는 절대로 이 자리에서 일어나지 않겠사옵니다. 다름이 아니옵고, 기사님과 더불어 천하에 명성을 드높이고 인류의 행복에 크게 공헌하는 일입니다."

객줏집 주인이 자기 발치에 엎드려 있는 손님을 보고 또 그런 말을 듣고보니, 무엇을 어떻게 말해야 좋을지 몰라 어리둥절하다가 물끄러미 내려다보면서 어서 일어나라고 했다. 그러나 손님이 끝끝내 듣지 않으므로, 에라 모르겠다, 될 대로 되라 싶어 청한 대로 해주겠다고 하니, 그제야 돈키호테는 일어서며 말했다.

"비할 데 없이 아량이 넓으신 기사님께서 허락해주시리라 믿고 있었사옵니다. 그럼 이제 말씀드리겠습니다. 기사님께서 허락해주신 저의 청이란, 내일 아침 저에게 기사 서품식을 베풀어달라는 것입니다. 저는 오늘 밤 기사님의 성안 경당에서 갑옷을 입고 밤샘하다가, 이미 말씀드린 바와 같이 내일 아침에 저의 간절한 소원을 성취하겠사옵니다. 그러면 약한 자들을 돕기 위해 온 세상을 두루 편력하게 될 것입니다. 이것이야말로 기사도의 본분이요 저 같은 편력 기사의 임무로서, 소인의 품은 뜻은 실로 이러한 데 있사옵니다."

　앞에서 말한 대로 객줏집 주인은 다소 의뭉스러운 데다 진작부터 자기 손님의 정신에 약간 이상이 있다는 것을 눈치챈지라, 이런 말을 듣고나서는 정녕 그렇구나 했고, 그런 바에야 오늘 밤 좀 재미있는 장난을 한번 쳐보자고 마음먹었다. 그래서 그는 말하기를, 당신의 그 야망, 그 소청이야 지당한 것이고, 인품으로나 늠름하신 풍채로 보나 근본이 당당하신 기사님으로서는 마땅히 그래야 하고 그럴 수밖에 없는 일이라고 늘어놓았다. 그러고는 자기도 젊었을 때는 그런 명예로운 수행에 몸을 바쳐 모험을 찾아 세상의 여러 곳을 두루 다녔는데, 말라가의 생선 시장들, 리아란의 섬들, 세비야 지역, 세고비아의 작은 장터, 발렌시아의 올리브 숲, 그라나다의 변두리, 산루카르의 해변, 코르도바의 망아지 샘, 톨레도의 술집들 등 기타 여러 곳을 빼놓지 않고 찾아다녔었노라고 했다. 그 여러 곳에서 그는 가벼운 다리와 날랜 솜씨로 온갖 궂은 짓을 다 했는데, 과부를 후린다든지 처녀들을 족쳐낸다든지 어린 고아들을 속여먹는다든지 하다가, 결국은 거의 전 에스파냐의 경찰서와 재판소에서 모르는 사람이 없을 정도였다고 했다. 그러다가 이 성으로 은퇴하여 자기의 토지와 남의 토지의 수입으로 살아가고 있는데, 편력 기사라면 그 신분과 소행이야 어떻든 가리지 않고 손님으로 모신다고 했다. 그것은 자기가 남달리 기사를 좋아하는 까닭이며, 또한 이러한 호의의 대가로 기사들한테서 푼돈이나 얻어 쓰는 재미가 솔솔 난다고 했다.

그리고 또 덧붙여서 자기의 성안에는 갑옷을 입고 밤을 새울 만한 경당이 없는데, 개축하려고 허물어버렸기 때문이라고 했다. 그러나 자기가 알기로 밤을 새우는 일은 필요한 경우 어디에서나 할 수 있는 것이니까, 오늘 밤은 궁성 안뜰에서 그렇게 지내고, 내일 아침에 하느님께서 허락하신다면 정식으로 예식을 갖추어서 세상에 다시없는 기사가 되게 해주겠다고 했다.

그러면서 그는 돈키호테에게 돈을 조금 가지고 있느냐고 물어보았다. 돈키호테는 돈이라곤 한 푼도 없으며, 더욱이 자기가 읽은 편력 기사의 이야기책들에서 돈을 지닌 기사라고는 눈을 씻고 봐도 한 사람도 없더라고 대답했다. 이 말에 객줏집 주인은 이렇게 말했다. "그건 모르시는 말씀이외다. 기사 이야기책에 씌어 있지는 않다고 해도, 돈이나 깨끗한 속옷처럼 반드시 지니고 다녀야 할 물건쯤은 구태여 적을 까닭이 없으며, 따라서 책에서 돈 이야기를 하지 않았다고 해서 기사가 그것을 지니지 않았다고 생각할 근거는 없는 것이라오. 그 수많은 책들에 나오는 하고많은 편력 기사들은 하나도 빠짐없이 만일의 경우를 위해 돈을 두둑이 지녔을 것이 뻔한 일이며, 동시에 속옷과 상처를 다스리기 위한 고약 상자도 지녔을 것이오. 기사가 싸우다가 상처를 입는 들판이나 사막에 번번이 치료해줄 사람이 있는 게 아니니 말이외다. 혹시 슬기로운 마법사를 친구로 둘 수 있다면, 그가 어떤 아가씨나 난쟁이를 구름에 태워 보내서 효험이 뛰어난 약을 몇 방울만 떨어뜨려도 당장 깊은 상처가 씻은 듯이 낫겠지만, 그렇지 못할 경우 옛날 기사들은 돈뿐만 아니라 붕대나 고약 같은 필수품은 종자를 시켜 든든히 가지고 다녔지요. 그리고 기사가 종자를 거느리지 못하는 경우에도, 그런 일은 없고 있다손 치더라도 아주 드문 일이지만, 거의 눈에 띄지 않을 정도로 조그만 주머니를 말 궁둥이에 달고 무슨 대단한 물건이라도 들어 있는 것처럼 가지고 다녔지요. 그 이유는 이런 특별한 경우가 아니면, 주머니를 갖고 다니는 것이 편력 기사들에게 용납되지 않았기 때문이오." 이와 같이 객줏집 주인이 그에게 훈시를 내리면서, 이제 곧 식을 갖추어 제자가 될 터인즉 스승으로서 명령을 할 수도 있는 일이니, 차후로는 돈은 말할 것도 없고 기타 필수품을 지니지 않고 길을 나서서는 안 되며, 뜻하지 않은 때에 그런 것들이 아주 긴요하게 쓰일 것이라고 했다.

객줏집 주인의 말을 빠짐없이 지키겠다고 돈키호테가 약속하자, 주인은 곧바로 명령을 내리기를, 객줏집 옆에 있는 넓은 마당에서 무장한 채로 밤을 새우라고 했다. 돈키호테는 무장武裝을 한데 모아 우물가 돌절구 위에 올려놓고는, 방패를 끼고 긴 창을 잡고 점잖은 모양을 지으며 돌절구통 앞을 왔다 갔다 했다. 바야흐로 그가 이렇듯 경비를 설 무렵, 날이 어두워지기 시작했다.

객줏집 주인은 집에 있는 모든 손님에게 그가 미쳤다는 것과, 지금 철야 경비를 하고 있다는 것과, 그 주제에 소위 기사 서품식을 해주기를 고대하고 있다는 것을 이야기했다. 손님들은 별 미친 꼴을 다 보겠다고 이상히 여기며 멀찌감치 떨어져 거동을 살피는데, 돈키호테가 천연덕스레 걸어 다니는 꼴이라든지 때로 창을 짚은 채 오랫동안 눈을 떼지 않고 자기 갑옷을 내려다보는 광경을 구경했다. 이윽고 밤이 되자 달은 휘영청 밝아서, 풋내기 기사가 하는 모습이 모든 사람에게 똑똑히 보였다. 그때 객줏집에 묵고 있던 마부들 중 하나가 자기 말에게 물을 먹이려고 했는데, 그러려면 돌절구 위에 놓여 있는 돈키호테의 무장을 옮겨야만 했다. 돈키호테는 그가 가까이 오는 것을 보고는 버럭 소리를 지르며 말했다.

"네 이놈, 웬 놈인지는 모르겠다만 일찍이 허리에 칼을 찼던 기사 중에서 가장 용맹스러운 기사의 무장에 감히 손을 대려고 하다니, 실로 당돌한 무사로구나. 공연한 만용의 대가로 목숨을 잃고 싶지 않거든 거기에 손을 대지 마라."

그러나 마부는 이런 말은 귀담아듣지 않고, 사실은 몸의 안전을 위해 주의를 했어야 할 일이지만, 무장 끈을 집어서 좀 멀찍이 옮겨놓았다. 이를 본 돈키호테는 하늘을 우러러 그의 마음속의 아가씨 둘시네아를 향하여 말했다.

"그리운 나의 아가씨여, 당신을 섬기는 나에게 처음으로 모욕이 가해졌으니, 나를 도우소서. 이 최초의 시련에서 당신의 은혜와 도우심이 내 힘을 북돋아주시기를 비옵나이다."

이렇게 또 이와 비슷한 말을 하면서 방패를 내동댕이치고 긴 창을 두 손으로 번쩍 들어 마부의 머리통을 후려치자, 그는 땅바닥에 폭 고꾸라졌다. 한 번이었으니 망정이지 연거푸 쳤더라면 의사가 와도 소용이 없을 뻔했다. 돈키호테는 주섬주섬 무장을 제자리에 도로 가져다놓고 아까처럼 또 왔다 갔다 하는 것이었다. 그리고 얼마 안 되어 그동안 무슨 일이 있었는지 전혀 모르는—아까 마부는 잠을 자고 있었다—다른 마부가 역시 자기 말에게 물을 먹이려고 왔다가 무장을 절구통에서 치우려고 했다. 돈키호테는 말 한마디 없이, 또 누구의 도움도 빌리지 않고 방패를 내던지고 다시 또 창을 번쩍 들어 마부의 머리통을 내리쳐서 세 쪽보다 더한 네 쪽으로 깨놓았다. 그런데도 창만은 조금도 상하지 않았다. 이 야료에 객줏집 사람들이 모두 우르르 달려 나왔다. 그중에는 객줏집 주인도 끼어 있었다. 이를 본 돈키호테는 방패를 안고 한 손으로 칼을 덥석 잡으며 말했다.

"오, 아름다우신 아가씨여, 꺾인 내 용기의 힘이시며 내 마음의 지주님이시여, 지금이야말로 이 엄청난 모험을 맞이하는 당신의 포로가 된 이 기사에게 당신의 우아하신 시선을 돌리셔야 할 때입니다."

이 말과 함께 그는 용기가 치솟아, 천하의 마부들이 한꺼번에 덮쳐온들 한 걸음도 물러서지 않으리라는 자신이 생겼다. 친구들이 쓰러져 있는 것을 본 마부들은 멀찌감치 서서 돈키호테에게 돌팔매를 퍼부었다. 그는 재주껏 방패로 이를 막아내며 행여 무장을 놓칠세라 돌절구만은 떠나지 않고 지켰다. 그때 객줏집 주인이, 저놈은 이미 이야기한 대로 미치광이고 미친놈이야 사람을 죽인대도 죄가 없으니 그냥 내버려두라고 냅다 소리를 질렀다. 돈키호테도 이에 질세라 큰 소리로 쓸개 빠진 놈들아, 개 같은 놈들아 하면서, 저 몹쓸 성주 놈은 편력 기사가 봉변을 당하는 꼴을 보고도 그냥 두는구나, 내가 기사의 칭호만 받았더라도 이런 배신행위는 그냥 두지 않았을 것이다 하고 말했다.

"그렇지만 너희 같은 불량배 놈들쯤 문제없다. 그래 나한테 감히 돌을 던지다니. 자, 덤벼라, 얼마든지 덤비란 말이다. 너희들이 저지른 무례와 어리석음은 이제 곧 보복의 맛을 보게 될 것이다."

이렇듯 대담무쌍하게 말하는 바람에 그에게 덤벼들었던 사람들은 은근히 겁을 집어먹었다. 그런데다가 또 객줏집 주인이 말리기도 하고 해서, 그들은 돌 던지는 일을 멈추었다. 돈키호테도 다친 사람들을 떠메고 가게 내버려두고 돌아서서는 먼저같이 태연자약하게 다시 무장을 지켰다.

객줏집 주인은 손님을 희롱한 것이 잘못이라 생각하고, 다른 무슨 일이 생기기 전에 서둘러서 가짜 서품식이나마 어서 치러주기로 했다. 그래서 그의 곁으로 다가가 말하기를, 못된 무리가 자기도 모르는 사이에 버릇없이 한 짓을 용서해달라고 하면서, 놈들의 버릇없는 짓은 톡톡히 벌을 받을 것이라고 덧붙였다. 그리고 또 말하길, 앞서도 이야기한 바와 같이 이 성안에 경당이 없기는 하나 그것은 나머지 의식을 위해 그리 필요치 않고, 서품식에 대한 자기 지식에 의하면 기사 칭호를 수여하는 데 가장 중요한 절차는 기사의 목과 어깨를 두드리는 것인데 그것은 들판에서도 못 할 바 아니며, 무장을 지키는 일만 하더라도 두 시간이면 넉넉한 것을 꼬박 네 시간을 채웠으니 그것도 다 된 셈이라고 했다. 돈키호테는 이 말을 모두 곧이곧대로 믿고, 하라시는 대로 지체 없이 할 테니 식이나 되도록 빨리 끝내주시면, 일단 기사의 칭호를 받은 다음에 또 공격을 받았을 때 성안에 살고 있는 사람들은 모조리 씨를 말려버리겠지만, 단 자기가 존경해 마지않는 성주께서 살려두라 하시는 자들만은 제외하겠다고 말했다.

이 말을 듣고 슬그머니 겁이 난 성주는 즉시 마부들이 실어 온 마초며 밀을 적어놓은 장부책을 꺼내어 들고, 한 소년에게 양초 한 토막을 들게 하고는 앞에 말한 두 여인을 거느리고 돈키호테가 있던 자리로 와서 그에게 두 무릎을 꿇으라고 했다. 그리고 마치 무슨 성스러운 기도문이나 외우듯 그 책을 읽으면서 중간쯤 읽다 말고 한 손을 번쩍 쳐들어 돈키호테의 목을 탁 한 번 쳤다. 그다음에는 그의 뒤로 돌아가서 그의 칼로 등을 가볍게 쳤다. 그동안 입속으로 기도하듯 계속 중얼중얼한 것은 말할 나위도 없다. 그러고나서 그는 그중 한 여인을 시켜 돈키호테의 허리에 칼을 채워주게 했는데, 여인은 서슴없이 척척, 그러나 조심스레 잘도 해냈다. 물론 하나씩 의식이 진행될 때마다 웃음을 터뜨리지 않으려고 적잖이 조심이 필요했으나, 이미 이 풋내기 기사의 뜨끔한 솜씨를 본 뒤라 웃음은 그런대로 참을 수 있었다. 그 여인은 칼을 채워주며 말했다.

"하느님께서 당신을 매우 행복한 기사가 되게 해주시옵고, 전투마다 행운을 내려주시옵기를 바라나이다."

돈키호테는 그 여인에게 이름을 물으면서, 자기가 누구에게서 은혜를 받았음을 두고두고 잊지 않으려 하기 때문이며, 이제 무술의 힘으로 획득할 명예를 나누어 가지고 싶기 때문이라고 했다. 아가씨는 공손한 태도로 자기의 이름이 라 톨로사이고, 톨레도 태생인 자기 아버지는 산초 비에나야의 가게에서 아직도 구두 수선쟁이로 살고 있으며, 어디 있든지 주인님으로 모시고 섬기겠다고 말했다. 돈키호테는 그러한 정성이 있다면 앞으로 이름에 귀부인의 칭호인 '돈don'을 붙여서 도냐 톨로사라 부르게 해달라고 요청했다. 여인이 그렇게 하겠노라고 약속하자, 다른 여인이 박차를 달아주었다. 그녀에게도 칼을 채워주던 여인에게 한 말과 거의 같은 말을 했다. 이름을 물으니 라 몰리네라라 하고, 안테케라의 정직한 방앗간

집 딸이라 했다. 역시 이 여인에게도 돈키호테는 '돈'을 붙여서 도냐 몰리네라라 할 것과, 다시 봉사와 보답을 할 것을 약속했다.

이와 같이 동서고금에 없는 이 벼락치기 서품식이 끝나자, 돈키호테는 말을 타고 모험을 찾아 달리고 싶어 죽을 지경이었다. 그는 곧 로시난테에 안장을 얹고 훌쩍 올라타더니, 객줏집 주인을 끌어안으며 이루 형언할 수 없는 말씨로 자기를 정식 기사로 서품해 준 은혜에 감사한다고 했는데, 그 말이 어찌나 장황하고 거창한지 여기에다 그대로 적을 수가 없다. 객줏집 주인은 한시라도 빨리 그를 집에서 내보낼 생각으로 고분고분, 그러나 짧은 말로 인사를 받고는 숙박료도 달라 하지 않고 그저 안녕히 가시라고 했다.

제4장

우리의 기사가
객줏집을 떠났을 때 생긴 일에 대해

돈키호테가 객줏집을 나온 때는 먼동이 틀 무렵이었다. 그는 정식으로 서품식을 치른 기사가 된 것을 어찌나 기쁘고 즐거워하는지, 말의 뱃대끈까지 출렁거리는 것만 같았다. 그러나 객줏집 주인이 일러준, 항상 몸에 지녀야 할 필수품들, 그중에서도 특히 돈과 속옷이 문득 생각나 우선 집으로 돌아가 그러한 모든 것을 장만하기로 했다. 그리고 또 종자도 한 사람 구해야 했는데, 마침 이웃에 사는 가난하고 자식이 여럿인 일꾼으로 기사의 종자 노릇을 하기에 딱 맞는 사람이 하나 있었다. 이런 생각을 하면서 로시난테를 몰아 그의 마을로 향했는데, 말도 고향 땅의 목장 냄새라도 맡은 양 좋아라고 네 굽이 땅에 닿지 않을 정도로 뛰기 시작했다.

　길을 떠난 지 얼마 되지 않았을 때, 오른쪽에 있는 울창한 숲속에서 울부짖는 소리가 들렸다. 그것은 분명히 고통을 호소하는 사람의 목소리였다. 그 소리가 들리자마자 그는 말했다.

　"하늘이 내게 내리시는 이 은혜여, 기사로서의 본분을 다할 수 있는 기회를 이처럼 빨리 내려주실 줄이야. 의심할 여지도 없이 저 소리는 나의 호의와 나의 도움을 기다리는 가엾은 남자가 아니면 어떤 여자의 소리일 게다.”

그리고 그가 고삐를 잡아채어 소리가 나는 쪽을 향하여 곧장 로시난테를 휘몰아 숲속으로 들어가 보니, 몇 발자국 안 되는 곳에 암말 한 마리가 참나무에 매여 있고, 또 한 나무에는 열다섯 살이 될락 말락 한 한 소년이 옷이 벗겨진 채 묶여 있었다. 소리를 낸 것은 이 소년으로, 그도 그럴 것이 몸집이 건장한 시골 사람이 혁대를 가지고 후려갈기며, 때릴 때마다 욕설과 충고를 번갈아 뇌까리고 있었던 것이다. 그 말이란 이러했다.

“혓바닥은 놀리지 말고 눈은 크게 떠!”

그러자 소년은 대답했다.

“아저씨, 다시는 안 그럴게요. 하느님께 맹세코 다시는 안 그럴게요. 요다음부터는 정말이지 양 떼를 잘 보살필 것을 약속할게요.”

이런 광경을 목격한 돈키호테가 울화통이 터지는 소리로 말했다.

“이런 발칙한 기사 놈아, 대항할 수 없는 사람에게 이따위 짓을 하는 것은 그냥 보고만 있을 수 없다. 어서 네 말을 타고 창을 들어라(이렇게 말한 것은 암말이 매여 있는 참나무에 창 한 자루가 기대어 있었기 때문이다). 네가 하고 있는 짓은 비겁한 놈들이나 하는 짓이라는 것을 나는 보여주고야 말겠다.”

농사꾼이 보아하니 온통 완전 무장을 한 사나이가 코앞에서 긴 창을 휘두르며 있는지라, 이젠 꼼짝없이 죽었구나 싶어서 기어 들어가는 듯한 말씨로 대답했다.

"기사님, 제가 지금 벌을 주고 있는 이놈으로 말씀드리자면 제가 부리는 하인인데, 이 근처에 놓아먹이는 양 떼를 지키라 했더니, 이 녀석이 정신을 차리지 않아서 날마다 한 마리씩 없어지거든요. 그래서 그 게으르고 나쁜 버르장머리를 고치려고 좀 나무랐더니, 요놈이 하는 말이 제가 인색해서 품삯을 안 주려고 그런다고 하지 않겠습니까요. 진짜 하느님을 걸고 제 영혼을 걸어 말씀드립니다만, 그건 새빨간 거짓말입니다요."

"뭐, 거짓말이라고? 더구나 내 앞에서 감히?" 돈키호테가 말했다. "이런 돼먹지 못한 놈 같으니. 우리를 비추는 해님을 걸고 맹세한다. 이 긴 창으로 너를 아예 꿰놓을 테니, 두말 말고 어서 갚을 것을 갚아라. 아니면 우리를 다스리는 하느님께 맹세코 지금 당장 네놈을 요절내겠다. 어서 풀어줘라."

농사꾼이 연신 머리를 조아리며 말 한마디 없는 소년을 풀어놓으니, 돈키호테는 소년더러 주인에게 받을 것이 얼마냐고 물어보았다. 소년은 한 달에 7레알[66]씩 아홉 달 치를 받을 게 있다고 대답했다. 돈키호테가 셈을 해보더니 73레알[67]이라는 걸 알고, 농사꾼에게 지금 죽고 싶지 않거든 냉큼 내놓으라고 호통을 쳤다. 농사꾼이 말하길, 이 지경이 된 바에야 아까 맹세한 대로, 사실 맹세한 일은 없었으나, 말씀드립니다만 구두 세 켤레를 사주고 또 저놈이 아팠을 때 두 번이나 피를 뽑아주느라 1레알이 들었으니 그걸 제해야 하기

66　제1장 주 60 참조.

67　73이 아니라 7 곱하기 9는 63이 맞다. 인쇄 오류이거나, 아니면 작가 세르반테스가 우스꽝스레 묘사했다고 볼 수 있다. 아니면 돈키호테가 불쌍한 소년을 위해 돈을 조금이라도 더 받아주기 위해서 계산을 일부러 틀리게 했다고도 생각할 수 있다.

때문에 그렇게 많은 돈은 안 된다면서, 사시나무 떨듯 벌벌 떨며 대답했다.

"그건 그렇다고 하자." 돈키호테는 되받아 말했다. "그러나 신발 값과 피 뽑아준 값은 죄 없는 아이를 때렸으니 그것으로 상쇄해야 한다. 왜냐하면 네가 값을 치른 구두 가죽을 이 아이가 찢었다고 하지만 넌 이 아이의 살가죽을 터지게 했고, 이발사[68]가 피를 뽑아준 것은 아팠을 때라고 하지만 너는 아주 성한 아이의 피를 뽑은 것이다. 그러니 따지고본다면 네가 받을 것이라곤 아무것도 없는 것이지."

"하지만 기사님, 유감스럽게도 지금은 가진 돈이 없습니다. 저와 함께 안드레스를 제 집으로 가게 허락해주신다면 한 레알도 어김없이 다 갚겠습니다."

"아이고, 맙소사, 같이 가자고요?" 소년이 말했다. "기사님, 그건 어림도 없어요. 저 혼자만 가면 성 바르톨로메오[69]처럼 막 가죽을 벗겨놓을걸요, 뭐!"

"그러지는 않을 거야." 돈키호테가 대답했다. "내가 똑똑히 일러두었는데, 설마 그걸 배반하지는 않겠지. 저 양반은 기사도의 예법으로 나한테 맹세까지 해서 내가 그냥 놓아 보내는 것이니, 네가 돈을 받게 된다는 건 내가 아주 보증을 서마."

"기사님께서는 사람을 잘 보시고 말씀하셔요." 소년이 말했다.

---

68 당시에는 이발사가 오늘날의 의사 노릇을 했다.

69 가톨릭에서 예수의 열두 제자 중 하나인 바르톨로메오Bartholomaeus는 살가죽이 벗겨져 순교했다고 한다.

"제 주인은 기사는커녕 기사단에 가입한 적도 없는걸요. 제 주인은 엘 킨타나르[70]의 주민인 부자 후안 알두도[71]예요."

"그게 무슨 상관이야." 돈키호테가 대답했다. "알두도 가문에서 기사가 나올 수도 있지. 더구나 사람이란 다 자기의 행실로 알아보는 건데."

"그야 틀림없이 그렇지요." 안드레스가 말했다. "하지만 제 주인을 대체 무슨 행실로 알아봐요? 저한테 품삯도 안 주면서 땀만 흘리게 하고 일만 시키는데요?"

"허허, 글쎄 누가 안 준다나, 안드레스 형제야." 농사꾼이 되받아 말했다. "나랑 같이 가기나 해. 내가 세상에 있는 모든 기사도에 걸고 맹세하지만, 돈은 꼭 갚을 거야. 지금 말한 대로 한 푼도 남기지 않고 죄다 갚을 거야. 그리고 더 보태서까지."

"덤은 고사하고 줄 돈만 다 준대도 나는 대만족이다." 돈키호테가 말했다. "맹세는 마땅히 실행을 해야지. 만일 그러지 못할 때에는, 너의 그 맹세를 따라서 나도 맹세하거니와, 너를 다시 찾아내서 단단히 혼을 내주겠다. 도마뱀처럼 잘 숨는데도 찾아내고야 말테니까. 그럼 지금 이 명령을 내리는 이가 누군지 잘 알아서 틀림없이 그대로 실행할 생각이 있거든, 그가 바로 라만차의 돈키호테, 악과 불의를 뿌리 뽑는 기사라는 것을 명심해라. 자, 잘 있거라. 약속이나 맹세를 잊어선 안 된다. 말해둔 벌을 내릴 테니까 말이다."

이렇게 말하고 그는 로시난테에 박차를 가하더니 삽시간에 그

---

70 엘 토보소 근교의 마을 킨타나르 데 라 오르덴을 말한다.

71 알두도haldudo라는 단어에는 '위선자' 혹은 '믿지 못할 사람'의 뜻이 있다.

들에게서 멀어져갔다. 농사꾼은 그를 눈으로 좇다가 숲을 벗어나 보이지 않게 되자 돌아서서 자신의 하인 안드레스를 보고 말했다.

"얘야, 이리 온. 불의를 뿌리 뽑는 저 기사님의 말씀대로 빚을 몽땅 다 갚아줄게."

"저도 맹세해요." 안드레스가 말했다. "정말 훌륭하신 저 기사님의 분부대로 주인님께서는 꼭 그러실 거예요. 참 저렇게 용감하고 마음씨 고운 분이 계시다니, 오래오래 사시면 좋으련만. 하느님께서도 내려다보시지만, 주인님이 만일 나한테 안 갚으시면 저분이 또 와서 말씀대로 하실 거예요."

"암, 그렇고말고, 나도 맹세하지." 농사꾼이 말했다. "하지만 나는 너를 끔찍이 생각하기 때문에 갚을 돈은 키워서 주지."

이러고는 소년의 팔을 움켜쥐고 참나무로 끌고 가 다시 비끄러매었다. 그리고 어찌나 매질을 했던지 반쯤 죽여놓았다.

"안드레스 나리, 이제 불러보시지 그래." 농사꾼이 말했다. "불의를 뿌리 뽑는다는 작자를 말이다. 이걸 뿌리 뽑지 못한다는 걸 잘 알겠지. 그런데 이건 약과야. 네가 미리 걱정했던 대로 산 채로 껍질을 벗겨놓을 테니 말이다."

그러나 나중에는 소년을 풀어주고는, 어서 그 심판관을 찾아가서 명령을 이행하게 해달라고 말하라면서 쫓아내고 말았다. 안드레스는 몹시 슬퍼하며 떠났다. 용감한 라만차의 돈키호테를 찾아가서 제가 겪은 일을 낱낱이 일러바치고 일곱 배나 앙갚음을 하리라고 맹세했다. 그러나 어쨌든 소년은 울면서 떠났고, 주인은 웃으며 남아 있을 뿐이었다.

이런 식으로 저 용감한 돈키호테는 불의를 뿌리 뽑았다. 그러나 그는 그대로 기사로서의 첫 출발이 아주 훌륭하고도 멋졌다 싶어서, 일어난 사건에 대한 만족감과 자기 자신에 대한 득의양양한 마음으로 고향 길을 찾아가면서 나지막한 소리로 혼자 중얼거렸다.

"오, 더없이 아름다우신 엘 토보소의 둘시네아여, 그대는 오늘날 이 세상에 사는 어떤 여성들보다 행복하다고 할 수 있습니다. 현재에나 미래에나 이렇듯 용감하고 유명한 기사 라만차의 돈키호테를 당신 마음과 뜻대로 부릴 수 있는 행운을 타고나셨으니까 말입니다. 본인으로 말하오면 온 세상이 알다시피 어제 기사 서품을 마치고, 오늘 무도함이 일으키고 잔인함이 저지른 최악의 불의, 최대의 모욕을 씻어주었습니다. 바로 오늘 저 여리고 여린 소년을 까닭없이 매질하던 무자비한 원수의 채찍을 빼앗아버렸습니다."

그럴 즈음에 그는 길이 네 갈래로 갈리는 곳에 이르렀다. 그러자 문득 떠오르는 생각은, 편력 기사들이 갈림길을 만났을 때 어떤 길을 택할까 하는 것이었다. 그래서 그들을 흉내 내느라고 한참 동안 그대로 가만히 있었다. 그는 이리저리 곰곰이 생각한 끝에, 로시난테의 고삐를 놓아주고 제 마음대로 가게 내버려두었다. 그랬더니 말은 처음 마음먹은 대로, 즉 제 마구간이 있는 데로 곧장 나아갔다. 2마일쯤 갔을 때, 돈키호테는 많은 사람들이 떼 지어 오는 것을 보았다. 나중에 안 일이지만, 그들은 톨레도의 장사꾼들로 비단을 사러 무르시아로 가는 길이었다. 모두 여섯 명이었는데, 그들은 양산을 받고 하인 네 명과 더불어 말을 탔으며, 노새를 끄는 젊은이 셋은 걸어가고 있었다. 돈키호테는 그들이 나타나자마자 또 새로운 모험이 닥쳐온 것으로 여겼다. 그래서 이번에야말로 책에서 읽은 접전과 비슷한 일전을 벌일 가장 좋은 기회라고 생각하게 되었다.

그리하여 의젓하고 위세를 뽐내는 자세로 몸을 가눈 채 창을 꼬나들고 방패로 가슴을 가리며 길 한가운데 떡 버티고 서서, 저쪽의 편력 기사들이 오기를 기다렸다. 이윽고 그들이 똑똑히 보이고 말소리가 들릴 정도로 가까이 오자, 돈키호테는 자못 거드름을 피우는 목소리와 몸짓으로 말했다.

"다들 멈추어라. 누구든지 이 세상에 라만차의 황후이신 엘 토보소의 둘시네아보다 아름다운 아가씨가 없다고 하지 않는다면, 한 사람도 이곳을 지나가지 못할 것이니라."

장사꾼들이 이런 말소리에 걸음을 멈추기는 했으나, 말하는 자의 괴상망측한 꼬락서니와 그 하는 짓이나 씨부렁거리는 말로 미루어 그가 미치광이라는 단정을 내렸다. 그러나 그자가 하라고 한 고백이란 것이 도대체 무엇을 두고 하는 말인지, 천천히 하회나 기다려보려고 했다. 그중에서도 약간 장난기가 있고 눈치 빠른 한 사람이 말했다.

"기사님, 저희들은 지금 말씀하신 그 아름다운 아가씨가 누구인지를 알지 못하오니, 저희들에게 한번 보여주십시오. 만일에 정말 그분이 기사님 말씀처럼 그렇게 아름다운 아가씨라면 기사님께서 말씀하신 대로 서슴없이 나서서 고백을 하겠사옵니다."

"네놈들에게 보여준 뒤라면," 돈키호테가 대답했다. "다 아는 사실을 인정해서 무얼 할 것이냐? 중요한 것은 보지 않고도 믿고, 고백하고, 인정하고, 맹세하고, 또 주장하는 거야. 그것이 싫다면 남은 건 싸움뿐이다. 이 오만불손한 놈들아, 덤벼라. 지금 당장 한 놈씩 덤벼서 기사도의 격식대로 할 테냐, 아니면 한꺼번에 덤벼서 너희 떼거리의 습관대로 할 테냐? 나는 정의가 내 편이라는 것을 굳게 믿고 여기 서서 기다리겠다."

"기사님." 장사꾼이 되받아 말했다. "여기 있는 모든 왕자를 대표해서 간청하는 바입니다. 우리는 본 적도 들은 적도 없는 일을 고백해서 우리의 양심을 더럽히고 싶지 않습니다. 그렇다고 해서 또 알카리아와 에스트레마두라의 황후들이나 왕비들을 욕되게 해드리고 싶지도 않습니다. 그런즉 기사님께서 제발 그 아가씨의 그림 한 장만이라도 저희들에게 보여주십시오. 뭐 밀알만 한 그림이라도 상관없습니다. 한 오라기의 실로 가히 실꾸리를 짐작할 수 있다는 말처럼 저희들은 그것만 가지고서라도 충분하고 또 마음이 편할 것이며, 기사님께서도 만족하실 것입니다. 어찌 그뿐이겠습니까. 저희들이 기사님과 같은 편이 된 다음에는 설사 그 그림의 한 눈이 사팔뜨기건 또 한 눈에서 주사朱砂나 유황이 튀어나오건 가리지 않고 기사님의 뜻을 좇아서, 기사님의 소원대로 그저 아가씨에 대해서는 좋은 말씀만 올리겠사옵니다."

"이 후레자식아." 돈키호테가 불같이 성이 나서 대답했다. "그 미인의 눈에서 네놈이 말하는 그런 것이 어찌 나올까보냐. 그분한테서 나오는 것은 솜에 싸여 유리 용기에 보관된 용연향과 사향밖에 없다. 그뿐이냐, 사팔뜨기도 아니고 곱사등이도 아니며 과다라마[72] 방추보다 더 똑바르고 곧으시단다. 그런데도 네놈들은 그토록 아름다우신 나의 아가씨를 거슬러 최대의 모욕을 지껄였으니, 자, 맛 좀 보아라."

---

72 '숟가락'이나 '도마' 등 단단한 도구를 만드는 원자재로 왕궁에 공급하던 과다라마 목재를 말한다.

이 말과 동시에 아까 말한 자를 향하여 긴 창을 겨누고 어찌나 분격하여 대들었던지, 다행히도 중도에서 로시난테가 걸려 넘어지지 않았던들 그 대담한 장사꾼은 큰 변을 당하고야 말았을 것이다. 로시난테가 넘어지는 바람에 제 주인은 얼마 동안 떼굴떼굴 땅바닥에 굴렀다. 그는 일어나려고 애썼으나 아무래도 일어날 수가 없었으니, 그 원인은 창과 방패와 박차 그리고 투구 등이었지만, 원체 무장이 구식이라 무거운 때문이기도 했다. 일어나려고 무진장 애를 써보았으나 일어나지 못하자 그는 입으로만 버럭버럭 악을 썼다.

"비겁한 놈들아, 꽁무니를 빼지 말아라. 기다려라. 나쁜 놈들아, 내가 넘어진 것이 말 탓이지 내 탓인 줄 아느냐."

노새를 끌고 오던 하인 중 하나는 본시 맘보가 좋지 못한 위인인지라, 땅바닥에 쓰러진 사람이 이렇듯 오만불손하게 말하는 것을 듣고 참을 수가 없어서 대답 대신 가까이 가서 옆구리를 몇 대 쥐어박고 창을 빼앗았다. 그러고는 그것을 몇 동강으로 뚝뚝 부러뜨리더니, 그 하나로 우리의 돈키호테를 마구 후려갈겼다. 그러니까 제아무리 갑옷을 입었다 해도, 절구통에 맨 먼저 찧어지는 곡식알 모양이 되고 말았다. 자기 친구들이 소리소리 질러 그만하라고 했지만, 이미 뿔이 날 대로 난 참이라 분이 완전히 풀릴 때까지 결판을 내려고 들었다. 그리하여 나머지 부러진 창 토막을 집어 들고, 가엾게도 누워 있는 기사를 인정사정 볼 것 없이 쳐서 창 토막마저 조각을 내놓고 말았다. 돈키호테는 자신에게 소나기 같은 매질이 퍼부어지는데도 입만은 살아서, 하늘과 땅과 악당으로 보이는 그들을 향해 마구 욕설을 퍼부었다.

하인이 제풀에 기진맥진해진 뒤에야 장사꾼들은 가던 길을 계속 갔는데, 그들이 남은 길을 가는 동안의 이야깃거리는 주로 몽둥이찜을 당한 그 불쌍한 기사에 대한 것이었다. 돈키호테는 자신이 혼자 남겨지자, 다시 한번 일어날 수 있는가를 시험해보았다. 그러나 성한 몸으로도 할 수 없었는데 죽도록 얻어맞아 거의 으깨어진 몸으로 어떻게 일어날 수 있을 것인가? 그럼에도 불구하고 이런 것쯤이야 편력 기사에게는 붙어 다니는 재앙이거니 하고 그는 오히려 다행이라는 생각이 들었다. 그리고 이번 일을 전적으로 말의 실수로 돌렸다. 그렇다고 해도 도저히 몸을 일으킬 수가 없었다. 그만큼 온몸이 녹초가 되었기 때문이다.

제5장

우리의 기사의 불행에 관한
이야기의 계속

그는 아무래도 꼼짝할 수 없음을 알아차리자, 늘 하던 대로 책에서 알고 있는 한 대목을 더듬어 찾았다. 어지러운 그의 머리가 찾아낸 것은, 카를로토가 산속에서 심한 상처를 입었을 때 발도비노스와 만투아의 후작이 한 일이었다. 어린아이들도 잘 알고 있고 젊은이치고 모르는 사람이 없으며 늙은이라면 한술 더 떠서 사실처럼 믿는 이야기이기는 하지만, 사실은 마호메트의 기적들에 못지않게 허황한 이야기였다. 그렇지만 그는 지금 자기가 처한 경우와 너무나 꼭 같다는 생각이 들어서 불 일듯 하는 감정을 누를 길이 없었던지, 엎치락뒤치락 맨땅에서 자반뒤집기를 하면서, 숲속의 기사가 상처를 입고 하던 말을 자기도 다 죽어가는 소리로 되풀이했다.

어디 계신가요, 나의 아가씨
나의 가련함을 슬퍼하지도 않으시니
당신은 이런 사정을 모르시는지

절개 없이 잊지나 않으셨는지.

돈키호테는 이렇게 로맨스를 계속해서 읊어나가다가 다음과 같은 구절에까지 이르렀다.

오, 고귀하신 만투아 후작님,
나의 한 핏줄의 어른이신 삼촌이시여!

그런데 우연히도 이 구절에 이르렀을 무렵, 뜻밖에도 같은 마을의 이웃에 사는 농사꾼이 지나가게 되었다. 그는 방앗간으로 밀을 져다 주고 돌아오는 길이었는데, 땅바닥에 쓰러져 있는 사람을 보고 가까이 가서, 당신은 누구시며 어디가 아프기에 이렇게 신음을 하고 있느냐고 물었다. 돈키호테는 이 사람을 영락없는 자기의 숙부 만투아 후작이라고 굳게 믿고, 대답 대신 계속해서 자기가 당한 불행과 자기 아내가 왕자와 불륜 관계를 맺은 이야기를 모두 그 로맨스에 나오는 내용 그대로 이야기했다.

이 뚱딴지같은 소리를 들은 농사꾼은 기가 막혀서, 두들겨 맞아 너덜너덜 찢어진 얼굴 덮개를 벗기고 먼지투성이가 된 얼굴을 닦고 보니, 그가 누구인지를 금방 알 수 있었다. 그래서 이렇게 말했다.

"키하나 나리, (돈키호테가 아직 정신이 멀쩡하고 유유자적하는 일개 신사이던 때, 그러니까 그가 편력 기사로 나서기 전에는 이런 이름을 가졌기 때문이다.) 어느 놈이 나리를 요 모양 요 꼴로 만들었습니까요?"

그러나 아무리 물어보아도 그는 자기 이야기만 할 뿐이었다. 친절한 농사꾼은 무슨 상처라도 입지 않았나 싶어 조심조심 그의 가슴과 등의 갑옷을 벗겨보았으나, 피는커녕 아무런 흔적도 볼 수 없었다. 그래서 땅바닥에서 그를 일으켜 세워, 타기가 더 쉬울 것이라고 생각되는 자기 당나귀 등에 억지로 태우고, 그의 무기와 부러진 창 토막까지 다 모아서 로시난테의 등에다 비끄러맨 다음, 그 고삐와 당나귀의 재갈을 한꺼번에 걷어잡고는 마을로 가는 길로 접어들었다. 그는 돈키호테가 중얼거리는 잠꼬대 같은 소리를 듣고 무척 근심이 되었다. 돈키호테 역시 두들겨 맞고 녹초가 된 몸이기는 하나, 당나귀 등에 얹혀 간다는 것이 하도 창피해서 이따금 하늘을 바라보고 장탄식을 했다. 그래서 농사꾼은 거듭 어디가 아프냐고 물어보아야만 했다. 그런데 그는 마치 자기가 당하는 일마다 거기에 맞는 기억을 악마가 일깨워주기라도 하는 것처럼, 이번 경우에도 이제 발도비노스는 까맣게 잊어버리고, 저 무어인ㅅ 아빈다라에스가 안테케라의 성주 로드리고 데 나르바에스의 포로가 되어 그의 성으로 끌려가고 있다는 생각이 들었다. 그래서 농사꾼이 재차 어디가 아프냐고 물었을 때에도 그는 포로가 된 아빈다라에스가 로드리고 데 나르바에스에게 대답했던 말을, 호르헤 데 몬테마요르[73]의《라 디아나》에서 읽은 이야기 그대로 대답했다. 이를테면 책에서 본 이야기를 자신에게 부합시키는 것이었다. 농사꾼은 그의 황당무계한 말을 듣고 입맛이 떫었으나 그저 이웃 양반이 정신이

73　Jorge de Montemayor. 포르투갈의 소설가(1520~1561).《라 디아나*La Diana*》를 썼다.

돈 줄로 알고는, 부랴부랴 마을로 빨리 가기나 해서 돈키호테의 그 진절머리 나는 장광설을 제발 안 들었으면 하는 생각뿐이었다. 돈키호테는 긴 사설 끝에 이렇게 말했다.

"로드리고 데 나르바에스 나리, 당신이 아셔야 하는데, 조금 전에 말씀드렸던 아리따운 그 하리파가 지금은 꽃다운 엘 토보소의 둘시네아입니다. 실은 그 아가씨를 위하여 저는 전무후무한 기사도의 위대한 업적을 세웠는데, 이미 했던 것과 같이 지금도 하고 앞으로도 그렇게 할 것입니다."

이 말에 농사꾼이 대꾸했다.

"여보시오, 참 딱하십니다그려. 눈을 똑바로 뜨고 보세요. 나는 로드리고 데 나르바에스도 만투아 후작도 아니올시다. 난 당신의 이웃인 페드로 알론소란 말이에요. 당신 역시 발도비노스나 아빈다라에스가 아니고, 점잖으신 시골 양반 키하나 나리시란 말이에요."

"내가 누군 줄 내가 모를라고." 돈키호테가 대답했다. "지금 말한 두 사람 외에도 프랑스의 열두 기사[74] 모두와 라 파마의 아홉 용사[75] 모두까지 다 될 수 있는 나인 줄도 잘 알고 있지. 왜냐고? 흥, 그들 한 사람 한 사람이 세운 공적을 있는 대로 다 쓸어 모아보았자 내 것에다가는 비길 수 없으니까 말이야."

---

74 los doce de Pares. 프랑스 국왕이 손수 뽑은 기사들로, 소중함과 유능함과 용맹함에서 모두가 똑같았기 때문에 '파르par(똑같은 사람, 동일한 사람)'라는 존칭을 붙여주었다.

75 los nueve de la Fama. 세 유대인은 여호수아Josué와 다윗David과 유다 마카베오Judas Macabeo이며, 세 이교도는 알렉산더Alejandro와 헥토르Héctor와 줄리어스 시저Julio César이며, 세 기독교도는 아르투스왕el rey Artús과 샤를마뉴Carlomagno대제와 부이욘의 고도프레도Godofredo de Buillón이다.

94

이런저런 이야기를 주고받으면서 그들은 해 질 무렵에야 마을에 다다랐다. 그러나 농사꾼은 형편없이 얻어맞은 양반의 창피한 꼴을 남에게 보이기가 싫어서 좀 더 밤이 깊어지기를 기다렸다. 그리하여 이만하면 되었다 싶은 때에 마을로 들어가 돈키호테의 집으로 가보니, 거기는 야단법석이었는데, 돈키호테의 절친한 친구들인 그 마을의 신부와 이발사가 와 있었으며, 가정부가 그들을 보고 큰 소리로 말하고 있었다.

　　"페로 페레스 석사님, (사람들은 신부를 이렇게 불렀다.) 제 주인님의 이런 어이없는 일을 어찌 생각하고 계십니까? 집에서 나가신지 사흘이 되어도 돌아오시지 않고, 말이며 방패며 창이며 갑옷이며 모두 보이지 않는군요. 이를 어쩌면 좋아요? 글쎄, 저는 진작부터 짐작을 했답니다. 저 같은 거야 죽기 위해서나 생겨났다지만, 그분 정신이 돈 것은 밤낮 가지고 읽으시던 그 원수놈의 기사도 책 때문이에요. 지금에야 생각나는 일이지만, 주인님은 항상 혼잣말로 편력 기사가 되어서 모험을 하며 세상을 두루 돌아다니고 싶다고 하셨거든요. 그깟 놈의 책들, 모조리 사탄이나 바라바스가 가져가면 시원하겠어요. 아 글쎄, 온 라만차에서도 제일 똑똑하신 머리를 그 모양으로 만들어놓았으니 말이에요."

　　조카딸도 그와 비슷한 말을 했는데, 한술 더 뜨는 말이었다.

　　"니콜라스 선생님, (이발사의 이름은 이러했다.) 보세요, 제 삼촌 나리께서는 항상 그 되지 못한 빌어먹을 불행한 책들만 읽으시느라고 이틀을 밤낮 꼬박 새우시더니, 다 읽고나서는 책을 내던지며 칼을 쑥 뽑아 들고는 벽을 마구 후려갈기지 않겠어요. 그러다가 기운이 다 빠지자 하신다는 소리가, 탑같이 키가 큰 거인을 넷이나 해치웠다는 둥, 또 지쳐서 흘리는 땀을 보고 전투 때 입은 상처에서 흐르는 피라는 둥 하지 않겠어요. 그뿐인 줄 아세요? 찬물 한 뚝배기를 벌컥벌컥 들이켜시고는 좀 나아진 듯 정신이 돌아오는 것 같더니 또 하시는 말씀이, 이 물은 내 친구이며 훌륭한 마법사인 현인 에스키페가 보내준 귀하디귀한 약이다, 라고 하시지 않겠어요. 하지만 모두 제 잘못이에요. 제 삼촌 나리께서 이상해지시는 것을 두 분께 미리 귀띔해드렸더라면 일이 이렇게 되기 전에 손을 쓰셨을 테니까요. 그리고 저주받을 이놈의 책들을 모조리 불살라버리셨을 것을. 정말이지 삼촌에게는 이단자처럼 불태워 없애야 할 책들이 많았거든요."

"내 말이 바로 그 말이다." 신부가 말했다. "그러니까 책은 모두 교회 재판에 회부해 화형에 처하기로 하되, 꼭 내일 중으로 하도록 하자. 그래야만 나중에 누가 읽고 싶은 마음이 들더라도 내 친구가 당한 일을 다시는 당하지 않게 하기 위해 기회를 아주 없애버리는 셈이 되는 것이지."

농사꾼과 돈키호테는 이 말들을 죄다 듣고 있었다. 그래서 자기의 이웃 양반이 머리가 돌았다는 것을 알아차린 농사꾼은 큰 소리로 외치기 시작했다.

"여보시오, 문들을 여시오. 발도비노스 나리이시며 만투아 후작이신 나리께서 지금 부상을 당하신 몸으로 들어오고 계십니다. 그리고 저 안테케라의 성주님이시며 용맹하신 로드리고 데 나르바에스께서 사로잡으신 무어인 아빈다라에스가 들어오고 있습니다."

이 소리에 사람들이 모두 후다닥 뛰어나가 보니, 그들의 친구이며 주인이며 삼촌이 와 있었다. 그들은 당나귀 등에 축 늘어져 있는 그를 껴안아 내리려고 했다. 그러자 그는 다시 큰 소리를 쳤다.

"다들 잠깐만. 나는 말의 실수로 몹시 다쳤으니 침대로 옮겨주고, 되도록 내 상처를 돌보아줄 그 용하다는 우르간다 마법사를 불러주게."

"저것 보세요, 쯧쯧." 이때 가정부가 말했다. "자발머리없이 제 주인 양반이 큰코다치실 줄을 저는 미리 알았다니까요. 자, 어서 침대로 가십시다. 그 우르간단가 뭔가 하는 여자가 안 오더라도 우리가 돌보아드릴게요. 아이고, 그 백번 천번 저주를 받아도 시원찮을 기사도 책들, 원, 세상에 이럴 수가, 우리 주인님을 이 지경으로 만들어놓다니."

그들은 이내 그를 침대로 떠메고 가서 상처를 살펴보았으나 어디나 멀쩡했다. 그는 어마어마하게 큰 거인 열 놈과 맞붙어 싸우다가 그만 로시난테가 삐끗하는 바람에 떨어져 타박상을 입었을 따름이며, 그처럼 몸집이 크고 힘이 장사인 놈들은 온 세상을 다 뒤져보아도 없을 것이라고 떠들어댔다.

"허허!" 신부가 말했다. "거인들과 한바탕 했다고? 나는 성호를 긋고 맹세하겠네. 내일 중으로 책들을 다 불태워버리고 말겠네."

그들은 돈키호테에게 이것저것 다 물어보았으나, 그는 아무 대답도 하지 않고 다만 먹을 것을 달라, 재워달라, 그게 제일 급하다고 했다. 그가 하라는 대로 해주고나서 신부는 농사꾼에게 돈키호테를 어떻게 만났느냐고 꼬치꼬치 캐물었다. 농사꾼은 본 것을 있는 그대로 털어놓으면서, 처음 그를 만났을 때와 데려오는 동안에 그가 하던 말까지 다 해주었다. 이럴수록 신부는 더욱 자기가 계획한 일을 실천에 옮겨야겠다고 생각했다. 그것은 이튿날 자기의 친

구인 이발사 니콜라스 선생을 불러서 함께 돈키호테의 집으로 가
는 일이었다.

제6장

신부와 이발사가 우리의 재치 넘치는 시골 양반의 서재에서 행한 굉장하고도 즐거운 종교재판에 대해

돈키호테가 아직 자고 있을 때, 신부가 조카딸에게 불행의 장본인인 몹쓸 책들이 있는 방 열쇠를 달라고 했다. 조카딸이 선뜻 열쇠를 내주며 가정부까지 한몫 끼어서 모두 안으로 들어가서 보니, 장정이 아주 훌륭한 큰 책들이 백 권이 넘었고, 또 작은 책들도 꽤 많았다. 가정부가 이를 보고 방에서 쪼르르 나가더니, 잠시 후에 성수聖水 그릇과 성수 솔을 들고 와서 말했다.

"자, 이것을 받으세요, 석사 나리. 이걸 방에다 뿌려서 책에 붙어 있는 마법사 놈들을 쫓아주세요. 그리고 책을 태워서 놈들을 이 세상에서 몰아내려 한다고 화가 나서 우리한테 마술을 걸지 모르니, 그리 못 하게 해주세요."

가정부의 단순함은 석사의 웃음을 자아냈다. 그는 이발사에게 부탁해서, 거기에 무엇이 씌어 있는지 보기 위해 책을 한 권씩 한 권씩 넘겨달라고 했다. 어떤 책들은 화형에 처하지 않아도 괜찮을 성싶어서였다.

"아닙니다." 조카딸이 말했다. "어느 책이거나 사정 두실 필요는 눈곱만큼도 없습니다. 다 나쁜 것이니까요. 들창문 밖으로 내던져서 마당에다가 한데 쌓아놓고 불을 질러버리는 것이 제일 좋겠어요. 그렇잖으면 뒷마당으로 가지고 가서 모닥불을 놓든지요. 그게 덜 매울 테니까요."

가정부도 같은 말을 했다. 그만큼 이 두 사람은 죄 없는 책들을 없애버리고 싶어 안달이었다. 그러나 신부만은 제목이라도 훑어본 뒤가 아니면 그럴 수가 없다고 말했다. 니콜라스 선생에게서 맨 처음으로 받아 든 것은 《가울라의 아마디스 전 4권》[76]이었다. 그래서 신부가 말했다.

"참 신통방통한 일이로군. 이 책으로 말하면 에스파냐에서 인쇄된 기사담 중에서 으뜸가는 것으로서, 다른 것들은 모두 이 책에서 연유했다지 않소? 그러고보면 몹쓸 이교에다가 교리 체계를 세워준 책인 만큼 용서 없이 화형에 처해야겠소."

"아닙니다, 신부님." 이발사가 말했다. "저 역시 이것은 그런 종류의 책 가운데 최고 걸작이란 말을 들었습니다. 그러니 그 예술성 하나로만 보아서도 살려두어야 합니다."

"좋소." 신부가 말했다. "그렇다면 그 이유 하나로 지금은 살려줍니다. 그럼 그 옆에 있는 다른 것이나 봅시다."

"이건," 이발사가 말했다. "《가울라의 아마디스의 적자 에스플

---

76 《덕망 높은 기사 가울라의 아마디스 전 4권*Los cuatro libros del virtuoso caballero Amadís de Gaula*》. 현재 보존된 책 중에서 가장 오래된 판은 1508년 사라고사에서 출판된 가르시 로드리게스 데 몬탈보Garci Rodríguez de Montalvo의 개작이다.

란디안의 공훈》[77]이라는 겁니다."

"그런데 실은," 신부가 말했다. "아버지의 덕이 반드시 자식에게 미치란 법은 없으니까, 가정부 아주머니, 이걸 받으세요. 이 창문을 열고 뒤뜰로 내던져요. 앞으로 모닥불을 피워야 할 텐데 불쏘시개로 이 책부터 시작하세요."

가정부가 신바람이 나서 그대로 시행하니, 에스플란디안의 아들놈은 뒤뜰로 곤두박질해서 무서운 불길을 조용히 기다렸다.

"또 보자고." 신부가 말했다.

"다음 이것은," 이발사가 대답했다. "《그리스의 아마디스》[78]입니다. 그리고 이쪽에 있는 건 모두 아마디스와 같은 계통인가봅니다."

"모조리 뒤뜰감이다." 신부가 말했다. "왕비 핀티키니에스트라나 양치기 다리넬과 그의 목가나 그 작자의 도깨비 같은 알쏭달쏭한 말 따위를 태워버리지 못하느니, 차라리 나를 낳아주신 내 아버지가 편력 기사 모양을 하고 나타나신다 해도 다 같이 태워버릴 테야."

"동감입니다." 이발사가 말했다.

"저도요." 조카딸이 덧붙여 말했다.

"모조리 뒤뜰로 가져가야지" 하고 가정부도 덩달아서 말했다.

가정부에게 안긴 책들은 무척 많았다. 그녀는 층층대를 오르내

---

77   《가울라의 아마디스의 적자 매우 덕망 높은 기사 에스플란디안의 공훈*Las Sergas del muy virtuoso caballero Esplandián, hijo de Amadís de Gaula*》은 세비야에서 1510년 출판된 가르시 로드리게스 데 몬탈보의 작품이다.

78   《그리스의 아마디스》는 펠리시아노 데 실바가 1530년에 쓴 '아마디스 시리즈'의 아홉 번째 책.

릴 것도 없이 창문으로 모두 내던져버렸다.

"그 커다란 건 무엇이오?" 신부가 물었다.

"이건," 이발사가 대답했다. "《돈 올리반테 데 라우라》[79]입니다."

"그 책의 저자는," 신부가 말했다. "《꽃동산》[80]이란 책의 저자이기도 한데, 사실을 말하자면, 두 작품 중 어느 것이 더 사실에 가까운지, 아니 그보다도 차라리 어느 것이 거짓말을 덜 했는지 나로서는 판단할 재주가 없소. 다만 한 가지 말할 수 있다면, 이 책은 얼토당토않은 허풍만 친 만큼 뒤뜰 신세를 면할 도리가 없다는 것뿐이오."

"다음 차례는 《이르카니아의 플로리스마르테》[81]입니다." 이발사가 말했다.

"아이고, 플로리스마르테 님이 거기 계신가?" 신부가 되받아 말했다. "비록 그 출생이 기이하고 꿈같은 모험을 하긴 했으나, 당장 뒤뜰로 보내야 할 것은 물론이지. 문장이 거칠고 무미건조하니 딴 데 갈 수는 없어. 아주머니, 저것과 같이 몽땅 뒤뜰로 내가시오."

"좋습니다, 신부님." 가정부가 대답했다. 그러고는 재빠르게 분부대로 시행했다.

---

79 1564년 바르셀로나에서 출판된 안토니오 데 토르케마다Antonio de Torquemada의 《무적의 기사 돈 올리반테 데 라우라의 이야기Historia del invencible caballero don Olivante de Laura》를 말한다.

80 1570년 바르셀로나에서 출판된 안토니오 데 토르케마다의 《신기한 꽃동산Jardín de flores curiosas》을 말한다.

81 1556년 바야돌리드에서 출판된 멜초르 데 오르테가Melchor de Ortega의 《아주 활력에 넘치고 용감한 왕자 이르카니아의 펠릭스마르테의 위대한 이야기 제1부Primera parte de la grande historia del muy animoso y es esforzado príncipe Felixmarte de Hircania》를 말한다. 주인공은 '펠릭스마르테'와 '플로리스마르테'라는 두 이름을 가지고 있다.

"이건《기사 플라티르》[82]이군요." 이발사가 말했다.

"오래된 책이군요." 신부가 말했다. "그렇다고 용서받을 이유는 없지요. 두말할 것 없이 다른 것들과 같이 보내죠."

그래서 그렇게 했다. 그러고는 또 다른 책을 펼쳐서 보니, 그 제목이 '십자가의 기사'[83]라는 것이었다.

"이름이 하도 거룩한 책이니 작가의 무식을 눈감아줄 법도 하나, '십자가 뒤에 악마가 있다'라 했으니 이것도 불태워버려라."

이발사가 다른 책을 집어 들고 말했다.

"이건《기사도의 거울》[84]이라는 책이군요."

"내가 잘 아는 책이오." 신부는 말했다. "거기에는 몬탈반의 레이날도스 씨가 카쿠스보다 더 흉측한 도둑놈들을 거느리고 다니죠. 그리고 프랑스의 열두 기사와 진실한 역사가 튀르팽도 나오죠. 솔직한 말로 나는 저 유명한 마테오 보이아르도를 끌어낸 것만으로도 이 책은 영원한 유배에 처하고 싶은 심정이오. 이것을 바탕으로 해서 기독교도이며 시인인 루도비코 아리오스토[85]가 그 이야기를

82　1533년 바야돌리드에서 출판된 작가 미상의《프리말레온 황제의 아들, 매우 용감무쌍한 기사 플라티르 이야기*Crónica del muy valiente y esforzado caballero Platir, hijo del Emperador Primaleón*》를 말한다.

83　1521년 발렌시아에서 출판된《독일 황제의 아들, 십자가의 기사라고 하는 레폴레모 이야기*Crónica de Lepolemo, llamado el caballero de la Cruz, hijo del Emperador de Alemania*》를 말한다.

84　1533년 세비야에서 출판된《기사도의 거울*Espejo de Caballerías*》을 말한다. 그러나 로드리게스 마린Rodriguez Marín에 의하면, 여기서 세르반테스는《사랑에 취한 오를란도 제1부, 제2부 및 제3부*Primera, segunda y tercera parte de Orlando innamorato*》를 말하고 있다. 마테오 보이아르도의《사랑에 취한 오를란도》는 신부가 말한 대로 별 볼 일 없는 작품이다.

85　《격노하는 오를란도》의 저자. 주 44 참조.

빌려다가 쓴 것인데, 만일 거기에다 모국어가 아닌 남의 나라 말로 그가 썼다면 나는 단연코 존경을 거부할 것이나, 자국어로 썼다면 아주 소중히 떠받들 것이오."

"제가 가지고 있는 건 이탈리아 말로 되어 있는데," 이발사가 말했다. "전 읽을 줄 모릅니다."

"당신이 읽을 줄 안댔자 아무 소용이 없을 거요." 신부가 대답했다. "그 선장[86]이 그걸 에스파냐로 가져와서 카스티야 말로 옮겨놓지 않았더라면 이 자리에서 용서해줄 수도 있겠는데, 그 사람이 원작을 아주 잡쳐놓았단 말씀이야. 물론 시집을 다른 나라 말로 번역할 때도 마찬가지지만, 아무리 공들이고 재주를 부려보았자, 원작 수준에까지 도달할 수는 없는 일이죠. 그러니까 이 책이건 다른 무슨 책이건 프랑스에 관해 쓴 것이라면, 우선 빈 우물에다 집어넣고 간직해두었다가 심사숙고한 끝에 처리해야 합니다. 그러나 저기 있는《베르나르도 델 카르피오》[87]와《론세스바예스》[88]는 예외입니다. 이것들은 내 손에서 곧장 아주머니의 손으로 넘어가고, 거기에서 또 인정사정없이 불 속으로 들어갈 테니까요."

신부가 훌륭한 기독교도이며 본래 믿을 만한 친구일 뿐만 아니

---

86 헤로니모 데 우르레아Jerónimo de Urrea를 말한다. 그는 1549년 암베레스에서 출판된 《격노하는 오를란도》의 번역자이다.

87 1585년 톨레도에서 출판된 아구스틴 알론소Agustín Alonso의《무적의 기사 베르나르도 델 카르피오의 공적과 업적 이야기》Historia de las hazañas y hechos del invencible caballero Bernardo del Carpio》를 말한다.

88 1555년 발렌시아에서 출판된 프란시스코 가리도 비예나Francisco Garrido Villena의《프랑스의 열두 기사의 죽음과 론세스바예스의 유명한 전투의 진정한 성공El verdadero suceso de la famosa batalla de Roncevalles con la muerte de los doce Pares de Francia》을 말한다.

라 진실 이외에는 이 세상의 무엇을 준대도 거짓말을 할 사람이 아니라는 것을 잘 알고 있는 이발사는 이 말을 모두 받아들였고, 또 스스로도 옳다고 생각했다. 그리고 다음 책을 들춰보니, 그것은《팔메린 데 올리바》[89]였는데, 그 곁에는《영국의 팔메린》[90]이라는 것이 있었다. 석사 신부는 그것이 눈에 띄자 말했다.

"그 올리바[91]는 당장 갈기갈기 찢어 태워서 재도 한 점 남지 않게 해야 하오. 그러나 그 팔마 데 잉갈라테라[92]만은 소중한 보물처럼 잘 간수해둡시다. 알렉산더대왕이 다리오왕王을 쳐서 얻은 그 상자 속에다가, 시인 호메로스의 작품을 비장하라고 했던 그런 상자 속에다가 말입니다. 왜 그런고 하니, 이 책은 두 가지로 권위가 있는 까닭이오. 그 하나는 작품 자체가 훌륭해서 그렇고, 또 다른 하나는 포르투갈의 재치가 넘치는 왕이 집필했다는 전설 때문에 그런 것입니다. 미라구아르다성城의 모험들은 어느 것이나 기가 막히고 곡진한 것뿐이고, 정중하고 명쾌한 말솜씨는 그 짜임새와 다루는 품이 말하는 사람의 품위를 돋보이게 하는 것이지요. 그러니까 어디까지나 당신의 의견을 존중하면서 하는 말이지만, 이 작품과《가울라의 아마디스》만은 화형을 면하게 해주고 싶소. 다른 것들이야 캐고 물을 것 없이 없애버립시다."

"안 될 말이에요, 신부님." 이발사가 되받아 말했다. "지금 제가

---

89   1511년 살라망카에서 출판된《유명하고 매우 용감한 기사 팔메린 데 올리바의 책*Libro del famoso y muy esforzado caballero Palmerín de Oliva*》을 말한다.

90   제1장 주 54 참조.

91   올리브.

92   영국의 야자나무.

쥐고 있는 것도 명작《돈 벨리아니스》인데요!"

"그건," 신부가 되받아 말했다. "2편, 3편, 4편까지 통틀어서 지나치게 격분하는 대목이 많아 누그러뜨리려면 대황 뿌리[93]가 약간 필요하겠소. 그리고 파마성城에 관한 이야기 전부와, 그 나머지 터무니없이 허풍을 떠는 이야기들도 모두 도려내버릴 필요가 있는 것이오. 이를 위해서는 형의 집행을 유예하고, 개전의 여지를 참작해서 관용을 베풀든 엄벌에 처하든 해야 할 것이오. 그때까지는 그 책을 당신의 집에 갖다 두십시오. 다른 사람에겐 절대로 읽히지 않는다는 조건으로 말이오."

"좋습니다." 이발사가 대답했다.

신부는 더 이상 기사도 책을 훑어보느라 피로해지고 싶지 않았다. 그는 가정부에게 일러, 뒤뜰로 큰 책들을 모조리 나르게 했다. 그는 바보나 귀머거리에게 말한 것이 아니라 폭이 넓고 올이 가는 베를 짜는 일보다 책을 태우고 싶어 못 견뎌하는 가정부에게 말한 것인 만큼, 그녀는 한꺼번에 여덟 권을 안아서 창문 밖으로 내던졌다. 그런데 워낙 많은 책을 한꺼번에 내던지는 바람에 그중 한 권이 이발사의 발등에 떨어졌다. 이발사가 누구의 작품인지 궁금해서 펼쳐보니,《유명한 기사 티란테 엘 블랑코 이야기》[94]라는 것이었다.

"아이고, 하느님, 감사합니다." 신부는 크게 소리치면서 말했다. "그 유명한 백의의 기사 티란테가 여기 있다니. 이리 좀 주시오,

---

93 정혈제精血劑로 쓰인다.

94 1511년 바야돌리드에서 무명작가에 의해 출판된《용감하고 패한 일이 없는 기사 티란테 엘 블랑코 전 5권Los cinco libros del esforzado e invencible caballero Tirante el Blanco》을 말한다.

친구. 이건 내 즐거움의 보고이며 내 위로의 어머니였답니다. 이 책에는 용감무쌍한 기사 돈 키리엘레이손 데 몬탈반과 그의 아우 토마스 데 몬탈반과 기사 폰세카가 나오죠. 또한 용사 티란테가 거구의 사냥개와 싸우는 이야기도 나오며, 플라세르데미비다 아가씨의 재치와 미망인 레포사다의 사랑과 모략, 그리고 종자 이폴리토와 사랑에 빠진 황후 이야기도 나온다오. 사실 말이지, 친구, 이 책이야말로 그 문체로 보아 세상에서 최고의 책이라오. 여기선 기사들이 먹고 자고, 자기네 방에서 죽기도 합니다. 죽기 전에는 유언도 하지요. 이런 사실들은 다른 어떤 책에도 나오지 않아요. 그 점에 대해서는 이 책의 저자를 칭찬할 만하오. 일부러 그런 엉터리 짓을 한 것은 아니라고 하더라도 기사가 평생토록 노예선에 갇혀서 노를 젓게 하는 식으로 쓰긴 했다오. 그렇지만 이 책의 작가가 어리석은 일들을 일부러 쓴 건 아니라 할지라도, 평생을 노예선에 갇혀서 고생할 만한 죄를 저지른 것이지요. 댁에 가지고 가서 읽어보시오. 읽어보시면 내 말이 옳았다는 걸 아시게 될 겁니다.”

“그건 그러겠습니다만,” 이발사가 대답했다. “나머지 자질구레한 책들은 어떻게 할까요?”

“이것들은,” 신부가 말했다. “기사도 책이 아니고 시집 같은데.”

그러면서 그 한 권을 펼쳐보았다. 그것은 호르헤 데 몬테마요르의 《라 디아나》[95]였다. 그는 나머지 책들도 같은 부류인 줄로 생각하고 말했다.

---

95   1558년이나 1559년 발렌시아에서 출판된 호르헤 데 몬테마요르Jorge de Montemayor의 《라 디아나 전 7권 *Los siete libros de la Diana*》을 말한다.

"다른 책들과 달라서 이건 태울 것이 못 되오. 기사도 책들이 끼친 해독 같은 건 여기에 없고 또 앞으로도 없을 테니, 말하자면 남에게 해독을 끼칠 건 없는 읽을 만한 책입니다."

"참, 신부님도." 조카딸이 말했다. "이것도 함께 태우셔야 해요. 혹시 제 삼촌 나리의 기사 병이 낫는다 치더라도, 이런 책을 읽다가 양치기가 되고 싶어져서 노래를 부르고 악기를 뜯으며 숲과 들판을 헤매신다면, 그리고 시인이 되신다면 그때는 더 큰일이에요. 그런 병은 고치지도 못하는 전염병이라고들 하던데요."

"이 아가씨는 옳은 말만 하는구나." 신부가 말했다. "앞으로 우리 친구에게 지장이 될 만한 것이라면, 그런 기회까지 없애주는 것이 상책이지. 그럼 우선 몬테마요르의《라 디아나》부터 시작하되, 내 생각으로는 현녀 펠리시아와 그 마가 낀 물에 관한 부분, 그리고 장시長詩 거의 전부를 제외하고는 태우지 말고, 산문시와 이런 종류의 책에서 으뜸으로 꼽히는 것만은 소중히 남겨두기로 하지."

"다음 이것은," 이발사가 말했다. "《라 디아나》라는《살만티노 제2부》[96]이고, 또 다음은 같은 이름인데 작자는 힐 폴로[97]입니다."

"그렇다면 살만티노의 것은," 신부가 대답했다. "뒤뜰에 처형된 것들과 함께 둡시다. 그러나 힐 폴로의 작품만은 아폴로의 그것처럼 간직하기로 합시다. 아무튼 서둘러서 좀 빨리 해치웁시다. 벌써 늦어졌어요."

96 *segunda del Salmantino*. 1564년 알칼라에서 출판된 알론소 페레스Alonso Pérez의《호르헤 몬테마요르의 라 디아나 제2부*Segunda parte de la Diana de Jorge Montemayor*》를 말한다.

97 1564년 발렌시아에서 출판된《연정을 느낀 디아나*Diana enamorada*》의 작가 가스파르 힐 폴로Gaspar Gil Polo를 말한다.

"이 책은," 또 다른 책을 펼치면서 이발사가 대답했다. "《사랑의 운명 전 10권》[98]입니다. 지은이는 사르데냐[99]의 시인 안토니오 데 로프라소입니다."

"내가 받은 신품을 걸고 맹세하거니와," 신부가 말했다. "아폴로가 아폴로 노릇을 하고, 뮤즈들이 뮤즈들 노릇을 하며, 시인들이 시인들 노릇을 한 이래로 이만큼 우스꽝스럽고 허풍을 치는 책이라곤 없을 것이오. 이 점으로 봐서 세상에 나온 목인牧人 소설치고는 최고의 유일무이한 걸작입니다. 이 책을 읽지 않고는 읽는 맛을 알았다고 할 수 없을 것입니다. 그것도 이리 좀 주시오. 이 책을 가진다는 건 품질이 뛰어나고 값비싼 플로렌시아제 법복法服 한 벌을 선사받는 것보다 더 기쁜 일이라오."

신부는 입맛까지 다셔가며 그 책을 따로 제쳐놓았다. 잇달아 이발사가 말했다.

"다음 이것들은 《이베리아의 양치기》와 《에나레스의 님프들》, 그리고 또 《질투의 쓰라린 경험》입니다.[100]"

"이제는 그만 아주머니의 처분에 맡길 뿐입니다." 신부가 말했다. "이유는 묻지 마십시오. 뭐 이러다간 언제 끝날지 모르겠군요."

98 *Los diez libros de Fortuna de amor.* 1573년 바르셀로나에서 출판되었다.
99 지중해에 있는 이탈리아령 섬.
100 베르나르도 데 라 베가Bernardo de la Vega의 《이베리아의 양치기*El pastor de Iberia*》는 1591년 세비야에서 출판되었고, 《에나레스의 님프들》은 1587년 알칼라에서 출판된 베르나르도 곤살레스 데 보바디야Bernardo González de Bobadilla의 《에나레스의 님프들과 양치기들 제1부*Primera parte de las ninfas y pastores de Henares*》를 말한다. 그리고 바르톨로메 로페스 데 엔시소Bartolomé López de Enciso의 《질투의 쓰라린 경험*Desengaños de celos*》은 1586년 마드리드에서 출판되었다.

"그다음은 또《필리다의 양치기》[101]입니다."

"그 사람은 양치기가 아니라," 신부가 말했다. "아주 슬기로운 궁정 기사였습니다. 값진 보석처럼 잘 보관해두시오."

"여기 이 큼직한 책은," 이발사는 계속 말했다. "《잡다한 시들의 보고》[102]인데요."

"그 잡다한 시들이 그토록 많지만 않았더라도," 신부가 대답했다. "더 평가를 받았을 텐데. 훌륭한 작품들 속에 끼어 있는 천박스런 것들은 잡초를 뿌리 뽑듯 깨끗이 해주는 것이 필요하오. 그런데 그 작가가 내 친구요. 그 친구는 그것 말고도 방대하고 뛰어난 작품도 썼으니까 봐주기로 합시다."

"이것은," 이발사는 또 계속 말했다. "《로페스 말도나도의 시집》[103]인데요."

"그 책의 작가도," 신부가 되받아 말했다. "나와는 절친한 사이요. 그가 자작시를 읊을라치면 듣는 사람이 황홀해지고, 노래하는 그 목청의 아름다움에 사람들은 매혹되고 말지요. 전원시치고는 좀 긴 편이나, 좋은 것에 지나치다는 말은 없는 법이오. 골라둔 책들과 함께 가지고 계시오. 그럼 또 그 옆의 것은 무엇이오?"

"미겔 데 세르반테스의 《라 갈라테아》[104]입니다." 이발사가 말

---

101 *El Pastor de Fílida*. 루이스 갈베스 데 몬탈보Luis Gálvez de Montalvo의 작품으로, 1582년 마드리드에서 출판되었다.

102 *Tesoro de varias poesías*. 페드로 데 파디야Pedro de Padilla의 작품으로, 1580년 마드리드에서 출판되었다.

103 *El cancionero de López Maldonado*. 가브리엘 로페스 말도나도Gabriel López Maldonado의 작품으로, 이 시집은 1586년 마드리드에서 출판되었다.

104 *La Galatea*. 세르반테스의 유일한 목가소설로, 1585년 알칼라에서 출판되었다.

했다.

"그 세르반테스란 작가는 오래전부터 내 절친한 친구인데, 시작詩作보다는 불행에 더 익숙한 사람이오. 그의 작품에는 약간의 독창성도 있지만, 무엇을 불쑥 내놓고는 결론은 맺어주지 않기 때문에, 그가 약속한 제2권을 기다려야 하는 형편입니다. 손질만 잘 해준다면 지금은 없는 인기도 차차 충분히 높아질 겁니다. 그날이 올 때까지 당신 방에 처박아두시오, 친구 양반."105

"좋습니다." 이발사가 대답했다. "그런데 여기 또 한꺼번에 세 권이나 있습니다요. 돈 알론소 데 에르시야의 《라 아라우카나》106와, 코르도바의 사법관 후안 루포의 《라 아우스트리아다》107와, 발렌시아의 시인 크리스토발 데 비루에스의 《엘 몬세라테》108입니다."

"그 세 책은 모두," 신부가 말했다. "카스티야 말109로 쓰인 영웅시로서 일품이지요. 이탈리아의 최대 걸작들과도 견줄 수 있는 책들입니다. 에스파냐가 가진 시가詩歌 중 가장 훌륭한 증거품으로 남아야 할 겁니다."

신부는 지쳐서 더 이상 책을 볼 수가 없었다. 그리하여 나머지 책들은 내용도 보지 않고 모조리 태워버리라고 했다. 그러나 어느

---

105 세르반테스는 사망하기 4일 전에 페르실레스Persiles의 헌사에서까지 《라 갈라테아》 제2권을 약속했다.

106 *La Araucana*. 1569~1589년 마드리드에서 출판되었다.

107 *La Austríada*. 1584년 마드리드에서 출판되었다.

108 *El Monserrate*. 1587년 마드리드에서 출판되었다.

109 카스티야 왕국에서 통용했던 말로, 오늘날 에스파냐에서 사용하는 표준어가 되었다. 카스티야는 1037년부터 1479년까지 이베리아반도의 톨레도와 마드리드를 중심으로 발전한 기독교 왕국이었다. 이 《돈키호테》 소설에서는 원전에 쓰인 그대로 에스파냐 말을 카스티야 말로 번역한다.

틈에 이발사는 책을 또 한 권 펴 들고 있었다.《앙헬리카의 눈물》[110]
이라는 책이었다.

"내가 울 뻔했구려." 그 제목을 듣자마자 신부가 말했다. "그런
책을 태워버리라고 명령했더라면 말이외다. 왜냐하면 그 책의 작가
는 에스파냐뿐만 아니라 세계에서 이름 높은 시인이고, 또 오비디
우스의 우화 몇 편을 훌륭하게 번역한 사람이기 때문이라오."

---

110 *Las lágrimas de Angelica*. 1586년 그라나다에서 출판된 루이스 바라오나 데 소토Luis
Barahona de Soto의《라 앙헬리카 제1부*Primera parte de la Angélica*》를 말한다.

· 제7장 ·

우리의 멋진 기사 라만차의 돈키호테의
두 번째 출향에 대해

이러고들 있을 때, 갑자기 돈키호테가 목이 터져라 소리를 지르기 시작하면서 말했다.

"여깁니다, 여기, 용감하신 편력 기사님들. 당신들의 무술을 뽐내실 곳은 바로 여기라니까요. 자칫하면 좋은 수를 궁정 기사들한테 빼앗기겠는걸요."

이 벽력같이 지르는 고함 소리에 모두 위층으로 달려 올라가느라 나머지 책들에 대한 조사가 일단 중지되었다. 그래서 《라 카롤레아》[111]와 《에스파냐의 사자》[112]는 돈 루이스 데 아빌라가 쓴 《황

---

111 1560년 발렌시아에서 출판된 헤로니모 셈페레Jerónimo Sempere의 《카를로스 5세 황제의 승리들에 관한 라 카롤레아 제1부*Primera parte de la Carolea, que trata de victorias del Emperador Carlos V*》와, 《카를로스 5세 황제의 승리들에 관한 라 카롤레아 제2부*Segunda parte de la Carolea, que trata de victorias del Emperador Carlos V*》를 말하는 것 같다.

112 1586년 살라망카에서 출판된 페드로 데 라 베시야Pedro de la Vecilla의 《에스파냐의 사자 제1부와 제2부*La Primera y Segunda Parte de El León de España*》를 말한다.

제의 위업》[113]과 함께 아무도 보지도 듣지도 못하는 가운데 불더미 속으로 들어가고 말았다. 이 책들은 틀림없이 남아 있는 책들 속에 끼어 있었고, 만약 신부가 보았다면 그토록 심한 선고를 받지는 않았을 것이다.

그들이 돈키호테에게 갔을 때, 그는 벌써 침대에서 일어나서 고래고래 고함을 지르며 언제 잠들었었느냐는 듯 눈이 말똥말똥한 채 온 사방에 대고 장검을 휘두르느라 정신을 못 차리고 있었다. 사람들은 그를 꽉 붙들어가지고 억지로 침대에 다시 뉘었다. 그런 연후에 그는 얼마쯤 가라앉은 듯하다 말고, 신부 쪽으로 몸을 돌이키며 이렇게 말했다.

"정말이지 튀르팽 대주교님, 열두 기사라고 칭하는 우리로서, 더구나 내리 사흘 동안 이기기만 한 우리 편력 기사들이 오늘 시합에서는 궁정 기사들에게 턱없이 지다니, 이건 최대의 수치입니다."

"마음을 가라앉히시오, 친구." 신부가 말했다. "하느님께서 운이 트이게 하셔서 오늘 잃은 것을 내일 다시 찾게 해주실 것입니다. 그러니까 지금은 당신의 몸이나 돌볼 때입니다. 상처가 심하지는 않다 해도 어쩐지 몹시 피곤해 보이시니 말입니다."

"상처야 별것 아니지만," 돈키호테가 말했다. "아무튼 좀 깨지고 다친 것만은 사실인가봅니다. 그 못된 롤단이 참나무 등걸로 마구 두들겼으니까요. 그건 질투, 그렇지요, 그놈과 공명을 다툴 자는

---

113 비평가들의 일반적 의견에 따르면, 1566년 발렌시아에서 출판된《황제의 위업 *Los hechos del Emperador*》은 돈 루이스 데 아빌라가 쓴 것이 아니고, 루이스 사파타Luis Zapata의 《유명한 카를로*Carlo Famoso*》를 가리킨다고 한다.

나 한 사람밖에 없으니까 질투 때문에 그랬지요. 두고 볼 일이지만, 내가 이 침대에서 일어나는 날엔 제아무리 마법을 쓴다고 해도 아주 혼쭐을 내고 말 것이오. 그러지 못한다면 나를 레이날도스 데 몬탈반으로 부르지 않아도 좋아요. 그런데 우선 당장은 먹을 것을 좀 주시오. 지금은 그것이 가장 중요한 일인가 합니다. 복수를 하는 일이야 제게 맡겨두시고 말입니다."

사람들은 그가 원하는 대로 먹을 것을 갖다주었다. 그는 먹고 나서 이내 잠이 들어버렸고, 다른 사람들은 그의 실성한 태도에 그만 어안이 벙벙해지고 말았다.

그날 밤 가정부는 뒤뜰에 내놓은 책들과 집 안에 있는 책들을 있는 대로 태워서 없애버렸는데, 그중에는 영구히 서고에 간직해야 할 책들도 있었을 것이다. 그러나 운명과 검열자의 태만이 이를 용납하지 않았다. 이리하여 "모진 놈 옆에 있다가 벼락 맞는다"라는 격언이 책들에게 딱 들어맞았던 것이다.

신부와 이발사가 우선 자기네 친구의 병을 치료하기 위해 쓴 방법은, 서재 문을 없애고 벽을 막는 일이었다. 원인이 없는 데에는 결과도 없는 법이니, 그가 일어나서 책이 없어졌다고 야단법석을 떨면 마법사가 와서 방도 무엇도 다 가져가버렸다고 말해줄 셈이었다. 그래서 일은 시급히 진행되었다. 그런 지 이틀째 되는 날, 돈 키호테가 자리에서 일어났다. 그가 맨 처음 한 일은 자기 책을 보러 가는 것이었다. 그러나 방이 그전 있던 자리에 없었으므로 이리저리 찾아다녔다. 전에 문이 있던 자리에 가서 손으로 더듬거리기도 하고, 말없이 눈으로만 휘휘 둘러보기도 했다. 얼마가 지난 뒤에야 그는 비로소 가정부에게 자기 서재가 어느 쪽이냐고 물어보았다.

가정부는 대답할 말을 미리 잘 익혀두었던지라 곧 이렇게 말했다.

"방이라뇨? 나리께서는 어느 방을 찾으세요? 이 집은 방이고 책이고 없어진 지가 오래랍니다. 그놈의 악마가 다 들고 갔지 뭐예요."

"악마가 아니라 마술사랍니다." 조카딸이 되받아 말했다. "삼촌께서 어디로 가시고나서 어느 날 밤이었지요. 글쎄 그놈이 구름을 타고 와서 구렁이 등에서 쓰윽 내리더니, 서재로 들어가지 않겠어요. 그 안에서 그놈이 무얼 했는지는 모르지만, 한참 있다가 지붕 위로 훨훨 날아갔어요. 온 집안을 연기로 꽉 채워놓고 말이에요. 그래 그놈이 무슨 짓을 하고 갔나 하고 보러 갔더니, 어느 틈에 책이고 서재고 온데간데없지 뭐예요. 저나 아줌마나 한 가지 똑똑히 알고 있는 건요, 그 심술쟁이 늙은이가 여기서 갈 때 소리를 버럭버럭 지르면서, 내가 이 책과 방 주인에게 원한이 있어서 이 집에 복수를 하러 왔으니 두고 봐라, 그랬다는 거예요. 그리고 자기 이름은 현인 무냐톤이라고 하더군요."

"프레스톤[114]이라고 말했을걸" 하고 돈키호테가 말했다.

"모르겠어요." 가정부가 대답했다. "프레스톤이라고 했는지 프리톤이라고 했는지 자세히 모르겠어요. 이름 끄트머리가 '톤'이라고 한 건 분명해요."

"옳아, 그놈이야." 돈키호테가 말했다. "그놈은 비상한 마법사인데, 항상 나에게 앙심을 품고 있는 큰 원수지. 왜 그런고 하니, 그

---

114 Frestón. 《그리스의 돈 벨리아니스*don Belianís de Grecia*》의 주인공이며, 가상의 작가이자 현인인 마법사 프리스톤Fristón을 말한다.

놈은 그 마법과 지식을 가지고 내가 후일 그놈 편의 기사와 일대 격전을 하게 될 때, 꼭 내가 그놈을 여지없이 이기리라는 걸 알고 있거든. 그러니까 어떻게든지 나를 골탕 먹이려고 드는 거지. 하지만 결단코 그놈이 하늘이 명하시는 바를 바꾸거나 피할 수는 없을걸."

"누가 그걸 몰라요." 조카딸이 나섰다. "하지만 삼촌더러 누가 그런 싸움을 하시랬어요? 불가능한 것을 얻자고 세상을 떠돌아다니시는 것보다는, 양털을 깎으러 갔던 사람이 되레 제 털을 깎이고 오는 것보다는, 차라리 그냥 집에 편안히 계시는 게 좋지 않겠어요?"

"아이고, 조카야," 돈키호테가 대답했다. "너는 당치도 않은 소릴 하는구나. 누구든 감히 내 털을 깎기는 고사하고 머리털 하나라도 건드려보기만 하래라. 당장 그놈의 수염을 낚아채서 몽땅 뽑아놓고 말 테니."

두 여자는 다시 더 말을 걸고 싶지 않았다. 분에 못 이겨서 벌겋게 달아 있는 그를 본 때문이었다.

그런데 놀랍게도 그는 지금까지의 광기를 되풀이하고 싶어 하는 징후를 조금도 보이지 않고, 보름 동안 집에 가만히 있었다. 그동안 자기 친구인 신부와 이발사와 함께 재미있는 이야기를 하면서 지냈는데, 그는 세상에 반드시 있어야 할 것이 편력 기사이기 때문에 그러한 기사도 다시 부활시켜야 한다고 말했다. 신부는 때로 그렇지 않다고 했다가, 어떤 때는 또 그렇다고 맞장구를 쳐주었다. 이러한 수법을 쓰지 않는다면 그를 상대로 말을 붙일 수가 없기 때문이었다.

그럴 즈음에 돈키호테는 자기 이웃에 사는 농사꾼으로 (이런 딱지를 가난한 이에게 붙여도 좋다면) 마음씨 착한, 그러나 머리가 제법 둔한 사람을 살살 꾀고 있었다. 결국 얼마나 구슬리고 삶아대고 푸짐한 약속을 했는지, 철없는 농사꾼은 그의 종자가 되어서 그와 함께 편력의 길을 떠날 결심을 하기에 이르렀다. 돈키호테가 그에게 이야기한 여러 가지 중에는 이런 말이 있었다. 즉 마음이 움직여서 자기를 따라가기만 하면 틀림없이 좋은 수가 생겨서 별로 힘들이지 않고 어느 섬을 얻을 수 있는 모험이 생길 테고, 그러면 그 섬의 주인을 시켜준다는 것이었다. 이런저런 약속을 듣고나자 산초 판사Sancho Panza라는 이름의 농사꾼은 아내와 자식들을 버리고 이웃집 양반의 종자가 되기를 승낙한 것이다.

그러고나서 돈키호테는 즉시 자금 마련에 착수했다. 이것은 팔고, 저것은 전당 잡히고, 죄다 똥값에 팔아치워 어지간한 돈이 마련되었다. 그의 친구에게 빌려달라고 해서 동그란 방패도 하나 마련되었다. 망가졌던 투구를 정성스레 고친 다음, 그는 길 떠날 날짜와 시각을 종자인 산초에게 알려주면서 가장 필요한 것을 미리 장만해두라고 했는데, 무엇보다도 안장에 달고 다닐 커다란 여행용 자루를 당부했다. 종자는 그렇게 하겠다고 말하면서, 자기는 오래 걷지 못하기 때문에 당나귀 한 마리를 데리고 가겠다고 했다. 당나귀라는 말에 돈키호테는 잠시 주저하면서, 편력 기사로서 종자를 당나귀에 태우는 자가 있었던가 하고 기억을 더듬어보았으나 전혀 떠오르지 않았다. 그러나 아무튼 그러기로 작정했다. 앞으로 어떤 무례한 기사를 처음 만나는 대로 그의 말을 빼앗아서, 종자에게 좀더 적합한 것으로 구해줄 속셈이었다. 그는 객줏집 주인이 그전에 충고한 대로 속옷이며 그 밖에 준비할 것을 다 갖추었다. 모든 준비가 끝나자, 어느 날 밤 판사는 자식들과 마누라에게 인사도 없이, 돈키호테는 가정부와 조카딸에게 말 한마디 없이 쥐도 새도 모르게 감쪽같이 마을을 떠났다. 그들은 밤새껏 빨리 길을 갔기 때문에, 날이 밝을 무렵에는 설사 누가 그들을 찾아 뒤쫓아 오더라도 별수 없으리라고 안심했다.

산초 판사는 안장 자루와 가죽 물병을 신고 의젓한 노인처럼 당나귀를 탄 채, 그의 주인이 약속한 섬의 통치자가 될 생각에 잠겨 길을 가고 있었다. 돈키호테는 첫 번 길을 나섰을 때의 그 길을 다시 가게 되었는데, 지난번보다는 훨씬 쉽게 몬티엘의 벌판을 건널 수 있었다. 아직 이른 아침이어서 햇볕이 바로 쬐지 않아 피로를 덜 느꼈기 때문이다. 그때 산초 판사가 주인을 향해 말했다.

"편력 기사 나리, 저한테 약속하신 그 섬나라는 잊어버리지 마십쇼. 저는 아무리 큰 섬이라도 다스릴 자신이 있으니까요."

돈키호테가 이 말에 대답했다.

"그렇다면 산초 판사 친구, 알아둘 일이 있네. 옛날 편력 기사들을 볼 것 같으면, 자기들이 얻은 섬이나 왕국을 그 종자들로 하여금 다스리게 한 것은 너무나 흔한 관습이었다네. 나 역시 그런 좋은 관습을 어겨서는 안 되겠다고 마음먹은 바가 있지. 그런데 나는 그보다 한 걸음 앞선 생각이 있다네. 무언고 하니, 그들은 어떤 때, 아니 대개는 흔히 자기네 종자들이 늙은 후에야, 즉 밤낮을 가리지 않고 수고를 하느라고 그만 다 지쳐버린 다음에야 비로소 무슨 골짜기, 무슨 지방의 백작 아니면 고작해야 후작이랍시고 딱지 하나를 내주었을 뿐이지. 하지만 자네가 살아 있고 내가 살아 있으면 불과 엿새 안으로 영토가 딸린 왕국을 손아귀에 넣을 수 있을 테고, 그렇

게 되면 영락없이 자네를 그 속령의 왕으로 봉하겠단 말일세. 그까 짓 걸 자네가 대단하게 여길 건 없네. 기사들에게는 미처 상상도 하지 못한 가지가지의 행운이 따르는 법이니까, 내가 자네에게 약속한 것보다 훨씬 더 나은 걸 줄 수도 있는 일이네."

"그렇게 해서," 산초 판사가 대답했다. "제가 나리께서 말씀하신 무슨 기적으로 왕이 된다면, 제 마누라 후아나 구티에레스는 왕비가 되고, 제 자식 놈들은 적어도 왕자와 공주가 되겠네요."

"암, 그렇고말고. 누가 의심이나 할 일인가." 돈키호테가 대답했다.

"저는 그 말을 의심합니다요." 산초 판사가 되받아 말했다. "왜 그런가 하면, 설령 하느님께서 이 땅덩어리에다가 왕국들의 소나기를 퍼부으신대도, 설마 마리 구티에레스의 머리에야 한 방울인들 떨어질라고요. 나리, 그게 왕비가 된대도 두 푼짜리도 못 될 겝니다. 기껏 떨어진대야 백작 부인이겠죠. 그나마도 하느님이 도우셔서 말입니다요."

"산초, 그 문제는 하느님께 맡기라고." 돈키호테가 대답했다. "하느님이 다 알아서 하실 테니까 말일세. 그렇다고 해서 행여 마음을 옹졸하게 먹지는 말게나. 일개 지방 통치자만도 못한 것으로 만족해서는 절대로 안 되네."

"여부가 있겠습니까요, 나리." 산초가 대답했다. "제가 모시는 분이 누구시라고요. 무엇이든 저한테 좋은 것이면 다 주실 테고, 저역시 다 받아들일 수 있는뎁쇼, 뭐."

제8장

용감무쌍한 돈키호테가 기상천외하고 무시무시한 풍차 모험에서 행한 사건과 그 밖에 기억하고도 남을 만한 사건들에 대해

그럴 즈음 그 들판에는 지금도 있는 풍차가 30~40개 눈에 띄었다. 돈키호테는 그것들을 보고 종자에게 말했다.

"운명은 이제 우리가 미처 생각지도 못한 거창한 일을 시키시려나보네. 여보게, 산초 판사 친구, 저기를 좀 보게나. 산더미 같은 거인들이 서른 놈, 아니 그보다 더 많은 놈들이 저기 우뚝 서 있지 않은가. 내 저놈들과 싸워서 한 놈도 남겨두지 않고 모조리 없애버릴 생각이네. 거기서 얻은 전리품으로 우리는 어마어마한 부자가 된단 말이거든. 저런 흉악한 무리를 이 땅에서 싹 쓸어 없애버리는 것은 정의의 투쟁이고, 하느님을 향한 위대한 봉사인 것이지."

"거인이라니, 무슨 거인들 말이에요?" 산초 판사가 말했다.

"저기 보이는 저놈들 말일세." 그의 주인이 대답했다. "저 긴 팔을 휘두르고 있는 놈들, 저놈들은 보통 팔 길이가 거의 2레과[115]나 되기도 한다더군."

"똑똑히 보십쇼, 나리." 산초가 대답했다. "저기 보이는 저것은 거인이 아니고 풍차예요, 풍차. 팔처럼 보이는 저건 바람이 불 때마다 빙빙 돌면서 맷돌 방아를 찧는 풍차 날개고요."

"자네가 모험에 정통하지 못하다는 것을 이로써 잘 알겠네." 돈키호테가 대답했다. "저건 다 거인들이네. 무섭거든 이 자리에서 비켜나게. 내가 놈들과 무서운 격전을 벌일 테니, 그동안 기도나 드리고 앉아 있게."

이렇게 말하면서 돈키호테는 로시난테에게 박차를 가했다. 산초가 나리께서 지금 치러 가시는 건 거인이 아니라 틀림없이 풍차라고 뒤에서 내지르는 소리도 들은 체 만 체, 이미 거인들로 확신한 뒤라 그의 종자 산초의 말소리가 들릴 리 만무했거니와, 그 앞으로 바싹 다가가서도 그 정체가 바로 보이지 않았다. 오히려 그는 목청껏 큰 소리로 외쳤다.

"이 천하에 비겁하고 흉악한 놈들아, 너희 놈들과 겨룰 사람은 기사 한 사람뿐이니 도망치지 말아라!"

때마침 바람이 솔솔 불어서 커다란 날개들이 움직이기 시작했다. 그것을 본 돈키호테가 말했다.

"네놈들이 거인 브리아레오[116]보다 더 많은 팔을 휘두른다고 해서 나를 감당할 수 있을 성싶으냐."

이렇게 고래고래 소리치고는, 둘시네아 아가씨에게 이런 고비를 당한 자신을 도와주십사 하고 빌면서, 방패로 몸을 단단히 가리고 겨드랑이에 창을 낀 채 로시난테를 들입다 휘몰아 맨 앞에 있는

---

115 legua. 1레과는 약 5572미터다.
116 Briareo. 거인 중 하나로, 팔이 1백 개다.

풍차에게로 맹렬하게 육박해 들어갔다. 그가 창을 들어서 날개를 쳤을 때, 난데없이 바람이 세차게 불어오는 서슬에 그만 창은 부러지고, 말과 그 위에 탄 사람까지 공중으로 몽땅 휩쓸려 올라갔다가 저편 뒤로 내동댕이쳐지니, 기사는 심한 부상을 입을 수밖에 없었다. 산초 판사는 있는 힘을 다해서 당나귀를 빨리 몰아 그를 구하러 달려왔으나, 막상 닿아서 보니 그는 옴짝달싹도 할 수 없는 처량한 신세가 되어 있었다. 공중에서 떨어질 때 로시난테가 준 충격이 그만큼 컸던 것이다.

"아이고, 맙소사." 산초가 말했다. "제가 나리께 여쭙기를, 풍차가 틀림없으니 똑똑히 보고 하시라지 않던가요. 머릿속에다가 풍차를 넣고 돌리는 사람이 아니라면, 그걸 알아보지 못할 사람이 원 어디 있겠어요?"

"자네는 가만있게, 산초 친구." 돈키호테가 대답했다. "다른 일과는 달라서, 싸움의 운이란 변화무쌍한 법 아닌가. 더군다나 내 짐작에는, 아니 짐작이 아니라 이건 사실이네. 내 서재와 책을 훔쳐 간 현인 프레스톤이란 놈이 나한테서 승리의 영광을 빼앗아 가려고 거인 놈들을 풍차로 둔갑시킨 게야. 이것도 놈이 나한테 품고 있는 앙갚음이지. 그러나 결국 종국에 이르면 그놈의 잡술도 내 칼의 위력 앞에 어쩔 도리가 없을 걸세."

"하느님 뜻대로 되소서." 산초 판사가 대답했다.

그러고나서 그를 붙들어 일으켜 어깨뼈 절반이 튕겨져 나간 로시난테의 등에 다시 태웠다. 그리고 지금 있었던 일을 이야기하면서 푸에르토 라피세로 향하는 길로 접어들었다. 돈키호테는 거기가 사람들의 왕래가 잦은 만큼 가지각색의 모험을 많이 볼 수 있을 것이라고 했다. 그러나 실상 그는 창이 없어진 탓으로 몹시 걱정을 하다가 종자에게 말했다.

"내가 전에 책에서 읽은 일로 기억하는데, 디에고 페레스 데 바르가스[117]라는 에스파냐의 기사가 어느 싸움에서 칼이 부러지자 굵은 참나무 가지인지 줄기인지를 뚝 부러뜨려서 그것으로 무어 놈들을 헤아릴 수 없이 많이 때려눕혔다네.[118] 그 때문에 그는 마추카Machuca[119]라는 별명을 얻게 되었는데, 그날부터 그와 그의 자손들은 바르가스 이 마추카Vargas y Machuca가家로 통하게 되었더라네. 내가 자네한테 이 말을 하는 것은, 나도 그 기사가 가졌던 것 못지않은 참나무나 떡갈나무 가지를 꺾어서 그것으로 위대한 일을 해보고 싶기 때문이네. 자네는 운이 좋아 그런 걸 볼 수 있어서 우쭐할 테고, 그와 동시에 믿기 어려운 사실에 대한 목격자가 되어줄 수도 있을 걸세."

"모든 건 하느님 뜻에 맡기고," 산초가 말했다. "저는 무엇이거나 나리의 말씀대로 다 믿습니다요. 그러나저러나 몸을 좀 바로 해보십쇼. 반쯤 넘어가신 것 같습니다요. 떨어질 때 많이 다치셔서 그런가봅니다요."

"그건 사실이네." 돈키호테가 대답했다. "그런데 아프다고 하지 않는 것은, 편력 기사로서 상처를 입어 그 구멍으로 창자가 쏟아져 나

---

117 Diego Pérez de Vargas. 1223년 헤레스Jerez 전투에서 무어족에 대항하여 혁혁한 공적을 세운 톨레도의 기사.

118 1223년 헤레스 전투에서 포위 중에 일어난 역사적 사실에 대해 말하고 있다.

119 '빻다/찧다'라는 뜻을 지닌 'machacar'가 이 책에서 'machucar'로 바뀌어, 'machacar'의 파생어이며 '방망이/몽둥이'라는 뜻의 'machaca'가 'machuca'로 바뀌었다.

오는 한이 있더라도 아프다는 소리는 내지 말아야 하는 법이니까."

"사정이 그렇다면 두말 않겠습니다요." 산초가 대답했다. "그러나 하느님께서도 아시지만, 저로서는 나리께서 조금이라도 편찮으신 데가 있다면 그대로 말씀해주시는 게 더 낫습니다요. 저 같으면 어디가 조금만 따끔거려도 아프다고 하겠어요. 편력 기사들의 종자도 역시 아프다는 소리를 내서는 안 된다면 몰라도 말이죠."

돈키호테는 종자의 순박함에 웃지 않을 수가 없었다. 그래서 그는 가르쳐주었다. 자네야 언제든 얼마든지 마음대로 아프다고 해도 좋다고. 왜냐하면 그것이 기사도 규정에 어긋난다는 것을 아직 읽어보지 못한 까닭이라고 했다. 산초가 저녁 먹을 때가 되었다고 알려주자, 그의 주인은 지금 생각이 없으니 먹고 싶거든 자네나 먹으라고 대답했다. 허락이 떨어지자, 산초는 당나귀 등에서 되도록 편한 자세를 취한 다음 보따리 안에 든 것을 꺼내서는 끄떡끄떡 주인 뒤를 따라가며 먹었다. 이따금 술병에 입을 대고 꿀꺽꿀꺽 마시기도 했는데, 그 맛있게 먹는 모양이란 말라가에서 손꼽히는 술집 주인이라도 부러워할 지경이었다. 이렇게 연거푸 술을 들이켜면서 따라가자니 그는 자기 주인이 한 약속은 까맣게 까먹고, 모험을 찾아 두루 다니는 일이 아무리 위험하다 해도 수고는커녕 오히려 재미나는 일이라고까지 생각하게 되었다.

마침내 그들은 어느 나무 밑에서 밤을 지새우게 되었는데, 돈키호테는 창으로 쓸 양으로 마른 나뭇가지를 하나 꺾어 거기에다가 부러진 창 대가리를 박았다. 그날 밤 돈키호테는 둘시네아 아가씨를 생각하면서 뜬눈으로 밤을 꼬박 새웠다. 기사도 책에서 읽은 대로, 기사들이 숲속이나 광야에서 그들의 애인을 그리워하며 잠을

자지 않은 것을 본받기 위함이었다. 산초 판사가 그러한 밤샘을 할 턱이 없었다. 그는 배추 국물로 밥통을 채운 것이 아니라 아주 든든하게 채웠던지라, 아침까지 세상모르고 늘어지게 실컷 잤다. 그의 주인이 소리쳐 깨우지 않았던들, 얼굴에까지 퍼진 햇살이나 새 아침을 즐겁게 알리는 뭇 새들의 지저귀는 소리도 그를 잠에서 깨울 수 없었을 것이다. 그는 일어나기가 무섭게 술 부대를 만져보았다. 그러나 엊저녁에 비해 훌쭉해진 것이 섭섭했다. 없어진 것을 쉽게 채워 넣을 수 있는 길을 가는 것이 아니라고 생각했기 때문이다. 돈 키호테는 아침을 들려고 하지 않았다. 앞서 말한 대로 멋진 회상을 양식으로 삼고 싶어 했기 때문이다. 그들은 푸에르토 라피세로 통하는 길로 접어들어, 그날 낮 3시쯤 푸에르토 라피세를 발견했다.

"이제부터는 말일세," 그것을 보자 돈키호테가 말했다. "여보게, 산초 형제, 그 모험이란 것 속으로 손을 내밀되 팔꿈치까지 집어넣어야 하네. 그런데 잘 알아두게. 설령 내가 세상에 없는 위험에 처할지라도, 자네가 이를 막아낸답시고 칼에다 손을 대서는 아예 안 되네. 혹시 나한테 덤비는 놈들이 형편없는 오합지졸일 경우에는 내 편을 들어주는 것도 무방하나, 그렇지 않고 그게 기사들일 경우에는 아직 기사 서품을 받지 않은 자네가 참견한다는 건 어느 모로 보든지 기사도에 어긋나는 노릇이고, 또 그래서도 안 되는 일이네."

"잘 알겠습니다요, 나리." 산초가 대답했다. "조금도 어김없이 지키겠습니다요. 저야 본시부터 좋은 게 좋은 성미인 데다가 야단스레 싸움질이나 하는 것은 딱 질색이라 마침 잘되었습니다요. 하지만 내 몸을 지켜내야 되는 일로 말하면 정말이지 거기에 기사도 규정이 무슨 대수입니까요. 어떤 놈을 막론하고 해치려는 놈이 있으면, 언제거나 막아내야 한다는 것은 하느님의 법이건 사람의 법이건 간에 다 그러는 건뎁쇼."

"누가 아니라나." 돈키호테가 대답했다. "다만 기사를 상대로 나를 돕겠다고 함부로 나서지 말라는 거지."

"그렇게 하겠다니까요." 산초가 대답했다. "주일날 지키듯, 저는 그 분부를 꼭 지키겠습니다요."

이런 말들을 주고받고 있을 때, 단봉낙타 두 마리를 타고 가는 성 베네딕토 수도회의 두 수사가 길 위에 나타났다. 그들이 탄 낙타는 사실 노새였지만 낙타만큼이나 커 보였다. 그들 두 사람은 먼지를 피하느라 얼굴을 가리고 양산을 받고 있었다. 그들 뒤로는 마차한 대가 따르는데, 말을 탄 사람 너덧과 노새 몰이꾼 둘이 있었다. 나중에 안 일이지만, 마차 안에는 비스카야 귀부인이 타고 있었는데, 그녀는 높은 지위에 올라 서인도제도로 갈 그녀의 남편이 있는 세비야로 가는 길이었다. 수사들은 이들과 길은 같을망정 동행은 아니었다. 그러나 돈키호테는 이들을 멀리서 바라보다 말고 종자에게 말했다.

"내 짐작이 틀린 게 아니라면, 이야말로 전대미문의 대모험일 게 분명하네. 저기 보이는 저 시커먼 덩치들은 아마도 마법사 놈들일 걸세. 아니, 틀림없어. 놈들은 어느 귀부인을 약탈해서 저 마차에다 싣고 가는 게 분명하니, 내 힘을 다하여 이 모욕을 씻어주어야겠네."

"이건 풍차 사건보다 더 큰 탈이 나겠군." 산초가 말했다. "나리, 제발 좀 똑똑히 보기나 하세요. 저 양반들은 성 베네딕토 수사님들이고, 저 마차는 지나가는 딴 사람들의 것일 겁니다요. 제 말을 듣고 잘 보세요. 잘 보고 일을 시작하셔야지, 악마한테 속으시면 안 됩니다요."

"산초, 내 진작 자네에게 말하지 않았는가." 돈키호테가 대답했다. "자넨 모험에 대해서 판무식이란 말일세. 내 말이라면 절대로 틀림없어. 이제 당장 알게 될 텐데, 뭐."

이렇게 말하며 달려나가 수사들이 오는 길 한복판에 가서 떡 버티고 섰다. 그리고 그들이 말소리를 들을 수 있을 만큼 어지간히 가까워졌다 싶었을 때, 그는 짐짓 노기를 띠고 고함을 쳤다.

"이놈들, 귀신 들린 무도하기 짝이 없는 놈들아. 그 마차를 겁탈해 데려가는 공주님들을 즉시 내려놓아라. 안 그랬다간 너희 놈들이 저지른 죄의 대가로 즉살을 당할 줄 알아라."

수사들은 말고삐를 잡고 우뚝 섰다. 돈키호테의 몰골이나 그 말투를 보고 놀라서 노새를 멈춰 세우고는 대답했다.

"기사 나리, 우리는 귀신이 들리거나 무도한 자들이 아니고, 성 베네딕토 수사들인데 볼일이 있어 여행을 하는 중입니다. 더군다나 이 마차에 어떤 공주들이 잡혀가시는 건지 아닌지도 모릅니다."

"그따위 아양은 나한테 통하지 않는다. 능글맞은 놈들, 난 진작부터 너희 놈들을 보고 알았다." 돈키호테가 말했다.

그리고는 더 이상 대답을 기다릴 것도 없이, 로시난테에 박차를 가하여 창을 비껴들고 앞에 있는 수사들한테로 달려들었다. 하도 화급히 미친 듯이 달려드는 바람에, 수사가 노새에서 얼른 뛰어내리지 않았더라면 별수 없이 땅바닥에 나가떨어져서, 죽기야 안 했겠지만 호된 상처를 입을 뻔했다. 다른 수사는 동행이 봉변을 당하는 꼴을 보자 살찐 자기 노새의 배를 발로 질러서 바람보다도 날째게 들판을 달리기 시작했다.

산초 판사는 땅에 떨어진 수사를 보고 훌쩍 당나귀에서 내리더니, 그에게 다가가서 옷을 벗기려 들었다. 수사들과 함께 가던 두 젊은이가 옷은 왜 벗기느냐고 물었다. 그러자 산초는 대답하기를, 자기 주인 돈키호테께서 싸움에 이겨 얻으신 전리품이니 의당 그것은 자기 것이라고 했다. 그러나 그것을 농담으로 받아들일 줄 모를뿐더러 전리품이니 싸움이니 하는 소리를 이해하지도 못하는 그들은, 돈키호테가 훨씬 멀리서 마침 마차 안에 있는 사람들과 이야기하는 틈을 엿보아서 산초한테 덤벼들어 그를 때려눕히고는 수염을 잡아 뽑고 발길로 차고 하여, 그는 호흡도 감각도 끊어진 채 땅바닥에 쭉 뻗어버렸다. 일순간의 지체도 없이 그들은 얼른 몸을 돌이켜서 새파랗게 질린 채 부들부들 떨고 있는 수사를 올려 태웠다. 그는 노새 위에 앉자마자 동행을 쫓아갔다. 동행은 멀찌감치 서서 놀라운 사건이 어떻게 되어가는지 살피고 있었다. 두 사람은 일어난 사건의 끝장을 더 알아볼 생각도 없이 어깻죽지에 귀신이 붙을 때보다 더 많이 자꾸만 성호를 그으면서 곧장 길을 가기 시작했다.

앞에서 말한 바와 같이 그때 돈키호테는 마차 안의 귀부인과 이야기를 하고 있었다.

"아름답고 귀하신 부인께서는 이제 무엇이든 뜻대로 하실 수 있습니다. 소인의 이 무술로 겁탈자들의 오만불손함을 깨끗이 무찔렀기 때문입니다. 그러하오니 부인을 구해드린 자의 이름을 행여 잊으실까 두려워 말씀드리건대, 소인은 라만차의 돈키호테라 하는 편력과 모험의 기사로서, 둘도 없는 그 아리땁기 그지없는 엘 토보소의 둘시네아 아가씨의 시신侍臣이옵니다. 소인으로부터 받으신 은혜의 갚음으로서 소인이 원하옵는 바는, 다만 부인께서 엘 토보소로 가셔서 소인을 대신하여 그 아가씨에게 소인이 부인을 구해준 사실을 있는 그대로 말씀해주십사 하는 것뿐이옵니다."

비스카야 태생으로 마차를 수행하던 한 종자가 돈키호테의 이러한 말을 죄다 듣고 있다가, 마차가 갈 길조차 비켜주지 않을 뿐만 아니라 당장 엘 토보소로 돌아가라는 소리에 돈키호테한테 다가서면서, 그의 창을 꽉 붙들고는 서투른 카스티야 말과 그보다 더 형편

없는 비스카야 말을 뒤섞어가며 말했다.

"비켜, 이 돼먹지 못한 기사야. 나는 비스카야 사람이다. 나를 내신 하느님을 걸고 맹세한다. 이 마차를 놓아주지 않으면 널 잡아 죽일 테다."

돈키호테도 그 말뜻을 잘 알아들었다. 그는 아주 조용한 말로 그에게 대답했다.

"네가 기사가 아니니 망정이지, 네가 만일 기사라면 제 분수도 모르고 날뛰는 네놈의 그 망둥이 같은 미친 짓을 내가 벌써 징벌했을 게다, 이 몹쓸 놈아."

이 말에 비스카야 사람이 되받아 말했다.

"내가 기사가 아니라고? 아닌 밤중에 홍두깨 식으로 무슨 그런 싹수없는 말을 한단 말이냐. 창을 던지고 칼을 뽑아 들기만 해봐라. 당장 물속에 빠진 고양이 꼴로 만들어놓고야 말겠다. 육지의 비스카야 사람은 바다에서도 신사, 어디서든 신사다. 그러니 딴소리하는 네가 엉터리 놈이다."

"'어디 혼 좀 나봐라'[120] 하고 아그라헤스는 말했것다." 돈키호테는 대답했다.

돈키호테는 창을 땅에다 내던지고는, 칼을 뽑아 들고 방패를 힘껏 잡고 비스카야 사람의 목숨을 끊어놓을 작정으로 달려들었다. 비스카야 사람은 이렇게 덤벼드는 그를 보고 곧 노새에서 뛰어 내리려고 했으나, 세낸 노새가 동작이 열째지 못하고 미덥지 않은

---

120 《가울라의 아마디스》에 등장하는 아그라헤스Agrajes가 위협할 때 하는 표현이다.

지라 달리 어쩔 수가 없어 칼을 뽑아 들었다. 그런데 다행히도 그는 마차 바로 곁에 있었기 때문에 거기서 베개 하나를 꺼내어 방패로 쓸 수 있었다. 이리하여 그 두 사람은 살기가 등등한 철천지원수처럼 서로 어울렸다. 다른 사람들이 아무리 말려도 소용이 없었다. 왜냐하면 비스카야 사람이 악을 버럭버럭 쓰며 말하기를, 끝까지 싸우게 내버려두지 않는다면 제 안주인이거나 뭐거나 가리지 않고 죽여버리겠다고 한 때문이었다. 마차 안의 귀부인은 해괴한 이 꼬락서니를 보고 새파랗게 질렸다가, 마부에게 마차를 좀 비켜 세우라고 해두고는 멀찌감치 떨어져 그 무서운 싸움을 바라보았다. 이윽고 비스카야 사람이 돈키호테의 어깻죽지를 겨냥하고 한 번 후려친 것이 방패만 맞고 빗나갔다. 만일 그것을 막지 않았더라면, 돈키호테는 허리뼈까지 쪼개질 뻔했다. 돈키호테는 움찔하고 강타를 느끼자 큰 소리로 이렇게 말했다.

"오, 내 마음의 아가씨 둘시네아여, 아리땁기 그지없는 꽃이시여, 당신의 깊은 사랑을 갚기 위해 위기에 빠진 이 기사를 도와주소서."

이 말과 함께 칼을 쳐들고 방패로 몸을 막으며 비스카야 사람을 공격하는 일이 모두 눈 깜짝할 사이에 동시에 이루어졌다. 말하자면 단 한 번의 강타로 판가름을 낼 셈이었다.

이렇게 그가 마주 나오는 것을 본 비스카야 사람은 덤비는 품이 만만치 않음을 느끼자, 자기도 돈키호테처럼 해보려고 했다. 그리하여 베개를 가지고 몸을 막으며 기회를 노렸다. 그러나 노새를 이리저리 맘대로 돌릴 수는 없었다. 그런 재주를 익히지 않았을뿐더러 노새는 진작부터 축 늘어져서 한 발자국도 떼놓지 않았기 때문이다.

방금 말한 바와 같이 돈키호테가 칼을 높이 쳐든 채 마주 겨루고 있는 비스카야 사람을 두 동강 낼 작정으로 다가왔을 때, 비스카야 사람 역시 칼을 쳐들고 베개에 의지하여 기다리고 있었다. 곁에 있던 사람들은 모두 이제 막 벌어질 무시무시한 칼싸움이 두려워서 정신이 없었고, 마차 안의 귀부인과 그녀의 하녀들은 에스파냐의 모든 성상聖像과 모든 성당을 향하여 헤아릴 수 없는 서원과 약속을 하면서, 지금 처해 있는 커다란 위험에서 종자와 자신들을 구해달라고 하느님께 빌고 있었다.

그런데 원통한 노릇은, 중요한 이 대목에 이르러 이야기를 엮은 작가가 이 싸움 이야기를 딱 잘라버리고 변명하기를, 지금까지 서술한 것 이외에는 돈키호테의 무훈에 관한 기록을 더 이상 발견하지 못했다는 것이다. 그러나 이 작품의 두 번째 작가[121]는 결단코 이를 시인하려 들지 않는다. 첫째, 이렇게도 재미있는 이야기가 잊힐 수 없고, 또 라만차의 식자들이 아무리 호기심이 없기로 자기네 고문서 서고나 기록 보관소에다가 이같이 유명한 기사에 관한 자료를 간수하지 않았을 리 만무하다는 것이었다. 이러한 생각을 가졌기 때문에, 그는 이 재미있는 이야기의 결말을 찾아내는 데 희망을 잃지 않았다. 과연 하늘의 도우심도 있고 해서 끝내 찾아내고야 말았는데, 그에 대한 이야기는 다음 편에 있을 것이다.

---

121 세르반테스는 '두 번째 작가'를 늘 자기와 동일시한다. 다음 장에서 소개되지만, 첫 번째 작가는 시데 아메테 베넹헬리Cide Hamete Benengeli로 설정하고 있다. 하지만 다른 해석들도 있다.

제 2 부

· 제9장 ·

늠름한 비스카야 사람과
용감한 라만차 사람이 겨룬
무시무시한 격전의 결말

우리는 이 이야기의 제1부에 남겨둔 것이 있었다. 용감무쌍한 비스
카야 사람과 유명한 돈키호테가 뽑아 든 칼을 서로 곧추세우고, 정
통으로 맞기만 하면 위에서 아래까지 두 쪽으로 석류처럼 쪼개놓
았을 무서운 칼부림이 막 벌어지려던 그 찰나에 이야기가 중단되
었다. 한창 무르익던 이야기가 그렇게도 조마조마한 고비에 가서
뚝 끊어지고는, 나머지 부분을 어디 가서 찾아야 할지, 그것조차 그
작가는 알려주지 않았다.

　그것이 몹시 나를 안타깝게 했다. 이렇게 재미나는 이야기를
조금이나마 읽어서 즐겁던 것이, 되레 모자라는 부분을 많이 찾아
내야 한다고 여겨질 때, 자연히 입맛이 썼기 때문이다. 편력 기사
들의 이야기라면 반드시 그 행적을 기록하는데도 불구하고 이렇듯
의젓하고 훌륭하신 기사님에게 그 전대미문의 뛰어난 무훈을 기록
한 사람이 없다는 것은 절대 있을 수 없는 일이다. 또 지금까지의
모든 관례를 보아도 그럴 수는 없는 일인 줄로 나는 생각했다.

사람들이 말하는 기사들은

자신의 모험을 위해 길을 떠난다.[122]

　이른바 모험과 사건을 찾아다닌다는 편력 기사들에게는 누구를 막론하고 한두 사람의 현명한 작가가 딸려 있어서, 그가 품고 있는 생각과 그의 하찮은 일뿐만 아니라 그의 은밀한 사실까지 들추어서 그려내는 것이 보통인데, 이렇게 당당하신 기사님께서 플라티르같이 하찮은 기사에게마저 수두룩하게 딸려 있는 역사가를 한 사람도 가지지 못할 만큼 박복할 리 만무했다. 그래서 나는 이만한 무용담이 이지러지고 몽땅 잘렸다는 것이 도저히 믿기지 않아서, 그 책임은 시간의 간사함에 있다고 생각했다. 시간, 그것은 일체를 집어삼키고 먹어 없애는 것, 이야기를 감추거나 없애버린 놈은 바로 그놈일 것이다.

　한편 나는 또 생각했다. 그의 장서 중에서《질투의 쓰라린 경험》[123]과《에나레스의 님프들과 양치기들》[124] 같은 최근 작품들이 있고, 그의 이야기가 최신의 것인 만큼 미처 기록되지 않았을지라도 그 고향이나 근처 사람들의 기억에는 남아 있을 것이라고 믿는다. 이러한 생각으로 내 머리는 어지러웠으나, 그와 동시에 우리의 유명

122　de los que dicen las gentes / que van a sus aventuras. 이 시구는 제49장에서 되풀이되고, 다시《돈키호테 2》제16장에서도 되풀이된다. 이탈리아의 작가 페트라르카Petrarca의 〈개선Trionfi〉에서 인용한 것처럼 되어 있으나, 시우다드 레알의 알바르 고메스Alvar Gómez가 자의적으로 의역한 것이다.

123　*Desengaño de los celos*. 1586년 출판되었다.

124　*Ninfas y pastores de Henares*. 1587년 출판되었다.

한 에스파냐의 라만차의 돈키호테의 전 생애와 기행들을 사실 그대로 알고 싶다는 생각이 들었다. 그는 라만차 출신 기사의 빛이요 귀감으로서, 재난의 이 시대에 편력 기사로서 불의를 시정하고 처녀들을 보호하며 과부들을 도와주겠다고 나선 최초의 인물이었다. 처녀이야기가 나왔으니 말이지만, 예전에는 처녀들이 채찍 들고 말 타고 산에서 산으로 골짜기에서 골짜기로 깨끗한 정조를 고스란히 간직한 채 돌아다녔는데, 벙거지를 쓰고 도끼를 든 놈이나 구척장신의 거인이 폭력으로 덮치지 않는 한 여든 살이 되도록 긴긴 세월을 하루도 지붕 밑에서 자는 일이 없다가, 어머니가 낳아준 깨끗한 몸 그대로 무덤으로 가기 마련인 그런 처녀들이 다 있었다. 이런저런 여러 가지 의미에서 나는 우리의 용감한 돈키호테가 영구불변의 찬양을 받아야 한다고 주장하는 것이며, 그러기에 이 재미있는 이야기의 결말을 찾아내느라고 내가 들인 그 수고와 부지런도 당연히 칭찬을 받아야 마땅하다고 주장하는 것이다. 사실 하늘과 요행과 시운時運의 도움이 내게 없었더라면, 끈기 있는 독자가 두 시간쯤은 넉넉하게 재미를 맛볼 수 있는 흥밋거리가 세상에 남지 않을 뻔했음을 말하려는 것이다. 아무튼 이것이 발견된 경위는 다음과 같다.

어느 날 내가 톨레도의 알카나¹²⁵에 나갔다가 한 소년을 만났는데, 그는 마침 헌 문서와 묵은 종이 등속을 비단 가게에 팔려는 참이었다. 나는 원래 길바닥의 찢어진 종이라도 무엇이나 읽기를 좋아하는 성미인지라, 평생 고질을 어쩌지 못하고 그 소년이 팔려고

---

125 에스파냐 말로 '저잣거리'라는 뜻이다.

하는 양피지 책 중 한 권을 사서 들고 보니, 분명 아라비아 글자로 된 것이었다. 그러나 아라비아 말인 줄은 알아도 읽을 재주까지는 없는 나는, 사방을 둘러보며 이것을 읽을 만한 카스티야 말을 아는 무어인이 혹시 있지나 않을까 하여 살펴보았다. 그만한 통역쯤 발견하기는 어려운 일이 아니었다. 이 정도보다 훨씬 더 고상하고 아주 오래된 말을 아는 사람도 발견할 수 있었기 때문이다. 어쨌든 운이 좋아서 만나게 된 한 사람에게 내 소원을 말하고 책을 가져다주었더니, 그는 한가운데를 펼치고 조금 읽다 말고는 느닷없이 박장대소하기 시작했다.

무슨 일로 웃느냐고 내가 물으니, 그는 책 여백에 써 넣은 것이 우습다고 대답했다. 그걸 나한테도 이야기해달라고 했더니, 그는 웃음을 걷잡지 못한 채 말했다.

"지금 말한 것처럼 여백에 이렇게 씌어 있습니다. 이 이야기에 자주 나오는 엘 토보소의 둘시네아는 온 라만차의 어느 여자보다 돼지고기를 절이는 솜씨가 뛰어났다고요."

나는 '엘 토보소의 둘시네아'란 말에 일변 놀라고 일변 얼빠진 사람처럼 되어버렸다. 왜냐하면 바로 이 책에 돈키호테의 이야기가 실려 있구나 하고 곧바로 알아챈 까닭이었다. 그래서 나는 그에게 어서 첫머리부터 읽어달라고 졸라댔다. 그러자 즉석에서 아라비아 말을 카스티야 말로 옮기면서, 책 제목은 '아라비아 역사가 시데 아메테 베넹헬리가 쓴 라만차의 돈키호테 이야기'[126]라 했다고 가

---

126 아라비아 말 'Cide'는 카스티야 말로 '님, 씨señor', 'Hamete'는 '하미드Hamid', 'Benengeli' 는 '가지 색의, 가지 모양의aberenjenado'라는 뜻이다.

르쳐주었다. 책 제목을 들었을 때, 그 기쁨을 감추기 위해 나는 여간 조심을 한 것이 아니었다. 나는 얼른 비단 장수를 제치고, 소년이 가지고 나온 헌 문서와 종이 더미 할 것 없이 몽땅 1레알의 반값으로 다 샀다. 사실 소년이 눈치깨나 있고 사고 싶어 하는 내 욕심을 알았더라면 6레알쯤 불렀어도 두말없이 받았을 것이다. 그 자리에서 나는 아라비아 사람을 끌고 대성당 회랑으로 가서, 보수는 얼마든지 줄 테니 그 책에서 돈키호테에 관한 것이면 뭐든지 추려 카스티야 말로 옮기되, 더 보태지도 더 빼지도 말라고 부탁했다. 그는 건포도[127] 2아로바[128]와 밀 2파네가[129]면 넉넉하다고 하면서, 단시일 내에 충실하고 멋진 번역을 하겠다고 약속했다. 그러나 나는 되도록 빨리 일을 끝내고, 또 천만뜻밖에 생각지도 않게 얻은 물건을 손에서 놓치지 않으려고 그 사람을 내 집에 묵게 했다. 그리하여 한 달 반쯤 걸려 번역을 모두 끝냈는데, 여기에 적어놓은 것은 바로 그 사람이 번역한 그대로이다.

맨 첫 장에는 돈키호테와 비스카야 사람의 싸움이 그림으로 아주 그럴듯하게 그려져 있었는데, 이야기에 나오는 것과 꼭 같았다. 즉 두 사람이 칼을 번쩍 들고 하나는 방패, 또 하나는 베개로 몸을 막았으며, 비스카야 사람의 노새는 반 마일쯤 떨어진 데서 본대도 세를 내고 빌린 노새임을 알 수 있었다. 비스카야 사람의 발밑에는 '돈

---

127 무어인이 즐겨 먹는 먹을거리. 에스파냐 말로 pasa.
128 arroba. 중량 단위. 1아로바는 25파운드로 약 11.5킬로그램에 해당된다. 아라곤 지방에서 1아로바는 36파운드이다.
129 fanega. 곡물 단위. 1파네가는 카스티야 지방에서 55.5리터, 아라곤 지방에서는 22.4리터다.

142

산초 데 아스페이티아'[130]라는 명패가 붙어 있는데, 의심할 여지도 없이 그 사람의 이름이 분명했다. 로시난테의 발 어름에는 돈키호테라는 명패가 붙어 있었다. 로시난테에 대한 묘사는 곡진했다. 기다랗고, 홀쭉하고, 마르고, 여윈 데다가 등뼈는 뾰족하고, 폐병에 걸려 껍데기만 남은 품이 영락없이 로시난테의 이름에 꼭 들어맞았다. 그 옆에는 산초 판사가 당나귀 고삐를 잡고 서 있는데, 발밑에 '산초 산카스'라는 쪽지가 붙어 있었다. 그림에서 보이듯 볼록 내민 배, 몽땅한 키, 새 다리 같은 두 다리를 나타낸 것으로 판사[131]와 산카스[132]라는 이름이 붙은 것이며, 이야기에서도 때로는 이 두 가지 별명으로 불린다. 그 밖의 자질구레한 것들도 말해두는 것이 좋을 듯하나, 그런 것은 그다지 중요하지 않을뿐더러 이야기의 사실을 한결 더 신뢰하게 하는 것도 아니다. 이야기는 진실이기만 하면 그만인 것이다.

혹시 그 진실성에 대해서 어떠한 이론異論이 있을 수 있다면, 작가가 아라비아 사람이라는 점뿐이다. 그 나라 사람들은 거짓말 잘하는 것이 특성이기 때문이다. 아라비아 사람은 우리와 어디까지나 원수지간인 이상, 이 이야기에서 무엇을 깎아냈으면 냈지 보태지는 않았을 것이다. 어쩐지 나한테는 이렇듯 훌륭한 기사를 치하함에 있어 의당 펜대를 휘둘러야 옳은 것을 일부러 멈추고 있는 듯 보이니, 이는 나쁜 일일 뿐만 아니라 그런 생각을 하는 것부터가 아주 잘못이다. 무릇 역사가들이란 정확하고 진실하고 어떠한 감정에

---

130 Don Sancho de Azpeitia. 아스페이티아의 돈 산초. 아스페이티아는 현재 기푸스코아 Guipuzkoa주에 있는 마을.

131 Panza. '부른 배'라는 뜻.

132 Zancas. '새 다리'라는 뜻.

도 흔들려서는 안 되고, 이해관계나 공포나 원한이나 사사로운 감정 때문에 진리의 길에서 벗어나서는 안 되는 법이다. 역사는 진리의 어머니이고, 시간의 경쟁자이며, 행위의 보관자이고, 과거의 증인이며, 현재의 거울이고 통보자이며, 또 미래에 대한 경고인 것이다. 나는 확신하고 있거니와, 이 이야기에는 흥미진진한 것이면 무엇이거나 다 있을 테지만 혹시라도 어떤 좋은 대목이 빠져 있다면 자료가 없는 탓이 아니라 작가의 결점 때문일 것이다. 아무튼 번역자의 번역에 따르면, 제2부는 다음과 같이 시작되고 있다.

불같이 노한 두 용감무쌍한 투사가 서슬이 시퍼런 칼을 치켜든 모습은 하늘과 땅, 지옥까지도 떨게 하는 듯한 기세였다. 그런데 먼저 칼을 쓴 것은 성미 급한 비스카야 사람이었다. 있는 힘을 다하여 번개같이 내리치는 칼은, 만약 칼이 중도에서 빗나가지 않았더라면 단 한 번으로도 무서운 시비의 결판이 났을 테고 우리 기사의 모험도 전부 끝장을 보았을 것이다. 그러나 좀 더 큰 일을 위하여 돈키호테를 보호한 고마운 운명의 여신은 상대편의 칼을 빗나가게 했다. 그래서 왼쪽 어깨를 내려친다고 한 것이 그쪽 갑옷을 몽땅 찢고, 잇달아 투구를 결딴내고, 귀 반쪽을 베어내는 피해밖에 주지 못했다. 떨어져 나간 부분들이 소름 끼치는 소리를 내며 땅에 떨어지니, 우리의 기사는 그만 꼴불견이 되고 말았다.

아깝도다! 이런 꼴을 당한 우리 라만차 양반의 가슴에 불길같이 일어난 분노를 제대로 이야기할 사람은 없는가! 설령 이야기를 한다고 해도 그건 이렇더라고밖에 말할 수 없을 테니, 즉 돈키호테가 다시 등자를 벋디디고 서서 두 손으로 칼을 틀어쥐고 비스카야 사람을 힘껏 후려쳤다. 베개와 머리를 겨냥하고 쳤기 때문에, 베개는 방패 노릇을 제대로 할 수 없어 머리 위에 태산이 무너진 듯, 코와 입과 귀에서 그저 펑펑 피가 쏟아져 나왔다. 비스카야 사람은 노새에서 떨어질 듯했으나, 노새 목을 꽉 끌어안아 굴러떨어지는 것을 면할 수 있었다. 그렇다고는 하지만 두 발은 등자에서 뽑히었고 팔은 헐거워진 데다가 노새는 저대로 무서운 충격에 놀라서 사뭇 들판을 달리기 시작했으므로, 몇 걸음 뛰지 않아서 제 주인을 땅바닥에다 내동댕이치고 말았다.

돈키호테는 한동안 가만히 쳐다보다가, 상대가 땅에 떨어지자 말을 날쌔게 몰아 삽시간에 그에게 다가갔다. 그리고 뽑아 든 칼끝을 그의 눈앞에 들이대고는, 어서 항복하지 않으면 머리를 벨 것이라고 호통을 쳤다. 비스카야 사람은 황망하여 미처 대답도 하지 못했다. 그러나 이때, 여태까지 넋을 잃고 싸움 구경을 하던 마차 안 부인들이 달려와서 하인의 목숨을 살려달라고 애걸복걸했다. 일이 이쯤 되니, 돈키호테도 거드름을 피우며 점잖게 대답했다.

"아름다우신 아가씨들이여, 당신들의 청을 들어드리는 것은 물론입니다만, 꼭 한 가지 조건이 있습니다. 무언고 하니, 이 기사는 엘 토보소로 가서 본인 대신 세상에 둘도 없으신 저 둘시네아 아가씨 앞에 나아가, 그 아가씨의 마음대로 처분을 받겠다는 것을 나와 약속해야 합니다."

겁이 나서 어쩔 줄 모르던 여자들은 돈키호테의 청이 무엇인지 캐어볼 겨를도 없고, 둘시네아가 누구인지 물어볼 것도 없이, 덮어놓고 당신의 분부대로 종자에게 그렇게 시키겠다고 말했다.

"그러시다면 그 약속을 믿고, 나한테 호된 벌을 받아야 할 이유는 많지만 더 이상 징벌을 가하진 않겠소이다."

제10장

비스카야 사람과 돈키호테 사이에 벌어진 이야기와 양구아스 지방 떼거리와 있었던 위험한 사건들에 대해[133]

바로 이때 수사들의 마부들에게 두들겨 맞고 쓰러졌던 산초 판사는 다시 부스스 일어나 제 주인 돈키호테의 싸움을 걱정하여 마음속으로 하느님께 빌기를, 승리를 그에게 주시어서 그가 약속한 대로 자신이 통치자가 될 섬을 얻게 해달라고 했다. 그러다가 싸움이 끝나고 제 주인이 로시난테에 올라타려는 것을 보고는, 쫓아가서 등자를 잡아주며 그가 오르기 전에 그 앞에 무릎을 꿇고 그의 손에 입을 맞추면서 말했다.

"돈키호테 나리, 나리께서는 이 놀라운 싸움에서 얻으신 섬을 저에게 다스리라 해주십시오. 아무리 큰 섬이라도 이 세상의 어느 통치자보다 더 멋들어지게 다스릴 자신이 제게는 있습니다요."

---

133 이 제목은 이미 끝난 비스카야 사람의 모험과, 제15장에 해당하는 양구아스 떼거리에 관한 것이다. 이런 잘못은 작가인 세르반테스가 《돈키호테 1》을 다 쓴 뒤에 제목을 붙이다가 실수한 것이 아닌가 추측된다.

이 말에 돈키호테가 대답했다.

"여보게나, 산초 형제, 잘 알아두게. 지금 이런 따위의 모험은 섬나라 모험이 아니라 갈림길 모험일세. 갈림길 모험에서 얻는 것이란 아무것도 없고, 다만 머리통이 깨진다든지 귀가 떨어진다든지 하는 것뿐일세. 조금만 기다리게나. 총독 같은 건 문제가 아니고, 그보다 훨씬 더 높은 걸 시켜줄 모험들이 얼마든지 생길 테니 말일세."

산초는 감지덕지하여 또 한 번 그의 손과 옷자락에 입을 맞추고는, 로시난테에 오르는 주인을 부축해주었다. 그리고 뒤미처 자기도 당나귀를 타고 주인의 뒤를 따랐다. 돈키호테는 마차 안 부인들에게 작별 인사도 한마디 없이 걸음을 재촉하여, 어느덧 그 근처의 숲속을 지나고 있었다. 산초도 당나귀지만 제 딴엔 잦은걸음으로 따라가느라고 애썼으나 로시난테가 워낙 빨리 달리는 바람에 멀찍이 처져서, 하는 수 없이 고함을 치며 주인더러 기다려달라고 했다. 그러자 돈키호테는 로시난테의 고삐를 늦추고 종자가 허덕허덕 올 때까지 기다려주었다. 산초는 주인에게 다가가자 말했다.

"나리, 어리석은 제 소견으로는 우리가 어느 성당으로 들어가 숨는 것이 상책일까 합니다요. 나리께서 같이 싸우던 사람을 그 꼴로 만드셨으니, 그걸 산타 에르만다드[134]에 고발이라도 해보십쇼. 우린 꼼짝없이 붙들리고 말 게 아닙니까요. 정녕 그리 된다면 감옥살이를 벗어나기까지 진땀깨나 빼야 할걸요."

---

134 la Santa Hermandad. 직역하면 '성스러운 형제단'이지만, 도시나 마을 외곽의 공공질서를 유지하기 위해 설치된 일종의 '자경단自警團'이라 할 수 있다.

"닥치게!" 돈키호테가 말했다. "도대체 자넨 그런 걸 어디서 보고 어디서 읽었는가? 편력 기사가 설령 살인을 했기로서니 법정에 나서는 일이 어디 있었느냔 말이야."

"증오[135]에 대해서는 전 아무것도 모릅니다요." 산초가 대답했다. "제 평생에 그런 일은 없었으니까요. 하지만 한 가지는 안답니다. 들판에서 싸움질하는 사람을 보더니 산타 에르만다드가 잡아가더라고요. 저야 물론 참견했을 리가 없지만요."

"여보게, 친구. 아무 걱정일랑 하지 말게나." 돈키호테가 대답했다. "나는 저 칼데아 마법사 놈의 손아귀에서도 얼마든지 자네를 빼낼 수 있는데, 그까짓 산타 에르만다드쯤이야. 그런데 하나 묻겠네. 여태까지 본 중 세상에 나만큼 용감무쌍한 기사가 있던가? 공격에 날쌔고 끈기 있고, 뛰어난 칼솜씨와 때려누이는 재주를 나만큼 가지고 있는 기사를 이야기책에서 읽어본 적이 있는가?"

"정말이지," 산초가 대답했다. "저는 이야기책이라곤 읽어보질 못했습니다요. 쓸 줄도 읽을 줄도 모르니까요. 하지만 딱 잘라서 말씀드린다면, 나리처럼 겁이 없으신 양반을 모셔보기는 평생을 두고 처음입니다요. 그렇게 겁이 없으시기에 아까 말씀드린 그런 일을 당하실까봐 하느님께 빌었지요. 지금 나리에게 빌 것은, 우선 치료부터 받으셔야겠습니다요. 한쪽 귀에서 피가 이렇게도 많이 나옵니다그려. 자요, 여기 보따리에 붕대와 고약이 있습니다요."

"그런 건 쓸데없다네." 돈키호테가 대답했다. "내가 피에라브

---

135 산초는 돈키호테가 말한 '살인homicidios'이라는 단어를 '증오omecillos'로 알아들었다. 두 단어의 발음이 비슷하여 생긴 일로, 작가 세르반테스의 말장난이다.

라스 발삼[136] 한 병을 만드는 방법을 생각해내기만 한다면, 그 향유 단 한 방울이면 약이고 수고도 들지 않을 테니까 말이네."

"무슨 병이고 무슨 향유인데 그런 게 다 있습니까요?" 산초 판사가 물었다.

"그건 발삼인데," 돈키호테가 대답했다. "나는 그 처방을 훤하니 외고 있지. 그것만 있으면 죽음을 두려워할 것도 없고, 어떤 상처를 입었다고 하더라도 죽을 염려는 눈곱만큼도 없다네. 그러니 이제 내가 그걸 만들어 자네한테 줄 테니 사용법을 잘 알아두게나. 내가 만일 싸움을 하다가 내 몸뚱이가 두 동강이 나거든, 그런 일은 다반사니까, 자네는 땅에 떨어져 있는 한 동강을 피가 엉기기 전에 말짱하게 잘 거두어서 안장 위에 있는 딴 동강에다 꼭 들어맞도록 포개어놓게. 그러고선 얼른 내가 말한 그 발삼을 단 두 모금만 먹여달란 말일세. 그러면 사과보다 더 싱싱하게 생기가 솟아나는 것을 볼 수 있을 거네."

"그렇다면," 판사가 말했다. "지금부터 저는 약속하신 섬나라의 총독 노릇은 집어치우고, 제가 열심히 일해드린 값으로, 다른 건 다 싫고 희한한 그 약방문이나 가르쳐주십쇼. 어디다 내놓든지 제 짐작으론 1온스에 2레알은 넘겨 받을 테니, 한평생 버젓이 놀아가며 살 수 있을 겝니다. 하지만 그걸 만들려면 꽤 많은 비용이 들겠죠?"

"뭐 3레알을 채 못 들여도 1갤런은 나오지." 돈키호테가 대답했다.

---

136 el bálsamo de Fierabrás. 1525년 세비야에서 출판된 《샤를마뉴 황제의 이야기 *Historia del Emperador Carlomagno*》에서 피에라브라스를 이용한 이야기에 의하면, 예수 그리스도를 미라로 만들고 남은 향유라고 한다.

"아이고, 저런!" 산초가 되받아 말했다. "그런 걸 어쩌자고 주인 나리께선 여태 안 만드시고, 저한테 가르쳐주지도 않으셨어요, 글쎄."

"입 닥치게, 친구!" 돈키호테가 대답했다. "난 자네한테 그보다 더한 비방도 가르쳐주고, 더 굉장한 것도 선사할 생각이네. 그러나 지금 당장은 치료나 하고 볼 일이야. 뜻밖에도 귀가 제법 아픈걸."

산초가 보따리에서 실과 고약을 꺼냈다. 돈키호테는 그제야 투구가 형편없이 망가진 것을 보고 발끈하여 칼에다 손을 얹고 눈을 하늘로 치뜨며 말했다.

"이 세상 만물을 만들어내신 창조주와, 만물에 대해 빠짐없이 기록된 성스러운 네 복음서[137]를 걸어 맹세하노니, 내게 이런 발칙한 짓을 저지른 원수 놈에게 복수하기 전에는, 나 역시 위대하신 만투아 후작이 그의 조카 발도비노스의 죽음을 복수하리라고 맹세하던 그때의 생활을 그대로 할 것이다. 그가 식탁에서 밥도 먹지 않았고, 아내와 동침도 하지 않았으며, 그리고 전부 다는 모르지만 그러저러하던 생활을 나도 그대로 실천할 것이네."

산초가 이 말을 듣자마자 돈키호테에게 말했다.

"잘 생각해보십시오, 돈키호테 나리. 만일에 그 기사가 나리께서 명령하신 대로 엘 토보소의 둘시네아 아가씨를 찾아가 뵈었다면 이미 할 일을 다 한 셈이니, 다시 또 무슨 나쁜 짓을 저지르지 않는 한 새로이 벌을 받을 거야 없지 않습니까요?"

"그렇긴 그래. 자네 말이 옳아." 돈키호테가 대답했다. "그럼 복

---

137 신약성경 중 예수의 생애와 교훈을 기록한 〈마태오 복음서〉, 〈마르코 복음서〉, 〈루카 복음서〉 및 〈요한 복음서〉의 네 복음서를 말한다.

수하겠다는 맹세는 취소하겠네. 그렇지만 생활만은, 꼭 이만한 투구를 어떤 무사와 싸워서 얻을 때까지 아까 말한 대로 지켜나갈 것이네. 그렇다고 해서 산초, 내가 괜히 허풍으로 이러는 줄로 알진 말게나. 있는 전례를 따르려는 것일 뿐일세. 무언고 하니, 나와 꼭 같은 일이 영락없이 맘브리노의 투구에도 생겼었다네. 그 투구 때문에 사크리판테는 비싼 대가를 치러야 했다네.[138]"

"나리, 그런 맹세 같으면 제발 악마에게나 던져주십쇼." 산초가 되받아 말했다. "몸에 해롭고 양심에 거치적거릴 뿐이니까 말입니다요. 그리고 만일 몇 날 며칠 동안이나 투구 쓰고 갑옷 입은 사람을 만나지 못한다면, 그땐 어떡하실 작정입니까요? 그때 가서도 저 미친 영감 만투아 백작이 맹세했다는 걸 지키실 겁니까요? 옷도 입은 채로 자고, 사람 사는 동네에서는 자보지도 못하고, 이루 다 헤아릴 수 없는 고생을 아무리 불편해도, 아무리 고단해도 해야 된단 말입니까요? 똑똑히 보세요, 나리. 이 길로 왕래하는 사람치고 어디 투구 쓰고 갑옷 입은 사람이 한 명이라도 있는가를. 마바리꾼이나 짐마차꾼밖에 없어요. 원, 투구를 쓰기는커녕 평생 가야 그런 이름도 듣지 못한 것들이라고요."

"그건 자네가 모르고 하는 소리야." 돈키호테가 말했다. "이 갈림길에 나가 한번 서 있어보게. 두 시간도 못 되어 무장한 병사들이 저 미녀 아가씨 앙헬리카를 납치하기 위해 알브라카로 쳐들어갔을

---

138 보이아르도의 《사랑에 취한 오를란도》(제1장 4절, 83연)에서 맘브리노는 무어 왕이며, 마법에 걸린 그의 투구를 레이날도스 데 몬탈반이 얻었다. 《격노하는 오를란도》(노래 18)의 저자 아리오스토에 의하면, 레이날도스가 죽이고 투구를 얻은 자는 사크리판테가 아니고 다르디넬이었다.

때보다 더 많이 올걸.[139]"

"네, 그만 그래둡시다요." 산초가 말했다. "그저 하느님이나 도우셔서 우리 일이 잘되게 해주시고, 덕분에 이렇게 고생을 시키는 그 섬이나 빼앗을 때가 온다면, 이제 죽어도 여한이 없겠어요."

"산초, 글쎄 그런 걱정일랑 조금도 하지 말라고 이르지 않았나. 섬이 없다면 덴마크 왕국이나 솔리아디사 왕국[140]이 손가락에 반지 들어맞듯 자네한테 척척 들어올 것이네. 더욱이 그 두 나라는 탄탄한 땅 위에 있으니 더욱 자네의 마음에 들 걸세. 아무튼 그 문제는 그 정도로 해두고, 자네 그 보따리에 뭐 먹을 게 없나 좀 보게나. 어서 길을 떠나서 어느 성이라도 찾아가야 할 게 아닌가. 거기서 오늘 밤은 드새고, 자네한테 말한 그 선약仙藥도 만들어야지. 사실 말이지, 지금 귀가 아파 죽을 지경이네."

"여기 양파 한 개와 치즈가 조금 있습니다요. 빵 쪼가리가 얼마나 될는지요." 산초가 말했다. "그렇지만 뭐 있긴 해도 나리처럼 용감무쌍하신 기사님이 잡수실 건 못 됩니다요."

돈키호테가 대답했다.

"허허, 자넨 잘못 알았네! 산초, 내가 가르쳐주지. 원래 편력 기사란 한 달에 한 번밖에 안 먹기로 되어 있네. 그리고 먹을 때는 가장 가까운 데 있는 걸 손에 잡히는 대로 먹는 법이지. 자네도 나같

---

139 보이아르도의 《오를란도》를 다시 인용했다. 《오를란도》에 등장하는 알브라카Albraca는 아시아의 먼 지역에 있는 아주 견고한 성으로, 앙헬리카를 잡아온 곳이다.

140 솔리아디사Soliadisa는 《아마디스Amadis》에서 여러 차례 언급된 왕국 '소브라디사Sobradisa'로 자주 정정되고 있다. 그러나 《클라마데스와 클라르몬다Clamades y Clarmonda》의 이야기에서는 '솔리아디사' 공주가 나온다.

이 이야기책을 많이 읽었다면 알 수 있을 테지만, 많은 이야기책을 모조리 다 읽어봐도 편력 기사들이 무엇을 음식답게 먹었다는 기록은 그저 어쩌다가 초대를 받은 푸짐한 잔치뿐이고, 그 나머지 여느 때는 산이나 들에 있는 꽃을 먹고 살았다니까. 그들이라 해서 먹지도 않고 또 자연이 필요로 하는 일을 하지도 않고 산다는 뜻은 아니네. 따지고보면 그들도 우리와 똑같은 인간들이니까. 하지만 거의 한평생 숲과 들판을 방황하고 또 요리사도 없는 그들인지라, 일상 먹는 것이라야 그저 지금 자네가 나한테 주는 이런 시골 음식밖에 더 있겠는가. 그러니 산초, 내가 싫어하지 않을까 부질없이 걱정을 하지 말고, 새 세상을 새롭게 뜯어고치려 하지 말며, 또 기사도의 정도正道를 왜곡하려 하지도 말게나."

"용서하십쇼, 나리." 산초가 말했다. "언젠가도 여쭌 바와 같이, 쓸 줄도 읽을 줄도 모르는 까막눈이가 기사도의 규칙을 알 턱이 있겠습니까요. 다음부터는 보따리를 그득하게 채우되, 기사이신 나리의 몫으로는 각종 건조과乾燥果를, 그리고 기사가 아닌 제 몫으로는 닭고기 같은 좀 더 먹을 만한 것으로 하겠습니다요."

"내가 한 말은 그게 아니네, 산초." 돈키호테가 되받아 말했다. "편력 기사들이 자네가 말하는 그 과일밖에 안 먹는다는 게 아니라, 그런 것도 포함해 들판에서 나는 것을 많이 먹게 된다는 거지. 그들은 먹는 풀을 잘 알고 있으니까 말이네, 나도 잘 아네만."

"그런 풀을 알아두는 게 좋겠네요." 산초가 대답했다. "제 짐작이지만, 그런 재주를 익혀놓으면 언젠가는 써먹을 날이 올 것 같으니 말입니다요."

이렇게 말하고는, 남아 있다던 것을 꺼내어 둘이 사이좋게 함께 먹었다. 그러나 그날 밤 묵을 곳을 찾아야 할 생각이 앞서서, 변변찮은 맨밥을 게 눈 감추듯 먹어치웠다. 그들은 어둡기 전에 말에 올라 사람이 사는 마을로 들어가기 위해 몹시 서둘렀다. 그러나 어느덧 해는 지고, 목적지로 갈 희망도 끊어져버렸다. 겨우 산양 치는 사람의 움막집에 다다르자, 거기서 밤을 새우기로 했다. 마을로 가지 못한 것이 산초에게는 씁쓰레한 일이었으나, 그의 주인에게는 밤하늘 아래서 자는 것이 만족스러웠다. 이런 일이 있을 때마다 돈 키호테는 기사도의 시련에 익숙해지고 있다고 느꼈기 때문이다.

제11장

산양 치는 사람들과 함께 있으면서
돈키호테에게 일어난 일에 대해

산양 치는 사람들은 돈키호테를 아주 반갑게 맞아주었다. 산초는 로시난테와 당나귀를 정성껏 돌보아주고나서 무슨 냄새가 나는 곳으로 다가갔다. 거기에는 방금 불 위에 올려놓은 냄비에서 산양 고기가 지글지글 끓고 있었다. 그는 당장 고기가 냄비에서 위장으로 옮겨질 만큼 아주 잘 익었는지 확인하고 싶었지만 이내 그만두었다. 어느새 산양 치는 사람들이 그것을 불에서 내려놓았기 때문이다. 그들은 땅에다 양가죽을 펴고는 눈 깜짝할 사이에 간단한 식탁을 하나 마련하더니, 아주 인심 좋게 기사와 종자더러 같이 먹자고 했다. 산막에 있던 사람은 여섯이었는데, 그들은 우선 돈키호테와 서투른 인사를 나누고 그에게 권해서 엎어놓은 통 위에 앉게 한 뒤에, 동그라니 가죽 위에 둘러앉았다. 돈키호테는 권하는 자리에 앉고, 산초는 뿔로 만든 주인의 잔을 채워주려고 서 있었다. 산초가 서 있는 것을 보고 그의 주인이 말했다.

"이보게나, 산초. 편력 기사도가 가진 좋은 장점을 자네한테 보여주고, 동시에 기사도에서 작은 역할이라도 하는 사람은 곧 세상 사람들의 존경을 한 몸에 받게 된다는 사실, 이것을 자네한테 보여주기 위해서 여기 내 곁의 이분들과 함께 자리를 같이했으니, 내가 자네의 주인이고 상전인 이상 자네도 나와 한 몸인 것이네. 그러니 내 접시로 같이 먹고, 내가 마시는 그릇으로 같이 자네도 마시게나. '모든 것은 평등하다'라고 사랑에 대해서 한 말은 편력 기사를 두고 한 말이라네."

"황송합니다요!" 산초가 말했다. "그렇지만 한 말씀 여쭐 것은, 저는 맛있는 음식이 있을 때는 서서 먹거나 혼자 먹어도 임금님과 마주 앉아 먹는 것처럼, 아니 그보다 더 맛있게 먹는답니다요. 그뿐 아니라 털어놓고 말씀드리자면, 식탁 예절이나 예법을 차릴 것 없이 한구석에서 혼자 빵이나 양파를 먹는 것이 식탁 앞에 앉아서 먹는 칠면조 고기보다 훨씬 맛있다는 것 정도는 알고 있습니다요. 식탁에선 천천히 씹어 넘겨야 하고, 마시는 것이라야 그저 그렇고, 자주 입을 훔쳐야 하고, 하고 싶은 재채기도 못 하고, 혼자 마음대로 하고 싶은 짓도 못 하니 말씀입니다요. 사실이 이러하니, 나리께서는 제가 나리의 종자가 된 이상 편력 기사도에 종사하는 사람임에 틀림없으니, 저한테 베풀어주려는 그 명예 대신에 좀 더 제게 편리하고 잇속 있는 것으로 바꿔주십시오. 그런 것은 고맙기는 합니다마는, 지금부터 세상이 끝날 때까지 굳이 사양하겠습니다요."

"하여간에 자네는 여기 앉아야 하네. '무릇 스스로 낮추는 자를 하느님께서는 높여주시느니라'[4]라는 말이 있지 않은가."

이러면서 팔을 붙들어 억지로 자기 옆에 앉혔다.

산양 치는 사람들이 편력 기사와 종자가 하는 까다로운 소리를 알아들을 턱이 없었다. 아무 말 없이 음식을 먹으며 두 손님만을 유심히 쳐다보고 있노라니까, 이들은 신바람 나게 주먹만 한 고깃점을 마구 집어넣는 것이었다. 고기를 먹고나자, 그들은 양가죽 위에다가 말린 도토리를 수북이 쏟아놓고 벽돌보다 단단한 치즈 한 토막을 내놓았다. 이러는 동안 뿔잔은 여전히 바빴다. 두레박처럼 찼다가 비었다가 연달아 돌아가기 때문에, 내놓았던 술 부대 둘 중 하나가 금방 동났다. 돈키호테는 실컷 배를 채우고나서, 도토리 한 움큼 듬뿍 쥐고는 요리조리 보면서 이런 소리를 했다.

"옛사람들이 황금시대라 부르던 그때가 정녕 태평성대였도다. 우리가 사는 이 철鐵의 시대에 제일 귀하게 여기는 황금이 그 태평시절에는 거저먹기로 굴러 들어왔대서가 아니라, 그때 사람들은 네 것 내 것이란 말을 모르고 살았기 때문이오. 그 시대에는 모든 게 다 공동 소유였으니 누구든지 먹고살기 위해 별다른 일을 할 것 없이 그저 손만 뻗치면 아름드리 굴밤나무가 잡혔고, 그러노라면 토실토실하고 다디단 열매가 얼마든지 안겨지기 마련이었소. 맑은 샘이 흐르는 시내는 투명하고 시원한 물을 얼마든지 제공했소. 바위틈과 빈 나무 속에는 부지런하고 지혜로운 꿀벌이 저희들의 공화국을 세우고 감미로운 노동의 기름진 수확을 아무에게나 공짜로 주었소. 굵고 튼튼한 피나무는 가볍고 널찍한 껍데기를 벗어서 사람들로 하여금 지붕을 덮게 해주었고, 사람들은 단지 고르지 못한 날씨를 방비하려는 목적에서 아무렇게나 깎아 세운 기둥 위에다

141 A quien se humilla, Dios le ensalza. 〈루카 복음서〉 14장 11절의 "누구든지 자신을 높이는 이는 낮아지고 자신을 낮추는 이는 높아질 것이다"를 인용한 말.

그 피나무 껍질을 덮기만 하면 그만이었던 것이오. 그때는 모든 것이 평화, 모든 것이 사랑, 모든 것이 화합이었소. 그때는 아직 굽은 쇠스랑의 그 육중한 날이 우리의 첫 어머니인 고마우신 이 대지의 배를 갈라놓을 필요도 없었소. 대지는 구태여 그런 것 없이도 그 당시의 아들딸들을 얼마든지 먹이고 길러주고 즐겁게 해줄 수 있었던 것이오. 그렇지, 그때에는 어여쁜 숫처녀들이 맨머리 바람으로 이 골짜기에서 저 골짜기로, 이 고개에서 저 고개로 두루 다녔고, 입는 옷은 예나 지금이나 예의상 가리라고 하는 부분만 얌전스레 가릴 뿐이었소. 차림새도 요즈음 유행처럼 티로[142]의 자주색 비단이나 갖은 모양으로 짜낸 으리으리한 명주가 아니라, 우엉이나 칡덩굴, 푸른 잎새를 엮은 것이었소. 그랬어도 그들은 오늘날의 도시 여성들이 한가로운 호기심에 들떠서 괴상망측한 치장을 하고 싸다니는 것 못지않게 아름답고 품위가 있었소. 그 당시에는 이성을 그리워하는 마음도 생각하는 그대로 단순하고 소박한 말로 표현했고, 듣기 좋으라고 애써 꾸며낸 말을 고르지 않았소. 말하자면 속임수나 거짓, 진실과 솔직함을 가장한 악의가 없었던 것이오. 정의는 흔들리지 않고 굳게 서 있어서, 편견이나 이해관계 때문에 눌리거나 꺾이지 않았소. 지금은 그것이 얕보이고 짓밟히고 박해를 받기 일쑤이지만, 그때는 뜨개실처럼 늘였다 줄였다 하는 그런 법이란 판사의 꿈속에조차 없었소. 도대체 재판 거리나 재판을 받을 사람이 없었던 것이오. 방금 말한 대로 정숙한 처녀들은 낯선 사람의

---

142 고대 페니키아의 항구도시 티루스. 오늘날 레바논 남부에 있는 도시.

음란한 습격을 받을 두려움 없이 혼자서 아무 데나 가고 싶은 곳을 돌아다녔소. 혹시 몸을 망치는 경우가 있었다면, 그것은 자기네가 스스로 원해서 그리 되었던 것이오. 그랬건마는 지금 이 한심스러운 우리 시대에는 처녀가 크레타의 미궁[143] 같은 또 다른 새 미궁에 숨어 있다 해도 마음을 놓을 수가 없소. 애욕이라는 돌림병이 문틈이나 공기를 타고 짓궂게도 극성을 피우며 들어와서 순결을 망치려 하는 것이오. 때가 갈수록 죄악은 더욱 깊어져서 그에 대한 안전책으로 편력 기사도라는 것이 세워졌으니, 처녀들을 보호하고 과부들을 돌보며 고아들과 가난한 이들을 구제하는 것이 그 목적이오. 산양 치는 여러 형제들이여, 여기 있는 본인이 바로 그 편력 기사도에 속한 사람입니다. 나는 나와 나의 종자에게 뜨거운 환영과 융숭한 대접을 베풀어주신 데 감사를 드리는 바입니다. 삶을 얻은 자라면 누구든지 편력 기사를 돕는 것이 자연법칙에 의한 본분이기는 하되, 당신들은 이러한 의무를 모르고도 나를 반가이 맞아 대접해주셨으니, 내 마음을 다하여 그대들의 뜻에 사례함이 마땅한 일이오."

우리의 기사는 이 지루한 장광설을 기어코 끝까지 하고 말았다. 이건 애당초 긴하지 않은 이야기였다.[144] 어쩌다 도토리가 나오니까 문득 황금시대가 생각났고, 여기서 산양 치는 사람들에게 또

---

143 그리스신화에 나오는 지하 미궁.

144 마르셀라Marcela와 그리소스토모Grisóstomo의 목가적 삽화를 마련한 황금 세기에 대한 돈키호테의 일장 연설은 오비디우스의《변신》과 베르길리우스의《전원시*Geórgicas*》에 근거한 르네상스 시대의 상투적인 문구로, 예부터 내려오는 낡은 관습에 집착한 화술이다.

쓸데없는 잔소리가 하고 싶어진 것이었다. 산양 치는 사람들은 대답 한마디 없이, 그저 어리벙벙한 채로 듣고만 있었다. 산초 역시 도토리를 먹으면서, 연방 두 번째 가죽 부대만 흘끔흘끔 쳐다보고 있었다. 술을 식히느라고 피나무에 매달아놓았기 때문이다.

돈키호테는 저녁 식사를 끝내는 것보다 말하는 데 더 시간을 보냈지만, 마침내 식사가 거의 끝날 무렵 산양 치는 사람들 가운데 한 명이 말했다.

"편력 기사 나리, 저희들이 선뜻 당신을 반갑게 모셨다고 치사를 하시니 말씀이지만, 이제 정말 당신에게 위안과 만족을 드리기 위해 곧 나타날 우리의 한 친구에게 노래를 시키겠습니다. 그 젊은이는 똑똑한 데다 연애깨나 하는 청년인데, 읽고 쓰기는 물론이려니와 라벨[145]을 다루는 데는 최고인 악사라오."

산양 치는 사람이 그 말을 다 마치기도 전에 라벨 소리가 들려왔고, 잠시 후 스물두어 살쯤 되어 보이는 썩 잘생긴 한 젊은이가 나타났다. 저녁은 먹었느냐고 동료들이 묻자 먹었다고 대답했고, 아까 선심을 쓰려던 사람이 나서서 그에게 말했다.

"그렇다면 안토니오, 노래를 좀 불러서 우리를 즐겁게 해줄 수 없겠나. 여기 계시는 이 손님께서 산골 숲속에도 풍악을 아는 사람이 있구나 하시게 말이야. 우린 벌써 자네의 솜씨를 저 양반한테 자랑해두었다네. 그러니 어디 한가락 멋지게 뽑아보게. 우리를 거짓말쟁이로 만들어서는 안 되지 않겠나? 자, 앉게. 그리고 어서 그 자네의 아저씨인 신부가 지었다는 사랑의 노래, 우리 마을에서 모두 좋아하는 그걸 불러주게."

"그럽시다." 젊은이가 대답했다. 그 젊은이는 두 번 청을 들을 것도 없이 잣나무 그루터기에 걸터앉아 라벨 줄을 고르더니, 내처 멋들어지게 부르기 시작했다. 그 노래는 이러했다.

---

[145] 세 줄 현악기.

안토니오

올라야여, 그대 나에게 아무 말 없이
사랑의 눈짓 하나도 없이
사랑한다는 말 하지 않아도
나는 아네, 그대 날 사랑하는 줄을.

그대처럼 총명한 아가씨라면
나 같은 남자를 싫어할 리 만무하지
한번 알려진 사랑이야
언제나 불행할 줄이 있을까.

올라야여, 언젠가 그대는 나에게
일러주었네, 오 정말 당신은
청동 같은 영혼을 지니고
백설 같은 당신 가슴은 바위 같다고.

그래도 차디찬 그대의 얼굴과
날 곯리려 도사리는 그대 몸짓엔
그 어딘가 모르는 사랑의 희망
살짝 옷자락을 끄는 듯도 하네.

진정 내가 사랑하는가 알아보려고
희망의 옷자락만 보이는 게지

줄었다 늘었다 할 수 없는
언제나 항상 같은 내 마음.

사랑을 예의라 할 수 있다면
그대의 예의로 나는 안다네
내 희망이 마지막 닿는 곳은
내 이미 생각하는 그곳이라네.

정성으로 몸 바쳐 받든다면
사람의 가슴에다 사랑을 심는다면
지금까지 내가 보인 정성으로도
내 사랑 얻을 만큼 되었으련만.

그대 눈여겨 나를 보았더라면
주일에나 내어 입는 좋은 새 옷을
월요일도 화요일도 가리지 않고
그 옷 입고 다녔음을 보았으련만.

사랑은 호사와 어울리나니
사랑하는 사람은 멋을 낸다네
언제나 그대 눈에 멋쟁이로
내 몸을 돋보이고 싶었었다네.

일일이 말하자면 끝도 없다네

춤을 추어 그대를 즐겁게 하고
한밤중과 이른 새벽 첫닭이 울 때
노래 불러 그대를 기쁘게 했네.

내 얼마나 그대의 아름다움을
하고많은 좋은 말 어찌 다 하리
말이야 옳았어도 그 말 때문에
여인들 미움만 톡톡히 샀네.

테레사 델 베로칼 아가씨도
그대만 예쁘다는 날 보고 말하네
"천사로 잘못 알고 사랑하지만
사실은 흉내 잘 내는 원숭이라오.

번쩍이는 노리개와 가짜 머리채
그 밖에도 갖가지 기술이 있지
사랑의 여신마저 깜빡 넘어갈
속임수에 당신도 넘어갔구려."

거짓말 말라고 내가 성을 냈더니
웬걸 그 대신 제 오빠가 나와서
결투가 났을 때 나하고 그가
어떻게 했는지 그대는 잘 알지.

164

흔해빠진 값싼 사랑, 그게 아니고
여자를 유혹하여 신세 망치는
꾸며서 그대를 섬김도 절대 아니고
내 뜻은 진실하고 깨끗하다네.

성당에는 비단실로 된 끈이 있어서
부드럽고 단단하게 붙들어 매지
그대 목을 그 멍에에 내어 맡기면
나도 같이 그대처럼 목을 내밀게.

그것이 싫다면 일은 글렀어
거룩한 성자를 걸어 맹세하거니와
두메산골 내 고향 떠날 때에는
맨발의 수사[146] 되어 사라지려네.

산양 치는 사람의 노래는 여기서 끝났다. 돈키호테는 좀 더 불러달라고 했으나, 산초 판사가 들어주지 않았다. 노래를 듣는 것보다 잠잘 생각이 앞섰기 때문이다. 그는 주인에게 말했다.

"나리, 오늘 밤 주무실 자리나 어서 마련해야겠습니다요. 이 양반들은 진종일 일만 하시는데, 노래로 밤을 샐 수야 없지 않니까요."

---

146 capuchino. 16세기에 마테오 데 바시오Mateo de Bascio가 창시한 성 프란시스코 개혁 교단la orden reformada de San Francisco에 속하는 카푸친 교단la Orden de los capuchinos 의 맨발의 수사.

"산초, 자네 말뜻을 잘 알아들었네." 돈키호테가 산초에게 대답했다. "술 부대를 뻔질나게 찾아다니고보니까 음악보다는 오히려 잠을 자야겠단 말이지."

"그야 누군들 안 그렇습니까요. 하느님의 은총이 있을지어다." 산초가 대답했다.

"안 그러겠다는 게 아니네." 돈키호테가 되받아 말했다. "하여간 편한 데로 가서 푹 쉬게. 나는 직업상 잠보다는 밤샘을 해야지. 그건 그렇고, 산초, 내 귀를 좀 보아주게. 필요 이상으로 쑤신단 말이야."

산초가 명령대로 하고 있노라니, 한 산양 치는 사람이 상처를 보고는 그리 대단한 것은 아니므로 자기가 약을 가지고 빨리 낫게 해드리겠다고 말했다. 그러더니 그 자리에 깔려 있는 로즈메리 잎사귀를 몇 개 따서 짓이긴 다음 소금을 약간 섞어서 귀에다 바르고는 칭칭 동여매주면서, 이제 다른 약은 소용없다고 장담했다. 과연 그 말이 사실이었다.

제12장

어느 산양 치는 사람이
돈키호테와 함께 있던 사람들에게 들려준
이야기에 대해

이러고 있을 무렵, 먹을 것을 나르러 마을로 내려갔던 사람들 중 한 젊은이가 돌아와서 말했다.

"여러분, 우리 마을에서 무슨 일이 일어났는지 아세요?"

"우리가 그걸 어떻게 알겠나." 그들 중 누군가가 대답했다.

"그럼 이야기를 하지요." 젊은이가 계속했다. "오늘 아침에 그 유명한 학생 출신 양치기 그리소스토모가 죽었답니다. 그런데 모두 쑥덕거리기를, 그 양치기가 죽은 것은 부자 영감 기예르모의 성미 고약한 딸 마르셀라를 사랑하다가 상사병에 걸렸기 때문이라고 하더군요. 그 왜 있잖아요, 양치기 처녀처럼 차려입고 다니던 계집애 말이에요."

"마르셀라 말이구먼." 한 사람이 말했다.

"맞아요." 산양 치는 사람이 대답했다. "그런데 이상한 건, 그 친구가 죽으면서 유언하기를, 무어인처럼 자기를 들판에다 묻어달라고 했대요. 옹달샘 옆에 있는 바위 밑 피나무 곁에다 말이에요.

왜 그런고 하니, 바로 그 자리가 그 계집애와 처음으로 눈이 마주친 곳이라나요. 이것 말고 다른 유언도 있다고 하는데, 마을 신부님들은 이교도들이나 하는 유언이니까 그대로 할 수 없고 해서도 안 된다고 하신답니다. 그런데 그와 유별나게 친하기도 하고 또 언제나 그와 함께 양치기 노릇을 하던 암브로시오는 그리소스토모가 남긴 말은 하나도 빼지 말고 다 지켜주어야 한다고 나서는 바람에 마을이 온통 야단법석이래요. 하지만 결국 암브로시오와 그의 친구 양치기들이 말하는 대로 될 거래요. 그래서 내일 아침이면 모두 내가 말한 그 자리로 가서, 굉장하게 장례를 치를 참이랍니다. 암만해도 구경거리가 이만저만하지 않을 성싶으니, 나는 꼭 가서 볼 참이에요. 내일 아침에는 마을에 내려갈 일이야 없지만요."

"우리도 모두 구경 가세." 산양 치는 사람들이 말했다. "그럼 우리 중에 누가 남아서 산양을 지킬지 제비를 뽑기로 하세."

"페드로, 그거 참 좋은 생각이네." 그들 중 한 사람이 말했다. "하지만 그렇게까지 할 거야 없지. 내가 혼자 남아서 지켜줄 테니까. 그렇다고 해서 내가 뭐 맘이 좋다거나 호기심이 남보다 못해서 그런 줄로 착각하지는 말게. 실상은 어제 나뭇등걸에 발이 찔리는 바람에 걸을 수가 없어서 그러는 거니까."

"아무튼 우리 다 자네한테 감사하네." 페드로가 대답했다.

돈키호테는 페드로에게 죽은 사람이 누구며, 양치기 처녀는 누구냐고 물었다. 페드로는 자기가 알기로 죽은 사람은 이 두메산골에 살던 부잣집 양반으로 살라망카에서 여러 해를 공부했고, 나중에 고향으로 돌아왔을 때에는 박학다식하다는 소문이 있었단다.

"그는 주로 별에 대한 학문, 저 하늘에서 해와 달이 하는 일을 다 훤히 꿰뚫고 있더라는 것과, 그것은 그 사람이 해나 달의 씩[147]을 꼭 집어서 알아맞히기 때문이었다고 사람들이 말했습니다."

"여보시게, 친구, 그 두 큰 광체가 어두워지는 건 씩이 아니라 식蝕이란 거네." 돈키호테가 말했다.

그러나 페드로는 그까짓 유치한 말에는 아랑곳하지 않고 자기 이야기만 계속했다.

"그리고 또 언제 풍년이 들지 숭년[148]이 들지 미리 알아냈다지요."

"흉년을 말하려는 게로군." 돈키호테가 말했다.

"흉년이건 숭년이건," 페드로가 대답했다. "그거가 그거지 뭐. 하여간에 그 사람만 믿고 그 아버지나 친구들은 그가 하라는 대로 했기 때문에 큰 재산을 모았었소. 그도 그럴 것이, 올해는 밀을 심지 말고 보리를 심으라는 둥 이번에는 보리를 심지 말고 강낭콩을 심으라는 둥, 또 내년에는 기름 농사가 잘될 테지만 그 뒤 3년은 한 방울도 짤 수 없으리라는 둥 하고 말하면 그대로 되었으니까요."

"그런 학문을 점성술이라고 하지." 돈키호테는 말했다.

"뭐라고 하는지는 내 알 바가 아니지만, 그 사람이 이런 걸 죄다 쭉 꿰고 있었고, 또 그보다 훨씬 더한 것까지 알고 있었다는 겁니다. 어쨌거나 다시 하던 이야기로 돌아가기로 하죠. 그러니까 살라망카에서 돌아온 지 불과 몇 달이 되지 않은 어느 날, 그 양반은 늘 입고 다니던 학자풍의 긴 옷을 벗어던지고 양치기처럼 가죽 등거리로 차

---

147 'eclipse(식蝕, 일식과 월식)'라고 해야 하는데 무식의 소치로 'cris'라고 말했기 때문에, '씩' 이라 번역했다.

148 (año) estil. '흉년(año) esteri'의 살라망카 지방 사투리다. 그래서 여기서는 '숭년'으로 번역 했다.

려입더란 말입니다. 꼭 그와 같은 때에 그와는 아주 친한 친구이며 대학 공부도 함께한 암브로시오라는 사람이 또 양치기가 되었지요. 아 참, 한 가지 빠진 게 있는데, 지금은 고인이 되어버린 그리소스토모는 시도 썩 잘 지었댔습니다. 그래서 예수 성탄 대축일 밤에 노래도 짓고 성체 축일의 신비극도 꾸민 적이 있는데, 그걸 가지고 우리 동네 청년들이 극을 했더니만, 그저 보는 사람마다 훌륭하다고 칭찬이 자자하지 뭐예요. 마을 사람들은 이 두 학생이 갑작스레 양치기 차림을 한 것을 보고 깜짝 놀랐지만 그저 그뿐, 도대체 어찌 되어서 그렇게 엉뚱하게 변했는지 까닭을 짐작도 못 했답니다. 바로 그때쯤 그리소스토모의 아버지가 돌아가셔서 엄청난 재산을 남겨놓았는데, 동산과 부동산, 그리고 적잖은 가축, 게다가 굉장히 많은 돈을 상속받게 되어 새파란 백만장자가 된 셈이고, 또 그만한 재산을 가질 만도 했지요. 성품이 원체 어질어서 남의 어려운 일은 그냥 보아 넘기지 못하고 착한 사람을 사귀었는데, 얼굴만 보아도 하느님의 축복을 받게 생겼었습니다. 그러던 사람이, 뒤에 안 일이지만, 꼴이 아주 확 변해버린 것은 아까 우리 친구가 말한 그 마르셀라라는 양치기 처녀를 따라서 험한 산속을 돌아다니느라고 그랬다는군요. 불쌍하게 죽은 그리소스토모가 그렇게 홀딱 반했던 거랍니다. 그럼 이제부턴 그 계집애에 대한 이야기를 하죠. 이런 것도 알아두시는 게 좋을 테니까요. 아마도, 아니 아마도가 아니라 틀림없이 이런 이야기는 당신 평생을 두고도 들어볼 수 없을 겁니다. 사르나[149]보다

---

149 '사라Sarra'를 말한다는 것이, 무식쟁이가 '옴'의 뜻인 '사르나sarna'라고 했다. 세르반테스 시대에는 성경 속 아브라함의 아내 사라Sara를 'Sarra'라 했다.

더 오래 사신다 해도 말입니다.”

“사라¹⁵⁰라고 하게.” 돈키호테는 산양 치는 사람이 말을 틀리게 주워섬기는 것을 참다못해 되받아 말했다.

“사르나도 무던히 오래 살지요.” 페드로가 대답했다. “그러나 저러나, 여보시오, 당신이 말끝마다 그렇게 트집을 잡으신다면 1년이 가도 이야기를 다 못 하겠습니다.”

돈키호테가 말했다. “여보게, 친구, 용서하게나. ‘사르나’와 ‘사라’는 너무 차이가 커서 말했을 따름이네. 하지만 자네 대답도 근사하거든. ‘사라’보다 ‘사르나’가 더 오래 사니까 말일세. 자, 어서 이야기나 계속하게. 다시는 자네 말을 되받아치지 않을 테니까.”

“그러시면 존경하는 기사 어른께 이야기를 계속하죠.” 산양 치는 사람이 말했다. “우리 마을에 그리소스토모의 아버지보다 더 부자인 농사꾼 한 사람이 살았는데, 이름이 기예르모였습니다. 하느님께서는 그에게 크고 많은 재산보다 더 귀한 외동딸을 점지해주셨습니다. 그녀의 어머니는 이 지방에서 가장 존경을 받는 어진 부인이었는데, 해산을 하다가 그만 죽어버렸습니다. 이렇게 말하는 지금도 내 눈에는 해와 달이 한데 어울린 듯한 그 얼굴이 선합니다. 게다가 살림도 알뜰히 꾸려나가고 가난한 이도 잘 도와주어서, 나는 꼭 그 영혼이 지금은 저세상에서 하느님과 함께 복을 누리고 살 줄 믿습니다. 아무튼 그렇게 어진 부인이 죽고나서 그의 남편 기예르모

---

150 성경 〈창세기〉 23장 1절과 2절에 의하면 “사라는 백이십칠 년을 살았다. 이것이 사라가 산 햇수이다. 사라는 가나안 땅 키르얏 아르바 곧 헤브론에서 죽었다. 아브라함은 빈소에 들어가 사라의 죽음을 애도하며 슬피 울었다”라고 나온다.

171

도 마음의 병으로 죽게 되어서, 많은 재산과 함께 아직 어린 딸 마르셀라는 그의 숙부한테 맡겨졌는데, 숙부란 우리 마을에 사는 신부님이었지요. 자랄수록 그 딸아이는 어떻게나 예뻐지던지, 우리는 천하일색이던 제 어머니를 빼닮았다 했지만, 사실은 딸이 훨씬 더 미인이었지요. 아닌 게 아니라 열네댓 살이 되었을 적에는 그 아가씨를 보는 사람마다 이렇게 예쁜 아가씨로 만들어주신 하느님을 찬양하고, 대개는 정신없이 그 아가씨를 사랑하게 되었죠. 그 숙부님이 그저 아끼고 아껴서 깊숙이 숨겨두기는 했지만, 그럼에도 불구하고 예쁘다는 소문이 쫙 퍼져서, 뭐 우리 마을뿐이겠습니까요, 인근 지방에 잘났다는 놈은 모두 그 아가씨와 가진 재산에 눈이 뒤집혀가지고는 제발 사위로 삼아달라고 그 숙부님한테 청을 넣고 들볶아서 그가 애를 먹었답니다. 그러나 그녀의 숙부는 곧은 성품의 기독교도인지라, 결혼할 나이가 다 된 조카딸을 시집보낼 생각이야 꿀떡 같았지만, 그렇다고 본인의 뜻을 무시하려고는 하지 않았지요. 물론 그분이 결혼을 미루면서 조카딸의 재산을 움켜쥐고 잇속이나 챙기겠다는 건 더더욱 아니었습니다. 마을 사람들이 하는 소리들을 들어보면, 모두가 정직하고 어진 신부님이라고 했으니까요. 그런데 편력기사님, 이걸 아셔야 합니다. 집이라야 몇 가구 안 되는 이런 바닥에서는 툭하면 이야깃거리고 툭하면 쑥덕쑥덕 뒷공론이 되니까요. 그러니까 기사님도 내 말을 믿으시라는 겁니다. 본당 교우들마저 모두 다, 더군다나 이런 좁은 바닥에서 그분을 착하시다고 하는 판이니, 그런 분은 세상에 둘도 없는 훌륭한 성직자란 말입니다."

"그렇고말고." 돈키호테가 말했다. "그럼 또 계속하게. 이야기 내용도 좋거니와, 페드로 자네는 이야기를 아주 구수하게 잘도 하

172

네그려."

　"주님께서 주시는 재주가 늘 함께하기를 기도합니다. 사실 그게 중요하니까요. 그건 그렇고, 아까 그 숙부님은 많은 구혼자들의 됨됨이를 하나하나 낱낱이 들어 조카딸한테 이야기해주면서 제 마음대로 골라 결혼을 하라고 했더니, 조카딸이 딱 잘라서 말하기를, 자기는 당장 결혼할 마음이 없을뿐더러 아직 어려서 부부 생활의 무거운 짐을 감당할 수 없다고 하더랍니다. 내세우는 핑계가 누가 보든지 그럴듯하니 그 숙부님도 다시는 더 성가시게 굴지 않았고, 좀 더 나이가 들면 제 마음에 맞는 상대자를 고르려니 하고 기다렸지요. 그야 늘 그분이 주장하기를, 부모란 결혼 문제만은 자녀들의 의사를 무시해서는 안 된다는 것이었으니까요. 하긴 그게 옳은 말씀이지요. 그런데 어느 날 아닌 밤중에 홍두깨 격으로, 마르셀라가 난데없이 양치기 처녀처럼 차려입고 나타났단 말입니다. 그녀의 숙부와 온 동네 사람들이 말려도 듣지 않고 그길로 마을의 양치기 처녀들과 들로 나가서 양 떼를 치지 않겠어요? 그렇게 해서 집 밖으로 나와 그 예쁜 얼굴이 세상에 드러나자 헤아릴 수 없이 많은 돈깨나 있는 젊은 놈들, 한량들, 농사꾼들 할 것 없이 모두 마르셀라와 똑같이 차려입고 그 아가씨 궁둥이를 줄줄 따라다니며 들판을 쏘다니는 것이었습니다. 그중 하나가 아까 말씀드린 그 죽은 사람인데, 사랑도 이만저만 사랑한 게 아니지만 아주 숭배를 했죠. 마르셀라는 이처럼 가리는 것이 별로 없이 거칠 것 없는 생활을 하면서 수줍음이라곤 눈곱만큼도 없이 지냈지만, 정조라든가 몸조심이라든가 하는 점에서는 털끝만치도 흉잡힐 데가 없었답니다. 그 아가씨는 숫처녀의 명예를 지키는 조심성이 어찌나 빈틈이 없었던지,

그녀를 따르고 그녀에게 구애하던 사람 중에 누구라도 소망을 조금이라도 이루었다고 한 적이 없었습니다. 사실 그런 자랑을 할 만한 자격을 가진 사람도 없었죠. 혹시 양치기들을 친구삼아 서로 말을 주고받을 때라도 차릴 건 다 차리면서 상냥하게 대해주었지만, 정식으로 엄숙하게 청혼이라도 하면서 제 마음을 털어놓는 날이면 냅다 팔맷돌처럼 쏘아붙였다지요. 하지만 이런 짓이 세상에는 전염병보다 더 지독한 해를 입히는 거죠. 글쎄 너무 상냥하고 예쁜 탓으로 마음들이 끌려서 사랑하게 되면 금세 홱 토라져버리니 상대방은 낙심천만일 수밖에 없고, 그러니 이들은 그녀가 야멸차다느니 괘씸하다느니 하며 처녀의 성질을 잘 나타내는 온갖 소리를 다 하게 되거든요. 기사님께서도 이곳에 며칠 계시노라면 실심해서 처녀를 따라다니는 작자들의 우는 소리가 여기저기 골짜기에서 메아리치는 걸 들으실 겁니다. 여기서 그다지 멀지 않는 곳에 높다란 참나무가 한 스무 그루 있는데, 나무마다 껍질을 벗겨가지고는 마르셀라의 이름을 새기거나 써놓았습니다. 또 어떤 것은 이름 위에다가 왕관을 새기기도 했지요. 이건 마치 마르셀라가 이 세상에 있는 진선진미를 독차지하고 있는 것처럼, 그녀에게 반한 작자들이 일부러 한 짓이지요. 여기서 양치기 하나가 한숨을 쉬면 저기서 또 한 놈이 탄식을 하고, 저쪽에서 사랑 노래가 들리는가 하면 이쪽에선 절망의 슬픈 노래가 들려오지요. 어떤 놈은 떡갈나무나 바위에 기대앉아서 밤새도록 눈물에 젖은 눈을 붙일 짬도 없이 이 생각 저 생각에 잠겼다가 아침 해를 맞기도 하고, 어떤 놈은 또 찌는 듯이 더운 여름 한낮 이글이글 타는 모래밭에 숫제 드러누워 쉴 새 없이 한숨만 쉬면서 애타는 가슴을 자비로운 하늘에 호소하기도 하지요. 이런 모든 사람 위에 예쁜 마르셀라는 구김살 없이 무관심하게 군림하고 있는 것입니다. 이래서 마르셀라를 아는 우리로서는 그 콧대 높은 게 가면 어디까지 갈 것인가, 그리고 대체 어떤 행운아가 이 얼씬도 할 수 없는 성미를 탁 꺾어서 그 완전무결한 아름다움을 차지할 것인가 두고 보는 중이지요. 제가 이야기한 건 이미 다 널리 알려진 사실입니다. 또 아까 우리 젊은 친구가 말하기를, 그리소스토모가 죽은 건 이러이러한 까닭이 있어서였다고 하던 것도 틀림없는 사실이지요. 자, 이러니 기사님께 여쭙는 말씀이지만, 내일 아침 그 사람의 장례식에 가보시지요. 볼 만할 겁니다. 그리소스토모는 친구도 많고, 묻어달라는 곳은 여기서 반 레과도 안 되니까요."

"나도 그럴 생각이네." 돈키호테가 말했다. "어쨌든 이렇게 흥미진진한 이야기를 들려주어서 고맙네."

"아, 그런데요!" 산양 치는 사람이 되받아 말했다. "마르셀라를 싸고도는 놈들 사이에 일어난 사건이라면, 전 절반도 모르는걸요. 혹시 내일 아침 우리가 가는 길에 누가 그런 이야기를 또 해줄지도 모릅니다. 그럼 들어가셔서 편히 주무시는 게 좋겠습니다. 밤이슬이 상처에 해로울 테니까요. 아니 뭐, 붙여드린 약이 좋아서 별 탈이야 없을 겁니다만."

산양 치는 사람의 장광설에 아까부터 화가 치밀어 올랐던 산초 판사는, 저대로 덩달아서 제 주인더러 어서 페드로의 헛간으로 들어가 주무시라고 재촉했다. 돈키호테는 페드로의 헛간으로 가서, 마르셀라를 짝사랑하는 자들처럼 둘시네아 아가씨를 생각하며 남은 밤을 지새웠다. 산초 판사는 로시난테와 당나귀 사이에 자리를 잡고, 사랑에 패한 자가 아니라 발길에 채어 나동그라진 사람처럼 잠을 잤다.

· 제13장 ·

양치기 처녀 마르셀라 이야기의 결말과
그 밖의 다른 사건들

이윽고 아침 햇빛이 동쪽의 노대를 비추자마자 여섯 명의 산양 치는 사람 중 다섯이 일어나서 돈키호테를 깨우며 말하기를, 그리소스토모의 굉장한 장례식을 보러 갈 생각이 있다면 동행을 해주겠다고 했다. 별로 할 일도 없는 돈키호테인지라, 그는 일어나는 즉시로 산초를 불러서 당장 안장을 얹으라고 일렀다. 산초가 부리나케 채비를 하고나자 모두 급히 길을 떠났다. 1마일도 채 못 가서 좁다란 갈림길에 다다랐을 무렵, 검정 가죽 등거리에 머리에는 측백나무 가지와 협죽도 꽃으로 화관을 만들어 쓴 양치기 여섯 명이 마주 오는 것이 보였다. 저마다 묵직한 물푸레나무 지팡이를 짚고 있었다. 이들과 함께 말쑥하게 행장을 차린 점잖은 두 사람이 말을 타고 오는데, 시종으로 보이는 세 소년이 따르고 있었다. 두 패가 서로 만나자 인사를 깍듯이 하고는 서로가 어디를 가는 길이냐고 물어보니, 모두 장례식장으로 가는 길이라는 것을 알게 되었다. 그래서 다 같이 한데 어울려 걸어가기 시작했다.

가는 도중에 말을 타고 가던 사람들 중 하나가 그의 동료에게 말했다.

"비발도 씨, 이 소문난 장례식을 보러 길을 나섰다는 게 결코 시간 낭비라고는 생각되지 않는군요. 그 죽었다는 양치기나 쌀쌀맞은 처녀 양치기에 대해서 이 사람들이 하는 믿을 수 없는 이야기를 들어보니, 참 볼 만한 일임에 틀림없을 거요."

"나 역시 동감이오." 비발도가 대답했다. "하루 품쯤 버리기야 문제가 아니고, 나흘이 걸리더라도 보고야 말겠습니다."

돈키호테가 그들에게 마르셀라와 그리소스토모에 대해서 무슨 이야기를 들었느냐고 물었다. 여행자는 오늘 새벽에 여기 있는 양치기들과 만나게 되었고, 이들이 문상을 가는 옷차림을 했기에 무슨 일로 그런 차림을 하고 가느냐고 물었으며, 그랬더니 이들 중 하나가 마르셀라라는 양치기 처녀는 기이한 아름다움과 행동을 한다는 이야기와 그 때문에 뭇 사내들이 상사병에 걸렸으며 지금 장례식을 보러 가는 그리소스토모가 죽었다는 이야기도 하더라고 말했다. 말하자면 페드로가 돈키호테에게 해준 이야기를 그대로 들려주었다.

이렇게 이야기가 끝나자 비발도라는 사람이 다른 이야기를 꺼냈는데, 이렇게 평화로운 땅에서 어찌하여 그런 무장을 하고 다니느냐고 돈키호테에게 묻는 데서부터 시작되었다. 그 말에 돈키호테가 대답했다.

"내가 직책 수행을 위해서 다른 차림을 하고 다니는 것은 옳지 못할뿐더러 용납될 수도 없소. 안일과 사치와 휴식은 연약한 선비들을 위해 생긴 것이고, 수고와 불편과 무장武裝은 세상의 이른바 편력 기사들을 위해 만들어진 것으로, 나도 미거한 몸이나마 그중

말석을 차지하고 있소이다."

이 말을 들은 모두는 그가 미친 사람임을 금방 알았다. 비발도
는 그게 어떤 종류의 광증인가를 캐어보려는 생각으로, 도대체 편
력 기사란 것이 무엇이냐고 물었다. 그러자 돈키호테가 대답했다.

"그러시다면 여러분께서는 우리 카스티야의 로맨스에 언제나
아르투스 국왕으로 등장하는 저 아서왕王의 혁혁한 공훈을 적은 영
국 연대기나 역사를 읽어보지 못하셨구려. 예로부터 내려오는, 그
리고 대영제국 전토에 널리 퍼져 있는 전설에 의하면, 그 왕은 죽은
게 아니라 마법에 의해 까마귀가 되었다니, 때가 오면 왕국으로 돌
아와서 그 왕국과 왕위를 다시 차지하게 될 거랍니다. 그런 연유로
영국 사람들은 그때부터 오늘날까지 까마귀를 죽인 일이 없답니다.
그런데 바로 그 위대한 왕이 나라를 다스릴 때에 원탁의 기사라고
하는 기사단이 구성되었는데, 기록에 의하면 호수의 기사 란사로테
와 왕비 히네브라[151]의 연애 사건도 바로 그때의 일이지요. 그런 사
이를 알고 다리를 놓아준 것이 저 충성 지극한 시녀 킨타뇨나가 아
닙니까? 그로부터 우리 에스파냐에서는 모르는 사람이 없는 로맨
스가 되었고, 또

    이 세상의 어느 기사도
    란사로테가 영국에서 왔을 때
    그이만큼 그렇게 융숭히
    귀부인들의 대접을 받은 이는 없네

<hr>

151   la reina Ginebra. 아서왕의 부인.

하는 노래가 생기게 되었지요. 그 연애하며 기막힌 사연들이 얼마나 달콤하고 멋들어지게 진행되었는지는 여러분도 다 아시는 바입니다. 그건 그렇고, 그때부터 기사도라는 것이 점점 번지기 시작해서 온 세상에 퍼졌는데, 그중에는 위대한 공훈을 세워서 용맹을 떨친 가울라의 아마디스와 그 자손들을 합쳐서 다섯 대까지, 역시 용감한 장사 펠릭스마르테 데 이르카니아, 아무리 칭찬해도 모자라는 백의의 기사 티란테, 그리고 아직도 우리 눈에 선하게 보이는 듯 서로 사귀며 그 말소리가 귀에 쟁쟁한 무적의 기사 그리스의 돈 벨리아니스가 있습니다. 여러분, 이것이 말하자면 편력 기사요 기사단이라는 것으로서, 아까도 말씀드렸거니와, 이 몸이 비록 못난 죄인이지만 기사로서의 일을 나 역시 충실하게 그대로 실천하고 있는 것입니다. 내가 황무지와 산간벽지로 모험을 찾아서 돌아다니는 것도 실로 이 때문이지요. 힘없고 곤궁한 사람을 돕는 일이라면, 운명이 가장 위험한 지경에다가 이 몸을 빠뜨린다 해도 나는 마음을 다해 이 팔과 목숨을 바칠 작정입니다.”

돈키호테의 소리를 들은 여행자들은 그가 정신에 고장이 났다는 것과 어떤 망상이 그의 머리를 지배하고 있다는 것까지 여지없이 알아차렸으나, 한편 이런 일을 처음 겪는 사람이면 누구나 당해야 하는 놀라움을 어찌할 수가 없었다. 이럴 때 누구보다 재치 있고 활달한 비발도가 나섰다. 그는 장례식장까지 가는 지루함을 풀기 위해서 돈키호테가 훨씬 더 발광을 할 수 있는 기회를 주기로 했다. 그래서 그는 돈키호테에게 말했다.

“편력 기사 양반, 보아하니 당신은 이 세상에서 제일 힘든 직업을 택하셨구려. 내 생각으론 카르투하[152] 수사들이라도 이렇게 엄격한 생활은 하지 않을 것 같으니 말입니다."

"엄격하다뿐이겠소만," 우리의 돈키호테가 대답했다. "이 세상에 기사도만큼 필요한 게 없다는 점에 대해서도 의심할 여지는 없지요. 보십시오. 솔직한 말씀이지, 자기 대장의 명령을 실천에 옮기는 병졸은 명령하는 대장 못지않게 일을 하는 법이니까요. 그 까닭을 말한다면 이렇습니다. 즉 수사들은 그저 한껏 편안하고 조용히 앉아서 지상의 행복을 위하여 하늘에 빌지만, 우리네 병사나 기사들은 그들이 비는 것을 바로 실천에 옮기는 사람들이고, 실천에 옮기되 이 팔뚝의 힘, 이 서슬이 시퍼런 칼을 가지고 하는 것으로서, 그것도 집 안이 아닌 한데서, 여름이면 못 견디게 뜨거운 햇볕, 겨울이면 살을 에는 추위와 싸우면서 하는 것이오. 이런 까닭에 우리야말로 지상에 있어 하느님의 사신들이요, 하느님의 정의를 실천하는 팔들인 것이오. 그뿐만 아니라 하는 일이 싸우는 것이고 싸움에 관한 일인 만큼, 땀을 흘리고 뼈가 휘는 수고를 들이지 않고는 도저히 할 수 없습니다. 그러니까 이 일에 몸을 던진 자가 저 고요한 평화와 안정 가운데 불쌍한 사람들을 위해 하느님께 비는 수사들보다 더한 수고를 한다는 것이야 뻔한 노릇이지요. 그렇다고 해서 나는 편력 기사의 지위가 수사보다 높다는 게 아닙니다. 그런 생각은 추호도 없습니다. 다만 기사란 더욱 괴롭고, 더욱 힘들고, 더욱 배고프고 목마르며, 더욱 비참하고 초라하고 더럽다는 것을 주장하고 싶을 뿐입니다. 확실히 옛날의 편력 기사들은 평생 동안 갖은 고생

---

152 1086년에 성 브루노San Bruno가 창시한 카르투시오 교단la Orden de la Cartuja. 규율이 엄격하기로 유명하다.

을 다 하고 살았죠. 하긴 그중에 무술과 용맹이 뛰어나 왕이 된 사람도 없지 않으나, 그건 남달리 피땀을 그만큼 많이 흘린 대가였을 테고, 설사 또 그런 지위에 오른 사람들도 마법사나 현인이 도와주지 않으면 뜻한 바가 수포로 돌아가거나 희망에 속고 말기가 일쑤였습니다."

"저도 그렇게 생각합니다." 여행자가 되받아 말했다. "그런데 다른 건 다 제쳐놓고라도 꼭 한 가지만은 편력 기사들이 아주 잘못하는 게 있어요. 무언고 하니, 자칫하면 목숨이 달아날지도 모르는 위험한 모험을 당하게 될 때 말입니다. 그런 위험이 닥친 순간에도 하느님께 영혼을 부탁하기는커녕, 기독교도 같으면 그 지경이 되었을 때 누가 안 그러겠습니까만, 이건 도리어 자기네들 아가씨가 무슨 하느님이라도 되는 것처럼 진정으로 간절히 빌면서 글쎄 거기에다 몸을 맡기니, 그건 아무래도 이교도 냄새가 나는 것 같단 말이오."

"이 양반아!" 돈키호테가 대답했다. "그건 어쩔 도리가 없는 일이오. 편력 기사로서 다른 행동을 하는 날이면 아주 곤란해질 겁니다. 호랑이 담배 먹을 적부터 그것이 편력 기사도의 한 관례여서, 큰 싸움을 하게 될 때면 편력 기사가 자기의 아가씨 앞에서 상냥하고도 애정 깊은 눈으로 그녀에게 시선을 보냅니다. 다가오는 위기에 호의와 보호를 청하는 뜻에서요. 그리고 들어줄 사람이 아무도 없더라도 입속말로 용기를 북돋워주옵소사 하는 몇 마디 말을 해야 하는 법입니다. 이런 예는 이야기책에 얼마든지 있는 일이니까요. 그렇다고 해서 하느님께 빌지 않는다고 생각해서는 안 됩니다. 직책을 수행하는 동안이라도 그럴 기회와 여유는 얼마든지 있으니 말입니다."

"그건 그렇다 치더라도," 여행자가 되받아 말했다. "또 한 가지 궁금증이 가시지 않는 것이 있소. 나도 가끔 책을 읽어보면, 편력 기사 두 사람이 서로 말을 주거니 받거니 하는 것으로 시작되더군요. 그러다가 양편이 다 불같이 성을 냅니다. 그리고는 제각기 말을 뒤돌려 적당한 거리에 자리를 잡고나서, 다짜고짜로 전력을 다해 말을 휘몰아붙입니다. 내달려가는 도중에 그들은 제각기 아가씨에게 기원을 드립니다. 이렇게 해서 맞부딪치고나면 으레 한 사람은 상대방의 창에 찔려서 말 궁둥이로 쓰러지고, 다른 한 사람도 역시 땅에 떨어지지 않으려고 말갈기를 잔뜩 붙잡고 늘어지지요. 자, 그러니 우지끈 뚝딱 하는 이런 판에 죽은 사람이 어떻게 하느님께 빌 여유를 가질 수 있느냐 말입니다. 차라리 달리는 도중에 제각기 아가씨에게 하는 소리를 기독교도답게 하느님께 했어야 하고, 그렇게 하는 것이 본분 아니겠습니까. 제 생각으로는 편력 기사라고 해서 누구나 연애를 하는 것도 아니고, 또 기둥 아가씨가 모두 다 있는 것도 아니니 더욱 그렇습니다."

"그럴 수는 없습니다." 돈키호테가 대답했다. "아가씨 없는 편력 기사가 존재할 순 없는 일입니다. 기사에게 연애는 하늘에 별이 있는 것과 같이 떳떳하고 자연스러운 일이므로, 사랑 없는 편력 기사가 등장하는 옛날이야기 책이란 이 세상 어디에서도 찾아볼 수 없습니다. 그러니까 사랑하는 아가씨가 없는 기사는 정식 기사가 아니고 얼치기입니다. 말하자면 그는 기사도의 전당에 정문으로 들어온 게 아니라, 도둑이나 강도처럼 담을 넘어 들어온 셈이지요."

"글쎄요, 무어라고 하시든," 여행자가 말했다. "내 기억이 정확한지는 몰라도, 유명한 가울라의 아마디스의 동생인 돈 갈라오르 기사는 보호를 부탁할 아가씨가 정해져 있지 않았는데도, 누가 얕보기는커녕 되레 용맹을 떨친 기사라고 하지 않던가요?"

이 말에 우리의 돈키호테가 대답했다.

"아따, 이 양반아, 제비 한 마리로 여름이 된답디까. 내가 알기로는 그 기사도 남몰래 깊은 사랑을 하고 있었답니다. 사실 좀 반반하게 생겼다 싶으면 으레 사랑을 보내는 것이 그의 성미였으니까요. 딱 잘라서 말하자면, 그도 계속 은밀히 사랑하던 마음의 아가씨가 하나 있었다는 사실은 이미 정설로 되어 있어요. 그는 원래 비밀의 기사로 자처하지 않았습니까?"

"그럼 모든 편력 기사는 사랑을 해야 한다면," 여행자가 말했다. "그 길에 들어선 당신에게도 반드시 아가씨가 한 사람 있겠군요. 그리고 또 당신이 돈 갈라오르처럼 비밀의 기사가 아니시라면, 여기 있는 일행 전부와 내 이름을 걸고 간청하는 바인데, 그 아가씨의 이름과 고향과 신분, 그리고 아름다움에 대해 말씀해주십시오. 당신같이 훌륭한 기사에게 사랑과 봉사를 받는다는 것이 온 세상에 알려지면, 그 아가씨에게도 무척 영광스럽고 행복한 일이 될 테니까요."

이에 돈키호테는 한숨을 크게 내쉬며 말했다.

"그리운 내 아가씨께서 내가 봉사하는 것이 세상에 다 알려지는 걸 좋아하실지 않으실지 당신에게 말할 수야 없지만, 정중하게 물으신 질문에 대답이 있어야겠으니 이것만 말해두리다. 즉 그 이름은 둘시네아이고, 고향은 라만차 지방의 한 마을인 엘 토보소이며, 신분은 나의 여왕이고 주인인 만큼 적어도 당당한 공주 정도는 되고, 아름다움으로 말하면 신들이 제 애인들한테 갖다 붙이는 온갖 미의 속성, 그 불가능하고 공상적인 것까지 모조리 갖추신 만큼 아름답지요. 그도 그럴 것이, 머리카락은 금빛이요, 이마는 엘리세오 동산[153]이며, 눈썹은 무지개요, 두 눈은 해가 둘, 그녀의 볼은 장미요, 입술은 산호요, 진주 같은 이, 하얀 석고 같은 목덜미, 가슴은 대리석이요, 손은 상아인데, 그 희기가 백설 같지요. 사람의 눈에 띄지 않게 예의가 가리어지는 그런 데까지, 내 생각으로는 정녕코 그저 탄복은 할지언정 비교는 할 수 없는 것이랍니다."

"그러시다면 문벌과 혈통, 그리고 조상에 대해서도 좀 알고 싶은데요." 비발도가 되받아 말했다.

돈키호테가 이 질문에 대답했다.

"로마의 유서 깊은 쿠르티우스나 가이우나 스키피오 집안도 아니고, 근세의 콜론나나 우르시노 집안도 아닙니다. 또 카탈루냐의 몽카다와 레케센 가문도 아니고, 더군다나 발렌시아의 레베야와 비야노바의 집안도 아니며, 아라곤의 팔라폭스, 루사, 로카베르티, 코레야, 루나, 알라곤, 우르레아, 포스, 구르레아 가문도 아니며, 카스티야의 세르다, 만리케, 멘도사, 구스만이나 포르투갈의 알렝카스트로, 파야, 메네스도 아니고, 다름 아닌 라만차의 엘 토보소로서, 비록 역사가 깊은 집안은 아니지만 앞으로 몇백 년을 두고두고 빛낼 집안의 의젓한 혈통이오. 여기에 대해서 다시는 두말하지 마시오. 저 세르비노가 오를란도의 승전비 아래에다가,

<hr />

153 그리스신화와 로마신화에 나오는, 귀인이나 영웅이 산다는 선경.

아무도 무기들을 움직이지 말라

시험 삼아 롤단과 힘을 겨룰 자가 아니라면.[154]

이라고 새겨놓은 것처럼 한판 겨루어보고 싶다면 몰라도, 아무도 지금의 내 말에 이의를 달지 마시오."

"우리 집안이 라레도의 카초핀이니," 여행자가 대답했다. "어찌 감히 라만차의 엘 토보소 집안에 비길 수 있겠습니까마는, 사실대로 말한다면 여태까지 그런 성을 가진 집안은 내 귀 생기고 처음 듣는 말이올시다."

"뭐라고? 처음 들어본다고?" 돈키호테가 되받아 말했다.

다른 사람들도 다 두 사람의 대화를 귀담아듣고 있었기 때문에, 양치기나 산양 치는 사람이나 할 것 없이 모두는 우리의 돈키호테가 돈 것을 알게 되었다. 그의 말을 곧이곧대로 듣는 것은 산초 판사 한 사람뿐이었다. 누구보다도 그의 신분을 잘 알고 있으며, 태어날 때부터 서로 아는 사이인 까닭이었다. 다만 한 가지 의심적은 것이 있다면, 그렇게도 예쁜 둘시네아가 엘 토보소 출신이라는 점이었다. 엘 토보소와 아주 가까운 곳에서 살아온 자기로서도 그런 이름이나 공주님에 대해서는 한 번도 들어본 적이 없는 까닭이었다.

---

154 Nadie las mueva / que estar no pueda con Roldán a prueba. 원작은 "Nessun la mova, / che star non possa con Orlando a prova"로, 우르레아Urrea는 "alguno no las mueva, / que estar no pueda con Roldán a prueba"로 번역했다. 아리오스토의 《격노하는 오를란도》 24장 57절에 나오는 시구다. 스코틀랜드 왕의 딸 세르비노Cervino가 오를란도의 무기가 걸린 나무들에 새긴 것을 이야기하는 대목으로, 그녀를 석방시켜준 롤단에게 사의를 표하는 내용이다.

이런 이야기를 서로 주고받으면서 길을 가다가 바라다보니 높다란 산이 둘 있는데, 그 사이에서 스무 명 정도 되는 양치기들이 내려오고 있었다. 그들은 모두 검은 모피로 만든 가죽옷에다 푸른 잎으로 만든 화관을 썼는데, 나중에 보니 그건 소나무 가지로 만든 꽃모자로, 측백나무 가지로 엮은 것도 있었다. 그들 중 여섯 사람이 갖가지 꽃과 가지로 뒤덮인 상여를 운구하고 있었다.

산양 치는 사람 중 하나가 그것을 보고 말했다.

"저기 오는 사람들이 그리소스토모의 영구를 떠메는 자들이고, 저 산 밑이 묻어달라던 바로 그곳이오."

그들이 걸음을 재촉해서 당도한 때는 벌써 상여를 땅에 내려놓은 뒤였고, 네 사람이 곡괭이를 들고 투박한 바위 아래에 무덤을 파고 있었다. 이쪽과 저쪽이 서로 정중하게 인사를 나누었다.

돈키호테와 그 일행은 곧 가까이 가서 상여를 보았다. 나이가 서른 살쯤 되어 보이고 양치기 차림을 한 시체가 온통 꽃에 덮여 있었다. 시체라고는 하지만, 살아서는 얼굴이 준수하고 허우대가 늠름했음을 짐작할 수 있었다. 시체 주위에는 또 몇 권의 책과 많은 원고 뭉치가 혹은 접힌 채 혹은 펼쳐진 채 놓여 있었다. 이상하게도 이런 것을 구경하는 사람이나 무덤을 파는 사람이나, 거기 있는 사람치고 누구 하나 입을 떼는 사람이 없었다. 이윽고 상여를 메고 왔던 한 사람이 다른 사람에게 말을 걸었다.

"암브로시오, 잘 보게. 그리소스토모가 말하던 자리가 바로 여기인지 아닌지. 유언장에 말한 그대로 틀림없이 지켜주기로 하지 않았던가."

"바로 여길세." 암브로시오가 대답했다. "여기서 몇 번이고 불쌍한 그 친구가 나한테 신세타령을 했다네. 사람의 애간장을 말려서 죽이려던 그 계집애를 처음 본 곳이 여기라 했고, 짝사랑이었지만 어디까지나 위신을 세워가며 처음으로 제 마음을 고백한 것도 여기라 했네. 그뿐인가, 마지막으로 그 마르셀라라는 아가씨가 야멸차게 탁 차버린 것도 여기서 한 일이지. 그렇게 되어 결국 불쌍한 이 친구의 비극이 끝난 게 아닌가? 그런 자리이니 첩첩이 쌓인 비애의 기념으로 그가 여기를 택한 것일세. 영원한 망각의 품 안으로 말이지."

그는 또 돈키호테와 행인들을 쳐다보며 말을 이어갔다.

"여러분, 여러분이 지금 동정 어린 눈으로 바라보고 계시는 시체는 하늘이 그 한량없는 은혜를 내리셨던 영혼을 담고 있었습니다. 이것이 곧 그리소스토모의 육체로서, 그는 남다른 재주와 빈틈없는 예절과 극진한 친절을 가지고 있었고, 우정의 본보기였으며, 끝없이 온후하고 관대하며 교만하지 않고 명랑하되 저열하지 않았습니다. 한마디로 말해서 훌륭한 인간으로서 모든 것을 구비한 점으로 보아 단연 첫째요, 불행한 인간으로서 또한 둘째가라면 서러울 사람이었습니다. 무척 사랑했건만 미움을 샀습니다. 자기의 모든 것을 바쳤건만 받은 것은 버림뿐이었습니다. 그는 사나운 짐승한테 애걸했으며, 차디찬 대리석에게 마음을 주었습니다. 바람 속을 헤매었고, 황막한 광야에서 부르짖었습니다. 보답 없는 봉사를 한 대가는 인생의 고비에 죽음의 밥이 되는 것이었습니다. 그를 생죽음에 이르게 한 장본인은 양치기 처녀입니다. 그래도 그는, 지금 여러분이 보시는 이 원고들이 증명하는 것과 같이, 끝까지 양치기 처녀에 대한 기억을 세상에 남기려 했습니다. 그는 자기를 묻을 때

187

원고 뭉치도 불태워버리라고 나한테 일렀습니다."

"당신이 그 원고를 불태운다면 정작 그 임자보다 더 잔인하고 냉혹한 사람이 되는 거요." 비발도가 말했다. "정도에서 벗어나는 명령인데도 시행한다는 것은 옳은 일도 좋은 일도 아니오. 아우구스투스 카이사르가 만약 저 만투아의 시성詩聖 베르길리우스가 죽은 뒤 자기의 시 〈아이네이스〉를 불태워버리라고 명령한 유언을 그대로 시행하게 내버려두었던들, 결단코 옳은 행동이라고 보아줄 순 없었을 겁니다. 그러니까 암브로시오 양반, 당신 친구의 시신은 땅에 묻더라도 제발 그 원고만은 살려두시오. 상심해서 그리 말한 것을, 당신이 생각 없이 이행한다는 것은 아무래도 좋지 않소. 차라리 원고들을 온전하게 살려둠으로써 마르셀라의 잔인성을 오래오래 전하도록 하시오. 그래서 이다음 세대에 살 사람들까지도 이런 위험을 아주 멀리 피할 수 있게끔 표본으로 내세우시오. 나뿐만 아니라 여기 온 사람은 누구나 사랑하다가 절망에 쓰러진 당신 친구의 사정을 알게 되었고, 당신과의 우정, 그리고 그 죽은 사연이라든지 임종 무렵에 남겨놓은 말도 다 잘 알고 있소이다. 그러니까 그 슬픈 사실에서 우리는 마르셀라의 잔인성과 그리소스토모의 사랑, 당신의 친구로서의 신의, 그리고 또 철딱서니 없는 사랑이 눈앞에 바싹 대주는 길을 마구 달리기만 하는 자들의 끝장이 어떻게 되는지도 제법 알았소이다. 우리는 엊저녁에 그리소스토모가 죽었다는 것과, 이곳에 묻히리라는 것도 알았소이다. 그래서 한번 보고 싶기도 했지만, 몹시도 딱한 생각이 들어서 예정된 길을 일단 중단하고 듣는 것만으로도 슬프기 짝이 없는 이 사실을 우리 눈으로 직접 보기 위해서 온 것이오. 오, 현명하신 암브로시오 씨! 우리의 동정과 소망에 보답하는 뜻으로, 다른 분들은 모르겠지만 적어도 저는 간청하는 바이니, 가능하다면 제발 그 원고를 불사르지 말고 다만 그 일부만이라도 좋으니 내가 좀 가져가게 해주시오."

그러고는 양치기의 대답을 기다릴 것도 없이 손을 내밀어서, 바로 곁에 있는 원고 몇 장을 주워 들었다. 이것을 본 암브로시오가 말했다.

"노형께서 그렇게 사정하시니 이미 가지신 것만은 어쩔 수 없습니다만, 남은 것마저 불사르지 않겠다고는 아예 생각지도 마십시오."

비발도는 종잇조각에 쓰인 것이 무엇인지 보고 싶어서 얼른 한 장을 펼쳐보았다. 그것은 '절망의 노래'라는 제목의 시였다. 암브로시오는 이 제목을 듣고 대답했다.

"그게 바로 우리의 친구가 마지막으로 쓴 작품입니다. 그의 최후가 얼마나 불행했는지 여럿이 들을 수 있게 노형께서 한번 읽어보시오. 무덤을 다 파려면 아직 멀었으니, 읽을 시간은 넉넉할 겁니다."

"기꺼이 그렇게 하겠소이다." 비발도가 말했다.

곁에 있던 사람들도 모두 같은 생각이었으므로 둥그렇게 둘러앉았다. 비발도는 낭랑한 음성으로 다음과 같은 시를 낭송했다.

제14장

다른 뜻밖의 일들과
죽은 양치기의 절망의 시들에 대해

그리소스토모의 노래

잔인한 너, 너의 그 냉정한

표독스러움을 모든 사람에게

널리 알리고 싶다는 아가씨여

이 쓰라린 가슴의 슬픔을

그대로 풀어놓기 위해

깊은 지옥의 신음 소리를 빌려 오련다.

내 바람과는 달리

내가 당한 온갖 괴로움과 너의 행동이

그걸 모두 이야기하려면

무시무시한 소리에는 격한 감정으로

쓰라림에 찢어진 심장과 섞이리라.

어서 듣거라, 귀를 세워서

달콤한 노래가 아닌 깨어진 소리
쓰디쓴 내 가슴의 밑바닥에서
어쩔 수 없이 미친 이 마음에서
쥐어짜진 내 마음은 후련해도
네겐 한스러울 찢어진 소리.

사자의 포효, 사나운 늑대의 울부짖음
비늘도 차가운 뱀의
소름 끼치게 우는 소리
이름도 모를 괴물들의 비명
불길한 까마귀의 까악까악 울음소리
성낸 바다와 씨름하는
바람의 울부짖는 소리
이제 막 땅에 쓰러진 황소의 노한 울부짖음
짝 잃은 비둘기의 애달프게 흐느끼는 소리
시새움 많은 올빼미의 청승맞은 노래
깜깜한 지옥의 모든 무리가 부르짖는
슬픈 고뇌의 합창
이 모든 소리가 한데 어울려
내 영혼의 처참한 탄식이 되라
그리하여 듣는 이의 귀를 찢어놓아라
내 안에 깃드는 뼈아픈 아픔은
전혀 색다른 소리로만 이야기할 수 있나니.

이렇듯 파란곡절의 슬픈 사연은
아버지인 타호강의 모래밭도
유명한 베티스의 올리브나무 숲도 못 들었으리
차마 못 견딜 내 시름을
높은 바위, 깊은 굴에 흩뿌리리라
아니면 어두운 골짜기
인적 끊긴 쓸쓸한 바닷가
또 아니면 태양도 비치지 않는 곳
그리고 리비아 사막이 살찌우는
짐승들의 사나운 무리 속에 흩어놓으리라
이미 죽어버린 나의 혀지만
탄식만은 생생하게 살아 있어서
덧없는 내 운명의 특권이랍시고
넓디넓은 세상에 퍼져가리라.

멸시는 능히 사람을 죽이고
부질없는 의심은 인내심을 죽인다
질투의 죽이는 힘은 더욱 몸서리치고
오랜 이별은 인생의 공허가 된다
행복의 꿈이 가져다주는 안식은
잊힐까 두려워하는 자에게는 찾아오지 않는다
어디고 피할 수 없는 종착역은 죽음뿐
그래도 나는 무슨 기적을 타고났기에 죽지도 않네
이별과 질투와 멸시 속에서

속절없는 의념에 마음 졸이며
그래도 믿으면서, 그리고 나를
살라버리는 망각 속에 그래도 살아 있구나
시름이 이렇건만 나의 눈은
희망의 그림자조차 볼 수 없어도
이미 절망한 나는 보려고도 않노라
차라리 비탄의 절벽에 이대로 머물러
영원히 희망과는 담을 쌓으리.

공포가 있는 곳에 희망이 있으랴
공포의 원인이 아주 분명할 때
희망이 있을 수 있다 하던가?
매서운 질투가 내 앞에 있을 때
천 갈래 찢어진 영혼의 상처를 보게 될 때
무시와 의혹이 허울을 벗고
나는 두 눈을 딱 감고 있어야 한단 말인가?
오, 비참한 변화여!
아름다운 진실이 거짓으로 바뀔 때
그 누가 불신의 문을 열지 않으리
오, 사랑의 왕국의 사나운 폭군인 질투여!
이 내 손들에 칼을 들려다오
그러나 나의 불행이여!
나의 괴로움은 더없이 쓰라려
그대의 추억을 질식시키는구나.

이제야 어차피 나는 죽을 몸

살든 죽든 나에겐 희망이 없기에

나는 어리석게도 환상 속에 머문다

가장 많이 사랑하는 자는

가장 슬기로운 자이며

예부터 폭군인 사랑의 압제에

굴복할수록 그 영혼은 더욱 자유롭도다

나의 원수 같은 그 아가씨는

그 아리따운 몸속에

아름다운 영혼을 지니고 있는데

그녀의 차가운 태도는 모두 내 탓이며

사랑은 괴로움을 줌으로써

그 왕국을 다스린다고 한다

이렇게 스스로를 속이면서

쓰라린 속박에 매인 채

그녀의 냉대로 나락에 떨어져버린

내 몸과 넋을 바람에 부치리라

미래에 있을 행복의 월계수는

진저리 나는 가엾은 삶과 함께

멀리 사라지고 말았도다.

매정한 너를 위해 기꺼이

나는 생을 버렸나니

깊은 상처에서 또렷이 너는 알리라

어쩌다 내 죽음이 네 아름다운 눈의

해맑은 하늘을 흐리게 할지 몰라도

행여 너는 그리 말아라

너로 인해 망가진 내 영혼일지라도

털끝만 한 갚음도 바라지 않는다고

차라리 처절한 이 마당에 너는 웃으며

나의 최후가 너에겐 잔치가 되게 하라

오, 어리석은 나여!

이런 걸 네게다 말하지 않더라도

너는 나의 일찍 죽음으로

크나큰 명예를 얻게 되도다.

드디어 때는 왔도다, 깊은 지옥[155]에

탄탈로스[156]여, 너의 그 목마름과 함께

---

155 여기서 '깊은 지옥el hondo abismo'이란 타르타로스Tártaros를 말한다. 타르타로스는 하늘에서 땅에 이르는 거리만큼이나 땅에서 멀리 떨어진 곳으로, 청동 모루가 하늘로부터 땅까지 아흐레 밤낮을 떨어지고, 다시 땅으로부터 타르타로스까지 아흐레 밤낮을 떨어져야 하는 거리에 있다. 그곳은 땅 아래 있는 가장 깊은 곳이며, 청동 벽과 청동 문턱으로 되어 있다. 타르타로스는 절대로 용서받을 수 없는 사람들이 영원히 형벌을 받는 곳이다. 호메로스의《오디세이》에는 죽은 후에 그곳에서 형벌을 받은 인간들이 등장한다. 살모네우스, 티티오스, 시시포스, 익시온, 탄탈로스, 마흔아홉 명의 다나오스 딸들이 그곳에서 벌을 받고 있다.

156 Tantalos. 그리스신화에 나오는 왕으로, 제우스의 아들이자 펠롭스의 아버지이다. 거부트富였으나 너무 오만하여 지옥으로 떨어져, 영원히 갈증과 허기의 고통을 받았다.

195

시시포스[157]여, 무정한 바윗돌을 가져오고

티티오스[158]는 대머리 독수리를 데려오고

익시온[159]은 수레바퀴를 멈추지 말고

헛수고만 하는 자매들[160]을 버려두라

모두들 합쳐서 내 가슴에

죽음의 비탄을 옮기게 하라, 그리고

음산한 목소리로 만가를 부르게 하라

수의조차도 입을 가치가 없는

이 슬픈 시체 위에

머리 셋 달린 지옥의 문지기여

이 슬픈 만가를 함께 부르라

짝사랑으로 죽은 몸에게는

그것이 가장 알맞은 장례식이로다.

---

157 Sisyphos. 그리스신화에 나오는 코린트의 왕으로, 제우스를 속인 죄로 지옥에 떨어져 바위를 산 위로 올리면 다시 굴러떨어지고 이를 다시 올리는 일을 한없이 되풀이하는 영겁永劫의 형벌을 받았다.

158 Tityos. 그리스신화에 나오는 거인으로, 레토 여신을 겁탈하려다 그녀의 자식들인 아폴로와 아르테미스에게 살해되었다. 깊은 지옥 타르타로스에 던져져 독수리에게 간을 먹히는 형벌을 받았다.

159 Ixiōn. 그리스신화에 나오는 인물로, 켄타우로스의 아버지이다. 불경죄를 지어 불타는 수레바퀴에 묶인 채 영구히 굴러다니는 회전을 계속했다.

160 다나오스Danaos의 마흔아홉 명의 딸들을 말한다. 그리스신화에 나오는 아르고스의 왕 다나오스가 그의 형 아이깁토스의 명령으로 이집트에서 쫓겨나자, 자신의 딸 쉰 명을 아이깁토스의 아들 쉰 명과 결혼시킨 후 딸들에게 첫날밤 그 남편들을 모두 죽이게 했다. 아버지의 말을 따르지 않은 맏딸을 제외한 마흔아홉 명의 딸들은 지옥에서 밑 빠진 독에 물을 채우는 벌을 받았다.

절망의 노래여, 슬픈 친구인 나를

여윈다 하여 서러워하지 마라

너를 낳은 나의 불행과 함께

행복은 차차 커가리니

무덤 속에 묻힐망정 슬퍼하지 마라.

그리소스토모의 노래를 들은 사람들은 모두 감탄해 마지않았다. 그런데 지금까지 읽어오던 그 사람은, 마르셀라가 착한 처녀라는 소문과는 다르다고 말했다. 왜냐하면 그리소스토모가 탄식하는 소리들은 모두 질투니 의심이니 오랜 이별이니 하면서 마르셀라의 신뢰와 명예를 더럽히는 말들로 엮이었기 때문이라고 했다. 그러자 암브로시오가 자기 친구의 깊은 속까지 죄다 알고 있는 것처럼 나서서 대답했다.

"노형의 의심을 해명하는 데는 똑똑히 알아두어야 할 일이 있습니다. 그 불행한 친구가 이 노래를 지은 때는 바로 마르셀라로부터 멀리 떨어져 있었다는 겁니다. 그는 일부러 멀리 떨어져 있었는데, 대개 서로 멀리 떨어져 있는 애인은 별별 근심과 걱정을 하게마련이라 공연한 질투와 쓸데없는 의심이 그리소스토모를 괴롭혔던 겁니다. 다소 쌀쌀하고 좀 뽐내고 톡톡 쏘는 성미만 없다면, 아무리 질투의 여신이라도 그녀에게서는 흠을 잡아내려야 잡아낼 수 없을 테고, 또 그러지도 못할 것입니다."

"사실이 그렇습니다." 비발도가 대답했다.

그러고는 불에 집어넣을 뻔한 원고를 한 장 더 읽으려다가, 문득 놀라운 계시가 (분명 그렇게 보였다.) 그들의 눈앞에 나타나는 바람에 그만 멈추고 말았다. 그 밑으로 무덤을 파 들어가던 바위 꼭대기에 듣는 것보다 훨씬 더 아름다운 양치기 처녀 마르셀라가 우뚝 나타난 것이다. 지금까지 그녀를 본 적이 없는 사람들은 깜짝 놀라서 멍하니 바라볼 뿐이었고, 그녀를 잘 아는 사람들 역시 깜짝 놀랐다. 그러나 암브로시오만은 그녀를 보기가 무섭게 분통이 터져서 소리쳤다.

"여긴 뭣 하러 왔어. 오, 이 산속을 돌아다니는 흉포한 바실리스쿠스[161]야! 네가 하도 무정해서 목숨을 끊게 된 이 불쌍한 사람의 상처가 너를 보고 다시 피를 흘리는지 보러 왔느냐, 아니면 네 못된 성미의 잔인한 결과를 보러 왔느냐? 그 높은 데 서서 마치 포악한 네로처럼 제가 불 지른 로마의 화재를 구경하러 왔느냐? 아니면 타르퀴니우스[162]의 발칙한 딸[163]이 아버지의 시체를 짓밟은 것처럼 이 불행한 시체를 함부로 밟아주러 왔느냐? 도대체 무얼 하러 왔는지 냉큼 말해봐라. 우선 네가 지금 바라는 게 대체 무엇이냐? 내가 잘 알고 있다만, 그리소스토모는 살아 있는 동안 네 말을 안 들은 적이 단 한 번도 없었다. 그 사람은 이미 죽었지만, 그의 친구이던 사람들을 시켜서 무엇이든 너 하자는 대로 나는 해주겠다."

---

161 라틴 말로는 basiliscus, 에스파냐 말로는 basilisco. 한 번 노려보거나 입김만 불어도 사람을 죽였다는 전설상의 동물.

162 Tarquinius(?~?). 루크레티아에게 자행한 폭행을 빗대서 로마의 오만방자한 왕 타르퀴니우스라 불리는, 에트루리아(이탈리아 중부에 있었던 고대 국가, 현재의 토스카나 지역)의 왕자 성 루키우스 타르퀴니우스 수페르부스Lucius Tarquinius Superbus로 고대 로마 최후의 제7대 왕(재위 B.C. 534~509). 장인이었던 세르비우스 툴리우스Servius Tulius를 암살하고 왕위에 올랐다.

163 툴리아Tulia를 말하는데, 로마의 왕 타르퀴니우스의 딸이 아니고 아내였다. 딸의 마차 바퀴에 말린 것은 그녀의 아버지 세르비우스 툴리우스의 시체였다.

"오, 암브로시오, 당신이 말씀하시는 그 어느 것도 제가 온 이유가 못 됩니다." 마르셀라가 대답했다. "제가 온 것은 우선 제 자신에 대해 해명하고, 또 그리소스토모의 고민이나 죽음을 제 탓으로 돌리는 분들이 얼마나 엉뚱한 오해들을 하고 계시는지, 그것을 알려드리기 위함입니다. 그러니까 이 자리에 계신 여러분은 조용히 제 말을 들어주시기 바랍니다. 슬기로운 이들에게 진리를 전하는 데에는 오랜 시간이나 긴 이야기가 필요 없으니까요. 여러분은 하느님께서 저를 예쁘게 만드셨다고 하시면서, 제 아름다움을 사랑한 나머지 다른 여자에게는 마음이 끌리지 않는다고 하십니다. 그리고 여러분이 제게 베푸시는 사랑을 보아서 저도 여러분을 꼭 사랑해야만 하고, 또 그러려니 생각도 하고 계십니다. 저 역시 하느님이 주신 이성의 힘으로 아름다움이 사랑의 대상이 된다는 것쯤은 알고 있습니다. 그렇다고 해서 다만 아름답기 때문에 사랑을 받는 제가 사랑을 받는다는 이유 하나로 저를 사랑하는 사람을 사랑해야 한다는 논리만은 이해할 수 없습니다. 왜냐하면 아름다움을 사랑하는 바로 그 사람이 때로는 아주 못생긴 사람일 수도 있고, 추한 것은 누구나 다 싫어하는 것인 만큼, '나는 네가 아름다워서 사랑하니, 내가 못났더라도 너는 나를 사랑해다오'라고 하는 말은 당치도 않은 소리이기 때문입니다. 또 가령 쌍방의 아름다움이 꼭 같다고 할지라도, 반드시 두 사람의 마음이 꼭 같다고는 할 수 없습니다. 아름답다고 어디 반드시 사랑이 따릅니까? 눈에는 좋아도 마음에는 들지 않는 경우가 얼마든지 있지 않습니까? 아름답다고 해서 다 사랑하고 다 마음이 동한대서야 그런 마음은 갈팡질팡 갈피를 잡을 수 없을 테고, 어느 것을 골라잡아야 할지도 모를 것입니다. 아름다운 사람이 헤아릴 수 없이 많다면 욕심도 한정이 없을 테니까 말이죠. 그리고 제가 들은 대로 말하자면, 진정한 사랑은 나눌 수 없고 마음속에서 우러나는 것이지 강제로 되는 것은 아니라고 합니다. 저도 그렇게 믿고 있습니다만, 그 말이 사실이라면 어째서 사람들은 제 의지를 강제로 굽히려 드십니까. 사람들이 저를 사랑하는 그 이유 하나 때문에 말입니다. 말씀해보세요. 만약에 하느님이 저를 아름답게 만들지 않고 아주 못생기게 만드셨다면, 사람들이 저를 사랑하지 않는다고 해서 제가 불평할 수 있겠습니까? 무엇보다도 똑똑히 알아주셔야 할 것은, 제가 아름다움을 가지려고 해서 가진 게 아니라는 점입니다. 저를 이렇게 꾸며주신 것은 하느님이시지, 제가 그렇게 해달랬거나 제 의지로 된 것은 아니니까요. 독사가 독으로 사람을 죽인다 하더라도 태어날 적부터 가지고 있는 독을 그 독사의 탓으로 돌릴 수 없는 것처럼, 제가 좀 아름답게 생겼다고 해서 저를 탓할 것까지야 없지 않습니까. 정숙한 여자의 아름다움이란 마치 멀리서 타는 불이나 잘 드는 칼과도 같아서 가까이 오지 않는 남자를 태운다든지 베지는 못하는 법입니다. 정숙은 영혼의 장식물로서, 그것이 없는 육체는 제아무리 아름다워도 아름답게 보일 수 없습니다. 그렇습니다. 정숙이 육체와 영혼을 가장 아름답게 꾸며주는 덕이라면, 아름답다는 이유로 사랑을 받는 여자가 무엇 때문에 사사로운 쾌락을 위해 온갖 힘과 재주를 부려 유혹하는 자의 뜻을 받아주고 정숙을 버려야 한단 말입니까. 저는 자유로운 몸으로 세상에 태어났습니다. 그래서 자유롭게 살기 위해 들판의 고독을 선택한 것입니다. 이 산속에서 나무들은 제 친구이고 골짜기에 흐르는 맑은 물은 제 거울이랍니다. 저는 제 생각, 제 아름다움을 나무숲이나 물과 함께 속삭이지요. 저는 바로 저만큼 멀리 떨어져 있는 불이며 예리한 칼입니다. 얼굴만 보고 저를 좋아하는 사람에겐 말로써 오해를 풀어주었답니다. 만일에 욕망이 희망을 길러주는 것이라면, 저는 그리소스토모나 다른 누구에게도 어떤 희망을 주지 않았으니까, 정확히 말한다면 그를 죽인 것은 제 잔인함이 아니라 오히려 그 자신의 사랑에 대한 집착이었다고 해야 합니다. 혹시 제게 책임을 덮어씌우느라고, 그의 생각이 순결했으니 그에 응해야 되었다고 한다면 저도 할 말이 있습니다. 지금 무덤을 파고 있는 바로 저곳에서 그가 저에게 그의 순수한 마음을 열어 보였을 때, 저는 말했습니다. 나는 언제까지든 혼자 살아갈 것이며, 내 정숙의 열매와 아름다움은 흙만이 맛볼 수 있을 것이라고 말입니다. 그렇게 깨우쳐주었음에도 불구하고, 당치도 않은 일에 억지를 쓰고 바람을 거슬러서 노를 젓다가 엉뚱한 바다에 몸을 던진 그를 전들 어찌할 도리가 있겠습니까? 제가 그에게 무슨 농간이라도 부렸다면 저는 양심 없는 사람일 테고, 그에게 만족을 주었다면 벌써 그건 순결한 제 감정과 생각에 어긋나는 짓을 한 셈이 됩니다. 그는 이런 줄 뻔히 알면서도 끈덕지게 생각을 버리지 않았고, 누가 미워한 것도 아닌데 실망을 했습니다. 그런데도 제가 그의 고통의 대가로 벌을 받아야 할 이유가 있습니까. 속았다면 슬퍼할 것이고, 약속한 희망이 깨졌다면 절망도 하겠지요. 제가 불러내기라도 했다면 믿어도 좋고, 눈치라도 보였다면 우쭐거릴 수도 있겠죠. 하지만 약속도 유혹도 하지 않고 부르거나 눈치를 보인 일조차 없는 저를 보고 잔인하다느니 사람을 죽였다느니 하지 마십시오. 이날 이때까지 하느님께서 제게 사랑하라고 정해주신 어느 누구도 없을뿐더러, 제가 마음속으로 누구를 사랑했다고 생각한다면 그건 오해입니다. 이러한 사실을, 자기의 욕심만 채우려고 제게 추근거리는 자들에게 모두 알려주었으면 좋겠습니다. 그래서 이다음에 혹시 누가 저로 인해 죽는 일이 있더라도 결코 질투나 거절 때문에 죽은 게 아니라는 말씀을 드리고 싶습니다. 왜냐고요? 글쎄 아무도 사랑하지 않는 사람이 어떻게 남에게 질투를 일으키게 할 수 있으며, 사랑을 거절한다는 것이 어떻게 꼭 남을 멸시하는 것이 될까요? 저더러 짐승이다, 사람 잡아먹는 뱀이다 말하는 사람이 있다면 저를 해롭고 나쁜 것이라 여기고 가까이하지 않으면 되고, 저더러 매정하다는 사람은 애서 저한테 잘해주지 않으면 그만이고, 저더러 이상하다는 사람은 숫제 저를 아는 체도 안 하는 것이 상책일 테고, 저를 독살스런 여자라 여긴다면 제 뒤를 따라다니지 않으면 될 일입니다. 이 짐승 같고 뱀 같고 매정하고 이상하고 독살스런 저 역시 그런 사람들을 찾지도, 돕지도, 알려고도, 따르지도 않을 테니까요. 조급한 성격과 절박한 열정이 그리소스토모를 죽였다면, 왜 제 정숙함과 신중함이 그것 때문에 욕을 먹어야 합니까? 저더러 남자들과 사귀라 하면서, 무슨 이유로 숲을 벗 삼고 깨끗하게 살아가는 제 순결을 망치려 드는 것입니까? 여러분이 아시다시피 저에게도 약간의 재산이 있으니, 남의 것을 탐내지 않습니다. 저는 자유를 원하는 성격이라 남한테 매이기는 죽도록 싫습니다. 누구를 사랑하거나 미워할 마음도 없습니다. 더구나 한 사람은 피하고 다른 사람에게 마음이 쏠린다든지, 한 사람은 속이고 다른 사람에게는 희망을 주는 따위의 짓은 하지 않습니다. 이 산속에서 양치기 소녀들과 함께 티 없는 이야기나 나누며 제 양 떼를 돌보는 것이 제 즐거움이랍니다. 제 행복은 모두 이 산속에 있습니다. 이곳을 떠나는 그때가 바로 천국의 아름다움을 보러 가는 때, 말하자면 영혼이 그 첫 보금자리로 돌아가는 때일 것입니다."

이 말을 마치자마자 그녀는 아무 대답도 들으려고 하지 않고 홱 등을 돌리더니 근처에 있는 숲속으로 들어가버렸다. 이때까지 그곳에 있던 사람들은 누구나 할 것 없이 그 상냥한 태도와 아름다운 모습에 멍하니 넋을 잃고 있을 따름이었다. 그중에도 아름답고 강한 그녀의 시선에 녹아버린 몇몇 사람은, 그녀가 그렇게 딱 잘라서 한 말에도 아랑곳하지 않고 후닥닥 따라가려고 했다. 이것을 본 돈키호테는 바로 지금이야말로 가엾은 아가씨들을 구원함으로써 기사 정신을 발휘할 때다 하고 칼자루에 손을 대며 엄숙하게 목청을 돋우어 말했다.

"누구를 막론하고 그 신분과 지위를 가릴 것 없이 아름다운 아가씨 마르셀라의 뒤를 쫓아가려는 자가 있다면, 나의 무서운 분노를 살 줄 알아라! 그 아가씨는 이미 명백하고 충분한 말로 그리소스토모의 죽음에 대한 책임이 조금도, 아니 눈곱만큼도 없다는 것과, 앞으로 누가 사랑을 하더라도 그러한 욕망에 마음을 기울일 수 없다는 것을 밝혔다. 그런즉 그녀의 뒤를 쫓아가서는 안 될 일일 뿐만 아니라, 도리어 세상의 모든 사람이 마땅히 존경하고 받들어야 할 것이다. 저렇듯 순결하고 고결한 뜻을 가지고 사는 아가씨란 이 세상에 둘도 없기 때문이다."

돈키호테가 하도 을러대는 바람에 그랬던지, 아니면 암브로시오가 그의 친구를 위해 할 일을 마저 하자고 말해서 그랬던지 그 자리를 뜬 사람은 아무도 없었다. 이내 무덤이 다 되어 그리소스토모의 원고를 불사르고 유해를 안장하니, 둘러섰던 사람들은 모두 눈물을 흘렸다. 그들은 묘비를 준비할 때까지 우선 커다란 돌로 무덤을 덮어놓기로 했다. 암브로시오의 말에 의하면, 비석에는 다음과 같이 새겨달라고 부탁했다고 한다.

여기 사랑하던 한 남자의 가엾은
식어진 몸이 누워 있다
그는 양 떼를 지키던 양치기였고
멸시의 제물이 되어 애석히 갔다.
쌀쌀하고 매정한 예쁜 아가씨의
사랑이란 폭군은 그로 말미암아
그의 왕국을 넓히어간다.

수많은 꽃과 꽃다발이 무덤 위에 뿌려졌다. 사람들은 모두 고인의 친구인 암브로시오에게 조의를 표한 다음 작별을 고했다. 비발도와 그의 일행도 예외일 수는 없었다. 돈키호테는 간밤의 주인들, 그리고 길을 가던 사람들과 작별했다. 여행자들은 자기네와 함께 세비야로 가자고 졸라댔다. 그곳은 이 세상의 어느 지방보다 거리마다 구석구석마다 모험을 하기에 가장 적당한 곳이라는 것이었다. 돈키호테는 그들의 권고와 베풀어주는 친절에 고맙다는 인사를 하고, 이 산속에 득실거린다는 그 몹쓸 도둑과 강도 놈들을 모조리 처치하기 전에는 당분간 세비야로 갈 생각이 없으며 또 가서도 안된다고 말했다. 이 장한 결의를 듣고나자 여행자들은 더 이상 그에게 권하지 않았다. 그들은 재차 인사를 거듭하고 곧이어 길을 떠났는데, 가면서 마르셀라와 그리소스토모의 이야기는 물론이고 돈키호테의 우스꽝스런 짓거리에 대해서도 계속 이야기를 나누었다. 한편 돈키호테는 양치기 아가씨 마르셀라를 찾아내서 무엇이든 그녀를 위해 봉사를 해줄 생각이었다. 그러나 일은 뜻대로 되지 않았다. 거기에 대해서는 진짜 이야기가 진행되는 대로 서술될 것이다. 이것으로 제2부를 끝내기로 한다.

제 3 부

· 제15장 ·

포악무도한 양구아스 사람들과 마주쳐
돈키호테가 당한 불행한 모험 이야기

현인인 시데 아메테 베넹헬리가 이야기한 바에 따르면, 돈키호테는 양치기들과 그리소스토모의 장례식에 왔던 손님들과 모두 헤어지자, 종자 산초 판사와 함께 조금 전 양치기 아가씨 마르셀라가 사라진 그 숲속으로 들어갔다. 그리고 두 시간이 넘도록 온 사방으로 찾아보았으나 그녀를 발견할 수가 없었다. 그러다가 풀이 무성하게 우거진 풀밭으로 나오게 되었다. 바로 그 옆에는 맑고 잔잔한 시냇물이 흐르고 있었다. 시냇물은 정오의 무더운 시간을 쉬어 가라고 은근히 꾀었다. 그도 그럴 것이, 영락없이 그럴 만한 시각이 다가온 때문이었다.

　　돈키호테와 산초는 땅으로 내리고, 당나귀와 로시난테는 그곳에 얼마든지 있는 풀을 양껏 뜯게 했다. 그들은 또 그들대로 주머니 속을 더듬어서, 아무 체면 차릴 것 없이 주인과 종자가 서로 사이좋게 앉아서 마음 놓고 그 속에 들어 있는 것을 먹었다.

　　그런데 산초는 로시난테의 발목을 붙들어 매는 것을 깜박 잊고 있었다. 딴은 로시난테가 원체 순하고 얌전한 놈이라는 것을 잘 아는 터라, 코르도바 목장의 암말들을 한꺼번에 다 본다고 해도 아무런 실례되는 짓을 하지 않겠거니 하고 안심한 때문이었다. 그런데 언제나 잠자지 않고 있는 운명, 또는 무슨 악마의 장난인지, 마침 그 골짜기에서는 양구아스의 말꾼들이 갈리시아산 암말들에게 풀을 먹이고 있었다. 그들은 짐승 떼를 몰고 물과 풀이 있는 곳에 와서 낮 한때를 보내기 일쑤였는데, 공교롭게도 돈키호테가 있는 곳이 바로 양구아스 사람들이 곧잘 오던 그 자리였다.

문득 로시난테는 암말들과 놀고 싶은 생각이 나서, 냄새를 맡기가 무섭게 본래의 습관도 아랑곳하지 않고, 또 제 주인의 허가도 받지 않고 빠른 걸음으로 훌쩍훌쩍 뛰어가서 암말들과 뒤섞이려 했다. 그러나 암말들이 풀을 뜯는 일 말고는 딴 뜻이 없었던지 발굽과 이빨로 과잉 환영을 해주는 바람에, 로시난테는 삽시간에 뱃대끈이 끊어지고 안장이 도망가서 알몸뚱이가 되고 말았다. 오히려 그보다 더 딱한 일은, 자기들의 말들한테 덤벼드는 꼴을 본 말꾼들이 몽둥이를 들고 나와서 뭇매를 때리는 바람에 로시난테가 그만 맨땅에 쭉 뻗고 말았다는 것이다.

바로 이때 돈키호테와 산초는 로시난테가 몽둥이세례를 받는 것을 보고 헐레벌떡 쫓아왔다. 뛰어오면서 돈키호테가 산초에게 말했다.

"여보게, 산초 친구, 내가 보기에 이자들은 기사가 아니라 하잘 것없는 상놈들임에 틀림이 없네. 나와 자네가 보는 앞에서 이놈들이 로시난테를 욕보였으니, 이걸 톡톡히 복수하는 데에는 자네도 도와야겠기에 하는 말이네."

　"젠장맞을, 복수는 무슨 복수요, 원 당찮은 말씀을 다 하십니다요!" 산초가 대답했다. "놈들은 스물이 넘고 우리는 단둘, 아니 겨우 하나하고 절반인 셈인데 복수를 하다니 말이 됩니까?"

　"나는 일당백을 하는 사람이다." 돈키호테가 되받아 말했다.

　그러고는 더 이상 말을 하지 않고 칼을 쑥 뽑아 들더니 양구아스 사람들 속으로 돌진해 들어갔다. 덩달아서 산초도 주인을 본받아 분연히 그 뒤를 따랐다. 돈키호테는 단칼에 그중 한 놈을 무찔러서 그가 입고 있던 가죽 등거리를 북 찢어놓았다.

　양구아스 사람들은 겨우 두 사람에게 자기들이 몰리는 것을 알고, 각기 몽둥이를 휘두르며 그 둘을 에워싸고는 있는 힘을 다해 인정사정없이 후려치기 시작했다. 그리하여 단 두 방에 산초는 땅에 거꾸러졌고, 돈키호테 역시 그 솜씨와 그 용기도 아무런 보람 없이 같은 꼴이 되고 말았다. 그는 아직도 일어나지 못하고 누워 있는 로시난테의 발부리에 나둥그러졌고, 그제야 망나니들이 퍼붓는 몽둥이찜 맛이 얼마나 뜨끔한지를 알 수 있었다.

양구아스 사람들은 자기들이 저질러놓은 일이 심상치 않다는 것을 모를 리 만무했다. 그들은 부리나케 서둘러서 당나귀 등에 짐을 싣고는 가던 길을 재촉해서 가버리고 말았으며, 두 모험가는 아주 볼품없는 꼴이 되어 뒤에 남았다.

그래도 먼저 정신이 든 것은 산초 판사였다. 그는 자기 바로 곁에 주인이 쓰러져 있는 것을 보고, 끙끙 앓는 소리로 말했다.

"돈키호테 나리! 아이고, 돈키호테 나리!"

"응? 왜 그러나 산초 형제?" 돈키호테도 산초 못지않게 가늘고 구슬픈 소리로 대답했다.

"나리, 혹시 가지신 게 있으면," 산초 판사가 대답했다. "혹시 그 영약이라는 피에라브라스 발삼을 가지신 것이 있으면 두 모금만 주십쇼. 원래는 다친 데 쓰는 것이지만 뼈다귀 부러진 데도 좋을 테니 말입니다."

"그야 있기만 하다면야 무슨 걱정이겠는가마는, 내 운명이 하도 기구해서······" 돈키호테가 대답했다. "그렇지만 산초 판사, 편력 기사로서 자네한테 맹세하네만, 앞으로 이틀 안에 불의의 재난이 닥치지만 않으면 나는 틀림없이 그걸 마련할 걸세. 그렇지 못하면 난 영 운수불길이고 말 거야."

"그럼 우리가 다시 발을 쓸 수 있으려면 며칠이나 걸리겠습니까요?" 산초가 되받아 말했다.

"지금으로서는 날짜를 정할 수야 없지." 녹초가 된 기사 돈키호테가 대답했다. "아무튼 모두가 다 내 잘못이네. 애당초 나와 같이 의젓한 기사가 아닌 그런 놈들을 상대로 칼을 뺀 것이 잘못이었어. 그러니까 내가 기사도의 법칙을 어긴 벌로 전쟁의 신이 이런 꼴을 당해보라고 하신 것이 분명하네. 산초 판사, 일이 이쯤 되었으니 내가 지금 자네에게 부탁하는 말을 단단히 들어두게나. 우리 두 사람의 생사 문제가 걸린 중대한 일이니까 말이네. 무엇인고 하니, 다음부터 그따위 망나니들이 우리한테 덤벼드는 것을 보거든, 혹시 내가 칼을 빼더라도 그때까지 기다리고 있지 말란 말이네. 왜냐하면 난 절대 빼지 않을 셈이니까 말일세. 그 대신 자네는 칼을 빼 들고 얼마든지 마음껏 해치워야 하네. 만일 저쪽에서 기사들이 그들을 도와준다면 그때는 나도 자네 편을 들어서 내 힘껏 그를 공격하겠네. 내 팔심이 얼마나 센지는 여태까지 수없이 보아온 솜씨나 경험으로도 자네가 이미 잘 알고 있는 바가 아닌가?"

이 가련한 기사는 용감한 비스카야 사람을 때려눕힌 그 일 하나를 가지고 그토록이나 자랑스레 생각하는 것이었다. 그러나 제주인의 이런 소리가 산초 판사에게는 그리 탐탁하게 들리지 않았다. 그래서 그는 말대꾸를 했다.

"하지만 나리, 저는 원래 싸움을 싫어하고 온순하고 그저 조용한 사람인 데다가 처자를 먹여 살려야 하는 몸이라, 다소 모욕을 당한다 해도 한 귀로 듣고 한 귀로 흘려버리기 일쑤죠. 그러니 나리께 감히 이래라저래라 할 수는 없지만, 한 가지 꼭 드리고 싶은 말씀은, 이다음부터 저는 상대편이 평민이든 기사든 절대로 칼부림을 하는 일이 없으리라는 점입니다요. 그리고 이제부터는 천주님 앞에 나아가는 그날까지 지체가 높든 낮든, 부자든 가난뱅이든, 양반이든 상놈이든, 한마디로 말해서 지체가 어떻고 지위가 어떻고를 막론하고 과거에 나를 욕했고 아직도 욕하고 있고, 그랬을 법하거나 그럴 법한 자들을 통틀어서 모두 용서해준다는 것입니다요."

　이 말을 듣고 그의 주인이 산초에게 대답했다.

　"차근차근 이야기나 할 수 있게 숨이라도 좀 가쁘지 않고, 그리고 이 갈빗대도 좀 덜 쑤셨으면 좋겠군. 그래야 자네 생각이 틀렸다는 걸 설명해줄 텐데. 판사, 이 미련한 친구야, 좀 들어보게. 지금까지는 거슬러 불던 운명의 바람이 이젠 우리 편으로 휙 돌아서 희망의 돛을 불룩하게 펴고 안전하고 거침없이 내가 약속한 섬들, 그 어느 포구에 닿았다고 하세. 그래서 나는 그 섬나라를 얻고 자네를 왕으로 앉힌다면 어떻게 되겠나? 자넨 기사도 아닌 데다 될 마음도 없지 않나. 모욕을 당해도 복수를 하거나 영토를 지킬 용기, 그럴 생각조차 없지. 그렇게 되면 결국 자넨 모든 것을 수포로 돌리고 마는 게 아니겠나? 새로 쟁취한 나라나 지방이란 언제나 그 주민들의 마음이 가라앉질 않고 새 주인 편이 아니라는 것을 알아야 하네! 그래서 서슴없이 반란을 꾸며서 세상을 다시 한번 뒤집어엎고, 자기네들의 행운을 다시 시험해본단 말일세. 그럴 때 새 주인에게 필요한 것은 다스릴 줄 아는 지혜와, 어떤 돌발 사태에도 공격과 방어를 할 수 있는 용기라네."

　"우선 지금 당한 돌발 사태에," 산초가 대답했다. "그런 지혜와 그런 용기가 내게 있었으면 좋았을 텐데요. 그렇지만 저는 원래가 못난 놈이라 그런 설교보다는 우선 고약이 더 필요한데요. 어디 나리께서도 몸을 일으키실 수 있는지 보십쇼. 그리고 로시난테도 일으켜 세울 수 있는지 봅시다요. 지금 이 모양이 된 것도 저놈 탓이라 생각하니 밉살스럽긴 하지만 말입니다요. 그런데 저놈이 그럴 줄은 정말 몰랐네요. 행실이 깨끗하고 온순한 나같이 싸움이라면 아주 질색을 하던 놈이 말이에요. 결국 사람은 오래 두고 보아야 알고 세상에 분명한 것은 없다는 말이 다 철석같은 진리군요. 나리께서 저 형편없는 편력 기사 놈에게 멋들어진 칼 솜씨를 보이신 지 얼마 지나지도 않아서 우리 등판에 이런 몽둥이찜질을 당할 줄이야, 언감생심 누가 감히 생각이나 했겠습니까요?"

"자네 등짝은 그런 매를 맞아도 별것 아니겠지만, 산초," 돈키호테가 되받아 말했다. "나는 네덜란드산 비단 이불과 비단옷에 싸여 고이 자라온 몸일세. 그러니 이번 봉변에 아프기는 내가 훨씬 더하다네. 그러니까 이런 변이 무예를 닦는 데 으레 있는 일임을 미리 짐작하지 않았다면, 아니 짐작이 아니라 분명히 알지 못했다면, 난 당장 이 자리에서 분통이 터져 죽었을 것이네."

종자는 이 말을 받아서 말했다.

"나리, 이런 봉변이 기사도에 따르기 마련이라면, 그게 자주 있는 일입니까요, 아니면 일어나는 때가 정해져 있습니까요? 그걸 좀 말씀해주십쇼. 왜냐하면 하느님께서 우리를 특별한 은혜로 살려주시지 않는 한 이런 봉변은 두 번이면 그만이지 세 번까지도 필요 없으니까요."

"산초 친구, 이걸 알아야 하네." 돈키호테가 대답했다. "편력 기사의 생애란 허구한 날 많은 위험과 불행에 부대끼기도 하지만, 동시에 또 왕이나 황제가 되는 길도 언제나 열려 있다네. 나도 이야기책들을 읽어서 잘 알고 있는 일이지만, 그런 일이 수두룩하다는 것이야 많은 기사들이 증명하고 있는 바일세. 내가 아프지만 않다면 순전히 용감한 무술 하나로 지금 이야기한 그런 높은 자리에 오른 기사들을 몇몇 소개하겠네만, 어쨌거나 그런 기사들도 높아지기 전이나 높아진 후에도 갖은 고난과 불행을 겪었지. 가울라의 아마디스도 한때는 불구대천의 원수 아르칼라우스라는 마법사에게 붙잡혔다네. 마법사가 그를 안마당 기둥에다 꽁꽁 묶어놓고 제 말고삐로 2백 대도 넘게 매질을 했다는 것은 세상이 다 아는 일이 아닌가. 또 익명의 작가는, 별로 믿을 만한 위인은 못 되지만, 이렇게 이야기했다네. 즉 그 유명한 '페보의 기사'도 계략에 빠져서 어느 성안에 갇혔는데, 갑자기 발밑이 푹 꺼지더니 지하 수십 척이나 되는 깊은 바닥으로 떨어져 손발이 묶여 있었고, 거기에 약이랍시고 눈 녹은 물과 모래가 부어져 하마터면 죽을 뻔했다네. 바로 그 순간에 그와 아주 친한 마법사 친구가 구해주지 않았던들 가엾은 기사는 아주 큰일이 나고 말았을 거야. 사실은 나도 그런 훌륭한 기사들 틈에 끼는 셈이지만, 그들이 당한 곤욕은 우리가 지금 당하고 있는 것보다 훨씬 더했지. 그러니까 산초, 이걸 알란 말일세. 우연히 손에 잡고 있던 물건으로 얻어맞은 것은 불명예가 안 된다네. 그건 수치가 안 되거든. 결투의 법칙에도 그대로 적혀 있는 말이라네. 이를테면 구두 수선공이 들고 있던 구두 골을 가지고 사람을 때렸을 경우, 물론 그것이 나뭇조각이긴 하지만 그렇다고 해서 맞은 사람이 몽둥이로 맞았다고는 할 수 없지 않은가? 내가 이런 소릴 하는 까닭은, 오늘 싸움판에서 우리가 얻어맞았다고 해서 수치스레 생각하지 말라는 걸세. 자, 보게나, 그들이 우리를 두들긴 무기란 게 작대기에 지나지 않고, 내 기억에는 한 놈도 칼이나 단도를 가진 녀석이 없었으니까 말일세."

"저야 그런 것까지 볼 경황이 없었지요." 산초가 대답했다. "티소나[164]에다 손을 댈까 말까 하던 바로 그때, 어느새 몽둥이가 어깨를 내리치는 바람에 눈앞이 캄캄해지고 다리는 후들후들 떨리면서 바로 이 자리에 거꾸러지고 말았는걸요. 뭐, 이 판국에 당한 몽둥이찜질이 수치냐 아니냐 하는 건 문제가 아니고, 그저 얻어터진 데가 아플 뿐이에요. 아마 그건 어깨에 난 상처와 함께 제 마음속에 깊이 남아 있을 거예요."

"글쎄 그렇긴 하지만, 자네가 알아야 하네, 판사 형제." 돈키호테가 되받아 말했다. "아무리 그래도 시간이 지나면 사라지지 않는 기억이 없고, 죽으면 없어지지 않는 고통이란 없다네."

"하지만 말이죠, 그게 사라질 때까지 기다리는 것과, 죽음이 그걸 없애주길 바라는 것보다 더한 불행이 또 어디 있겠습니까요?" 판사가 되받아 말했다. "우리네 이 꼴이 무슨 고약 두어 장으로 나을 수 있는 거라면 또 몰라도, 한 병원의 고약을 몽땅 털어서 붙인다 하더라도 도저히 그전 같을 수는 없겠으니 말입니다요."

"자, 이제 그런 소린 그쯤 해두고, 다친 몸일지라도 힘을 내야지, 산초." 돈키호테가 되받아 말했다. "나도 그렇게 해볼 테니, 우선 불쌍한 로시난테가 어찌 됐는지 좀 봐주게. 딱하게도 내 생각엔 오늘 봉변에 톡톡히 한몫을 본 놈이니까 말이네."

"그게 이상할 게 있습니까요." 산초가 대답했다. "그놈도 딴은

---

164 엘 시드의 검 중 하나의 이름이다.

편력 기사 격이니까요. 신기한 건 제 당나귀 놈이 무사한 것입죠. 우리는 모두 뼈마디가 무너질 지경인데도 말이에요.”

“운명이란 언제나 막다른 고비에도 문 한쪽을 열어놓고 살 구멍을 마련해주는 법이거든.” 돈키호테가 말했다. “이 말을 왜 하는고 하니, 그 오종종한 놈이 이젠 로시난테 대신 한몫을 하겠기에 하는 말일세. 그렇지, 여기서부터 그놈을 타고 어느 성으로 들어가서 내 상처를 치료받아야지. 더군다나 내가 그 당나귀를 탄다고 해서 조금이라도 체면이 깎인다고 생각지는 않네. 내가 분명 어디서 읽고 알거니와, 저 쾌활한 웃음의 신[165]의 스승이며 양육 교사였던 저 늙고 호탕한 실레노스도 아주 멋진 당나귀를 타고 백 개의 문이 달린 도시[166]로 들어갔으니까.”

“나리 말씀대로 그가 당나귀를 타고 간 건 틀림없는 사실일지 모르지만,” 산초가 대답했다. “의젓하게 타고 가는 것하고 거름통처럼 업혀서 가는 것하고는 전혀 다르죠.”

이 말에 돈키호테가 대답했다.

“전투에서 입은 상처란 오히려 자랑스럽지 부끄러운 것은 아니거든. 그러니까 여보게, 판사 친구, 말대답은 그만하고 방금도 일렀지만 어서 썩 몸을 일으켜나 보게. 그리고 자네 당나귀 등에다가 나를 좀 흉하지 않게 올려주게. 밤이 들어 이런 인적이 드문 곳에서

---

165 el dios de la risa. 로마신화에 나오는 술의 신 바쿠스Bacchus를 말한다. 그리스신화에서는 디오니소스Dionisos에 해당한다.

166 la ciudad de las cien puertas. 백 개의 문이 달린 도시는 이집트의 테바스Tebas를 말하는데, 바쿠스의 스승인 실레노스Sileno는 이집트의 테바스에 들어간 것이 아니고 보에치아Boecia의 테바스에 들어갔다.

강도라도 만나기 전에 어서 여길 떠나야 할 게 아닌가."

"하지만 저는 나리께서 말씀하신 것을 들었는걸요." 판사가 말했다. "편력 기사란 한 해 이상을 인적이 끊긴 벌판에서 자는 게 일쑤고, 또 그게 큰 행복이라 했잖아요."

"그것은 말일세," 돈키호테가 말했다. "어쩔 수 없을 때 아니면 사랑에 가슴을 태울 때 말이지. 하기야 어떤 기사는 두 해씩이나 바위 위에 앉아, 해가 뜨건 지건 비바람을 피하지 않고 기다려도 그의 아가씨는 알지도 못하는 수가 있었지. 아마디스도 그중 하나였네. 그는 벨테네브로스라는 이름으로 포브레 바위에 앉았기를 무려 8년이든가 8개월이든가, 자세히는 계산해보지 않았지만 아무튼 보냈다지. 어쨌든 그가 오리아나 부인에게 무언가 노염을 사서 그 죄를 씻느라고 그런 고행을 한 걸세. 그러나저러나 이런 소릴랑 걷어치우고 산초, 로시난테가 당한 봉변을 당나귀가 또 당하기 전에 어서 가기나 하세."

"당나귀마저 그랬다가는 그건 정말 악마의 장난이죠!" 산초가 말했다.

그러고는 아이고 아이고를 서른 번, 한숨을 예순 번 쉬고나서 자기를 요 모양 요 꼴로 만든 놈에게 백스무 번 욕지거리를 퍼부은 뒤에 일어서기는 했으나, 몸을 꼿꼿하게 가눌 수 없어 터키의 활처럼 허리가 구부러져 있었다. 그러나 산초는 그런 불편을 무릅쓰고 이날따라 제법 한가하게 자유를 누리던 당나귀에다 안장을 지웠다. 그리고 이어 로시난테를 잡아 일으켰다. 로시난테는 역시 투덜거릴 혀가 있었던들 결코 산초나 제 주인에게 지지 않았을 것이다.

아무튼 산초는 돈키호테를 당나귀 등에 올려놓고 로시난테를 당나귀 꼬리에 붙들어 맨 다음, 당나귀의 고삐를 잡고 큰길이 있을 성싶은 방향으로 걸음을 옮겼다. 그러자 운이 트이느라고 10리도 채 못 가서 한길로 들어서게 되었는데, 그 길가에는 객줏집이 하나 있었다. 그런데 딱하게도 그것이 또 돈키호테에게는 성같이 보이는 것이었다. 산초는 객줏집이라고 우기고, 주인은 객줏집이 아니라 성이 틀림없다고 했다. 이러니저러니 말다툼이 쉴 새 없이 계속되는 동안 어느덧 그들은 객줏집 앞에 당도했다. 산초는 당나귀와 말을 끌고 서슴없이 그 안으로 쑥 들어갔다.

제16장

재치 넘치는 시골 양반이 성이라고 생각한
객줏집에서 일어난 일에 대해

돈키호테가 당나귀 등에 업혀 온 것을 본 객줏집 주인은 산초에게 어찌 된 영문이냐고 물었다. 산초가 별일은 없고 바위에서 떨어져 갈비뼈를 좀 다쳤을 뿐이라고 대답했다. 객줏집 주인에게는 이런 장사를 하는 사람치고는 어울리지 않는 아내가 있었는데, 그녀는 원래 마음이 어질고 착해서 남의 불행에 동정을 금치 못하는 사람이었다. 그런 만큼 지체 없이 쫓아 나와서 돈키호테를 돌보아주었을 뿐만 아니라, 솜씨가 능란한 딸을 시켜서 손님을 잘 돌보게 했다. 이 객줏집에는 또 아스투리아스에서 온 하녀가 하나 있었다. 펑퍼짐한 얼굴에 뒤통수가 납작하고, 안장코에 한 눈은 찌그러졌으며 다른 한 눈마저 바로 박히지 못한 여자였다. 그러나 훤칠한 몸매만은 나머지 흠집을 제법 메울 만했다. 발부터 머리까지 다섯 자 다섯 치를 훨씬 넘는지라, 구부정하게 굽은 탓으로 땅바닥을 내려다보는 형상이었다. 이 기막히게 생긴 여자가 주인 따님을 도와서 둘이 함께 돈키호테가 누울 아주 형편없는 방을 마련해주었는데, 그곳은 몇 해를 두고 말꼴을 쌓아두던 헛간이었다. 그 헛간에는 벌써부터 묵고 있던 말꾼도 한 사람 있었다. 그는 우리의 돈키호테보다 훨씬 안쪽에다 잠자리를 잡고 있었다. 그 잠자리는 비록 당나귀의 안장과 담요 한 장으로 마련된 것에 불과했지만, 그래도 돈키호테의 그것보다는 나은 편이었다. 돈키호테의 침대라는 것은 아무렇게나 생긴 두 개의 걸상 위에다가 대패 맛을 보지 못한 판자 넷을 걸쳐놓은 것이었고, 요랍시고 깐 것은 홑이불처럼 얇은 데다 군데군데 뚫린 구멍에서 덩어리진 양털이 삐죽삐죽 튀어나와 있고 돌덩이같이 딱딱한 것이었으며, 방패 만드는 데 쓰이는 가죽으로 된 깔개가 두 장, 그리고 담요라야 올 하나하나를 셀 수 있을 정도로 닳아빠진 것이었다.

이렇게 꼴사나운 침대에 돈키호테가 누워 있으려니까 객줏집 안주인과 딸이 전신에 고약을 발라주었고, 아스투리아스에서 온 하녀 마리토르네스는 곁에서 등불을 비춰주고 있었다. 고약을 바르다가 객줏집 안주인이 돈키호테의 온 몸뚱어리에 푸릇푸릇 멍이 들어 있는 것을 보고는, 낙상이 아니라 얻어맞아서 생긴 타박상 같다고 말했다.

"타박상이 아닙니다요." 산초가 말했다. "바위 모서리가 워낙 뾰족뾰족 날카로워서 온통 그 자국이 났지 뭡니까요."

그러고는 또 안주인에게 말했다.

"저 마님, 약솜을 다 없애지 마십쇼. 쓸 사람이 또 있답니다요. 저 역시 등골이 좀 결리는걸요."

"그럼," 안주인이 대답했다. "당신도 낙상을 하셨군요."

"낙상은 아니라도," 산초 판사가 말했다. "제 주인께서 낙상하

시는 걸 보고 어찌나 놀랐던지, 멍이 들도록 얻어맞은 것처럼 온 삭
신이 쑤시고 아프군요."

"그럴 수도 있겠죠." 딸이 대꾸했다. "나도 여러 번 탑에서 떨어
지는 꿈을 꾸었는데, 아무리 바둥거려도 발이 땅에 닿지 않다가 깜
짝 놀라서 깨보니까, 글쎄 생시에 떨어진 것같이 몸이 부서지듯 몹
시 들쑤시지 않겠어요."

"맞아요, 맞아, 아가씨." 산초 판사가 대답했다. "하지만 아가씨, 나는 아무런 꿈도 꾸지 않았고 지금보다 더 말똥말똥했는데, 제 주인 돈키호테 나리보다 더 멍이 많이 들었습니다그려."

"이 기사님의 성함은 어떻게 됩니까요?" 아스투리아스 출신 하녀인 마리토르네스가 물었다.

"라만차의 돈키호테이십니다요." 산초 판사가 대답했다. "모험의 기사로 옛날부터 오늘에 이르기까지 이 세상에서 가장 훌륭하시고 가장 힘이 세신 분입니다요."

"모험의 기사가 뭐예요?" 하녀가 되받아 말했다.

"아니, 세상에 원, 이럴 수가 있습니까요. 아직 그것도 모르다니." 산초 판사가 대답했다. "그럼 자, 아가씨, 알아두세요. 모험의 기사란 단 두 마디로 말하자면 몽둥이찜질을 당하는 자, 또는 황제가 되는 자라는 거요. 즉 오늘은 이 세상에서 가장 불행하고 형편없는 사람이지만, 내일이면 왕관을 두세 개나 차지하고 그것을 자기 종자에게 주는 사람이라오."

"그럼 그렇게 거룩하신 분을 모시고 있다는 당신은," 안주인이 말했다. "어째서 백작 한자리도 못 얻어 가졌소?"

"아직 때가 안 됐기 때문이지요." 산초가 대답했다. "모험을 찾아다닌 지 이제 겨우 한 달, 그나마도 모험다운 모험은 여태 한 번도 없었으니까요. 개똥도 약에 쓰려면 없다고 하지 않습니까요. 사실 말이지, 제 주인이신 돈키호테께서 이 타박상, 아니 낙상이 낫고 나도 병신만 면한다면야 에스파냐에서 제일가는 작위하고도 바꾸지 않을 겁니다요."

돈키호테는 귀를 기울여 한마디도 빼놓지 않고 죄다 듣고 있었다. 그는 침대에서 간신히 일어나 앉은 채로 안주인의 손을 잡으면서 말했다.

"아름다우신 부인, 제 말을 믿어주시옵소서. 당신의 성안에 이 몸을 용납해주셨으니, 이로 말미암아 부인은 축복받으신 분이라 할 수 있사옵니다. 저는 제 자신을 칭찬하지는 않습니다. 자신을 칭찬한다는 건 웃기는 일이죠. 하지만 제가 어떤 인물인지는 본인의 종자가 부인에게 설명해드릴 것이옵니다. 다만 한 가지 부인께 드릴 말씀은, 이렇게 각별하신 후대에 대해서는 목숨이 붙어 있는 한 감사드리고 본인의 기억에 깊이 명심해두리라는 것이옵니다. 바라옵건대 하늘은 본인으로 하여금 사랑의 법칙에 노예가 되지 말게 하시고, 얄밉도록 어여쁜 따님의 자유를 속박하지 않게 해주소서."

안주인과 그녀의 딸과 마리토르네스는 편력 기사의 말을 듣고 어리둥절했다. 그리스 말 비슷한 소리를 듣는 것 같았기 때문이다. 그 소리가 모두 공대하는 말이고 상냥스런 말인 줄은 짐작했으나, 그런 말투는 여태 들어보지 못했기 때문에 얼굴만 쳐다보면서 감탄할 따름이었다. 그럴수록 지금까지 보아오던 사람들과는 아주 다른 데가 있는 것 같았다. 그들은 그들대로 객줏집에서 쓰는 말투로 공손하게 답례를 하고는 그의 곁을 떠났는데, 아스투리아스에서 온 마리토르네스만은 산초의 뒷바라지를 했다. 주인 못지않게 그에게도 치료가 필요했기 때문이다.

그런데 말꾼은 이 하녀와 함께 그날 밤을 지내기로 약속이 되어 있었다. 그날 밤 손님들과 주인 식구들이 잠들고나면 살짝 들어와서 무엇이든지 원하는 대로 들어주겠다는 말을 하녀가 해두었던 것이다. 더군다나 친절하기도 한 이 하녀는 덧붙이기를, 자기는 설사 산속에서 증인 하나 없이 이런 약속을 했어도 그것을 어겨본 적이 한 번도 없다는 말까지 했었다. 그것은 그녀의 말을 빌리자면 양갓집의 후손이라서 그렇고, 객줏집에서 이런 시중을 드는 일이 부끄럽지 않은 것도 불우한 환경 때문에 이런 몸으로 이 지경이 되었으니 어쩔 수 없는 노릇이라고 했다.

돈키호테의 딱딱하고 좁고 볼품없고 삐걱거리는 침대는 별이 바라다보이는 마구간 한가운데쯤 있었다. 바로 그 곁에 산초의 침대가 있었는데, 골풀 돗자리 한 장에 양털이 아닌 삼으로 짠 담요 한 장이 전부였다. 이 침대 둘이 있는 건너편에 말꾼의 침대가 있었는데, 앞서도 말한 바와 같이 노새 두 필의 안장과 마구로 꾸민 것이었다. 두 필이란 그가 끌고 온 미끈하고 토실토실하고 근사한 열두 필 중에서도 제일 나은 것이었다. 이 이야기의 작가가 하는 말에 의하면 그는 아레발로에서도 가장 돈이 많은 말꾼 중 한 사람이었던 까닭인데, 역사가가 무엇 때문에 이 말꾼을 들어서 그토록 자상하게 말하느냐 하면, 서로 잘 아는 사이인 데다가 아마도 건건찝찔하게 걸리는 먼 친척 같았던 모양이다.[167] 도대체 시데 아메테 베넹헬리는 무엇이든 알고 싶어 하는 꼼꼼한 역사가여서, 위에 말한 것만 보더라도 그는 아주 자질구레한 사실도 그냥 지나치지 않는 성미임을 잘 알 수 있다. 이것이야말로 듬직한 역사가들이 모범으로 삼아야 할 점으로서, 그들이 이 사건을 다루는 솜씨는 지나치게 간결해서 태만이나 악의나 혹은 무식 때문인지 작품의 핵심은 잉크

---

167 무어인들 사이에서 말꾼이라는 직업이 일반적임을 암시하고 있다.

병 속에 남아 있을 뿐 우리는 그 맛을 알 수 없다. 그런 점에서《리카몬테의 원탁의 기사》[168]의 작가라든지, 토미야스 백작[169]의 행적을 서술한 책의 작가는 그 전편에 흐르는 정확함으로 보아 천만번 기릴 만하다고 하겠다.

이야기로 되돌아가서 그 말꾼은 짐승들을 한번 휘둘러보고 두 번째로 말먹이를 준 다음, 안장 잠자리 위에 누워서 그 절대로 약속을 어기지 않겠다고 한 마리토르네스를 기다리기에 여념이 없었다. 고약을 바른 산초도 진작 자리에 눕기는 했으나, 아무리 잠을 청해도 갈빗대가 결려서 좀처럼 잠이 오지 않았다. 돈키호테 역시 똑같은 통증 때문에 토끼처럼 눈만 말똥거리고 있었다. 객줏집은 괴괴하고, 불빛이라곤 마방 들머리에 켜놓은 등불뿐이었다.

무섭기까지 한 이 괴괴함과, 우리의 기사에게 그 불행의 실마리가 되어준 책 여기저기서 읽은 별의별 사건들의 회상은 문득 그에게 다시 기상천외한 망상을 일으키게 했다. 전에도 말했거니와 그가 머무는 객줏집이면 모두 성으로 보이기 마련이었기 때문에, 그는 지금 자기가 유명한 어느 성안에 들어와 있으며 이 객줏집 주인의 딸은 다름 아닌 성주의 딸이라고 믿고 있었다. 그래서 그 아가씨가 자기의 기품에 홀딱 반해서 그 부모도 모르게 이 밤에 사랑을 속삭일 약속을 하러 오겠거니 하고 혼자 망상을 하는 것이었다.

---

168 작가 미상의 *La crónica de los nobles caballeros Tablante de Ricamonte*. 프랑스 작품을 번역해 1513년 톨레도에서 출판되었다.

169 1498년 세비야에서 출판된《예루살렘의 왕이자 콘스탄티노플의 황제인 엔리케 피 데 도냐 올리바의 이야기*Historia de Enrique fi de doña Oliva, rey de Jerusalén y Emperador de Constantinopla*》의 주인공 중 한 사람.

이처럼 엉뚱한 망상을 그는 오히려 틀림없는 사실처럼 믿었고, 심지어 자기의 성실한 마음이 꼭 아슬아슬한 위기에 처하게 되리라는 생각에 고민부터 하기 시작했다. 그리하여 설령 히네브라 왕비가 그녀의 시녀 킨타뇨나를 거느리고 나타난다고 해도, 그의 마음의 연인 엘 토보소의 둘시네아 아가씨에 대한 마음만은 절대로 변하지 않겠다고 다짐했다.

　　이런 당치도 않은 생각을 하고 있을 때, 아스투리아스 출신 하녀가 나타날 시각, 돈키호테에겐 상서롭지 못한 시각이 다가왔다. 그녀는 속옷 바람에 맨발인 채 무명 수건으로 머리를 싸매고 살금살금 세 사람이 자고 있는 방으로 말꾼을 찾아왔다. 그녀가 문간으로 발을 들여놓기가 무섭게 돈키호테가 낌새를 채고는, 고약이고 결리는 갈빗대고 상관할 것 없이 자리에서 벌떡 일어나 앉아 팔을 쩍 벌리며 예쁜 아가씨를 맞아들이는 시늉을 했다. 아스투리아스 여인은 몸을 움츠리고 숨을 죽인 채 애인을 찾아 손을 앞으로 저으며 가다가 돈키호테의 팔을 스치게 되었다. 기사는 여자의 손목을 꽉 잡고 바싹 잡아당겨서 말 한마디 할 틈도 주지 않고 침대 위에 앉혔다. 그러고는 그녀의 잠옷을 쓰다듬어보았다. 그것은 껄껄한 삼베로 짠 형편없는 것이었는데도 돈키호테에게는 곱고 가는 명주만 같았다. 여자의 팔에 찬 유리 팔찌도 그에게는 눈이 부실 듯한 동방의 값진 진주처럼 느껴졌고, 흡사 말갈기 같은 그녀의 머리카락도 햇빛마저 무색할 아라비아의 찬란한 금실처럼 느껴졌다. 그리고 틀림없이 그 전날 저녁에 먹은 쉬어빠진 나물 냄새가 날 그녀의 입김도 기사에게는 그윽한 향기처럼 느껴졌다. 요컨대 돈키호테는 책에서 읽은 그대로 사랑에 눈이 먼 한 공주님이 지금 말한 몸치장을 하고 부상당한 기사를 만나러 오는 장면을 머릿속에 그리고 있었다. 가엾은 기사의 눈이 이토록 어두워진 탓으로 말꾼이 아니면 메스꺼워 못 견딜 여자의 감촉과 입김, 그리고 그 밖의 것들이 싫지 않았음은 물론이고, 그는 도리어 미의 여신을 품속에 안고 있다고 생각했던 것이다. 이리하여 그는 여자를 껴안고 사랑에 겨운 나지막한 목소리로 말문을 열었다.

"어여쁘시고 존귀하신 부인이여, 더할 수 없이 고우신 모습을 소인에게 보여주신 이렇듯 크신 은혜를 무엇으로 보답하오리까. 뜻은 비록 간절하오나, 착한 이를 괴롭히기에 여념이 없는 운명의 신이 소인을 이 모양으로 침대에 눕혀놓았나이다. 만신창이가 된 이 몸이 비록 마음은 있어도 그대의 요구에 따를 길이 없사옵니다. 설상가상으로 이보다 더 괴로운 것은, 가슴속 깊이 간직해온 오직 하나인 아가씨 엘 토보소의 둘시네아 님께 서약한 것이 바로 그것이옵니다. 그것만 아니라면 불초 기사가 제아무리 우둔하기로 부인께서 내려주시려는 이 절호의 기회를 놓칠 리가 있겠습니까."

돈키호테가 옴짝달싹하지 못하게 붙들고 있는지라, 마리토르네스는 답답해서 땀을 뻘뻘 흘렸다. 그녀는 그의 속삭이는 말을 알아들을 수 없을 뿐만 아니라 또 알아들으려고도 하지 않고 말 한마디 없이 그저 몸만 빼치려고 애쓰고 있었다. 저주받을 욕정 때문에 잠을 이루지 못하던 능청맞은 말꾼은, 조금 전 그녀가 들어설 때부터 솔깃해 있다가 돈키호테가 하는 수작을 빠짐없이 듣고 있었다. 그는 엉뚱한 놈 때문에 아스투리아스 여자가 자기와의 약속을 깨뜨린 것이라는 생각에 이르자, 더 견디지 못하고 돈키호테의 침대로 기어들었다. 그리고 숨을 죽인 채 가만히 있으면서 대체 영문을 알 수 없는 웅변의 결과가 장차 어찌 될지 하회만 기다렸다. 그러던 참에 여자는 놓여나려고 몸부림을 치는 한편 돈키호테는 놓치지 않으려고 무진 애를 쓰는 품이 계집을 능욕하려는 것만 같아서, 한 팔을 번쩍 들어서 사랑을 속삭이는 기사의 말라빠진 볼을 쥐어박았다. 어찌나 세게 쥐어박았던지 기사의 입은 그만 피투성이가 되고 말았다. 그래도 성에 차지 않은 그는 기사의 앞가슴을 딛고 올라가서 머리부터 발끝까지를 함부로 들입다 밟아댔다.

본래가 약한 데다 밑받침이 허술한 침대는 말꾼의 몸집을 견디지 못하고 그만 요란한 소리를 내면서 주저앉고 말았다. 이 바람에 객줏집 주인이 놀라 잠을 깼다. 그는 마리토르네스 때문에 일어난 소동이겠거니 하고 소리쳐 그녀를 불렀으나 대답이 없었다. 대체 무슨 일인가 하고 곧 일어나서 촛불을 켜 들고 소리가 난 쪽으로 갔다. 하녀는 평소 주인의 무서운 성미를 잘 아는지라, 그가 오는 것을 보고는 오들오들 떨며 어쩔 줄을 모르다가, 아직도 쿨쿨 자고 있는 산초 판사의 침대로 뛰어 들어가서 한 덩어리가 되어 달라붙었다. 객줏집 주인이 헛간 안으로 썩 들어서며 말했다.

"어디 있느냐, 이 화냥년! 이게 모두 네년이 저지른 짓이로구나."

이 소동에 산초가 눈을 떴다. 그는 무슨 짐짝이 몸을 누르는 것만 같아, 이크 이게 바로 악몽이라는 것이로구나 하고 되는 대로 주먹을 휘둘렀다. 이 바람에 여러 대를 얻어맞은 마리토르네스는 아픈 김에 덮어놓고 얻어맞은 만큼 그를 두들겨주었다. 그제야 산초도 잠이 완전히 깨어, 상대가 누군지는 모르나 자신이 얻어맞은 것만은 확실한지라 후닥닥 일어나서 마리토르네스와 드잡이를 했다. 이리하여 두 사람 사이에는 세상에 둘도 없이 치열하고 가관인 싸

움판이 벌어졌다.

　객줏집 주인이 들고 있는 촛불 빛으로 자기 색시가 곤욕을 당
하는 것을 보게 된 말꾼은, 그녀를 구하기 위해 돈키호테를 제쳐두
고 그에게로 내달았다. 이때 객줏집 주인도 덩달아 내달렸으나 생
각은 딴 데 있었다. 이런 법석을 일으킨 장본인은 틀림없이 마리토
르네스인 만큼 실컷 두들겨 패주기 위해서였다. 속담에 고양이는
쥐를, 쥐는 밧줄을, 밧줄은 몽둥이를 쫓는다는 말대로 말꾼은 산초
를, 산초는 여자를, 여자는 산초를, 주인은 여자를, 이렇게 넷이서

서로 치고받는데, 어찌나 격렬한지 모두 숨 쉴 겨를조차 없었다. 게다가 일이 잘되느라고 객줏집 주인의 촛불마저 탁 꺼지고나니 지척을 분간할 수 없는지라, 그저 사정없이 닥치는 대로 주먹질을 하는 바람에 손에 잡히는 것이면 무엇이거나 온전한 것이 없었다.

때마침 그날 밤은 톨레도의 산타 에르만다드 비에하라 불리는, 오래된 성스러운 형제단의 자경단장이 같은 객줏집에 묵고 있었다. 그는 우지끈 퉁탕 하는 소리를 듣고는, 곤봉과 신분증이 든 양철 곽을 들고 더듬더듬 방 안으로 들어가면서 소리를 질렀다.

"꼼짝 마라, 자경단장이다! 꼼짝 마라, 산타 에르만다드다!" 그리고 자경단장이 제일 먼저 부딪친 것이 돈키호테였는데, 그는 얻어맞아 정신을 잃고 침대 위에 쓰러져 있었다. 자경단장은 그의 턱수염을 더듬어 쥐고는 다시 고함을 질렀다.

"자경단장입니다. 제발 협조해주세요."

그러나 자경단장은 자기가 붙들고 있는 사나이가 꼼짝달싹도 하지 않는 것을 보고는, 이놈은 죽었고 이 안에 있는 놈들은 모두 살인범임에 틀림없다고 생각해 더욱 크게 목청을 높여 말했다.

"객줏집 대문을 닫고, 아무도 나가지 못하게 하라. 여기 한 사람이 죽었다!"

이 소리에 모두 깜짝 놀라 싸움을 뚝 그쳤다. 객줏집 주인은 자기 방으로, 말꾼은 안장 잠자리로, 여자는 제 골방으로 뿔뿔이 헤어져 갔다. 자리를 옮기지 못한 것은 애꿎은 돈키호테와 산초뿐이었다. 자경단장은 돈키호테의 턱수염을 놓아주고 범인들을 체포하기 위해 등불을 가지러 나갔다. 그러나 그것이 있을 리 없었다. 객줏집 주인이 자기 방으로 돌아가면서 일부러 불부터 끄고 갔기 때문이다. 하는 수 없이 자경단장은 부엌으로 들어가서 한참 만에야 겨우 한 자루 촛불을 켤 수 있었다.

• 제17장 •

용감한 돈키호테가 성인 줄 잘못 알았던 객줏집에서
그의 착한 종자 산초 판사와 함께 당한
수많은 봉변에 대해

바로 그때 돈키호테는 정신이 돌아왔다. 그는 얼마 전 산속에서 뭇매를 맞고 누워 있던 그때 그 소리로 종자를 부르기 시작했다.

"여보게, 산초 친구, 아직 자는가? 아직도 자고 있어, 산초 친구?"

"젠장맞을, 자다니요," 산초가 대답했다. "오늘 밤은 악마들이 온통 몰려든 것 같은데 어떻게 잘 수 있겠어요?"

"그래, 그런 것 같아." 돈키호테가 말했다. "내가 몰라서 그런지, 아니면 이 성이 마법의 성이라서 그런지 아무튼 알아둘 일이 있어. 하지만 내가 지금 자네한테 일러주려는 것에 대해서는 내가 죽은 뒤에도 절대 비밀을 지키겠다고 맹세하겠나?"

"암요, 맹세하고말고요." 산초가 대답했다.

"왜 맹세를 하라는고 하니," 돈키호테가 되받아 말했다. "나는 누구든지 그 사람의 체면을 깎기 싫어하는 성미라서 그런다네."

"글쎄, 맹세한다니까요." 산초가 다시 말했다. "나리께서 돌아가시는 날까지 입 밖에 내지 않겠습니다요. 하긴 하느님께서 내일

235

이라도 누설하게 만드실지는 모르지만 말입니다요."

"산초, 자네가 그렇게도 고약한 사람이던가?" 돈키호테가 대답했다. "내가 급살을 맞는 것이 그렇게도 보고 싶은가?"

"아니, 그런 말씀이 아니라요," 산초가 대답했다. "저는 물건을 너무 놔두는 성미가 아니라서 그렇습니다요. 오래 두었다가 썩는 꼬락서니는 차마 못 볼 일이니까요."

"뭐 어쨌건 상관없네." 돈키호테가 말했다. "자네의 충성심과 예의범절을 내가 믿으니까. 그런데 내가 일러두고 싶다는 건 다름 아니라, 바로 오늘 밤 나한테는 아주 멋들어진 모험이 하나 생겼더란 말이네. 거두절미하고 이야기한다면, 알겠나, 바로 조금 전에 이 성 주인의 따님이 나한테 오셨더란 말이야. 온 천하를 다 뒤져 얻어 보려야 볼 수 없는 꽃처럼 아름다운 그 아가씨가 말일세. 그녀의 몸 치장한 모습이라든지 그 민첩한 지혜를 무어라고 말해야 옳단 말인가? 다만 내 사모하는 엘 토보소의 둘시네아 아가씨와의 신의 때문에 그저 덮어두고 말을 하지 않겠네만, 그래도 단 한 가지만은 이야기할 수 있네. 그건 다름 아니라 행운이 내 손에 쥐여준 것을 하늘이 투기함이었는지, 아니면 지금 말한 대로 이 성안에 무슨 마법이 일어나서 그랬는지, 그렇지, 그게 분명할 게야, 내가 막 그 아가씨와 꿀같이 달콤한 사랑을 속삭이려 하던 바로 그 찰나에 어디서 왔는지, 보지도 알지도 못하겠지만 웬 집채만 한 거인의 팔에 달렸던 주먹이 썩 나타나더니 그만 내 턱을 후려갈겼다네. 그 바람에 나는 온통 피투성이가 되었고, 자네도 알다시피 로시난테가 바람을 피워서 갈리시아 놈들에게 두들겨 맞았던 때보다 더 형편없이 되고 말았네그려. 그래서 그 아가씨의 둘도 없는 아름다움은 어떤 마

236

법에 걸린 무어 놈이 채어 간 것 같고, 내 차지는 아닌 성싶네."

"내 차지도 물론 아니죠." 산초가 대답했다. "나는 4백 명도 더 되는 무어 놈들한테 뭇매를 맞았는데, 말꾼들에게 얻어맞은 건 아주 약과예요. 하여튼 나리의 말씀이나 들어봅시다요. 그래, 요 모양 요 꼴로 망신을 당하고도 말끝마다 아주 훌륭한 모험이니 희귀한 모험이니 하시니, 대관절 어쩌자는 겁니까요. 나리로 말씀드리자면 그래도 나쁜 편은 아니죠. 아까 말씀대로 천하의 미인을 두 팔로 안아볼 수나 있었으니까요. 하지만 이놈은 평생을 두고도 그럴 수가 없는 뭇매질을 당한 것밖에 또 뭐가 있습니까요. 불쌍한 건 이놈뿐이고, 이놈을 낳아주신 어머니뿐이죠. 원래가 편력 기사도 아니고 그럴 생각조차 없는 주제에, 갖은 망신은 혼자만 당하는 신세가 됐으니 말입니다요!"

"그렇다면 자네까지 뭇매를 맞았단 말인가?" 돈키호테가 물었다.

"아, 글쎄, 그랬다고 말씀드렸잖아요? 이놈만 죽으란 팔자지 뭡니까요?" 산초가 말했다.

"여보게, 친구, 그만 슬퍼하게." 돈키호테가 말했다. "내 이제 당장 희한한 발삼을 만들어서, 눈 깜짝할 사이에 둘이 다 낫게 할 테니까."

이때 마침 자경단장이 등불을 겨우 밝혀 들고 죽은 줄로만 알았던 사람을 보려고 들어섰다. 산초는 들어오는 사나이가 거의 벌거숭이로 머리를 질끈 동여매고, 손에 등불을 들고, 얼굴이 매우 험상궂은 것을 보고는 자기 주인에게 물었다.

"나리, 혹시 이놈이 마법에 걸린 그 무어 놈 아닐까요? 뭔가 미진한 게 있어서 다시 우리를 골리려고 온 게 아닌지요?"

"무어 놈일 리는 없지." 돈키호테가 대답했다. "마법에 걸린 놈
은 아무한테도 보이지 않는 법이거든."

"글쎄, 보이지 않는대도 만질 순 있겠죠." 산초가 말했다. "아무
튼 내 등가죽을 좀 보기나 하세요."

"내 등을 먼저 좀 보라지." 돈키호테가 말했다. "하지만 이런 걸
가지고 저기 오는 자를 마법에 걸린 무어인이라고 하긴 어색하단
말일세."

자경단장이 들어와서 두 사람이 태연하게 귀엣말로 이야기하
는 소리를 듣자 기가 막혔다. 그도 그럴 것이 돈키호테는 진탕 두들
겨 맞은 몸에 잔뜩 고약을 바르고는 제대로 움직이지도 못하고 누
워 있었다. 자경단장은 가까이 가서 그에게 말을 건넸다.

"여보쇼, 그래 좀 어떻소?"

"내가 그대 같으면 좀 더 공손한 말을 쓰겠네만." 돈키호테가
대답했다. "그래, 이 지방에선 편력 기사에게 그따위 말투를 쓰는
게냐. 배운 데 없는 놈 같으니라고."

자경단장은 보잘것없는 위인에게서 이런 꼴을 당하는 것이 몹
시 분했다. 그는 기름이 가득한 등불을 번쩍 들어서 돈키호테의 머
리에다 내리쳤다. 돈키호테의 머리에는 금세 멋들어진 상처가 생겨
났다. 자경단장은 어둠을 틈타 슬그머니 나가버렸다. 그러자 산초
판사가 말했다.

"나리, 틀림없죠? 저놈이 바로 그 마법에 걸린 무어 놈이에요.
저놈이 다른 놈을 위해선 보배를 지켜주고, 우리에게는 주먹질을
하고 등불을 깨는 일을 맡았나봐요."

"그래, 그래." 돈키호테가 대답했다. "하지만 이런 마법 따위를 대수롭게 생각해서는 안 되지. 더군다나 이까짓 일로 성을 낸다든지 원한을 품는다든지 해서는 안 되네. 자, 산초, 웬만하면 일어나 보게. 일어나서 이 성의 성주에게 올리브기름과 포도주와 소금, 그리고 만년초를 좀 얻어 오게나. 백발백중 효험이 있는 발삼을 만들겠네. 그 발삼을 쓸 때는 바로 지금일세. 그놈의 유령이 박살을 내고 간 상처에서 이렇게 아직도 피가 흐르지 않는가."

뼈가 으스러지는 듯한 아픔을 참고 산초가 더듬더듬 객줏집 주인 있는 데로 가려 했을 때, 공교롭게도 일이 어찌 되었는가를 알아보려고 오던 자경단장과 마주쳤다. 그래서 산초가 말했다.

"뉘신지는 모르지만 만년초하고 올리브기름하고 소금, 그리고 포도주를 좀 주실 수 없겠소? 세상에서 제일가는 편력 기사 한 분을 치료해드려야만 하기 때문이오. 그분은 지금 이 객줏집에서 마법에 걸린 무어 놈에게 봉변을 당하시고 저기 침대에 누워 계시오."

이 말을 듣고 자경단장은 이 작자가 정신이 살짝 돌았구나 하고 생각했다. 그러는 동안에 벌써 날이 새기 시작하여, 객줏집 문을 활짝 열어젖히고 주인을 불러서 이 어리석은 친구의 청을 전달해 주었다. 객줏집 주인은 부탁한 물건을 모두 다 가지고 왔다. 그것을 산초가 돈키호테에게 갖다 바쳤다. 기사는 머리를 두 손으로 감싼 채 아까 받은 등잔 세례 때문에 신음하고 있었다. 그러나 실상은 혹이 두어 개 불쑥 솟았을 뿐 그리 대단한 상처가 아니었고, 또 그가 피인 줄 알았던 것도 큰 난리를 치르는 서슬에 혼이 나서 흘린 땀방울에 불과했다.

아무튼 약재료를 받아 든 돈키호테는 그걸 모두 한데 섞어서,

이만하면 됐다 싶을 때까지 상당히 오랫동안 고았다. 그런 뒤에 약을 담을 유리병을 찾았으나, 객줏집에는 그런 것이 없는지라 객줏집 주인이 공짜로 내주는 양철 깡통에다 넣기로 했다. 그는 깡통을 앞에다 놓기가 무섭게 그 위에다 대고 주님의 기도를 여든 번 이상, 그리고 아베마리아와 성모송과 사도신경을 각각 여든 번 이상 외면서, 한마디씩 할 때마다 강복이나 주는 것처럼 성호를 그었다. 이 엄숙한 예식을 구경한 것은 산초와 객줏집 주인, 그리고 자경단장이었다. 말꾼만은 언제 그런 일이 있었냐는 듯 천연덕스레 자기의 노새들을 돌보고 있었다.

예식이 다 끝나자 돈키호테는 신효하기 짝이 없을 것만 같은 영약을 어서 시험해보고 싶었다. 그래서 깡통에 가득 채워 넣고 솥에 남아 있던 반 아숨브레[170]쯤 되는 약을 마셔버렸다. 그리고 입을 떼자마자 배 속에 있던 것이 모두 밖으로 쏟아져 나와서 배 속에는 아무것도 남지 않게 되었다. 그러나 연거푸 치밀어 오르는 구역질 때문에 온몸에 진땀이 흥건히 흘렀다. 이불을 덮어달라거나 혼자 있게 내버려두라는 그의 말대로 해주었더니, 그는 세 시간을 푹 자고 나서야 깨어났다. 눈을 떴을 때는 제법 몸이 거뜬하고 얻어맞은 자리도 다 나은 듯싶었다. 그는 피에라브라스 발삼으로 씻은 듯이 나은 줄로만 알고, 이 약만 있으면 앞으로 어떠한 상처나 어떠한 결투나 어떠한 싸움을 막론하고 아무리 위험하다고 할지라도 무서울게 없으리라고 생각했다.

---

170 azumbre. 1아숨브레는 2.016리터.

산초 판사 역시 자기의 주인이 완쾌되는 것을 보고 기적이라 생각하며, 냄비에 남아 있는 것을 좀 달라고 했다. 냄비에는 적지 않은 분량이 아직도 남아 있었다. 돈키호테가 승낙하자 산초는 두 손으로 냄비를 덥석 쥐더니, 아무 거리낌 없이 그저 신이 나서 제 주인 못지않게 꿀꺽꿀꺽 들이켰다. 아마도 가엾은 산초의 위장은 제 주인의 위장보다 까다롭지 못했는지 토하지는 않았으나 속이 몹시 답답하고 메스꺼워 진땀이 흐르고 현기증이 났다. 그는 이제 야말로 꼭 죽는 것만 같았다. 몸은 아프고 마음은 슬퍼져서 그는 원수 놈의 발삼이니 발삼을 준 놈은 도둑놈이니 하고 마구 욕을 퍼부었다. 이 모양을 본 돈키호테가 그에게 말했다.

"산초, 내가 보기에 이 모든 고통은 자네가 기사가 되지 못해서 생긴 것 같네. 이 약이 원래 기사가 아닌 사람들에겐 아무런 효험이 없는 것이라네. 암, 그렇고말고."

"나리께서 그렇게도 잘 아시면서," 산초가 되받아 말했다. "그럼 왜 먹게 내버려두었어요? 아이고, 나만 팔자 사나운 놈이지!"

바로 이때 조금 전에 마셨던 것이 제 구실을 하느라고 가엾은 산초가 왈칵 게워놓으니, 금세 깔고 누웠던 거적이나 덮고 있던 삼 베 이불이 결딴나고 말았다. 식은땀이 연방 전신에 흐르고 오한이 심한 데다 이따금 까무러치기까지 하므로, 본인은 말할 것도 없고 보는 사람들조차 누구나 다 죽는 줄로만 알았다. 이런 죽을 고비를 두어 시간 동안이나 보낸 끝에, 그는 제 주인과는 딴판으로 아주 축 늘어져서 다시는 더 몸을 가눌 수조차 없게 되었다.

그러나 아까 말한 대로 돈키호테만은 원기가 회복되고 거뜬하게 나은 것 같아서, 어서 다시 모험을 찾으러 떠나고 싶었다. 이런 곳에서 머뭇거리고 있다는 것은 세상에 대해서나, 기사의 도움을 초조하게 기다리는 사람들에게 그만큼 죄를 짓는 것으로 생각했기 때문이다. 더욱이 자기가 가지고 있는 발삼에 대한 신뢰감은 그러한 그의 생각을 더욱더 굳게 해주었다. 그리하여 그는 사명감에 불탄 나머지, 자기 자신이 직접 로시난테의 안장을 꾸리고 종자의 탈것에도 안장을 얹었다. 그뿐 아니라 산초의 옷을 고쳐 입혀주고 그를 부축해서 당나귀 위에 올려 태웠다. 그러고는 훌쩍 말에 올라 객줏집 한 모퉁이로 가서 거기 있는 단창을 집어 들었다. 장창 대신으로 쓸 배짱인 것이었다.

객줏집에 있던 스무 명이 넘는 사람들 모두가 빠짐없이 그를 보고 있었다. 객줏집 주인의 딸도 역시 보고 있었다. 돈키호테는 그녀에게서 잠시도 눈을 떼지 못하고 이따금 한숨만 푹푹 쉬었다. 그 한숨은 오장육부의 밑바닥에서 내뿜어지는 것 같았는데, 사람들은 모두 옆구리가 아파서 신음하는 것으로 알았다. 간밤에 그가 고약을 바르던 것을 본 사람들만은 그렇게 생각할 만도 했다.

두 사람이 안장에 올라앉자, 돈키호테는 객줏집 대문에 버티고 서서 객줏집 주인을 부르더니, 나지막하고 점잖은 말씨로 이렇게 말했다.

"성주님, 제가 성안에서 받은 대접은 참으로 융숭했습니다. 평생을 두고 단 하루인들 잊을 수가 있겠습니까. 혹시 어느 못된 놈이 있어 성주님을 조금이라도 욕되게 하는 일이 생기면 제가 대신 나서서 복수를 해드릴 터이오니, 제 임무는 오로지 약자를 보호하고, 모욕을 당한 자들의 복수를 하고, 배은망덕한 자들을 징계하는 것임을 통찰해주옵소서. 그러한즉 성주님께서는 다만 이를 기억해두셨다가, 본인에게 부탁하실 일이 생기거든 그저 말씀만 해주십시오. 제 기사도에 걸고 약속하거니와, 무엇이든 성주님이 원하시는 대로 충분히 갚아드릴 것입니다."

객줏집 주인도 그에 못지않게 점잔을 빼면서 대답했다.

"기사님, 제가 당할 모욕을 구태여 기사 나리께서 풀어주실 필요는 없습니다. 이래 봬도 무슨 궂은일이 생기면 응징할 만한 힘이 제게는 있으니까요. 다만 한 가지 필요한 것은 다름이 아니오라, 기사님께서 간밤에 제 객줏집에 묵으신 비용, 즉 짐승 두 마리가 먹은 보리와 짚 값과 기사님의 저녁 식사비와 숙박료를 지불해주시길 바랄 뿐입니다."

"그럼 여기가 객줏집이었던가?" 돈키호테가 되받아 말했다.

"물론이지요." 객줏집 주인이 대답했다.

"그럼 나는 여태 속았구나." 돈키호테가 대답했다. "나는 이곳을 성치고는 그리 나쁘지 않은 성으로만 알았는데. 아무튼 성이 아니고 객줏집이라면, 나에게 돈을 받는 일만은 그만두어야 해. 왜 그런고 하니, 나는 편력 기사의 기사도에 어긋나는 일을 할 수 없는 까닭이고, 내가 오늘날까지 읽어온 바에 의하면, 기사들은 어느 객줏집에서 묵든 숙박료나 다른 비용을 치르는 법은 없단 말이야. 그야 기사의 몸으로 그만한 대접을 받는다는 것은 정정당당한 일이기 때문이지. 기사가 모험을 찾아다니면서 하는 고생이란 밤낮 가리지 않고 여름이나 겨울이나 혹은 걷고 혹은 타고, 목이 마르거나 배가 고프거나 추위와 더위를 무릅써가며 불순한 날씨와 이 세상의 온갖 불편을 다 겪어야 하니, 그러한 고생에 대한 보답을 해야 할 게 아닌가."

"그런 건 내가 알 바 아니오." 객줏집 주인이 대답했다. "당신이 갚을 것이나 선선히 갚고, 기사도니 뭐니 하는 따위는 걷어치우시오. 나는 내가 받을 것 외에는 아무 관심도 없소."

"이런 벽창호, 돼먹지 못한 장사치야!" 돈키호테는 대답했다.

그러고는 박차를 가하며 단창을 고쳐 잡더니 그길로 객줏집을 빠져나갔다. 그러나 아무도 그를 붙잡지 않았다. 그는 그대로 산초가 따라오는지 않는지 뒤돌아보지도 않고 얼마쯤 먼 데까지 달려갔다.

객줏집 주인은 돈도 치르지 않고 가는 그를 보고는, 산초 판사에게 달려들어 돈을 내라고 했다. 그러나 산초 역시 제 주인이 값을 치르지 않은 이상 자기도 그럴 수 없다고 버텼다. 말하자면 자기는 편력 기사의 당당한 종자이니까, 술집이나 객줏집에서 돈을 내지 않는 자기 주인의 범례와 이유가 자기한테도 적용되어야 한다는 것이었다. 이런 수작에 발끈 화가 치민 객줏집 주인은, 돈을 안 내면 뜨끔하게 받아낼 테니 어디 두고 보라고 소리소리 질러댔다. 그래도 산초는 제 주인이 받은 기사도의 법칙에 따라 죽으면 죽었지 돈은 한 푼도 낼 수 없다고 대답했다. 자기 한 사람 때문에 옛날부터 내려오는 편력 기사의 아름다운 풍속을 어지럽혀서는 안 될 뿐만 아니라, 이렇듯 근사한 특권을 욕되게 함으로써 후세에 태어날 종자들의 원성을 사게 해서는 안 된다는 것이었다.

애꿎은 산초의 운이 나빠지느라고 마침 그 객줏집에는 세고비아의 방적 일꾼 넷과 포트로 데 코르도바의 바늘 장수 셋, 그리고 세비야의 장돌뱅이 둘이 묵고 있었다. 익살스럽고 재치 있고 장난이 심하고 웃기기 잘하는 이 족속들이 마치 똑같은 생각에 들씌워지기나 한 듯이 모두 산초의 곁으로 다가갔다. 그들은 우선 산초를 당나귀 등에서 끌어내렸다. 그러고는 그들 중 한 사람이 객줏집 주인의 침실로 들어가서 담요 한 장을 들고 나왔다. 그들이 대뜸 산초를 담요 위에다 내동댕이치고나서 위를 쳐다보니, 자기네가 마음먹은 일을 하기에는 천장이 너무 낮았다. 그래서 그들은 막힌 데라고는 하늘밖에 없는 안뜰로 나가기로 했다. 거기서 담요 한가운데다 산초를 던져놓고, 마치 사육제의 개를 놀리듯 높이높이 키질을 하며 깔깔거리는 것이었다. 가엾게도 담요 키질을 당하고 있는 사나이의 외마디 소리가 어쩌나 컸던지, 그의 주인의 귀에까지 들어갔다. 돈키호테가 귀를 기울이고 가만히 들으면서 생각해보니, 또 엉뚱한 모험이 닥쳐온 것만 같았다. 그리고 비명을 지르는 것이 분명 자기의 종자임을 알자, 그는 고삐를 잡아채서 말을 뒤로 돌리고 다시 객줏집으로 향했다. 그러나 문은 잠겨 있었다. 들어갈 곳을 찾느라고 객줏집을 빙 돌다가 안마당 쪽의 나지막한 돌담에 다다랐을 때, 자기의 종자가 당하고 있는 몹쓸 장난이 눈에 띄었다. 산초가 공중으로 아주 우아하고 맵시 있게 솟구쳤다가 내리박혔다가 하는 꼴을 본 그는, 만일에 성이 잔뜩 나지 않았던들 우스워 못 견딜 지경이었을 것이다. 그는 말에서 훌쩍 담으로 옮겨 뛰려고 해보았으나, 뼈가 으스러지게 두들겨 맞은 몸으로서는 우선 말에서 꼼짝도 할 수 없었다. 하는 수 없이 그는 그냥 말 위에 앉은 채로 산초를 키질하는 자들을 향하여 도저히 입에 담을 수 없는 욕설을 퍼붓기 시작했다. 그렇다고 해서 웃음을 멈추거나 하던 짓을 그만둘 그들이 아니었다. 따라서 키질을 당하는 산초가 빌어도 보고 울기도 하면서 지르는 비명 소리는 그치지 않았다. 말하자면 아무것도 소용에 닿지 않고, 그저 그들이 제물에 지쳐서 그만둘 때까지는 별도리가 없었다.

하고 싶은 짓거리를 실컷 다 한 뒤에야 그들은 당나귀를 끌어다가 산초를 올려 앉히고는 외투를 입혀주었다. 마음씨 착한 마리토르네스는 아주 녹초가 된 그를 보고 물 한 잔이라도 어서 먹여야겠다는 생각이 들었다. 기왕이면 시원한 물을 먹일 양으로 일부러 샘물을 떠다 주었다. 이를 받아 든 산초가 입에다 갖다 대려던 찰나, 제 주인이 지르는 소리에 그는 깜짝 놀랐다. 주인은 그에게 말했다.

"이 녀석 산초야, 물을 마셔선 안 돼. 그 물을 먹으면 죽어, 이 멍청이야." 그리고 깡통을 가리켰다. "이봐, 여기에 신통한 발삼이 있지 않나. 두 방울만 먹으면 깨끗이 나을 거야."

이 말에 샐쭉해진 산초가 곁눈으로 흘겨보며 주인보다 더 큰 소리로 말했다.

"당신은 내가 기사가 아니라는 걸 벌써 잊었나요? 아니, 창자 속에 남아 있는 걸 내가 몽땅 쏟아놓아야 시원하시겠어요? 그따위

액체는 악마 새끼들하고나 잘 간직하세요. 나하고는 아무 상관도 없단 말이에요."

그 말이 떨어짐과 동시에 그는 물을 꿀꺽꿀꺽 마시기 시작했다. 그러나 첫 모금에 그것이 냉수인 것을 알고는 더 마시려 하지 않았고, 포도주를 갖다 달라고 마리토르네스에게 청했다. 그녀는 몹시 반가워하면서 청을 들어주었고, 그 값까지 제 돈으로 치러주었다. 비록 이런 일을 해 먹고는 살지만, 따지고보면 명색이 기독교도인 까닭이었다.

산초는 포도주를 다 마신 다음 뒤꿈치로 당나귀의 옆구리를 쿡쿡 찌르며 활짝 열려 있는 객줏집 문을 통해 밖으로 나왔다. 돈 한 푼 내지 않고 빠져나올 수 있었다는 것과, 만사가 자기 뜻대로 되었다는 것이 그로서는 만족스럽기 그지없었다. 그 대신 필수품을 짊어졌던 어깨가 허전해지기는 했지만 말이다. 사실 객줏집 주인이 받을 돈 대신 그의 보따리를 따로 잡아놓은 것이었으나, 산초는 정신없이 뛰쳐나가느라고 그런 손해를 알 까닭이 없었다. 객줏집 주인은 그가 나간 것을 보고는 문을 잠그려 했지만, 아까 그 장난꾼들이 듣지 않았다. 돈키호테가 설령 진짜 원탁의 편력 기사라 해도 눈곱만큼도 겁을 안 낼 그런 친구들이었다.

제18장

산초 판사가 그의 주인 돈키호테와 주고받은 대화와 이야깃거리가 될 만한 다른 모험들에 대해

산초는 기진맥진하여 숨을 헐떡이며 다 죽게 된 상태로 가까스로 주인이 있는 곳까지 왔으나, 당나귀를 끌고 갈 힘조차 없어 보였다. 이것을 본 돈키호테가 말했다.

"여보게, 산초, 지금 생각하니 저놈의 성인지 객줏집인지가 마법에 걸려 있는 게 틀림없네. 장난삼아 자네한테 이런 흉악한 욕을 보였으니, 저놈들은 저승에서 온 도깨비가 아니면 불한당이 아니고 무엇이겠나? 이 일에 대해 확실히 짐작이 가는 게 있네. 아까 내가 그 안뜰의 돌담 너머로 자네가 당하고 있던 처참한 비극을 보았을 때의 이야긴데 말일세, 나까지 그만 마법에 걸려들었는지, 도대체 담으로 올라 뛸 수도 없고 로시난테에서 뛰어내릴 수도 없었다네. 하느님께 맹세코 말이지만, 그때 내가 올라 뛰었든지 내려 뛰었든지 하기만 했더라면, 그 겁쟁이 악당 놈들에게 호된 맛을 보여주었을 걸세. 물론 그런 짓이 기사도에 어긋나는 한이 있더라도 말이네. 벌써 여러 차례 자네한테 한 말이지만, 당장 불이 떨어지는 위기일발의 경우에 자기 일신의 생명이나 인격을 위함이 아니고서는 기사로서 기사가 아닌 자에게 손을 댄다는 건 기사도에 어긋나는 일이 아닌가?"

"정식 기사건 아니건 간에 복수를 할 수만 있었다면 나라고 못 했겠어요. 다만 한 가지 분명한 것은, 나를 가지고 장난을 하던 그 자들이 나리의 말씀같이 무슨 허깨비거나 마법에 걸린 자들이 아니었습니다요. 그놈들이 나를 들었다 놨다 할 적에 들은 소리가 있는데, 모두 제각기 이름이 있었습니다요. 한 놈은 페드로 마르티네스, 또 한 놈은 테노리오 에르난데스, 그리고 그 객줏집 주인에게는 왼손잡이 후안 팔로메케라고 하더군요. 그러니까 나리, 나리께서 안뜰 담을 뛰어오르지 못하셨다든지 말에서 내릴 수 없으셨다든지 하는 것은, 다 마법과는 아무 상관이 없는 일입니다요. 어떻든 이것 저것 따지고보면 우리가 지금 구석구석이 찾아다니는 모험이란 것은 결국 어느 게 오른발인지도 모를 그런 불행으로 우릴 몰아넣고 말 테니, 그저 제일 좋다고 생각되는 것은, 어리석은 제 소견이긴 하나 마침 때가 추수철이고 들일이 한창 바쁠 때이니 사람들이 말 하는 것처럼 여기저기 광장에서 술집으로 돌아다니는 일[171]일랑 그 만두고 차라리 집으로 돌아가는 게 상책인가 합니다요."

"산초, 원 저렇게도 기사도를 모르다니." 돈키호테가 대답했

171　andar de Ceca en Meca y de zoca en colodra. 무어인들에게 'Ceca'는 코르도바의 메스키타 mezquita de Cordoba(코르도바의 회교 사원)이다. 'de Ceca en Meca'를 직역하면 '코르도바의 회교 사원에서 메카로'인데, 이 말은 관용구로 '여기저기de una parte a otra, de aquí para allí'라는 뜻이다. 그래서 'andar de Ceca en Meca'는 '여기저기 쏘다니다, 돌아다니다'이고 'de zoca en colodra'는 '광장에서 술집으로'라는 뜻이므로, "여기저기 광장에서 술집으로 돌아다니다"라고 번역한다.

다. "잠자코 꾹 참고 있게. 이런 시련을 겪고 다니는 것이 얼마나 영예로운 일인지 이제 두 눈으로 똑똑히 볼 날이 오고야 말 테니 말일세. 도대체 이 세상에서 싸움에 이기고 원수를 때려누이는 것만큼 기쁜 일이 어디 있으며, 그보다 더 즐거운 일이 무엇이란 말인가? 없지, 없어, 없고말고. 그건 의심할 여지도 없어."

"모르긴 하지만 그럴 수도 있겠지요." 산초가 대답했다. "그런데 말입니다요, 한 가지 나로서 분명한 것은 우리 둘이서, 아니 나 같은 놈이야 그런 축에 들 수도 없고 나리 혼자서지만, 아무튼 우리가 편력 기사 노릇을 한 이래로 비스카야 놈을 제외한다면 언제 한번 싸워서 이겨본 적이 없다는 것입니다요. 그땐들 뭐 제대로 이겼나요? 나리의 귀 반쪽과 투구 반쪽을 잃고서 이긴 거죠. 그때부터 이날 이때까지 그저 연달아 몽둥이 아니면 주먹맛이나 보고, 더욱이 내 경우에는 담요놀이까지 당했고요. 게다가 온통 마법에 걸린 사람들뿐이라 당하기만 하니, 나리의 말씀대로 원수를 쳐부수는 기쁨이라는 게 도대체 무엇인지 알고 싶습니다요."

"산초, 그게 바로 내 걱정이며 자네가 해야 될 걱정이네." 돈키호테가 대답했다. "아무튼 이제부터 천하의 명장이 다듬어낸 보검을 한 자루 얻어야겠어. 그것만 있으면 어떤 마법이라도 맥을 못 추게 되지. 하긴 저 '불타는 칼의 기사el Caballero de la Ardiente Espada'라고 불리던 아마디스가 차고 다니던 칼이 내 손으로 굴러 들어올지 누가 아는가? 그것이야말로 기사들이 차고 다니던 천하의 명검 중에서도 명검이지. 그 칼은 지금 말한 신통력이 있을 뿐만 아니라 그 서슬이 면도날 같아서, 제아무리 마법을 부린 튼튼한 갑옷이라도 그 칼을 당할 순 없지."

"그럴 수도 있겠죠." 산초가 말했다. "하지만 나리께서 정말 그런 보검을 얻는다고 해도 그 발삼이나 마찬가지로 기사 나리한테나 소용이 있지, 뭐 저 같은 종자 따위야 헛물만 켜고 말겠죠."

"산초, 그건 염려 말게." 돈키호테가 말했다. "모든 건 하늘이 더 잘 알아 자네를 도와줄 테니까 말일세."

이런 이야기를 주고받으며 돈키호테와 그의 종자가 길을 가고 있었다. 그러다가 문득 돈키호테가 바라보니, 자기들이 나아가는 길 저쪽에서 커다랗고 짙은 흙먼지가 다가오고 있었다. 그는 산초를 돌아다보며 말했다.

"오, 산초! 오늘이야말로 '운명의 여신'이 나를 위해서 마련해둔 행복을 보여주는 날이군. 그렇지, 오늘이야말로 내 팔심을 발휘하여 후세 사람들이 읽게 될 책에 길이길이 이름을 남길 만한 업적을 세우는 날일세! 산초, 저기 뽀얗게 피어오르는 저 흙먼지가 보이는가? 저게 바로 형형색색 무수한 군사들이 떼를 지어서 휘몰아오는 거라네."

"그렇다면 두 패네요." 산초가 말했다. "이쪽 반대편에서도 똑같은 흙먼지가 일고 있으니 말입니다요."

돈키호테가 그쪽을 바라보니 과연 그러했다. 동시에 그는 양쪽의 대군이 저 대평원 한가운데에서 이제 곧 접전을 벌이려는 것이 분명하다고 생각하며 더할 나위 없이 기뻐했다. 그도 그럴 것이, 그는 언제 어느 때거나 기사도 책에 나오는 접전이니 마법이니 기적이니 사랑이니 도전이니 하는 따위의 환상으로 가득 차 있어서, 자기의 생각과 말과 행동 전부를 그런 것들과 결부시켰기 때문이다. 그러니까 그가 본 흙먼지라는 것도 실상은 엄청나게 많은 양 떼가 두 군데에서 마주 보고 몰려오며 일으키는 먼지에 불과했다. 워낙 자욱한 먼지 때문에 가까이 오기 전까지는 똑똑히 보이지 않았던 것이다. 그렇건만 돈키호테가 열을 내서 군대라고 떠드는 바람에 산초도 그런가보다 하고 믿게 되었다. 그래서 돈키호테에게 말했다.

"나리, 그렇다면 우린 어떡해야 합니까요?"

"어떡하느냐고?" 돈키호테가 말했다. "수가 적고 힘이 약한 쪽을 도와야지. 그런데 산초, 이걸 알아두게나. 우리를 향해 다가오고 있는 군대는 트라포바나[172]라는 커다란 섬을 다스리는 위대한 황제 알리판파론이 인솔하는 부대이고, 우리 뒤쪽에서 오는 건 그의 적수敵手 가라만타족[173]의 왕 '소매를 걷어붙인 팔의 펜타폴린'이 지휘하는 군대일 게야. 가라만타의 왕은 전투에 임할 때 꼭 오른팔을 드러냈기 때문에 이런 별명이 붙었다네."

"그런데 저 두 왕이 다투는 것은 대체 무슨 까닭입니까요?" 산초가 물었다.

"서로 원수라네." 돈키호테가 대답했다. "다름이 아니라 성질이 불같은 이교도인 알리판파론이 펜타폴린의 딸에게 홀딱 반해 있기 때문이라네. 그녀는 예쁘고 상냥스러운 데다가 기독교도인 까닭에, 그녀의 아버지는 이교도 왕이 우선 제가 믿는 가짜 예언자 마호메트의 사교를 버리고 기독교로 개종하지 않는 한 딸을 줄 수 없다는 거지."

"제 수염에 걸고 맹세하는데요," 산초가 말했다. "펜타폴린이 불리해지기만 한다면 있는 힘을 다해서 돕겠습니다요!"

---

172 옛날에는 스리랑카(실론)를 이렇게 불렀다.
173 옛날 아프리카의 한 부족.

"산초, 그건 바로 자네의 의무이기도 하지." 돈키호테가 말했다. "이런 싸움에는 반드시 정식 기사가 아니라도 참가할 수 있으니까 말이야."

"그 정도는 나도 잘 안답니다요." 산초가 대답했다. "그런데 이 당나귀는 어디다 둘까요? 싸움판이 끝나면 이내 찾을 수 있는 곳이라야 하는데. 이런 당나귀를 타고 싸움에 끼어드는 법이 기사도에는 지금까지 없었던 것 같아서요."

"그렇긴 하지만," 돈키호테가 말했다. "까짓것, 어디로 가든 말든 제 맘대로 하라고 내버려둬. 우리가 승리를 거두는 날엔 지천으로 깔려 있는 것이 말일 텐데 뭐. 그때 가선 로시난테도 다른 말로 바꿀지 모르니까. 아무튼 이제부터 내 말을 듣고 똑똑히 보란 말일세. 저 두 군대에 있는 대장급 기사들을 내가 골라서 싸울 테니까. 그럼 좀 더 잘 볼 수 있게 저기 저 고개로 올라가세. 저기선 양군이 다 잘 보일 걸세."

그래서 그들은 그렇게 했다. 이리하여 둘은 조그마한 등성이로 올라갔다. 먼지구름이 일어 시야를 흐리게 하지 않았더라면, 돈키호테가 군대로 오인했던 게 사실은 양 떼임을 분명히 알 수 있었을 것이다. 그러나 보이지도 않거니와 있지도 않은 것을 상상으로 보는 기사는 목청을 돋우며 말하기 시작했다.

"저 황금빛 갑옷을 입고 방패에는 왕관을 쓰고 아가씨의 발밑에 엎드리고 있는 사자가 그려진 기사가 바로 은교銀橋[174]의 영주인

174　la Puente de Plata. 속담 "A enemigo que huye, puente de plata"를 직역하면 '도망치는 적에게 은교'라는 말로, '도망치는 적의 퇴로를 차단해서는 안 된다'는 뜻. 이 속담을 인용해 익살을 떤 것이다.

용맹한 라우르칼코이고, 황금빛 꽃무늬의 갑옷을 입고 연둣빛 바탕
에 은빛 왕관 셋이 그려진 방패를 들고 있는 기사는 키로시아의 대
공인 공포의 미코콜렘보일세. 그리고 그 오른쪽에 거의의 팔다리를
가진 기사는 아라비아 3국의 영주로 용감무쌍한 브란다바르바란
데 볼리체[175]인데, 갑옷 대신 뱀 가죽을 입고 다니고 방패 대신 삼손
이 원수들에게 복수를 하고 죽을 때 뜯어낸 바로 그 성전의 문짝을
들고 다닌다고 하더군. 이번에는 눈을 이쪽으로 돌려서 앞을 바라
보게. 저 군대의 앞장을 선 기사는 임전무퇴臨戰無退의 티모넬 데 카
르카호나일세. 라 누에바 비스카야의 황태자로서 청·녹·백·황의
무늬를 수놓은 갑옷에는 황갈색 바탕에다 황금빛 고양이를 그렸는
데, 미아우[176]라는 글자를 곁들인 것은 그가 사랑하는 천하에 둘도
없는 미울리나의 이름 첫 글자를 딴 것으로, 그녀는 알페니켄 델 알
가르베 공작의 딸이라는군. 그리고 저 늠름한 명마 위에 걸터앉아
백설 같은 갑옷을 입고 무늬 없는 흰 방패를 든 기사는 프랑스 태생
의 새내기 기사 피에르 파핀으로, 우트리케의 남작이네. 그리고 또
저 날쌘 얼룩말을 타고 무쇠 발꿈치로 그 옆구리를 지르며 무기라
고는 하얀색과 파란색이 교차된 술잔 모양의 문장이 있는 갑옷을
입고 있는 사람은 강대한 네르비아의 공작 에스파르타필라르도 델
보스케인데, 저 기사가 들고 있는 방패에는 아스파라거스를 그리고
글자를 새겨놓았네. 카스티야 말로 하자면 '내 운명을 따르라Rastrea
mi suerte'는 뜻이겠지."

---

175 독일어로 '노름판에 딸린 사창가'라는 뜻.

176 Miau. 야옹.

이런 식으로 저 혼자 상상하는 대로 이쪽저쪽 기병 중대에 속한 허다한 기사들의 이름을 대면서, 그들에게 저마다의 갑옷, 저마다의 빛깔과 표지와 문구 들을 즉흥적으로 그 자리에서 붙여주었다. 이렇게 괴상망측한 상상에 도취된 그는 쉴 새도 없이 하던 말을 이어갔다.

"이 앞쪽에 있는 선봉 부대는 여러 나라 군사들이 섞여 있는데, 유명한 산토의 감로수를 마신 자들도 있고, 마실로스의 들판을 밟고 사는 시골 사람들, 아라비아의 금모래를 이는 자들, 맑고 맑은 테르모돈테[177]의 잔잔하고 시원한 물가를 즐기는 자들, 이리저리 황금빛 찬란한 팍톨로강[178] 물을 끌어 대는 자들, 그리고 신의가 없는 누미디아 사람[179], 활과 화살로 유명한 페르시아 사람, 물러서면서 싸우는 파르티아 사람과 메디아 사람[180], 집을 가지고 돌아다니는 아라비아 사람, 흰 살결에 표독스러운 스키타이 사람, 입술에 구멍이 뚫린 에티오피아 사람, 그 밖에도 얼굴은 보고 알겠지만 이름이 얼핏 생각나지 않는 나라들이 헤아릴 수 없이 많구먼. 그리고 또 저쪽 부대에는 올리브 나무가 우거진 베티스의 수정 같은 냇물을 마시는 자들[181]이 있고, 언제나 풍성한 황금의 타호강 물로 얼굴을 깨끗이 씻는 사람들도 있고, 건강을 약속해주는 헤닐강 물을 즐기는

---

177 고대에 용맹한 여인족 아마존이 살았다는 지역으로 여겨졌던 오늘날 터키의 카파도시아강 Río de Capadocia.

178 물에 금이 들어 있다는, 소아시아에 있는 리디아강.

179 아라비아의 북쪽 지방에 있는 누미디아 주민들.

180 현재의 이란인 페르시아의 민족들.

181 안달루시아 사람들.

자들[182], 풍성한 목장이 있는 타르테소의 평야[183]에 사는 자들, 헤레스의 천국 같은 풀밭에서 노니는 자들, 황금빛 보릿짚으로 관을 만들어 쓴 가멸찬 라만차의 사람들, 쇠 옷을 떨쳐입은 저 고대 고트족의 후예들[184], 잔잔한 흐름으로 유명한 피수에르가에서 미역 감는 자들[185], 강바닥을 알 수 없이 굽이쳐 흐르는 과디아나강가의 넓은 목장에서 양 떼를 치는 자들, 숲으로 덮인 피레네산맥과 드높은 아펜니노산맥의 흰 눈 속에서 추위에 떠는 사람들, 한마디로 유럽의 경계선 내에 들어 있는 모든 나라의 군사들이 다 동원되었구나."

하느님 맙소사! 돈키호테는 헤아릴 수 없이 많은 지방과 나라 이름들을 들먹이면서 그들의 특성을 잘도 가져다 붙이는 것이었다. 허무맹랑한 책에서 읽은 기사 이야기에 푹 빠져서 완전히 젖어버린 사람이었다.

산초 판사는 그런 소리들을 한마디도 빼놓지 않고 귀담아들으며, 제 주인이 기사들과 거인들의 이름을 댈 때마다 고개를 돌려 바라보곤 했다. 그러나 아무것도 보이는 것이 없는지라 그는 주인에게 말했다.

"나리, 사람이고 거인이고 기사고 간에 나리께서 말씀하시는 놈들이 어디 있습니까요? 우선 보이기나 하고 볼 일이 아닙니까요. 그러니 아무래도 또 어젯밤 도깨비처럼 이게 모두 마법이 아닌가 싶습니다요."

---

182 톨레도 사람들.
183 카디스 사람들과 관계있는 타리파 평야.
184 레온, 아스투리아스 및 산탄데르의 산악 태생인 라 몬타냐 사람들.
185 바야돌리드 사람들.

"뭐, 뭐라고?" 돈키호테가 대답했다. "그래 자네한텐 저 말 우는 소리, 나팔 소리, 그리고 둥둥 치는 저 북소리가 들리지 않는단 말인가?"

"제게는 암놈 수놈 할 것 없이 매매 하고 양 떼가 울고 있는 소리밖에 들리지 않는데요." 산초가 대꾸했다.

그것은 사실이었다. 두 무리의 양 떼가 점점 가까이 오고 있었던 것이다.

"자네가 겁을 내니까," 돈키호테는 말했다. "산초, 옳게 보지도 듣지도 못하는 거야. 원래 공포의 결과 중에는 우리의 오관을 어지럽혀서 사물을 제대로 보지 못하게 하는 것도 있지. 그렇게도 무서우면 한쪽으로 비켜나서 나한테 다 맡기게. 나 혼자라도 내가 힘을

빌려주는 쪽이 이기고도 남을 테니까 말이야."

이렇게 말하고는 로시난테에 박차를 가하며 옆구리에 창을 끼고 번개같이 언덕을 내려갔다. 산초가 소리를 높여 그에게 말했다.

"나리, 돈키호테 나리, 돌아오세요. 지금 나리께서 치러 가시는 건 하느님께 맹세코 암놈 수놈 양 떼예요! 돌아오세요. 이놈을 낳아준 아버지도 참 박복하시지! 저게 대체 무슨 미친 짓이람. 거인이고 기사고 다 뭐예요? 고양이도, 갑옷도, 쪼개진 방패도 온전한 방패도, 푸른 종 문장이며 악마에 씐 놈이 어디 있단 말이에요. 저게 다 무슨 짓이람. 아이고, 내가 하느님께 죄가 많지!"

그런다고 해서 되돌아설 돈키호테가 아니었다. 오히려 벽력같은 소리를 지르며 내닫는 것이었다.

"어이, 기사들이여, 용감무쌍한 소매를 걷어붙인 팔의 펜타폴린 황제의 깃발 아래서 싸우는 기사들이여, 모두 내 뒤를 따르시오. 내가 그대들의 저 원수 놈 트라포바나의 알리판파론에게 얼마나 쉽게 복수하는가 구경들 하시오!"

이 말과 함께 그는 양 떼 속으로 돌격해 들어가서는, 마치 불구대천의 원수를 만나 사생결단이라도 내리려는 듯이 용기를 뿜내며 창을 마구 휘둘러댔다. 양 떼를 몰고 오던 양치기들과 일꾼들은 큰소리로 그를 만류해보았으나 아무 소용이 없자, 허리춤에서 무릿매 끈을 풀었다. 그러고는 주먹만 한 돌로 그의 볼따구니를 향해 던져대기 시작했다. 그러나 돈키호테는 돌멩이쯤 아랑곳하지 않고 좌충우돌하면서 큰 소리로 외쳤다.

"어디 있느냐, 교만한 알리판파론아. 자, 어서 덤벼라! 나는 필마단기로 나온 기사다. 너와 내가 한판 싸움을 해서, 용감한 펜타폴린 가라만타를 욕되게 한 죗값으로 네놈의 목숨을 앗으려고 한다."

이때 돌멩이 하나가 날아와서 그의 옆구리를 치자, 갈빗대 둘이 결딴나고 말았다. 이크, 죽음이 아니면 중상이구나 하고 느낀 돈키호테는 예의 그 발삼액을 생각해내고, 깡통을 더듬어 이내 입에다 갖다 대고 꼴깍꼴깍 마시기 시작했다. 그러나 넉넉하게 마시기도 전에 또 하나 날아온 돌멩이가 그의 손과 깡통을 보기 좋게 맞혔다. 깡통은 박살이 나고, 앞니와 어금니 서너 개가 부러졌으며, 손가락도 두 개 못 쓰게 되었다.

첫 번째 공격과 두 번째 공격이 이러하고보니, 가엾은 기사는 그만 말에서 굴러떨어지고 말았다. 양치기들이 가까이 와서 보고는 그가 죽은 줄로 지레짐작하여, 다급히 서둘러서 양 떼를 모으고 일

곱 마리쯤 되는 죽은 놈들을 짊어지고, 에라 모르겠다 하며 뒤도 돌아보지 않고 다리야 날 살려라는 듯이 도망쳐버렸다.

처음부터 끝까지 언덕 위에 앉아서 자기 주인이 하는 미친 짓을 내려다보던 산초는, 턱수염을 쓰다듬으면서 저런 사람을 알게 된 그 운명의 시간과 장소를 저주하고 있었다. 어쨌든 주인이 땅에 거꾸러져 있는 것과 양치기들이 도망치고 만 것을 본 산초는 언덕을 내려와서 주인에게로 다가갔다. 정신은 잃지 않았지만 주인의 꼴이 말이 아니었다. 그래서 돈키호테에게 말했다.

"돈키호테 나리, 글쎄 내가 돌아오시라지 않던가요. 나리께서 치러 간 건 군대가 아니라 양 떼라고 하지 않던가요."

"저 도둑놈 같은, 나한테 앙심을 먹은 마법사 놈이 이렇게 둔갑

260

을 한 거야. 산초, 똑똑히 들어. 그런 놈들은 저희들 마음대로 우리의 눈을 흐리게 하는 것쯤 문제가 아니거든. 그러니까 날 괴롭히는 그 못된 마법사는 내가 이번 접전에서 꼭 이길 것을 미리 알고는, 그 명예가 샘이 나서 그만 상대방 적군을 모조리 양 떼로 바꿔친 걸세. 산초, 내 말이 믿기지 않거든 꼭 한 가지만 시험해보게나. 자, 당나귀를 타고 놈들 몰래 따라가보란 말일세. 살금살금, 알겠지? 그러면 뭐 여기서 얼마 못 가서 볼 수 있을 거야. 양 떼는 온데간데없고 제 모습으로 돌아온 그놈들을 말일세. 즉 내가 처음에 자네한테 이러이러하다고 일러준 멀쩡한 사람들일 게란 말이야. 하지만 지금 가선 안 돼. 우선은 자네의 도움이 필요해. 이리 좀 가까이 와서 앞니와 어금니 해서 도대체 몇 개나 빠졌는지 좀 보아주게. 어쩐지 입안에 통 아무것도 안 남은 것만 같아."

산초가 바싹 다가가서 입속으로 두 눈알을 거의 밀어 넣다시피 하고 있을 때였다. 돈키호테의 배 속에서 볼일을 다 본 발삼이, 열심히 입 안을 살피고 있는 마음씨 고운 산초를 향해 왈칵 쏟아져 나와 그의 수염에 고스란히 퍼부어졌다.

"아이코, 하느님 맙소사!" 산초가 말했다. "이건 또 무슨 날벼락이란 말입니까요. 틀림없이 이 죄 많은 양반이 이젠 죽게 됐군요. 입으로 피를 다 토하다니."

그러나 자세히 들여다보니 빛깔, 맛, 냄새가 피가 아니라 아까 마시는 것을 본 깡통의 발삼이었다. 그걸 알고나니 어찌나 속이 메스꺼운지 금세 창자가 뒤집히며 속에 있는 것을 자기의 주인에게 토해놓으니, 둘이 다 세상에 보기 드문 꼬락서니가 되고 말았다. 산초는 제 얼굴을 훔치고, 주인을 치료해줄 물건을 안장 자루에서

261

꺼내려고 당나귀에게 쫓아갔다. 그런데 뜻밖에도 자루가 온데간데 없어 그만 정신이 아찔해졌다. 그는 또 한번 신세타령을 하고나서, 이제는 품값도 못 받고 약속받은 섬나라의 통치자 자리를 놓친다고 해도 그의 주인과 헤어져 집으로 돌아갈 결심을 했다.

돈키호테가 부스스 일어난 것은 바로 그때였다. 그는 나머지 이빨이라도 떨어지지 않게 하느라고 왼손으론 입을 바치고 오른손으론 로시난테의 고삐를 쥐었다. 로시난테는 끝까지 주인의 곁을 떠나지 않고 있었던 것이다. 그만큼 충성스럽고 길이 잘 든 말이었다. 그런 모양으로 그는 종자에게로 갔다. 종자는 당나귀에 기대고 서 있었는데, 한 손으로는 턱을 괸 채 생각에 잠긴 사람 같았다. 이렇듯 몹시 슬퍼하는 그를 보자 돈키호테는 그에게 말을 건넸다.

"자네 산초, 알게나. 사람이란 남보다 더 일을 하지 않고는 윗자리에 설 수가 없네. 우리에게 덮쳐오는 이 폭풍도 모두가 다 이제 곧 개는 때가 오고 만사가 잘되리라는 조짐이네. 왜 그런고 하면, 궂은일이건 좋은 일이건 언제까지나 계속될 수야 없지 않은가. 그러니까 불행이 오래 계속되었으면 그만큼 행운이 가까웠다는 건 뻔한 이치지. 그러니 내가 당하는 이 고생을 가지고 자네가 슬퍼해서는 안 되네. 그럴 필요가 없지 않은가."

"어떻게 없어요?" 산초가 대답했다. "그럼 담요에 얹혀 키질을 당한 놈은 제 아버지의 자식이 아니란 말이에요? 그리고 또 오늘 온갖 물건이 다 들어 있는 식량 자루를 잃어버렸는데, 그건 내 것이 아니고 누구의 것이란 말이에요?"

"그래 식량 자루가 없다고, 산초?" 돈키호테가 말했다.

"틀림없이 없습니다요." 산초가 대답했다.

"그러니까 우리가 오늘 먹을 것이 없다는 말이구면." 돈키호테가 되받아 말했다.

"그야 뭐," 산초가 대답했다. "나리처럼 재수가 옴 붙은 편력 기사들이 궁할 때 대신 끼니로 때우는 풀, 그 왜 나리도 보면 안다고 한 그 초원의 풀 말이에요, 그 풀도 없다면 하는 수 없는 거죠."

"흠, 그건 그렇다 치더라도," 돈키호테가 대답했다. "우선 당장 급하기로는 큼직한 빵 두 파운드짜리하고 절인 정어리 두 마리가 있었으면 좋겠군. 디오스코리데스의 식물도감에 나오는 풀은 라구나 박사¹⁸⁶가 그린 것이라네. 하지만 그런 건 그만두고 어서 당나귀에 올라타고 내 뒤를 따라오게. 산초, 자네는 참 착해. 하느님께서는 공중의 모기, 땅 위의 구더기, 물속의 올챙이까지 온갖 것을 다 돌보시는데, 하물며 우리처럼 당신을 섬기겠다고 편력하는 사람들을 모른 체하실라고? 선한 사람이나 악한 사람 위에도 해님을 돋게 하시고, 옳고 그른 자들에게도 비를 주실 만큼 자비로운 하느님이 아니신가."

"나리께서는 더 좋을 뻔했어요." 산초가 말했다. "편력 기사보다는 설교사가 되었더라면 말입니다요."

"산초, 그게 아니라 편력 기사란 모르는 게 없어야 하고, 또 그래야 되는 법이거든." 돈키호테가 말했다. "왜 그런고 하니, 옛날에는 편력 기사들이 파리 대학교의 학사 못지않게 박식하여 진중陣中에

---

186 안드레스 라구나Andrés Laguna는 그리스의 식물학자 페다니우스 디오스코리데스 Pedanius Dioscórides(40~90)가 쓴 책을 1555년 암베레스에서 주석을 달아 번역해 출판했다.

서 설교나 연설을 척척 했다네. 그러니까 창이 펜을 무디게 한 적이 없고, 펜도 창을 무디게 하지 못했다는 말이라네."

"그만해두십쇼. 나리의 말씀이 옳소이다." 산초가 대답했다. "어서 여길 떠나서 오늘 밤 잘 데나 마련합시다요. 제발 덕분 하느님의 은혜로 담요 키질도 없고, 도깨비도 없고, 마법사 무어 놈도 없었으면 좋겠어요. 또 그랬다가는 난 이제 볼 장 다 보게 될 테니까요."

"아들, 그건 하느님께나 빌기로 하고," 돈키호테가 말했다. "자네 마음대로 날 데려다주게나. 이번만은 자네가 숙소를 정하는 대로 맡겨둘 테니까. 그런데 그 손 좀 빌리세. 그리고 손가락을 여기에 좀 대고 오른쪽 위턱에 이빨이 몇 개나 없어졌는지 보아주게나. 그쪽이 지끈지끈 몹시 쑤시는구면."

산초는 손가락을 넣어서 더듬으며 말했다.

"이쪽에 어금니가 몇 개 있었죠?"

"사랑니 말고 네 개였지." 돈키호테가 대답했다. "모두 말짱히 튼튼했어."

"말씀 좀 똑똑히 하세요, 나리." 산초가 대답했다.

"글쎄, 다섯 개 아니면 네 갤 테지." 돈키호테가 대답했다. "평생을 두고 내 입에서 앞니건 어금니건 뺀 일도 빠진 일도 없을뿐더러, 벌레가 먹었다거나 이를 앓아본 적도 없었으니까."

"그런데도 이쪽 아래로," 산초가 말했다. "어금니가 두 개하고 반쪽, 그나마 위에는 반쪽도 아무것도 없이 손바닥처럼 맨숭맨숭합니다요."

"원, 이럴 수가 있나!" 자신의 종자가 이르는 섭섭한 보고를 듣고는 돈키호테가 말했다. "차라리 한 팔이 떨어져 나가는 게 낫지,

칼을 잡을 수 없을 바에야! 왜 그런고 하면, 산초, 어금니 없는 입이란 돌절구 없는 방앗간이나 같고, 이라고 하는 것은 다이아몬드보다 더 귀하다네. 아무튼 엄격한 기사도를 수행하자니까 이런 일을 당하는 게지. 자, 그럼 자네나 어서 탈것에 올라서 앞장을 서게. 자네 가는 대로 뒤에서 따라가겠네.”

산초는 주인이 시키는 대로 했다. 그리고 사람들의 왕래가 잦은 한길을 따라 묵어갈 만한 곳이 있는 방향으로 접어들었다.

돈키호테는 턱이 몹시 아파 길을 빨리 갈 수도 없었으므로, 산초는 끄덕끄덕 느린 걸음으로 가면서 주인과 이야기나 하는 수밖에 없다고 생각했다. 이런저런 이야기를 함으로써 아픔을 덜어주려는 마음에서였다. 그가 한 말 중 몇 가지를 다음 장에서 이야기하기로 한다.

· 제19장 ·

산초와 그의 주인의 재치 있는 대화와, 시체에 얽힌 모험과 그 밖의 희한한 사건들에 대해

"나리, 요 며칠을 두고 우리가 계속 당하고 있는 이 봉변이, 제 생각으로는 꼭 나리께서 기사도 법칙을 어겼기 때문에 그 벌로 이러는가 싶어요. 식탁에선 빵을 먹지 않겠다는 둥 여왕이라도 동침을 하지 않겠다는 둥 별의별 맹세를 다 늘어놓으시면서, 그 말란드리노, 아니 뭐랬더라, 그 무어 놈 이름을 깜박 잊어먹긴 했습니다만, 아무튼 그놈의 투구를 뺏을 때까지는 맹세를 지킨다고 장담하시더니, 안 지키신 게 아닙니까요."

"자네 말이 옳아, 산초." 돈키호테가 말했다. "아닌 게 아니라 자네한테 말이지만, 난 그 일을 까맣게 잊어버리고 있었다네. 하지만 자네도 한 가지 꼭 알아야 할 게 있네. 자네가 한 번도 나한테 그런 귀띔을 해주지 않은 죄로 자네도 키질을 당했다 그 말일세. 어떻든 난 내 잘못을 고칠 작정이네. 기사도의 법칙엔 무엇이든 뜯어고치는 법도 있으니까 말일세."

"그럼 제가 무슨 맹세라도 했다는 말입니까요?" 산초가 대답했다.

"맹세를 안 했다고 해도 마찬가지지." 돈키호테가 말했다. "이미 한통속이 되었는데, 자넨들 성할 리가 있겠나. 어쨌건 욕을 당해도 둘이 당하는 게 해롭지는 않은 일이지."

"그렇다면," 산초가 대답했다. "나리께서 맹세를 깜박 잊어먹듯이, 지금 이 일까지 또 잊어버리는 날에는 큰일인데요. 어쩌면 또 그 요물들이 나를 가지고 장난을 하려고 덮칠지 모르지 않습니까요. 그놈들이 와서 지근덕거리면 나린들 좋을 게 없지 않습니까요."

이런저런 이야기를 하는 중에 날이 어두워졌으나 하룻밤 묵을 곳도 찾지 못하고 있었다. 그래도 그것은 오히려 나은 편이었다. 우선 배가 고파서 죽을 지경이었다. 안장 자루가 없어졌으니, 길에서 먹을 것이 몽땅 달아나고 만 것이다. 거기다가 설상가상으로 또 하나의 모험이 닥쳐왔다. 꾸며낸 것이 아니라 정말 그럴듯한 모험이었다. 그날 밤은 유난히도 캄캄한 밤이었으나, 그들은 계속해서 길을 가고 있었다. 한길로 1~2레과쯤 가고보면, 반드시 아무 객줏집이라도 나타나리라고 산초가 믿었기 때문이다.

이리하여 몹시 배가 고픈 종자와 먹고 싶어서 환장한 주인이 캄캄한 밤길을 가다가 문득 수많은 불빛이 마주 오는 것을 보았다. 그것은 마치 움직이는 별의 무리와도 같았다. 산초는 오싹 소름이 끼쳤고, 돈키호테 역시 정신이 얼떨떨했다. 한 사람이 당나귀의 고삐를 걷어쥐는가 하면, 또 다른 한 사람은 말고삐를 틀어쥐고 가만히 서 있었다. 저게 도대체 무엇일까 하고 한참 뚫어지게 바라보고 있노라니, 그 불은 점점 자기들에게로 가까이 오고 가까워질수록 더욱 커지는 것이었다. 그것을 본 산초는 수은에 중독된 사람처럼 사시나무 떨듯 떨기 시작했다. 돈키호테는 머리끝이 쭈뼛했지만,

그래도 용기를 내어 말했다.

"산초, 이게 바로 위기일발의 일대 모험이라는 거네. 이제야말로 있는 용기를 다 내야지."

"아이고, 내 팔자야!" 산초가 대답했다. "처음부터 수상하더니 또 도깨비 모험 같은데요. 그럼 난 부러질 갈빗대도 없는데 어떡하죠?"

"저게 다 도깨비라 해도," 돈키호테가 말했다. "자네 옷자락 하나 다치지 않게 해주겠네. 지난번에 그놈들이 자네를 골린 것은 내가 안뜰 담을 뛰어넘지 못했을 때지만, 이번에야 허허벌판에 있으니 내 마음껏 이 칼을 휘두를 수 있지 않겠나."

"하지만 지난번처럼 나리까지 마법을 씌워 꼼짝 못 하게 해놓으면 어떡하죠?" 산초가 말했다. "들판이고 아니고가 무슨 대수입니까요."

"원, 아무리 그렇더라도," 돈키호테가 대답했다. "마음을 든든히 먹어야 할 게 아닌가. 산초, 용기를 좀 내보게. 내가 가진 용기를 이제 곧 보여줄 테니."

"내보죠, 뭐. 하느님이 바라신다면요." 산초가 대답했다.

두 사람은 길 한쪽으로 비켜서서 다시 한번 저 움직이는 불빛들이 대체 어쩔 셈인지 바라보았다. 그런 지 오래지 않아 하얗게 소복을 입은 무리가 나타났다. 그 무서운 모양을 보자, 산초 판사는 금세 정신이 아찔해져서 마치 오한이 난 사람처럼 윗니와 아랫니가 딱딱 맞부딪치기 시작했다. 그리고 그 이와 이가 맞부딪치는 도수는 그것의 정체를 알아냈을 때 더욱 잦아졌다. 그도 그럴 것이, 어림잡아 스무 명도 넘는 사람들이 새하얀 소복에 손에는 저마다 횃불을 들고 말을 탔는데, 그 뒤에는 새까만 천을 씌운 상여가 따르고 있었다. 그리고 또 그 뒤에는 말꾼 여섯이 노새 발굽에까지 드리워진 검은 상복을 입고 따랐다. 그들의 느린 걸음으로 보아 말을 탄 것이 아님을 쉽게 짐작할 수 있었다. 그런데 하얀 소복을 한 무리는 나지막하고 구슬픈 소리로 중얼중얼 무언가를 외면서 가는 것이었다. 이런 시간에 이런 호젓한 곳에서 이 난데없는 광경을 보고, 산초는 물론 그의 주인마저 마음에 더럭 겁이 나지 않을 수 없었다. 하긴 이때 놀란 것은 돈키호테뿐이었다. 산초는 진작부터 혼이 날아가고 없었으니까. 그런데 엉뚱스럽게도 돈키호테는 점점 활발해지는 상상 작용으로 이것도 책에 나오는 모험 중 하나라고 생각하게 되었다.

그는 혼자 머릿속으로 그려보는 것이었다. 상여는 들것이요, 그 들것에는 필경 중상을 입었거나 죽음을 당한 어느 기사가 얹혀서 가는 것인데, 그 복수를 해줄 책임은 오로지 자기에게 있다고 생각했다. 그래서 앞뒤 가릴 것 없이 긴 창을 겨드랑이에 끼고 안장 위에 몸을 고쳐 앉더니, 위풍도 당당하게 길 한복판으로 썩 나섰다. 소복을 한 무리는 아무래도 그 길을 통과해야만 했다. 그들이 가까이 오는 것을 보자 돈키호테는 목청을 가다듬어 말했다.

"멈추시오, 기사님들. 아니, 누가 되었든 걸음을 잠깐 멈추시고, 신분은 어떠하며 어디서 오고 어디로 가는 길이며, 저 들것에 모신 분은 누구신지 이 사람에게 말해주시오. 보아하니 그대들은 불행한 일을 당하거나 아니면 저지른 것이 분명한지라, 내 마땅히 그대들의 잘못을 책벌하거나 아니면 그대들이 당한 모욕을 풀어주려 하니, 사실을 알아야만 하겠소이다."

"우리는 바쁜 사람들이오." 소복 무리 중에서 한 사람이 대답했다. "객줏집은 아직도 멀었는데, 당신 묻는 말에 일일이 대답하기 위해 잠시라도 지체할 순 없소."

그러면서 노새를 채어 그냥 지나가려고 했다. 이런 대꾸에 돈키호테는 속이 몹시 상했던지 그의 고삐를 덥석 잡으며 말했다.

"멈추라니까! 그리고 예의를 좀 차리시오. 내가 당신들에게 묻는 말에 답변을 하란 말이오. 그렇지 못할 때에는 나와 결투를 하든지 하시오."

그런데 하필 그 노새는 놀라기를 잘하는 놈이었던지 고삐를 잡히는 순간 그만 놀라 앞발을 번쩍 쳐들었다. 이 바람에 그 주인은 안장에서 맨땅으로 나가떨어지고 말았다. 함께 걸어가던 하인 하나는 소복을 둘러쓴 사람이 낙마하는 것을 보자 돈키호테에게 욕설을 퍼붓기 시작했다. 돈키호테는 불같이 화가 치밀어 댓바람에 창을 옆에 끼고는 그중 한 사람을 덮쳐서 넉장거리를 시켰다. 그러고는 홱 돌아서서 좌충우돌로 나머지 사람들을 해치우는데, 그 날쌤이란 가관이었다. 로시난테가 그 순간에 날개가 돋친 듯 가볍고 날렵하게 움직이는 것 또한 볼 만했다.

소복을 둘러쓴 사람들은 모두 겁이 많은 데다 무기도 없고보니, 어이없게도 단번에 싸움을 그만두고 횃불을 든 채 벌판으로 줄달음치기 시작했다. 그것은 흡사 축제 날 밤에 달려가는 가장행렬 같았다. 상복을 입은 자들도 마찬가지였다. 그들은 통이 넓은 긴 옷을 휘감고 있었기 때문에 몸이 자유롭지 못했다. 그래서 돈키호테는 얼씨구나 하고 거저먹기로 그들을 때려 족쳤다. 그들은 하는 수 없이 그 자리에서 도망치고 말았다. 그들에게 돈키호테는 사람이 아니라, 상여에 메고 가는 시체를 빼앗으려고 나온 지옥의 악마로만 여겨졌던 것이다.

산초는 이것을 다 보고 있었다. 그리고 자기 주인의 힘찬 용기에 감탄해 마지않으면서 혼자 중얼거렸다.

"내 주인께서는 그의 말씀대로 저렇게 용감하고 힘센 분이란 말이야."

첫 번째로 노새에게서 나가떨어진 그 사람 바로 곁에, 횃불 하나가 아직도 길바닥에서 타고 있었다. 돈키호테는 그 불빛으로 사람이 보이자 그에게로 다가가 얼굴에 바짝 창을 들이대며, 항복하지 않으면 죽여버리겠다고 을러댔다. 쓰러져 있던 사람이 대답했다.

"항복은 진작 하지 않았습니까. 한쪽 다리가 부러져서 옴짝달싹도 못 하는걸요. 기사 나리, 당신께서 만일 기독교도시라면 제발 이 목숨만은 살려주십시오. 이래 봬도 나는 석사 학위를 받은 성직 자이오니, 무서운 신성모독죄를 범하지 않으시기를 바랍니다. 저는 첫 성직을 수행하고 있습니다."

"정녕 그렇다면 성당의 사람을 여기까지 끌고 온 자들은 대체 어떤 놈들인가?" 돈키호테가 말했다.

"누구긴 누구겠습니까, 나리." 쓰러진 사람이 되받아 말했다. "저의 불행이 그랬지요."

"좋아, 그렇다면 더 뜨끔한 꼴을 당할 거야." 돈키호테가 말했다. "아까 내가 물었던 것을 속 시원히 대답해주지 않으면 말이오."

"당신의 속을 시원하게 해드리는 것쯤은 땅 짚고 헤엄치기지요." 석사가 대답했다. "조금 전에 제가 석사라고 했지만, 실은 학사에 불과합니다. 이름은 알론소 로페스이고, 알코벤다스 태생입니다. 그런데 저 신부들 열한 사람, 횃불을 가지고 도망한 그들 말입니다, 그들과 같이 바에사시를 떠나 세고비아시로 가던 길이었습니다. 저 상여에 있는 시체를 옮기느라고요. 죽은 사람은 바에사에서 작고하신 기사님으로, 잠시 그곳에 안치했다가 지금 말씀드린 대로 그분의 고향인 세고비아의 묘소로 유해를 이장하려던 참입니다."

"그럼 누구의 손에 죽었소?" 돈키호테가 물었다.

"하느님이라고 해둡시다. 그가 작고하기는 열병 때문이었으니." 학사가 대답했다.

"허, 그랬군그래." 돈키호테가 말했다. "혹시 그 사람을 죽인 자가 있었더라면 그 원통한 죽음을 복수해주려고 했더니, 그런 수고는 우리 주님께서 하지 말라시는 것이로군요. 죽이실 분이 죽이신 바에야 그저 어깨나 움찔할 수밖에 딴 도리가 없지요. 내 자신을 죽이신대도 그럴 수밖에 없으니까 말이오. 좌우지간 학사님께 한 가지 알려드릴 게 있습니다. 나는 라만차의 기사 돈키호테로서, 그 본분과 사명은 천하를 편력하며 굽은 것을 바로잡고 모욕을 씻어주는 것이오."

"굽은 걸 바로잡아주신다니, 난 무슨 말인지 모를 일이오." 학사가 말했다. "바른 것을 되레 휘게 만든 게 당신 아니오? 이제 한쪽 다리를 아주 병신으로 만들어놓았으니, 한평생 바로잡히기는 다 글렀소. 또 내 모욕을 씻어주기는커녕 되레 두고두고 당해야 할 모욕을 끼쳤으니, 모험을 찾아다니는 당신을 만난 내가 불행이지요."

"세상일이란 말입니다," 돈키호테가 대답했다. "이럴 수도 저럴 수도 있지 않습니까. 알론소 로페스 학사님, 하필이면 밤에 그런 옷을 입고, 횃불을 들고, 중얼중얼 기도를 하면서 검은 상복까지 입고 오셨으니, 영락없이 저승의 괴물로 보일밖에요. 그래서 나는 임무 수행을 위하여 당신들을 안 치려야 안 칠 수가 없었던 게 아닙니까? 설령 당신네들이 진짜 지옥의 사탄이었대도 나는 공격을 했을 것이오. 처음부터 끝까지 나는 당신들을 그런 괴물로 믿었거든요."

"그만둡시다. 내 운이 나빠 그런 것을 어쩌겠소." 학사가 말했다. "편력 기사 나리께서 나를 이 꼴로 만들어놓았으니, 당신에게 청이나 하나 합시다. 나를 좀 이 노새 밑에서 빼내주시오. 한쪽 발이 등자와 안장 사이에 꼭 끼어 있으니."

"저런, 하마터면 내일 아침까지 이야기만 할 뻔했소그려." 돈키호테가 말했다. "이 양반아, 그렇다면 진작 말씀이나 하실 것이지, 언제까지 그렇게 참고 계실 작정이었소."

273

돈키호테는 소리쳐 산초 판사를 불렀다. 그러나 종자는 갈 생각도 하지 않았다. 그는 성직자들이 식량을 잔뜩 실은 채 끌고 온 말을 붙들고 한창 훔쳐내기에 정신이 없었던 것이다. 산초는 자기의 외투를 큰 보자기 삼아서 할 수 있는 데까지, 들어갈 수 있는 데까지 넣고 꾸려서 제 당나귀에다 싣고나서야 제 주인의 소리에 응했다. 그는 노새 밑에 깔려 있는 학사를 빼내는 일을 거들었고, 그를 노새 등에 올려놓은 다음 횃불을 들어 건네주었다. 돈키호테는 학사에게 말하기를, 일행의 뒤를 어서 따라가시되, 어쩔 수 없이 저지른 일이었으니 자기 대신 용서를 청해달라고 했다. 산초도 덩달아서 말했다.

"혹시 그분들이 자기네를 공격한 용감한 기사가 누구냐고 궁금해하거든 이렇게 말씀해주세요. 유명하신 라만차의 돈키호테신데, 그분의 별명은 '찌푸린 얼굴의 기사el Caballero de la Triste Figura'라고 합니다요."

학사는 아무 말 없이 그냥 가버렸다. 그래서 돈키호테는 산초를 보고 어찌해서 생전 처음으로 '찌푸린 얼굴의 기사'라고 부르게 되었느냐고 물었다.

"말씀드리기 어렵지 않습니다요." 산초가 대답했다. "아까 그 빌어먹을 횃불의 빛으로 흘끗 나리를 쳐다보니까, 나리의 얼굴이 전에 없이 아주 죽을상이더군요. 접전接戰을 하시느라고 지쳐서 그랬던지 어금니가 다 도망가서 그랬던지, 하여간 둘 중 하나겠지만요."

"그런 게 아니네." 돈키호테가 대답했다. "내 위대한 업적을 이야기로 꾸며야 할 책임을 맡은 현인께서 내게도 무슨 칭호가 있어야겠다고 생각해서 그랬는가보지. 옛날 기사들을 보더라도 모두가 그렇지 않았던가? 이를테면 '불타는 칼의 기사'[187]라든지 '유니콘의 기사'[188], '아가씨들의 기사'[189]라든지 '불사조의 기사'[190], 사자 몸에 독수리 머리를 한 '그리포의 기사'[191] 또는 '죽음의 기사'[192]라고들 자칭했는데, 그런 이름과 방패 무늬만 대면 세상에 모르는 사람이 없었거든. 그러니 아까 말한 그 현인이 내 마음과 자네의 혀를 빌려 나를 '찌푸린 얼굴의 기사'라고 부르게 시킨 거야. 그러니까 오늘부터 그 이름을 사용하기로 하겠네. 그리고 좀 더 그럴듯하게 어울리도록 틈나는 대로 내 방패에다 잔뜩 찌푸린 얼굴 하나를 그려 붙일 작정이네."

"그런 그림을 부탁하느라고 돈이나 시간을 없앨 생각을랑 아예 마십쇼." 산초가 말했다. "그러실 게 아니라 얼굴을 탁 까놓고, 보고 싶은 자들에게 보란 듯이 들이대시란 말입니다요. 그러면 더도 덜도 말고 그림이고 방패고 할 것 없이 '찌푸린 얼굴의 기사'라고 할 테니까 말입니다요. 진정입니다요, 제 말을 믿으십쇼. 나리, 이건 농담입니다만, 기갈은 심하것다, 어금니는 빠졌것다, 그러니까 나리의 얼굴이 지금 말씀드린 대로 죽을상이니 구태여 얼굴에 찌푸린 그림이 없어도 괜찮겠다는 말입니다요."

돈키호테는 산초의 구수하고 그럴싸한 말에 껄껄 웃었다. 그러

---

187 el Caballero de la Ardiente Espada. 그리스의 아마디스를 말한다.

188 el Caballero del Unicornio. 그리스의 돈 벨리아니스와 루지에로 데 아리오스토Luggiero de Ariosto를 말한다.

189 el Caballero de las Doncellas. 《레폴레모Lepolemo》의 등장인물 혹은 십자가의 기사el Caballero de la Cruz.

190 el Caballero del Ave Fénix. 돈 플로라르란 데 트라시아don Florarlán de Tracia.

191 el Caballero del Grifo. 펠리페 2세의 몇몇 축제에서 이 이름을 취했던 아렘베르크의 백작 el conde de Aremberg을 말한다.

192 el Caballero de la Muerte. 그리스의 아마디스를 말한다.

나 마음속으로는 애당초 생각한 대로 긴 방패에건 둥근 방패에건 그 별명을 꼭 그림으로 그려 넣으리라고 다짐했다.

이때 아까 그 학사가 되돌아와서 돈키호테에게 말했다.

"제가 말하는 걸 잊고 갔군요. 나리께서는 파문당하신 것을 알아야 합니다. 성스러운 사람이나 물건에 난폭하게 손을 댔기 때문입니다. 육스타 이유드: 시 퀴스 수아덴테 디아볼로, 기타 등등.[193]"

"나는 그 라틴 말을 이해하지 못하오." 돈키호테가 대답했다. "내가 알기로는, 나야 어디 손을 댔는가, 이 창이 그랬을 뿐이지요. 더군다나 가톨릭이요 독실한 기독교도인 나로서, 신부님이나 성당의 물건을 존경하면 했지, 어디 해칠 생각이야 언감생심 먹어보기나 했겠느냐 말입니다. 지옥의 요망스런 도깨비를 물리치려고 그랬을 뿐이지요. 설령 아주 난처한 일을 당한다 치더라도 엘 시드 루이 디아스의 일이 생각나는군요. 디아스는 교황 앞에서 왕의 사자使者의 의자를 때려 부쉈기 때문에 파문을 당했지요. 하지만 그 착한 로드리고 데 비바르는 그날 명예를 존중히 여기는 용감한 기사로서 체통을 세웠다는 겁니다."

이 말을 듣자마자 학사는 한마디 말도 없이 가버린 후라, 돈키호테는 상여에 떠메고 오던 것이 유골인지 아닌지 알아보고 싶어졌다. 그러나 산초는 그것이 달갑지 않아서 돈키호테에게 말했다.

"나리, 나리께서는 지금까지 제가 본 것 중에서 이번 위험한 모

---

193 Juxta illud: si quis suadente diabolo, etc.. '만일 누가 악마의 유혹으로 운운하는 그 조항에 의해서, 기타 등등'이라는 뜻이다. 이 말은 성직자를 때리는 자의 파문을 공포한, 이탈리아 트렌토에서 열린 '콘칠리움Concilium(공의회)'에서 만든 계율의 하나로서, 성직자를 보호하기 위한 규정의 첫 구절이다.

험을 제일 무사하게 넘기셨습니다요. 그 사람들이 싸움에 지고 돌아가긴 했지만, 겨우 단 한 사람에게 졌다는 생각이 들면 부끄럽고 낯이 뜨거워 다시 한번 해보자고 우리를 찾아올지도 몰라요. 그렇게 되면 좀 귀찮아지겠죠. 지금은 마침 당나귀도 이만하면 괜찮고, 산도 가깝고 배는 고파 죽겠으니, 딴 생각은 걷어치우고 우선 어서 돌아가기나 합시다요. 아, 말이 있지 않습니까요. '죽은 자는 무덤으로 가고 산 자는 빵으로 가라'[194]라고요."

그리고는 제 당나귀의 고삐를 잡더니 주인더러 따라오라고 했다. 주인도 산초의 생각을 옳게 여기고 두말없이 따라나섰다. 두 개의 작달막한 산 사이로 얼마를 가노라니, 아늑하면서도 널따란 골짜기가 나왔다. 거기서 그들은 말에서 내렸다. 산초가 당나귀의 짐을 내려놓고나서, 두 사람은 푸른 잔디밭에 벌러덩 누워서 시장을 반찬 삼아 아침, 점심, 곁두리, 저녁까지 한꺼번에 먹어치웠다. 그들이 먹은 음식은 이장을 하러 가던 성직자들, 좀처럼 험하게 먹지 않는 그들이 알뜰하게 싣고 오던 음식 광주리에서 꺼낸 것이었다.

그런데 한 가지 큰일이 생겼다. 그것은 산초에게는 큰일 중에서도 가장 힘이 드는 큰일이었다. 무언고 하니, 마실 술은 고사하고 입을 축일 냉수조차 없었다는 것이다. 목은 타서 불이 붙는데 앉은 풀밭에 무성하게 새로 돋은 풀들을 보자, 산초는 다음 장에 나오는 말을 했다.

---

194 Váyase el muerto a la sepultura y el vivo a la hogaza. 현대 표현으로는 '죽은 자는 구덩이로, 그리고 산 자는 빵으로'라는 뜻이다. 이 말이 산초의 특성을 나타내는 첫 번째 속담이다. 이 속담을 시작으로 앞으로 산초는 무수한 속담을 인용해 말할 것이다.

제20장

용감무쌍한 라만차의 돈키호테처럼
세상의 유명한 기사가 가장 위험 없이 해치운
한 번도 듣도 보도 못한 모험에 대해

"나리, 이 풀들은 말이에요, 근처에 이 풀들을 적셔주는 샘이나 냇물이 꼭 있다는 걸 증명하고 있습니다요. 그러니 조금만 더 깊숙이 들어가보는 게 좋겠습니다요. 설마하니 죽을 지경인 이 지독한 갈증을 풀어줄 곳이 없을라고요. 어이구, 정말이지 갈증이 배고픈 것보다 더 못 견디겠구먼요."

이 충고는 돈키호테에게도 솔깃했다. 그는 로시난테의 고삐를 잡았다. 산초도 저녁을 먹고 남은 것을 꾸려서 당나귀 등에 올려놓은 다음 고삐를 걷어쥐었다. 두 사람은 풀밭 위쪽으로 더듬더듬 걸음을 옮기기 시작했다. 밤이 칠흑같이 어두워서 지척을 분간할 수 없기 때문이었다. 그런데 한 2백 보나 걸었을까 말까 했을 때, 요란스런 물소리가 들려왔다. 그것은 마치 절벽에서 내리박히는 폭포 소리와 같았다. 그 소리를 듣자 그들은 뛸 듯이 반가웠다. 그래서 그들이 어느 쪽에서 소리가 나는가 하고 귀를 기울이고 있노라니, 뜻밖에도 또 다른 큰 소리가 들렸다. 그것은 먼저의 기쁨을 싹 가시게 했다. 원래 가뜩이나 겁쟁이인 데다 담력이 없는 산초에게는 더욱 그러했다. 그들이 들은 소리는, 쏴쏴 하고 쏟아지는 물소리에 섞여 일정한 간격을 두고 쇳소리가 장단을 맞추듯 쿵쿵 내리박히는 소리로, 돈키호테가 아니라면 누구든 간담이 서늘해질 소리였다.

앞에서 말한 대로 밤은 칠흑 같이 어두운데 깊은 숲속으로 들어갔으니, 솔솔 부는 바람결에 흔들리는 나뭇잎조차 괴괴하고 무서운 소리를 냈다. 말하자면 인적이 끊긴 호젓한 곳, 어두움, 쏴쏴 하는 물소리, 나뭇잎들의 부스럭거리는 소리 등이 모두 오싹오싹 무서움을 자아내는데, 게다가 쿵쿵 소리가 계속 들리고, 바람도 자지 않고, 새벽은 까마득한데 설상가상으로 어디가 어딘지를 분간할 수 없으니 더욱더 그러했다. 그럼에도 돈키호테만은 떨리지 않는 심장을 지닌지라, 훌쩍 로시난테에 뛰어올라 방패를 끼고 창을 비껴들며 말했다.

"여보게, 산초 친구, 자네가 알아둘 일이 있네. 나는 우리가 지금 살고 있는 이 철의 시대에 찬란한 황금의 시대를 부활시키기 위해 하늘의 뜻으로 태어난 것이네. 따라서 아슬아슬한 위험과 위대한 업적과 용감한 공훈은 모두 나를 위하여 예비되어 있는 것일세. 거듭 말하자면, 나는 원탁의 기사들과 프랑스의 열두 기사들과 명성의 아홉 기사들을 다시 부활시키고, 한물간 플라티르, 타블란테, 올리반테, 티란테, 페보, 벨리아니스 등 과거의 허다한 편력 기사들이 이루어놓은 혁혁한 공적을 무색케 할 만한 어마어마하고 위대한 무공을 오는 이 시대에 세움으로써, 저들에 대한 기억을 역사에서 깨끗이 지워버리겠네. 충직하고 성실한 산초, 자네도 알다시피 이 밤의 암흑, 야릇한 정적, 이 숲들의 말없이 설레는 소리, 우리

가 찾아온 저 물, 드높은 달의 산[195]에서 내리지르는 듯한 무서운 그 소음, 그리고 우리의 귀청이 찢어지게 끊임없이 울리는 저 쿵쿵거리는 소리, 이런 것들이 모두 합쳐지면, 아니 그 어느 하나만이라도 군신軍神 마르스를 공포와 두려움으로 떨게 할 만한데, 하물며 이런 일, 이런 모험을 겪지 못한 사람이야 오죽하겠는가. 그러나 아무리 그렇다고는 하지만, 내가 자네한테 이런 말을 하고나니까 오히려 내 용기가 새삼 솟구쳐 오르네. 사실 말이지, 그래서 아무리 힘든 모험이라 할지라도 겨루어보고 싶네. 그러니까 자네, 로시난테

---

195 옛날 사람들은 나일강이 이집트에 있는 달의 산el Monte de la Luna에서 발원한다고 믿었다.

의 뱃대끈을 좀 단단히 매어주겠나? 자네는 하느님께 맡기고 그냥 여기서 딱 사흘만 기다리고 있다가, 그때까지 내가 돌아오지 않거든 고향으로 돌아가도 좋네. 그리고 나한테 고맙고도 좋은 일을 해주는 셈 치고 엘 토보소로 가서, 세상에 둘도 없는 나의 아가씨 둘시네아 님에게, 사랑의 포로가 된 기사는 아가씨의 것이 되기에 부끄럽지 않은 훌륭한 일을 하려다가 그만 죽었다고 전해주게.”

산초가 주인의 말을 듣고는, 세상에도 드문 인정에 겨워 훌쩍훌쩍 울기부터 하면서 말했다.

“나리, 저는 무엇 때문에 나리께서 그런 끔찍한 모험을 하시려는 건지 도무지 알 수가 없습니다요. 지금은 밤중이고 아무도 우리를 보는 사람이라곤 없으니, 슬쩍 딴 길로 접어들면 되지 않습니까요. 사흘 동안 물 한 모금 못 마신대도 말입니다요. 아무도 우리를 보는 놈이 없으니 우리더러 겁쟁이라고 할 놈도 없을 테고, 그뿐입니까요, 나리도 잘 아시는 우리 마을의 신부님께서 강론을 하실 때 ‘위험을 즐기는 자는 그 위험으로 망하리라’[196] 하고 말씀하시는 걸 제가 들었거든요. 그러니 기적이 일어나지 않고는 살 수가 없는 이런 무시무시한 모험에 뛰어들어서 하느님을 시험하는 것은 옳지 않은 일이라고 생각합니다요. 하느님이 나리 편을 들어주신 일로는 내가 당한 키질을 나리는 당하지 않게 해주신 그것하고, 그리고 시체를 메고 가던 그 많은 사람들과 싸우고도 머리카락 하나 다치지

196 Quien busca el peligro perece en él. 직역하면 ‘위험을 찾는 자는 위험으로 망하느니라’라는 뜻이다. 구약성경의 〈집회서〉 3장 26절 “고집 센 마음은 마지막에 불행을 겪고 위험을 즐기는 자는 그 위험으로 망하리라Un corazón terco acaba mal, y el que ama el peligro en él perece”라는 구절의 일부를 산초 판사가 인용한 것이다.

않고 이기게 해주신 그것만으로도 충분합니다요. 뭐, 더 바랄 게 없
잖습니까요. 아무리 온갖 소릴 다 해도 철석같은 나리의 마음이 꼼
짝하지 않는다면, 적어도 이것 하나만 생각해서라도 마음을 돌리
십쇼. 저는 나리께서 이곳을 떠나기만 하면 겁에 질려서 아무에게
나 제 영혼을 내주고 말 것입니다요. 나리를 섬기기 위해 고향을 떠
나고, 자식새끼와 여편네도 다 버리고 나선 이놈입니다요. 혹시 무
슨 수라도 생길 줄 알고요. 그랬더니 욕심이 보자기를 찢는다고, 내
희망도 다 깨지고 말았습니다요. 그렇게도 수없이 나리가 약속하신
그 알량한 섬이나마 이제 막 얻게 되려니까, 그건 고사하고 되레 이
런 인적이 끊긴 곳에서 지금 이 모양 이 꼴이 되었으니 말이죠. 나
리, 그저 하느님을 보아서라도 그런 고생을랑 제발 시키지 마십시
오. 기어코 모험을 안 하고는 못 배기시겠거든 제발 내일 아침까지
만이라도 미루어주세요. 제가 양치기 노릇을 할 때 배워둔 지식으
로는 지금부터 새벽까지 세 시간도 채 남지 않았습니다요. 왜냐하
면 저 작은곰자리의 주둥이가 머리 꼭대기에 올라와 있거든요. 자
정엔 저 주둥이가 왼쪽 팔의 선상에 오는데 말이죠.[197]"

"자네가 어떻게 그런 것을 볼 수 있단 말인가, 산초?" 돈키호테
가 말했다. "별 하나 보이지 않는 깜깜한 하늘인데. 자넨 무얼 보고
주둥이니 머리 꼭대기니 왼쪽 팔이니 하는가?"

"그렇습니다요." 산초가 대답했다. "그렇지만 무서우면 눈이
여러 개 생겨서 땅속에 있는 것까지 보인다는데, 높다란 하늘에 있

---

[197] 양치기들이 큰곰자리 별자리의 위치에 근거해 시간을 계산하는 방법을 말하고 있다.

는 게 안 보일라고요. 아무튼 요리조리 궁리해보건대 이제 얼마 안 있으면 날이 샌다는 건 빤합니다요."

"글쎄, 얼마 되든 안 되든 간에," 돈키호테가 대답했다. "나와는 상관없는 일이야. 지금 당장이거나 언제가 되었거나 간에 눈물과 애원에 못 이겨 기사로서의 의무를 저버렸다는 소리는 듣지 않도록 해야 돼. 그러니 산초, 부탁이네만 제발 잠자코 있게나. 하느님께서 이 시각에 나로 하여금 이 전무후무한 모험에 뛰어들 결심을 주신 바에야 설마 내 안전을 지켜주시지 않고 자네의 슬픔을 위로해주시지 않을라고. 그러니 자네가 할 일이란 로시난테의 뱃대끈을 단단히 매어주고, 그리고 여기서 기다리는 일뿐일세. 자, 그럼 죽든 살든 난 갔다가 오겠네."

산초는 제 주인의 최후 결의를 보고, 한편 자기의 눈물과 권유와 간청이 아무 소용이 없다는 걸 알자, 한 가지 꾀를 써서 되도록 내일 아침까지 기다리지 않을 수 없게 할 속셈이었다. 산초는 말의 배를 졸라매고나서, 슬금슬금 감쪽같이 당나귀의 고삐로 로시난테의 두 앞발을 비끄러매었다. 그래서 돈키호테가 아무리 출발하려 해도 말은 껑충껑충 뛰기만 할 뿐 한 발자국도 나아가질 못했다. 산초 판사는 자기의 속임수가 제대로 들어맞은 것을 보고 말했다.

"거보세요, 나리. 하느님이 제 눈물과 애원을 차마 보실 수 없어서 로시난테를 꼼짝 못 하게 만들어놓으신 거예요. 그러니까 나리께서 자꾸만 박차를 가하고 말을 때리는 건 하늘의 뜻을 거스르는 일이고, 사람들이 말하는 것처럼 '발버둥 치며 생떼를 쓰기'입니다요."

돈키호테가 말에 박차를 가할수록 말은 더더욱 자리에서 꿈쩍도 않았다. 그는 말이 묶여 있는 줄 전혀 모르고, 날이 새기를 기다리든지 로시난테가 움직이기를 기다리든지 양단간에 하나를 택할 수밖에 없다고 생각했다. 산초가 꾸며놓은 장난 때문에 이렇게 된 줄 알 까닭이 없는 돈키호테는 그 이유가 딴 데 있다고 믿었다.

"산초, 이 모양으로 로시난테가 꿈쩍을 하지 않으니 새벽하늘이 미소를 지을 때까지 참을 수밖에 달리 도리가 없겠네. 지루한 그동안을 나는 울면서 새워야겠지만 말이네."

"아니, 우시긴 왜요?" 산초가 대답했다. "밤새도록 제가 나리를 모시고 이야기를 해드릴 텐뎁쇼. 편력 기사들처럼 푸른 잔디밭에서 한잠 주무셔도 좋겠죠. 그래야만 날이 밝은 다음, 나리께서 그토록 기다리는 저 무시무시한 모험에 뛰어드실 때 피로가 덜할 테니까 말이에요."

"뭐, 말에서 내려 잠을 자라는 소리가 무슨 말이냐?" 돈키호테가 말했다. "내가 위험을 앞두고 휴식이나 취하는 그따위 기사인 줄 알았더냐? 너나 실컷 자거라, 쿨쿨 잠이나 자려고 생겨난 놈아. 아무튼 너 좋을 대로 해. 난 내 계획대로 최선을 다할 테니까."

"나리, 제발 성은 내지 마십쇼." 산초가 대답했다. "그런 뜻으로 말한 게 아닌데요."

그렇게 말하고 산초는 주인한테 바싹 다가가서 양손으로 안장의 앞뒤를 꽉 붙들고, 주인의 왼쪽 넓적다리를 꼭 껴안은 채 손가락 하나 들어갈 틈도 없이 주인에게 착 달라붙어 있었다. 아직도 이따금 쿵쿵 하고 울리는 소리가 그만큼 무서웠기 때문이다. 돈키호테가 심심풀이로 아까 해준다던 이야기나 해달라고 하자, 산초는 저 무서운 소리가 그치면 해주겠다고 얼마간 버티다가 말했다.

"하지만 까짓것 기운을 내서 이야기를 해드리죠. 제 이야기는 중간에 누가 방해만 놓지 않는다면 세상에서도 아주 멋진 걸작이죠. 자, 그럼 시작합니다요. 나리, 정신을 바짝 차리세요. 옛날은 옛적이요 간 날은 간 적인데, 제발 우리에게는 복이 내리고 화를 찾아다니는 자에게는 화가 내리기를! 나리, 옛날 사람들이 이야기 첫머리를 이렇게 붙인 것은 정말 그럴듯하죠? '화를 찾아다니는 자에게는 화가 내릴지어다'라고 한 로마의 감찰관 카토 센소리우스[198]의 말은, 마치 반지가 손가락에 딱 들어맞듯이 지금 이 마당에 꼭 들어맞는 말이 아닙니까요? 왜냐하면 그 말은 나리께 가만히 있거라, 어디로든지 불행을 찾아가지 말아라, 또 우리에게는 딴 길로 돌아가거라 하고 말하는 것이거든요. 그도 그럴 것이, 소름이 쪽쪽 끼치는 이 길로만 가라고 하는 자는 한 놈도 없으니까요."

"산초, 자네의 이야기나 계속하게." 돈키호테가 말했다. "우리가 갈 길은 나한테 맡기고 말일세."

"그럼 하지요." 산초가 계속했다. "에스트레마두라라는 한 마을에 산양을 치는 사나이, 아니 산양을 지키던 한 양치기가 있었는데, 그 양치기, 아니 그 산양 치는 사나이가 바로 내 이야기에 나오는 로페 루이스라는 사람입니다요. 이 로페 루이스가 토랄바라는 양치기 처녀를 사랑하게 되었는데, 이 토랄바라는 이름을 가진 그 처녀로 말하자면 아주 돈 많은 목장주의 딸로서, 에헴, 그 돈 많은

---

198 Cato Censorius. 로마의 감찰관 카토 센소리우스(B.C. 234~B.C. 149)는 정치가 겸 문인으로 로마가 그리스화하는 것에 반대했고, 중소 농민을 보호하고 반反카르타고 정책을 펼 것을 주장했으며, 라틴 산문 문학을 개척하는 데 기여했다. 저서로는《농업론*De agri cultura*》,《기원론*Origines*》 등이 있다.

목장주로 말할 것 같으면……"

　"그렇게 말끝마다," 돈키호테가 말했다. "두 번씩 곱씹어서 이야기를 하다가는, 산초, 이틀이 걸려도 끝이 안 나겠네. 산초, 다음을 이야기하되 좀 요약해서 해보게나. 안 그러려거든 아예 집어치우든지."

　"이야기라면 무슨 이야기든지," 산초가 대답했다. "내 고장에선 내가 지금 하는 이 식대로 하는뎁쇼. 달리 이야기할 줄은 모르니 새로운 방식으로 하라시는 나리도 참 딱하십니다요."

　"그러면 자네 방식대로 이야기하도록 하게나." 돈키호테가 대답했다. "어차피 자네 이야길 안 들어줄 수 없는 형편이니 어서 계속 해보게나."

"에헴, 그래서 말입죠, 내 영혼의 나리," 산초가 이야기를 이어갔다. "아까 말씀드렸지만, 이 양치기가 그 양치기 처녀 토랄바를 사랑하게 되었는데, 그 처녀는 몸이 통통하고 명랑한 아가씨였고, 콧수염까지 감실감실 난 남자 같은 아가씨였는데, 아, 지금도 그 모습이 제 눈에 선합니다요."

"아니, 그럼 자네도 그 처녀를 알고 있나?" 돈키호테가 말했다.

"아, 아닙니다요, 저는 모릅니다요." 산초가 대답했다. "그렇지만 이 이야기를 나한테 해준 사람이 당부하길, 내가 남한테 이야기해줄 때는 직접 본 것이나 다름없게 하라고 그랬거든요. 아무튼 세월은 흐르고 흘러가는 동안에 언제나 세상일을 뒤틀어놓는 악마놈이 어떤 장난을 쳤던지, 그 처녀에게 품었던 산양 치는 사나이의 사랑이 그만 미움과 악으로 홱 변해버렸더랍니다요. 까닭인즉슨 쑥스러운 말로 그 여자가 부리는 강짜의 정도가 지나쳤더라 이 말씀입니다요. 이런 강짜가 도를 넘고 넘어서 마침내는 이르지 못할 데까지 다다르고보니, 그길로 산양 치는 사나이는 여자가 지긋지긋해져서 다시는 그녀를 보지 않으려고 그 마을을 떠나서, 평생 만나지도 못할 곳으로 가려 했던 거죠. 이러고보니 그 토랄바는 로페가 자기를 싫어한다는 기미를 알아채고, 지금까지는 상상도 할 수 없을 만큼 로페를 사랑하기 시작했답니다요."

"그게 여자들이 타고난 소갈머리거든." 돈키호테가 말했다. "저희들을 좋다 하면 톡톡 쏘고, 싫다 하면 나 죽는다고 애를 태우고 하는 게 상례라네. 어서 다음이나 계속하게나, 산초."

"그런데," 산초가 말했다. "산양 치는 사나이는 한번 결심한 것을 드디어 실행으로 옮기게 되었지요. 그래서 제 산양 떼를 앞세우

287

고 포르투갈 왕국으로 건너갈 작정으로, 에스트레마두라의 광야를 걸어갔습니다. 이 일을 알게 된 토랄바가 먼발치에서 허겁지겁 쫓아가는데, 손에는 순례자의 지팡이를 들고 목에는 가방을 둘러맸더랍니다요. 그 가방 속에는 거울이 한 개, 빗이 한 개, 또 무슨 얼굴 화장에 쓰이는 향수병이 하나 있었더라나요. 무엇이 들어 있든 말든 꼬치꼬치 캐고 따지고 할 때가 아니니, 나는 그저 이야기에 있는 대로만 말하면 되지요. 어쨌거나 짐승 떼를 몰고 가다가 과디아나 강을 건너게 되었는데, 바로 그때 물이 불어서 넘칠 지경이었답니다요. 산양 치는 사나이가 도착한 곳에는 크건 작건 배라곤 한 척도 없고 사람도 없어서 사람과 짐승 떼를 저쪽으로 건네다 줄 수가 없었더랍니다요. 이런 답답한 일이 또 있겠습니까? 글쎄 그 여자가 뒤따라와서 찔찔 울며 애걸복걸하게 됐으니 말이에요. 그래서 사방을 휘둘러보다가 배 한 척을 가지고 있는 어부를 발견하게 됐답니다요. 배라곤 하지만 너무 작아서 겨우 사람 하나, 산양 한 마리밖엔 태울 수가 없었더랍니다요. 그렇긴 해도 서로 이야기가 되어서 사람 하나와 데리고 온 산양 3백 마리를 건네다 주기로 합의를 보았답니다요. 어부가 나룻배에 탔습니다요. 한 마리를 건네다 주었습니다요. 돌아왔습니다요. 또 한 마리를 갖다 놨습니다요. 돌아왔습니다요. 또 갑니다요. 또 한 마리를 옮기려고 돌아왔습니다요. 나리, 이제 세어보세요, 어부가 옮겨놓은 산양이 몇 마리나 되죠? 왜냐하면 한 마리라도 세다가 빠뜨리는 때에는 이야기를 끝낼 수가 없고, 더 계속할 수도 없으니까요. 이제 그다음으로 들어갑니다만, 건너편 배 매는 곳은 질척질척한 진흙탕이라 어부가 오면가면 무척 시간을 많이 잡아먹게 됐습니다요. 그래도 되돌아옵니다요. 또

한 마리를 옮기려고 말입니다요. 그러고나선 또 한 마리, 또 그러고 나선 또 한 마리……"

"다 건네다 준 걸로 해둬." 돈키호테가 말했다. "그렇게 왔다 갔다 하다가는 1년이 가도 다 못 옮기겠네."

"지금까지 옮긴 게 몇 마리나 되죠?" 산초가 말했다.

"젠장맞을, 도대체 내가 그걸 어떻게 알겠나?" 돈키호테가 대답했다.

"그러게 제가 뭐랬어요." 산초가 말했다. "잘 세어두시라고 했잖아요. 이제 이야기는 다 틀렸습니다요. 더 하려야 할 수도 없고요."

"원, 그럴 수가 있나." 돈키호테가 말했다. "그래 건너간 놈의 머릿수가 단 하나라도 틀리면 더 이야기를 못 하겠다니, 그게 그렇게도 이야기 줄거리하고 상관이 있단 말인가?"

"그렇고말고요, 나리." 산초가 대답했다. "그러기에 아까 제가 나리께 묻기를, 건너간 놈들이 몇인지 말씀하라 했고, 나리는 대답하시기를, 모르신다고 하셨을 바로 그 순간에 남은 이야기가 몽땅 기억에서 사라지고 말았습죠. 참 재미도 솔솔 나거니와 유익한 이야긴데 말이에요."

"그럼," 돈키호테가 말했다. "이제 이야기는 다 끝났겠군?"

"그렇습죠. 죽고 없는 제 어머니처럼 아주 없어요." 산초가 대답했다.

"사실 말이지," 돈키호테가 대답했다. "없는 이야기든 있는 이야기든 간에 이야기치고는 세상에서 아무도 생각조차 할 수 없는 묘한 이야기를 들려주었군. 도대체 그렇게 이야기하는 투는 처음이고, 게다가 그렇게 중간에 잘라먹는 것도 고금천지古今天地에 없는 일일 거네. 그렇다고 해서 내가 뭐 자네 재주에서 무슨 별난 것을 기대한 것도 아니지만 말이야. 이상할 건 하나도 없어. 저 쿵쿵거리는 소리가 줄곧 저 모양이니, 자네 머리가 돌 만도 하지."

"그럴지도 모르지만," 산초가 대답했다. "그러나 제 이야기에 대해선 차라리 이렇게 말하는 게 옳다고 생각됩니다요. 즉 건너간 산양 숫자 계산이 틀려진 데서 이야기는 끝장이 난 것이라고요."

"아무튼 좋은 대로 적당한 데서 끝나면 그만이지." 돈키호테가 말했다. "그러나저러나 로시난테가 움직일 수 있는지 보세."

돈키호테는 한번 박차를 가해보았으나, 말은 뒷발을 번쩍 쳐들었다가 도로 제자리에 섰다. 그만큼 단단히 매여 있었던 것이다.

이러구러 다가오는 새벽의 찬 기운 때문인지, 아니면 산초가 저녁 식사 때 속을 씻어 내리는 음식을 먹었음인지, 또 아니면 저절로 (이것이 가장 그럴 법한 이유였다.) 그리 되었는지, 산초는 다른 사람이 대신 해줄 수 없는 일을 하고 싶어졌다. 그러나 마음속에 자리 잡은 무서움이 워낙 컸기 때문에 한 발짝이라도 주인 곁을 떠날 수는 없었다. 그렇다고 해서 마려운 일을 안 할 수도 없는 노릇이었다. 그래서 기껏 꾀를 써서 한다는 짓이, 안장 끝을 잡고 있던 오른손을 슬그머니 뽑아서 소리 없이 잠방이의 끈을 풀었다. 그러자 다른 아무것에도 걸릴 게 없는 바지가 스르르 벗겨져 내려와서 흡사 족쇄를 찬 것처럼 되었다. 그다음에 그는 재주껏 속옷을 위로 치켜올리고는 절대로 작지 않은 두 궁둥이를 내놓았다. 이것으로 우선 그 무서운 괴로움을 면할 수 있게 되었다고 생각할 즈음, 또 다른 뜻밖의 문제가 생겼다. 무엇인고 하면, 조금이라도 소리를 내지 않고서는 일을 치르기가 어렵다는 것이었다. 그래서 이를 악물고 어깨에 힘을 주고 할 수 있는 데까지 숨을 죽였다. 그러나 갖은 애를 다 썼건만 유감스럽게도 필경에는 그만 소리가 나고야 말았다. 그러나 그가 그렇게도 가슴을 졸이던 것과는 달리 아주 작은 소리였다. 이 소리를 들은 돈키호테가 말했다.

"산초, 거 무슨 소린가?"

"모르겠는데요, 나리." 그는 대답했다. "또 무슨 새로운 사건이 벌어지나보죠. 원래 모험하고 불행은 따라다니는 것이니까요."

그는 두 번째로 다시 힘을 써보았다. 이번만은 멋지게 성공했다. 아까 같은 시끄러운 소리도 전혀 없이 시원스럽게 그 진땀 나던 짐을 쏟아놓을 수 있었던 것이다. 그러나 돈키호테는 귀가 밝은 것처럼 냄새 또한 잘 맡는 데다 찰싹 달라붙다시피 하고 있는 산초가 수직으로 김을 오르게 만든지라, 냄새가 주인의 코에까지 아니 갈 수가 없었다. 주인은 냄새를 맡자마자 두 손가락으로 콧구멍을 틀어막고는 코맹맹이 소리로 말했다.

"산초, 암만해도 자네가 몹시 놀란 것 같아."

"네, 몹시 놀랐죠." 산초가 대답했다. "그런데 새삼스레 왜 지금에야 그걸 아셨죠?"

"응, 지금에서야 냄새가 나기에. 그래도 향수 냄새는 아닌걸." 돈키호테가 대답했다.

"그렇긴 하지만," 산초가 말했다. "제 탓이 아니라 나리의 탓이에요. 아닌 밤중에 이런 으슥한 곳으로 저를 끌고 오셨으니까요."

"한 서너 걸음쯤 저만치 떨어지게나, 친구." 손가락을 코에서 떼지 않은 채 돈키호테가 그렇게 말했다. "그리고 다음부터는 자네의 신분을 좀 알고 내게 대한 예의도 좀 지키게나. 이쪽에서 지나치게 가까이해주니까 그렇게 함부로 구는 게로군."

"쳇," 산초가 되받아 말했다. "나리는 내가 채신머리없는 짓이나 하고, 또 해서는 안 될 일이라도 저지른 것처럼 생각하시는군요."

"이제 그만 덮어두는 게 좋겠구먼, 산초 친구." 돈키호테가 대답했다.

이런 이야기 저런 이야기로 주인과 종자는 밤을 새웠다. 산초는 동이 터오는 것을 보고 슬그머니 로시난테의 묶인 것을 풀어주고, 제 바지 끈도 다시 붙들어 매었다. 원래 로시난테는 그리 괄괄한 성미가 아니었으나, 몸이 놓여나자 기분이 좋았던지 몇 번 앞발질을 해 보였다. 안타깝게도 그는 뒷발로 발돋움할 줄은 몰랐던 것이다. 로시난테가 이렇게 움직이는 것을 본 돈키호테는 이를 좋은 징조로 여겼고, 위험한 모험을 하라는 신호로 믿었다.

그러는 동안에 새벽이 환히 밝아오며 모든 물체가 또렷이 보이게 되었다. 돈키호테가 보니, 지금까지 자기들은 짙은 그늘을 드리운 큰 밤나무 숲속에 서 있었다. 그런데 그 쿵쿵거리는 소리가 여전히 멎지 않고 들려오고 있었는데, 무슨 소린지는 알 수가 없었다. 돈키호테는 지체하지 않고 로시난테에 박차를 가했다. 다시 한번 산초와 작별을 하면서 그는 부탁했다. 이미 말한 대로 이 자리에서 사흘을 기다리되, 사흘이 지나도 돌아오지 않을 때에는 하느님의 뜻으로 그 위험한 모험에서 목숨을 잃은 줄로 알라고. 그리고 그는 또 자기 대신으로 둘시네아 아가씨에게 전할 말을 부탁하고나서, 지금까지 일해준 품값에 대해서는 조금도 걱정하지 말라고 했다. 고향을 떠나기에 앞서 미리 유언장을 만들어두었기 때문에, 종자 노릇을 한 날수를 따져서 받을 것이 얼마가 되든 한 푼도 에누리

없이 받을 것이며, 만일 하느님께서 자기가 모험을 잘 치르게 해주신 덕분에 무사히 돌아오는 날에는 약속했던 섬나라쯤은 틀림없이 얻게 될 것이라고 말했다.

산초는 마음씨 고운 주인이 하는 슬픈 이야기를 듣고 새삼스레 눈물을 흘렸다. 그러면서 그는 일이 모두 끝날 때까지 자기 주인의 곁을 떠나지 않겠다고 굳게 결심했다.

산초의 이러한 눈물과 갸륵한 결심에 대해 이 이야기의 작가는 그의 본바탕이 좋아서 그랬거나, 또는 적어도 옛 기독교도의 후예인 때문이라고 결론지었다. 그러나 약한 마음을 보이기 싫어한 돈 키호테는 애써 내색도 하지 않은 채 물소리와 쿵쿵거리는 소리가 나는 방향으로 곧장 나아가기 시작했다.

산초는 좋은 때나 궂은 때나 잠시도 떠날 수 없는 반려인 당나귀의 고삐를 잡고 걸어서 주인을 따라갔다. 이러구러 그늘이 짙은 밤나무 숲 사이로 얼마를 가노라니, 깎아지른 바위 아래 좁다란 풀밭이 나타났다. 바위 위에서는 어마어마한 폭포수가 거꾸로 내리박히고, 바위 아래에는 허술한 집들이 몇 채 있었다. 실상 집이라기보다는 차라리 앙상한 뼈다귀뿐인데, 아까 그 쿵쿵거리는 소리는 그 안에서 나는 것이었다. 그 소리는 아직도 멎지 않고 계속되고 있었다.

그런데 폭포와 쿵쿵거리는 소리에 놀란 것은 로시난테였다. 돈 키호테는 말을 달래고 조금씩 조금씩 집 앞으로 나아가면서 일편단심 자기의 마음속 아가씨에게 축원하기를, 이 무시무시한 모험에 힘을 빌려달라고 빌었고, 하느님께 제발 자기를 잊지 말아주시라고 빌었다. 산초도 그의 곁을 떠나지는 않았으나, 그는 로시난테의 다리 사이로 목을 길게 뽑은 채 왕방울같이 눈을 크게 뜨고는 조마조마하고 무시무시한 사건이 언제 벌어지려나 보고 있었다.

그런데 다시 백 보쯤 나아갔을 무렵 한 모퉁이를 돌아서니, 간밤에 줄곧 그들의 모골을 송연케 하던 그 놀랍고도 두려운 소리의 정체가 백일하에 환히 드러났다. 죄 없는 독자들이시여, 분해하거나 실망하지 마시라. 그것은 물의 힘으로 돌아가는 물레방아의 절굿공이 여섯 개가 번갈아 돌며 내는 소리였다.

돈키호테는 이 꼴을 보자 너무나도 어이가 없어 온몸을 부르르 떨었다. 산초가 흘끔 그를 살펴보니, 머리를 가슴에 푹 박은 채 부끄러워하는 눈치였다. 돈키호테가 산초를 바라보니, 그는 볼이 불룩해가지고 입 안엔 웃음이 가득 차 있어서 자칫하면 곧 터져 나올 판이었다. 창피스럽기야 말할 나위도 없지만, 산초가 하고 있는 꼴을 보자 그로서도 웃지 않을 수 없었다. 주인이 먼저 웃는 것을 보기가 무섭게 산초도 킬킬거리기는 했으나, 마구 터져 나오지는 못하게 두 주먹으로 양쪽 배를 움켜쥐고 웃는 웃음이었다. 네 번을 그쳤다가 네 번을 웃어대는데, 처음과 같이 킬킬거리는 웃음이었다. 돈키호테는 그것이 몹시 못마땅했는데, 더욱이 산초가 비꼬는 투로 말했다.

"자네 알아둘 일이 있네, 오, 산초 친구! 나는 우리가 지금 살고 있는 이 철의 시대에 찬란한 황금의 시대를 부활시키기 위해 하느님의 뜻으로 태어난 것이네. 따라서 아슬아슬한 위험과 위대한 업적과 용감한 공훈은 모두 나를 위하여 예비되어 있는 것일세."

이렇게 자기 말을 흉내 내어 말했을 때에는 화가 머리끝까지 치밀었다. 그런데도 산초는 처음 그 무서운 쿵쿵거리는 소리를 들었을 때 돈키호테가 한 말을 거의 모두 되풀이하는 것이었다.

　돈키호테는 산초가 자기를 조롱하고 있음을 알자 불처럼 화가 치밀어 창을 번쩍 들어 두어 번 내려쳤다. 그게 어깨에 맞았기에 망정이지, 머리에 맞았더라면 그는 품삯을 내주지 않아도 괜찮을 뻔했다. 혹시 산초의 상속인이 없었다면 말이다. 산초는 자기의 농담이 큰일을 저지른 것이로구나 하고, 주인이 더 심하게 나올까 두려워서 아주 공손한 태도를 지으며 말했다.

　"나리, 진정하세요. 하느님께 맹세코 저는 단지 농담으로 그랬을 뿐입니다요."

　"자넨 농담일지 몰라도 난 농담이 아냐." 돈키호테가 대답했다. "자, 이 농담 대장, 이리 좀 와봐. 만일 저 절굿공이들이 무슨 위험한 모험거리였다면, 그래, 내 용기를 가지고 그걸 못 당하고 못 해낼 줄 알아? 난 기사인데, 기사라고 해서 으레 무슨 소리든 분간할 줄 알고, 또 물레방아의 절굿공이 소리인지 아닌지까지 알아야만 한단 말인가? 가난뱅이 농사꾼인 자네는 그런 물건 속에서 나고 또 자라서 그런 걸 보면 잘 알 테지만, 난 그런 걸 평생 보지도 못했고 또 못 본 게 사실이란 말이야. 안 그렇다면 자네가 이 절굿공이 여섯 개로 거인 여섯 놈을 만들어 한 놈씩 한 놈씩, 아니 한꺼번에 모조리 내 앞에 내놓아봐. 그래서 내가 그놈들을 거꾸러뜨리지 못하는 경우에는 그때 가서 자네 맘대로 나를 놀리란 말이야."

　"이제 제발 그만해둡쇼, 나리." 산초가 되받아 말했다. "어쩌다가 농담이 지나쳤다는 걸 저도 이미 잘 알고 있답니다요. 그런데 한 가지 말씀드리고 싶은 것은, 하느님께서 이번에 그래주신 것처럼 앞으로도 계속 있을 갖가지 모험에서도 나리를 무사히 구해주십사

하고 빕니다만, 우리가 아무 걱정 없이 있는 지금 같으면, 그럴수록 이왕에 아주 무서워하던 것을 가지고 웃고 이야기할 수 있지 않겠습니까요? 적어도 저만은 말입니다요. 나리께서야 무어가 무섭고 무어가 두려운 건지 통 모르시고 안중에도 없으시다는 건 제가 잘 알고 있으니까요."

"나라고 해서 우리가 당한 일이 웃음거리가 안 된다는 건 아냐." 돈키호테가 대답했다. "이야기할 만한 것까지는 못 된다는 거지. 누구나 다 똑똑해서 사물을 제자리에 맞춰놓을 만한 지각이 있는 건 아니거든."

"적어도," 산초가 대답했다. "나리께서는 창으로 제대로 맞힐 줄은 아시던데요. 겨누신 것은 제 머리통인데 맞힌 것은 어깨였으니까요. 첫째는 하느님 덕분이고, 둘째는 제가 몸을 살짝 비킨 덕분이지만요. 좌우지간 그만둡시다요. 다음에 더 이야기할 때가 오겠죠. 제가 듣기로는 '너를 좋아하는 바로 그자가 너를 울린다'[199]라고 했고, 게다가 지체 높으신 양반네들은 하인한테 모진 말을 하고나서 바지 한 벌을 주거든요. 그런 분들이 매질을 한 뒤에 무얼 주는지는 모르겠습니다만요, 편력 기사 같으면 몽둥이로 때리고나서 섬이나 육지에 딸린 나라를 주지 않겠습니까요."

"운이 트이기만 하면," 돈키호테가 말했다. "자네 말이 다 그대로 되어갈지도 모르지. 자넨 사리가 밝으므로 엉겁결에 한 짓은 죄가 없다는 것을 잘 알 터인즉, 지난 일은 다 용서해주게나. 그런데

---

199 Ese te quiere bien, que te hace llorar. 이 말을 고쳐 말하면 "믿는 도끼에 발등 찍힌다"라는 우리 속담과 같은 뜻이 되겠다.

다음부터는 한 가지 알아둘 일이 있네. 나하고 이야기하는 것을 되도록 줄이고 삼가란 말이네. 내가 읽은 무수한 기사도 책에서도, 종자치고 자네가 하듯 제 주인하고 이렇게 이야기가 많은 건 보질 못했네. 사실 이렇게 된 데에는 너나없이 서로 잘못이 크지. 자네는 나를 너무 허수하게 여기는 것이 흠이고, 나는 또 그런 대로 내버려 둔 게 흠이란 말일세. 음, 그렇지. 저 가울라의 아마디스의 종자 간달린은 피르메섬의 백작이 된 후에도, 제 주인한테 무얼 여쭐 때에는 반드시 모자를 벗어 손에 들고 터키 사람들처럼 머리를 조아리고 허리를 굽히며 하더라고 적혀 있다네. 더군다나 돈 갈라오르의 종자 가사발은 어떠했느냐 하면, 어찌나 말이 없던지, 훌륭한 실제 이야기를 다 훑어보아도 그 놀라운 침묵을 높이 평가하기 위해서 이름이 단 한 번밖에 안 나오지 않나? 이런 소릴 늘어놓는 것은, 산초, 주인과 하인, 영주와 종, 기사와 종자 사이에는 분별이 뚜렷해야 한다는 걸 배우란 뜻이네. 그러니까 우선 오늘부터 깍듯이 서로 인사를 차리고 농지거리를 하지 말아야 하네. 설사 내가 아무리 심하게 자네한테 성질을 부리더라도 손해 보는 건 두들겨 맞는 쪽뿐이지. 내가 자네한테 주기로 한 상급이나 이익은 때가 되면 다 받게 마련이네. 혹시 그걸 못 받는다고 하더라도 삯이야 못 받을라고. 내가 일러둔 그 품삯 말이네."

"나리의 말씀이 다 옳습니다요." 산초가 말했다. "그런데 또 한 가지 궁금한 것은, 혹시 그 상급을 받을 때는 오지 않고 품삯으로만 치러야 될 경우라면 말씀입니다요, 옛날 편력 기사의 종자라면 얼마를 받았는지요? 월급으로 쳤습니까요, 아니면 미장이 막벌이꾼처럼 일당으로 쳤습니까요?"

"내 생각에는," 돈키호테가 대답했다. "그런 종자들이 받은 건 아마도 품삯이 아니고 상급이었을 걸세. 내가 집을 떠날 때 자네 몫으로 유서를 밀봉해두고 온 것은 만일을 위해서 한 일이지. 왜 그런고 하면 이 무서운 세상에서 기사도란 게 장차 어찌 될지 모르는 판인데, 저세상에 가서 내 영혼이 하찮은 일로 벌을 받고 싶지는 않거든. 그래서 자네한테 알아들으라고 하는 말이네만, 산초, 세상에 모험가처럼 위태로운 건 또 없단 말일세."

"사실이 그렇습니다요." 산초가 말했다. "그러기에 절굿공이 소리 하나에도 나리처럼 용감하신 편력 기사의 가슴이 두근거리고 벌벌 떨리셨죠. 그런데 한 가지 아주 마음을 놓으실 일은 다름 아니오라, 요담부턴 제가 나리의 일에 대해서 빈정대는 말은 안 할 테고, 꼭 나리를 제 주인답게 높이는 말만 하겠다는 겁니다요."

"그래야만," 돈키호테가 되받아 말했다. "자네가 이 세상에서 사는 날이 오래 계속될 걸세. 왜냐하면 부모 다음에는 제 주인을 부모같이 섬겨야 하는 법이니까."

제21장

맘브리노 투구를 훌륭하게 얻기까지의
장쾌한 모험과 우리의 무적 기사에게 일어난
또 다른 사건들에 대해

이때 비가 찔끔거리기 시작했다. 산초는 물레방앗간으로 들어가려 했으나, 돈키호테는 속은 일이 분해서 꼴도 보기 싫은 터라 들어갈 생각이 털끝만큼도 없었다. 하릴없이 그들은 오른쪽으로 길을 돌아, 어제 걷던 길과는 반대 방향으로 나서게 되었다.

　거기서 멀지 않은 곳에서 돈키호테는 말을 타고 오는 한 사람을 만났다. 그는 황금같이 번쩍거리는 무언가를 머리에 얹고 오는 것이었다. 이것을 보자 산초를 돌아보며 그는 이런 말을 했다.

　"내 생각에는, 산초, 무릇 격언이란 진리 아닌 것이 없네. 왜냐하면 한마디 한마디가 다 모든 학문의 어머니인 바로 그 경험에서 우러난 말이거든. 그중에도 '열린 문이 있으면 닫힌 문도 있다'[200]라는 그 속담 말일세. 들어보게나. 간밤에는 물레방아로 우리를 속이

200　Donde una puerta se cierra, otra se abre. 직역하면 '한 문이 닫히면, 다른 문이 열린다'라는 뜻.

면서 운명이 우리가 찾던 모험의 문을 딱 닫아놓더니만, 오늘 지금은 그것과는 비교가 안 되는 확실한 모험을 하라고 대문을 활짝 열어놓았네그려. 그곳으로 내가 쳐들어가지 못한다면 그건 내 잘못일 테니, 물레방아를 잘못 본 탓이라거나 밤이 캄캄한 탓이라거나 할 수도 없네. 내가 이런 말을 하는 까닭은, 내가 속은 게 아닌 한 지금 우리 앞에 맘브리노의 투구el yelmo de Mambrino를 쓴 사람이 오고 있기 때문이네. 자네도 알다시피 언젠가 내가 맹세한 일이 있는 그 투구 말일세."

"나리께서는 말씀은 신중히 생각해서 하시고 행동은 더욱 신중을 기하셔서 해야 합니다." 산초가 말했다. "이게 또 물레방아가 돼서 우리의 혼을 빼놓기라도 한다면 얼마나 골칫거리입니까요."

"이런 발칙한 것 같으니라고." 돈키호테가 되받아 말했다. "투구와 물레방아가 무슨 상관인가?"

"전 아무것도 몰라요." 산초가 대답했다. "하지만 그전같이 말을 해도 좋다면 한마디 하고 싶은 말이 있습니다요. '나리께서 지금 말씀하신 건 틀리셨다'고요."

"내 말이 어떻게 틀릴 수가 있단 말인가, 이 빙충맞은 맹추야." 돈키호테가 말했다. "자, 그럼 말해보게. 저기 저 황금 투구를 쓴 기사가 얼룩말을 타고 우리 앞으로 오는 것이 보이는가, 안 보이는가?"

"제 눈에는," 산초가 대답했다. "제 것과 같은 잿빛 당나귀를 탄 사람밖에 안 뵈는뎁쇼. 그리고 또 머리 위엔 무언가 번쩍번쩍하고요."

"저게 바로 맘브리노의 투구라는 거네." 돈키호테가 말했다. "자, 그럼 한쪽으로 비켜서서 일은 나한테 맡기게나. 일각여삼추—

刻如三秋니 말은 집어치우고 저만큼에서 구경이나 실컷 하게나. 이 모험을 내가 어떻게 해치우고, 그렇게 소원이던 투구를 어떻게 내 것으로 만드는지 말이네."

"비켜드리는 건 문제가 아닙니다요." 산초가 되받아 말했다. "그러나 다시 말하지만, 제발 물레방아가 아니라 꽃박하면 얼마나 좋겠습니까요.²⁰¹"

"여보게, 아우님, 그놈의 물레방아 소린 지긋지긋하니 이제 내 앞에서 꺼내지도 생각지도 말라고 하지 않았나?" 돈키호테가 말했다. "마지막으로 한 번 더 말해두지만, 또 그런 말을 했다가는 혼쭐을 내고 말 테다."

산초는 입을 다물었다. 제 주인이 내뱉은 위협을 그대로 실행에 옮길까 두려웠던 것이다.

그런데 돈키호테가 보았다는 그 투구며, 말이며, 기사란 실상은 이런 것이었다. 그 이웃에는 마을이 둘 있었는데, 하나는 하도 작은 촌락이라서 약국도 이발사도 없었고, 다른 마을에는 둘 다 있었다. 그러자니 큰 마을 이발사가 작은 마을 일까지 보아주게 되었는데, 마침 작은 마을에 급한 일이 생겼다. 피를 뽑아야 할 환자²⁰² 와 수염을 깎아야 할 사람이 있었던 것이다. 이발사는 그 일로 놋대야를 하나 들고 가는 길이었다. 그런데 공교롭게도 오다가 비를 만났다. 아마도 새 모자를 썼던지, 그것이 더럽혀질까봐 그는 머리 위

---

201 산초가 속담 "미나리가 아니라 꽃박하면 얼마나 좋겠는가Quiera Dios que orégano sea, y no alcarabea"에서, '미나리alcarabea'를 '물레방아batanes'로 바꾸어 인용한 것이다. '이익을 얻으려다 오히려 손해 보는 일을 하지 말라'는 말이다.

202 이 시대의 이발사는 의사의 역할까지 겸했다.

에다 대야를 뒤집어썼는데, 하도 깨끗이 닦아놓은 것이라 1마일 밖에서도 번쩍번쩍 빛이 났다. 그는 산초가 말했듯 잿빛 당나귀를 타고 왔으나, 돈키호테에게는 밤색 털에 얼룩점박이 말에다 기사, 그리고 황금 투구같이 보였던 것이다. 무엇이거나 눈에 띄는 것이면 덮어놓고 엉뚱한 기사도와 어처구니없는 생각에다 꿰맞추는 까닭이었다. 그래서 가엾은 그 기사가 가까이 오는 것을 보자, 돈키호테는 그와 말을 주고받을 것도 없이 그를 사뭇 꿰뚫어놓을 작정으로 창을 비껴들고 로시난테를 채쳐 돌진해나갔다. 그는 맹렬한 속도를 늦추지 않고 가까이 다가가서 호통을 쳤다.

"이 포로 놈아, 어디 한번 막아봐라. 그게 아니면 자진해 항복해라."

이런 일이 일어나리라고는 꿈에도 생각 못 한 이발사는, 웬 도깨비가 덮쳐오는 것을 보고서야 창끝을 피하려 했으니, 당나귀에서 굴러떨어지는 수밖에는 달리 어쩔 도리가 없었다. 맨땅에 엉덩방아를 찧은 그는 사슴보다 날쌔게 일어나서 바람도 따를 수 없을 만큼 빠른 속도로 들판을 줄달음질하여 달아났다. 무엇보다도 이발사가 대야를 땅바닥에 내던지고 가는 것이 돈키호테는 몹시 흡족했다. 그가 말하기를, 그놈, 이교도치고는 소견머리가 제법이로구나, 놈이 물개 흉내를 냈거든, 물개란 사냥꾼 냄새를 맡으면 무엇 때문에 저를 잡으려는지 본능적으로 알아차리고는 자기 뒷다리 사이의 물건을 제 입으로 물어뜯어서 끊어놓는단 말이야, 하고는 산초에게 투구를 집어 올리라고 했다. 산초는 그것을 집어 들면서 말했다.

"야, 이건 굉장한 대야로군요. 돈으로 치면 원래 1마라베디밖에 나가지 않는 것인데 8레알은 족히 되겠는걸요."

　　그러고는 제 주인에게 건네주자, 돈키호테는 얼른 그것을 머리에다 쓰고는 자기 머리에 맞는지 안 맞는지를 가늠하느라고 이리저리 빙글빙글 돌려보았다. 그러나 딱 들어맞지 않으므로 이렇게 말했다.

　　"당초에 이 굉장한 투구를 만들라고 한 이교도 놈이 정녕코 이만저만 큰 대갈통이 아니었던 모양이군. 그런데 참 애석하게도 반쪽이 홀랑 달아났으니, 원."

　　산초는 대야를 보고 투구라는 소리에 그만 웃음을 참을 수가 없었다. 그러나 문득 제 주인이 화를 낼까봐 웃음을 뚝 그쳤다.

　　"웃기는 왜 웃나?" 돈키호테가 말했다.

　　"웃음이 절로 납니다요." 산초가 대답했다. "이 투구의 임자였던 그 이교도 놈의 굉장한 대가리가 생각나서요. 어쩌면 그렇게도 이발사의 대야하고 꼭 같습니까요."

"자넨 내가 무얼 생각하고 있는지 아나, 산초? 천하 명품인 이 마법 투구는 필시 무슨 곡절이 있어서 그 진가를 모르는 자의 손에 넘어간 것이고, 그자는 이것저것 알아볼 사이도 없이 그저 순금인 줄로만 알고 절반을 녹여서 돈을 장만하고, 절반은 또 자네 말마따나 이발사의 대야 같은 투구를 만들었는가보네. 그야 어떻든 내가 그 가치를 아는지라, 모양이 좀 일그러졌지만 그게 무슨 대순가. 대장간이 있는 마을을 만나면 당장 처음 모양대로 고쳐놓을 테니까 말이야. 뭐 대장간의 신[203]이 전쟁의 신[204]을 위해서 만든 투구라도 내 것에 비기면 족탈불급足脫不及일걸. 그래도 그동안은 우선 쓰고 있을밖에. 없는 것보다는 있는 것이 나은 법이니까 말이야. 더구나 날아오는 돌 따위를 막는 데는 딱 십상이지."

"그럴 겁니다요." 산초가 말했다. "두 패가 맞붙어 싸울 때처럼 무릿매질을 안 한다면야 괜찮겠죠. 그때 돌맹이가 나리의 어금니를 부러뜨리고, 내 창자까지 게워내게 한 그 신통한 약이 담긴 깡통까지 박살을 낸 그런 무릿매질만 아니라면 말이죠."

"그까짓 약물쯤 잃은 건 큰 문제가 아니네. 산초, 자네도 잘 알겠지만 말일세," 돈키호테가 말했다. "난 그 약방문을 훤하게 외워두고 있거든."

"저도 알아두었답니다요." 산초가 대답했다. "하지만 내 손으

---

203 로마신화에 나오는 불과 대장장이의 신 불카누스Vulcanus를 말한다. 그리스신화의 헤파이스토스Hephaestos에 해당한다.

204 로마신화에 나오는 군신軍神 마르스Mars를 말한다. 그리스신화의 아레스Ares에 해당한다.

로 그따위 약을 만드느니 차라리 당장 이 자리에서 죽는 게 낫겠어요. 또 그런 것이 나한테 필요할 때는 이제 영영 없을 것 같습니다요. 앞으로는 정신을 바짝 차리고, 남한테 당하지도 않고 남을 해치지도 않을 생각이니까요. 지난번 그 키질만은 딱 질색입니다요. 그런 봉변이야 미리 손쓸 겨를이나 있었나요. 그저 당할 때는 어깨를 움츠리고 숨을 죽인 채 눈 딱 감고 될 대로 되라 하고서는 담요가 움직이는 대로 맡길 수밖에 없었죠."

"산초, 자넨 신앙이 부족해." 그 말을 들은 돈키호테가 말했다. "한번 당한 모욕을 영 잊질 않거든. 점잖고 도량이 넓은 사람은 말일세, 자질구레한 일을 가지고 이러쿵저러쿵하지 않는다는 걸 알아야 하네. 그래, 다리가 하나 병신이 됐나, 갈빗대가 부러지길 했나, 머리가 깨지기라도 했나. 지나간 장난을 못 잊는 건 도대체 무슨 까닭인가? 따지고보면 그건 장난이고 심심풀이일 뿐이었어. 그렇지 않았다면 나는 결단코 돌아서서 자네의 원수를 갚았을 것이네. 그리스 사람들이 도둑맞은 헬레네[205] 때문에 한 복수보다 더 무섭게 말이야. 그 헬레네가 지금 살아 있든가 나의 둘시네아가 그 당시에 살았더라면, 헬레네도 천하제일의 미인이란 평판이야 들을 수 없었겠지만 말이야."

여기까지 말하고 돈키호테는 구름 속까지 사무칠 긴 한숨을 내쉬었다. 그래서 산초가 말했다.

"좋습니다, 장난이라고 해둡시다요. 어차피 복수도 못 하고 말

---

205 Helene. 그리스신화에 나오는 절세미인. 제우스와 레다의 딸이자 스파르타의 왕 메넬라오스의 아내였는데, 트로이의 왕자 파리스에게 유괴되어 트로이전쟁의 원인이 되었다.

았으니까요. 하지만 뭐가 정말이고 뭐가 장난이라는 것쯤은 나도 알고 있답니다요. 내 등가죽에 배어서 잊으려야 잊을 수 없을 만큼요. 그건 그렇다 치고, 나리께서 물리치신 저 마르티노 녀석이 버리고 간 얼룩점박이 말, 아니 잿빛 당나귀, 모두 같아 뵙니다만, 이걸 어쩌실 작정입니까요? 그 녀석이 맨발로 감쪽같이 뺑소니를 치고 갔으니 다시 돌아올 것 같진 않군요. 사실 제 수염을 걸고 말씀이지만, 이 얼룩빼기는 참 탐스럽습니다요."

"이날 이때까지 내 성미가 정복한 적을 약탈한 일이라곤 없었다네." 돈키호테가 말했다. "그뿐만이 아니라 말을 빼앗고 기사를 걸려 보낸다는 것은 기사도에도 어긋나는 일이지. 혹시 승리자가 싸움을 하다가 제 말을 잃는 경우에는, 그때에 한해서 패전자의 말을 가질 수도 있지. 정정당당한 전리품으로 말일세. 그러니까 산초, 말이든 당나귀든 자네 마음대로 부르되 아예 손대선 안 되네. 우리가 여기를 떠난 줄 알면 제 임자가 와서 찾을 게 아닌가."

"하느님도 아실 테지만, 정말 갖고 싶은데요." 산초가 되받아 말했다. "정 안 되면 하다못해 제 것하고 바꿔도 좋아요. 이건 워낙 못쓰게 생겼으니 말이에요. 원, 기사도란 게 그렇게도 엄하나, 당나귀 한 마리도 바꿀 수 없다니. 그럼 저 안장이라도 바꾸면 안 되나요?"

"그건 나도 잘 모르는 일이지만," 돈키호테가 대답했다. "잘 모를 때에는 확실히 알 때까지 바꿔 쓸 수도 있겠지, 정 그렇다면 말이야."

"예, 정말 필요합니다요." 산초가 대답했다. "제 몸에 딸린 것치고는 제일 필요한 것인뎁쇼."

허락이 떨어지기가 무섭게 산초가 곧 바꿔치기[206]를 해서 자기 당나귀에다가 번쩍거리는 마구 전부를 입혀놓으니, 초라하던 그의 당나귀도 한결 모양이 좋아 보였다.

이 일이 끝난 다음 간밤에 말꾼에게서 빼앗은 음식 중 남은 것으로 그들은 점심을 때우고, 물레방아를 돌리는 냇물로 목을 축였다. 그러나 그들을 워낙 놀라게 한 물레방아였던지라 그게 분해서도 물레방아 있는 쪽은 쳐다보지도 않았다.

이제 간단한 요기도 끝나고 우울한 심정도 가라앉자, 두 사람은 제각기 말에 올라 지향 없이 길을 떠났다. 무작정 가는 것이 좀더 편력 기사다운 법이기에, 로시난테의 마음이 내키는 대로 가게 내버려두었다. 로시난테는 제 주인에게뿐만 아니라, 어디를 가든 사랑과 우정으로 늘 따라오는 당나귀에게도 길잡이 역할을 해주었던 것이다.

이렇게 가고 또 걷다가 산초가 제 주인에게 말했다.

"나리, 나리와 잠깐만 이야기하도록 허락을 해주시겠습니까요? 아예 말을 통 하지 말라는 엄한 분부가 내린 다음부터는 갖가지 이야기를 하고 싶은 것이 내 배 속에서 부글부글 끓고 있는데, 그중 한 가지가 지금 바로 혀끝에 매달려 썩고 말 지경입니다요."

"그렇다면 해보게나." 돈키호테가 말했다. "하지만 말은 간단해야 되네. 길면 재미가 없는 법이거든."

"그럼 말씀드리겠습니다요, 나리." 산초가 대답했다. "벌써 며

---

206 예수 부활 대축일, 일명 부활절에 추기경과 주교 등의 고위 성직자가 행한 망토 교환을 말한다.

칠 전부터 곰곰이 생각해오던 터입니다만, 나리께서 으슥한 곳이나 네거리 길로 찾아다니시는 모험이란 게 도대체 아무 잇속도 없는 것 같습니다요. 그 위험하기 짝이 없는 모험을 아무리 훌륭하게 해 치우신댔자 누가 보기를 합니까요, 알기를 합니까요. 결국 그게 모두 영영 알려지지 않은 채로 묻혀버릴 테니, 나리의 그 뜻이나 세운 공이 소용없는 것이 되고 말 게 아닙니까요. 그러니 어리석은 제 소견으로는, 나리께서는 더 좋은 생각이 있을지 모르지만, 우리가 어느 황제나 아니면 어느 위대한 왕자를 섬기는 게 나을 성싶단 말입니다요. 그래서 그 나라가 한창 전쟁을 할 때에 나리께서 썩 나서서 그 용맹과 그 억센 힘, 그리고 뛰어난 지략을 한번 보여주시면, 우리가 섬기는 그분이 보시고는 공적에 따라 우리에게 상을 내리실 게 아닙니까요. 그리고 또 그렇게 되는 경우에는 나리의 공적을 기록해서 영원토록 기념하게 될 것입니다요. 제 공이야 뭐 말할 거나 있겠습니까요. 기껏해야 종자들의 것은 뻔한 금새인데요. 아무리 그렇더라도 종자들의 공적도 써 넣는 기사도의 법이 있다 치면, 제 것도 몇 줄쯤은 적힐 것이라고 생각은 합니다만요."

"자네의 말이 틀린 것은 아닐세, 산초." 돈키호테가 대답했다. "그렇지만 거기까지 도달하기에 앞서 시험을 치르는 셈 치고 모험을 찾아서 천하를 편력해야 되네. 모험에 성공해서 이름과 명예를 얻어가지고 어느 세력 있는 왕의 궁궐로 가면, 벌써부터 그 업적 때문에 이름이 알려져 있어야 한단 말이네. 그래서 기사가 성문으로 썩 들어서는 것을 보기가 무섭게 어린애들이 겹겹이 그를 둘러싸고 소리를 높여서 '태양의 기사'라는 둥 '뱀의 기사'라는 둥, 또는 방패에 새겨진 문장의 별명을 불러줄 거란 말이지. 그러면 누가 이런 소리도 하겠지. '저분이 바로 거인 브로카부르노 데 라 그란 푸에르사와 단병접전短兵接戰을 벌여 이긴 기사다. 9백 년 가까이 마법에 걸려 있던 페르시아의 그란 마멜루코를 구해준 분이시다'라고. 이렇게 입에서 입으로 공훈을 찬양하는 소리가 퍼져나가노라면 아이들과 백성들의 환성에 문득 궁궐 창가에서 걸음을 멈추신 그 나라의 왕이 기사를 보게 되겠지. 그래서 그의 갑옷과 그의 방패 문장으로 누구라는 걸 알아보고는, 옥음玉音도 정중하게 '여봐라, 궁 안에 있는 기사들은 모두 다 나와서 저기 오는 기사도의 정화精華를 영접하라'라고 하신단 말이네. 이 분부가 떨어지자 사람들 모두가 나오고, 왕도 돌층계를 절반이나 내려와 기사를 껴안고 얼굴에 친구親口까지 해주신 다음 그를 이끌고 왕비가 있는 방으로 데리고 가지. 기사가 그 방으로 들어가 보니 왕비와 함께 공주님이 계시는데, 어떠한 공주인고 하니, 지구를 대부분 턱 까놓는다 하더라도 좀처럼 찾아볼 수 없을 만큼 아름답고 티 없으신 아가씨일 거란 말이네. 그다음에는 무슨 일이 일어나는가 하면, 그저 삽시간에 아가씨는 기사를 바라보고 기사는 아가씨를 바라본다네. 이러고 있는 사이에 둘은 서로 사람이 아니라 천사라고 생각하게 되고, 그래서 둘은 자기도 모르는 사이에 풀려야 풀 수 없는 사랑의 그물에 얽히고 말지. 그리하여 두 사람은 그 번민과 감정을 어떻게 하소연할지 몰라서 깊은 시름에 잠기게 되네. 이윽고 기사는 그 방에서 나와 궁궐에서 가장 잘 꾸민 다른 방으로 인도되고, 하인들이 그의 갑옷을 벗기고 호화찬란한 진홍색 망토를 입혀주지. 그것을 떨쳐입고나니 갑옷을 입은 맵시도 좋거니와 동옷 바람은 더욱 멋져 보이지. 밤이 되어 기사가 왕과 왕비, 그리고 공주와 함께 저녁을 먹을 때, 슬금슬금 곁눈질로 공주에게 줄곧 눈을 주노라면 그녀 또한 눈치가 여간이 아닌 아가씬지라 재치 있게 그를 한시도 놓치지 않지. 이윽고 식탁을 물린 뒤에 뜻밖에도 활짝 열리는 문을 통해 못생기고 작달막한 난쟁이가 들어오는데, 그 뒤에는 두 거인들이 아름다운 여인을 호위해가지고 들어와서는, 아주 늙은 현인이 꾸며낸 힘든 재주내기 시합을 벌이거든. 그것을 잘해내는 사람이면 천하제일의 기사로 존경을 받게 되는 거지. 즉석에서 왕은 좌중을 둘러보고 누구든 나서보라고 하나, 아무도 나서는 사람이라곤 없네. 이때 손님으로 있던 그 기사가 거뜬히 해내고 마니, 그 이름을 크게 떨치게 되고, 이로 말미암아 공주는 더없이 만족하며 자기 마음을 그처럼 훌륭한 사람에게 둔 것을 분에 넘치게 즐겁고 흐뭇하게 여기지. 거기다 일이 잘되느라고 이 왕인가 대감인가, 뭐가 됐든 상관은 없지만, 그가 다른 강국의 군주와 악전고투를 하고 있는 판이라, 손님으로 온 기사가 궁전에 머문 지 수삼 일 후에 왕에게 청하기를, 그 싸움에 출전하게 해달라고 하네. 그러자 왕은 대단히 기쁘게 이를 허락하고, 기사는 그 은혜에 감사하는 뜻으로 정중하게 왕의 손에 입을 맞추지. 그리고 바로 그날 밤 기사는 공주에게 작별 인사를 하게 되는데, 공주의 침실이 맞닿은 정원의 철책, 그전부터 공주의 심복 시녀가 다리를 놓아주어서 몇 번이고 서로 속삭이던 그 철책 사이로 하게 되지. 기사는 한숨을 짓고, 공주는 기절을 하고, 시녀는 당황하여 물을 떠온다네. 새벽은 가까워오고, 아가씨의 체면을 생각하니 남에게 들킬까봐 두려운 거지. 마침내 정신이 든 공주가 백설 같은 두 손을 철책 사이로 내어주면, 기사는 수천 번이나 입을 맞추고 눈물로 이를 씻어주지. 두 사람 사이에는 좋은 소식이나 궂은 소식을 서로 알리는 방법에 대하여 약속이 맺어지고, 공주는 되도록 출전을 빨리 마치고 돌아오라고 애원하며, 기사는 거듭거듭 맹세로서 그렇게 하겠다고 약속하고 또다시 그녀의 손에 입을 맞추며 온몸이 녹아날 정회를 품고 작별을 고한 뒤 자기 방으로 돌아와 침대 위에 몸을 던지지만, 이별의 슬픔 때문에 어디 잠이 오나? 이른 아침에 일어나 왕과 왕비와 공주에게 작별을 고하러 갔는데 두 분께 인사를 드리고나니 공주는 몸이 불편하시어 인사를 받을 수 없으시다는 전갈이라, 자기와의 이별이 쓰라려서 그렇게 되었다고 생각한 기사는 갈기갈기 찢어지는 듯이 아픈 마음을 숨기지 못하지. 공주의 신임하는 시녀가 이것을 낱낱이 보아 알고는 쪼르르 달려가 공주에게 일러바치니, 공주가 들으며 울면서 그중에도 가장 큰 걱정거리는 기사님의 바탕이 어떠신지, 왕족이신지 아니신지 모르는 것이라고 말하면, 시녀는 다짐하며 말하되, 기사님처럼 예의 바르고 우아하고 늠름하신 품으로 보아 왕족이나 귀족의 후손이 아닐 수 없다고 안심시키거든. 공주도 이 말에 위안이 되어, 행여나 부모님이 이 눈치를 채실까봐 애써 마음을 가라앉히고 이틀 후 다시 방을 나서지. 기사는 이미 떠나 전쟁터에서 싸우고 또 싸워서, 왕의 적을 무찌르고 많은 성을 쳐서 빼앗아 연전연승을 거두지. 그러고는 궁궐로 돌아와서 전에 만나던 자리에서 공주를 다시 만나네. 두 사람은 충성을 다한 대가로 왕에게 공주와 결혼하게 해달라는 청을 드리기로 약속하지. 그런데 왕은 기사가 어떤 사람인지 알 수 없어서 허락을 하지 않지. 그러나 어쨌건 훔쳐내든지 무슨 딴 수단을 써서 결국 공주는 기사의 아내가 되고 마네. 마침내 그 기사가 어떤 용감한 왕의 아들이라는 게 밝혀져서, 그 나라는 나도 모르겠어, 지도에도 없을 테니까, 왕도 그렇게 결혼한 걸 아주 다행한 일이라고 생각하게 되지. 어느덧 왕이 죽고 공주가 뒤를 이으니, 기사는 사실상 왕이 된 거지. 드디어 그는 자기 시종과 그 밖에 자기가 높은 자리에 오르기까지 도와준 모든 사람에게 상을 내리게 되는데, 그 시종을 공주의 시녀와 짝지어주니, 시녀는 굉장한 공작의 따님으로 다름 아닌 그들 사랑의 중개자였던 바로 그 여인이었지."

"아이고, 그렇게만 된다면야!" 산초가 말했다. "저는 그것이 소원입니다요. 나리께서 '찌푸린 얼굴의 기사'라는 이름을 정하셨으니까 말씀대로 영락없이 그대로 이루어질 겁니다."

"산초, 거기에 대해선 조금도 의심을 말게나." 돈키호테가 대답했다. "왜냐하면 내가 이야기한 이런 식, 이런 길로 편력 기사들이 왕의 자리에 오르는 것이고, 또 사실상 오르기도 했거든. 단지 지금 문제는, 기독교국이건 이교도국이건 지금 어느 왕이 전쟁을 하고 있으며, 어여쁜 공주를 두고 있는가 하는 점이네. 이걸 알아보는 데도 시간이 걸리거든. 왜 그런고 하니, 방금도 말했지만 무엇보다도 먼저 할 일은 명성을 얻는 것이네. 궁궐까지 퍼지게 사방에서 말이야. 그리고 또 한 가지 문제는, 가령 어느 왕이 싸우고 있는 중이고 그의 따님이 어여쁘다 치더라도, 게다가 천하에 둘도 없는 명성까지 내가 얻었다 치더라도, 내가 왕족이라는 것과 하다못해 황제의 친척[207]이라도 된다는 것을 어떻게 밝혀낼 재주가 없단 말이네. 아무리 내가 한 일이 훌륭해서 그만한 가치가 있다 해도, 왕은 첫째

---

207 primo segundo de emperador. 직역하면 '황제의 육촌(형제)'이라는 뜻이다.

이것이 밝혀지지 않는 한 그 따님을 내줄 리가 만무하거든. 이런 것이 모자라고보니, 기껏 내 힘으로 벌어놓은 공이 수포로 돌아갈까 염려가 되네. 사실 말이지, 나도 가문이 있고 토지와 재물도 있으며, 5백 수엘도[208]를 상속받기로 되어 있는 것[209]도 사실이네. 내 이야기를 기록할 사람도 내 가계 혈통을 따져나가면 5대나 6대 왕손이라는 것을 찾아낼 수 있을 거네. 그 이유는, 산초 자네한테 말이지만, 세상에는 족보라는 게 두 가지가 있지. 한 가닥은 왕공 귀족의 핏줄을 이끌고 내려오다가 차츰차츰 시운이 나빠져 끄트머리가 마치 피라미드를 거꾸로 세워놓은 것같이 되는 거고, 또 한 가닥은 근본은 상민이던 것이 점점 올라가서 굵직한 귀족에까지 이르는 것이네. 그러니까 역시 잘 알아보면 내 혈통이 위대하고 유명했다는 게 밝혀질 수도 있지. 그렇게 되면 내 장인이 되실 왕도 아주 마음이 흡족하실 거야. 만일 그렇지 못한 경우라도 공주는 나한테 마음이 쏠린 나머지 왕이야 무어라 하건, 설령 내가 물장수 아들인 것을 뻔히 안다고 해도 나를 자기 주인 겸 남편으로 모실 거야. 그것도 아닌 경우에는 내가 그 여자를 훔쳐내서 마음 내키는 대로 데리고 가면 그만이지. 시간이 흐른 뒤에나 혹은 죽은 뒤에는 부모의 분노도 끝이 날 테니까 말이야."

"그러고보니 언뜻 생각나는 건," 산초가 말했다. "어느 얼빠진 놈들이 하는 소리군요. '강제로 얻을 수 있거든 굽신거리며 달라고 하지 마라'고요. 하긴 '부탁하고 사정하는 것보다는 훔쳐서 내빼는

208 sueldo. 옛 화폐로, 시대와 나라에 따라 그 가치가 달랐다.
209 귀족이 심각한 손해나 화를 당했을 때 요구할 수 있는 보상금의 일종.

게 낫다'라는 말이 더 어울릴 것 같군요. 왜 이런 말을 하는고 하니, 만일에 왕이, 그러니까 나리의 장인 되는 분이 공주님을 안 내놓겠다고 하는 날에는 나리께서 도둑질을 해서라도 데리고 가실 수밖에 없다고 했으니 말씀입니다요. 그런데 곤란한 것은, 화해가 되어 나리가 나라를 다스리게 되는 날까지 불쌍한 이 종자 놈은 상급도 못 받고 쫄쫄 굶어야 한다는 겁니다요. 혹시 제 마누라가 될, 다리를 놓아주던 그 시녀가 공주님하고 같이 도망하여 하느님이 잘해주실 때까지 저하고 같이 고생을 하고 지낸다면 모르겠습니다만. 그렇게 되면 나리께서 그 아가씨와 저를 곧 합법적으로 결혼시키는 게 어렵지도 않게 되죠."

"그 점에 대해서는 의심할 여지가 없지." 돈키호테가 말했다.

"그렇다면," 산초가 대답했다. "우린 그저 그렇게 되라고 하느님께 빌밖에요. 그리고 운이 탁 트게 두고 보면 되겠습니다그려."

"자네나 내가 바라는 것은 하느님께서 다 주실 걸세." 돈키호테가 대답했다. "스스로 복이 없다고 생각하는 놈은 복이 없게 마련이거든."

"제발 하느님 뜻대로 되었으면 좋겠네요." 산초가 말했다. "전순 토박이 기독교도니까, 그것만으로도 백작 정도는 충분하죠."

"충분은 고사하고 되고도 남지." 돈키호테가 말했다. "자네가 못된다면 큰일이지. 여보게, 산초, 내가 왕인바에야 자네가 돈으로 지위를 사거나 공훈을 세우지 않더라도 귀족 자리 하나쯤 얻는 거야 누워 떡 먹기보다 쉬운 일이 아니겠나. 그러니 내가 자네를 일단 백작으로 앉히는 날에는 어떤 놈이 뭐라고 해도 자넨 어엿한 귀족이지. 그러니까 누가 싫어하든 말든 자네를 귀족이라고 부르게 될 것이네."

"제가 위험을 부릴 줄은 잘 아니까 염려 마십쇼." 산초가 말했다.

"'위험'이 아니라 '위엄'이라고 해야 하네." 그의 주인이 말했다.

"나리 좋을 대로 하십쇼." 산초 판사가 대답했다. "제 말은 아주 잘할 수 있다는 뜻입니다요. 제가 평생에 그것도 꼭 한 번 종교 단체의 사환 노릇을 한 일이 있는데, 그때 사환의 옷이 어찌나 척 들어맞던지 모두 나더러 그 단체의 회장이 되어도 좋겠다고들 야단법석이었답니다요. 그런 걸 보더라도 제가 막상 공작의 대례복을 어깨에다 척 걸치고 외국의 백작 모양으로 황금 보석으로 옷을 빛내게 되는 날이면 어떻겠습니까요. 모르긴 해도 나를 보려고 백 리 밖에서도 몰려올걸요."

"거 볼 만할 거야." 돈키호테가 말했다. "그렇지만 수염을 늘 빡빡 깎아야 할 걸세. 지금 같아서는 그 수염이 숱 많고 거칠고 빳빳해서 날마다 면도를 하지 않으면 총알이 나가는 거리만큼 떨어져서 보아도 자네란 걸 알게 될 테니까 말일세."

"그야 뭐," 산초가 말했다. "이발사를 한 사람 구해서 집에다 앉혀두면 될 일 아닙니까요. 그래도 안 되면 이발사더러 공작의 하인처럼 내 뒤를 졸졸 따라다니라 하죠."

"아니, 그런데 그 공작님 뒤에 하인이 따른다는 건 어디서 듣고 하는 소린가?" 돈키호테가 물었다.

"그럼 말씀드리죠." 산초가 대답했다. "요 몇 해 전 일입니다만, 제가 궁전 부근에서 한 달포가량 있었습죠. 그때 거기서 보니 귀족이라는 한 양반이 행차를 하시는데, 어떤 말 탄 사람이 그 양반의 꼬리나 되는 것처럼 졸졸 따라다니고 있었습니다요. 그래서 내가 왜 저 사람은 그 귀족 양반하고 나란히 가질 않고 계속 뒤만 따라다니느냐고 물었더니, 저 사람은 귀족의 하인인데 저런 사람들을 따르게 하는 것이 귀족 양반들의 풍속이라고 하질 않겠어요. 그때부터 저는 그 일을 알게 되었고, 그런 뒤로는 잊어먹지 않고 머릿속에 박혀 있는 거죠."

"자네 말이 맞네." 돈키호테가 말했다. "그러고보면 자네도 그 이발사를 데리고 다닐 수 있는 일이지. 풍속이라는 게 어디 한꺼번에 와짝 생기며 하루아침에 이루어지는 것도 아니니까 말이야. 자네는 이발사를 뒤에 달고 다니는 최초의 백작이 될 걸세. 하긴 수염을 곱게 다스린다는 건 말에 안장을 지우는 것보다 더 신중히 해야 할 일이지만 말일세."

"이발사는 제게 맡기시고," 산초가 말했다. "나리께선 왕이나 되시고 저를 백작으로 앉힐 일이나 염려하세요."

"그렇게 될 걸세." 돈키호테가 대답했다.

그리고 그는 눈을 치뜨고 다음 장에서 이야기할 것을 바라보았다.

제22장

돈키호테가 가기 싫은 곳으로
억지로 끌려가던 많은 불운한 사람들을
해방시켜준 이야기에 대해

아라비아 사람으로 라만차에서 태어난 작가 시데 아메테 베넹헬리는 자신의 가장 장중하고 웅변적이고 자세하며 재미있고 환상적인 이야기에서 말하기를, 라만차의 이름난 돈키호테와 그의 종자 산초 판사가 제21장 끝에 실린 대화를 마치고나서 돈키호테가 눈을 들어 바라보니, 자기들이 가고 있는 그 길로, 묵주처럼 목에 쇠사슬을 줄줄이 꿰고 손에는 수갑을 찬 열두어 사람이 걸어가고 있었다고 했다. 그 곁에는 말을 탄 사람 둘, 걷는 사람 둘이 따랐는데, 말을 탄 사람은 화승총을 가지고 있었고, 걷는 사람은 창과 칼을 가지고 있었다. 산초 판사가 그들을 보자 말했다.

"이건 왕의 죄수들인 노예선 노예들의 사슬이구먼요. 갈레라[210]로 가나봅니다요."

---

[210] galera. 중세에 지중해 쪽에서 노예나 죄인에게 노를 젓게 한 빠른 돛단배로, 노예선이다.

"뭐라고, 강제로 끌려가는 사람들이라고?" 돈키호테가 물었다. "그래, 왕이라고 해서 아무에게나 폭력을 써도 된단 말인가?"

"원, 천만에요." 산초가 대답했다. "그 말씀이 아니라, 이자들은 죄를 지었기 때문에 법대로 갈레라에서 노역을 하라는 판결을 받은 자들이란 말씀입니다요."

"이렇건 저렇건," 돈키호테가 되받아 말했다. "이 사람들이 죄는 지었다고 할망정 결과적으로는 강제로 끌려가는 것이지 자진해서 가는 건 아니잖은가."

"그야 그렇죠." 산초가 말했다.

"그렇다면," 그의 주인이 말했다. "내 임무를 수행할 일이 생긴 거군그래. 폭력을 물리치고 불행한 자를 돕고 구해내야 할 테니까 말이야."

"나리께서는 생각을 좀 하십쇼." 산초가 말했다. "판결이 곧 왕La justicia, que es el mismo rey이라는 걸 말입니다요. 죄지은 자를 벌로 다스리는 것이지, 그자들한테 폭력이나 억울한 짓을 저지르는 게 아니라니까요."

이럴 즈음에 노예선 노예들이 가까이 다가왔다. 돈키호테는 정중한 말씨로 호송하는 사람들에게, 무슨 까닭에 이 모양으로 이 사람들을 데리고 가는지 자세히 알려달라고 했다.

말 탄 호송인 중 하나가 대답하기를, 이자들은 왕의 죄수들로서 노를 저으러 배로 가는 길이니, 더 이상 말할 것도 들려줄 것도 없다고 했다.

"아무리 그렇더라도," 돈키호테가 되받아 말했다. "이 사람들 하나하나에 대해서 그 불행의 원인을 소상히 알려주셨으면 하오."

그리고는 덧붙여서 극진한 말로 꼭 알고 싶으니 한 말씀만 해 달라는 바람에, 말을 탄 다른 호송인이 그에게 말했다.

"우리가 이 불행한 자들의 명단이나 판결문을 가지고 가긴 하지만, 그런 걸 꺼내서 읽으려고 갈 길을 늦출 때가 못 되오. 그러니까 당신이 직접 저자들한테 가서 물어보시오. 하고 싶으면 저들이 마음대로 대답할 거요. 워낙 못된 짓 하기를 좋아할뿐더러 그걸 자랑하는 게 취미니까요."

돈키호테는 허락한다는 말은 없었어도 허락한 것이나 다름없다고 생각하고, 쇠고랑 가까이 가서 맨 앞에 있는 자를 붙들고는 무슨 죄로 이런 꼴이 되어서 가느냐고 물어보았다. 그자는 사랑 때문에 이 꼴이 되어 간다고 돈키호테에게 대답했다.

"단지 그것뿐이오?" 하고 돈키호테가 말대꾸했다. "원, 사랑 때문에 갈레라로 끌려간다면야 나는 진작 노를 젓고 있어야 했을게요."

"나리께서 생각하는 그런 사랑과는 좀 다른 것이지요." 노잡이 죄수가 대답했다. "제 사랑은 새하얀 옷이 담뿍 담긴 빨래 광주리를 껴안은 사랑이랍니다. 어찌나 꼭 껴안았던지 치안관이 억지로 나를 떼어놓지 않았더라면 지금까지 나는 영영 못 놓았을 겁니다. 현행범이라 심문받을 틈도 없이 선고가 내려지고, 어깨 태형이 1백 대, 게다가 구라파가 3년, 그래서 일은 끝난 셈이지요."

"구라파가 무언데요?" 하고 돈키호테가 물었다.

"구라파란 갈레라라는 노예선이죠." 노잡이 죄수가 대답했다.

그는 스물네 살쯤 되는 청년이었는데, 고향은 피에드라이타라고 했다. 돈키호테가 두 번째 죄수에게도 똑같은 것을 물었다. 그러나 그는 수심이 가득하여 아무 말이 없으므로, 대신 아까 그자가 말을 했다.

"나리, 이 사람의 죄는 카나리아[211], 말하자면 음악가이고 노래쟁이라는 죄로 끌려가는 겁니다."

"아니, 뭐라고요?" 돈키호테가 되풀이했다. "음악가이고 노래쟁이라서 갈레라로 끌려간다고요?"

"네, 그렇습니다, 나리." 노잡이 죄수가 대답했다. "고뇌할 때 노래하는 것처럼 몹쓸 일은 없으니까요."

"내가 전에 듣기로는," 돈키호테가 말했다. "노래를 부르면 슬픔이 떠나고 근심이 사라진다고 하던데."

"이 경우는 그 반대랍니다." 노잡이 죄수가 말했다. "되레 노래 한 번으로 평생 울어야 하니까요."

"거참 못 알아들을 소리구먼." 돈키호테가 말했다.

이때 호송인 중 한 사람이 그에게 설명을 했다.

"기사 양반, 이 죄수가 '고뇌할 때 노래를 부른다'고 하는 말은 '고문할 때 자백을 한다'는 뜻입니다. 이놈은 말 도둑질을 하고는 고문을 당하다가 자백했답니다. 이놈이 짐승을 훔쳤다고 자백을 해서 노잡이 6년에 태형 2백 대의 선고가 내린 것인데, 이미 어깨가 으스러지게 맞았답니다. 지금 이놈이 시무룩해서 수심에 잠긴 것은, 저쪽에 남아 있는 도둑들하고 이쪽에 함께 가는 놈들이, 끝까지 버티지 못하고 자백을 했다고 해서 놀려대고 괄시를 하기 때문입

---

211 조류 '카나리아'를 가리키는 동시에, 속어로는 '자기의 죄를 자백한 사람'을 의미한다.

니다. 놈들의 말로는 '아니오'라는 말이나 '그렇소'라는 말이나 마디 수가 같아서 시간이 더 걸리지도 않을 텐데, 제 목숨이 증인이나 증거에 달려 있는 게 아니고 제 혓바닥에 달려 있는 마당에 왜 적당히 해서 넘기지 못하고 술술 불었느냐는 거죠. 제가 생각해봐도 녀석들 말이 아주 엉터린 아닙니다."

"나 역시 그런 생각이 드오." 돈키호테가 대답했다.

그러고나서 돈키호테는 세 번째 사람에게 넘어가서 똑같은 질문을 했다. 그랬더니 기다렸다는 듯이 제법 태연하게 대답했다.

"저는 5년 동안 구라파로 가게 되었습니다. IO두카도[212] 벌금이 없어섭니다."

"내가 기꺼이 20두카도를 줌세." 돈키호테가 말했다. "자네의 징역살이를 면하게 할 수만 있다면 말일세."

"그런 말씀은," 노잡이 죄수가 말했다. "마치 저 바다 한가운데서 굶어 죽게 된 놈이 돈을 쥐고 앉아서 무얼 사 먹으려야 먹을 수 없는 거나 마찬가지입니다. 지금 주신다는 그 20두카도가 때맞추어 있었더라면, 그걸 가지고 재판소 서기의 펜대에 기름을 먹이고 변호사의 재주를 부채질해서 지금쯤은 톨레도의 소코도베르 광장을 활개 치고 다니지, 이렇게 개처럼 묶여 가진 않았을 겁니다. 아무래도 위대하신 건 하느님이시죠. 그저 참는 것, 이거면 그만입니다."

돈키호테가 네 번째 죄수에게 갔다. 흰 수염을 가슴까지 드리우고 점잖은 얼굴을 한 사람이었다. 무슨 까닭으로 이렇게 되었느

---

212 ducado. 옛 에스파냐 금화로, 11레알에 해당한다.

냐는 말을 듣고, 그는 울음부터 터뜨리며 아무 대답이 없으므로, 다섯 번째 죄수가 그를 대신해 대답해주었다.

"이 양반은 징역 4년을 선고받고 갈레라로 가는 길입니다. 신나게 말에 태워서 조리돌림을 당하고나서요."

"그것은," 산초 판사가 말했다. "다른 사람들 앞에서 놀림감이 되었단 말이군요."

"바로 그렇습니다." 노잡이 죄수가 거듭 말했다. "무슨 죄 때문에 그런 벌을 주었느냐 하면, 물건이며 몸뚱이 흥정을 붙이다가 그리 된 거지요. 솔직히 말해 이 양반이 이 꼴이 된 것은, 뚜쟁이 노릇을 하고 요술쟁이랍시고 수실 달린 옷을 입고 목걸이를 하고 다닌 때문입니다."

"그 못된 요술만 첨가되지 않고," 돈키호테가 말했다. "순전히 뚜쟁이 노릇만 했다면 힘든 노잡이는 당치 않고 오히려 노예선의 대장감이야. 사실 뚜쟁이 노릇이란 아무나 하는 게 아니고 앞뒤를 잴 수 있는 자라야 할 수 있는 직업일뿐더러, 질서가 잡힌 공화국일수록 필요한 것이거든. 그러니까 보통이 아니고서는 해먹을 수 없는 일이지. 사실 이런 노릇에도 다른 직업과 같이 감시원과 검찰원이 있어야 하고, 환금소 거간꾼들처럼 인원수를 정해놓아야 해. 그래야 어리석고 덜된 것들이 이 노릇을 해먹다가 저지르는 허다한 폐단을 없앨 수가 있단 말이야. 이를테면 되지못한 계집들이나, 나이도 경험도 없는 어중이떠중이가 다 그런 따위지. 그런 따위들은 아주 중대한 일을 처리해야 할 순간에 밥숟가락을 입에 넣지 못하고 쩔쩔매다가 차디차게 식혀버리고, 어느 것이 제 오른손인지도 분간을 못 하는 작자들이니까. 내 욕심 같아서는 한 걸음 더 나아가, 사회

322

에 없어서는 안 될 이 직업을 맡을 사람을 잘 고르는 것이 왜 중요한지 그 이유를 말하고 싶지만, 지금은 그럴 자리가 아니니 다음날 당국자에게 이야기하기로 하지. 지금은 다만 이 하얀 머리카락과 의젓한 용모가 뚜쟁이 노릇을 해서 이런 고생을 하는 걸 보니 측은한 생각이 들지만 요술쟁이까지 겸했다니 별 도리가 없다는 말을 하고 싶군. 단순한 사람들은 어떻게 생각하는지 모르지만, 나는 요술이라는 것이 사람의 감정을 동요시키거나 강제할 수 없다는 것을 잘 알고 있소. 우리의 감정은 어디까지나 자유로운 것이기 때문에 풀잎이나 요술 따위가 좌우할 수는 없소. 가끔가다 어리석은 여인네들이나 능청맞은 잡술꾼들이 무슨 혼합물이나 독약을 써서 사랑을 낚아채는 힘을 가지고 있다고 믿게끔 미치광이를 만들어놓기가 일쑤지만, 사람의 감정을 마음대로 움직인다는 건 불가능한 일이오.”

“옳은 말씀입니다.” 점잖은 늙은이가 입을 열었다. “사실 내가 뚜쟁이 노릇은 했지만 요술쟁이만은 억울합니다. 나는 평생 뚜쟁이 노릇이 죄가 된다고는 생각해본 일이 없소. 왜 그런고 하니, 내 목적은 다만 사회 전체가 다툼이나 충돌 없이 그저 편안히 살며 재미를 보게 하는 것뿐이었기 때문이오. 그런데 이런 좋은 뜻도 헛되어지고 돌아올 길 없는 데로 끌려가게 되었습니다. 나이도 나이거니와, 설상가상으로 오줌 병까지 걸려서 잠시도 아프지 않을 때가 없으니까요.”

이러고는 먼저같이 또 훌쩍거렸다. 산초도 몹시 동정이 갔던지, 품에서 1레알을 꺼내서 동냥으로 그에게 주었다.

돈키호테는 다시 더 나아가서 다음 사람의 죄를 물었다. 죄수는 앞의 사람보다 오히려 더 시원시원하게 대답했다.

"내가 이 지경이 된 것은 내 사촌누이 둘하고, 또 남의 누이 둘을 후려낸 때문입니다. 어떻게나 얽히고설켰던지 나중에는 악마도 가려낼 수 없을 만큼 근친 관계가 뒤죽박죽이 되어버렸던 것입니다. 그런데 그게 모두 내 잘못이라는 게 드러났으니, 등을 댈 데도 없고 돈도 한 푼 없고 해서 까딱하면 목이 잘릴 판이었는데, 노잡이 6년형이 선고되기에 얼씨구나 했답니다. 벌을 받아도 내 잘못이고, 아직 젊은 몸이니 목숨이 붙어 있는 것만도 천만다행이죠. 우선 살아야 무엇이든 할 수 있으니까요. 그런데 기사 나리께선 혹시 이 불쌍한 놈들에게 뭐 적선하실 거라도 가지고 계십니까? 만일 그렇게 해주신다면 하느님께선 천당에서 갚아주실 것이고, 우리네는 이 세상에서 나리의 만수무강을 하느님께 빌어서 오늘의 은혜를 길이길이 갚겠습니다."

그는 학생 차림이었는데, 호송인의 말에 의하면 그는 아주 능변가요 라틴 문학에도 일가견이 있다고 했다.

이들 맨 끝자리에 또 한 사람이 있었는데, 나이는 서른 살쯤이고 눈깜작이기는 하나 얼굴이 준수하게 생긴 청년이었다. 그를 결박 지은 품은 다른 죄수들과 달랐다. 발에 쇠고랑을 채우고, 사슬은 또 전신을 칭칭 감고, 목에는 쇠고리가 둘이나 끼어 있었다. 고리 하나는 사슬과 이어져 있고, 다른 하나는 '버팀기둥' 혹은 '친구의 발'이라고 부르는 목걸이였다. 이 목걸이에는 허리까지 내려오는 쇠몽둥이 두 개가 달려 있고, 몽둥이 끝에는 두 개의 수갑이 달려서 두 손을 죄어치는데, 육중한 자물쇠를 채웠기 때문에 손을 입으로 가져갈 수도 없고 머리를 손까지 수그릴 수도 없었다. 돈키호테는 유독 이 사람만 이런 결박을 지어 가니, 대체 어찌 된 셈이냐고 물었다. 호송인이 대답하길, 그 사람의 죄는 다른 죄수 전체의 죄보다 무겁기 때문에 그렇다면서, 하도 대담하고 사나워서 이렇게 잡도리를 해도 안심이 되지 않고 도망을 칠까봐 두렵다고 했다.

"무슨 죄를 지었는데요?" 돈키호테가 말했다. "기껏해야 노잡이 형벌일 뿐 다른 게 없으니 말입니다."

"10년 징역이오." 호송인이 대답했다. "10년이면 사회 매장이나 다를 게 없죠. 이자가 바로 그 유명한 히네스 데 파사몬테, 별명이 히네시요 데 파라피야[213]라는 사실만 알려드립니다. 더 말할 필요가 없지 않습니까."

"간수장 어른, 좋게 합시다." 그때 노잡이 죄수가 말했다. "이런 데서 성과 이름을 댈 거야 없지 않습니까. 나는 히네스지 히네시요가 아니랍니다. 내 성은 파사몬테이고, 당신 말처럼 파라피야가 아니란 말이오. 누구나 다 똑똑히 알고 말해야지요. 그게 나쁘지 않을 겝니다."

"작작 지껄여." 간수장이 되받아 말했다. "이 천하의 강도 두목아, 주둥아리에 자물쇠를 채울까보다. 그때 가선 후회할걸."

"사람이 이 꼴이 되는 것도 하느님의 뜻이라오." 노잡이 죄수가 말했다. "하지만 이제 두고 보시오. 내가 히네시요 데 파라피야

---

213 세르반테스는 레판토Lepanto 전투에서 싸웠던 역사적 인물인 헤로니모 데 파사몬테 Jerónimo de Pasamonte를 잘 알고 있었다. 그의 이야기를 기록하기 위해 자서전을 썼고, 노예선의 노 젓는 죄수를 통해 이 작품에서 묘사했다. 그는 또한 아베야네다Avellaneda라는 필명으로 출판된 위작《라만차의 돈키호테 속편*la Segunda Parte de Don Quijote de la Mancha*》의 저자로 제시되기도 했다. 파라피야Parapilla라는 별명은 아마 범죄자의 추적을 부추기기 위해 사용되는 이탈리아 말 '쫓아라! 잡아라!Para! Paglia!'에서 왔을 것이다.

인지 아닌지 알 날이 있을 게요.”

“그럼 모두 네놈을 그렇게 안 부른단 말이냐, 이 악당 놈아.” 호송인이 말했다.

“모두 부르긴 하죠.” 히네스가 말했다. “하지만 내가 다시는 그렇게 못 부르게 할 거란 말이오. 그렇게 못 할 나라면 내 눈을 빼시오. 그리고 기사 어른, 무얼 주시려거든 선뜻 내놓고 편히 가실 일이지, 남의 일을 가지고 이렇게 캐고 후비시니 마음이 안 좋소. 내 사정이 알고 싶으시거든 내 이 다섯 손가락으로 쓴 내 인생 이야기가 있으니, 내가 그저 히네스 데 파사몬테라는 것만 알고 계시오.”

“저 말은 참말입니다.” 간수장이 말했다. “이놈은 제가 제 이야기를 썼어요. 감옥에 두고 왔지만 썩 훌륭한 책이지요. 그 책을 2백 레알에 잡혔답니다.”

“2백 두카도라도 난 되찾고 말 것이오.” 히네스가 말했다.

“그렇게 좋은가요?” 돈키호테가 물었다.

“아주 좋은 책이죠.” 히네스가 대답했다. “《라사리요 데 토르메스》라든가, 그런 종류의 책은 문제도 안 됩니다. 전무후무한 걸작이죠. 나리한테 말씀이지만, 거기엔 사실만 적혀 있는데, 사실이라도 정말 기가 막히게 흥미진진한 것이지요.”

“그런데 그 책 제목이 뭔데요?” 돈키호테가 물었다.

“히네스 데 파사몬테의 생애입니다.” 그 친구가 대답했다.

“그런데 완성은 되었소?” 돈키호테가 물었다.

“어떻게 끝을 냅니까?” 히네스가 대답했다. “아직 내 생애가 끝이 안 났는데. 지금까지 쓴 것은 내가 난 때부터 지난번 갈레라로 끌려가는 때까지랍니다.”

"아니, 그러면 갈레라로 언제 또 간 일이 있었군요?"

"하느님과 국왕을 섬기기 위해 전에도 4년 동안 가 있었죠. 그래서 이미 그곳의 건빵 맛과 채찍 맛은 다 보았답니다." 히네스가 대답했다. "지금 갈레라로 간대야 그다지 나쁠 것도 없죠. 거기선 내 책을 완성할 여유가 있을 테니까요. 아직 쓸 이야기가 차고 넘치게 쌓여 있는데, 에스파냐의 갈레라는 넌더리가 나도록 한가한 시간도 많죠. 그뿐 아니라 쓰는 데는 그리 많은 시간도 필요하지 않습니다. 다 줄줄 외고 있으니까요."

"당신은 참 영리한 사람 같군요." 돈키호테가 말했다.

"그리고 불행하기도 하고요." 히네스가 대답했다. "원래 재주가 좋으면 언제나 불행이 따르는 법이니까요."

"불행은 악당 놈들을 따르지." 간수장이 말했다.

"간수장 나리, 좋게 하자고 아까 말씀드렸잖아요." 파사몬테가 대답했다. "당신의 상관이 여기에 있는 이 가엾은 우리를 함부로 다루라고 그 방망이를 당신한테 맡긴 것이 아닙니다. 폐하께옵서 명령하신 그곳으로 우리를 데려다주라고 맡겼을 뿐이지요. 당신이 정 그러신다면…… 그래, 좋아요. 객줏집에서 저지른 더러운 일이 백일하에 드러나고 말 것이오. 사람은 모름지기 입을 다물고, 도덕적으로 살고, 좋은 말을 해야 합니다. 자, 가던 길이나 갑시다. 심심파적도 실컷 했으니까."

이렇게 을러대자 간수장은 그에 대한 보복으로 파사몬테를 치려고 방망이를 번쩍 치켜들었다. 순간 돈키호테가 몸으로 막으면서, 손이 묶인 사람이 혓바닥을 좀 마음대로 놀렸기로서니 크게 해로울 건 없으니 과히 닦달하지 말라고 말렸다. 그러고는 고개를 돌려 쇠고랑을 찬 죄수들을 보고 이렇게 말했다.

"친애하는 형제들이시여, 여러분이 내게 들려주신 것을 종합해볼 때, 비록 여러분이 각자 지은 죄로 인해 벌은 받았지만, 여러분이 앞으로 겪을 고생만은 쓰라린 것이고, 또 그러기에 여러분은 싫지만 억지로 끌려가신다는 사실도 나는 잘 알고 있는 바입니다. 어떤 분은 고문을 당할 때 마음이 약해서, 어떤 분은 돈이 없어서, 또 어떤 분은 보아주는 사람이 없어서, 결국 말하자면 재판관의 판단이 옳지 못해서 이 지경에 빠지게 되었고, 여러분이 내세우는 정당한 이유가 통하지 못했다는 생각도 듭니다. 이런 여러 가지가 방금 내 머릿속에 떠오르는 한편, 이 몸에게 이르고 타이르고 채찍질을 하여 이 몸으로 하여금 하늘이 이 세상으로 보내주시사 기사도를 닦게 마련하신 그 사명을 다하기 위해, 가난한 이와 압제받는 이를 돕겠다고 한 그 맹세를 여러분을 위하여 지킬까 합니다. 그러나 정당한 방법으로 할 수 있는 일을 부정한 방법으로 한다는 것은 지혜롭지 못하다는 것을 나는 잘 알고 있기에, 간수 양반들에게 청을 해서 그대들을 해방시켜 편안히 돌아가시게 했으면 합니다. 그것은 보다 더 좋은 동기에서 국왕을 섬기고자 하는 사람은 얼마든지 있을 것이며, 또 하느님과 자연이 자유롭게 창조하신 이를 노예로 삼는다는 건 아무래도 가혹한 일이라 믿기 때문입니다." 돈키호테는 덧붙여 말했다. "더더군다나 간수 여러분, 이 가련한 사람들이 당신들에게 무슨 나쁜 짓을 한 것도 아닙니다. 각자의 죄과는 각자가 저승에 가서 그 값을 받게 하십시오. 하느님께서는 틀림없이 악한 자에게 벌을 주시고, 선한 자에게는 상을 주실 것입니다. 그리고 아무 관계도 없는 사람들이 남의 형벌 집행자가 된다는 것은 옳지 못한 일입니다. 그러므로 본인은 평화롭고도 정중한 태도로 청원하는 바이니, 이를 들어주시길 바랍니다. 만일 기꺼이 들어주지 않는다면, 이 창과 칼이 놀라운 내 팔의 힘과 더불어 강제로라도 그렇게 하도록 만들고 말 것이오."

"거참 희한한 수작이로군." 간수장이 대답했다. "어쩌자는 말씀인가 했더니, 결국 그거였구나. 나라의 죄인을 놓아주라니. 우리가 마음대로 놓아줄 권리가 있고, 또 자기는 뭐 우리한테 이래라저래라 명령을 내릴 권리가 있는 줄 아나보네. 야, 이 양반아, 갈 길이나 어서 잘 가시오. 머리통에 얹힌 대야나 똑바로 쓰고, 다시는 다리 셋 달린 고양이²¹⁴를 찾으러 다니지나 말라고."

"네놈이야말로 고양이고 쥐새끼고 악당이다!" 돈키호테가 크게 노해 말했다.

돈키호테가 엄포에만 그치지 않고 즉시 행동으로 옮겨 벼락같이 덤벼드는 바람에, 상대편은 손써볼 틈도 없이 쿡 한번 창 놀림에 그만 네 활개를 벌리고 땅바닥에 떨어지고 말았다. 그렇게 되길 천만다행이었다. 바로 그자가 화승총을 갖고 있었으니 말이다. 다른 호송인들은 이 뜻하지 않은 사건에 놀라서 어쩔 줄을 모르고 있었다. 그러나 본정신이 돌아오자, 말을 타고 있던 자들은 칼을 빼어들고 걸어가던 자들은 창을 겨누고 돈키호테에게로 우르르 달려들었다. 그런데 돈키호테는 태연자약하게 그들을 기다리고 있었으나, 노잡이 죄수들이 살아날 때는 바로 이때다 싶어 자기들을 묶었던

---

214 tres pies al gato. 불가능한 것.

사슬을 끊으려고 서두르지 않았던들 큰일을 당하고 말았을 것이다. 노잡이 죄수들이 마구 소동을 부리니, 간수들은 한편으로 빠져나가려는 죄수들을 지키랴, 한편으로 맞닥치는 돈키호테와 싸우랴 제대로 되는 일이 없었다. 산초는 산초대로 한몫 끼어서, 히네스 데 파사몬테를 풀어주었다. 맨 처음 풀려나 자유의 몸이 된 그는 넘어진 간수장한테 달려들어 칼과 화승총을 빼앗아 들고, 이 사람 저 사람을 겨냥하며 쏘지는 않았으나 쏘는 시늉을 했다. 그러자 호송인들은 한 사람도 남지 않고 모두 도망가고 말았다. 파사몬테의 총도 총이려니와 풀려난 죄수들이 돌팔매질을 하는 바람에 그들은 도망치지 않을 수 없었던 것이다.

산초는 이 일의 뒤끝이 몹시 걱정스러웠다. 그도 그럴 것이, 도망친 자들이 이 일을 산타 에르만다드한테 고발하는 날이면 금세 비상종이 사방에 울리고 죄인 수색을 하러 나올 것이라고 생각했기 때문이다. 그래서 그는 제 주인에게 넌지시 이 이야기를 하는 동시에, 어서 빨리 이 자리를 떠나 가까운 산속으로 가 숨자고 했다.

"그것도 좋지만," 돈키호테가 말했다. "우선 당장 꼭 할 일이 하나 있네."

이렇게 말하고는 죄수들을 모두 불렀다. 그들은 와자지껄 떠들면서 벌거숭이가 되기까지 간수장의 옷을 벗기다가, 무슨 말을 하려는 것인지 들어볼 양으로 돈키호테를 에워쌌다. 돈키호테가 그들에게 말했다.

"선한 사람은 받은 은혜를 감사하는 법이며, 배은망덕은 하느님께서도 가장 노여워하는 죄 가운데 하나요. 여러분, 내가 왜 이 말을 끄집어내느냐 하면, 이미 여러분이 본인한테서 받은 은혜는 명백한 체험으로 증명되었으니, 이에 대한 답례로서 내 한 가지 청이 있습니다. 그게 무엇인고 하니, 지금 여러분은 본인이 여러분의 목에서 풀어준 이 사슬을 짊어지고 곧장 엘 토보소로 가서 엘 토보소의 둘시네아 아가씨를 배알하고, 그 아가씨의 기사인 '찌푸린 얼굴의 기사'가 삼가 문안을 드린다는 것과, 여러분이 갈망하던 자유를 본인이 주기 위해 행한 이 진기한 모험에 대해서 하나도 빼놓지 말고 여쭈어드리라는 것이오. 그 일을 끝마친 후에는 여러분이 원하시는 대로 어디로든지 안심하고 가셔도 좋소. 행운을 비오."

히네스 데 파사몬테가 여러 사람을 대표해서 대답했다.

"저희들을 살려주신 나리, 나리께서 저희들에게 하라시는 명령은 정말 받들기 어려운 일입니다. 저희들은 이제 모두 다 한꺼번에 큰길로 갈 수가 없고, 뿔뿔이 서로 헤어져서 하나씩 하나씩 땅속을 기어가다시피 해서 산타 에르만다드의 눈을 피해야 됩니다. 우리를 잡으러 나설 것은 뻔한 일이니까요. 이런 사정이고보니, 나리께서 해주실 수 있고 또 해주셔야 할 일은, 엘 토보소의 둘시네아 아가씨에게 올릴 인사와 전갈을 아베마리아나 사도신경을 몇 번외는 것으로 바꿔주시는 겁니다. 그럼 저희들은 나리께서 원하시는 뜻대로 해드릴 수가 있습니다. 그것은 밤이나 낮이나, 도망가면서나 쉬면서나, 평화 중이나 전쟁 중이나 언제든지 할 수 있을 것입니다. 그렇지만 이 사슬을 도로 걸머지고 엘 토보소를 향해 간다는 것은 새삼스럽게 이집트의 그 펄펄 끓는 냄비 속으로 되돌아가는 격이요, 낮 10시를 밤이라고 생각하는 것과 같을뿐더러, 이런 일을 저희에게 시키시는 것은 느릅나무에서 배를 따 오라는 것과 같은 격입니다."

"네 이놈!" 돈키호테는 성을 내며 말했다. "요 히네시요 데 파로피욘가 무언가 하는 이 후레자식 놈아, 네놈 하나만이라도 꼬리를 궁둥이에 박고 쇠고랑을 모두 다 짊어지고 가게 하겠다."

파사몬테는 참을성이 조금도 없는 데다, 돈키호테가 터무니없는 짓을 해서 자기들을 풀어주는 것을 보고는 아무래도 본정신이 아니란 것을 벌써부터 눈치챘던지라, 이런 꼴을 보자 동료들에게 슬쩍 눈짓을 했다. 그러자 그들은 와하고 멀리 달음질쳐 나가더니, 돈키호테에게 마구 돌 소나기를 퍼붓기 시작했다. 그는 간신히 방패로 몸을 막아낼 따름이었고, 애매한 로시난테는 아무리 박차를 가해도 마치 청동으로 만든 말처럼 옴짝달싹하지 않았다. 산초는 당나귀 뒤에 웅크리고 앉아서 두 사람 위로 쏟아지는 돌 우박을 피했다. 돈키호테는 방어가 시원찮아서 몇 개인지 모를 돌멩이가 호되게 몸뚱이를 때리는 서슬에 그만 땅 위로 떨어지고 말았다. 그가 넘어지기가 무섭게 학생 죄수가 쫓아와서 놋대야를 머리에서 벗겨 들고는 서너 번 어깨를 후려치고, 이어서 또 그렇게 땅바닥에 동댕이쳐서 아주 박살을 내버렸다. 그들은 돈키호테가 갑옷 위에 걸쳤던 등거리를 벗기고, 갑옷 바지까지 벗기려 했으나 다리를 감싼 갑옷은 뜻대로 벗겨지지 않았다. 산초도 겉옷을 빼앗겼다. 그들은 속옷 한 벌만 그에게 남겨놓고 다른 전리품들을 서로 나눠 가지고는, 사슬을 지고 엘 토보소의 둘시네아 아가씨에게 문안을 드리러 가기는커녕 무서운 산타 에르만다드를 피하는 것에 더 마음을 쓰면서 뿔뿔이 하나씩 도망을 쳤다.

이제 남은 것이라곤 당나귀와 로시난테, 그리고 산초와 돈키호테뿐이었다. 당나귀는 머리를 숙이고 생각에 잠겨, 이따금 쫑긋한 귀를 좌우로 흔들며 머리 위로 윙윙 지나가던 돌 소나기가 아직 멎지 않았나 하고 생각했다. 로시난테 역시 돌멩이를 얻어맞고 넘어졌던지라 주인 옆에 쓰러져 있었고, 산초는 속옷 바람으로 산타 에르만다드가 무서워서 떨고 있었다. 돈키호테는 그렇게 좋은 일을 베풀어준 놈들한테서 이런 봉변을 당하게 되어 더할 수 없이 얼굴을 찌푸리며 원통해하고 있었다.

제23장

이 실제 이야기에 등장하는 가장 희한한 모험 중 하나인, 그 유명한 돈키호테에게 시에라 모레나에서 일어난 사건들에 대해

이런 원통한 일을 당한 돈키호테가 자신의 종자에게 말했다.

"산초, 나는 늘 '천박한 놈들에게 좋은 일을 해주는 것은 밑 빠진 가마에 물 붓기'라고 들어왔네. 내가 자네 말을 그대로 들었던들 이런 고생은 면했을 게야. 하지만 이미 엎지른 물, 그저 꾹 참고 이번 일을 앞으로의 교훈으로 삼아보세."

"나리께서 뭐 교훈으로 삼겠다고요?" 산초가 대답했다. "제가 터키 놈이 될 수 없는 것처럼 어림 반 푼어치도 없는 말이죠. 아무튼 나리가 저를 믿으셨으면 이런 꼴을 면하셨으리라 말씀하시니, 이번만 믿어보십쇼. 그러면 더 큰 화를 면하실 겁니다. 제가 일러드리고 싶은 말씀은, 원래 산타 에르만다드라는 건 기사도를 형편없이 알고 있다는 점입니다요. 편력 기사가 아무리 많다 한들 그들은 눈썹 하나 까딱하지 않을 거예요. 보세요, 벌써 제 귀에는 그 사람들이 당기는 활시위 소리가 윙 하고 울려오는 것만 같은걸요."

"산초, 자네는 본디부터 겁쟁이거든." 돈키호테가 말했다. "하지만 내가 옹고집쟁이라든가 자네가 하는 말이라곤 들어준 적이 없다든가 하는 말을 막기 위해서라도, 이번만은 자네 의견대로 자네가 벌벌 떠는 그 보복에서 몸을 피하기로 하겠네. 그런데 한 가지 조건이 있어. 즉 자네 평생에, 아니 죽은 뒤라도 누구한테든 이번 일을 절대로 입 밖에 내서는 안 된다는 거네. 내가 이까짓 위험이 무서워서 뒤로 물러섰다든지 몸을 피했다든지 하고 말이네. 그러니까 자네가 하도 간청을 해서 마지못해 그렇게 한 것이라고 말해야 된단 말이네. 만일에 딴 소릴 했다가는 그것만으로도 거짓말이 성립되는 것이네. 그리고 그건 지금부터 그때까지, 그때부터 지금까지 모두 거짓말을 한 셈이 되고, 그런 말 한마디, 생각 하나라도 할 때마다 자넨 거짓말을 하는 셈이 된단 말이네. 뭐, 길게 말할 게 있나. 내가 어떠한 위험, 더군다나 손톱만큼도 무서울 게 없는 이따위 일로 몸을 빼치는 것이라고 생각했다면 난 절대 이 자리를 뜨지 않겠네. 아무렴, 여기서 나 혼자 버티겠네. 자네가 무섭다고 하는, 성스러운 형제단이라는 그 산타 에르만다드는 고사하고 이스라엘의 열두 지파, 마카베오 7형제, 캐스터르와 폴럭스, 세상의 어느 형제, 어느 형제단이라도 무서울 게 없어."

"나리," 산초가 대답했다. "가령 희망보다 위험이 많을 때는 몸을 비키는 게 꽁무니를 빼는 것도 아니고 버티는 게 슬기도 아니지요. 슬기로운 사람일수록 내일을 위해서 오늘을 삼가야 하고, 또 하루 만에 모험을 다 끝내는 것도 아니지 않습니까요. 저처럼 멍청하고 무식한 놈이라도 그만한 소견이 있다는 것쯤은 알아주십쇼. 그러니까 제 충고에 따르신다고 해서 언짢게 생각 마시고, 탈 수 있거든 로시난테에 오르기나 하세요. 정 못 하시겠다면 제가 부축해드릴 테니까, 로시난테를 타고 저를 따라오세요. 이런 때는 제 짐작으로 손보다 발을 놀려야 좋을 성싶습니다요."

돈키호테는 더 이상 말을 하지 않고 말에 올랐다. 산초가 자신의 당나귀를 타고 길을 인도하여 두 사람은 그 부근의 시에라 모레나 산속으로 들어섰다. 산초의 속셈으로는 산을 다 지나 비소나 알모도바르 델 캄포로 빠져나가서, 혹시 산타 에르만다드가 찾아오더라도 들키지 않을 험준한 산속에 며칠 숨어 있을 작정이었다. 이런 생각을 하게 된 것은 노잡이 죄수들의 분탕 속에서도 당나귀 등에 싣고 가던 식량이 용케도 화를 면한 것을 본 까닭이었고, 더구나 그 죄수들이 다른 것은 샅샅이 뒤져 가져가면서도 식량만은 기적같이 손대지 않았기 때문이었다.[215]

---

215 1605년 초판본에 빠진 내용이, 그해 출판된 제2판에서는 이 부분에서 다음과 같이 계속되고 있다.

"그날 밤 그들은 시에라 모레나의 후미진 곳으로 깊숙이 들어갔다. 산초는 그곳에서 그날 밤뿐만 아니라 몇 날 며칠이든 가지고 있는 식량이 다 떨어질 때까지 머물러 있을 생각이었다. 그래서 피나무가 무성한 숲속의 바위와 바위 사이에다 자리를 잡았다. 그런데 애꿎은 운명, 참다운 신앙의 빛이 없는 사람들의 말을 빌리면 만사를 제멋대로 이끌고 요리하고 처리한다는 그 운명의 장난으로 말미암아 히네스 데 파사몬테, 돈키호테 덕분에 사슬에서 풀려난 그 악명 높은 사기꾼 날도둑이 산타 에르만다드가 무서운 나머지, 그로서는 무서워하고도 남을 테지만, 하필이면 바로 이 산속으로 기어 들어오게 되었다. 그리하여 운명과 공포는 그를 돈키호테와 산초가 들어간 바로 그 자리로 데리고 간 것인데, 때는 아직 꽤 밝아서 그 두 사람을 알아볼 수 있었고, 그들은 막 잠이 들려는 순간이었다. 원래 못된 자는 언제나 은혜를 모르고, 궁핍 때문에 나쁜 짓을 하게 되고, 당장의 필요로 말미암아 앞날의 일을 생각하지 않는 법이다. 은혜도 모른 채 심보가 나쁜 히네스는 얼른 생각에 산초 판사의 당나귀를 훔치기로 마음먹었다. 로시난테를 거들떠보지도 않은 것은 저당을 잡히거나 팔아보았댔자 돈이 될 것 같지 않았기 때문이다. 산초는 그냥 잠을 자고 있는데, 히네스는 당나귀를 훔쳐가지고 날이 밝기 전에 이미 찾을 수 없을 만큼 멀리 달아나고 말았다. 먼동이 트자 온 누리에 기쁨이 넘쳤으나 산초 판사는 슬펐다. 잿빛 당나귀가 흔적도 없이 사라진 때문이었다. 그는 고금에 없는 가장 슬프고 원통한 소리를 내어 엉엉 울었다. 그 소리에 돈키호테가 펄쩍 깨어서 들으니, 산초는 이런 넋두리를 하고 있었다. '아이 돈키호테는 깊은 산속으로 들어온 그때부터 자기가 찾아 헤매는 모험을 하기에 아주 적당한 곳이라고 생각되어 마음이 흐뭇해졌다. 호젓하고 후미진 산속에 들어오니, 그와 비슷한 황야와 험한 산골짜기에서 편력 기사들이 겪던 놀라운 일들이 생각났다. 이리하여 돈키호테는 그런 생각들에 잠기고 젖고 취한 나머지 다른 생각은 아무것도 없었다. 산초도 역시 안전지대에 들어섰다고 생각한 때부터는 그 성직자들한테서 빼앗은 나머지 음식으로 배를 채우는 일 외에는 딴생각이 없었다. 그래서 자기의 당나귀가 짊어지고 가야 할 물건들을 모조리 제가 지고 상전의 뒤를 따라가며, 연방 보따리에서 꺼내어 자기의 배 속에다 집어넣었다. 이런 꼴을 하고 가는 판인지라, 그마당에 다른 모험 같은 것이 아예 염두에도 없는 것은 뻔한 일이었다.

그러던 중에 문득 보니, 제 주인이 말을 세우고 무엇인지 땅에 떨어져 있는 무거운 것을 창끝으로 찍어 올리려고 애쓰고 있었다. 혹시 거들어줄 필요가 있지 않나 싶어서 산초가 얼른 쫓아갔을 때는 이미 돈키호테가 창끝으로 안장깔개 하나와 그것에 붙은 가죽 가방을 집어 올린 뒤였다. 그것들은 절반, 아니 온통 썩어서 너덜거렸다. 그러나 상당히 묵직해서 산초가 받쳐주기 위해 당나귀[216]에

고, 내 아들 같은 놈아! 내 집에서 생겨나서 내 자식 놈들한테는 장난감이고, 마누라한테는 노리갯감이고, 이웃 사람들에겐 부러움의 대상이고, 나한테는 거드는 일손이 되어 내 반쪽을 도맡은 너였는데, 날이면 날마다 네가 벌어들이는 스물하고도 여섯 마라베디가 내 수입의 절반을 차지했는데……' 산초의 우는 소리를 듣고 그 까닭을 알아차린 돈키호테는 있는 재간을 다해 그를 위로하면서, 이제 참고 있기만 하면 집에다 두고 온 말이 다섯 필이니 그중에서 세 필을 양도하겠다는 증서를 써주마고 했다. 산초는 이 말에 솔깃하여 눈물을 닦고 훌쩍거리던 울음을 뚝 그치고는 돈키호테의 호의에 감사했다."

216 당나귀는 이미 도둑을 맞아서 없는데도 이렇게 옮기는 것은, 초판의 잘못이 재판에도 수정되지 않고 그대로 되어 있기 때문이다.

서 내려야 했다. 돈키호테는 그에게 가방 속에 무엇이 있는가 보라고 했다. 산초는 잽싸게 그대로 시행했다. 가죽 가방은 쇠줄과 자물쇠로 채워진 것이었으나, 해어지고 썩었기 때문에 그 속에 있는 것을 쉽게 볼 수 있었다. 네덜란드제製 천으로 된 속옷 네 벌과 깨끗하고 보기 좋은 아마포로 지은 옷 몇 벌, 그리고 한 손수건 안에는 금화가 소복이 들어 있었다. 이것을 본 산초가 소리를 지르며 말했다.

"이런 수지맞는 모험을 내려주신 하늘에 축복이 있을지어다!"

그리고 좀 더 샅샅이 뒤져보니, 이번에는 아주 장정이 썩 훌륭한 비망록 하나가 나왔다. 이것을 돈키호테가 받아 들고, 돈은 산초에게 맡기면서 아주 가지라고 했다. 산초는 고마워서 주인의 손에 입을 맞추고, 아마포 옷들은 가방에서 꺼내 식량 부대에다 꾸려 넣었다. 이러저러한 것을 보고 난 돈키호테가 말했다.

"산초, 내 짐작에는 아무래도 길을 가던 어떤 사람이 길을 잃고 이 산줄기를 지나가다 화적 떼를 만난 것 같아. 놈들은 그 사람을 죽여가지고 이 근방 어느 으슥한 곳에다 파묻어두었겠지."

"그럴 리는 없습니다요." 산초가 대답했다. "도둑놈들 같으면 여기다 돈을 두고 갔을라고요."

"딴은 그도 그래." 돈키호테가 말했다. "그렇다면 도대체 어찌된 영문인지 종잡을 수가 없는걸. 가만있자, 이 비망록에 무엇이 적혀 있나 한번 보세. 혹시 우리 궁금증을 풀어줄 만한 실마리라도 잡힐는지."

그것을 펼쳐 보니, 맨 처음 발견된 것은 예쁜 글씨였으나 초고처럼 갈겨쓴 소네트였다. 돈키호테가 산초도 들으라고 큰 소리로 읽으니, 그 소네트는 다음과 같았다.

사랑의 신이 지각도 없었던가
너무나 잔인한 게 사랑인가
나는 아무런 죄도 없는데
이 괴로움을 참아야 하는가.

그러나 사랑의 신이 신이라면, 지혜가
없을 리 만무하며, 신이 잔인할 이유도
없지 않은가. 내가 사랑하고 아파하는
이 괴로움은 누구 때문에 오는 건가.

필리여, 그대라 해도 곧이들리지 않겠지.
그 많은 행복에 그 많은 불행이 있을 수 없고
이런 재앙이 하늘에서 떨어질 리가 없지.
곧 난 죽게 되겠지, 그게 가장 확실한 일
까닭 모를 상사병에 약이 있다면
그것은 오직 기적뿐이네.

"이 시만 가지고는," 산초가 말했다. "도무지 아무것도 모르겠군
요. 노래에 있는 실오라기를 가지고 실패를 다 풀어낸다면 몰라도."

"여기서 실이 왜 나와?" 하고 돈키호테가 물었다.

"소인이 듣기로는," 산초가 말했다. "주인 나리께서 지금 '일
로'[7]라고 읽으신 것 같습니다요."

"내가 언제 '일로'라 했나, '필리'라고 했지. 아무튼 이 필리라는
건 분명히 이 소네트 작가가 사랑하던 여자의 이름인가보네. 제법

시인이었던 모양이지. 내가 예술에 대해 조금 알아서 하는 말이네."

"아니, 그래," 산초가 말했다. "나리께서도 이런 시 같은 것에 조예가 깊으시다는 말씀인가요?"

"자네가 생각하고 있는 것보다야 월등 뛰어나지." 돈키호테가 대답했다. "내가 언젠가 엘 토보소의 둘시네아 아가씨에게 보내는, 처음부터 끝까지 시로 엮은 편지 한 장을 자네한테 들려 보낼 테니, 그때 가면 알게 될 걸세. 그야 뭐 나쁘이겠나, 옛날의 편력 기사들이란 대개가 뛰어난 시인이고 악사였거든. 이 두 가지의 재주, 아니 더 정확히 말해 이 두 가지의 예술은 편력하는 연인에게 붙어 다니는 것이지. 하긴 옛 기사들의 시풍詩風은 재주를 부리기보다는 정신을 더욱 중하게 여겼지만 말이네."

"좀 더 읽어보세요." 산초가 말했다. "알고 싶은 대목이 나올지도 모르니까요."

돈키호테가 종잇장을 넘기면서 말했다.

"이건 산문이로구나, 편지 같군그래."

"안부를 묻거나 말을 전하는 전갈 편지 말인가요, 나리?" 산초가 물었다.

"서두는 연애편지 같구먼." 돈키호테가 대답했다.

"그럼 큰 소리로 읽어보십쇼." 산초가 말했다. "전 이런 연애 사건이 제일 재미있으니까요."

"자네 말대로 함세." 돈키호테가 말했다.

---

217 hilo. 실. 산초는 '필리Fili'를 '일로'로 잘못 들었다.

그러고는 산초의 요청대로 소리를 높여 읽으니, 사연은 이러
했다.

그대의 거짓 언약과 나의 확실한 불행이 나를 이 지경에 이르게
했으니, 그대는 내 괴로운 사정을 듣기 전에 내가 죽었다는 소식
을 먼저 접하게 될 것이오. 나를 버리고 간 그대, 아, 야속하구려!
그대는 나보다 돈 있는 사나이를 골랐어도, 나보다 더 가치가 있
지는 않을 것이오. 인간성이야말로 가치 있는 것일진대, 나는 굳
이 남의 행복을 시새울 것도 없고, 자신의 불행을 슬퍼할 것도 없
다오. 그대의 고운 모습이 쌓아 올린 것을 그대의 행실이 헐어버
렸으니, 아름답기에 천사로 알았던 그대, 행실로 일개 여인이었다
는 것을 나는 알게 되었소. 나를 마음의 전쟁 속으로 몰아넣은 그

대, 부디 평화를 누리길 바라오. 하늘은 그대 남편의 거짓이 영원히 탄로 나지 않게 하길. 그대 스스로 저지른 바를 뉘우치지 않게 하기 위하여, 내가 바라지 않는 복수를 내가 하지 않기 위하여.

편지를 다 읽고나서 돈키호테가 말했다.

"이건 아까 그 시와 마찬가지로, 쓴 사람이 배반을 당한 애인이라는 것 말고는 더 모르겠는걸."

그는 비망록을 죄다 뒤져서 여기저기 시와 편지를 또 발견했으나, 읽을 만한 것도 있고 그렇지 못한 것도 있었다. 그러나 통틀어서 본다면 한숨과 눈물과 배신과 기쁨과 슬픔이 그 내용이었다.

돈키호테가 그 비망록을 뒤적거리는 동안, 산초는 가방을 샅샅이 뒤지느라고 본정신이 아니었다. 안장깔개를 만져도 보고 까뒤집어도 보고 하면서 요리조리 살펴보느라고 아니 뜯은 솔기가 없고 털어보지 아니한 양털 솜이 없었다. 소홀히 하거나 섣불리 한 탓으로 조그마한 것이라도 놓치고 싶지 않아서였다. 이러한 욕심을 부리게 만든 것은 I백 에스쿠도가 넘는 금화를 횡재한 때문이었는데, 아무리 해도 처음에 발견한 것 말고는 더 나오지 않았다. 그러나 산초는 그것만으로도 담요 키질을 당한 일, 맛없는 음료수를 토한 일, 몽둥이세례, 마부들의 뭇매, 안장 자루를 잃어버리고 겉옷을 강제로 빼앗긴 일, 그 훌륭한 주인을 섬기느라고 치른 기아와 피로가 모두 허사는 아니라고 여겨졌다. 사실 횡재로 굴러든 보물 주머니를 자기에게 준 돈키호테의 호의로 말미암아 그는 모든 일에 대해 훌륭한 보답을 받았다고 생각했다.

그런데 '찌푸린 얼굴의 기사'는 지금 그 가방 임자가 누구인지 알고 싶어서 견딜 수가 없었다. 소네트나 편지로 보나, 금화나 값진 옷으로 보나, 어떤 지체 높은 사람이 사랑을 하다가 여자의 멸시와 냉대를 받고 마침내 절망에 빠지고 말았으리라는 짐작이 갔기 때문이다. 그러나 험하기 짝이 없는 무인지경이라 물어볼 사람도 없으니, 하는 수 없이 로시난테가 가자는 대로 길을 따라 나아갈 수밖에 없었다. 이렇게 가노라면 풀이 우거진 곳에서 무슨 희한한 모험에 걸려들고 말리라는 생각이 언제나 머릿속에서 떠나지 않았다.

이런 생각을 하며 길을 가다가 문득 보니, 나지막한 산꼭대기에서 어떤 사람이 바위에서 바위로, 잔 숲에서 잔 숲으로 나는 듯이 뛰어가고 있었다. 그 사나이는 잠방이 바람인데 수염은 새까만 텁석나룻이요, 머리카락은 길고 헝클어져 있었으며, 발과 다리도 벗은 채였다. 넓적다리를 가리고 있는 잠방이는 보기에 황갈색 비로드인 듯하나 몹시 해어져서 군데군데 살갗이 드러나 보였고, 머리에는 아무것도 쓰지 않고 있었다. 앞에서 말한 대로 그 사나이는 나는 듯이 지나갔는데도 '찌푸린 얼굴의 기사'는 세밀한 점까지 다 보고 알 수 있었던 것이다. 그래서 쫓아가볼 마음은 있으나 그럴 수 없는 것은, 로시난테 같은 약질은 그런 험한 곳을 갈 수 없을 뿐만 아니라 본시 성질부터 느리고 게으른 말이기 때문이다. 돈키호테는 문득 저 사람이 혹시나 안장깔개와 가죽 가방의 주인이 아닌가 하는 생각이 들자, 그를 만날 때까지 이 산속을 헤매는 데 1년이 걸리더라도 기어코 찾아내리라고 결심했다. 이리하여 그는 산초에게 당나귀에서 내려 산의 이쪽 허리를 끼고 가라고 하고, 자기는 저쪽 허리를 끼고 가겠다고 했다. 그러노라면 제아무리 잽싸게 빠져나간 사람이라도 서로 마주치지 별수 없으리라는 생각에서였다.

"전 그렇게는 못 하겠어요." 산초가 대답했다. "나리의 곁만 떠나는 날이면 대뜸 겁이 나서 온갖 허깨비가 다 덮치는걸요. 그러니까 이제부터는 한 발짝이라도 나리의 곁을 떠나지 않겠습니다요."

"그렇게 하게나." '찌푸린 얼굴의 기사'가 말했다. "난 자네가 내 용기를 아쉬워하는 걸 보면 무척 기분이 좋거든. 내 용기로 말하면, 나는 자네의 영혼이 몸뚱이에서 떠난다고 해도 자네를 보호해 줄 것이거든. 자, 그럼 내 뒤에서 어떻게든 천천히 따라오게나, 두 눈에 불을 켜고 말일세. 우선 이 모퉁이로 한번 돌아보세. 필시 우리가 본 사람을 만나게 될 게야. 그 사람이 우리가 주운 물건의 임자임에 틀림없네."

이 말에 산초가 대답했다.

"그 사람 찾는 건 그만두기로 하죠. 혹시 만나게 되어 돈 임자라고 한다면, 물론 내가 가진 걸 도로 내주어야 할 테죠. 그러니까 이런 쓸데없는 부지런을 떨지 말고 덜 귀찮고 쉬운 다른 수를 써서 진짜 임자가 나설 때까지 내가 잘 간수하기로 하죠. 그때는 이미 돈을 다 쓰고난 뒤가 될지 모르지만, 설마 임금님이라 하더라도 나를 죄인으로 몰지는 않겠죠."

"그건 틀린 생각이네, 산초." 돈키호테가 대답했다. "돈 임자가 누구인지 벌써 의심하던 터에 그 사람이 우리 앞에 나타난 이상, 찾아 주어야 하는 것이 우리의 도리가 아닌가. 만일 우리가 그 사람을 찾지 않는다면, 설사 그 사람이 진짜 임자가 아니더라도, 우리가 그렇게 믿었기 때문에 죄가 되는 거지. 그러니까 여보게, 산초, 저 사람을 만나야만 내 마음이 가벼워질 것 같으니 그 사람을 찾는다고 섭섭하게 생각하지 말게나."

그러고는 돈키호테가 로시난테에 박차를 가하니, 산초는 히네스 데 파사몬테 덕분에 짐을 메고 터벅터벅 걸어서 뒤를 따랐다. 산모퉁이 하나를 끼고 돌았을 때, 안장과 고삐가 달린 채 개울 바닥에 죽어 넘어진 노새 한 마리가 눈에 띄었는데, 개가 뜯어 먹고 까마귀가 쪼아 먹다가 절반만 남아 있었다. 그것을 보니, 아까 달아난 그 사람이 이 노새와 안장깔개의 주인일 것이라는 짐작이 한결 굳어졌다.

그 광경을 바라보고 있노라니, 양 떼를 지키는 양치기의 휘파람 소리 같은 것이 들려왔다. 이어서 왼쪽 위로 굉장히 많은 산양 떼가 몰려오고, 그 뒤로 산마루에 무척 늙은 산양 치는 노인이 나타났다. 돈키호테는 그 사람에게 아래로 내려오라고 소리를 쳤다. 그러자 그도 큰 소리로, 산양이나 늑대나 산짐승이 아니고는 들어설 수 없는 이런 곳을 어떻게 왔느냐고 물었다. 산초가 대답하기를, 내려오면 그 까닭을 잘 알게 될 것이라고 했다. 그는 돈키호테가 서 있는 곳까지 내려와서는 말했다.

"노형들께선 이쪽 개울에 죽어 있는 노새를 보셨겠군요. 그 노새는 여섯 달 동안이나 그러고 있는 겁니다. 노형들은 혹시 이 근처에서 그 임자를 보셨소?"

"우리는 아무도 보지 못했습니다." 돈키호테가 대답했다. "여기서 멀지 않은 곳에서 안장깔개하고 가죽 가방을 보았을 뿐이오."

"그건 나도 보았소만," 산양 치는 노인이 말했다. "아예 손을 댄다든지 다가갈 마음조차 없었소이다. 혹시라도 남의 말이 무섭고, 나를 도둑으로 볼까봐서요. 악마는 꾀가 비상한 놈이라, 살그머니 무엇을 사람의 발 앞에 갖다 놓고는 영문도 모르고 걸려 넘어지게 만들거든요."

　"거참 내 말이 바로 그 말입니다요." 산초가 대답했다. "저도 보긴 보았소만 돌팔매가 닿을 만큼 가까이는 가지 않았죠. 그래, 그냥 그대로 고스란히 두고 왔지 무업니까요? 전 본시 방울 달린 개는 아예 싫은 사람이니까요.²¹⁸"

　"점잖으신 양반이니 한 말씀 묻겠습니다만," 돈키호테가 말했다. "혹시 그 물건들의 임자가 뉘신지 아시오?"

　"내가 알기로는 이렇습니다." 산양 치는 사람이 말했다. "그러니까 여섯 달 전쯤 여기서 3레과가량 되는 양치기 마을에 어떤 풍채 좋고 말쑥하게 차린 젊은이가 왔지요. 저쪽에 죽어 있는 노새를 타고, 또 노형들이 보시고도 그냥 두었다는 그 안장깔개와 가죽 가방을 가지고요. 그런데 그 젊은이가 우리더러 하는 말이, 이 산속의 어디가 제일 험하고 으슥하냐고 묻기에, 우리가 지금 있는 이곳이 바로 그런 곳이라고 했죠. 사실이 그랬으니까요. 만일 당신들이 반 레과만 더 안으로 들어가도 나올 수 없었을 겁니다. 그런데 이상하군요, 이곳으로 들어오는 길다운 길이라곤 없는데 당신들이 어떻게 이곳에 들어올 수 있었는지 놀라울 따름입니다. 아무튼 그 젊은이는 우리 말을 듣고는 말고삐를 걷어잡고 우리가 가리킨 곳으로 달려가는 것이었습니다. 우리는 그 늠름한 풍채에 눈이 휘둥그레졌지만, 한편으로 그 묻는 말과 그리도 성급하게 산속으로 달려가는 것을 수상하게 여겼지요. 그 후로는 누구도 그를 본 적이 없었는

---

218 No quiero perro con cencerro. '문제를 일으킬 것은 어떤 것도 원하지 않는다'는 말.

데, 며칠이 지난 뒤에 우리네 산양 치는 사람 하나가 지나가는 길에 그 젊은이가 불쑥 나타나 바싹 다가오더니만, 냅다 후려갈기고 발길질을 했다는 게 아닙니까! 그러고는 먹을 것을 실은 당나귀를 덮쳐서 빵과 치즈를 있는 대로 몽땅 빼앗고는 번개같이 그만 산속으로 달아나버렸대요. 이 소리를 듣고 우리 몇몇이서 그를 찾아내려고 꼬박 이틀 동안 산속이란 산속은 모조리 돌아다닌 끝에 찾기는 찾았는데, 글쎄 그 젊은이가 무지무지하게 큰 떡갈나무 구멍 속에 숨어 있질 않겠어요. 그 사람은 아주 순순히 우리 앞으로 나오는데, 벌써 옷은 다 해지고 얼굴도 햇볕에 그을리고 달라져서 간신히 알아볼 지경이었어요. 그저 입고 있는 옷이 해지긴 했지만 전에 본 적이 있었기에 우리가 찾는 사람이라는 걸 알았죠. 그런데 그는 깍듯이 인사를 하더니, 몇 마디는 안 되지만 썩 조리 있는 말로 자기가 이곳에 온 것을 이상히 여기지 말아달라고 그랬어요. 자기는 많은 죄를 지은 사람이라서 그 죗값으로 무슨 고행을 해야 한다나요. 그래 우리는 도대체 당신이 누구인지 말해달라고 했지만 도저히 뜻을 이룰 수는 없었어요. 우리는 또 말하기를, 먹을거리 없이는 지낼 수 없을 테니 당신을 만날 수 있는 장소를 우리에게 알려주시면 먹을거리가 필요할 때 아무 대가 없이 기꺼이 가져다주겠고, 그것도 싫으시면 빼앗지는 마시고 지나가는 산양 치는 사람에게 달라 하라고 말했지요. 그랬더니 그는 우리에게 고맙다고 하면서 지난번에 산양 치는 사람을 습격한 일에 대해 용서를 구하고, 앞으로는 누구에게도 폭력을 쓰지 않고 얌전히 음식을 청하겠다고 약속했습니다. 그런데 지금 살고 있는 곳으로 말하자면 마음 드는 대로 닥치는 대로이니 이렇다 할 거처가 따로 있는 게 아니라고 하고는 흑흑 흐느끼면서 이야기를 끝내기에, 듣고 있던 우리도 목석이 아닌지라 처음 보았을 때의 그와 너무나 달라진 그때의 그를 생각하면서 그만 같이 울고 말았지요. 그럴 수밖에요. 아까도 말했습니다만, 그 젊은이는 아주 풍채가 좋고 상냥한 데다 예절도 바르고 조리 있는 말씨로 보아, 지체가 높고 점잖은 사람으로 여겨졌거든요. 듣고 있던 우리야 두메산골 촌뜨기였지만, 이러한 촌뜨기까지도 그 점잖은 성품을 알 만했으니 더 말할 것도 없는 일이죠. 그런데 그 젊은 양반이 이야기하다가 갑자기 뚝 그치고는 한참 동안 땅바닥만 내려다보는 것이었습니다. 우리도 그만 얼떨떨해져서, 대체 저렇게 넋을 잃고 있으니 어쩔 셈인가 하고 걱정을 하면서 하회를 기다렸지요. 왜 그랬던가 하면, 글쎄 그 젊은이가 눈을 뜬 채로 눈썹 하나 까딱 않고 뚫어져라 땅만 내려다보다가는 또 갑자기 눈을 딱 감고 입술을 지그시 깨물며 눈썹을 거슬러 올리지 않겠습니까? 그래서 우린 무슨 발광이 나나보다 하고 대뜸 알아차렸지요. 아니나 다를까, 그는 이내 우리 생각이 옳다는 걸 보여주었지요. 여태까지 앉아 있던 흙바닥에서 화닥닥 일어나더니, 자기 곁에 가까이 앉아 있던 사람한테로 사정없이 덤벼들었거든요. 아이고, 그때 느닷없이 덮치는 광경이라니, 우리가 떼어놓지 않았더라면 물어뜯고 치고 해서 아주 결딴을 내고 말았을 겁니다요. 그러면서 그 젊은이는 '페르난도, 이 배반자야! 네놈이 나한테 저지른 죗값을 여기서 당장 갚아야 한다! 내 손으로 네놈의 심장을 꺼내놓고 말 테다. 온갖 죄악 중에서도 거짓과 허위가 가득 찬 네놈의 심장을!' 하고 호통을 쳤습니다. 그 밖에 다른 말도 계속 엮어댔는데, 모두가 그 페르난도에 대한 욕과 원망이었어요. 그래서 우리가 가까스로 우리 친구를 그 사람으로부터 떼어놓자, 그는 아무 말 없이 우리 곁을 떠나 쏜살같이 잔 숲 가시덤불 속으로 가서 숨어버렸기에 따라갈 수가 없었습니다. 이걸로 미루어 짐작건대 그 광증이 어쩌다 한 번씩 일어나는 증세이고, 페르난도라는 이름을 가진 어떤 사람이 무슨 못된 짓을 했으며, 그 젊은이를 이 지경까지 만든 걸 보아서 이만저만 못된 짓이 아니라는 걸 알게 되었죠. 그게 확실하다는 건, 그 뒤로도 젊은이가 우리가 다니는 길에 이따금 나타나 어떤 때는 양치기들이 가지고 가던 음식을 달라 하기도 하고, 또 어떤 때는 마구 빼앗기도 하는데, 어쩌다가 정신이 획 도는 때에는 양치기들이 애써 갖다 바쳐도 획 뿌리치며 되레 주먹을 휘두르다가, 본정신이 들 때에는 공손하고 얌전하게 달라고 하며 고맙다는 말도 하고, 또 어떤 때는 눈물을 흘리기도 한 일로 알 수 있습니다. 그런데 노형들," 산양 치는 사람이 말을 이었다. "털어놓고 이야기하는 겁니다만, 바로 어제 나하고 젊은이 네 사람, 즉 하인이 둘, 내 아는 사람이 둘, 이렇게 넷이 기어코 그 사람을 찾아낼 작정으로 나갔었습니다. 찾아내서는 억지로 하든 순리로 하든 여기서 8레과쯤 되는 알모도바르 마을로 데려갈 작정이었지요. 나을 만한 병 같으면 거기서 치료를 시켜주고, 정신이 날 때에 누구인지 알아보아서 일가친척이 있다면 그에 대한 소식이나 전하려고요. 노형들, 이게 노형들께서 나한테 물으신 데 대해 내가 아는 전부입니다. 그리고 당신들이 본 물건들 임자는, 벌거숭이로 번개같이 뛰어 달아나는 것을 보셨다는 바로 그 사람임에 틀림없습니다." 이렇게 말하는 것은 아까 돈키호테가 산골짜기로 뛰어가는 사람을 보았다고 했기 때문이다.

돈키호테는 산양 치는 사람의 이야기를 듣고 사뭇 감동이 되었고, 그럴수록 그 가엾은 광인이 누구인지 몹시 알고 싶어졌다. 그는 마음먹었던 것을 당장 실천에 옮기려고 결심했다. 그러려면 찾아낼 때까지 산을 구석구석 뒤져서 어느 모퉁이, 어느 굴속이든 모조리 찾아볼 작정이었다. 그러나 운명은 그의 생각, 그의 기대보다 더 쉽게 마련을 해주었다. 바로 그 순간 그들이 서 있는 바로 그 자리에, 찾으려던 그 사람이 산골짜기로부터 나타났던 것이다. 그는 무엇인지 입속으로 중얼중얼하면서 오고 있었다. 가까이서도 못 알아들을 정도였으니, 멀리서는 더욱 그러했다. 차림새는 아까 산양 치는 사람이 말한 대로였으나, 가까이서 돈키호테가 보니 비록 해어지긴 했으나 그의 가죽 저고리에서는 용연향 냄새가 나는 것이었다. 이런 차림으로 보아 지체가 낮은 사람일 수는 없다고, 그는 쉽사리 판단할 수 있었다.

젊은이는 가까이 오더니 거칠고 쉰 목소리로, 그러나 아주 공손하게 인사를 했다. 돈키호테 역시 그에 못지않게 정중한 답례를 하고, 로시난테에서 내려 그에게로 다가가 우아한 태도로 그를 껴안았다. 그러고는 마치 오래전부터 알고 지낸 양 한참 동안을 두 팔로 꽉 포옹하고 있었다. 돈키호테가 '찌푸린 얼굴의 기사'라면 '흉한 얼굴의 헌털뱅이 기사el Roto de la Mala Figura'라 할 수 있는 그 사람은 포옹을 받은 뒤에 몸을 떼더니, 돈키호테의 어깨에다 두 손을 얹고 혹시 아는 사람이나 아닌지 보려는 듯 찬찬히 들여다보았다. 돈키호테가 그를 이상하게 보는 것처럼, 그도 역시 돈키호테의 얼굴과 차림새와 갑옷을 보고 이상하게 여기는 것 같았다. 아무튼 포옹이 끝난 다음 먼저 입을 뗀 것은 그 헌털뱅이 기사였는데, 그것은 다음 장에 이어질 것이다.

• 제24장 •

시에라 모레나의 모험이 계속되는 곳

이야기에 적혀 있기를, 돈키호테는 그 가엾은 시에라 산속의 기사가 하는 말을 아주 진지하게 듣고 있었다. 그는 자신의 말을 계속했다.

"나리, 저로서는 나리가 뉘신지 잘 모릅니다만, 어떤 양반이시든 저 같은 인간에게 베푸신 그 인정과 예의에 대해 충심으로 감사드립니다. 마음 같아서는 친절하신 호의에 대해서 더할 수 없는 보답을 해드리고 싶습니다만, 제 운수가 운수인지라 제가 드릴 수 있는 것이라고는 그저 보답하고 싶은 마음뿐 아무것도 없습니다."

"내가 하고 싶은 일은," 돈키호테가 대답했다. "단지 당신을 도와주는 것뿐이오. 그래서 나는 당신을 찾아내어 당신이 이 어처구니없는 생활로 고생하시는 것을 무슨 수로든 덜어드릴 수 있을 때까지는 영영 이 산에서 나가지 않으려고 결심했습니다. 무엇이든 필요하시다면 정성껏 구해보겠습니다. 그러나 혹시 당신의 불행이 어떠한 위로 앞에도 문을 굳게 잠그는 그러한 불행이라면, 가장 가능한 방법으로 눈물과 한숨을 같이 나누기로 하겠습니다. 서러운 사람에게는 같이 서러워하는 사람이 있는 게 위로니까요. 그러하오니 이 변변찮은 나의 호의가 조금이라도 당신의 치하를 받을 수 있다면, 당신에게 한 가지 청할 것이 있습니다. 당신이 분명히 가지고 계시는 그 관대함과, 그리고 또 당신이 세상에서 가장 사랑하셨고 아직도 사랑하고 계시는 그분을 걸고 맹세하면서 청을 하는 바입니다. 다름이 아니오라 도대체 그분이 누구시기에, 어떠한 곡절이 있으시기에, 이 산속에 들어와서 이처럼 들짐승같이 살고 계십니까? 옷차림이나 인품으로 보아서는 도저히 그러실 수 없는 분이, 원, 이렇게 사시다니, 까닭을 좀 말씀해주십시오. 나야 뭐," 돈키호테는 덧붙여 말했다. "아무런 자격도 없는 죄인일망정 맡은 바 기사도와 편력 기사로서의 신의를 걸고 말씀이지만, 당신께서 그것만 가르쳐주신다면 내 직책이 요구하는바 성실을 다하여 당신을 돕되, 약이 있으면 당신의 불행을 다스릴 것이고 약이 없으면 아까 한 약속대로 울음을 나누겠습니다."

숲속의 기사는 찌푸린 얼굴의 기사에게서 이런 말을 듣고, 아무 말 없이 거듭거듭 위아래로 훑어보더니 한참 만에 말했다.

"혹시 먹을 것이 있으면 조금만 주시기를 바랍니다. 우선 요기를 하고나서 부탁하신 대로 다 말씀드리겠습니다. 지금 저한테 보여주신 고마우신 마음에 보답하기 위해서라도요."

그러자 산초는 댓바람에 보자기에서, 산양 치는 사람은 가죽 부대에서 먹을 것을 꺼내놓았다. 헌털뱅이 기사는 그것으로 굶주림을 푸는데, 마치 걸신들린 사람처럼 쓸어 넣는 품이 어찌나 빠른지 잠시도 입이 쉴 새가 없었다. 먹는다기보다 차라리 집어삼키는 것이었다. 이런 판이라 그가 먹어대는 동안에는 먹는 사람도, 그것을 바라보는 사람들도 말 한마디 없었다. 먹기를 다 하고나서야 그는 따라오라는 시늉을 했다. 그들이 따라가니까, 거기서 약간 굽이를 틀어 커다란 바위 뒤에 있는 푸른 풀밭으로 인도했다. 그곳에 이르자 그는 그 위에 벌렁 드러누웠다. 다른 사람들도 따라서 누웠다. 그들은 헌털뱅이 기사가 몸을 편하게 가질 때까지 아무 소리도 않고 있었다. 이윽고 그는 이야기를 하기 시작했다.

"여러분께서 기어이 끝도 없는 제 신세타령을 간단한 몇 마디 말로 알고 싶으시다면, 먼저 약속하실 게 하나 있습니다. 무엇인고 하니, 어떤 질문이나 다른 걸 가지고 제 슬픈 내력의 줄거리를 중단시켜서는 안 된다는 것입니다. 그렇게 해주시지 않으면, 그 당장에 제 이야기는 끝이 나고 말 테니까요."

헌털뱅이 기사의 이 말을 듣고 돈키호테는 문득 그의 종자 산초가 하던 이야기가 떠올랐다. 물을 건너간 산양의 머릿수를 대지 못한 까닭에 그만 중단되고 말았던 그 이야기 말이다. 아무튼 헌털뱅이 기사에게로 말머리를 돌리건대, 그는 이렇게 말을 계속하는 것이었다.

"이런 말씀을 미리 드리는 이유는 제 불행한 이야기를 빨리 끝내고 싶어서입니다. 그것을 다시 회상하는 것만도 상처를 건드리는 일이니, 질문을 하지 않으신다면 금방 이야기를 끝낼 수 있을 것입니다. 그렇다고 해서 여러분이 궁금해하시는 중요한 골자를 빼놓지는 않을 것입니다."

돈키호테는 일동을 대표해서 말참견을 하지 않겠다고 했다. 젊은이는 다짐을 받은 뒤에야 다음과 같이 이야기를 하기 시작했다.

"제 이름은 카르데니오이고, 고향은 이곳 안달루시아 지방에서 제일 큰 도시들 중 하나입니다. 제 가문은 귀족이고 부모님은 부유하셨지만, 제 불행이 너무 커서 부모님의 눈물이나 일가친척의 슬픔으로도, 그분들의 재산으로도 제 불행을 어찌할 수 없었지요. 하늘이 내리시는 불행을 재산으로는 막아낼 수 없는 법이죠. 그런데 바로 같은 지방에 제가 바라는 모든 것을 다 갖춘 한 천사가 살고 있었습니다. 바로 둘도 없이 아름다운 루신다였습니다. 그녀도 저같이 좋은 가문에 부유했으며, 저보다 나은 점이라면 행복하다는 것이었고, 못한 점이라면 성실한 제 사랑을 받아줄 만큼 신의가 굳지 못하다는 것이었습니다. 저는 아주 어릴 때부터 그녀가 좋았고, 그녀를 사랑했고, 그녀를 숭배했습니다. 그녀 또한 아직 나이가 어린 만큼 천진난만하고 고운 마음으로 저를 사랑하게 되었습니다. 양쪽 부모님들도 우리 사이를 눈치채셨지만, 더 발전한대야 결혼밖엔 딴 게 없을 테니까 아무런 걱정도 하시지 않았습니다. 가문으로 보나 재산으로 보나 어슷비슷해서 결혼은 거의 따놓은 당상이나 마찬가지였으니까요. 나이가 차면서 그와 함께 두 사람의 사랑도 자라났습니다. 그런데 그때 루신다의 아버지는, 마치 시인들이 곧잘 노래하는 티스베 공주의 부모를 닮으려 했던지, 예절을 지키려는 생각에서 제가 다시는 그녀의 집에 드나들지 못하게 했습니다. 그러나 이것은 오히려 불에다 불꽃을 더하고 그리움에다 애절함을 더하는 셈이었으니, 비록 입으로는 말을 못 해도 펜대마저 침묵을 지키게 할 수는 없었습니다. 펜이란 혀보다 자유로운 것이어서, 가슴속 깊이 간직한 것을 얼마든지 사랑하는 이에게 펼 수 있으니까요. 벼르고 벼르던 마음, 거침새 없는 혀끝이라도 막상 사랑하는 이

의 앞에 나서게 되면 그저 어리둥절하고 말문이 막혀버리기가 일
쑤지요. 오, 하느님, 나는 얼마나 많은 편지를 썼고, 또 얼마나 달콤
하고 정성 어린 답장을 받았던가요! 마음은 회포를 풀어내고, 불타
는 정감을 그려내며, 상념에 잠기고, 애정은 용솟음치는 그 노래들,
사랑의 글귀들을 엮은 것이 몇 번이었는지요. 사실 저는 더 이상 참
을 수가 없었고 내 영혼이 그녀를 보고 싶은 욕망으로 지쳐가는 것
을 느꼈을 때, 제가 바라고 또 응당 얻어야 할 그 아가씨를 얻기 위
해 가장 최선의 방법을 실천에 옮기기로 결심했습니다. 다름 아니
라 그녀의 아버지에게 청해서 결혼을 시켜달라고 하는 것이었습니
다. 제가 그 말을 했더니 그분은 이에 대한 대답으로, 피차간에 좋
은 일을 꾀하는 것은 고마우나, 아직 아버지가 살아 계시니 청혼에
관한 일은 아버지의 정당한 권리인즉, 아버지의 뜻과 비위에 맞지
않는다면 루신다를 몰래 데려갈 수도, 내줄 수도 없다고 했습니다.
저는 그 고마우신 뜻에 가슴이 벅찼습니다. 말씀하시는 이유가 타
당하고, 또 아버지께서도 제가 말씀을 드리기만 하면 들어주실 것
이라고 믿었으니까요. 그래서 저는 지체하지 않고 바로 그길로 마
음속에 있는 말을 여쭈려고 아버지께 갔습니다. 그런데 제가 아버
지의 방으로 들어갔을 때, 아버지는 편지 한 장을 펴 들고 계시다가
제가 미처 말을 꺼내기도 전에 그걸 저한테 주시면서 말씀하셨습
니다. '카르데니오, 이 편지를 보니 리카르도 공작께서 널 크게 쓰
실 뜻이 있으시다는구나'라고 하시는 것이었습니다. 여러분도 이미
잘 아시다시피, 리카르도라면 에스파냐의 대공大公이시고, 안달루
시아의 가장 비옥한 땅이 그의 영지領地가 아닙니까. 긴 편지를 들
고 읽어보니, 한시바삐 대공이 계시는 곳으로 나를 보내달라시는

356

청이 어찌나 은근하고 간절하던지, 제 생각에도 아버지께서 들어주지 않으시면 좋지 않을 성싶었습니다. 대공께서는 저를 그의 큰아드님의 하인이 아니라 말동무로 삼아주신다 했고, 책임지고 상당한 지위도 주시겠다는 것이었습니다. 저는 편지를 다 읽으면서 그저 어안이 벙벙했습니다. 더구나 아버지께서 저에게 '카르데니오, 대공의 뜻을 받들어서 이틀 안으로 떠나도록 해라. 그리고 하느님께 감사드려라. 나도 틀림없을 것으로 안다만, 네게 그런 지위를 얻을 만한 행운의 길을 터주시는 것이리라'라고 하셨을 때엔 정말 할 말이 없었습니다. 이어서 아버지께서는 여러 가지 좋은 훈계도 내리셨습니다. 마침내 떠나야 할 날짜가 다가온 어느 날 밤, 저는 루신다를 만나 그동안의 일을 다 이야기했습니다. 그리고 같은 이야기를 그의 아버지에게도 해드리면서, 며칠 후면 리카르도 대공께서 무엇을 시키실지 알게 될 터이니 그때까지만 약혼을 미루어달라고 했더니 그녀의 아버지는 쾌히 승낙을 하시었고, 그녀 또한 몇 번이나 기절을 하면서도 자신의 별별 맹세와 함께 기다리겠노라고 약속을 했습니다. 때가 되어서 저는 리카르도 대공 댁으로 갔습니다. 가면서부터 어떻게나 융숭한 대접을 받았던지, 이게 되레 화가 되어 시기와 질투를 사게 되었습니다. 대를 물리며 살아오던 하인들은, 대공께서 제게 베풀어주시는 것이 자기들한테 해롭다고 지레짐작을 했던 모양이죠. 그러나 대공의 둘째 아들은 제가 간 것을 누구보다 기뻐했습니다. 이름은 페르난도이고, 멋쟁이 귀공자로 호방하고 놀기 좋아하는 청년이었지요. 얼마 안 되어 그는 저를 자기 친구로 삼으려 했고, 누구한테든 그렇게 말했던 것입니다. 그의 형도 저를 퍽 좋아하고 위해주었습니다만, 돈 페르난도만큼 적극적으로 우정과 관심을 보이지는 못했습니다. 이러던 차에 친구끼리 말 못 할 비밀이 없고, 돈 페르난도와 저는 단순한 호의 이상의 우정으로 변한 사이인지라, 그는 자기 마음속에 있는 모든 것, 특히 제법 가슴을 태우고 있던 연애에 대해 저에게 털어놓았습니다. 그는 자기 아버지의 소작인이던 어떤 농사꾼의 딸을 사랑하고 있었는데, 그녀의 양친은 부유했고 아가씨도 아주 아름답고 얌전하고 착해서 누구든지 그녀가 가진 여러 장점 중 어느 것이 더 뛰어나고 두드러지는지를 얼른 분간할 수 없을 정도였습니다. 이렇게 어여쁘기도 하려니와 시골 처녀의 바탕이 하도 깔끔해서, 돈 페르난도가 입맛을 다시게 되었습니다. 그는 결혼을 미끼로 이 처녀의 순정을 낚아야겠다는 결심을 하기에 이르렀습니다. 그러지 않고서는 가망도 없는 노릇이었으니까요. 저는 우정의 자극을 받아 내 딴은 가장 타당하다고 생각되는 이유를 들고, 또 실제 여러 가지 예를 들어가면서 그의 마음을 돌리라고 타일렀던 것입니다. 그래도 아무 소용이 없었으므로, 하는 수 없이 그의 아버지 리카르도 대공에게 이러한 사실을 말씀드리기로 작정했습니다. 그러나 돈 페르난도는 꾀가 많고 눈치가 빠른 사람이라, 이런 낌새를 알아채고는 겁을 집어먹었답니다. 저는 충성된 가신의 한 사람으로서 공작의 가문을 욕되게 하는 사건을 그냥 덮어두지 않으리라는 것을 페르난도가 미리 알았던 것이지요. 그래서 연막을 치고 저를 유도할 셈으로 그는 이런 말을 했습니다. 지금 그 아가씨한테 마음이 쏠려서 헤어날 수 없으니, 깨끗이 잊어버리려면 몇 달이고 이곳을 뜨는 수밖에 다른 도리가 없고, 그러기 위해서 둘이 같이 우리 집으로 가자고 했습니다. 그리고 대공에게는 우리 고향이 명마의 산지인 만큼 좋은 말을 사러 간다는 핑계를 대자는 것이었습니다. 이 말을 듣자 저는 솔깃했습니다. 그의 결심이 대단해서가 아니라, 루신다를 만날 수 있는 가장 좋은 기회가 왔다는 생각에서 아주 그럴듯한 방법이라 했지요. 저는 이런 꿍꿍이속이 있어서 그의 의견에 찬동했고, 아무리 뜨거운 열정이라도 훌쩍 떠나버리면 그만이니 되도록 빨리 실천에 옮기라고, 그의 결심에 부채질까지 했습니다. 그러나 나중에 안 일이지만, 제가 그렇게 말했을 때는 이미 그가 결혼을 빙자해 그 처녀를 농락한 뒤였습니다. 그러니까 이 일이 들통 나는 날이면 그의 아버지인 대공께서 어떻게 하실지 무서워서, 살 구멍을 찾은 것에 불과했던 것입니다. 젊은이들의 사랑이란 대개가 사랑이 아닌 정욕이라, 정욕의 최종 목적은 향락이니, 향락이 진하면 끝장을 보게 마련이고, 처음에는 사랑같이 보이던 것도 따라서 미적지근해지고 말지요. 그런 사랑은 자연이 정해놓은 한계를 벗어날 수 없는 것, 그러나 참다운 사랑에는 한계가 없지요. 아무튼 이런 식으로 돈 페르난도가 시골 처녀를 농락한 뒤로는 정욕이 채워져서 열정도 식어버렸다는 말씀입니다. 처음 핑계로는 정욕을 단념하기 위해서 멀리 떠나야 한다던 사람이, 이제 와서는 결혼 약속을 이행하지 않기 위해서 진정으로 가겠다고 한 것입니다. 대공께서는 그에게 허락을 해주고, 저에게도 같이 가라는 분부를 내렸습니다. 그래서 우리는 제 고향으로 오게 된 것이지요. 제 아버지께서는 그의 신분에 걸맞은 환대를 해주시었고, 저는 그길로 루신다를 만나러 갔습니다. 정열은 다시 살아났습니다. 물론 죽거나 식어진 적도 없었지만 말입니다. 그런데 신세를 망치느라고 저는 그것을 돈 페르난도에게 이야기했습니다. 절친한 사이에는 아무것도 감추는 것이 없어야 한다고 믿었으니까요. 제가 루신다의 아름다움과 우아함과 현명함을 입에 침이 마르도록 칭찬하는 바람에 그의 호기심을 자극하게 되었고, 이리하여 그는 그렇게도 티 없이 예쁜 처녀라면 꼭 한 번 보고 싶다고 했습니다. 긁어부스럼으로 저는 그의 청에 못 이겨 어느 날 밤 우리 둘이 항상 이야기하던 창문을 통해서 촛불에 비친 루신다의 모습을 보여주었습니다. 그녀는 예사로운 옷차림을 하고 있었으나, 이를 본 그는 지금까지 보아온 어떠한 미인도 다 잊어버리고 말았습니다. 그는 말문이 막히고 바보처럼 얼이 빠진 듯했으며 마법에 걸린 것처럼 옴짝달싹도 못 했습니다. 제 불행의 이야기를 들어보면 아실 테지만, 한마디로 그는 깊은 사랑에 빠졌던 것입니다. 그는 자기의 연정을 제게 숨기고 하늘에만 호소하고 있었는데, 어느 날 우연히 루신다의 편지를 보게 되자 그 열정은 더욱 불타올랐습니다. 그 편지는 자기와의 결혼을 어서 제 아버지께 여쭈어달라는 것이었는데, 어찌나 슬기롭고 깔끔하고 정겨운 내용이었던지, 그것을 읽은 그는 온 세상의 모든 여자가 나누어 가진 아름다움과 이해심의 매력이 루신다 한 몸에 구비되어 있다고 했습니다. 이 자리에서 고백합니다만, 사실 저는 그때 돈 페르난도가 루신다를 칭찬하는 것은 괜찮은 일이라고 생각했지만, 그의 입에서 그런 찬사를 듣는 것이 어쩐지 꺼림칙하고 무서운 생각이 들었습니다. 그도 그럴 일이, 그는 잠시도 루신다에 대하여 지껄이지 않는 때가 없었고, 조그마한 핑계만 생겨도 그 이야기를 꺼내곤 했습니다. 이런 일들이 제게 막연한 질투심을 일으키게 했는데, 조금이라도 루신다의 마음이나 신의에 어떤 변화가 있어서 그런 것은 아니었습니다. 다만 루신다가 제게 지운 그 운명은 위험을 예감하게 했던 것입니다. 돈 페르난도는 제가 루신다에게 보내는 편지나 그쪽에서 제게 보내온 답장을 꼭꼭 읽어 보려고 했습니다. 그는 우리가 사용하는 편지의 문구를 보고 재미있는 척했죠. 그런데 뜻밖의 일이 생겼습니다. 루신다가 저더러 기사도 책이 읽고 싶으니 보내달라는 것이었습니다. 그녀는《가울라의 아마디스》를 아주 좋아했거든요."

돈키호테는 기사도 책이란 말을 듣자마자 대뜸 말했다.

"아, 이야기를 시작할 때 진작 루신다 아가씨가 기사도 책들을 아주 좋아한다는 말을 했으면, 그 아가씨의 교양이 높다는 것을 납득시키려고 군소리들을 하지 않아도 될 걸 그랬군요. 왜 그런고 하니, 그 아가씨가 그렇게도 흥미진진한 기사 이야기를 모른다면 당신이 아무리 훌륭하다고 묘사를 한댔자 그렇게 믿지 않을 테니까 말이오. 그러니까 나하고 이야기할 때는 그녀의 미모라든가 총명함을 드러내려고 그렇게 숱한 미사여구를 낭비할 필요가 없다는 거요. 그녀의 취미만 하나 들어봐도 천하의 미인이요 제일가는 숙녀라는 건 저절로 알아지니까요. 그런데 여보시오, 내 마음 같아서는《가울라의 아마디스》뿐만 아니라 기막히게 재미있는《그리스의 돈 루헬 기사》도 함께 보내드리는 게 좋을 성싶소. 내 생각으로 루신다 아가씨는 다라이다와 헤라야를 아주 마음에 들어하실 게고, 양치기 다리넬의 재치 있는 구변이며, 그가 아름답고 절묘하고 매끄럽게 엮어서 읊조리며 연주하는 전원시의 그 경탄할 구절들을 아주 좋아하실 게요. 당장은 없지만, 그 책도 마저 읽을 기회가 올 것이오. 당신이 나하고 같이 우리 마을로 가서 뭐든지 보여달라고만 하면 되니까요. 가시기만 하면 내 영혼의 향연이요 내 평생의 즐거움인 3백 권도 더 되는 책을 보여드릴 수 있을 겁니다. 아, 아니지. 심술궂고 질투심 많은 마법사 놈들의 농간으로 지금쯤 한 권도 남아 있질 않겠군요. 그건 그렇고, 용서해주시오. 이야기 중간에 잔소리를 않기로 약속을 해놓고 어겼으니까요. 그런데 기사도라든지 편력 기사에 관한 말만 들으면 나는 말하고 싶어서 사족을 못 쓴답니다. 마치 햇볕이 비치면 더워지고, 달빛이 비치면 습기가 도는 것과 마찬가지지요. 그러니 용서하시고 하던 이야기나 마저 하십시오. 이제부터 한 고비일 것 같으니……"

돈키호테가 말을 다 끝낼 때까지 카르데니오는 머리를 가슴까지 떨어뜨리고 깊은 생각에 잠겨 있는 것같이 보였다. 돈키호테가 두 번이나 어서 이야기를 계속하라고 재촉을 했으나, 그는 고개도 들지 않고 한마디 대꾸도 하지 않았다. 그러다 한참 만에 머리를 번쩍 들고는 말했다.

"한 가지, 내가 도저히 잊을 수 없는 것이 있는데, 세상의 어느 누구도 절대 잊게 할 수 없을 겁니다. 이와 반대 의견을 가지는 놈, 또 그렇게 믿는 놈은 미친놈일 겁니다. 그게 무엇인가 하면, 저 천하에 몹쓸 놈 엘리사바트가 하필이면 마다시마 왕비의 정부였다는 사실입니다."

"천만에, 맹세코 그럴 리가 없소." 돈키호테가 버럭 화를 내면서, 늘 하던 버릇대로 불쑥 나섰다. "그건 당치도 않은 오해, 더 옳게 말해서 악당의 중상모략이오. 마다시마 왕비야말로 대단히 고귀한 귀부인이었소. 그렇게 훌륭한 분이 돌팔이 마법사와 동침을 하시다니, 그건 당치도 않은 망발이오. 그렇지 않다고 하는 당신이야말로 거짓말하는 악당 놈이나 마찬가지! 나는 그런 자에게 톡톡히 맛을 보여줄 테니, 자, 말 위에서든 땅 위에서든, 무장을 하든 맨몸뚱이로든, 밤이건 낮이건 좋은 대로 덤벼라!"

카르데니오는 물끄러미 돈키호테를 바라보고 있다가, 갑자기 광증이 발작해서 자기 자신의 이야기를 이어나가지 못했다. 돈키호테 역시 마다시마 왕비에 대한 그의 말에 화가 나서 더 듣고 싶어 하지 않았다. 마치 옛날부터 받들고 모셔온 왕비인 양 그가 마다시마를 두둔하는 것도 이상한 일이었으나, 그를 이 지경으로 만들어 놓은 파문당한 책들도 신기한 것이었다. 그런데 이미 말한 바와 같이 카르데니오는 광증이 발동되고 있는 터라, 거짓말쟁이니 악당이니 하는 따위의 욕지거리를 그냥 농담으로 들어 넘기지 않았다. 그는 자기 곁에 있던 돌멩이를 집어 사정없이 돈키호테의 가슴팍에 던져서 때려눕히고 말았다. 산초 판사는 제 주인이 이 꼴을 당하는 것을 보자 주먹을 불끈 쥐고 미치광이한테 덤벼들었다. 그러나 '헌털뱅이 기사'는 여유 있게 한 대를 먹여 산초를 발아래 뻗치게 해놓았다. 그러고는 내처 그를 가로타고는 옆구리를 실컷 밟아댔다. 뜯어말리려던 산양 치는 사람도 같은 봉변을 당했다. 이렇듯 세 사람을 녹초가 되게 만든 다음, 그는 이들을 버려두고 유유히 산속으로 들어가버렸다.

공연한 매를 두들겨 맞은 것이 분한 산초는 일어나서 산양 치는 사람에게 화풀이를 하려고 들었다. 그 사람이 이따금 광증이 있다고 산양 치는 사람이 미리 귀띔하지 않은 탓이라면서, 그런 줄을 알았더라면 자기들은 미리 막아낼 수가 있었을 것이라고 했다. 산양 치는 사람은 그 말을 진작부터 해두었고, 못 들었다면 그건 자기 탓이 아니라고 대꾸했다. 잇달아 산초가 트집을 잡고 계속해서 산양 치는 사람이 받아넘기며 주거니 받거니 하다가, 급기야는 서로 수염을 꺼들고 주먹이 왔다 갔다 하기에 이르렀다. 이때 돈키호테가 말리지 않았던들 서로 큰 싸움이 날 뻔했다. 산초는 산양 치는 사람을 놓지 않고 말했다.

"찌푸린 얼굴의 기사님, 말리지 마십쇼. 이놈이나 나나 같은 농사꾼이고 기사가 아니니까, 명예를 존중하는 사람답게 일대일로 대결해서 이놈 때문에 당한 모욕을 갚아줄 텝니다요."

"그렇긴 해도," 돈키호테가 말했다. "내가 알기로 이 사람은 이번 사건에 관해서 아무 잘못도 없네."

이렇게 해서 두 사람을 뜯어말리고, 돈키호테는 산양 치는 사람에게 다시 카르데니오를 찾아낼 수 없겠느냐고 물었다. 그만큼 그는 이야기의 결말이 몹시 궁금했던 것이다. 산양 치는 사람은 먼저같이 그의 거처를 확실히 모른다고 했다. 그러나 이 근방을 샅샅이 찾아 돌아다닌다면 온전한 사람이건 미친 사람이건 만나볼 수는 있을 것이라고 했다.

• 제25장 •

시에라 모레나에서 라만차의
용감한 기사에게 일어난 기이한 일들과
벨테네브로스의 고행을 흉내 낸 이야기들에 대해

돈키호테는 산양 치는 사람과 헤어져서 다시 로시난테에 올라타고
는 산초더러 따라오라고 했다. 산초는 시무룩해하면서도 그의 뒤를
따랐다. 그들은 차츰차츰 아주 험준한 산속으로 들어갔다. 산초는
자기 주인에게 말을 걸고 싶어 죽을 지경이었으나, 주인의 명령을
거스르지 않으려고 주인이 먼저 운을 떼기만 기다렸다. 그러나 마
침내 긴 침묵에 더 이상 참을 수 없어 말을 꺼내고야 말았다.

　"돈키호테 나리, 나리께서 저를 축복해주시고, 좀 짬을 내주십
쇼. 이제는 제 집으로 돌아가서, 제 여편네랑 제 새끼들이랑 무어거
나 제 마음대로 실컷 지껄여보고 싶습니다요. 왜 이런 생각이 드는
고 하니, 나리께선 밤낮 이런 으슥한 데로 다니게 하면서 하고 싶은
말도 못 하게 하시니, 이건 저를 꼭 생매장하는 것이나 마찬가지거
든요. 하다못해 이솝우화에서처럼 동물들과도 말을 할 수 있다면
차라리 나을 거예요. 그렇게만 된다면 저는 뭣이든 하고 싶은 말을
제 당나귀에게 할 수도 있고, 또 그렇게 해서 제 기구한 팔자를 잊

365

을 수도 있을 텐데, 평생을 두고 모험을 한답시고 당하느니 발길질이나 헹가래질, 아니면 팔매질이나 주먹질이라, 이건 정말 못해먹을 일인데, 더더구나 벙어리처럼 입을 다물고 마음속에 있는 말도 못 한다는 것은 견딜 수 없는 일입니다요."

"산초, 그만하면 알겠네." 돈키호테가 대답했다. "자네는 한사코 내가 자네 입에다 내린 함구령을 떼려고만 하네그려. 자, 떼어준 셈 치고 하고 싶은 말이나 하게. 하지만 조건이 없는 게 아니네. 이 허락은 우리가 산속을 가는 동안만 유효한 것일세."

"좋습니다." 산초가 말했다. "지금은 지금이고, 그때 가서는 또 하느님께서 알아서 하시겠죠. 우선 허가증이 나왔으니 써먹어나보자고 하는 말인데, 나리께서는 아까 그 마히마사라든가 무어라든가 하는 그 왕비를 왜 그렇게 두둔하시느라고 야단법석이었습니까?

그리고 그 수도원장하고 사이가 어쩌고저쩌고한 건 또 도대체 무엇니까요? 나리께서 판관이 아니신 바에야 그런 일에 참견을 안 하셨으면 그 미친놈은 자기 이야기를 마저 다 했을 테고, 그랬으면 돌벼락도, 발길질에 주먹뺨 여섯 대도 면했을 게 아닙니까요?"

"정말이지, 산초," 돈키호테가 대답했다. "마다시마 왕비께서 얼마나 고귀하시고 또 얼마나 훌륭하신지 나만큼 자네가 알고 있었다면, 자넨 꼭 이렇게 말했을 거야. '그런 모욕이 튀어나오는 주둥이를 찢어놓지 않고서 참는 것도 이만저만이 아니군요'라고. 암, 그렇고말고. 왕비께서 외과 의사하고 좋아지내다니, 이건 그렇게 말하는 건 고사하고 생각만 해도 신성모독이야. 사실은 어떠한고 하니, 아까 그 미치광이가 말하던 엘리사바트라는 사람은 아주 박식하고 훌륭한 고문관이었네. 그는 개인 교사와 의사로서 왕비를 잘 섬겼지. 그러니 왕비께서 그의 정부였다고 하는 소리는 천부당만부당하고 능지처참을 받아 마땅하지. 그러나 자네도 본 바와 같이 카르데니오는 모르고 한 소리고, 그 말을 할 때는 벌써 본정신이 아니었다는 것을 자네도 알아야 하네."

"제 말이 바로 그 말이라니까요." 산초가 말했다. "미친놈이 씨부렁댄 걸 가지고 이러니저러니 할 게 뭐 있어요? 운이 좋았기에 망정이지, 그 돌벼락이 나리의 가슴이 아니라 머리에 가서 맞았다면 죽고 없는 그 왕비를 편들다가 좋은 꼴을 당할 뻔했지요. 그러고도 카르데니오는 미친 척하고 훌쩍 달아나버리면 그만이죠 뭐."

"성했건 미쳤건, 그런 사람들을 상대로 편력 기사란 여성의 명예를 보호할 의무가 있는 법이라네. 여느 여성의 명예도 그러한데, 하물며 마다시마 왕비처럼 고귀하고 훌륭한 여성들의 명예야 일러 무엇 하겠는가. 내가 마다시마 왕비를 특별히 두둔하는 것은, 타고난 천성이 착하신 데다 아름답고 총명하기 그지없으시고 무수한 재난 속에서도 무척이나 인내심이 강하시기 때문이지. 그리고 충성스런 엘리사바트가 곁에서 모시면서 헌책獻策을 해주어서 왕비는 큰 도움과 위안을 받으셨고, 또 여러 가지 시련을 슬기롭고 참을성 있게 감당하실 수 있었다네. 그걸 가지고 무식하고 돼먹지 못한 놈들이 왕비가 그의 정부였다고 지껄여대는데, 그건 터무니없는 말이네. 재삼 말하거니와, 누구든 그따위 말이나 생각을 하는 놈이 있다면, 다시 말해 수만 번 그런 소리를 해도 그건 모두 새빨간 거짓말이네."

"저야 그런 말도 생각도 안 합니다요." 산초가 대답했다. "제기랄, 될 대로 되겠죠. 네 떡 너 먹고 내 떡 나 먹기지요. 뭐, 두 사람이 사랑을 했거나 말았거나 지금쯤은 하느님의 심판을 받았을 테죠. 저야 뭐 아무것도 모르고 남이야 어쨌건 내가 알 바 아니지요. 원래 물건 값에 대해서 거짓말을 해봐야 아무 소용도 없는 법이죠. 돈주머니가 으레 잘 알고 있으니까요. 더군다나 저는 알몸으로 태어나 지금도 알몸이니 손해 볼 것도 수지맞을 것도 없어요. 그 두 사람이 사랑을 했대서 저와 무슨 상관이 있겠어요. 고기를 매달 갈고랑이조차 없는 곳에서 돼지고기를 얻겠다고 하는 사람도 많이 있죠. 누가 허허벌판에 대문을 달 수 있남요? 더군다나 하느님 자신에 대한 이야기라면 더더욱 그렇고요."

"당치도 않은 소리!" 돈키호테가 말했다. "산초, 무슨 헛소릴 그렇게 주워섬기는가? 자네가 늘어놓는 속담들하고 우리 이야기하고 무슨 상관이 닿느냐 말이야? 산초, 죽지 않으려거든 입을 딱 봉하고 앞으론 당나귀나 빨리 몰도록 하게. 자네한테 상관없는 일은 아예 참견을 말게. 그리고 자네의 오관을 모두 기울여서 내가 한일, 하고 있는 일, 장차 할 일이 얼마나 이치에 들어맞고 기사도 법칙에 어울리는지를 보란 말이네. 이 세상에서 기사 노릇을 한 어느기사라도 나만큼 기사도 법칙을 지키는 사람은 없으니까 말이야.”

“나리,” 산초가 대답했다. “그럼 우리가 길도 없는 이 산속에서허둥지둥 미친놈 하나 찾자고 싸다니는 것도 훌륭한 기사도 법칙이란 말씀입니까요? 그놈은 시작했던 일에 끝장을 낼 생각으로 틀림없이 또 올 겁니다요. 나리의 머리하고 내 갈빗대를 여지없이 부숴놓고 말 것입니다요.”

“다시 말하건대, 그 입 닥치게, 산초.” 돈키호테가 말했다. “나는 그 미치광이 놈을 찾으려고 이리로 오기도 했지만, 길이길이 세상에 명예를 남길 위업을 여기서 이루려는 목적도 있네. 이것이야말로 편력 기사가 할 수 있는 일 중에서도 가장 완전무결하고 유명한 일이 될 걸세.”

“그런데 그 위업이란 무척 위험한 것이죠?” 산초 판사가 물었다.

“천만에, 위험은 없다네.” 찌푸린 얼굴의 기사가 대답했다. “물론 주사위를 던져서 따느니보다 잃는 수도 없지 않겠지만, 만사는자네의 부지런에 달렸네.”

“제 부지런이라뇨?” 산초가 말했다.

“그렇다네.” 돈키호테가 말했다. “이제 내가 보내려고 하는 곳에서 자네가 빨리 돌아올수록 내 고행도 빨리 끝나고 내 영광도 빨리 시작될 테니까 말이네. 그런데 이런 말을 하면, 결말이 어찌 될것인가 하고 자네가 궁금해하고 나로서는 얼떨떨한 자네 모양이 딱하기도 해서 말하겠네만, 이걸 알아두게, 산초. 유명한 가울라의 아마디스는 가장 완전한 편력 기사들 중 한 사람이었다네. 아니, 한 사람이라는 말은 잘못이네. 그분이야말로 그 당시의 모든 기사 가운데 세상에서 오직 한 사람이고, 첫손 꼽히는 분이고, 유일한 분이었다네. 벨리아니스나 그 밖의 누구든지 조금이라도 그분과 자기가 비슷하다고 내세우는 자들은 벌을 받아 마땅하네. 멋모르고 공연히 까불거리는 거지. 똑같은 이야기지만, 무릇 화공畫工이 예술로 이름을 떨치려고 할 때는 사숙하는 대가들의 원화原畫를 모방하려고 하는 법인데, 이것은 인간 사회를 장식하는 다른 주요 사업이나 직분에도 마찬가지라네. 이를테면 분별력과 인내로 명성을 날리려는 자는 율리시스를 모방해야 하고, 또 그렇게들 하고 있다네. 호메로스는 율리시스를 등장시켜 분별력과 인내의 생생한 모습을 보여주었다네. 베르길리우스는 또한 아이네이아스라는 인물을 등장시켜 효성 깊은 아들의 덕성과 지용을 겸비한 장군의 총명을 보여주었다네. 하지만 모두 실제로 있었던 인물들을 서술한 것이 아니었고, 후세 사람들에게 본받도록 하려고 그래야만 된다는 걸 보여준 것뿐이라네. 그와 마찬가지로 아마디스는 용감한 기사와 애인들의 북극성이고 샛별이고 태양이라네. 사랑과 기사도의 기치 아래 싸우는 우리는 마땅히 그의 모든 점을 본받아야 한다네. 그렇다면, 아니 그러한 까닭에 이 사람 산초, 나는 편력 기사로서 그분을 가장 많이 모방하는 자일수록 기사도의 오묘한 이치를 터득한 사람으로 본다는 말이지. 그런데 이 기사가 자신의 슬기와 힘과 투지와 인내와 끈기와 사랑을 가장 분명히 보여준 것은, 바로 오리아나 아가씨에게 거절을 당하고서 고행을 하기 위해 라 페냐 포브레로 은퇴해서 이름까지 벨테네브로스²¹⁹로 고쳤을 때였다네. 그 이름이 정말 의미심장한 것으로, 자진해서 택한 그의 생활에 딱 들어맞았거든. 그러니까 나로서는 그분을 모방하기 위해 거인들을 동강낸다든지, 뱀들의 머리를 토막낸다든지, 사자의 다리와 독수리의 발톱이 달린 괴물을 죽인다든지, 병선兵船들을 무찌른다든지, 마법을 풀어 버린다든지 하기보다 이 방면이 쉽다네. 더구나 이 산속으로 말하면 고행을 하기에는 최적의 장소이니, 문빗장이 내 손에 들린 셈인데 이 기회를 놓쳐야 할 까닭이 없지 않은가."

"그게 진정이시라면," 산초가 말했다. "나리께서 이런 무인지경에서 하시려는 게 도대체 무엇입니까?"

"내가 자네한테 이미 말하지 않았던가?" 돈키호테가 대답했다. "아마디스 기사를 본받고 싶다고 말이야. 여기서 나는 절망 끝에 바보 미치광이가 된 그의 시늉을 해볼 것이네. 그리고 용감한 돈 롤단이 샘가에서 미녀 앙헬리카와 메도로가 못된 짓을 했다는 증거를 발견하고 그만 미치광이 짓을 한 걸 흉내를 내보겠네. 그는 나무를 뽑아버리고, 맑은 샘물을 흐려놓고, 양치기들을 때려누이고, 양 떼를 죽이고, 움집에 불을 지르고, 집들을 넘어뜨리고, 남의 말을 끌어가는 등 이루 헤아릴 수 없는 엉뚱한 짓을 다 했다네. 나는 물론 롤단이건 오를란도건 로톨란도건 (이름이 셋이었으니까) 그가 생각과 말과 행동으로 보여준 그 온갖 광태를 하나도 빼놓지 않고 다 모방하고 싶지는 않네. 그저 대강 그중에서 제일 골자가 될 만한 것만

---

219 Beltenebros. 가울라의 아마디스가 라 페냐 포브레에서 고행할 때 자기 스스로 붙인 이름으로, '슬픈 얼굴의 미남'이라는 뜻.

추려서 멋지게 해보겠다는 것뿐이야. 어쩌면 또 아마디스만 모방하고 그만둘지도 모르네. 그분은 남에게 해가 될 만한 광증은 부리지 않으셨고, 눈물과 비애로써 최상의 명성을 얻으셨으니까 말일세."

"제 생각으로는," 산초가 말했다. "그런 일을 하신 기사들은 헐수할수없었거나 까닭이 있어서 그런 뚱딴지같은 짓거리나 고행을 한 것 같은데, 나리께서는 그렇게 하실 이유가 어디 있단 말입니까요? 어떤 아가씨가 나리를 박대라도 했습니까요? 아니면 엘 토보소의 둘시네아 아가씨께서 무어인이나 기독교도와 해서는 안 될 무슨 일이라도 했다는 말입니까요?"

"문제는 바로 거기에 있네." 돈키호테가 대답했다. "그게 바로 내가 노리는 멋이거든. 무슨 까닭이 있어서 미쳐버린 편력 기사는 칭찬도 감사도 받을 자격이 없다네. 아무 이유 없이 미쳐야 멋이 있거든. 내가 이유도 없이 그런 일을 해낸다면, 정작 이유가 있을 땐 얼마나 훌륭하게 해낼 것인가 하고 우리 아가씨께서 생각할 게 아닌가? 하긴 구태여 까닭을 대라면 없는 것도 아니라네. 자나 깨나 그리워하는 내 엘 토보소의 둘시네아 아가씨를 떠나 있은 지도 무척 오래되었거든. 전에 양치기 암브로시오가 말했듯이, 떨어져 있으면 온갖 불행과 두려움을 다 느끼게 된단 말이네. 그러니까 산초, 이렇듯 희귀하고, 이렇듯 즐겁고, 이렇듯 유례없는 행동을 말리느라고 시간을 허비할 건 없네. 자, 이제 나는 미치네. 내 둘시네아 아가씨께 자네를 시켜서 보내드릴 편지의 답장을 자네가 가지고 되돌아올 때까지 나는 미쳐 있어야 하네. 만약에 그 답장이 내 마음에 흡족하면 미친 짓도 고행도 끝날 테지만, 그렇지 못할 경우 나는 진짜 미치광이가 되고, 그리 되면 아무것도 몰라볼 거네. 그러니까 아가씨가 어떤 답장을 보내든, 나의 괴로움과 고민은 끝날 걸세. 자네가 가져오는 소식이 좋은 소식이면 본정신을 가지고 기뻐할 것이고, 나쁜 소식이면 미쳐버렸으니까 괴로움도 느끼지 않겠지. 그런데 산초, 그 맘브리노의 투구는 잘 간수했는가? 그 몹쓸 놈이 부수려고 할 때 자네가 땅바닥에서 집어 올리는 걸 내가 봤는데, 그건 부수지 못했지. 그것만 보더라도 그 쇠를 얼마나 잘 달구어낸 투구인지 알 수 있네."

그 말을 듣고 산초가 말했다.

"맙소사. 제발, 찌푸린 얼굴의 기사 나리, 나리께서 하신 말씀 중에는 정말 참고 들을 수 없는 것도 있어요. 그런 소릴 들으면 기사도니, 나라를 점령한다느니, 섬나라를 준다느니, 그 밖에 굉장한 일을 하고 상을 준다느니, 벼슬을 준다느니 하는 모든 소리가 허풍 같고 거짓말 같고 꾸며낸 것 같고 지어낸 것 같아요. 왜 그러냐 하면, 나리께서 이발사의 세숫대야를 맘브리노의 투구라 하고 나흘이 지나도록 그걸 자꾸 우기시니, 그 뭐라고 할까요, 아무래도 머리통에 금이 간 사람이라고 할 수밖에 없어요. 그 대야는 말이에요, 쪼그랑박이 돼서 내 자루 속에 넣어두었어요. 하느님의 은혜로 언제고 처자식을 볼 날이 오면, 집으로 가져가서 고쳐가지고 수염 깎을 때 쓰려고요."

"이보게, 산초, 자네가 맹세한 그분께 나도 맹세하고 말이네만," 돈키호테가 말했다. "자네처럼 소견 구멍이 꽉 막힌 종자는 세상에 다시는 없을 거네. 나하고 같이 다닌 지가 얼마인데 그래 편력 기사가 하는 일이 모두 도깨비놀음이나 미친 짓거리로만 보이고, 그와 정반대인 줄을 모르다니, 이게 될 뻔이나 한 일인가. 그게 그런 것 같으면서도 그렇지 않은 것은, 언제나 마법사들이 우리 사이에 끼어들어 사물을 바꾸고 뒤집어놓기 때문이라네. 마법사란 원래 그것들을 제멋대로 돌려놓고는, 사람들을 돕기도 하고 망치기도 하는 놈이거든. 그러니까 자네 눈에는 이발사의 세숫대야같이 보이는 것이 내게는 맘브리노의 투구같이 보이기도 하고, 또 다른 사람에게는 다르게 보이기도 하겠지. 어쨌든 틀림없는 진짜 맘브리노의 투구를 다른 사람들 눈에는 세숫대야로 보이게 하는 것만 보아도, 내 편을 들어주는 마법사는 보기 드문 선견지명을 가졌군. 왜냐하면 그 투구는 대단한 가치가 있는 물건이기 때문에 모두가 빼앗아 가려고 나를 못살게 굴 게 아닌가? 그렇지만 이발사의 대야로밖에 보이지 않으니까 아무도 거들떠보지 않는 게지. 그러니 그걸 박살 내려고 기를 쓰다가 그만 동댕이치고 간 그놈만 보더라도 뻔한 노릇이 아니냐 말이야. 놈이 그것을 알아보았더라면 버리고 그냥 갔을 리 만무한 일이지. 그러니까 잘 간수해두게나. 그렇지만 지금 당장은 필요가 없네. 오히려 나는 이런 갑옷을 모두 다 벗어놓고 갓난아기같이 발가숭이가 돼야 하니까 말이네. 아마디스보다 롤단의 고행을 본받으려면 그래야 한다네."

이런 말이 오가는 동안에 그들은 어느 높다란 산기슭에 다다랐다. 산은 주위에 있는 여러 산에서 따로 떼어다 놓은 것처럼 가운데 홀로 우뚝 솟아 있었고, 산 아래로는 잔잔한 시내가 흘러 보는 사람의 눈을 즐겁게 하는 무성한 초원을 이루고 있었다. 그리고 거기에는 숲을 이룬 나무들이랑 풀들과 꽃들이 있어서 아늑한 자리를 마련해주었다. 찌푸린 얼굴의 기사는 이곳을 고행의 장소로 정하고, 그곳을 바라보며 실성한 사람처럼 목청을 높여 크게 떠들어대기 시작했다.

"오, 하늘이시여, 이곳이야말로 당신께옵서 나를 밀어 넣으신 불행을 한탄하기 위하여 제가 선택한 곳입니다. 여기서 지쳐버린 마음이 아파하는 쓰라림의 증거로서 두 눈의 눈물은 이 작은 시내를 불어나게 할 것이며, 깊고 끊임없는 한숨은 이 산의 나뭇잎들을 줄곧 흔들리게 할 것입니다. 오, 호젓한 이곳에 살고 계시는 산속의 신들이시여, 당신들이 누구시든 사랑에 신음하는 나의 부르짖음을 들으소서. 나는 오랜 이별과 공연한 질투로 말미암아 이 험한 산속에서 울게 되었고, 인간의 모든 아름다움의 총합이요 완성인 그 매정한 아가씨의 야속함을 슬퍼하고 있나이다. 오, 그대들, 그윽한 산속에 사는 골짜기의 요정들과 수풀 속을 찾아드는 숲의 요정들이여, 그대들을 짝사랑하는 방탕한 숲의 신들이 그대들의 감미로운 정적을 깨뜨리지 못하게 하라. 가련한 신세를 탄식하는 이 몸을 돕거나, 적어도 이 몸의 탄식을 듣는 것을 싫어하지는 말지어다. 오, 엘 토보소의 둘시네아여, 내 밤의 태양, 내 고민의 영광, 내 길의 지침, 내 행운의 별이여, 하늘은 그녀가 기원하는 모든 것을 충분히 베풀어주소서. 그대와의 이별로 인하여 이곳으로 오게 된 것을 잊지 마시고, 이 몸의 충실함을 깊은 애정으로 갚아주소서. 오, 이제부터 내 고독의 반려가 되어줄 외로운 나무들이여, 너희들의 가지를 부드럽게 움직여 내가 싫지 않다는 것을 보여주려무나. 그리고 그대, 나의 좋은 일 나쁜 일의 즐거운 동반자인 종자여, 내가 행하는 바를 잘 새겨두었다가 이 모든 일의 장본인이신 아가씨에게 그대로 알리도록 하라."

이렇게 말하면서 로시난테에서 내려왔다. 그러고는 이내 고삐

와 안장을 벗겨주고 궁둥이를 철썩 때리며 말했다.

　"자유를 잃은 자가 네게 자유를 주노니, 해온 일은 장하지만 운
수가 사나운 말아, 이젠 너 가고 싶은 대로 잘 가거라. 아스톨포의
명마 이포그리포[220]도, 브라다만테가 비싼 값으로 얻은 명마 프론

---

220 《격노하는 오를란도》에 나오는 명마.

티노²²¹"도 너만큼 빨리 달리진 못했다."

이를 본 산초가 말했다.

"그러고보니 제 잿빛 당나귀의 고삐와 안장을 벗기는 수고를 덜어준 그 녀석에게 축복을 내려야겠군요. 저도 당나귀의 볼기짝이나 찰싹 때리며 공치사나 해 보낼 것을…… 하지만 막상 그놈이 여기에 있다 하더라도 어느 누구든 안장을 벗기려 들면 전 가만히 있지 않을 거예요. 글쎄, 뭣 때문에 고삐와 안장을 벗긴다는 겁니까요. 연애와 절망에 빠진 사람들의 법칙하고 나는 아무 상관도 없으니까요. 지금은 요 모양 요 꼴이라도 원 주인은 나란 말이에요. 나는 그런 작자들이 아니라고요. 어쨌든 찌푸린 얼굴의 기사 나리, 내가 꼭 가야만 하고 나리께서는 꼭 미쳐야만 하겠거든, 내 당나귀 대신 로시난테에 안장을 도로 지웁시다요. 그래야만 가고 오고 하는 데 시간이 덜 걸리죠. 발로 걷는다면 언제 가서 언제 올지 모르니까요. 원래가 나는 걸음이 더디거든요."

"내 말은 산초," 돈키호테가 대답했다. "자네 생각이 그럴 법하니 마음대로 하라는 걸세. 그리고 자네가 떠나는 날짜는 지금부터 사흘 뒤네. 그동안 내가 둘시네아 아가씨를 위해서 하는 행동과 말을 잘 보아두었다가 그대로 말씀을 올리란 말일세."

"지금까지 보아왔으면 됐지," 산초가 말했다. "무얼 더 볼 것이 있나요?"

"그 말 한번 잘했네." 돈키호테가 대답했다. "이제부터 내가 해

---

221 《격노하는 오를란도》에 나오는 브라다만테Bradamante의 말.

377

야 할 일은 옷을 찢고 갑옷을 동댕이치고 머리를 이 바위에다 부딪히는, 자네가 보면 깜짝 놀랄 그러한 일들뿐이라네."

"하느님의 사랑으로 말씀드리지만," 산초가 말했다. "제발 그 박치기랑 조심하십쇼. 이렇게 생긴 바위를 들이받으시면 그 당장에 고행을 하실 연장이 결딴나고 말 테니까요. 제 요량에는 이랬으면 좋겠어요. 나리께서 정 박치기를 여기서 해야만 하고 그것 없이는 다른 일이 안 되신다면, 어차피 흉내 내느라고 꾸며서 하는 엉터리 놀음이니 그저 눈 딱 감고 물이나, 그렇잖으면 솜 나부랭이같이 폭신폭신한 물건에다가 박치기를 하시란 말씀입니다요. 뒷일은 제가 감당할 테니까요. 저는 아가씨에게 척 이렇게 전갈을 올리거든요. 나리께선 다이아몬드보다 더 단단한 바위 뿌다구니에다가 박치기를 하셨다고요."

"산초 친구, 고마우이." 돈키호테가 말했다. "그런데 자네의 뜻은 고마우나 이것이 모두 엉터리 놀음이 아니라 아주 진정이란 것을 알아주게나. 그렇지 않다면 나는 기사도 법칙을 위반하는 것이 되고, 거짓말을 하면 기사 자격을 박탈당하기로 되어 있다네. 진짜 행동 대신 가짜 행동을 하는 것도 거짓말과 마찬가지지. 그러니까 박치기도 알쏭달쏭하게 얼버무리는 따위로는 도저히 안 되고, 정직하고 확실하고 유효한 것이라야 하네. 그러니 상처를 싸맬 붕대라도 좀 두고 갔으면 하네. 운수가 없으려니 그 발삼도 잃어버리고 없으니 말이네."

"그까짓 것보다 당나귀를 잃은 게 더하죠." 산초가 말했다. "그놈을 잃는 바람에 붕대고 뭐고 한꺼번에 죄다 없어졌으니까요. 하지만 나리, 제발 그 빌어먹을 놈의 맛없는 음료수는 아예 생각도 마십쇼. 그 발삼이라는 소리만 들어도 속이 뒤집히고 창자가 뒤틀리니까요. 또 한 가지 청할 것은, 나리의 광증을 보아두라고 정해주신 그 사흘을 다 지나간 것으로 치부하시죠. 충분히 다 보고 실컷 다 알아보고 남은 셈으로요. 그래주시면 아가씨한테 가서는 멋들어지게 꾸며댈 테니까요. 그러니 속히 편지나 써서 어서 절 보내주세요. 저는 빨리 돌아와서 이 연옥에서 나리를 건져드리고 싶습니다요.”

“산초, 연옥이라고 했나?” 돈키호테가 말했다. “차라리 지옥보다 더 나쁜 곳이라는 편이 낫지. 지옥보다 더 나쁜 곳이 있다면 말일세.”

“제가 듣기론 ‘지옥에 간 자는 절대로 레텐시오’[222]라던데요.” 산초가 대답했다.

“‘레텐시오’가 무슨 뜻인지 모르겠는걸.” 돈키호테가 말했다.

“레텐시오란 것은,” 산초가 대답했다. “지옥에 빠진 놈은 거기서 다시는 안 나오고 또 못 나온단 뜻이죠. 하지만 이건 지금 나리의 경우하고는 반대지요. 반대가 아니라면 발꿈치가 다 닳도록 가야죠. 로시난테를 재촉하려면 발꿈치가 닳도록 박차를 가해야 한단 말씀입니다요. 어쨌든 간에 제가 엘 토보소로 가서 둘시네아 아가씨를 뵈옵기만 해보십쇼. 저는 나리가 여태까지 하셨고, 앞으로도 하실 바보짓 미친 짓을 잘 떠벌려서, 설령 참나무같이 단단하신 아가씨라도 장갑보다 더 보들보들하게 만들어놓겠습니다요. 그러고 선 달콤하고 꿀 같은 답장을 받아 들고는 요술쟁이처럼 공중으로

---

222 Quien ha infierno, nulla es retencio. 라틴 말로 되어 있는 교회의 ‘망자를 위한 기도문’에 있는 “지옥에 있는 자는 아무 구원도 없다Quia in infierno, nulla est redemptio”를 산초가 인용한 것이다.

획 날아와서, 지옥 같든 무엇 같든 이 연옥에서 나리를 구해낼 테니까요. 왜 지옥이 아닌가 하면, 여기서는 빠져나갈 희망이 있으니 그렇죠. 조금 전에 말씀드린 것처럼 지옥에 한번 빠진 놈들은 나오지를 못하니까요. 나리께서도 이 말에 동의하시는 거죠?"

"옳은 말일세." 찌푸린 얼굴의 기사가 말했다. "그런데 편지는 어떻게 쓰지?"

"당나귀 양도 증서도 잊지 마시고요." 산초가 덧붙였다.

"여부가 있나." 돈키호테가 말했다. "모두 다 그 안에 써 넣겠네. 쓸 종이가 없으니 옛날 사람들처럼 나뭇잎이나 납판蠟板에다 써야 할 거야. 하긴 그것도 종이를 구하는 것만큼이나 힘들겠군. 옳지, 좋은 생각이 났어. 글씨 쓰기에는 더할 수 없이 좋은 게 있어. 그 카르데니오의 비망록에다 쓰면 되지 않나. 그래놓고 자네가 맨 먼저 찾아든 마을의 글방 선생이나 성당 서기에게 부탁해서 딴 종이에다 고운 글씨로 베끼도록 하란 말일세. 하지만 대서사한테 베껴 달라고 해선 아예 안 되네. 그 녀석들은 사탄도 알아보지 못할 법률 필체로 휘갈길 테니까 말이야."

"그럼 서명은 어떻게 하고요?" 산초가 말했다.

"아마디스 기사의 편지들에다 서명이라곤 한 적이 없어." 돈키호테가 대답했다.

"그럼 됐습니다요." 산초가 대답했다. "당나귀 양도 증서만은 꼭 서명이 있어야 해요. 그냥 베낀 건 가짜라고 할 테고, 그러면 제가 당나귀를 받긴 다 글렀게요."

"양도증은 그 비망록에다 서명을 하지. 조카딸한테 내보이면 두말없이 그대로 해줄 거네. 그건 그렇고, 사랑의 편지에는 서명 대신으로 '죽을 때까지 그대의 것인 찌푸린 얼굴의 기사'라고 해두게.
남의 손을 빌렸다고 해서 큰일 날 일은 없는 것이, 내가 알기로 둘
시네아 아가씨는 글을 쓸 줄도 읽을 줄도 모르실뿐더러 평생 내 편
지라곤 본 적이 없으시거든. 그분과 나의 사랑은 언제나 플라토닉
러브라 순결한 마음으로 잠깐씩 바라보는 것을 넘지 않았으니까,
그나마도 기껏해야 드문드문, 그러니까 사랑하기 12년에 흙 속으로
들어갈 이 두 눈으로 그녀를 본 것은 네 번밖에 없었음을 진정 맹세
할 수 있다네. 어디 그뿐인가, 네 번이라곤 해도 그분이 내가 그분
을 보았다고 눈치챈 것은 아마 한 번도 없을 걸세. 그분의 부친 로
렌소 코르추엘로와 모친 알돈사 노갈레스가 그토록 엄격하게 사뭇
가두어두고 길렀지."

　　"아이고머니나." 산초가 말했다. "그 로렌소 코르추엘로의 딸
이 바로 엘 토보소의 둘시네아 아가씨, 일명 알돈사 로렌소라는 아
가씨군요?"

　　"그렇다네." 돈키호테가 말했다. "그분이 바로 온 세상의 여왕
이 되실 만한 아가씨라네."

　　"저도 그 아가씨라면 잘 알아요." 산초가 말했다. "동네에서 제
일 힘센 남자보다 바라[223]를 잘 던지는 처녀지요. 하느님도 아시지
만, 우락부락하고 건장하고 키가 크고, 그리고 아마 가슴패기에 털
이 숭얼숭얼할 겁니다. 자기를 연인으로 삼은 편력 기사쯤은 멋지
게 때려눕힐 수 있을 거예요. 어휴, 팔심은 어찌 그리 세고, 목소리

223　작대기 던지기 놀이를 할 때 쓰는 작대기.

는 왜가리처럼 어찌 그리 큰지요! 제 이야기 하나 할게요. 어느 날 우리 마을의 종각 꼭대기에 그녀가 올라가서는 저희 집 밭에서 일하고 있는 일꾼들을 불렀는데, 거의 두 마을이나 떨어져 있었는데도 바로 종각 아래 있는 것같이 들리더래요. 그래도 내가 제일 좋아하는 점은, 그 아가씨는 조금도 얌전을 빼지 않는다는 거예요. 누구하고든 웃고 장난하고 시시덕거린답니다요. 이제야 말씀이지만 찌푸린 얼굴의 기사 나리, 그녀 때문이라면 얼마든지 발광을 하실 만하고 하셔도 좋을 뿐만 아니라 마음 놓고 넋을 잃고 목매실 수도 있습니다요. 그러니까 이런 사정을 아는 자라면 설령 마귀가 씌어 그랬더라도, 나리가 미치신 것을 아주 잘 한 일이라고 할 겁니다요. 참, 그러고보니 어서 길을 떠나고 싶어지는군요. 그녀의 얼굴을 보기 위해서라도요. 벌써 못 본 지가 꽤 오래되어서 지금쯤은 제법 변했을 테니까요. 여자들 얼굴은 들에 나가 있으면 노상 햇볕이나 바람결에 아주 홱 달라지니까요. 돈키호테 기사 나리, 한 가지 솔직히 말씀드리겠습니다만, 아직 나는 아무것도 모르고 지내왔답니다요. 나리께서 사랑하고 계시는 둘시네아 아가씨란 진짜 공주님이시겠거니 하고 멍청하게 믿었지요. 그게 아니라면 최소한 나리께서 보내실 값비싼 선물, 이를테면 비스카야 놈이라든가, 노잡이 죄수라든가, 그 밖의 수두룩한─그렇죠, 나리께서 지금까지 거두신 승리하고 제가 모시기 전까지의 승리를 합치면 수두룩한─것들을 받으실 만한 그런 분인 줄로만 찰떡같이 믿어왔답니다요. 그랬는데 지금 곰곰 생각해보니, 나리께서 항복받은 기사들을 그녀한테 보내시고 자꾸자꾸 또 보내셔서 그녀 앞에 무릎을 꿇고 절을 하게 한다고, 알돈사 로렌소, 아니 그 엘 토보소의 둘시네아한테 무슨 뾰족한 수가 있겠습니까요? 기사들이 줄레줄레 도착해서 보면 그녀는 아마 단을 묶고 있든지, 그렇잖으면 타작마당에서 보리타작을 하고 있을지도 모르죠. 그런 꼴을 보고나면 기사들은 어리벙벙해질 테고, 아가씨는 웃음을 터뜨리며 나리의 선물에 콧방귀나 뀔 겁니다요."

"산초, 지금까지 기회 있을 때마다 일러두었지만, 자넨 말이 너무 많아." 돈키호테가 말했다. "머리는 아둔한 것이 툭하면 나서서 아는 체하는 게 탈이거든. 그러니 자네가 얼마나 어리석고 내가 얼마나 분명한지 보여주기 위해서 짤막한 이야기 하나를 해줄 테니 들어보게. 옛날 옛적에 어떤 과부가 있었는데, 인물이 반반하고 나이가 젊고 쾌활하고 돈냥이나 있는 데다 무엇보다도 마음이 흥뚱항뚱하는 여자였다네. 그런데 그 과부가 키가 작달막하고 뒤룩뒤룩 살찐 애송이 수사와 사랑을 하게 되었다네. 이 사실을 알게 된 수도원장이 하루는 그 과부를 만나, 같은 교우의 입장에서 이렇게 타일렀다네. '부인은 이상도 하오. 물론 그만한 이유가 없는 것도 아니겠지만, 당신같이 집안 좋고 인물 좋고 부유하신 분이 아무개처럼 그렇게도 못생기고 지체가 낮고 무식한 녀석을 사랑하신다니, 놀라운 일입니다. 우리 수도원에는 학사와 신학생, 그리고 신학자들이 수두룩해서, 당신은 배를 고르듯 그중에 이게 좋다 저건 안 좋다 하고 마음대로 골라잡으실 수 있을 텐데요.' 그러자 그 여인은 깔깔 웃으면서 아주 건방지게 대답하기를, '원장님께서도 참 어지간히 모르시는 말씀을 다 하시네요. 아무개가 멍청하게 보일지는 모르겠으나, 내가 그 사람을 잘못 골랐다고 하시는 건 아주 오해이고 케케묵은 생각이에요. 내가 보기에는 그 사람이 철학도 잘하고 아리스토텔레스보다 더 많이 아는 것 같으니까요'라고 하더래. 산초, 그와 꼭 마찬가지로 엘 토보소의 둘시네아도 이 세상에서 제일가는 여왕보다 훨씬 더 훌륭하시다네. 물론 시인치고 어떠한 이름을 붙여서 여성들을 기리지 않는 사람이 없지만, 그렇다고 그 여성들이 진짜 그런 것은 아니거든. 자네 생각에는 그래 아마릴리스, 필리스, 실비아, 디아나, 갈라테아, 알리다 등 책이나 민요나 이발소 아니면 연극 무대에 뻔질나게 나오는 그 여성들이 모두 살이 있고 뼈가 있는 귀족들이어서 시인들이 노래하고 앞으로도 또 그럴 줄 아나? 천만에, 절대 그렇지 않다네. 그 태반이 시의 주제를 삼기 위해서나, 아니면 연인으로 자처하거나 사랑에 용감한 사람들임을 보이려고 꾸며냈을 따름이라네. 그러니까 나 역시 알돈사 로렌소 아가씨를 예쁘고 고결한 여자로 알고, 그렇게 믿으면 그만이네. 가문이 어떻든 무슨 상관이 있나. 무슨 벼슬을 주겠다고 족보까지 들추어낼 까닭도 없으니, 나는 그저 세상에서 제일가는 공주로 치부하면 그만이란 말이네. 산초, 그것도 모르겠거든 또 가르쳐주지. 원래 사랑을 일으키는 건 두 가지가 있는데, 첫째는 아름다움이고 둘째는 좋은 평판일세. 그런데 둘시네아는 그 두 가지를 잘 구비하고 있거든. 어째서 그러냐 하면, 얼굴이 예쁘니 견줄 자가 없고 평판이 좋으니 따를 자가 없네. 그러니 통틀어서 결론을 짓건대, 내 하는 말이 모두 옳고 과불급이 아니라네. 헬레네나 루크레시아, 그 밖의 고대나 그리스 시대나 야만인 시대나 로마 시대의 유명한 여성들도 도저히 따를 수 없는 아름다움과 지위를 가졌다고, 나는 내가 바라는 대로 상상해본다네. 남이야 뭐라든 제멋대로 하라지. 멋모르는 자들은 이걸 가지고 나를 비웃겠지만, 분별력이 있는 사람들은 탓하지 않을 걸세."

"나리의 말씀은 말씀마다 조리가 닿는데," 산초가 대답했다. "이놈은 당나귀라니까요. 아차, 내 입으로 당나귀 말을 하다니, 이 무슨 주책바가지냐 말이에요. '목매어 죽은 사람의 집에서는 밧줄 이야기를 하지 마라'라고 했는데. 아니 그보단 편지나 얼른 주십쇼. 그럼 저는 떠나겠습니다요."

돈키호테는 비망록을 꺼내어 들고 한쪽 옆으로 가서, 정신을 가다듬고 편지를 쓰기 시작했다. 쓰기를 다한 뒤에 산초를 불러서, 편지를 읽을 테니 들어보라고 했다. 불상사가 일어나지 않는다고 장담을 할 수 없으니, 도중에서 잃어버린다 치고 따로 외워두라는 것이었다. 이 말에 산초는 대답했다.

"그럼 그걸 아주 두세 군데에 써주십쇼. 깔축없이 가지고 갈 테니, 저더러 뭘 외우라는 건 당치 않은 생각이십니다요. 저는요, 하도 잘 잊어서 제 이름조차 잊어먹기 일쑤인걸요. 뭐 그러나저러나 말씀해줍쇼. 멋지게 쓰셨을 게니 아주 들을 만할 테죠."

"자, 잘 듣게나. 이러한 사연일세." 돈키호테가 말했다.

엘 토보소의 둘시네아에게 보내는 돈키호테의 편지

존귀하시고 고매하신 아가씨에게

그대가 아니 계심이 에는 칼날 되어 이내 가슴 깊은 속에 사랑의 한이 사무치니, 어여쁘신 엘 토보소의 둘시네아여, 이 몸은 비록 누리지 못하오나 부디 옥체 만강하시기를 축원하옵나이다. 그대의 고우심이 이 몸 밉다 하오시고, 그대의 덕스러움이 이 몸의 덕이 되지 못하시고, 그대의 미타히 여기심이 이 몸에 슬픔을 마련하시오니, 불초 저의 견디는 마음 비록 적지 않아도 일구월심하여 이 슬픔을 가누기가 난감하옵니다. 오, 슬프도다. 아름답고 무정하신 그대를 사랑하기에 원수 같은 내 임이여, 그대로 인해 이 신세가 된 나의 모양을 그려 이 몸의 착한 종자 산초 판사가 세세히 말씀드릴 것이오니, 그대가 날 살리시려 하실진대 변함없이 이 몸은 그대의 것이 되겠사오며, 그렇지 아니하실진대 뜻대로 하시옵소서. 이 목숨 죽음으로써 그대의 잔인함과 제 소망을 만족시킬 것이옵나이다.

죽는 날까지 그대의 것인
찌푸린 얼굴의 기사

"내 아버지의 목숨을 걸고 말입니다만," 편지를 다 듣고난 산초가 말했다. "내 생전에 이런 글은 처음 듣습니다요. 경칠 요놈은 이 꼴인데, 나리께선 어쩜 그렇게 하고 싶은 말을 다 하는 재주를 가지셨습니까요? 그리고 찌푸린 얼굴의 기사란 이름이 서명에 참 잘 어울리는군요. 정말이지 나리께서는 귀신이십니다, 귀신. 모르시는 게 없으니까요."

"뭐, 원래 내가 종사하는 이 직업에는," 돈키호테가 대답했다. "모든 것이 다 갖추어져야 하니 그런 거라네."

"자, 그럼," 산초가 말했다. "딴 종이에다가 새끼 당나귀 세 마리 양도증을 써주십쇼. 누가 보든지 알게끔 서명을 똑똑히 하시고요."

"그렇게 하지." 돈키호테가 말했다.

그리고 다 쓰고나자 쓴 것을 읽어주니, 아래와 같았다.

질녀 받아보아라.

새끼 당나귀 양도증을 보내니, 본인이 출향 시에 질녀에게 위탁한 당나귀 다섯 필 중에서 세 필을 본인의 종자 산초 판사에게 양도하라. 그 세 필은 이곳에서 본인이 받은 것과 같은 금액의 대가로 지불하는 것으로, 이쪽 양도증의 상환으로 양도해주도록 하라. 당년 8월 22일. 시에라 모레나 산속에서.

"됐습니다." 산초가 말했다. "이제 서명을 해주십쇼."

"서명할 필요가 없네." 돈키호테가 말했다. "빨간 글자로 휘갈겨 쓰기만 하면 되니까. 그렇게 하면 당나귀 세 마리가 아니라 3백 마리도 받아낼 수 있어."

"전 그저 나리만 꽉 믿겠습니다요." 산초가 말했다. "그럼 저는 로시난테에 안장이나 지울 테니 나리께서는 저를 축복해줄 준비나 하십쇼. 저는 지금 곧 떠나니까 나리께서 하실 미친 놀음은 보지 못하겠지만, 그래도 별의별 미친 짓을 다 보고 왔다고 말씀드릴게요."

"이 사람 산초, 제발 그것만은 안 되네. 내가 간청하네만, 내가 옷을 벗고 알몸으로 하는 미친 짓을 적어도 한 열두 번, 아니면 두 열두 번은 꼭 보아주어야겠네. 반 시간 안으로 해버릴 테니까 말이야. 왜냐하면 자네 눈으로 직접 본 다음이라야 얼마든지 보태고 싶은 대로 보태고 마음 놓고 맹세라도 할 수 있지, 그러지 않고선 내가 하려고 하는 일을 그대로 다 전해드릴 수는 도저히 없는 노릇 아닌가?"

"아이고 맙소사, 나리. 나리께서 옷을 홀랑 벗고 알몸으로 계시는 꼴을 차마 눈 뜨고 볼 수 없겠습니다요. 하도 처량해서 울음보가 터질 테니까요. 엊저녁만 해도 당나귀를 잃고 눈물을 많이 쏟은 터라 머리통이 지끈지끈한데, 이제 또 더 울 수는 없습니다요. 나리께서 미친 놀음을 정 보여주고 싶으시다면, 옷은 입은 채로 제일 큰 대목만 짤막하게 해주십쇼. 사실 나는 그런 건 보고 싶지도 않고, 조금 아까 말씀드린 대로 싸게 갔다가 나리께서 원하시고 받으셔야 할 소식이나 받아 들고 왔으면 하는 생각뿐입니다요. 만일에 그렇게 안 되는 경우에는 둘시네아 아가씨도 각오를 해야지요. 공연히 엉뚱한 답장을 쓰기만 해보십쇼, 하느님께 맹세코 주먹으로 지르든지 발길로 지르든지 해서 속에서 좋은 답장을 짜내고야 말 테니. 아니 글쎄, 제까짓 게 무엇이기에 주인님같이 훌륭하신 편력 기사를 미치게까지 하는 걸 그냥 보고만 있어요. 저 하나 때문이지 누구 때문이겠습니까요? 누구를 위한 짓이기에요? 자기가 진짜 공주라면, 내가 이런 소리를 못 하게 해야 돼요. 하느님을 걸고 난 뭐든지 다 말할래요. 앞뒤 가릴 것 없이 뭐든지 죄다 말입니다요. 흥, 누가 가만있나 봐라! 나를 잘못 안 게야! 나를 제대로 알아보았다면 되레 벌벌 떨걸."

"산초, 보아하니," 돈키호테가 말했다. "자네도 정말 나만큼 정신이 돌았군."

"나리처럼 미치진 않았지만," 산초가 대답했다. "그래도 배알이 뒤집혀서 못 견디겠습니다요. 그건 그렇지만, 좌우지간 제가 돌아올 때까지 나리께서는 무얼 잡수시겠어요? 카르데니오처럼 사람들이 다니는 길로 불쑥 나와서 양치기들을 덮치시겠어요?"

"그건 염려 말게나." 돈키호테가 대답했다. "먹을 것이 없다 해도 이 들판에 있는 풀하고 나무 열매 말고 다른 것은 입에도 대지 않겠네. 가장 완전무결하게 이 일을 해내려면 단식, 그리고 그와 같은 고행을 해야 하니까. 그럼 잘 갔다 오게나."

"하지만 나리께서는 내 걱정이 무엇인지 아시겠습니까요? 지금 떠나가는 이곳이 너무나 후미진 곳이라, 나리와 헤어진 장소로 되돌아오는 길을 못 찾을지도 몰라요."

"표적을 잘 해놓아야 해. 나는 나대로 되도록 이 근방에서 멀리 가지 않을 테니까 말일세." 돈키호테가 말했다. "그리고 이 근처에서 제일 높은 산꼭대기로 올라가서 내려다보고 있겠네. 자네가 돌아오는 것을 보기 위해서 말이네. 뭐니 뭐니 해도 자네가 길을 잃고 헤매지 않기 위해 제일 확실한 것은 말이야, 여기에 흔해빠진 금송화를 듬뿍 꺾어서 드문드문 뿌려놓고 평지까지 하산하는 거야. 페르세우스[224]의 미궁의 실처럼 흉내 내면, 그 표적을 보고 제대로 찾아올 수 있을 걸세."

"그렇게 하겠습니다요. 그럼 다녀오겠습니다." 산초 판사가 대답했다.

그는 금송화 몇 가지를 꺾어 들고는 자기 주인에게 축복해주기를 청했다. 두 사람이 실컷 눈물을 흘린 다음에야 산초는 길을 떠났다. 산초는 돈키호테가 자기의 몸이나 다름없이 보살펴달라고 몇 번이나 부탁한 로시난테를 타고 평지를 향하여 길을 가면서 주인이 일러준 대로 듬성듬성 금송화 가지를 뿌렸다.

---

224 페르세우스Perseus가 아니라 테세우스Theseus다. 테세우스는 그리스신화에 나오는 아티카의 영웅으로, 크레타섬의 미궁에서 괴수 미노타우로스를 물리치고 풀어놓은 실을 따라 빠져나왔다.

돈키호테가 또 추근추근 조르면서 미친 놀음을 두 가지만이라도 보고 가라고 했으나, 산초는 곧장 갈 따름이었다. 그런데 한 백 걸음쯤 가다 말고 돌아서서 이렇게 말했다.

　　"참, 나리, 나리의 말씀이 옳았어요. 발광하시는 걸 제 눈으로 보았다고 양심에 거리낌 없이 맹세하려면 적어도 한 번은 보아두는 게 좋겠어요. 나리가 지금 그 모양으로 계시는 걸 본 것만으로도 웬만한 발광은 다 본 셈이지만 말입니다요."

　　"그래, 내가 뭐라 그랬나." 돈키호테가 말했다. "자, 산초, 잠깐만. 내 한바탕 해 보일 테니까."

　　그러고는 느닷없이 바지를 벗고 속옷 바람이 되어서는 다짜고짜 두 손으로 두 발바닥 때리기를 두 번, 머리는 아래로 발은 공중으로 물구나무서기를 두 번 하느라고 그만 거시기가 드러나고 말았다. 산초는 두 번 다시 보지 않을 양으로 로시난테의 고삐를 뒤로 잡아채었다. 그리고 이만하면 제 주인이 완전히 미쳤다는 것을 얼마든지 맹세하고 말할 수 있겠다고 혼자 만족해하는 것이었다. 여기서 우리는 그가 언젠가 돌아올 때까지 길을 가게 내버려두기로 하자.

· 제26장 ·

돈키호테가 시에라 모레나 산속에서 행한
사랑의 몸부림을 표현하기 위한 고행의 연속

그럼 혼자 남게 된 찌푸린 얼굴의 기사가 어떠한 짓을 했는지, 그에 대하여 이야기는 이렇게 말하고 있다. 돈키호테가 윗도리만 입고 아랫도리는 벌거벗은 채로 물구나무서기를 연거푸 하자, 산초는 망측한 짓거리를 더 보고 싶지 않아서 이내 떠나고 말았다. 그러자 돈키호테는 드높은 바위 위로 올라가서, 전부터 여러 번 마음은 먹었으나 아직 한 번도 해보지 못한 일을 다시 생각했다. 그것은 롤단을 모방해서 미쳐도 아주 진짜 미치느냐, 아니면 아마디스를 모방해서 그저 우울하게 지내느냐, 이 둘 중 무엇이 더 낫고 보람 있는가 하는 것이었다. 그리하여 그는 저 혼자 속으로 이렇게 자문자답했다.

"세상 사람들이 롤단을 가리켜 모두 훌륭하고 용감했다고 하지만, 그게 뭐가 그리 신기하단 말인가? 따지고보면 그는 차력을 쓰는 사람으로, 일곱 겹이나 되는 쇠창을 댄 구두를 늘 신고 있었기 때문에 기다란 독바늘로 발바닥을 찌르지 않는 한 아무도 그를 죽일 자가 없었다. 하지만 그런 구두를 신고 다녀도 베르나르도 데 카르피오 앞에서는 아무 소용이 없었지. 그는 비밀을 환히 알고 있는지라, 론세스바예스 싸움에서 롤단을 팔로 졸라서 죽여버렸으니까. 어쨌거나 롤단의 힘에 관해서는 그만두고 발광한 것이나 알아보자. 앙헬리카가 아크라만테의 하인인 고수머리의 무어인 메도로와 여러 번 동침했다는 양치기의 이야기를 듣고, 그리고 자신도 샘터에서 그 증거를 발견했을 때, 롤단은 걷잡을 수 없이 미쳐버리고 말았지. 그런데 나는 그와 비슷한 일도 없이 어떻게 그의 광증을 모방할 수 있단 말인가? 나의 엘 토보소의 둘시네아 아가씨야 평생에 한 번도 무어식ㅊ 옷을 입은 사람조차 본 적이 없고, 어머니가 낳아준 그대로 순결하다는 것을 나는 맹세할 수 있지 않은가. 그러니까 내가 둘시네아 아가씨를 오해하고 펄펄 뛰는 롤단의 발광 따위를 모방했다가는 분명히 둘시네아 아가씨를 욕되게 하는 셈이지. 한편 가울라의 아마디스는 정신을 잃든가 발광하지도 않고 연인으로서의 명예를 더할 수 없게 높여놓았지. 이야기에 적혀 있는 대로 그가 한 일을 볼 것 같으면, 그의 연인 오리아나가 자신이 허락할 때까지 앞에 나타나지 말라고 했을 때, 그는 페냐 포브레라는 산으로 들어가 은자처럼 지내면서 그저 울기만 하며 하느님께 자신을 맡겨버렸지. 그리하여 번민과 고통의 절정에 이르렀을 때 하늘의 도우심을 받은 것이지. 그게 사실이라면 지금의 나는 무슨 까닭에 옷을 벗고 이 고생을 하며, 아무것도 내게 잘못한 일 없는 나무들한테 못할 일을 시켜야 하는가? 내가 아쉬우면 마실 것을 주는 이 맑은 시냇물을 무엇 때문에 흐려놓아야 한단 말인가? 옳지, 그러면 아마디스의 추억에 영광을 돌리기로 하자. 그분을 나, 라만차의 돈키호테의 모범으로 삼자. 그럼 돈키호테가 비록 위대한 일을 이루지는 못

했으나 아마디스의 경우와 마찬가지로 노력을 하다가 죽었다고 전해질 테지. 실제로 나는 둘시네아 아가씨의 미움이나 버림을 받은 일이 없어도, 아까 말대로 내가 그 아가씨에게서 떨어져 있다는 사실만으로도 그럴 만해. 자, 그럼 일에 착수하자. 아마디스의 일들이 내 머릿속에 떠오르리라. 그리하여 어디서부터 모방을 시작할지 가르쳐다오. 가만있자, 지금 생각하니 그가 한 일 중에 두드러지는 건 기도하고 하느님께 자기를 맡긴 일이지. 옳지, 나도 그렇게 하자. 그런데 묵주가 있어야지?"

그는 어떻게 묵주를 만들까 하고 생각한 끝에, 너덜너덜 드리워진 속옷 자락을 가늘고 길게 찢어서 매듭 열하나를 만들고 그중 하나만 아주 굵게 해서, 그곳에 있는 동안 임시 묵주로 쓰기로 했다. 그러고나서는 헤아릴 수 없이 많은 아베마리아를 바쳤다. 그러나 무엇보다 염려스러운 것은 고해성사를 받고 또 위로를 받을 은자가 근방에 없다는 점이었다. 하릴없이 그는 잔디밭을 이리저리 돌아다니며, 나무껍질이나 잔모래 위에다가 가지가지의 시를 쓰거나 새기거나 하면서 심심소일을 하는데, 대부분은 자신의 슬픈 처지에 관한 내용이고 몇 가지는 둘시네아에 대한 찬사였다. 그러나 나중에 돈키호테를 그 자리에서 만난 사람들이 발견하여 제대로 알아볼 수 있었던 완성 시는 다음과 같은 것뿐이었다.

여기 이 산속에 자라고 있는
높고 푸르고 짙은
나무여 풀이여 녹음이여
이 나의 불행이 보기 싫다면

성스러운 나의 하소연에 귀를 기울여라
  나의 아픔에 무서워 떨지 마라
설령 그것이 무서운 것이라도
내 그대들에게 이를 알리고자
여기 돈키호테는 우노라
엘 토보소의
둘시네아 아가씨가 아니 계심을.

  여기 이곳은 일편단심
임을 사랑하는 이
멀리 떠나 몸을 숨긴 자리
어디서 오는지 까닭 모를
시름이 이다지도 서러운 자리.
  사랑은 악착스런 핏줄
사정도 없이 잡아당기는 것
그러기에 물동이가 그득하도록
여기 돈키호테는 우노라
엘 토보소의
둘시네아 아가씨가 아니 계심을.

  거친 수풀과 바위 사이로
모험과 모험을 찾아다니며
매정한 마음을 원망하면서
수풀과 가시덤불 무성한 곳에

찾아서 얻는 것은 다만 불행뿐

　사랑의 회초리와 아픈 채찍이

약한 뒤통수를

사정없이 내리치나니

여기 돈키호테는 우노라

엘 토보소의

둘시네아 아가씨가 아니 계심을.

이 시를 발견한 사람들은 둘시네아의 이름에 '엘 토보소'라고 군더더기를 붙인 것이 매우 우스꽝스러웠다. 그들은 아마도 돈키호테가 둘시네아를 부르면서, 엘 토보소를 덧붙이지 않고는 시가 안 되는 줄로 알았던 모양이라고 짐작했다. 다음에 작가 자신이 밝힌 바와 같이 그것은 옳은 짐작이었다. 그는 다른 시도 많이 썼으나, 위에 말한 대로 똑똑히 알아볼 만한 것은 이 세 편 말고 없었다. 이렇듯 그는 시를 쓰고, 한숨을 짓고, 숲의 신 파우노와 나무귀신 실바노, 그리고 시냇물의 님프와 눈물에 젖은 산울림의 님프 에코를 부르며, 자신의 하소연을 듣고 위로해달라고 하기도 했다. 그러면서도 그는 또한 산초가 돌아올 때까지 연명할 풀을 찾아다니면서 시간을 보냈다. 산초가 사흘 만에 돌아왔기에 망정이지, 만일 석 주일 정도 걸렸더라면 찌푸린 얼굴의 기사는 꼴이 아주 바짝 말라버려서 그를 낳아준 어머니라도 몰라볼 뻔했다.

　그럼 여기서 잠시 돈키호테는 한숨과 시 가운데 싸두기로 하고, 심부름을 간 산초 판사에게 일어난 일을 이야기하는 것이 좋을 듯하다. 그는 한길로 나오자 엘 토보소를 향하여 길을 갔고, 이튿날 언젠가 담요 키질을 당한 그 객줏집에 도착했다. 그러나 흘끗 한번 바라다보기만 할 뿐, 공중제비를 당한 일이 끔찍스러워서 안으로 들어갈 생각이 없었다. 하지만 마침 때가 점심때고 무언가 김이 무럭무럭 오르는 것이 군침을 삼키게 하는지라, 들어갈 수도 안 들어갈 수도 없어 망설이고 있었다. 찬 것만 먹어온 지 오래되었으니 말이다. 어쩔 수 없는 힘에 끌려서 그는 객줏집 가까이 바싹 다가갔으나, 역시 들어가도 좋을지 어떨지 알 수가 없었다. 이렇게 엉거주춤하고 있을 때, 객줏집 안에서 불쑥 두 사람이 나왔다. 그들은 이내 그를 알아보고는 그중 한 사람이 다른 사람에게 말했다.

"석사 양반, 저기 좀 보십시오. 저 말 탄 사람이 산초 판사 아닙니까? 우리네 모험가의 가정부가 말하던, 왜 종자랍시고 그 주인하고 집을 나갔다는 사람 말입니다."

"그래, 그렇군요." 석사가 말했다. "저건 우리 돈키호테의 말이고?"

두 사람은 어렵지 않게 그를 알아보았다. 같은 마을에 사는 신부와 이발사, 즉 책들을 심판하고 집단 처형을 한 바로 그들이었다. 그들은 산초와 로시난테를 알아보고는 돈키호테의 일이 궁금해서 그에게 다가갔다. 신부가 그의 이름을 부르며 물었다.

"여보게, 산초 판사 이 친구야, 자네 주인은 어디 두고 왔나?"

산초도 그들을 곧 알아보고, 제 주인이 어디서 어떻게 하고 있다는 것은 말하지 않기로 작정했다. 그래서 그는 대답하기를, 주인은 요즘 어떤 곳에서 대단히 중요한 일을 하시느라고 지금 정신이 없으신데, 그 일은 얼굴에 박힌 두 눈을 뽑는다고 해도 말해줄 수 없다고 했다.

"안 되지, 안 돼." 이발사가 말했다. "산초 판사, 어디 계신지 자네가 우리한테 말을 안 한다면 벌써 우리는 짐작 가는 바가 있는데, 자네가 그를 죽이고 도둑질을 한 건가? 주인의 말을 타고 오니 말이지. 암, 이 야윈 말의 주인이 어떻게 되었는지 말해주지 않는다면 재미없을걸."

"당신이 무엇 때문에 나를 가지고 야단이오, 야단이? 나는 누굴 죽이거나 도둑질하는 사람이 아니오. 죽는 것이야 누구든 제 운명이거니와, 하느님이 하시는 일이지 내가 알 바 아니오. 내 주인 나리는 지금 산속에서 신나는 고행을 하고 계시오."

그러고는 내처 번갯불에 콩 볶아 먹듯이, 돈키호테는 지금 어떻게 하고 있으며, 그동안 겪은 모험은 무엇무엇이며, 어떻게 해서 자기는 로렌소 코르추엘로의 딸인 엘 토보소의 둘시네아에게로 편지를 가지고 가며, 돈키호테는 그 여인에게 미치도록 반해버렸다는 것을 죽 다 털어놓고 말았다.

두 사람은 산초 판사의 이야기를 듣고 놀라 자빠질 지경이었다. 돈키호테의 광증과 그 종류가 어떻다는 것은 이미 알고 있던 터이나, 막상 이야기를 듣고보니 새삼스레 깜짝 놀랄 수밖에 없었다. 그들은 엘 토보소의 둘시네아에게 전하라고 한 편지를 보여달라고 했다. 산초 판사는 편지가 비망록에 적혀 있다면서, 제일 처음 당도하는 마을에서 얼른 종이에 베끼라고 주인이 분부하더라고 말했다. 그 말에 신부는, 그렇다면 글씨를 잘 써서 베껴줄 테니 편지를 내보이라고 했다.

산초 판사는 호주머니에 손을 넣어서 비망록을 찾으려 했으나, 거기에는 있지 않았다. 사실 그가 오늘날까지 찾는다고 해도 나올 리가 만무했다. 왜 그런고 하니, 돈키호테가 그 편지를 손에 쥔 채 그냥 잊어버렸고, 산초도 달라는 것을 잊어먹고 말았기 때문이다. 비망록이 없어진 것을 알자 산초의 얼굴은 죽을상이 되었다. 다시 한번 온 몸뚱이를 허겁지겁 뒤져보았으나 역시 아무것도 안 나오는 것을 보고, 대뜸 두 손을 수염 속에 파묻더니 수염을 반이나 뽑아버렸다. 그리고 또 잇달아 얼굴이며 코언저리를 대여섯 번이나 들입다 치는 통에 온 얼굴이 피투성이가 되었다. 이것을 본 신부와 이발사는 도대체 무슨 일이기에 그처럼 자기의 몸을 사납게 다루느냐고 물었다.

"무슨 일이고 어쩌고가 문제가 아니라," 산초가 대답했다. "눈 깜짝할 사이에 당나귀 세 마리가 없어졌어요. 그것도 모두 성만큼이나 큰 놈들인데요."

"그건 또 왜?" 이발사가 되받아 말했다.

"비망록을 잃어버렸지 뭡니까요." 산초가 대답했다. "둘시네아한테 가는 편지하고, 주인 나리가 서명하신 증서가 들어 있었는데…… 주인 나리 댁에 있는 당나귀 네댓 마리 중에서 새끼 당나귀 세 마리를 내게 주라고 조카딸한테 분부하신 증서인데 말입니다요."

그러면서 그는 잿빛 당나귀가 없어진 이야기를 했다. 신부는 그를 위로해주며 말하기를, 자기가 주인을 만나서 분부를 다시 해달라 할 것이고, 어차피 비망록에 쓴 증서는 받아주지도 써먹을 수도 없기 때문에 보통 하는 대로 딴 종이에 잘 베껴주마고 했다.

이런 말에 산초는 겨우 안심하며, 그럴 것 같으면 둘시네아의 편지를 잃어버린 것은 큰일이 아니라고 했다. 그는 그 편지를 거의

외고 있으니, 언제 어디서든지 원하기만 하면 다시 적을 수 있다고
했다.

"그럼 그걸 말해주게, 산초." 이발사가 말했다. "그러면 우리가
받아쓸 테니까."

산초 판사가 머리를 긁적거리며 편지의 내용을 기억해내려고
애썼다. 이쪽 발을 갸웃했다가 저쪽 발을 기우뚱하기도 했으며, 몇
번이고 땅을 굽어보다가 하늘을 쳐다보고, 나중에는 손가락을 한가
운데까지 지그시 물고는 이제나저제나 기다리고 있는 사람들에게
한참 만에야 이렇게 말했다.

"석사 나리, 이거 큰일 났습니다요. 휑하니 외고 있던 편지 사
연을 악마들이 가져갔나보죠. 아무튼 허두虛頭는 '고배하신 아가씨'
라고 되어 있었어요."

"'고배하신'이 아니라 '고매하신'이었겠지." 이발사가 말했다.

"맞았어요." 산초가 말했다. "그리고 모르긴 몰라도 따라오는
말은, 저 거시기 모르긴 몰라도 '매정도 하고 은혜도 모르는 미인
아, 잠을 이루지 못하는 사랑의 병이 난 이 몸이 그대의 손에 입 맞
춘다' 그랬고, 병이 났다든가 성하다든가 좌우간 그런 걸 보내드린
다 한 다음에 끄트머리에는 '죽을 때까지 당신의 것인 찌푸린 얼굴
의 기사'라고 했습니다요."

두 사람은 산초 판사의 기억이 어지간하다고 좋아하며 그를 매
우 추어주었고, 자기들도 기억해두었다가 적당한 때에 써먹을 수
있도록 다시 한번 외워달라고 했다. 산초는 세 번이나 다시 외어 보
였는데, 그 세 번에 3천 번이나 틀렸다. 그러고나서 자기 주인의 이
야기도 했지만, 들어가기도 싫었던 객줏집에서 당한 담요 키질에

대해서는 한마디도 하지 않았다. 그리고 그는 또 자기가 엘 토보소의 둘시네아에게 반가운 답장을 받아 가져가는 날이면 제 주인은 벌써 황제 아니면 적어도 왕이 되기 위한 길을 닦을 것이고 그렇게 하기로 이미 두 사람 사이에는 굳은 약조가 되어 있으며, 주인의 의젓한 인격과 엄청난 팔심으로 보아서 그렇게 되기는 매우 쉬운 일이고, 그렇게 된 때에 자기는 홀아비일 터이니, 아니 홀아비가 아니더라도 새장가를 들되 그것도 육지의 어마어마한 토지를 물려받을, 섬나라인지 뭔지 하는 건 필요 없고 황제의 시녀와 결혼을 하게 될 것이라고 말했다.

산초가 이런 소리를 아주 정색을 하고 때때로 코를 훔쳐가며 정신없이 하고 있었기 때문에, 두 사람은 대체 돈키호테의 광증이 얼마나 강력하기에 이 불쌍한 사람마저 얼간이로 만들어놓았나 하고 다시 한번 어안이 벙벙했다. 그러나 굳이 그의 망상을 깨우쳐줄 엄두도 못 내었다. 사실 그것은 산초의 양심을 해치지 않았을 뿐만 아니라, 그 얼빠진 헛소리를 듣는 것이 한편으론 재미가 있었기 때문이다. 그리하여 그들은 말하기를, 주인의 건강을 위해서 하느님께 기도를 드리면 천행으로 좋은 수가 생길 터이니, 그때에는 황제나 대주교 혹은 그와 비슷한 지위를 얻을 수 있을 것이라고 했다. 그 말에 산초가 말했다.

"선생님들, 혹시나 운수가 이상하게 돌아가서 제 주인이 황제가 되실 마음이 없고 대주교님이 되시겠다고 한다면, 우선 알고 싶은 게 있습니다요. 편력 대주교님들은 그의 종자들에게 무엇을 주십니까요?"

"대개는 성직을 주지요." 신부가 대답했다. "성직도 신자들을 맡아 다스리는 것이 있고, 그렇지 않은 것도 있습니다. 또 성당지기를 하면 일정한 월급에 상당한 가외 수입도 있는데, 이것이 또 월급과 맞먹습니다."

"그렇다면 종자는 장가도 못 가겠군요." 산초가 되받아 말했다. "그리고 적어도 미사를 드릴 때 거들어주는 일쯤은 할 줄 알아야 하잖아요? 그렇다면 젠장맞을, 이놈은 장가는 가놓았것다, 글자라곤 낫 놓고 기역 자도 모르는 캄캄절벽이니, 만일에 우리 주인 나리가 대주교가 되시겠다는 마음이 왈칵 들어 편력 기사들이 흔히 하듯 황제가 안 되신다면, 저는 어찌 되는 겁니까요?"

"그걸랑 염려하지 마시게나, 산초 친구." 이발사가 말했다. "우리가 당신의 주인한테 잘 말씀을 드리고 의논도 하고 또 양심 문제까지 들고 나서서, 대주교보다 황제가 되시라고 할 테니까 말일세. 더군다나 그게 훨씬 더 쉬운 일이 아닌가. 그 양반은 학문을 닦은 학자라기보다 무용武勇으로 한몫 보시는 분이니까 말이야."

"저도 그런 생각이 듭니다요." 산초가 말했다. "무엇이든 못 하시는 게 없는 분이긴 하지만 말이에요. 그럼 저는 우리 주님께 기도를 올려야겠습니다요. 제 주인 나리께서는 자기에게 알맞은 일을 하시고, 저는 상급을 제일 많이 받을 자리로 올려주시라고요."

"그럴듯한 말씀이오." 신부가 말했다. "착실한 교우로서 그러셔야지요. 하지만 우선 당장 급한 일은, 당신 말대로 그 양반이 하고 계시다는 그 쓸데없는 고행을 어떻게 걷어치우게 하느냐 하는 겁니다. 그러니 그 방법을 서로 궁리하고 식사도 할 겸 해서 이 객줏집으로 들어가는 게 좋을 것 같습니다."

산초는 자기가 밖에서 기다릴 테니, 왜 들어가지 않고 들어가

402

면 안 되는지 그 이유는 다음에 말하기로 하고, 두 분이나 들어가시라고 했다. 그러면서 청하기를, 따뜻한 음식을 조금 가져다주고, 로시난테의 몫으로 보리도 좀 달라고 했다. 그들은 산초를 남겨둔 채 안으로 들어갔고, 그런 지 얼마 안 되어 이발사가 먹을 것을 가져다주었다. 그다음 두 사람은 서로가 희망하는 목적을 달성하기 위하여 여러 가지로 방법을 궁리하다가, 신부의 머리에 한 생각이 떠올랐는데, 그것은 돈키호테의 구미를 무척 당길 법하기도 하거니와 자신들이 바라는 바를 성취시키는 최선의 방책이었다. 신부가 이발사에게 이야기한 방책이란 이러했다. 즉 신부는 편력하는 처녀로 가장을 하고, 이발사는 감쪽같이 시종 흉내를 내자는 것이었다. 그리하여 돈키호테가 있는 곳으로 찾아가 곤경에 빠진 처녀인 척하며 도움을 청하고, 그는 편력 기사로서 쾌히 승낙을 하게 된다. 무슨 도움을 청하는가 하면, 처녀가 어떤 고약한 기사한테 피해를 입었으니 복수를 위해 같이 가달라고 하자는 것이었다. 그러면서 또 그 못된 기사에게 복수하기까지는 얼굴 가면을 벗으라고 하지 말고, 자기 신분이나 지위에 대해서도 묻지 말라고 청하는 것이었다. 돈키호테는 이런 청을 틀림없이 들어줄 테니, 그런 방법으로 그를 꾀어내어 고향으로 데리고 올 수 있으리라고 확신했고, 또 집으로 데리고 가서 그의 기이한 광증을 고칠 방도를 강구해보자고 했다.

· 제27장 ·

신부와 이발사가 그들의 계획을 실행한 경위와,
그 밖의 이 위대한 이야기에서
이야깃거리가 될 만한 일들에 대해

신부가 생각해낸 계획이 이발사에게도 매우 좋아 보였으므로, 시각을 지체하지 않고 실천에 옮기기로 했다. 그들은 객줏집 안주인한 테서 치마 하나와 머릿수건 하나를 빌리고, 그 담보물로 신부의 새 소타나[225]를 맡겼다. 이발사는 객줏집 주인이 빗 꽂이로 쓰던 얼룩 황소 꼬리로 숱 많은 수염을 만들었다. 객줏집 안주인이 대체 무엇 때문에 이런 것들을 달라느냐고 묻자, 신부는 간단한 말로 돈키호 테가 미쳤다는 것과 지금 그가 있는 산속에서 그를 끌어내리려고 이런 변장을 하는 것이라고 대답했다. 객줏집 주인 부부는 단번에 그 미친 사람이 발삼의 손님이며 담요 키질을 당한 종자의 주인이라는 것을 용케도 기억해내고는, 신부에게 지나간 일을 죄다 이야기했는데, 더구나 그렇게도 산초가 숨기던 이야기까지 몽땅 다 해주

---

225 신부가 입는 옷.

었다. 마침내 객줏집 안주인은 신부에게 옷을 입혀주었다. 안주인은 폭이 한 뼘이나 되는 비로드로 장식 술이 주렁주렁 달리고 단을 터놓아 안이 훤히 비쳐 보이는 천으로 만든 치마와, 흰 공단을 둘러 가장자리를 꾸민 초록색 조끼를 입혔는데, 그 치마와 조끼는 모두 아득한 옛날 왐바왕王 시대[226]의 옷을 방불케 했다. 신부는 머리를 장식하는 대신 밤에 잘 때 쓰는 솜털을 넣고 누빈 리넨 실내 모자를 쓰고, 검정색의 좁은 호박단 헝겊으로 이마를 동인 뒤, 좁다란 다른 천으로 가면을 만들어서 수염과 얼굴을 온통 가려버렸다. 그 위에는 양산같이 큼직한 모자를 눌러쓰고 여름 망토로 몸을 감은 다음, 여자가 타는 식으로 한옆으로 노새를 탔다. 이발사도 뒤따라 자기 노새 위에 올랐다. 배꼽까지 내려온 그의 수염은 흰 듯 붉은 듯, 아까 말한 대로 갈색을 띤 오렌지 빛깔의 황소 꼬리로 만든 것이었다.

두 사람은 객줏집에 있던 사람들과, 또 마음씨 좋은 마리토르네스와 작별을 고했다. 그녀는 비록 자신이 죄 많은 사람일망정 그들이 계획하는 어렵고도 가장 기독교도다운 일을 하느님께서 축복하시도록 로사리오[227] 한 꿰미를 바치겠다고 약속했다.

그러나 객줏집에서 나오자마자 신부의 생각이 달라졌다. 성직자로서 이런 몸차림을 하고 있는 것은 아무리 그만한 이유가 있다고 해도 점잖지 못한 일이라는 것이었다. 그리하여 신부는 이발사에게 옷을 바꿔 입자고 제의했다. 이발사가 구원을 청하는 여자가

---

226 tiempo del rey Wamba. 왐바왕은 에스파냐에 서西고트족이 머물던 시대(411~711)의 왕으로 밤바Bamba라고도 한다. '왐바왕 시대'란 '아주 오래된, 옛날 옛적'의 뜻으로 쓰였다.
227 묵주 기도.

405

되고, 자신이 종자가 되겠다는 것이었다. 그래야 자기 체면이 덜 손상될 것이라고 했다. 만일 그렇게 해주지 않는다면, 악마가 돈키호테를 끌어간다 해도 자기는 한 발자국도 더 갈 수 없다고 버티었다.

이때 마침 산초가 가까이 왔다. 그는 두 사람의 꾸밈새를 보고 웃음을 참을 수가 없었다. 필경 이발사는 신부가 하자는 대로 하게 되었다. 서로 역할을 바꾸고나서 신부는 이발사에게 돈키호테를 움직여서 따라오지 않을 수 없게 하려면, 그리고 그가 선택한 쓸데없는 고행의 장소에서 그를 떼어내려면 행동과 말을 이리이리해야 한다고 가르쳐주려 했다. 그러자 이발사는 그런 강습을 받지 않아도 얼마든지 그럴듯하게 해낼 수 있다고 대답했다. 그러나 돈키호테가 있는 곳에 도착하기 전까지는 그 옷을 입지 않겠다고 하며, 옷을 차곡차곡 개켜 넣었다. 신부는 그의 수염을 붙이고, 산초 판사가 안내하는 대로 그들은 길을 갔다. 산초는 가는 도중에 산속에서 만났던 미치광이의 이야기를 들려주었다. 그러나 가죽 가방을 발견한 사실과, 그 안에 들어 있던 물건에 대해서는 한마디도 하지 않았다. 본래 이 젊은 친구는 단순 우직하면서도 욕심만은 대단한 위인이었던 것이다.

이튿날 그들은 산초가 제 주인과 헤어진 장소를 알아보려고 표적으로 나뭇가지를 뿌려두었던 곳에 도착했다. 산초는 그 장소를 알아보고는, 그들에게 여기가 들어가는 어귀이니 꼭 변장을 해야만 주인을 구해낼 수 있다면 어서 지금 여기서 하라고 일러주었다. 산초는 앞서 그들한테서 다음과 같은 말을 들었기 때문이다. 즉 이렇게 말을 타고 변장을 하는 것이 모두 돈키호테가 선택한 그 비참한 생활에서 그를 구출하기 위해서다. 그런 만큼 주인에게는 자기들이 누구라고 알려서는 절대 안 되고, 모른다고 딱 잡아떼야 한다. 그리고 틀림없이 물을 테지만, 돈키호테가 둘시네아에게 편지를 전했느냐고 물으면 그랬노라고 대답은 하되, 아가씨가 글씨를 쓸 줄 모르기 때문에 당장 와서 자기를 보지 않으면 영영 이별이라고 말로 대답하더라고 해야 한다. 이렇게 두 사람이 산초한테 일러준 대로 해야만 돈키호테를 출세시켜서 당장 황제나 왕이 되는 길을 열어줄 것이며, 또 대주교가 될까봐 걱정할 필요도 없다고 했던 것이다.

산초는 이 말을 다 듣고 머릿속에 깊이깊이 간직하면서, 그들이 제 주인을 타일러서 대주교가 아니라 황제가 되게 하겠다는 고마운 뜻에 감격했다. 종자에게 두둑한 상급을 주기 위해서도 대주교보다는 황제가 훨씬 나을 것이라고 믿었기 때문이다. 산초는 또 그들에게 말하기를, 자기가 먼저 주인을 찾아가서 아가씨의 회답을 말씀드리는 것이 더 좋겠다고 했다. 그를 그곳에서 끌어내기에는 그 회답 하나면 넉넉할 테니, 구태여 딴 고생을 할 필요가 없다는 것이었다. 그들은 산초 판사의 말을 그럴듯하게 여겨서, 그가 주인을 찾았다는 소식을 가지고 올 때까지 그 자리에서 앉아 기다리기로 했다.

산초는 두 사람을 그 자리에 남겨두고 산골짜기로 들어갔다. 그들이 있는 그곳에는 조그마한 시내가 조용히 흘렀고, 그 주위를 둘러싼 바위와 나무들이 시원하고 상쾌한 그늘을 드리우고 있었다. 그날은 마침 그 지방에서 가장 더운 8월의 어느 무더운 날이었고, 때는 오후 3시경이었으니, 그럴수록 그 모든 것이 더욱 그들을 시원하게 해주었고, 산초가 돌아올 때까지 그곳에서 쉬라고 권하는 듯했다. 사실 그들은 그와 같이 하고 있었다.

그리하여 두 사람이 그늘 아래에서 편히 쉬고 있노라니 문득 한 소리가 귀에 들려오는데, 반주하는 악기는 없었으나 아름답고 구성진 노래였다. 그 소리에 두 사람이 적잖이 놀란 것은, 장소가 장소인 만큼 그렇게도 노래를 잘 부르는 사람이 있을 리가 만무했기 때문이다. 흔히 숲속이나 들판에 목청 좋은 양치기들이 있다고는 하나, 그것은 다 시인들이 꾸며낸 소리일 뿐이다. 그들은 그 노래가 투박한 양치기들의 노래가 아니라 세련된 도시 사람의 시라는 것을 알았을 때 더욱 놀라지 않을 수 없었다. 이러한 사실을 증명한 것은 그들이 들은 다음과 같은 시였다.

내 행복을 그르친 것은 누구인가?
멸시.
그럼 내 슬픔을 키워주는 것은 누구인가?
질투.
그럼 내 인내를 시험하는 것은 누구인가?
이별.
그렇다면 이 아픔은
고칠 약이 없구나.
멸시와 질투와 이별로
나의 희망은 사라지네.

누가 이 슬픔을 지어내었는가?
사랑.
그럼 누가 내 영광을 앗아 갔는가?

운명.

그럼 누가 내 시름을 마련하는가?

하늘.

그렇다면 나는 죽음밖에 없어

이 엄청난 악에 죽고 말겠네.

사랑과 운명과 하늘이

한데 합쳐 나를 누르네.

누가 있어 내 신세를 고쳐줄 것인가?

죽음.

그럼 누가 있어 자유를 내게 주겠는가?

변심.

그럼 누가 있어 상사병을 고쳐주겠는가?

광증.

그렇다면 사랑의 열정을 치유하려는 건

어리석은 짓이네.

죽음과 변심과 광증만이

약이 된다면.

시간, 때, 고독, 목소리, 그리고 깊은 산속에서 이렇듯 세련된 솜씨로 부르는 노랫소리는 듣는 이들에게 놀라움과 기쁨을 주기에 충분했다. 그들은 더 듣고 싶은 마음에서 조용히 기다렸으나 잠시 침묵이 계속되는지라, 그렇듯 고운 목청을 뽑던 음악가를 찾아나서기로 결심했다. 그들이 막 일어서려고 할 때, 다시 그 목소리가 들려와서 발걸음을 붙들었다. 다시 귀에 울려오는 그 소리는 소네트로서 이렇게 노래했다.

소네트

거룩한 우정이여 날개도 가볍게
네 허울 땅 위에 벗어 던지고
천상의 낙원으로 날아 올라가
천국의 성도들과 앉아 있구나.

거기로부터 때때로 그대가 내려주는 건
모습을 살짝 가린 정다운 평화
그러나 평화가 아닌 위선과 속임
화려한 옷을 입는 건 흔한 일이네.

우정이여 다시 한번 내게로 오라
거짓이 옷을 입고
진실한 마음을 괴롭히는구나.

위선의 고운 옷을 벗겨내지 않으면
이 세상은 또다시 암흑에 잠겨
저 태초의 혼돈 속으로 빠지게 되리.

노래는 깊은 한숨으로 끝났으나, 두 사람은 귀를 기울여 또 들려오기를 기다렸다. 그러나 노래가 간장을 저며내듯 애달픈 탄식으로 변해가는 것을 듣고는, 그처럼 좋은 목청과 그토록 슬픈 한숨을 짓는 사람이 누구인지 알고 싶어졌다. 그리고 몇 발자국 가지 않아서 어느 바위 모퉁이를 끼고 돌자 한 사람을 만났는데, 그는 산초 판사가 카르데니오 이야기를 할 때 그려내던 그 몸집과 모습을 한 사나이였다. 사나이는 그들을 보자 놀라는 빛도 없이 생각에 잠긴 사람처럼 머리를 가슴까지 푹 숙인 채 가만히 서 있었다. 눈은 처음으로 그들과 마주쳤을 때 한 번 치떴을 뿐, 다시는 그들을 보려고 하지도 않았다.

신부는 본시 언변이 좋은지라, 사나이의 인상으로 보아 불행에 빠진 사람임을 알아차리고는 가까이 다가가서 간단하나 매우 조리 있게 이런 비참한 생활을 청산하라고 간절히 타일렀다. 이런 곳에서 계속 그러다가는 죽게 되는데, 그것이야말로 불행 중에서도 최대의 불행이라고 했다. 이때는 마침 카르데니오의 정신이 말짱하고, 그렇게도 자주 자신을 망각케 하던 미친 발작도 씻은 듯이 일어나지 않은 때였다. 그래서 그는 오히려 이상야릇한 옷차림을 하고 이런 곳으로 들어온 두 사람을 보고 다소 놀라는 기색이었고, 더구나 자기의 신상에 대해 환히 아는 듯이 — 신부의 말이 그런 생각이 들게 했으니까 — 이야기하는 것을 들었을 때 그 놀라움은 한층 더해졌다. 그래서 그는 대답했다.

"어르신네들, 두 분 어르신이 누구신지는 모르겠습니다만, 선한 자를 구원하시고 때로는 악한 자도 구원하시는 하늘이 보잘것없는 저에게, 인간 세계와 멀리 떨어진 이 쓸쓸하고 황량한 곳으로 사람을 보내시어, 분명한 이유와 정연한 논리로써 제 생활의 불합리성을 지적하고 저를 보다 나은 생활로 이끌어내도록 하신 모양

411

이군요. 그러나 사람들은 제가 이 불행을 면하는 날이 더 큰 불행으로 떨어지는 날이라는 걸 모르고, 저를 바보로 취급하며 심하면 미치광이로 치부해버리기도 하지요. 뭐, 그럴 만도 하지요. 제가 생각해봐도 저는 불행을 상상하는 힘이 너무나 크고 심각해서 저를 파멸로 인도했고, 이를 막아낼 수가 없어 저는 돌멩이처럼 감각도 의식도 모두 잃어버렸으니까요. 이런 사실을 제가 알게 된 것은 무서운 발작이 저를 지배할 때 제가 한 짓을 어떤 사람이 말해주면서 그 증거를 대준 때문이지만, 그럴 때마다 저는 공연히 슬퍼하고 보람 없이 제 신세를 원망하면서 까닭을 알고 싶어 하는 사람들에게 다만 저의 발광을 허물하지만 말아달라고 할 따름입니다. 생각이 깊은 사람들은 제가 미친 원인을 안다면 그런 결과가 생긴 것을 이해해줄 것이며, 그들이 불행을 덜어줄 순 없지만 최소한 제 광증에 대해 욕을 하지는 않죠. 그러니까 만약 두 분 선생께서도 다른 사람들과 같은 목적을 가지고 여기 오셨다면, 저를 설복시킬 논리를 펴시기 전에 이루 말할 수 없는 제 이야기부터 들으시길 바랍니다. 그 이야기를 들어보시면 어떠한 위로도 소용없는 저의 불행을 위로하려 들지는 않으실 것입니다."

두 사람은 그의 입에서 불행의 원인을 듣는 것 이상 바랄 게 없던 터라, 그의 이야기만을 듣겠다고 했다. 그러면서 그들은 설득의 말이든 위로의 말이든 사나이가 원하지 않는 것은 무엇이든 말하지 않겠다고 약속했다. 이리하여 불행한 젊은이는 자신의 슬픈 사연을, 며칠 전에 돈키호테와 산양 치는 사람한테 했던 말과 줄거리로 거의 비슷하게 하기 시작했다. 그때에는 엘리사바트에 관한 대목에 이르러, 돈키호테가 기사도의 위엄과 체면을 살리느라고 괜

412

한 고집을 부리는 바람에 그만 이야기가 중단되었던 것이다. 그 내용은 이 이야기에 이미 서술한 바와 같다. 그러나 이번에는 운이 좋아서 발작이 일어나지 않았기 때문에 그는 잇달아 끝까지 이야기할 수 있었다. 돈 페르난도가《가울라의 아마디스》의 책장에 끼어있던 쪽지를 발견하는 대목에 미치자, 카르데니오는 말하기를, 지금도 잘 기억하고 있지만 그 쪽지에는 이런 내용이 씌어 있었다고했다.

루신다가 카르데니오 님에게

날이 갈수록 저는 카르데니오 님의 좋은 점만 찾아내게 되어 더없이 그립기만 하군요. 제 순결을 꺾지 않으신 채 제 마음의 짐을 풀어주시고 싶다면, 얼마든지 쉽게 그리 하실 수 있습니다. 제 아버님께서도 카르데니오 님을 잘 아시고, 또 저를 무척 사랑하셔요. 제 아버님은 저에게 군이 강권을 안 하시겠지만, 당신이 말씀하셨듯이, 그리고 저 자신도 믿고 있는 것처럼 저를 소중히 여기신다면, 아버님께서는 당신의 정당한 소원을 들어주실 거예요.

"이 쪽지를 읽고 나는 감동하여 아까 말씀드린 대로 루신다에게 청혼을 하려고 했습니다. 그랬는데 그 쪽지로 말미암아 돈 페르난도는 루신다를 세상에서 가장 정숙하고 슬기로운 여자로 생각하게 되었고, 나아가 제가 뜻을 이루기 전에 저를 망쳐놓을 생각을 품었던 것입니다. 저는 돈 페르난도에게, 루신다의 아버지는 내 아버지가 직접 청혼을 하셔야 된다고 했지만 나는 차마 그런 말씀을 아버지께 드리지 못했다고 이야기했습니다. 아버지께서 허락하지 않을까봐 두려웠기 때문이죠. 그렇다고 해서 루신다의 성품이라든지 그 훌륭한 아름다움을 몰라보아서 그런 것은 전혀 아니었고, 그녀가 에스파냐의 어느 가문과 결혼하더라도 귀족이 되기에 모자람이 있어서도 아니었습니다. 다만 아버지께서 그렇게까지 서둘러서 결혼시킬 마음이 없으시리라는 것과, 한편으로 리카르도 공작이 저를 어떻게 하실 작정인지 알기 전에는 결혼을 원치 않으실 것 같았기 때문입니다. 말하자면 제가 감히 아버지께 나아가서 말씀을 못 드린 것은 이러한 불편, 그리고 슬그머니 켕기는 다른 불편, 그게 무엇이었는지는 잘 모르겠습니다만, 어쨌든 제 소원을 이루기는 어렵겠다고 느껴졌기 때문이라고 그에게 이야기했습니다. 이 말을 다 듣고나더니 돈 페르난도는 자기가 우리 아버지에게 말씀을 드려서, 루신다의 아버지에게 청혼을 하시도록 책임지고 맡아주겠다는 것이었습니다. 오, 욕심 많은 마리오, 오, 잔인한 카틸리나, 오, 간악한 실라, 오, 협잡꾼 갈랄론, 오, 배신자 베이도[228], 오, 음흉한 훌리안, 오, 시샘 많은 유다! 잔인하고 음흉하고 간교한 배반자! 네놈에게 그토록 솔직하게 가슴속의 비밀을 다 털어놓은 이 가련한 내가 너에게 무슨 나쁜 짓을 했단 말인가? 나는 언제나 네 이익과 명예를 위해서 충고하지 않았더냐? 그러나 누구를 원망하랴. 불쌍한 건 내 신세뿐인걸! 별들이 무섭게 땅으로 떨어져 내려오며 가져오는 재앙은 이 세상의 어떤 힘으로도 막을 수 없으며, 사람의 재주로서

228 Vellido. 산초왕을 죽인 적군의 자객.

는 그것을 피할 수 없도다. 그 누가 꿈엔들 생각이나 할 수 있었으랴. 의젓한 신사이며 머리 좋고 가문 좋은 돈 페르난도가, 사랑하고 싶으면 어디든지 손을 뻗치는 대로 휘어잡을 수 있게 세도가 당당한 그가, 한 마리밖에 없는 내 어린 양을, 그것도 미처 내 손에 들어오기도 전에 흉계를 써서 앗아 가다니? 그러나 이런 생각을 아무리 해보았자 이제는 엎지른 물이니 제쳐두기로 하고, 내 슬픈 이야기의 끊어진 실이나 다시 이어나가기로 합시다. 그래서 돈 페르난도는 간특한 자신의 계획을 실천에 옮기려면 아무래도 제가 있는 것이 방해가 될 듯하니까, 자기 형한테로 저를 심부름 보냈던 것입니다. 말 여섯 필을 살 돈을 받아 오라는 핑계로 저를 일부러 멀리 보내버리기 위해서, 흉측한 계획을 제격 시행하기 위해서 꾸며낸 수작이었고, 하필이면 말을 산다는 날짜도 제가 제 아버지께 말씀을 드린다고 한 바로 그날이었습니다. 제가 그런 못된 속임수를 어찌 눈치나 챘겠습니까? 그런 일이 있으리라고는 꿈에도 생각하지 못했지요. 아무것도 모르는 저는 도리어 좋은 말을 산다는 데 신이 나서, 어서 빨리 다녀오겠다고 우쭐거리기까지 했습니다. 그날 밤 저는 루신다를 만나서 돈 페르난도와 언약이 되었다는 말과, 우리의 순결하고 정당한 소원이 결실을 맺을 날도 얼마 남지 않았으니 희망을 굳게 가지라는 말을 했습니다. 그녀도 저와 마찬가지로 돈 페르난도의 음모를 전혀 눈치채지 못하고 그저 어서 다녀오라고 하면서, 제 아버지가 자기 아버지에게 청혼을 하는 동시에 우리의 소원도 지체 없이 이루어지리라 믿는다고 말했습니다. 그런데 웬일인지 이 말을 끝내면서 두 눈에는 눈물이 가득 괴고 목은 콱 막혀서, 제게 하고 싶은 말이 무척 많은 모양인데도 더는 말을 못 했습니다.

지금까지 이런 적이 없었는데 뜻밖의 일을 당하니 저는 당황할 수밖에 없었습니다. 우리는 재수가 좋아야 겨우 만날 수 있는 기회를 얻곤 했는데, 그런 경우에도 그저 즐겁고 좋을 따름이었지 눈물이나 한숨이나 질투, 의심, 걱정 따위는 아예 섞이질 않았지요. 저는 제 행운을 길게 이야기하며 루신다를 제게 주신 하느님께 감사하고, 그녀의 아름다움을 칭찬하고 그녀의 성품과 지혜를 찬양할 뿐이었습니다. 그러면 루신다는 저의 좋은 점만을 찾아내어 제가 한 것보다 몇 배나 더 저를 칭찬해주었는데, 사랑도 맛이 들었는지라 내가 그러한 찬사를 받을 만한 사람으로 안 모양이었습니다. 어쨌든 우리는 자질구레하고 철없는 소리를 하며 즐겼고, 이웃이나 아는 사람들에 대해서도 이런저런 이야기를 귀엣말로 나누곤 했습니다. 그러나 제가 할 수 있는 일이라곤 기껏해야 그 희고 예쁜 손을 잡고 제 입에 가져다 대는 것뿐이었습니다. 그나마 우리를 가로막고 있는 낮은 창살의 좁은 틈으로요. 그런데 제가 출발하는 그 슬픈 날이 새기 전, 그 전날 밤에 루신다는 울며 신음하며 한숨을 쉬다가 그냥 들어가버렸고, 저는 혼자 어리둥절할 수밖에 없었습니다. 루신다가 그토록 서럽고 애달픈 마음을 보여준 것은 처음이었고, 그 모습이 하도 처량해서 여간 놀라지 않았습니다. 그러나 제 희망을 꺼버리지 않기 위해서, 모두가 저에 대한 지극한 사랑 때문이며 사랑하는 사람들에게 빚어지는 이별의 슬픔이겠거니 하고 혼자 지레짐작했던 것입니다. 드디어 저는 슬픔과 생각에 잠겨 길을 떠났습니다. 저도 모를 온갖 의혹과 망상으로 가득 차 있었습니다. 그것은 바로 저를 기다리고 있던 비참하고 슬픈 결말과 불행의 전주곡이었습니다. 저는 임무를 부여받은 곳으로 가서 돈 페르난도의 형에게 편지를 전했습니다. 대접은 잘 받았으나, 용건을 선뜻 끝내주지는 않았습니다. 기분 나쁘게도 나더러 무려 여드레나 기다리라고 명령을 했기 때문이었습니다. 자기 동생이 편지에 쓰기를 아버지 몰래 돈을 보내라 했으니 자기 아버지의 눈에 띄지 않는 곳에 가서 기다리라고 했습니다. 그것이 다 간교한 돈 페르난도가 꾸며낸 술책이었습니다. 그 당장에 저한테 줄 돈이 그의 형에게 없지 않았을 테니까요. 명령이건 부탁이건 저는 그 요청을 거절하고 싶은 생각이 간절했습니다. 그렇게 여러 날을 루신다와 떨어져 있을 수 없을 뿐만 아니라, 조금 아까도 두 분께 말씀드린 대로 슬픔에 잠긴 그녀를 두고 떠나왔으니까요. 그래도 어쨌건 저는 충실한 하인답게 복종을 했습니다. 물론 그것이 제게는 손해나는 일이라는 걸 알면서도 말입니다. 그런데 제가 그곳에 도착한 지 나흘째 되는 날이었습니다. 어떤 사람이 편지 한 장을 들고 저를 찾아와서 전했습니다. 저는 겉봉에 쓰인 주소의 필체를 보고, 그게 루신다에게서 온 편지라는 걸 금방 알 수 있었습니다. 편지를 뜯으면서 저는 가슴이 울렁거리고 왠지 무서운 생각이 들었습니다. 가까이 있을 때도 자주 하지 않던 편지를 이렇게 먼 곳으로 띄운 것을 보니, 무슨 큰일이 난 것이라고 믿었습니다. 저는 편지를 읽기도 전에 질문부터 했습니다. 편지를 준 사람은 누구이며, 가지고 오는 데 시간이 얼마나 걸렸느냐고요. 그 사람은 대답했습니다. '제가 오정 무렵 읍내에서 어느 거리를 우연히 걷노라니까, 예쁘게 생긴 웬 아가씨가 들창문에서 부르더니 눈물을 글썽이면서 말하기를, 여보세요, 당신이 교우인 것 같아서 하느님의 사랑으로 드리는 청입니다만, 이 편지를 겉봉에 쓰인 주소의 수신인에게 좀 전해주세요. 누구든지 잘 아는 분이니, 그렇게만 해주시면 우리 주님을 위하여 크게 좋은 일을 하시는 겁니다. 약소하나마 이 손수건 안에 있는 것을 드리니 여비로 써주십시오. 이렇게 말하며 창밖으로 손수건을 던져줍디다. 펼쳐보니 레알이 백 닢, 여기 이 금반지 한 개와 당신에게 드리는 이 편지가 있었습니다. 아가씨는 제 대답을 들을 새도 없이 창문에서 자취를 감추어버렸습니다. 물론 제가 편지와 손수건을 주울 때 부탁대로 하겠다는 뜻을 보였으니, 그렇게 해주리라고 믿었겠지요. 그래서 저는 편지를 전해주는 수고라야 어려울 것 없고, 또 겉봉을 보니 당신한테로 가는 것이고, 전 당신을 잘 알고 있었답니다. 또 그렇게 예쁜 아가씨의 눈물에 못 이겨서, 다른 사람 손을 빌릴 것 없이 제가 가지고 오기로 한 것인데, 이렇게 오는 데 꼭 열여섯 시간이 걸렸습니다. 아시다시피 18레과나 되는 길이니까요.'

때아닌 우체부 노릇을 한 그 친절한 사람이 이런 말을 할 때 저는 그만 넋을 잃고 있었는데, 다리가 후들후들 떨려서 몸을 가눌 수 없을 지경이었습니다. 막상 편지를 뜯어보니, 사연은 이러했습니다.

페르난도 씨가 당신 아버님께 여쭈어서 우리 아버님께 청혼을 하시도록 한다는 말씀은, 우리 일이 잘되게 하기 위해서보다 차라리 자기 욕심을 채우려 한 것입니다. 카르데니오 님, 그분은 이미 나에게 청혼을 했고, 우리 아버님도 당신보다는 페르난도 씨가 더 낫다고 생각하셔서 그분의 원대로 곧 허락을 하셨답니다. 진정으로 드리는 말씀입니다. 이제 이틀 후면 아주 비밀리에 결혼식이 거행될 테고, 증인이라고는 하늘과 집안사람 몇몇이 전부일 겁니다. 제가 어떠한 처지에 있는지 생각해보십시오. 돌아오고 싶으시면 빨리 오시기를 바랍니다. 제가 당신을 사랑하는지 않는지는 일의 결말을 보시면 알게 될 것입니다. 제 손이 신의를 지킬 줄 모르는 사람의 손에 잡히기 전에, 이 편지가 당신의 손에 들어가기를 하느님께 빕니다.

편지의 내용은 대략 이러했습니다. 저는 답장이고 돈이고 더 기다릴 것 없이 그길로 떠나왔습니다. 그때야 비로소 저는 돈 페르난도가 제 형한테 나를 보낸 것은 말을 사기 위해서가 아니라 제 쾌락을 사기 위함이었음을 알았습니다. 돈 페르난도에 대한 분노와, 몇 해 동안이나 공들이고 바라던 보물을 놓친다는 두려움이 제게 날개를 달아준 듯, 저는 나는 듯이 달려 그 이튿날 루신다와 이야기할 수 있는 가장 알맞은 시간에 그곳에 다다랐습니다. 저는 누구의 눈에도 띄지 않게 몰래 들어갔습니다. 타고 왔던 노새는 편지를 전해준 그 친절한 사람의 집에 맡겨두었습니다. 그런데 천만다행으로 우리가 늘 사랑을 나누던 그 담으로 갔을 때 루신다가 거기 서 있는 것이 보였습니다. 루신다는 저를 곧 알아보았고 저도 그녀를 알아보기는 했습니다만, 서로를 알아본다는 것이 그전 같지 않았습니다. 이 세상에 어느 누가 혼란스럽고 변하기 잘하는 여자의 마음과 성질을 속속들이 다 안다고 장담하겠습니까? 물론 아무도 없을 것입니다. 루신다는 저를 보자 이렇게 말했습니다. '카르데니오 님, 저는 혼례복을 입고 있습니다. 벌써 큰방에는 배신자 돈 페르난도와 욕심 많은 제 아버지가 증인들과 함께 기다리고 있답니다. 그러나 그들은 제 대답을 듣기 전에 먼저 제 죽음의 증인이 될 것입니다. 카르데니오 님, 놀라지 마시고 이 희생의 식전에 참석해주세요. 저는 말로는 막아낼 수 없었으나 한 자루 단도를 품고 있으니, 이것으로 이미 결정된 폭력을 막아낼 수 있을 거예요. 제 목숨을 끊어서 옛날이나 지금이나 한결같이 당신을 사모하는 제 마음을 보여드리고 말겠습니다.' 저는 정신이 아찔하고 당황했으나, 얼른 대답을 하지 않으면 안 되겠다 싶어서 이렇게 말했습니다. '그대의 말을 사실로 증명해주오. 그대가 그대를 증명하는 단도를 품고 있다면, 나는 그대를 지키는 칼을 여기 차고 있습니다. 운명이 만약 우리를 거역한다면, 나는 이 칼로 자결할 것이오.' 그때 그녀는 이러한 저의 말을 다 듣고 갔으리라는 생각이 들지 않았습니다. 신랑이 기다리고 있다고 그녀를 부르는 소리가 요란했으니까요. 여기서부터 내 슬픔의 밤은 찾아들고 환희의 태양은 꺼진 것이니, 빛은 제 눈에서 사라지고 정신은 제 머리에서 달아났습니다. 저는 루신다의 집에 들어갈 기력도 없었고, 어디로 가야 할지도 몰랐습니다. 그러나 그 판국에 제가 곁에 있어주는 것이 일의 결말을 위해서 아주 중요하다는 생각이 들어서, 기를 쓰고 그 집 안으로 들어가기로 했습니다. 전부터 그 집 문이며 방을 다 알고 있는지라, 더구나 안에서 시끄럽게 떠드는 바람에 아무도 저를 보지 못했습니다. 제가 숨은 장소는 걸어놓은 두 폭의 융단 휘장 자락과 주름으로 가려져 있어서, 저는 남의 눈에 띄지 않고 그 틈으로 모든 일을 감쪽같이 지켜볼 수 있었습니다. 제가 거기 숨어 있는 동안 제 가슴이 얼마나 두근거리고, 얼마나 생각이 물밀 듯하고, 얼마나 온갖 궁리를 했는지 지금 어떻게 다 말할 수 있겠습니까? 너무나 많고 종잡을 수 없는 것들이라 말할 수도 없고, 또 말을 해서도 안 됩니다. 단지 돈 페르난도가 신랑의 예복도 입지 않고 평복 차림으로 들어왔다는 말만 하고 싶습니다. 들러리로 루신다의 사촌 오빠가 따르고, 큰방 안에는 하인들뿐 다른 사람이 아무도 없었습니다. 조금 있다가 저쪽 안방에서 루신다가 어머니와 두 하녀의 부축을 받고 나왔습니다. 루신다는 그녀의 신분과 아름다움에 어울리게 화장을 하고 있었는데, 그것은 궁중의 화려한 유행의 완성된 모습이었습니다. 저는 금세 기가 꽉 막히고 정신이 아찔해져서 우두커니 바라보고만 있었으니, 그 입은 옷이 무엇인지는 낱낱이 분간해낼 수 없었지요. 다만 그 빛깔이 붉고 희다는 것, 그리고 그 머리와 의상에 매달린 보석들이 눈부신 가운데서도 아름다운 금발이 유난히 더 아름다워 보인다는 것만 알 수 있었습니다. 정말로 그것은 영롱한 보석들이나 초례청을 밝히는 네 자루의 촛불보다 더욱 휘황하게 보였습니다. 오, 원수와도 같은 추억이여, 나를 이다지도 괴롭게 만드는구나! 무엇 때문에 사랑하던 내 원수의 비할 데 없는 아름다움을 이제 새삼스레 회상케 하는가? 잔인한 추억이여, 차라리 루신다가 그다음에 한 일을 그려보는 것이 낫지 않겠는가? 그런다면 나는 그 너무나 분명한 모욕에 분노를 느껴서 복수는 못 할망정 목숨을 끊어버릴 수도 있지 않겠는가? 두 분 어른들께선 제발 이 이야기의 탈선하는 넋두리를 듣고 지루하다 나무라지 마십시오. 제 슬픔은 몇 마디로 조리 있게 이야기할 수 없는 것입니다. 모든 경위 하나하나마다 긴 설명이 있어야 할 것 같으니까 말입니다."

이 말에 신부는 듣기 지루하기는커녕 자세히 이야기해주니 더욱 재미가 있고, 또 자질구레한 것도 빼놓으면 안 되는 까닭은 이야기의 줄거리와 마찬가지로 꼭 알아둘 필요가 있기 때문이라고 대답했다.

"그럼 이야기를 계속하겠습니다." 카르데니오가 다시 입을 열었다. "그래서 초례청에 모두 모였을 때, 마을의 신부가 들어왔습니다. 그런 때면 으레 하는 식으로 두 사람의 손을 잡고 묻는 것이었습니다. '루신다 양, 여기 계신 돈 페르난도 씨를 성모 교회의 규정대로 당신의 합법적인 남편으로 삼기를 원하십니까?' 하고. 저는 그때 휘장 안에서 머리와 목을 있는 대로 뺀 채 온 정신을 귀에다 모으고 가슴을 두근거리면서 루신다의 대답을 들으려고 했습니다. 그 대답 한마디가 곧 저를 죽이는 사형선고이거나 저를 살리는 생명의 확인이라고 믿었던 까닭입니다. 그런데 그때 저는 왜 얼른 뛰쳐나가서 이렇게 외치지 않았을까요. '루신다, 루신다, 잘 생각해서 해요. 내게 약속한 걸 생각해요. 그대는 내 것이며 다른 누구의 것도 될 수 없다는 걸 기억해요. 그대가 '네' 하고 대답하는 것은 내 생명을 빼앗아 가는 일임을 명심해요. 오, 배신자 돈 페르난도, 내 명예를 빼앗고 내 목숨까지 앗아 가는 도둑놈! 네가 바라는 게 무엇이냐? 무얼 하겠다는 거냐? 네놈이 욕심을 채우려고 해도 기도교도로선 될 수 없다는 걸 알아두어라. 루신다는 나의 아내이고 그녀의 남편은 나야!' 하고 왜 부르짖지 못했을까요? 후유, 미친 건 저예요! 지금은 위기에서 멀리 떨어져 있으니까 했어야 할 말, 그러나 하지 못하고 만 말을 쉽게 지껄이고 있군요. 값진 보배를 도둑맞게 내버려두고는 이제 와서 도둑놈만 탓하면 뭘 합니까. 이렇게 저주할 바에야 차라리 그 마음으로 그때 복수나 해버릴 것을! 한마디로 그때의 저는 겁쟁이 바보였습니다. 지금 이 수치와 후회, 그리고 미치광이로 죽어가고 있는 것도 당연한 일이지요. 어쨌거나 그때 신부는 루신다가 대답하기를 기다렸습니다. 그러나 그녀는 한참 동안이나 주저하고 있었습니다. 저는 그때 생각했지요. 그녀가 자신의 신의를 지키기 위해 단도를 빼어 들든지, 아니면 저에게 이로울 어떠한 진실 또는 사실을 토로하리라고요. 그러나 저는 그 순간, 가냘프고도 들릴락 말락 한 소리로 '네, 원합니다' 하는 대답을 들었습니다. 돈 페르난도도 똑같은 대답을 하고 반지를 끼워주었습니다. 이리하여 그들은 풀릴 수 없는 매듭으로 결합되었던 것입니다. 그러나 신랑이 신부에게 키스를 하려고 가까이 다가가자, 신부는 가슴에 손을 얹더니 실신을 하면서 제 어머니의 품에 쓰러졌습니다. 이제 남은 것은 '네' 소리를 듣던 그 순간 제가 어떻게 되었는가 하는 이야기입니다. 제 희망은 희롱을 당했습니다. 루신다의 말과 약속은 거짓이었습니다. 그 짧은 순간에 잃어버린 행복은 두 번 다시 찾을 길이 없습니다. 저는 마음 둘 곳이 없어져버렸습니다. 하늘도 저를 버린 듯, 딛고 있는 땅조차 제 원수가 된 듯, 공기는 제 한숨을 쉴 숨을 거절하고 제 눈물이 될 습기조차 거부하는 것 같았습니다. 단지 불꽃만이 더욱 세차게 타올라 온몸은 분노와 질투로 달아오르는 듯했습니다. 루신다가 실신하자 온 집안은 발칵 뒤집혔습니다. 숨을 돌리기 위해 그녀의 어머니가 몸의 레이스를 풀었을 때 밀봉한 편지가 나왔는데, 그것을 돈 페르난도가 얼른 집어 들고 커다란 촛불들 중 하나의 불빛으로 읽었습니다. 읽기를 다한 다음, 그는 의자에 가 앉아서 깊은 생각에 잠긴 사람처럼 손으로 턱을 괴고 있었습니다. 실신한 루신다를 소생시키려고 애쓰는 것은 본 척도 않았습니다. 저는 온 집안이 수라장이 된 것을 보고, 들키든 말든 위험을 무릅쓰고 밖으로 뛰쳐나오기로 했습니다. 혹시 사람의 눈에 띈다면 간교한 돈 페르난도를 벌하고 루신다의 변심을 폭로하여 모든 사람에게 제가 얼마나 사무치는 분노를 품고 있는가를 보여주려고 했습니다. 그러나 제 운명은 좀 더 가혹한 불행을—그런 불행이 있다는 것이 가능하다면—맛보라는 것인지, 바로 그 순간 지나치게 맑은 이성을 제게 주었습니다. 물론 그 뒤로 저는 완전히 그것을 잃어버리기는 했지만요. 그래 저는 최대의 두 원수에게 복수하는 대신, 그들은 제가 거기 있는 것도 몰랐으니 복수를 하려 들었으면 문제도 아니었을 테지만, 도리어 제 자신에게 복수를 하기로 결심했습니다. 저들이 받아야 할 고통을, 아니 그때 죽여버렸더라면 저들이 받을 고통보다 훨씬 더한 고통을 제가 당하기로 했던 것입니다. 왜냐고요? 단번에 죽는 죽음은 쉽게 고통을 끝내주지만, 고통을 질질 끄는 죽음은 영원히 죽어가면서도 목숨만은 끊어지지 않으니까요. 마침내 저는 그 집을 뛰쳐나와 노새를 맡겨둔 곳으로 갔습니다. 안장을 얹어달라 하고 인사 한마디 없이 올라타고는 시내를 빠져나왔는데, 성경에 나오는 롯같이 얼굴을 돌이켜 뒤를 돌아보지도 않고 그곳을 떠났습니다. 제가 허허벌판에 혼자 남게 되어 어두운 밤이 저를 에워싸고 그 침묵이 제게 통곡을 재촉했을 때, 저는 들을 사람도 알 사람도 없이, 체면도 무서움도 없이 목 놓고 혀를 풀어 루신다와 돈 페르난도를 저주했습니다. 그들이 제게 저지른 배신에 대한 복수라도 하는 듯이 말입니다. 저는 매정한 여자, 야속한 여자, 여우 같은 여자, 신의 없는 여자라며 마구 욕을 퍼부었고, 무엇보다 돈만 아는 여자라고 저주했습니다. 제 연적의 재산이 그녀의 눈을 흐리게 했고, 제게서 사랑을 빼앗아서 그에게로 가게 했기 때문입니다. 이렇게 저주와 욕설을 마구 쏟아놓다가도 저는 오히려 루신다를 두둔하기도 했습니다. 저는 혼잣말로 '부모님 슬하에서 자라난 처녀로, 언제나 고분고분 어른들의 말씀에 거역해본 적이 없는 그녀가 지체 높고 돈 많고 학식 있는 남자를 부모들이 신랑감으로 정해줄 때는 그 뜻에 순종할 수밖에 없었을 것이며, 만일에 뜻을 받들지 않겠다고 했다가는 당장 미쳤다느니 딴 데 마음이 빠졌다느니 해서 가문의 망신이 되고 말지 않았겠느냐' 하고 중얼거리기도 했습니다. 그러다가 저는 또 이렇게 생각하기도 했습니다. 루신다가 저를 자기 남편이라고 했대도, 그녀의 부모들은 딸이 남편을 잘못 고르지는 않았다고 생각하고 용서해주었을 것이라고요. 사실 돈 페르난도가 나서기 전이니 너무 지나친 욕심을 부리지 않았을 테고, 따라서 저보다 더 나은 사윗감을 바라지도 않았을 테니까요. 그러니까 루신다가 그놈한테 최종적으로 허락을 하기 전에 이미 저와 약혼했다고 쉽게 말할 수도 있었을 거란 말입니다. 이런 경우에 루신다가 꾸며대는 일이라면 무엇이건 저도 맞장구를 쳐줄 수가 있었으니까요. 그리하여 저는 마침내 결론을 내렸습니다. 사랑이 없고 판단이 없으며 욕심만 가득 차고 허영에만 들떠서, 그녀는 저하고의 약속을 잊어버린 것이라고요. 루신다의 약속은 저의 열렬한 희망과 순진한 사랑을 지탱하고 북돋우어주다가, 끝내는 속이고 말았던 것입니다. 이런 생각과 불안에 휩싸인 채 밤새껏 길을 갔습니다. 새벽녘에야 이 산속 어귀에 닿았습니다. 저는 길도 인적도 없는 이곳을 사흘 동안이나 방황한 끝에 한 초원으로 나오게 되었습니다만, 그것이 산 어느 쪽인지 알 수가 없어서 양치기들에게 이 산중에서 가장 험한 곳이 어디냐고 물었지요. 그랬더니 이쪽이라고 가르쳐주어서, 저는 곧장 이곳으로 들어왔던 것입니다. 여기서 죽을 작정으로요. 그런데 이곳으로 들어오는 동안 제 노새가 피로와 기갈에 못 이겨 그만 쓰러져 죽지 않았겠습니까. 하긴 저같이 쓸데없는 짐을 벗어버리기 위해서 죽었는지도 모르죠. 저는 하는 수 없이 걸어야 했습니다만, 배는 고프고 그렇다고 해서 도와줄 사람도 없고 도와주라고 할 마음도 없었습니다. 얼마 동안을 땅 위에 쓰러져 있었는지 모르지만, 마침내 배고픈 것도 느끼지 못하고 일어나보니 제 곁에는 몇몇 산양 치는 사람들이 보였습니다. 그들이 제게 음식을 먹여주었던 모양입니다. 그들은 제가 막 헛소리를 하는 걸 보고 분명히 미친 사람이라고 생각했더랍니다. 그 뒤로 저는 온전한 본정신이 아니라, 이따금 정신이 나가서 온갖 광태를 다 부린다는 것을 저도 잘 알고 있습니다. 갈기갈기 옷을 찢고, 외딴 이곳이 떠나가라고 고함을 지르고, 운명을 저주하기도 하고, 원수의 사랑스런 이름을 헛되이 자꾸 부르기도 하지요. 그런 때는 그렇게 외치다가 죽어버리겠다는 생각밖엔 아무것도 없답니다. 그러다가 정신이 돌아오면 몸을 가누지 못할 정도로 기진맥진해지고 온몸은 상처투성이가 되어 있습니다. 제가 줄곧 살고 있는 곳은 속이 빈 떡갈나무 구멍이랍니다. 가엾은 이 몸뚱이 하나를 담을 만한 곳이지요. 이 산을 오고 가는 소 치는 사람들과 산양 치는 사람들이 몹시 딱하게 여겨, 제가 지나다닐 만하고 제 눈에 띌 만한 바위나 길목에 먹을거리를 갖다 놓아주는 덕분에 목숨을 부지해가는 겁니다. 정신이 깜빡 나간 때라도 자연의 본능은 어찌할 수 없어 먹을 것을 찾게 되고, 먹고 싶은 욕망, 먹어야겠다는 의욕이 새로 정신을 차리게 해줍니다. 그들이 하는 말에 의하면, 때로는 정신이 말짱한데도 마구 빼앗아 먹곤 한답니다. 양치기들이 길목으로 나와 마을에서 양 우리로 먹을거리를 나르며 순순히 주려고 하는데도 불구하고 말입니다. 이 가엾은 인생은 하늘이 끝장을 내주시든지, 아니면 루신다의 아름다움과 배반, 그리고 돈 페르난도의 배신을 잊어버리게 해주시는 날까지 계속될 것입니다. 혹시라도 제 목숨이 붙어 있는 동안 그렇게 된다면, 제 생각은 좀 더 좋은 방향으로 돌리겠습니다. 그렇지 못한다면 하느님께서 그저 제 영혼에 무한한 자비를 베푸시기를 빌 따름입니다. 제가 스스로 택한 이 길에서 제 몸을 건져낼 용기나 힘이 제게는 없다는 것을 잘 알고 있으니까요. 오, 어르신네들이시여! 이것이 제 불행의 쓰라린 역사입니다. 이러한 역사를 이야기하며 슬퍼하는 저를 보셨겠지만, 저보다 덜 슬퍼하며 이런 이야기를 할 수 있는 사람이 있다면 말씀해보십시오. 그렇다고 두 분께서 저를 설복시키거나 충고하기에 매우 적당하다고 믿는 그런 이유를 내세우지는 마십시오. 공연한 일입니다. 아무리 유명한 명의가 환자에게 주는 약이라도, 환자가 받아먹지 않으면 소용이 없으니까요. 저는 루신다가 없는 건강은 원치도 않습니다. 반드시 내 것이 되어야만 했던 루신다가 딴 사람의 것이 되었으니, 행복에 몸을 내맡길 뻔한 것처럼 비참에 몸을 내맡기겠습니다. 루신다는 변심으로 제 파멸을 바랐습니다. 그렇다면 저는 그녀가 바라던 대로 최후의 파멸에까지 도달하겠습니다. 그리하여 저는 모든 불행한 사람들에게 있기 마련인 위로가 저 하나에게만은 없었다는 실례를 후세 사람들에게 보여줄 것입니다. 위로를 받는다는 것은 흔히 위안이 될 수도 있겠지만, 제게는 도리어 더 큰 슬픔과 불행의 원인이 되는 것입니다. 정말이지 제 괴로움과 슬픔은 제가 죽어도 끝나지 않을 것이기 때문입니다."

카르데니오는 여기서 길고 슬픈 사랑 이야기, 그토록 사랑하기에 그토록 불행한 사랑 이야기를 끝냈다. 신부가 몇 마디 위로의 말을 하려 했을 때, 어디선가 슬픈 목소리로 부르짖는 소리가 들려오는 바람에 그만 입을 다물고 말았다. 그 부르짖음이 무슨 내용인지는 이 이야기의 제4부에서 말하기로 한다. 해박하고 사려 깊은 역사가 시데 아메테 베넹헬리는 이 대목에서 제3부를 끝냈기 때문이다.

제 4 부

제28장

바로 그 시에라 산속에서 신부와 이발사가 겪은
새롭고 재미있는 모험에 대해

용감무쌍한 기사 라만차의 돈키호테를 세상으로 내보내던 때는 태평성대를 누리던 시절이었다. 일찍이 쇠퇴하여 거의 사경에 이른 편력 기사의 질서를 이 세상에 다시 부활시키려고 하는 갸륵한 결심을 품은 덕분으로, 재미있는 오락이 필요한 이 시대에 있어 우리들은 비단 그 흥미진진한 이야기뿐만 아니라, 실제 이야기 못지않게 아기자기하고 신기하고 참스러운 야담과 일화를 즐길 수 있게 되었다. 그런데 그 이야기란, 솔질을 하고 종횡으로 꼬아서 얼레에 감을 실을 이렇게 이어나가는 것이다. 즉 조금 전에 그 신부가 카르데니오를 위로하기 위해 막 뭐라고 하려는 순간 귓전을 울리는 어떤 소리 때문에 그만 입을 다물고 말았는데, 그 소리란 억양도 구슬프게 이렇게 들려왔다.

"오, 하느님! 이렇게 마음에도 없이 끌고 다니는 짐스러운 이 몸뚱이가 아무도 모르게 묻힐 만한 장소를 얻을 수는 없는 일입니까? 그렇습니다. 험난한 이 산들이 제게 거짓 약속을 하지 않는다면 분명 그렇게 될 것입니다. 아이고, 기박하기도 한 내 팔자야! 이 바위들과 우거진 풀들이 오히려 내 뜻을 더 잘 알아 따뜻한 벗이 되어주는구나. 기구한 내 신세를 한숨지으며 하느님에게 호소할 자리를 마련해주는 너희들아! 사람은 아무도 그렇게 해주지 않는단다. 방황할 때 길잡이가 되어주고, 서러울 때 위로가 되어주며, 병중에 약이 되어줄 사람이라고는 이 세상에 아무도 없단다.”

신부는 물론이고 그와 함께 있던 사람들은 모두 이 말을 들었고, 또 무슨 뜻인지도 알아들었다. 사실 그 소리는 바로 이 근처에서 들려오는 것 같아서, 그들은 그 소리의 주인공을 찾으려고 벌떡 일어섰다. 그들이 스무 걸음도 채 못 가서 보니, 큰 바위 뒤쪽 물푸레나무 밑동에 일꾼 같은 소년이 하나 앉아 있었다. 소년은 거기 흐르는 시냇물에 발을 씻으려고 머리를 숙이고 있어서 누군지 잘 알아볼 수가 없었다. 그들은 가만가만 인기척을 내지 않고 걸었고, 소년은 발 씻는 일에만 정신이 팔려 있었다. 소년의 발가락들은 시냇물 양쪽 바위에서 돋아난 두 개의 하얀 수정같이 보였다. 그 하얗고도 예쁘게 생긴 발에 그들은 그만 넋을 잃었다. 주인공의 옷이 말해주는 것과 달리 그 발은 흙덩이를 밟거나 쟁기나 암소를 모는 발이 아니었기 때문이다. 소년이 자신들을 전혀 눈치채지 못한 것을 알자, 앞에 가던 신부가 눈짓으로 모두 웅크리든지 그쪽 바위 뒤로 숨든지 하라고 했다. 그들은 신부의 말대로 한 뒤, 소년이 하는 짓을 주의 깊게 살폈다. 소년은 앞뒤 자락이 긴 회색 조끼를 입고, 흰 수건으로 허리를 졸라매었다. 잠방이와 각반도 역시 회색 모직이며, 머리도 회색 수건으로 질끈 동여매었다. 각반은 정강이 중간까지 걷어 올렸는데, 그 정강이는 희기가 석고와도 같았다. 소년은 그 고운 발을 다 씻고나더니 이내 머릿수건 속에서 꺼낸 헝겊으로 발을 훔쳤다. 소년이 헝겊을 꺼내려고 얼굴을 쳐들었을 때, 이를 본 사람들은 절세미인을 눈앞에 보는 것 같았다. 카르데니오가 낮은 목소리로 신부에게 말했다.

"이건 루신다가 아니면, 사람이 아닌 귀신입니다."

이윽고 소년이 머릿수건을 벗고 이쪽저쪽으로 머리를 흔들자, 틀었던 머리채가 탁 풀리며 흐트러졌다. 해님의 금발이라도 시새울 만한 머리채였다. 그제야 그들은 알게 되었다. 농사꾼같이 보이던 소년은 여자였던 것이다. 여자 중에서도 가냘프고 고운 여자, 지금까지 두 사람이 한 번도 보지 못한 예쁜 여자, 카르데니오가 루신다에게서도 보지 못했던 더없이 예쁜 얼굴의 여자였다. 나중에 카르데니오 자신도 이 여자의 미모에 견줄 만한 것은 오직 루신다뿐이라고 말할 정도였다. 윤기 있는 금빛의 긴 머리채는 등허리만 덮는 것이 아니라 아래까지 온몸을 덮어주어서, 발이 없었다면 몸의 어느 부분도 드러나지 않았을 것이다. 그만큼 좋고 풍성한 머리채였다. 이때 그녀는 손을 빗 삼아 머리를 빗는데, 물속에 잠긴 발이 두 개의 수정이라면 머리채 안에 있는 손은 백설로 빚어낸 조각이었다. 보고 있던 세 사람은 점점 더 신기롭고 점점 더 그녀에 대해 알고 싶어졌다.

그리하여 그들은 마침내 정체를 드러내기로 했다. 그들이 후다닥 일어서는 바람에, 미녀는 얼굴을 쳐들고 눈앞에 드리워진 머리카락을 두 손으로 가르며 소리가 난 쪽을 바라보았다. 그들을 발견한 그녀는 깜짝 놀라며 그길로 일어나 신을 신는 것도, 머리를 다듬는 것도 잊고 곁에 있던 옷 보퉁이를 움켜쥐더니 허겁지겁 도망치려 했다. 그러나 여섯 걸음도 채 못 가서 억센 바위에 보드라운 발이 견디지 못하고 그만 땅에 엎어지고 말았다. 이를 본 세 사람은 그녀 쪽으로 다가갔다. 신부가 맨 먼저 그녀에게 말을 걸었다.

"아가씨, 누구신지 모르나 멈추시오. 여기 있는 이 사람들은 아가씨를 돕는 일 말고 딴 생각은 없소. 아가씨의 그런 발로는 견딜 수도 없고, 또 우리가 그렇게 하도록 두지도 않을 것이니, 그렇게 허겁지겁 도망치실 것은 없지 않소."

이 말에 그녀는 아무 대답도 없이, 그저 놀라고 어리둥절해할 따름이었다. 그들은 그녀에게 다가갔고, 신부가 그녀의 손을 잡고 계속해서 말했다.

"아가씨, 당신의 행색은 우리를 속일 수 있어도 머리채는 우리를 속일 수 없소. 당신같이 고운 몸을 당치도 않은 옷 속에 감추고 이같이 호젓한 곳에 온 것을 보니, 적지 않은 곡절이 있음이 분명하오. 어떻든 이 자리에서 당신을 만난 것은 잘된 일인데, 당신의 불행을 고쳐줄 약은 못 되더라도 최소한 충고는 해줄 수 있을 테니 말이오. 어떠한 고생이든 목숨이 붙어 있는 한 고생을 당하는 사람에게 일러주는 충고를 안 듣겠다고 뿌리칠 만큼 고달프거나 막가는 것은 아니라오. 그러니 아가씨, 아니 도련님이든 누구든 우리를 보고 놀란 가슴을 진정하시오. 보다시피 우리는 모두 당신의 불행을 함께 슬퍼할 사람들이오."

신부가 이렇게 말하자, 변장한 처녀는 얼떨떨하여 세 사람을 둘러보며 입도 떼지 않고 묵묵부답으로 일관했다. 그녀는 마치 진기하고 생전 처음 보는 무언가를 구경하는 시골뜨기와도 같았다. 신부가 같은 뜻으로 다시 이야기를 했을 때, 그녀는 긴 한숨과 함께

433

침묵을 깨며 이렇게 말했다.

"호젓한 이 산속에도 저를 숨겨줄 곳이 없고 머리채가 풀어져서 거짓말을 할 수도 없으니, 이제 와서 새삼스레 여자가 아닌 체하는 것도 헛된 일입니다. 저 같은 것을 믿어주신다면 점잖으신 이유밖에 다른 것은 없으실 텐데, 우선 이쯤 말씀드리고 여러 어르신들께서 제게 베푸신 친절에 대해 감사를 드립니다. 그 뜻으로 제게 물으신 것을 다 말씀드리겠습니다만, 한 가지 꺼리는 바는 제가 말씀드리는 처참한 사실이 어르신들께 동정과 슬픔을 일으키지나 않을까 하는 점입니다. 제 불행은 그것을 낫게 해줄 약도, 또 그 시름을 풀어줄 위로도 발견하실 수 없는 그런 것이니까요. 그렇기는 하지만 제가 여자의 몸이라는 사실을 이미 아셨고, 젊은 여자가, 게다가 혼자 이런 옷차림을 하고 있는 것도 보신 터여서, 종합해서 보거나 따로따로 떼어서 보거나 제 처신이 의심을 살 만하니, 어르신들께서 제 행실을 잘 아시도록 될 수 있으면 차마 못 여쭐 사실까지 다 말씀드리겠습니다."

이런 말을 그토록 예쁘게 생긴 여자가 그토록 매끄러운 혀를 가지고 그토록 부드러운 목소리로 단숨에 엮어냈기 때문에, 그들은 그 총명과 미모에 더욱 놀랐다. 그들은 또다시 처녀에게 약속을 빨리 시행해달라고 졸랐다. 처녀는 이제 더 서두를 것이 없다는 듯 얌전스레 신발을 매고 머리카락을 손질하고나서 돌을 깔고 앉았다. 그 곁에 세 사람이 모여 앉으니, 처녀는 눈에서 솟아나는 눈물을 걷잡으려고 애쓰면서 조용하고 맑은 목소리로 자신의 운명에 대해 이야기하기 시작했다.

"이 안달루시아에 한 읍이 있는데, 그곳에 에스파냐에서도 대갓집이라고 할 만하고 공작의 칭호를 가진 사람이 있습니다. 그 공작님에게 두 아드님이 있었습니다. 맏아드님은 그 땅의 상속자로 제가 보기에도 풍채가 좋은 분이었고, 작은아드님은 베이도의 배신과 갈랄론[229]의 속임수를 물려받았을 뿐 무엇을 상속받았는지 전혀 모르겠습니다. 우리 부모님은 그들의 청지기로, 출신은 미천해도 아주 부요해서 가산이나 가문이 기울지 않았으면 어른들은 더 바랄 것이 없으셨을 테고, 저 역시 이 모양으로 되진 않았을 것입니다. 이렇게 불우해진 까닭은 출생이 변변치 못한 때문이었으니까요. 사실을 말씀드린다면, 비록 미천하다고는 해도 부모님들이 남부끄러울 만큼 낮은 것은 아니었습니다. 그렇다고 해서 또 제 불행이 미천한 신분에서 비롯되지 않았다고 할 만큼 높은 것도 아니었습니다. 말하자면 그분들은 농가의 평민이었고, 듣기 거북한 피가 섞이지 않은, 항용 하는 말대로 케케묵은 기독교도들입니다마는 살림은 제법 넉넉해서 금력과 권력으로 차츰 지위가 올라 기사란 소리까지 듣게 되었던 것입니다. 그러나 많은 재산, 높은 지체보다 부모님은 저 하나를 딸로 가지신 것을 가장 큰 자랑으로 여겼답니다. 부모로서 가산을 물려줄 아들딸이 따로 없으신 만큼 저를 무척 귀여워해서서, 저는 세상에서 부모의 사랑을 가장 많이 받는 딸들 중 하나였지요. 저는 부모님이 들여다보시는 거울, 늘그막의 지팡이, 하늘의 뜻에 따라 원하시는 모든 소망의 기틀이기도 했습니다. 부모님의 마음이 그토록 고마우신 만큼, 제 마음도 그 뜻을 어길 생각

---

229 론세스바예스에서 프랑스 사람들을 패배시키기 위해 속임수를 쓴 기사라는 전설이 있다. 제1장 주 58 참조.

이라곤 조금도 없었습니다. 저는 제 부모님 마음의 임자인 것같이 전 재산의 임자이기도 했습니다. 그리하여 부리는 사람들을 쓰고 안 쓰고를 제 마음대로 했고, 파종과 수확의 수입과 지출도 제 손으로 했습니다. 올리브기름 통, 포도 밟는 술통, 크고 작은 가축의 수효, 꿀벌의 벌통 수, 한마디로 말해서 우리 아버님 같은 호농이 가지고 있고 가질 수 있는 모든 것을 제가 맡아서 했습니다. 안주인 겸 집사인 셈이었는데, 자랑 같지만 정말 부지런히, 정말 부모님 마음에 꼭 들게 일을 했습니다. 양치기 우두머리들이나 일꾼 감독들이나 날일꾼들에게 줄 것을 준 뒤에, 그날 남는 시간이 있으면 처녀들이 할 수 있고 또 해야 하는 일감, 예컨대 바느질, 베개, 실감개 같은 것으로 파적거리를 삼고, 때로는 정신 수양을 위해 일손을 놓고 취미로 신앙 서적을 읽기도 하고 하프를 뜯기도 했습니다. 제 경험으로 보아 음악은 흐트러진 마음을 정돈하고 정신에 생기는 아쉬움을 덜어주었습니다. 이것이 부모님 댁에 있었을 때 제가 하던 생활의 전부랍니다. 이렇게 자질구레한 이야기까지 해드린 것은, 일부러 저를 내세우려거나 부잣집 딸이라는 것을 알아두시라는 뜻이 아닙니다. 알려드리고 싶은 것은 다름이 아니라, 제가 말씀을 드린 그러한 좋은 환경에서 지금의 이러한 비참한 처지로 떨어졌다는 점입니다. 그러니까 분주한 가운데 조용히 들어앉아서 지내는 제 생활은 마치 수도원 생활 같아서, 제 생각으로는 집안의 일꾼들 말고는 얼굴을 보인 적이 없었습니다. 미사 참례를 하러 가는 날에도 이른 아침 어머님과 하인들에 둘러싸여서, 그것도 아주 얼굴을 잔뜩 가리고 다녔기 때문에 발을 딛고 가는 땅만 눈에 보일 따름이었습니다. 그랬는데도 사랑의 눈, 아니 그보다는 살쾡이 눈이라도 어림없을 놀아먹는 눈이 저를 보게 했는데, 페르난도가 눈독을 들인 겁니다. 페르난도란 지금 어른들께 이야기해드린 그 공작님의 둘째 아들의 이름이랍니다."

처녀가 돈 페르난도의 이름을 뇌자, 카르데니오의 안색이 홱 변하면서 지금까지와는 딴판으로 식은땀을 흘리기 시작했다. 이를 본 신부와 이발사는 이따금 일어난다고 들었던 그 광기가 발동하는 것이 아닌가 하고 조마조마했다. 그러나 카르데니오는 땀만 흘릴 뿐 잠자코 시골 처녀를 흘끗흘끗 쳐다보며 그녀가 누구인가를 알아내려고 애썼다. 처녀는 카르데니오의 거동에는 아랑곳하지 않고 자기 이야기를 이어갔다.

"나중에 그 사람이 한 말입니다만, 그는 저를 보자마자 연모의 정에 사로잡혔답니다. 여러모로 저도 충분히 그런 눈치를 챌 수 있었습니다. 그러나 이루 다 말할 수 없는 제 불행한 이야기를 빨리 끝내기 위해서, 돈 페르난도가 자기의 연정을 제게 알리려고 애쓴 여러 가지 이야기는 그냥 넘겨버리고 싶습니다. 그는 저희 집안사람들을 모조리 돈으로 매수했습니다. 일가에게는 선물을 보내고 선심을 썼습니다. 낮이면 우리 집 앞에서 놀이가 벌어지고, 밤이면 음악 때문에 아무도 잠을 이룰 수가 없었습니다. 그동안에 헤아릴 수도 없는 쪽지가 제 손에 들어왔는데, 사랑한다는 둥 몸을 바친다는 둥 하는 맹세로 채워진 쪽지였습니다. 그것은 제 마음을 약하게 만들기는커녕 오히려 저를 죽이려는 원수를 대하듯 굳어지게 했습니다. 그러니까 자기 마음대로 저를 이끌려던 그의 온갖 노력은 도리어 반대의 결과를 가져왔습니다. 돈 페르난도의 인격을 너절하게 보아서 그런 것도 아니고, 그의 극성에 진절머리가 나서 그런 것도 아니었습니다. 오히려 그렇게도 훤칠한 기사님의 사랑과 평가를 받는다는 것이 왠지 흐뭇했고, 편지에서 저를 칭찬해주는 말을 읽는 것도 싫지 않았습니다. 여자란 아무리 못생겼어도 예쁘다는 소리만 들으면 턱없이 우쭐거리는가봅니다. 그렇지만 저도 체면이 있고 부모님이 항상 타이르시던 말씀도 있었기에 일절 아는 체하지 않았습니다. 하지만 부모님은 진작부터 돈 페르난도의 마음속을 환히 알고 계셨던 모양입니다. 그이는 온 세상이 다 무너져도 눈 하나 깜짝 안 할 사람이었으니까요. 부모님이 제게 말씀하시기를, 집안의 명예와 체면이 오로지 제 덕성과 마음 씀씀이에 달렸으며 저와 돈 페르난도는 신분이 맞지 않는다는 것을 깊이 생각하라고 하시더군요. 그리고 당장 눈치가 빠한데, 그가 무어라 하든 속셈은 자기 욕심만 채우자는 것이지 저를 위한 것이 아닌 만큼, 혹시 어찌 되어서 그이의 옳지 못한 요구를 거절하기가 난처해지는 경우에는 우리 마을이나 인근 지방에서 그럴듯한 사람을 골라서 바로 결혼을 시켜준다고 하셨습니다. 그렇게 말씀하실 수 있었던 것은 재산도 넉넉한 데다 제 평판도 그리 나쁘지 않아서 만사가 뜻대로 되리라고 믿으신 까닭이었습니다. 부모님의 분명한 약속과 다짐으로 하여 저는 마음을 단단히 먹고, 돈 페르난도에게는 그 욕망을 채우려는 꿈이 허사가 되도록 한 번도 답장을 써 보낸 일이 없었습니다. 이렇게 속을 보이지 않으니까 그는 자기를 우습게 보는 것으로 생각은 했으나, 그럴수록 그는 더러운 의지에 불을 지폈던 것입니다. 그렇습니다. 저에 대한 그의 의지를 저는 더럽다고 했습니다. 사실 그의 의지가 떳떳했다면 지금 이런 말씀을 드릴 일도 없었을 겁니다. 이야기의 줄거리조차 없었을 테니까요. 어쨌든 돈 페르난도는, 제 부모님이 저를 차지하려는 그이의 욕망을 꺾기 위해, 아니면 적어도 저를 지킬 감시인을 두기 위해 저를 다른 사람과 결혼시키려 하고 있다는 것을 알게 되었답니다. 이런 소문, 이런 의혹이 그이로 하여 금 지금 들으신 그 일을 저지르게 한 원인이 된 것입니다. 어느 날 밤의 일입니다. 저는 부리는 여자아이와 단둘이 제 방에 있었습니다. 혹시 조심을 하지 않다가 제 정조가 위협받지 않을까 두려워서 문이란 문은 모두 꼭꼭 닫고 있었는데, 이게 어찌 된 일일까요. 천 만뜻밖에도 글쎄 그이가, 조심조심 미리 단속을 단단히 해두었으며 조용하고 굳게 잠근 제 방 안으로 들어와서 제 앞에 서 있질 않겠습 니까. 저는 어찌나 놀랐던지 눈앞이 캄캄해지고 혀가 굳었습니다. 소리도 지를 수 없었지요. 아니 그럴 수 있대도 그이가 그냥 놔두지 않았을 것입니다. 그이는 저에게 다가오자마자 두 팔로 꺼안았고, 저는 너무 놀란 나머지 막아낼 힘조차 없었습니다. 그이는 계속 뜻 도 모를 소리들을 지껄이기부터 했으니까요. 그이의 수단이 얼마나 능란한지, 그렇게도 거짓말을 꼭 참말처럼 잘 꾸며낼 줄은 몰랐습 니다. 그 배신자의 하는 짓은 눈물과 한숨으로 자기의 말과 계획을 다짐하는 것이었습니다. 불행히도 저는 외동딸로 태어나 우리 집안 에서 그런 경우를 한 번도 보지 못해서 그랬는지 몰라도, 그 거짓말 들이 참말처럼 믿어졌습니다. 그렇다고 해서 그이의 눈물이나 한숨 이 제게 값싼 동정을 일으킨 것은 아니었습니다. 처음의 놀란 가슴 이 진정되고 잃었던 정신을 차츰 수습하자, 저는 있는 용기를 다 내 서 이렇게 말했습니다. '나리, 제가 지금 당신의 팔에 붙잡혀 있는 것이 사나운 사자의 품 안에 들어 있는 것과도 같아서, 빠져나가려 면 제 정조에 때를 묻힐 말이나 행동을 해야 할 줄 알지만, 그런 말이나 행동은 있던 사실을 없다고 하는 것이나 마찬가지로 안 될 말입니다. 그러니까 당신이 제 몸을 팔로 감고 있지만, 저는 제 영혼을 순결한 생각에다 묶고 있습니다. 무슨 말이냐고요? 당신의 생각과는 아주 다른 생각, 그 생각은 강제로 당신의 생각을 추진시킬 때 알게 될 겁니다. 저는 당신네 청지기의 딸이지만 계집종은 아니에요. 당신의 혈통이 귀하다고 해서 내 정조에 때를 묻히기 위한 권력을 조금도 쓸 수 없고, 또 써서는 안 되는 거예요. 비록 몸은 평민이고 농가 출신이긴 하나 대갓집 기사이신 당신 못지않게 저도 제 자신을 끔찍이 여기고 있어요. 당신의 그 권력도 제게는 아무런 효력이 없고, 당신의 금력도 한 푼어치 가치가 없으며, 당신의 능변도 저를 속이지 못하고, 당신의 한숨과 눈물도 저를 달랠 수는 없습니다. 지금 말씀드린 여러 가지 중에 단 한 가지라도 가진 사람이 있다면, 그리고 그런 사람을 우리 부모님이 제 신랑감으로 정해주신다면, 그때에는 정성껏 그 사람의 뜻을 받들겠습니다. 물론 마음에는 달갑지 않더라도 제 정조만 깨끗이 지켜준다면, 지금 당신이 강제로 빼앗으려는 그런 것마저 그에게 드릴 것입니다. 이런 말을 하는 까닭은, 제 정당한 남편이 아닌 사람이라면 절대 저한테 손댈 생각을 하지 말라는 것입니다.' '그것뿐이라면, 어여쁜 아가씨 도로테아' (이것이 가엾은 제 이름이니까요.) 하고 기사답지도 못한 그가 말했습니다. '나는 이 자리에서 그대의 남편이 되겠다고 약속하오. 이 진실의 목격자는 푸른 하늘, 그 앞에선 아무것도 감출 수가 없소. 그리고 여기 당신이 모시고 있는 이 성모상이오'라고요."

카르데니오는 도로테아라는 이름을 듣자 다시 한번 정신이 번쩍 났다. 그는 처음의 짐작이 어김없이 맞아떨어졌다고 생각했다.

그러나 이야기를 중단시켜서는 안 되겠고, 게다가 자기는 이미 알고 있는 일이라, 상황을 두고 볼 셈으로 이렇게 넌지시 묻기만 했다.

"아가씨, 아가씨의 이름이 도로테아라고요? 똑같은 이름을 가진 다른 여자를 제가 알고 있는데, 처지가 가련하기로는 아가씨나 같은 사람이지요. 어떻든 하던 이야기나 마저 하십시오. 아가씨의 불행만큼 놀라운 사건을 제가 말할 때가 올 테니까요."

카르데니오의 이 말과 이상스럽고 꾀죄죄한 그의 행색에 도로테아는 일단 이야기를 멈추고, 자기 신상에 대하여 아는 것이 있거든 어서 말해달라고 했다. 혹시 지금이라도 무슨 좋은 수가 있다면 어떠한 고난이 닥치더라도 견뎌낼 자신이 있으며, 또한 자기 생각에는 지금 당하고 있는 고생보다 더한 고생은 없으리라고 믿기 때문이라 했다.

"그런데 말이에요, 아가씨." 카르데니오가 말했다. "내 짐작이 사실이라면 생각하는 바를 말하지 못할 것도 없지만, 아직은 때가 되지 않았고, 또 아신다 해도 당신에게는 신통할 것도 없는 것이오."

"그러시다면 좋을 대로 하시지요." 도로테아가 말했다. "조금 전 하다 만 이야기입니다만, 돈 페르난도는 그 방에 있던 성모상을 들고 우리 약혼의 증인으로 삼았습니다. 그러면서 아주 엄숙한 말씨, 엄청난 말로 제 남편이 되겠다는 맹세를 했습니다. 저는 그이의 말을 가로채고는 말했지요. 지금 무얼 하든지 똑똑히 보고 또 생각해야 될 점이 있는데, 당신의 부친이 저 같은 촌뜨기하고 결혼하는 것을 보신다면 크게 노할 터이니 제 외모에 매혹되지 말라고요. 아무리 예쁘다고 한들 당신의 실수를 용서받을 만큼 예쁘지는 않다고요. 그리고 만약 당신께서 제가 잘되기를 바란다면 그 사랑으로

441

제 운명이 제 신분에 맞는 데로 흘러가게 내버려두라고요. 이렇게 어울리지 않는 결합치고 좋아서 만난 첫맛이 오래 유지된 일은 없다고요. 지금 이야기한 것 말고도 이제는 다 잊어버린 말들을 열심히 해보았습니다만, 그 사람의 마음을 단념시키는 데 아무 소용이 없었습니다. 마치 빚 갚을 마음이 없는 사람이 계약에 응하는 체하면서 까다로운 고비를 어물쩍 넘기는 것과도 같았습니다. 저는 그때 속으로 얼핏 무언가를 생각하면서 이렇게 중얼거렸습니다. '그렇다. 지체가 낮은 사람으로 대갓집에 시집을 가서 귀하게 되는 사람이 나 이전에도 있었다. 그리고 미모, 아니 맹목적인 사랑—그렇다, 분명 맹목적인 사랑이다—으로 체통에 맞지 않는 색시를 데려다가 귀하게 만들어준 사람이 돈 페르난도 이전에도 있었다. 그렇다면 새 세상, 새 관례를 내가 만들어내려는 것도 아니니, 운명이 내게 갖다 바치는 복을 받아들일 때는 바로 이 순간이 아닌가. 이 사람이 지금 보여주는 의지가 그 뜻을 채울 때까지 지속되지 못한다 하자. 그래도 결국 나는 하느님 앞에서 그의 아내가 되는 것이 아니겠는가. 그렇지 않고 만일 내가 그이를 차버린다면 어찌 될까? 결국 그는 떳떳한 방법 대신 폭력을 쓸 것이다. 그럼 나는 망신만 당할 것이고, 애매하게 불행을 당한 내 속도 모르는 남이 누명을 덮어씌워도 벗어날 핑계가 없게 된다. 왜냐하면 이 기사가 내 동의 없이 내 방에 들어왔다는 사실을 부모님이나 남들에게 밝혀줄 만한 것이 전혀 없기 때문이다.' 이러한 자문자답은 눈 깜짝할 사이에 이루어졌습니다. 그런데 한편 돈 페르난도의 맹세, 그가 내세운 증인과 흘린 눈물, 그리고 제 마음뿐만 아니라 아무리 매인 데 없고 조심성 깊은 마음이라도 굴복시킬 만한 그 기질, 그 양반 티가 제게 압력을 가하기 시작하면서 저도 모르는 사이에 저 죽을 데로 자꾸만 들어가는 것이었습니다. 제 생각으로는 천상의 증인들과 함께 지상의 증인도 있어야 했기에 몸종을 불렀지요. 그러자 돈 페르난도는 조금 전의 그 맹세를 다시 되풀이하고 다짐하면서 이번에는 다른 성인들까지 들먹이며 증인을 대었습니다. 그이는 제게 한 약속을 지키지 않는다면 자기가 무수한 저주를 받아야 할 몸이라고 지껄였습니다. 다시 두 눈을 눈물로 적시고, 한숨 소리는 한층 더 높아졌습니다. 그러면서 처음부터 놓지 않았던 자기 팔 안으로 저를 점점 더 죄는 것이었습니다. 그러는 사이에 다시 하인이 제 방에서 나간 후 저는 이미 처녀가 아니었고, 그이는 뻔뻔한 배신자, 믿을 수 없는 인간이 되어버린 것입니다. 내 불행의 밤에 이어지는 날이 샜습니다. 그러나 돈 페르난도가 그렇게도 몹시 보채던 만큼 빠르게 샌 것은 아니었습니다. 왜냐고요? 욕정의 요구가 끝난 다음에 우선 하고 싶은 것이 또 있다면, 그것은 향락의 자리를 어서 떠나고 싶은 마음인가보지요. 그러기에 돈 페르난도는 빨리 제 방에서 나가려고 서둘렀고, 제 하인 년의 도움으로, 그이를 제 방으로 끌어들인 것도 그년이었습니다만, 새벽녘에 거리로 나갔습니다. 제게 인사를 하면서 그이는, 처음 왔을 때처럼 그렇게 지독한 정열은 이미 없으나마, 자기를 꼭 믿어달라는 둥 자기의 맹세는 결코 틀림이 없을 것이라는 둥 하면서, 그 말을 다짐하는 증거로 자기가 끼고 있던 값진 반지를 제 손에 끼워주었습니다. 드디어 그이는 나가고, 슬퍼해야 할지 기뻐해야 할지 모를 저만 남았습니다. 왜 그랬느냐고요? 처음 당하는 일이라서 저는 정신이 아찔한 데다 온갖 생각이 다 들고 넋을 잃어서 마음을 가눌 수 없을뿐더러, 잔꾀를 써서 돈 페르난도를 방으로 들인 하인 년을 꾸짖을 여유도 없었습니다. 저지른 일이 좋은지 나쁜지도 모르고 있었으니까요. 돈 페르난도가 나갈 때, 저는 그에게 말했답니다. '나는 이미 당신의 것이 되었으니, 어제 저녁처럼 밤마다 오세요. 적당한 때에 이 일이 당당하게 알려지는 날까지'라고요. 그러나 그 이튿날 밤에 한 번만 왔을 뿐, 그이는 다시 오지 않았습니다. 그뿐이겠습니까. 달포가 넘어도 거리에서나 성당에서나 그이를 찾아볼 수가 없었습니다. 저는 그이에게 사랑을 애걸복걸하느라고 쓸데없이 지쳐가기만 했습니다. 글쎄 그이가 읍내에 있으면서 매일같이 그 좋아하는 사냥까지 다닌다지 않겠습니까? 그 무렵 하루하루가 얼마나 답답하고 쓰라렸는지 이루 말할 수가 없었습니다. 그의 맹세를 의심하기 시작했고, 나중에는 돈 페르난도를 아주 믿지 않게 되었습니다. 못된 짓을 했다고, 제 하인이 전에 못 듣던 꾸지람을 들은 것도 잘 알고 있었지요. 그리고 또 혹시나 요즈음 왜 안색이 나쁘냐고 부모님이 물으신다면 거짓말로 꾸며댈 수밖에 없으므로, 그런 기회를 드리지 않기 위해 억지로 울음을 꾹 참으며 안색을 유지하려고 애썼지요. 그러나 마침내 이것도 저것도 모두 그만두어야 할 때가 왔습니다. 체면도 수줍은 생각도 모두 버리고, 쌓이고 쌓인 원한을 쏟아낼 때가 왔단 말씀입니다. 다름이 아니라 그 뒤 얼마 안 되어서 소문이 나기를, 돈 페르난도가 거기서 얼마 멀지 않은 읍내의 대단한 부잣집이라고는 하나 대갓집 혼인에 어울릴 만큼 지참금이 넉넉한 그리 큰 부자는 아닌, 어떻든 기막히게 예쁜 그 집 딸하고 결혼을 했다는 것이었습니다. 이름은 루신다라고 했는데, 그 결혼식에서 일어난 일들이 아주 이상하다는 소문이었습니다."

루신다라는 이름을 듣자 카르데니오는 어깨를 축 늘어뜨린 채 입술을 지그시 깨물고 눈썹을 모으더니, 이윽고 눈물을 줄줄 흘릴 따름이었다. 이런 일로 도로테아가 하던 이야기를 중단하지는 않았다. 그녀는 이야기를 계속했다.

　　"이 슬픈 소식이 제 귀에 들어왔을 때, 제 마음은 꽁꽁 얼어붙기는커녕 분노의 불길이 타올랐습니다. 저는 그이가 제게 저지른 배신과 몰인정에 대해 거리를 돌아다니면서 외칠 뻔했습니다. 그러나 그 울화는 이내 가라앉았습니다. 그날 밤 제가 할 일을 생각해냈기 때문입니다. 다름 아니라 저는 아버지의 하인인, 시골에서는 총각이라고 부르는 한 젊은이에게서 이 옷을 얻어 입은 것입니다. 저는 그에게 억울한 제 이야기를 다 해주면서, 원수가 있다는 그 읍내까지 데려다달라고 부탁했습니다. 그는 제 무모함을 나무라고 제 결심을 못마땅하게 여겼으나, 제 단호함을 보고는 길동무가 되어주겠다고 나섰습니다. 그의 말대로 이 세상 끝까지라도 같이 가겠고요. 저는 그 즉시로 아마 베갯잇 속에 여자 옷 한 벌과 얼마간의 장신구와 돈을 집어넣고는, 그날 밤 이슥한 틈을 타서 배신한 하인 년에게는 알릴 것도 없이 그 젊은이와 여러 가지 상상을 하면서 제 집을 나섰습니다. 허위단심으로 읍내를 향하여 걸음을 재촉한 것은 이왕 끝난 일을 훼방 놓기 위함이 아니었습니다. 다만 한마디, 무슨 마음으로 이런 짓을 했느냐고 돈 페르난도에게 물어보고 싶었을 뿐입니다. 이틀 반이 걸려서 겨우 목적지에 도착했습니다. 읍내에 들어서는 길로 루신다의 부모님이 사는 집을 찾았습니다. 그런데 제가 맨 처음에 만나서 물어본 사람은, 제가 알고 싶어 하는 것보다 더 엄청난 소식을 들려주었습니다. 그는 집을 알려주고나서 그 집

딸의 결혼식 때 일어난 사건을 빠짐없이 이야기해준 겁니다. 그 이야기는 온 읍내에 퍼져서 한창 쑥덕거리고 있는 판이었습니다. 그의 이야기는 이러했습니다. 돈 페르난도가 루신다와 결혼하던 그날, 루신다는 '네' 하고 그의 아내가 되겠다는 대답을 하자마자 그만 아주 까무러쳤는데, 신랑이 가까이 가서 숨을 쉬게 하려고 가슴을 젖히고 보니 루신다의 자필로 쓴 쪽지가 있었대요. 거기에 적혀 있기를, 자기는 이미 카르데니오의 사람이니 돈 페르난도의 아내가 될 수 없다고요. 그런데 카르데니오가 누군가 하면, 그 사람 말이 같은 읍내에서 뛰어나게 훌륭한 기사였답니다. 그러니까 돈 페르난도에게 '네'라고 한 것은 부모의 말이 무서워서 그랬을 뿐이라는 것입니다. 그 쪽지에는 결혼식이 끝나는 대로 죽을 작정이라는 것과, 죽어야 할 이유가 쓰여 있었는데, 이것은 그 옷 속 어디선가 나온 비수가 증명했답니다. 돈 페르난도는 루신다가 자기를 농락했다는 생각이 들어서, 그때까지 의식을 잃고 있는 신부에게 달려들어 그 자리에 있던 비수로 마구 찌르려 했더랍니다. 그때 마침 그녀의 부모와 거기에 참석했던 사람들이 말리지 않았더라면 틀림없이 죽이고 말았을 거라고요. 소문에 의하면 돈 페르난도는 얼른 자취를 감추었고, 루신다는 다음 날 깨어나서 부모에게 자기는 카르데니오의 아내라고 말했답니다. 또 한 가지 알게 된 사실은, 카르데니오가 결혼식장에 왔다가 천만뜻밖에도 그녀가 결혼하는 것을 보고 실망한 나머지 그만 읍내에서 뛰쳐나갔답니다. 그러면서 그는 편지 한 장을 놓고 갔는데, 거기에는 루신다가 자기를 배신했으며 자기는 아무도 보지 못할 곳으로 간다는 말이 적혀 있더랍니다. 이런 소문이 온 읍내에 퍼져서 입을 가진 사람이면 누구나 다 한마디씩 하는 판인데, 이보다 더한 것은 루신다였습니다. 그녀는 집에서도 읍내에서도 자취를 감추어서, 그 부모들조차 도무지 찾을 길이 없어 어쩔줄을 모르고 있다는 것입니다. 이런 소문이 모두 제 희망을 되살아나게 했습니다. 저는 돈 페르난도와 만나지 못한 것을, 결혼한 그를 만난 것보다 더욱 기뻐했습니다. 아직까지 제 구원의 문이 영영 닫힌 것은 아니라고 믿었기 때문입니다. 저는 이렇게 생각했지요. '하늘이 그의 재혼을 방해한 것은 그를 인도해서 첫 번째 결혼의 의무를 알게 하고, 기독교도라는 것을 깨닫게 함으로써 남의 체면보다 자신의 영혼을 구하게 해주신 것이다'라고요. 이런 공상을 하면서 지금 같으면 지긋지긋하기만 한 이 목숨을 그래도 살아나가겠다고 신통치도 않은, 그러나 끈덕진 희망을 그려보고 터무니없는 위로로 마음을 달래었습니다. 그런데 돈 페르난도를 찾지 못해서 애태우며 그 읍내에 있노라니 또 다른 소문이 들려오기를, 제 나이며 인상을 써 붙이고는 저를 찾아 데려오는 사람에게는 후한 상을 준다고 했다는데, 또 들리는 바에 의하면 저와 같이 왔던 그 하인이 저를 부모님 댁에서 빼돌렸다는 것이었습니다. 저는 제 명예가 얼마나 떨어졌는가를 목도하면서 가슴이 철렁 내려앉았습니다. 집을 나왔다는 것만으로도 명예가 떨어지고 남을 것을, 게다가 함께 나왔다는 상대가 하인인 데다가 순결한 제 마음과는 너무나 다른 위인이었던 까닭입니다. 소문을 들은 즉시 저는 하인과 함께 그 읍내를 떠나왔는데, 그가 제게 장담하던 그 약속이 벌써 흔들리는 기색이 보였습니다. 우리는 사람들의 눈에 띄는 것이 두려워서 그날 밤으로 이 산속을 찾아들었습니다. 그런데 설상가상이라는 말은 저를 두고 한 말인 듯 또 이런 일이 제게 생겼습니다. 무슨 일인고 하면, 그때까

지 고분고분하던 제 하인이 훗훗한 자리에 단둘이 있어서 그랬던
지, 제 미모보다는 자신의 못된 버릇에 동해서 딴은 이런 호젓한 곳
이 제공하는 기회를 놓치지 않으려 했고, 그리하여 부끄러움도 없
이 하느님을 무서워할 줄도, 저를 존경할 줄도 모르고 제게 사랑을
요구하는 것이었습니다. 제가 냉랭한 소리로 무엄한 그의 뜻을 꾸
짖자, 유리할 줄 알았던 처음의 서투른 솜씨를 바꾸어 폭력을 쓰려
고 했습니다. 그러나 언제고 착한 마음을 굽어보시고 돌보시는 정
의의 하느님은 제 마음을 어여삐 여겨주시었습니다. 덕분에 저는
연약한 힘으로도 그리 어렵지 않게 그를 낭떠러지로 끌고 가서 거
꾸로 박히게 했습니다. 죽었는지 살았는지 모르겠어요. 저는 다리
가 떨리고 몸은 기운이 다 빠져 이 산속으로 곧장 달려 들어온 것
인데, 여기서 몸을 숨기고 아버지와 저를 찾아다니는 사람들의 눈
을 피하는 일 외에는 아무 생각도 하지 않았습니다. 그리하여 이 산
속에 머문 지도 어언 몇 달이 지났을 때 저는 한 가축 기르는 사람
을 만났습니다. 저는 그 사람의 하인이 되어서 이 산속에서도 더 깊
은 산속으로 갔습니다. 그때부터 저는 양치기 노릇을 했고, 언제까
지든 그대로 산속에 살고 싶었습니다. 지금은 저도 모르게 이렇게
탄로가 났습니다만, 머리채를 감추려고 신경을 썼지요. 하지만 아
무리 꾀를 써도 소용이 없었습니다. 제가 남자가 아니라는 것을 제
주인이 알고 말았으니까요. 그도 역시 제 하인처럼 못된 생각을 했
습니다. 그러나 어려울 때마다 도움을 받을 운명은 아니어서, 이번
에는 하인에게 할 때처럼 주인을 거꾸러뜨릴 벼랑도 골짜기도 없
었습니다. 하는 수 없이 저는 주인에게서 도망쳐 다시 이 험한 산에
숨는 것이 그와 힘을 겨루는 것보다 낫다고 생각했습니다. 그래서

저는 도로 이 산속을 찾아온 것입니다. 아무 거칠 것 없는 이곳에서 한숨짓고 눈물지으며 하느님께 빌었습니다. 제 불행을 가련하게 여기시어 다행히 여기를 떠나게 해주시든지, 아니면 이 애달픈 기억이 지워지게 외로운 이곳에서 죽게 해달라고요. 저는 그렇게 죄도 별로 없는 몸이건만, 제 고장 남의 고장 할 것 없이 이러니저러니 말썽거리가 되고 있는 모양이에요."

제29장

사랑에 빠져 스스로 택한 지독한 고행에서
우리의 기사를 구출하기 위해 짜낸
교묘한 계책에 대해[230]

"어르신네들, 제 비극의 진짜 이야기는 이렇습니다. 그럼 이 자리에서 판단해주세요. 지금까지 들으신 한숨 소리, 귀를 기울이신 제 말소리, 제 눈에서 솟는 눈물이 얼마나 더해야 제 속을 알아주시겠는지요? 불쌍한 제 신세를 잘 아신다면, 위로도 아무 소용이 없음을 아실 것입니다. 저를 구원해줄 손이 있을 수 없으니까요. 그러니 별로 어렵지 않게 해주실 만하고 또 해주셔야만 할 일을 한 가지만 부탁드리겠습니다. 다름 아니라, 어디로 가야 저를 찾는 사람들에게 들킬까봐 항상 전전긍긍하는 불안 없이 살 수 있을지 가르쳐주세요. 부모님은 저를 무척 사랑하시기 때문에 제가 가면 틀림없이 너그럽게 받아주시리라는 걸 모르는 바 아닙니다만, 부모님이 바라시던 것과는 전혀 달라진 몸으로 나타난다는 것은 생각만 해도 죄

---

230 1605년 초판본에서는 제29장과 제30장의 제목이 서로 바뀌어 있다. 그래서 이 책에서는 제30장의 제목이었던 것을 여기 제29장의 제목으로 삼았다.

스러운 일입니다. 저만은 꼭 지켜주겠지 하고 믿으시던 것을, 그 정절을 버리고 만 저를 보시게 되리라 생각할 때, 이 얼굴을 들고 뵙느니 차라리 아주 파묻혀서 그림자도 안 보이는 것이 상책이겠습니다.”

여기까지 말하고 그녀는 입을 다물었다. 얼굴이 상기되면서 마음의 슬픔과 부끄러움을 숨길 수 없이 드러냈다. 듣고 있던 사람들도 기구한 그녀의 신세에 한편 동정하고 한편 놀랐다. 누구보다 앞서 신부가 그녀를 위로하고 따뜻한 말을 해주려 했으나, 카르데니오가 먼저 말을 걸었다.

“아가씨, 그럼 당신이 바로 그 부요한 클레나르도의 외동딸, 그 어여쁘신 도로테아시군요.”

도로테아는 제 아버지의 이름을 말하는 사람이 하도 수상해서 눈이 휘둥그레지며 주춤했다. 카르데니오의 옷맵시가 사나운 때문이기도 했다. 그래서 그녀는 그에게 말했다.

“당신은 누구시기에 제 아버님의 성함을 그리도 잘 알고 계십니까? 모르긴 해도 저는 지금까지 제 신세타령을 하면서 한 번도 아버님의 성함을 말한 적이 없는데요.”

“나는,” 카르데니오가 말했다. “아가씨, 당신의 말대로 루신다가 자신의 남편이라고 했다는 그 불행한 사나이가 바로 이 사람이라오. 불쌍한 카르데니오, 당신을 이 꼴로 만들어놓은 그자의 나쁜 소행이 나까지 이 지경으로 만들어, 보시다시피 헌털뱅이에 반은 벗은 몸으로 의지가지없이, 더욱이 아주 말이 아닌 것은 정신마저 잃은 사람이 되고 말았소. 그저 간간이 하느님이 주시고 싶은 때에 정신이 잠깐 돌아올 뿐이라오. 도로테아 님, 나는 돈 페르난도의 그 뻔뻔스러운 꼴을 직접 눈으로 보았고, 루신다가 '네' 하면서 그의 아내라고 서약하기를 기다리고 있었답니다. 나는 그녀가 실신한 뒤에 장차 어찌 될지, 그녀의 가슴에서 나온 종이쪽지가 어떤 결과를 초래할지 더 지켜볼 마음이 없었답니다. 잇달아 벌어질 참상을 잠자코 볼 생각이 없었으니까요. 그래서 나는 집도 참을성도 다 팽개치고 루신다에게 전해달라는 편지 한 장을 객줏집 주인에게 맡기고는 이 호젓한 곳으로 왔습니다. 그때부터 소름 끼치는 이 목숨, 죽도록 미운 이 원수 같은 목숨을 여기서 끊어버릴 생각이었지요. 그러나 운명은 그마저 내게 허락하지 않고 다만 의식을 잃게 하는 것으로 만족했으니, 아마도 당신을 만나는 이 행운을 위하여 남겨둔 것인가봅니다. 왜냐하면 지금까지 하신 말씀이 사실이라면, 나는 그렇게 믿습니다만, 정녕코 하느님은 우리 두 사람을 위하여 고생 끝에 행운을 따로 마련해두신 것 같습니다. 루신다는 내 것이었으므로 돈 페르난도와의 결혼을 거절했고, 돈 페르난도는 당신의 것이었기에 그녀와 결혼할 수 없었지요. 루신다가 이 점을 분명히 밝혀준 이상, 우리는 하느님이 우리의 것을 도로 찾아주시리라고 믿어도 좋을 겁니다. 우리의 것은 아직 남의 손에 넘어가지도, 안 넘어가지도 않았으니까요. 이제 우리는 믿을 자리를 얻었고, 또 그것은 까마득한 희망도 터무니없는 공상에 근거한 것도 아닌 만큼, 아가씨, 이제 마음을 옳게 돌려서 새로운 결정을 내리십시오. 행복한 운명을 기원하며 기운을 내십시오. 나는 그렇게 할 작정이니까요. 나는 기사로서 기독교도로서의 믿음을 걸고 당신에게 맹세하오. 당신이 돈 페르난도를 다시 만나는 날까지 절대로 당신을 버려두지 않겠다고. 그리고 그 사람이 당신에 대한 의무를 느끼도록 설득하지 못할 때에는, 기사에게 허락된 특권으로 내가 받은 모욕은 제쳐놓고라도 그가 당신에게 저지른 무례를 이유로 정정당당한 결투를 신청할 것입니다. 내 복수는 하느님께 맡기고, 우선 당신의 복수를 해드리기 위해서요."

카르데니오가 하는 말에 도로테아는 어쩔 줄을 모르고 있었다. 너무나 고마운 그의 충심에 대하여 어떻게 감사해야 할지 몰라 그의 발에 입맞춤을 하려 했으나, 카르데니오가 듣지 않았다. 이때 석사님이 두 사람을 대신하여 나섰다. 그는 카르데니오의 훌륭한 뜻을 치하하는 한편, 그들에게 빌다시피 권유도 하고 강권도 하면서 말하기를, 무엇보다도 두 사람은 자기가 사는 마을로 함께 가자는 것이었다. 그곳에 가기만 하면 우선 필요한 것은 다 장만이 될 테고, 돈 페르난도를 찾는 길과 도로테아가 집으로 돌아가는 길도 트일 것이며, 아무튼 두 사람이 가장 바라는 무슨 일이 있으리라는 것이었다. 이발사는 이 모든 것을 지켜보고 말없이 있다가, 역시 친절한 말을 해주고 신부의 호의에 못지않게 그들에게 좋은 일이라면 무엇이든지 힘써주겠다고 했다.

그러면서 그는 간단한 말로 자기들이 이리로 온 이유를 설명하고, 그것은 돈키호테의 야릇한 광기 때문이며 지금은 그를 찾으러 간 종자를 기다리고 있는 중이라고 말했다. 그러자 카르데니오에게 그 돈키호테와의 싸움이 꿈같이 퍼뜩 떠올랐고, 그는 이 사실을 그들에게 다 이야기했다. 그러나 싸움의 실마리는 생각나지 않았다.

바로 그때였다. 쩌렁하고 문득 사람의 소리가 들려왔는데, 그것은 산초 판사의 목소리였다. 그는 자기가 두고 간 그 자리에 두 사람이 없는 것을 보고 큰 소리를 지른 것이었다. 두 사람이 쫓아가 돈키호테의 일을 물으니, 그는 속옷 한 벌만 걸친 채로 있는데 바싹 마르고 얼굴은 싯누렇고 배가 고파서 다 죽어가면서도 둘시네아 아가씨만 찾고 있다는 대답이 돌아왔다. 그리고 또 이곳을 떠나 아가씨가 기다리고 있는 엘 토보소로 오시라는 명령을 전했으나, 그는 아가씨의 총애를 받을 만큼 위대한 공훈을 세우지 못한 몸으로는 어여쁘신 아가씨의 면전에 나아가지 않기로 결심했다고 대답했다는 것이었다. 그러니 이대로 더 두었다가는 의당 되어야 할 황제는커녕 대주교도 못 될 염려가 있으니, 빼낼 수단을 궁리해달라고 했다.

석사님은 억지를 써서라도 여기서 빼내고 말 테니 염려하지 말라고 대답했다. 그러고는 이내 카르데니오와 도로테아에게, 돈키호테를 구출해서 집으로 데려갈 방법을 자기가 생각한 대로 말해주었다. 이 말에 도로테아가 선뜻 나서며, 구원을 청하는 아가씨라면 이발사보다 자기가 더 나을 것이며, 더구나 마침 옷을 가지고 있으니 그것을 입고 천연덕스럽게 해 보일 수 있고, 기사도 책을 많이 읽어서 가련한 처녀가 편력 기사에게 구원을 청할 때 하는 방식도 다 알고 있으니, 앞으로 목적을 달성하기 위해 필요한 무엇이든 자기에게 맡기면 그대로 흉내를 내보겠다고 했다.

"그렇다면 기다릴 것 없이," 신부가 말했다. "어서 일에 착수합시다. 우리 뜻대로 일이 잘 풀릴 것이 분명하오. 생각지도 않았는데 두 분 앞에 구원의 문이 활짝 열렸고, 우리도 그 덕분에 해야 할 일이 쉬워졌소."

도로테아가 잽싸게 베갯잇에서 하늘하늘한 비단 통치마와 번쩍번쩍 눈이 부시는 초록색 짧은 망토를 꺼내고, 한 상자에서는 목걸이며 다른 장신구를 꺼내어 삽시간에 단장을 하자 어느새 대갓

454

집 귀부인이 된 듯했다. 쓸 데가 있을까 하고 집에서 가지고 나왔으나, 지금까지 한 번도 써볼 기회가 없었다고 그녀는 말했다. 그녀의 태깔, 말솜씨, 고운 모습에 모두들 잔뜩 취해서, 이런 미인을 차버린 돈 페르난도의 보는 눈도 어지간히 멀었다고 생각했다.

그런데 누구보다 얼이 빠진 것은 산초 판사였다. 그는 예쁘다 예쁘다 해도 이렇게 예쁜 미인은 난생처음 보는 것 같았다. 사실이 그랬다. 그리하여 그는 아주 열을 올리며, 이렇게 예쁘신 아가씨는 누구시며 무엇을 찾아서 이런 길로 다니시느냐고 신부에게 물어보았다.

"이 예쁜 아가씨로 말하면," 신부가 대답했다. "산초, 실은 미코미콘 대국의 직계로 왕통을 계승할 분이신데, 당신 주인께 한 가지 청이 있어 오신 거라오. 무엇인고 하니, 어떤 몹쓸 거인 놈이 이분께 모욕을 주었는데, 듣자 하니 당신의 주인 양반이 천하에 훌륭하신 기사님이라는 소문이 자자한지라, 이 공주께서 그 양반을 찾아보시겠다고 기니에서 일부러 오신 것이오."

"정말 잘 찾아오셨고, 그리고 잘 만났습니다요." 이때 산초 판사가 말했다. "더구나 내 주인 양반이 그 거인 놈을 딱 때려잡아서 모욕을 씻어주시고 잘못된 일을 바로잡아주신다면 얼마나 좋은 일입니까요. 그깟 놈은 만나는 대로 결딴을 내놓고 말걸요, 뭐. 도깨비만 아니라면 말입니다요. 도깨비라면 제 주인 양반은 쪽을 못 쓰시거든요. 그런데 석사님, 하고많은 것 중에 꼭 한 가지만 청하고 싶은 것은 다름이 아니라, 내 주인 양반은 한사코 내가 아주 질색인 대주교가 되시겠다고 하니 아무쪼록 석사님께서 그 양반을 잘 구슬려 당장 이 공주님에게 장가를 드시게 해가지고 대주교의 서품

455

을 아주 못 받게 해주십사 하는 거예요. 그래야 대국을 손쉽게 얻으실 테고, 나도 소원 성취를 할 게 아닙니까요. 나도 이 일 때문에 요리조리 궁리를 해보았지만, 아무래도 내 주인 양반이 대주교가 되셨다가는 나한테 좋을 게 없을 것 같아요. 나야 이미 장가든 놈이라 성당에서는 아무짝에도 소용이 없을 테고, 이제 와서 처자가 있는 놈이 성당에서 연금을 받으려고 허가증을 가지고 돌아다니는 일은 절대 안 될 말입니다요. 그러니 신부님, 제일 빠른 길은 주인 양반이 공주님하고 어서 결혼을 하시는 겁니다요. 아차, 여태 존함을 몰라서 무어라고 불러드려야 옳을지 모르겠습니다요."

"미코미코나 공주님이시오." 신부가 말했다. "나라 이름이 미코미콘이니까 이렇게 불리시는 건 당연하지요."

"틀림없으시구먼요." 산초가 말했다. "나도 마을 이름을 따라서 성과 이름자를 짓는 걸 많이 보았습니다요. 이를테면 알칼라의 페드로, 우베다의 후안, 바야돌리드의 디에고라고 하던데 기니 땅에도 이런 법으로 쓰는 모양이죠. 여왕님들이 나라 이름들을 다 따시고 말이에요."

"바로 그렇지요." 신부가 대답했다. "그런데 당신네 주인 양반의 결혼에 대한 일은 내 힘껏 주선해보리다."

산초가 더할 나위 없이 만족해하는 만큼, 신부는 그의 지나친 단순함이 오히려 서글펐다. 제 주인이 황제가 되리라는 것을 의심할 나위 없이 믿고 있는 것으로 보아, 그 주인이나 그 하인이나 모두 어처구니없는 환상에 사로잡힌 것이라 여겨졌기 때문이다.

이러는 동안 어느새 도로테아는 신부의 노새에 올라탔고, 이발사도 황소 꼬리 수염을 턱에다 붙이고 있었다. 그들은 산초에게 돈키호테가 있는 곳으로 안내해달라고 했다. 그리고 또 당부하기를, 석사와 이발사를 아는 체도 하지 말라고 했다. 누군 줄 모른다고 하여 주인이 황제가 되는 일에 지장이 있는 것은 아니라고 했다. 그래놓고 신부와 카르데니오는 그들과 동행하지 않기로 했다. 돈키호테가 카르데니오와 싸우던 기억을 다시 일으킬까 싶어서였고, 신부로는 당장 나타날 필요가 없었기 때문이다. 그리하여 먼저 갈 사람은 가고, 이들은 그들의 뒤에 처져서 천천히 가기로 했다. 신부는 도로테아가 해야 할 일을 일러주려고 했으나, 그녀는 기사도 책에 그려져 있는 대로 빈틈없이 잘해 보일 테니 걱정 말라고 말했다.

그들이 4분의 3레과쯤 갔을 무렵, 옹기종기 모여 있는 바위 사이를 바라보니 돈키호테가 어느 결에 옷은 입었지만 갑옷을 벗어놓은 채로 있었다. 도로테아는 그를 보았는데, 산초가 또한 저분이 돈키호테라고 가르쳐주자 말을 채쳐 달려갔고, 수염 달린 이발사도 그 뒤를 따랐다. 돈키호테에게 가까이 가자 먼저 종자가 노새에서 내려 두 팔로 도로테아를 안아서 내려주려고 했다. 그러나 아가씨는 혼자 씩씩하게 내리더니 이내 돈키호테 앞에 두 무릎을 꿇었다. 아무리 기사가 일어나라 하여도 듣는 둥 마는 둥 하고 다만 이렇게 말했다.

"훌륭하시고 용맹하신 기사님이여, 소녀는 존총尊寵을 받자와 한 가지 소원을 얻지 못한다면 순순히 이 자리에서 몸을 일으키지 못하겠나이다. 바라옵건대 제 소원을 들어주시옵소서. 이는 곧 귀하의 성망과 영예를 떨칠 것이오며, 나아가 해님이 굽어보시는 가장 가엾고 몸 둘 데 없는 이 소녀의 덕이 될 것이옵니다. 귀하의 늠름하신 그 완력이 귀하의 불멸하실 명예와 어울리시온즉, 애잔한 이 몸을 붙들어주시옵소서. 영명의 향기 높사와 불원천리하고 달려와, 가엾은 이 몸을 구해주십사 하고 이렇게 찾아뵈었사옵니다."

"아리따우신 아가씨," 돈키호테가 대답했다. "귀하디귀하신 몸을 땅에서 일으키지 않으시면 한마디 대답도 드릴 수 없고, 아가씨의 사연도 듣지 못하겠나이다."

"기사님이시여," 슬픔에 잠긴 아가씨가 대답했다. "이미 말씀을 드린 소원을 받아들이시지 않는 한, 소녀는 일어나지 않겠나이다."

"정 그러시다면 아가씨의 뜻을 받들어 시행은 하겠습니다만," 돈키호테가 다시 대답했다. "나의 왕, 나의 나라, 그리고 또한 나의 마음, 나의 자유의 열쇠를 쥐고 계신 그분께 피해와 수치가 돌아가는 일은 단연코 시행할 수 없음을 알아주십시오."

"어질기도 하옵신 기사님이여, 말씀하신 바에 어찌 해로움과 욕됨이 있으오리까?" 비탄에 잠긴 아가씨가 되받아 말했다.

이러고 있을 때 산초 판사가 제 주인 양반의 귀에다 대고 들릴락 말락 이렇게 말했다.

"나리, 저분의 소청을 들어줘야만 해요. 아무 일도 아닌뎁쇼. 거인 한 놈 때려잡는 일이에요. 이걸 청하시는 분이 뉘신고 하니, 에티오피아에 있는 미코미콘 대국의 여왕이신 미코미코나 공주시랍니다요."

"어느 분이 되셨든 간에," 돈키호테가 대답했다. "나는 내가 종사하고 있는 길을 따라 맡은 바 임무를 다하고 양심이 명령하는 바를 시행할 따름이야."

그러고는 처녀를 보고 말했다.

"어여쁘시고 아리따우신 아가씨, 어서 일어나십시오. 청하시는 바를 소원대로 해드리리다."

　"그러하오시면 바라옵건대," 처녀가 말했다. "너그러우신 기사님께서는 이 소녀가 모시는 곳으로 동행해주시옵고, 한 가지 약속을 해주시되, 하느님의 법과 인간의 법을 거슬러 우리나라를 함부로 한 역적의 원수를 갚아주실 때까지 어떠한 모험, 누구의 소청에도 간섭을 하지 마시옵소서."

　"분명 그렇게 하기로 약속을 하는 바입니다." 돈키호테가 대답했다. "그런즉 아가씨께서는 오늘부터 마음의 근심을 거두시고, 쇠잔해진 희망에 새로운 기상과 용기를 북돋우소서. 위로 하느님의 도우심이 있고 아래로 저의 힘이 있은즉 머지않아 당신의 왕국을 회복하실 것이오. 아무리 비겁한 무리가 항거의 깃발을 들지라도, 유서 깊고 강대한 귀국의 옥좌에 앉게 되실 것이옵니다. 자, 출발이오. 위험은 지체遲滯에 있다고 했습니다."

　고난에 처한 아가씨는 조심조심 그의 손에 입을 맞추려고 했다. 그러나 돈키호테는 예절이 바르고 몸가짐이 신중한 기사라 범접을 못 하게 했다. 다만 그 여자를 일으켜 세워 예의 바르게 안아주고는, 산초에게 명하여 로시난테의 뱃대끈을 살펴보고 어서 갑옷을 입혀달라고 했다. 산초는 전승 기념품인 양 나뭇가지에 걸려 있는 갑옷을 벗겨 내리고 뱃대끈을 손본 다음, 이어서 주인에게 갑옷을 입혀주었다. 그 일이 끝나자 돈키호테는 말했다.

　"하느님의 이름으로 이 위대하신 공주님을 돕기 위하여 이제 출발합시다."

　이때까지 무릎을 꿇고 앉았던 이발사는 웃음을 참느라고, 또 수염이 떨어지지 않게 하느라고 무진 애를 쓰고 있었다. 만일 수염

459

이 떨어지는 날에는 모처럼 세운 좋은 계획이 허탕을 치고 말 터였다. 그러나 이미 소청은 허락되어 돈키호테가 부랴부랴 서두르고 있는지라, 자기도 벌떡 일어나서 한 손으로 아가씨를 부축하여, 두 사람이 함께 그녀를 노새에 태웠다. 그다음 돈키호테가 로시난테에 오르고 이발사도 탈것에 탔으나, 산초만은 걸어서 갔다. 걸으면서 그는 자기 때문에 잿빛 당나귀를 잃은 것이라고 새삼스레 뇌까렸으나, 제 주인이 황제가 되려고 막 떠나시는 길이라 무턱대고 좋기만 했다. 그는 주인이 그 공주님과 결혼을 할 것이고, 그러면 못 되어도 미코미콘의 왕이 되리라는 것을 추호의 의심도 없이 믿고 있었다. 한 가지 마음에 걸리는 구석이 있다면, 그 나라가 깜둥이 나라인 만큼 다스리라고 제게 내줄 백성도 모두 깜둥이일 것이라는 점이었다. 그는 아주 훌륭한 방책을 그려보면서 이렇게 혼자 중얼거렸다.

"내가 다스리는 백성이 깜둥이라 해도 아무 상관 없는 일이 아닌가? 그놈들을 잔뜩 싣고 에스파냐로 와서 돈을 받고 팔아먹지. 그것도 안 되면, 맞돈을 주겠다는 다른 나라로 갈 수도 있지 않은가? 그러면 그 돈으로 근사한 벼슬자리 하나 사가지고 평생을 두 다리 쭉 뻗고 산단 말이지. 아니 그럴 것 없이 잠이나 실컷 주무시지 뭐! 머리가 없고 솜씨가 없으니 무슨 일이든 제대로 칠 수가 있나. 눈 깜짝할 사이에 서른 명, 아니 만 명을 팔아먹지 뭐! 천만에, 잔챙이건 큰 놈이건 한통쳐서 되는 대로 막 팔아넘길 테다. 새까만 깜둥이라도 은돈이나 금돈으로 바꾸면 그만이지 뭐. 다들 오래라, 난 정말 바보야!"

이렇게 사뭇 마음이 들뜨고 흐뭇해지는 바람에, 그는 터덜터덜 걸어가는 고생도 잊고 있었다.

　카르데니오와 신부는 덤불 속에서 이 모든 거동을 지켜보고 있었다. 그러면서 어떻게 하면 저들 일행과 합류할 도리가 없겠는가 하고 궁리했다. 원래 여간한 능수꾼이 아닌 신부는 즉석에서 한 꾀를 생각해내고는 그대로 한번 해보리라 마음먹었다. 그리하여 우선 가위 집에 넣고 다니던 가위를 꺼내 카르데니오의 수염을 삽시간에 날려버리고, 자기가 입고 있던 회색 망토를 입히고, 흑색 겉옷을 그에게 빌려주었다. 카르데니오는 아까와는 아주 딴사람이 되어 거울에 비춰 본대도 자신이 자기를 몰라볼 정도였다. 이렇게 변장을 하는 동안에 다른 사람들은 벌써 훨씬 앞으로 가버려서, 이들은 앞질러서 그들보다 먼저 큰길로 나왔다. 산속은 잡초가 우거지고 길이 험해서 걷는 사람들보다 타고 가는 사람들이 더 힘들어했다. 마침내 이들은 산에서 빠져나와 평지에 닿았다. 같은 모양으로 돈키호테와 그 일행이 빠져나왔을 때, 신부는 안면이 많다는 듯이 한참 동안 그를 이리저리 뜯어보다가 말고 두 팔을 벌리며 소리쳤다.

　"이게 어쩐 일입니까? 기사도의 거울이며 나의 동향 친구인 라만차의 돈키호테 님을 여기서 뵙다니요. 귀족의 정화이며, 나약한 자의 의지이고 구원이며, 편력 기사의 정수인 당신을 말이외다."

　이렇게 말하면서 그는 돈키호테의 왼편 정강이를 껴안았다. 기사는 상대방의 말소리와 거동을 보고 적이 놀랐으나, 자세히 보고는 그를 알아볼 수 있었다. 그래서 깜짝 놀란 듯이 말에서 뛰어내리려고 서둘렀다. 그러나 신부가 잡고 놓지 않으니까 돈키호테가 말했다.

　"석사님, 놓으십시오. 당신처럼 고귀한 분이 서 계시는데 저만 말 위에 있다니, 이게 될 법이나 한 일입니까?"

"안 됩니다. 천만의 말씀입니다." 신부가 대답했다. "대감님이 말 위에 계셔야지요. 오늘날 우리 세대가 목격한 위대한 공훈, 위대한 모험은 모두 말 위에서 이루어진 것이 아닙니까. 보잘것없는 사제로 말씀드리면, 부당하거나 욕되지 않는다면 동행하시는 이분들의 노새 궁둥이에 얹혀 가도 그저 그런 다행이 없겠습니다. 그것만으로도 페가수스[231]나, 아니면 그 유명한 무어인 무사라케가 탔던 얼룩말이나 명마를 타는 셈이지요. 무사라케는 아직도 마법이 풀리지 않아서 큰 콤플루토시市에서 멀지 않은 술레마 큰 언덕에 누워 있다고 하지 않습니까."

"석사님, 원 참, 말 궁둥이에 타시다니 부당한 말씀입니다." 돈키호테가 대답했다. "공주님께옵서 제 마음을 통촉하시어 석사님께 종자의 노새 안장을 빌리도록 분부가 있으실 것으로 압니다. 노새가 감당할 수만 있다면 종자를 궁둥이에 태워야지요."

"제 생각엔 넉넉히 감당할 것입니다." 공주가 대답했다. "종자님에게 명령할 것도 없습니다. 바탕이 점잖고 또한 단정하니, 태워드릴 것이 있는데도 불구하고 성당의 어른을 걸어서 가시라고 그냥 있을 분이 아니랍니다."

"옳습니다." 이발사가 대답했다.

그러고는 성큼 내려서 신부를 안장으로 모셨다. 신부는 과히 사양할 것 없이 그냥 올라탔다. 그런데 이발사가 엉덩이에 막 타려

---

231 Pegasus. 그리스신화에 나오는 날개 돋친 천마.

고 했을 때 그만 일이 벌어지고 말았다. 노새가 세를 낸 노새라서 성질이 괴팍한 것은 말할 나위도 없는데, 이놈이 약간 엉덩이를 쳐 드는 듯하더니 냅다 뒷발질로 허공을 두어 번 찼던 것이다. 만약 니 콜라스 선생의 앞가슴이나 머리를 찼더라면, 그는 돈키호테를 찾으 러 온 것을 지옥에 온 것으로 알았으리라. 어쨌든 노새가 느닷없이 들까부르는 바람에 수염을 조심할 겨를도 없이 그는 땅바닥으로 굴러 떨어졌고, 따라서 수염도 떨어지고 말았다. 수염이 없어진 것 을 알았을 때, 그는 두 손을 펴서 얼굴에 대고 어금니가 빠져서 아 픈 것처럼 끙끙 앓는 시늉을 할 도리밖에 없었다. 돈키호테는 말에 서 떨어진 종자의 얼굴에서 수염 다발이 턱살 한 점, 피 한 방울 없 이 싹 날아간 것을 보고 이렇게 말했다.

"원 저런, 기적 중에도 희한한 기적이로고! 수염이 면상에서 몽 탕 뽑혀 나가다니, 누가 부러워하려 해도 안 될 일을!"

신부는 꾸며낸 일이 들통 날 위험에 놓이자 수염이 있는 쪽으 로 얼른 가서 집어 들고는, 아직도 니콜라스 선생이 앓는 소리를 내 며 누워 있는 자리로 갔다. 그리고 선생의 머리를 자기 가슴에 기 대게 하고 한 차례 뭐라고 중얼중얼하더니, 단번에 수염을 딱 붙여 놓았다. 그는 말하기를, 이것은 지금 보시다시피 수염을 붙일 때에 만 쓰는 기도 요법이라고 했다. 이렇게 딱 붙여놓고 일어서니, 종자 는 아픔이 씻은 듯이 나았고, 도로 제 턱으로 돌아온 수염이 근사해 보였다. 이를 본 돈키호테가 아주 신기로이 여기며, 틈이 나는 대로 그 기도 요법을 가르쳐달라고 신부에게 간청했다. 그의 생각으로는 그 영험이 비단 수염을 붙이는 데뿐만 아니라 훨씬 더한 데까지 뻗 치는 것 같았다. 그 까닭은 수염이 뽑혀 나간 자리라면 살점이 떨어지고 피가 났을 텐데 씻은 듯 말짱하기만 하니, 수염 아닌 딴 데도 효력이 있을 것은 분명해 보였기 때문이다.

"그러십시다." 신부는 기회가 있으면 꼭 가르쳐주겠다는 약속을 했다.

그제야 신부는 노새를 타고, 거기서 2레과가량 떨어진 객줏집에 닿을 때까지 세 사람이 번갈아 타고 가자고 이야기가 되었다. 말하자면 탄 사람은 돈키호테와 공주와 신부, 이렇게 셋이었고, 걸어가는 사람은 카르데니오와 이발사와 산초, 이렇게 셋이었다. 이때 돈키호테가 아가씨에게 말했다.

"공주님, 존의尊意에 따라 어디로든 갈 것이오니 인도하시옵소서."

아가씨가 미처 대답하기도 전에 석사님이 말했다.

"공주님께서는 어느 나라로 인도되길 원하시나이까? 미코미콘 왕국으로 행차하시는 것이 아니오니까? 그러하오신 듯하옵니다마는, 그렇지 않으시다면 소인이 여러 나라에 대하여 아는 바가 모자라기 때문이옵니다."

아가씨는 재치가 빠른지라 어떻게 대답해야 할지 제꺽 알아차리고 이렇게 말했다.

"그러하옵니다, 신부님. 소녀의 본국으로 돌아가는 길이옵니다."

"그러하오시면," 신부가 말했다. "바로 저희들의 마을 가운데로 지나가게 되옵니다. 거기서 카르타헤나로 향하셔서 다시 해로海路로 편안히 가시게 될 것이옵니다. 순풍이 불어서 바다가 잔잔하고 된바람만 없으면 9년이 다 못 차서 그 큰 호수 메오나, 아니 메오티데스[232]를 구경하실 것입니다. 그 큰 호수에서 공주님의 왕국까지는 1백 일쯤 걸리는 거리이옵니다."

"신부님, 그건 틀린 말씀이십니다." 아가씨가 말했다. "소녀가 떠나온 지 아직 두 해가 못 되었고, 여행 중 날씨가 좋은 적이 한 번도 없었던 것이 사실이옵니다. 그랬는데도 바라고 바라옵던 라만차의 돈키호테 어른을 이제야 찾아뵙게 되었습니다. 소녀가 에스파냐 땅에 발을 들여놓았을 때 이 어른에 대한 성망을 많이 들었는데, 이제 이 몸이 관후하신 어른께 맡겨서 그 무쌍한 실력으로 시비를 가려주십사 부탁드리게 되었나이다."

"그, 그만. 본인에 대한 찬사는 그만하시옵소서." 그때 돈키호테가 말했다. "아첨 같은 말은 아주 질색이니까요. 물론 아첨하는 말씀은 아닐지언정 어쨌든 그러한 말씀은 조찰한 제 귀에 거슬리는 바입니다. 공주님, 본인이 드릴 말씀은, 저에게 힘이 있든 없든, 성공이야 하든 말든 이 목숨이 다할 때까지 마마를 위하여 충성을 다하리라는 것입니다. 그러하오나 그 일은 때가 오면 이루기로 하고, 석사님께 한마디 묻고 싶은 게 있습니다. 석사님은 어쩌다 이런 곳을 아무도 딸린 사람 없이 이렇듯 가벼운 차림으로 오셨습니까? 까닭이 몹시도 궁금합니다."

"그것에 대해 간단히 말씀드리자면 이렇습니다." 신부가 대답했다. "돈키호테 님께서도 잘 아시는 우리의 친한 친구이자 이발사인 니콜라스 선생과 내가 세비야로 가던 길이었지요. 몇 해 전에 서

<hr>

232   흑해에 있는 만灣의 이름으로, 메오티스나 메오티데라고도 한다.

인도 제도로 건너간 내 일가 되는 이가 돈을 부쳤기에 그것을 받으려고요. 금돈 검사가 끝난 6만 페소[233]나 되니 적지 않은 금액이지요. 그런데 바로 어제의 일입니다. 이 근처를 통과할 무렵 노상강도 네 놈을 만나 수염까지 다 뜯겼습니다. 수염을 뽑아 갔기 때문에 이발사는 가짜 수염을 붙여야 했고, (카르데니오를 가리키며) 여기 이 청년은 아주 딴사람이 되었습니다그려. 그런데 이상하게도 이 일대의 소문에 의하면, 우리를 턴 도둑들이 바로 풀려난 노예선 죄수들이라 하지 않습니까. 듣건대 어떤 기사가 바로 그 근처에 간수장과 간수들이 있는데도 불구하고 다 석방을 시켰다고 하니, 그런 자야말로 머리에 고장이 생겼거나 죄수들과 똑같은, 넋도 마음도 없는 인두겁을 쓴 것이 틀림없습니다. 양 떼 속에 이리를, 암탉들 속에 여우를, 꿀 속에 파리를 집어넣는 짓이나 다를 바 없지요. 이것이 곧 고의로 법률을 침해하고 제 나라 제 군주를 거역하는 행위가 아니고 무엇입니까. 정당한 칙령을 무시했으니까 말씀입니다. 한마디로 말해서 병선兵船의 발을 끊어놓고 몇 해를 무사히 지내온 산타에르만다드를 건드렸으니, 결국 영혼 잃고 몸 망치는 노릇을 한 격입니다."

아까 산초가 신부와 이발사에게 제 주인이 행한 노예선 죄수 사건을 크게 자랑삼아 이야기했기에 돈키호테가 어떻게 나오는가, 무슨 말을 하는가 한번 떠볼 작정으로 넌지시 건드려보는 것이었다. 그런데 기사는 말끝마다 얼굴빛이 변하면서도 그 작자들의 구

---

233 마르틴 데 리케르의 역주에 따르면, 페소peso는 서인도제도에서 주조한 것으로 보통 화폐보다 두 배나 값이 나간다고 한다.

원자가 자기라는 사실을 입 밖에 내지 못했다.

　"그자들이 비록," 신부가 말했다. "우리의 것을 앗아 가기는 했지만, 당연한 벌을 안 받게 해준 그 사람이 하느님의 자비로 용서받기를 비는 바입니다."

· 제30장 ·

미녀 도로테아의 재치와
그 밖에 매우 구미가 도는 이야기에 대해[234]

신부가 말을 끝내자마자 산초가 말했다. "석사님, 사실은 그 장한 일을 하신 분이 바로 제 주인님이었답니다요. 그렇다고 제가 미리 말씀을 안 드렸거나, 또 제 의견을 말씀 안 드려서 그런 건 아닙니다요. 하시는 일을 잘 보고 하시라고 말씀드리면서, 그놈들은 흉악한 짓을 해서 끌려가는 놈들이니 놓아주시면 죄가 된다고 했지요."

"이 멍청한 놈아!" 이때 돈키호테가 말했다. "편력 기사란 노상에서 만나는 가련한 사람, 사슬에 묶인 사람, 학대를 받는 사람이 잘했든 잘못했든 조금도 알 바가 아니고, 또 알 것도 없는 게야. 약자를 돕는 것만이 기사의 할 일인 만큼 그 어려움을 볼 따름이지, 잘잘못을 보는 것이 아니야. 나는 슬프고 불쌍한 백성이 줄줄이 묶여 가는 것을 보고 내 종교와 내 신성한 직분이 요구하는 바를 베풀

---

234 이미 밝혔듯이 초판본에서 제29장과 제30장의 제목이 바뀐 것을 여기서는 바로잡았다.

었을 뿐이니, 다른 일이야 마음대로 하라고들 그래. 그걸 가지고 잘
못이라고 하는 자는, 석사님의 성직 지위와 고매하신 인격을 제외
하고, 그런 자는 기사도에 대해서 기역 자 왼 다리도 못 그리는 녀
석이고 상놈이며 후레자식 같은 거짓말쟁이니, 이 칼맛을 뜨끔하게
보여주어야만 어떻다는 걸 알겠지."

　　그는 이렇게 말하며, 등자를 힘주어 밟고 투구를 고쳐 썼다. 맘
브리노의 투구라고 여겼던 이발사의 대야는 노예선 죄수들이 망가
뜨려서, 수선할 때까지 안장틀 앞에다 매달아놓았기 때문이다. 남
달리 눈치가 빠른 도로테아는 돈키호테의 기분이 상했고, 산초 판
사를 제외한 모든 사람이 그를 웃음거리로 아는 것을 보고 가만있
을 수가 없었다. 그래서 성낸 그를 보고 이렇게 말했다.

　　"기사님, 소녀에게 언약하신 은혜를 잊지 마시옵소서. 아무리
화급한 모험이 있다고 하더라도 간섭하지 않으시겠다는 확약이었
으니, 청컨대 기사님의 마음을 진정하시옵소서. 석사님이 그 무쌍
한 완력에 의해 죄수들이 풀려났음을 알았을진대 굳게 입을 다물
었을 것이고, 기사님께 욕될 말씀을 하기에 앞서 세 번 혀를 깨물었
을 것이옵니다."

　　"나도 굳게 맹세하는 바입니다." 신부가 말했다. "설령 수염이
뽑히는 일이 있더라도."

　　"공주님, 저는 입을 다물고 있겠습니다." 돈키호테가 말했다.
"이 가슴을 뒤흔든 의로운 분노를 억제하고 약속한 임무를 다할 때
까지 조용히 가겠습니다. 이러한 호의의 대가로 한 가지 청하는 바
입니다. 그 슬퍼하심이 어떠한 것이온지, 본인이 공주님을 위하여
떳떳하고도 완전무결하게 복수를 할 그 상대가 얼마나 되고 누구

누구이며 어떠어떠한 자들인지, 과히 실례가 되지 않는다면 말씀해 주시옵소서."

"분부대로 기꺼이 말씀드리지요." 도로테아가 대답했다. "애달프고 불행한 이야기를 해도 지루하게 생각지 않으신다면."

"지루할 리가 있겠습니까, 공주님." 돈키호테가 대답했다.

그 말에 도로테아가 대답했다.

"그러하오면 여러 어르신네, 잘 들어주십시오."

이렇게 말하자마자 카르데니오와 이발사는 재치가 빠른 도로테아가 자기 이야기를 어떻게 꾸며낼지 몹시 궁금하여 바싹 다가들었다. 제 주인과 함께 그녀에게 홀딱 넘어간 산초도 마찬가지였다. 도로테아는 안장 위에서 다시 한번 자세를 고쳐 앉으며 잔기침을 하고, 또 그러한 짓으로 준비를 한 뒤에 애교가 넘쳐흐르는 태도로 말하기 시작했다.

"첫째로 여러 어르신께 알려드려야 할 것은 이름이온데……"

그러나 여기까지 말하고는 신부가 지어준 이름이 생각나지 않아서 잠시 어물거렸다. 신부가 눈치를 채고 얼른 거들었다.

"공주님, 기구한 사연을 이야기하시자니 말문이 막히는 것도 무리가 아닙니다. 불행은 흔히 사람의 기억력까지 앗아 가기 마련이어서, 자기의 이름조차 까맣게 잊어버리기 일쑤랍니다. 그리하여 공주님께서도 대왕국 미코미콘의 당당한 계승자 미코미코나 공주시라는 이름을 잊으신 것이옵니다. 그러하오나 이렇듯 귀띔만 해드림으로써 이제는 상처받으신 기억을 일깨워, 무엇이든 이야기하시고 싶은 것을 쉽게 다 하실 수 있으리라 믿습니다."

"실로 그러합니다." 아가씨가 대답했다. "이제부터는 아무것도 귀띔해주실 필요가 없습니다. 순풍에 돛을 단 듯이 거짓 없는 내 이야기를 이어나가겠습니다. 내 아버님은 티나크리오[235] 현왕[236]이라 일컬을 만큼 특히 요술에 능통하셨는데, 그 술법으로 왕비 하라미야라 불리시는 내 어머니께서 당신보다 먼저 돌아가시고 그 뒤 얼마 못 되어 당신도 이 세상을 뜨시어 이 몸이 부모 없는 고아가 될 줄을 미리 아셨습니다. 그러나 아버님께서 말씀하시기를, 당신께서 전념하시는 바는 이것이 아니라 틀림없는 한 가지 사실 때문에 심신이 어지럽다고 하셨습니다. 그것은 우리나라에서 아주 가까운 큰 섬나라의 지배자이며 굉장한 거인인 '컴컴한 눈 판다필란도'를 두고 하시는 말씀이었습니다. '컴컴한 눈'이라 함은 두 눈이 제자리에 바로 박히기는 했으나 사팔뜨기처럼 항상 삐뚜로 보는 까닭인데, 마음씨마저 나빠서 보는 사람마다 무섭고 떨리게 하기 때문이었습니다. 아버님께서는 이 거인이, 내가 고아가 되면 대군을 거느리고 내 왕국에 쳐들어올 줄을 미리 아셨습니다. 그리고 내가 피신할 조그만 마을 하나 남기지 않고 깡그리 다 빼앗아 가리라는 것과, 내가 그와의 결혼만 허락한다면 그러한 파괴와 불행을 면할 테지만 그렇게 맞지 않는 혼인을 내가 절대 하지 않으리라는 것도 아버님은 잘 아셨답니다. 아버님께서는 사실 그대로를 말씀하신 것입니다. 왜냐하면 나는 그 거인은 물론이고 어떠한 거인하고도 결혼할 생각이 조금도 없었으니까요. 아버님께서는 또 말씀하시기를, 당신

---

235 Tinacrio.《왕자들과 기사들의 거울*el Espejo de príncipes y cavalleros*》(1562)의 주인공 중 한 사람. 주 46 참조.
236 Sabidor. 마법사 겸 요술쟁이.

471

이 돌아가신 뒤에 판다필란도가 왕국으로 쳐들어오거든 애써 막으려 하지 말라고 하셨습니다. 그것은 자멸하는 길이라고요. 선량하고 충성된 백성을 온전히 살리고 싶거든, 악마의 힘을 빌린 거인은 막을 수 없으니 나라를 선뜻 내주고는 시종 몇 사람만 데리고 에스파냐로 길을 떠나라 하시면서, 거기에 가면 그때쯤 그 나라 전체에 명성이 높으신 기사를 만나 고생을 면하게 되리라고 말씀하셨습니다. 그 기사의 이름은, 내 기억이 틀림없다면 돈 아소테 혹은 돈 히고테라고 하셨습니다."

"공주님, 돈키호테라고 하셨겠죠." 이때를 놓치지 않고 산초 판사가 말했다. "별명으로는 '찌푸린 얼굴의 기사'시라고요."

"참, 그렇습니다." 도로테아가 말했다. "그런데 아버님께서는 또 이런 말씀도 하셨습니다. 그 기사님은 키가 크고 얼굴은 말랐으며, 왼편 어깨 밑 오른쪽인지 그 곁인지에 거무스름한 점이 박혀 있는데, 점에는 돼지 털 같은 억센 털이 몇 개 나 있다는 것이었습니다."

돈키호테가 이 소리를 듣고 종자에게 분부했다.

"산초 아들, 이리 좀 와서 거들어라. 옷을 벗겠다. 그 현왕께서 예언하신 기사가 나인지 보고 싶구나."

"기사님께서 옷을 벗으시다니, 어인 영문이옵니까?" 도로테아가 말했다.

"당신의 아버님께서 일러두신 그 점이 있는지 보려고요." 돈키호테가 대답했다.

"옷까지 벗으실 거야 없습죠." 산초가 말했다. "그런 점이 나리의 잔등머리 한복판에 있는 걸 제가 잘 알고 있는뎁쇼. 그게 바로 장사란 증표입죠."

472

"그것이면 충분하옵니다." 도로테아가 말했다. "서로 친한 사이에는 작은 일을 가지고 시비하지 않는다니, 어깨에 있든 등골에 있든 무관하옵고, 점만 있으면 충분하옵니다. 어디에 있든 다 같은 한 몸이 아니옵니까. 아버님께서 어쩌면 그렇게 용하셔서 이런 것까지 틀림없이 알아맞히셨는지 모르겠군요. 기사님께 이 몸을 맡기게 되었사오니, 아버님께서 말씀하신 분이 바로 기사님이옵니다. 기사님의 얼굴 모습이 바로 에스파냐뿐만 아니라 온 라만차에 널리 알려져 있던 그 모습과 꼭 같으시니까요. 오수나에서 배를 내리자마자 온갖 위대하신 공적에 대해 듣고는, 그분이 바로 내가 찾아뵈올 분이라는 생각이 들었습니다."

"아니, 항구가 아닌 오수나에 내리셨다니요, 아가씨." 돈키호테가 물었다. "무슨 말씀이시옵니까?"

도로테아가 대답하기 전에 신부가 앞질러서 이렇게 받아넘겼다.

"공주님께서 상륙은 말라가에 하셨지만, 그대의 소문을 들으신 첫 고장이 오수나라고 말씀하시려는 겁니다."

"그것을 말씀드리려 한 것이옵니다." 도로테아가 말했다.

"맞았어요." 신부가 말했다. "그러면 공주님, 이야기나 계속하시지요."

"더 드릴 말씀은 없고," 도로테아가 대답했다. "다만 아뢰옵고 싶은 것은, 돈키호테 님을 천만다행으로 만나뵈었으니 이제야말로 이 몸은 내 나라의 왕비가 되고 임자가 될 수 있다는 것이옵니다. 그분은 정중하시고 또 바다와도 같은 은혜를 약속하셨사온즉, 내가 모시고 가는 어디든지 같이 가주실 것이옵니다. 그곳은 다른 곳이 아니오라 '컴컴한 눈의 판다필란도'의 앞이온데, 그를 죽이고 까닭

473

없이 나에게서 빼앗아 간 것을 도로 찾아주시기 위함이옵니다. 이 모든 것이 뜻대로 이루어질 것이 분명합니다. 현왕이신 내 아버님 티나크리오께서 그렇게 예언하셨습니다. 아버님은 또 칼데아[237] 문 자인지 그리스 문자인지 내가 읽을 줄 모르는 글자로 적어서 말씀 하시기를, 그 예언의 기사가 거인의 목을 벤 다음 나와 결혼하고자 한다면 두말없이 나는 그의 반려자가 되고, 이 몸을 나라와 한데 묶 어서 그에게 바치라 하셨사옵니다."

"자, 어떤가, 산초 친구?" 신이 난 돈키호테가 말했다. "이 말씀 을 들었나? 글쎄 내가 뭐라고 그랬어? 똑똑히 보아두게. 이젠 다스 릴 나라가 있고, 결혼할 왕비도 계시단 말이네."

"맞구먼요!" 산초가 말했다. "판다필란도란 그 양반의 숨통을 찌르고도 장가 안 드는 놈은 후레아들이지요. 더군다나 왕비님이 좀 잘생겼어야 말이지요. 내 침상의 벼룩들이 모두 요 모양이면 좀 좋겠나요!"

이렇게 지껄이면서 신바람이 나서 두 손바닥으로 신 바닥을 두 드리며 펄쩍펄쩍 뛰었다. 무척 좋아하는 기색이었다. 그러면서 잠 시 도로테아가 탄 노새의 고삐를 잡고 세우더니, 그 앞에 두 무릎을 꿇으며 입을 맞추게 손을 내밀어달라고 했다. 이제부터 왕비님으로 모시는 표적으로 그렇게 하게 해달라는 것이었다. 그 주인의 광기 와 그 종자의 어리석음을 보고, 둘러섰던 사람들 중에 웃지 않을 자 가 있었겠는가? 도로테아는 순순히 손을 내주었다. 그리고 하느님

---

237 바빌로니아 남쪽의 옛 지명. 기원전 10세기 무렵부터 셈계의 칼데아 사람들이 정착해 살았으며, 기원전 7세기에 바빌론을 수도로 신新바빌로니아 왕국을 세웠다.

이 도와서 나라를 찾게 해준다면, 그때에는 높은 벼슬을 주겠다는 약속까지 했다. 이 말에 산초가 감사하여 어쩔 줄 모르는 것을 보고, 곁에 있던 사람들은 또 배꼽을 쥐고 웃었다.

"여러 어르신네들," 도로테아가 다시 이야기를 계속했다. "이것이 내 이야기이옵니다. 한 가지 마저 여쭐 것은, 출국할 즈음 그 많던 사람들이 다 없어지고 지금은 수염 난 종자밖에 남은 사람이라고는 없사옵니다. 항구가 마주 보이는 바다에서 심한 풍랑을 만나 그렇게 되었사온데, 모든 사람이 다 익사하고 이분과 나 둘만이 널빤지 둘에 의지하고 기적같이 뭍에 닿았사옵니다. 그러하온즉 어르신네께서 보시는 바와 같이, 내 일생의 경력이 기적 아닌 것이 없고 신비 아닌 것이 없었사옵니다. 그러하오나 혹시 내 이야기에 실례되는 점이 있었다든지 제대로 분명히 말씀드리지 못한 점이 있었다면, 그것은 이야기 첫머리에 석사님께서 말씀하신 바로 그 탓이 내게 있습니다. 다름 아니라 말할 수 없는 고생이 계속되면 기억력조차 빼앗기는 탓이옵니다."

"아니옵니다, 고귀하신 공주님." 돈키호테가 말했다. "당신을 섬김에 있어 비록 고금에 없는 혹심한 고초를 겪는다 한들 소인의 기억이 없어질 리 만무합니다. 이제 다시 한번 약속을 다짐하옵건대, 당신의 그 광포한 적에 대처하는 날까지, 지구의 끝까지 당신을 모시고 가기를 굳게 맹세하는 바입니다. 하느님이 도우시고 이 팔이 도와, 이 칼의 예리한 날로 거만한 그놈의 머리를 벨 것으로 확신하옵니다. 죄송하오나 이 칼은 그렇게 잘 드는 칼이 못 되옵니다만, 소인의 칼은 히네스 데 파사몬테에게 도둑을 맞아……"

이렇게 입속으로 말끝을 흐리다가 하던 말을 이어갔다. "그러하옵고…… 그놈의 목을 베고 공주님의 나라를 도로 찾은 뒤에 귀하신 몸을 어떻게 하실지는 오로지 당신 뜻대로 하시옵소서. 그 임으로 해…… 그렇습니다. 더는 말이 나오지 않습니다. 소인의 기억이 생생하고, 의지가 굳고, 정신이 말짱한 이상 소인은 불사조 같은 상대하고라도 결혼할 생각이 있을 수 없을 것이옵니다."

산초의 생각에는 결혼을 하지 않겠다는 끝마디가 몹시 마음에 거슬렸다. 그는 화를 벌컥 내면서 소리를 높여 말했다.

"나리, 전 저를 걸고 맹세합니다만, 돈키호테 나리께서는 정신이 옳게 박히지를 못했습니다요. 그래, 이렇게 귀하신 공주님과 결혼을 할까 말까 하다니, 그게 무슨 말이십니까요? 지금같이 두 손 들고 갖다 바치는 이런 복이 어디 만만하게 굴러 들어올 줄 아십니까요? 혹시나 둘시네아 아가씨가 천하의 미인일 줄 알고? 어림도 없지요, 어림도 없어. 반쪽이나 될라고. 아니, 반은커녕 우리 앞에 계신 이분의 신발도 못 따라올 겁니다요. 쳇, 나리가 바닷속에서 송로를 따려고 드니까 제가 바라는 후작이 못 되는 겁니다요. 빨리 장가나 들란 말입니다요, 장가를. 악마에게라도 부탁하고 싶은걸요. 그래서 손으로 굴러 들어오는 나라를 얻으란 말입니다요. 왕만 되면, 난 후작이든 태수든 시켜달란 말입니다요. 그담에야 악마가 다 가져가든 말든 알 게 뭐예요."

돈키호테는 자신의 둘시네아 님을 욕하는 소리를 참을 수가 없었다. 그는 창을 들고는 입이 없는 사람처럼 산초에게 말 한마디 하지 않고 두 번을 내리쳐서 땅바닥에 거꾸러뜨렸다. 도로테아가 소리를 질러 말리지 않았던들 그길로 아주 황천으로 보낼 뻔했다.

"돼먹지 못한 이놈!" 얼마 후 돈키호테는 산초에게 말했다. "네

476

놈은 언제나 불쑥 나서서 말참견이요, 잘못할 때마다 나는 용서를 해주었더니, 항상 그럴 줄 알았느냐, 이놈. 이 파문을 당할 몹쓸 놈아. 암, 그래도 모자랄 놈이다. 어찌해서 둘도 없으신 둘시네아 아가씨를 두고 감히 혓바닥을 놀리느냐. 아무리 무식한 놈이기로서니, 그 아가씨께서 이 팔에 힘을 부어주지 않으셨다면 내가 벼룩 한 마린들 잡아 죽일 수 없다는 걸 모르느냐. 이놈아, 독사 혓바닥을 놀리는 놈아, 말해봐라. 그래, 네놈 생각엔 이 왕국을 손에 넣고 그 거인의 머리를 베어서 네놈에게 후작을 시킨 게, 난 벌써 이 일이 다 된 일로 믿기에 말이다만, 그게 둘시네아 아가씨의 힘이 내 팔을 그 위업의 연장으로 써주시니 그렇지, 그렇지 않았더라면 그게 될 성싶으냐? 그분이 내 안에서 싸우시고 내 안에 계시기에 내가 그분 안에 살고 숨 쉬는 것이니, 내 생명, 내 존재가 그분으로 해서 있는 것이다. 이 후레자식, 나쁜 놈아, 너같이 배은망덕한 놈이 어디 있겠느냐. 진흙 속에서 몸을 일으켜 귀족에까지 높아진 놈이, 그래 그런 막중한 은혜를 악담으로 보답하다니!"

산초는 그다지 세게 얻어맞은 것은 아니라 주인이 하는 말을 다 들을 수 있었다. 그는 툭툭 털고 일어나서 도로테아의 노새 저쪽으로 가더니, 그 자리에서 주인에게 이렇게 말했다.

"나리, 말씀해보세요. 이런 훌륭하신 공주님하고도 결혼을 안 하시겠다니, 왕국이 나리 것이 안 된다는 것은 뻔하지 않습니까요. 그럼 왕도 못 되면서 나한테 무슨 상을 준다는 말입니까요? 난 그게 원망스럽다는 겁니다요. 그러니 나리, 우선 하늘에서 내려오신 듯 여기 계시는 이 공주님하고 어서 결혼을 하세요. 그런 다음에 우리 아가씨 둘시네아에게 가져도 되지 않겠습니까요. 세상에는 첩을

둔 왕들이 얼마나 많은뎁쇼. 예쁘고 안 예쁘고는 다시 말하지 않을 것입니다요. 사실을 말하라면 두 분이 다 예쁘신 것 같습니다요. 둘시네아 아가씨는 한 번도 못 뵈었지만요.”

“뭐, 못 뵈었다고? 이 엉뚱한 배신자 놈 같으니!” 돈키호테가 말했다. “그럼 그분한테서 받아 왔다는 전갈은 무엇이냐?”

“찬찬히 뵈올 수가 없었단 말입니다요.” 산초가 말했다. “요모조모로 뜯어보아서 유독 어디가 더 예쁘시다고 할 수는 없으니 그저 대충 예쁘신 것 같더라, 이 말씀이지요.”

“그렇다면 용서하겠다만,” 돈키호테가 말했다. “그런데 내가 왜 화를 냈지? 용서해다오. 왈칵하는 성미는 우리 마음대로 어찌할 도리가 없단 말이야.”

“나도 잘 알아요.” 산초가 말했다. “그래서 항상 지껄이고 싶은 게 왈칵하는 제 성미거든요. 혓바닥이 간질간질하면 한 번이라도 말을 해야 시원하니 말씀이에요.”

“그렇더라도 말일세,” 돈키호테가 말했다. “산초, 말은 조심해야 하네. 물병도 샘 길이 너무 잦으면…… 이상 더 말은 않겠네만.”

“이제 됐습니다요.” 산초가 대답했다. “하느님이 하늘에 계셔서 약빠른 짓도 다 내려다보시니, 누가 더 잘못하는지 가려주시겠죠. 저는 말을 하되 잘못하는 게 병이고, 나리는 행동을 하시되 잘못하시는 게 병이죠.”

“그만들 하십시오.” 도로테아가 말했다. “산초, 어서 가서 당신 주인의 손에 입 맞추고 용서를 청하시오. 앞으로는 추키든 헐뜯든 각별히 조심하고, 그 둘시네아 아가씨에 대해서는 내가 모셔야 할 분일지도 모르니 좋지 못한 말은 하지 마오. 그리고 하느님만 굳게 믿으시오. 당신이 귀족으로 살아갈 나라가 꼭 있을 테니.”

산초가 머리를 조아리며 주인에게 손을 청하니, 그는 점잖게 내밀어 입 맞추게 하고 축복했다. 그러고는 산초에게 물어볼 말이 있고 매우 중요한 일을 이야기하고 싶으니, 조금 앞으로 나가자고 했다. 산초가 그대로 하자, 두 사람은 다른 이들 앞쪽으로 약간 떨어졌다. 돈키호테는 산초에게 이렇게 말했다.

“자네가 돌아온 뒤에 틈이 없고 여가가 없어서, 자네가 맡고 간 사명에 관한 일이며 받아 온 답장에 대해서 아직 여러 가지를 묻지 못했네. 지금은 다행히도 시간과 장소가 허락하니 나를 기쁘게 해줄 희소식을 말해보게나.”

“나리께서 궁금하신 바를 먼저 물어보세요.” 산초가 대답했다. “저야 뭐 좋은 일밖에 또 여쭐 게 없으니까요. 하지만 나리, 제 주인이신 나리께 꼭 원하는 바입니다만, 다음부터는 너무 과히 성질을 부리지 마십쇼.”

“그런 말은 왜 하는고, 산초?” 돈키호테가 말했다.

“그런 말을 왜 하는고 하니,” 그는 대답했다. “아까 제가 얻어맞은 것은 둘시네아 아가씨에 대해 잘못 말해서라기보다 그저께 밤에 우리 둘이 악마에게 씌어서 말다툼을 했기 때문에 그런 것 같아서 말씀이죠. 저야 뭐 둘시네아 아가씨를 위하고 우러러뵙기를 성인의 유골이나 다름없게 합니다요. 그분에게 성인의 유골이 없더라도, 나리 하나로 보아서 말입니다요.”

“산초, 그 이야기는 다시 하지 말게, 자네의 목숨을 걸어서라도.” 돈키호테가 말했다. “기분 나쁜 이야기니까 말일세. 그때 이미 내가 용서했지만, 명심할 게 있어. 그 왜 ‘새 죄에는 새 벌’이란 말이 있지 않나."

이러고 있을 무렵, 그들이 가던 길로 당나귀를 타고 오는 한 신사가 있었다. 가까이 왔을 때는 집시처럼 보였다. 그러나 어디서든 당나귀만 보면 마음이 쏠리는 산초 판사가 그 사람을 보고는 금방 히네스 데 파사몬테임을 알아보았다. 그리고 집시라는 실마리로 제 당나귀라는 실꾸리를 찾아내려고 했다. 사실인즉 파사몬테가 타고 온 당나귀도 잿빛이었다. 파사몬테는 남의 눈을 속이고 당나귀를 팔아먹기 위해 집시처럼 차렸을 뿐만 아니라, 말투며 여러 가지를 진짜 집시처럼 잘 알고 있었다. 그러나 산초는 그를 보자 금방 알아보고는 즉시 큰 소리로 그에게 말했다.

"이 도둑놈, 히네시요야! 내 재산을 썩 내놔라. 내 목숨을 내놔라. 내 휴식을 막지 말고, 내 당나귀를 내놔라. 내 기쁨을 내놔라. 더러운 놈아, 물러가라. 이 도둑놈아, 썩 꺼져버려라. 네 것이 아닌 물건은 모두 놓고 가거라!"

그러나 그렇게 숱한 말과 온갖 욕은 필요치 않았다. 왜냐하면 히네스는 산초의 첫마디에 당나귀에서 뛰어내려 달음박질하듯 잰걸음으로 멀찌감치 가버렸기 때문이다. 산초는 잿빛 당나귀에게 다가가더니, 부둥켜안으며 이렇게 말했다.

"아이고, 내 복덩이야, 잘 있었느냐, 응? 내 눈같이 소중한 회색둥이야, 내 친구야."

이러면서 마치 사람에게 하듯이 입을 맞추고 볼을 비벼댔으나, 당나귀는 대답도 없이 잠자코 산초가 입을 맞추고 볼을 비비게 내버려두었다. 여럿이 가까이 가서 회색둥이를 되찾았다고 축하의 말을 건넸다. 그중에도 돈키호테가 더 그러했으나, 그렇다고 새끼 당

나귀 세 마리의 양도증을 취소하지는 않겠다고 덧붙였다. 산초는
그 말에 고마워했다.

　두 사람이 이런 말을 주고받으며 가는 동안에 신부는 도로테아
에게 이야기를 꾸며대는 솜씨라든지, 끊을 데 가서 간단하게 맺는
솜씨라든지, 기사도 책에 나오는 것을 흉내 내는 솜씨가 모두 재치
있고 좋았다고 말했다. 도로테아는 틈나는 대로 그런 독서에 취미
가 있었다는 말과, 그러나 여러 도시와 항구의 위치를 모르는 탓으
로 어림잡아 오수나에 상륙한 것으로 이야기했다는 말을 했다.

　"나도 그런 줄 알았지요." 신부가 말했다. "그래서 얼른 꾸며댔
더니 잘 들어맞았어요. 하지만 딱하지 않습니까. 글쎄, 이 불쌍한
양반이 이따위 꾸며낸 일과 거짓말이라도 자기 책들에 나오는 엉
터리와 비슷하기만 하면 다짜고짜 믿어버리니 말입니다."

　"그래요." 카르데니오가 말했다. "이건 참 희한하고 보기 드문
일입니다. 이런 일은 일부러 꾸며내서 거짓말로 얼버무리려고 해도
여간 머리가 날카롭지 않고서는 될 수 없을 것 같습니다."

　"그런데 한 가지 뜻밖의 일은," 신부가 말했다. "이 착한 양반이
망상에 빠져서 하는 철없는 짓이 아닌 다른 이야기를 할 때는 이치
가 바른 소리만 해서 어느 모로 보나 정신이 바르고 온전하다고 아
니 할 수 없으니, 기사도에 관한 것을 제하고는 누구라도 이해력이
건전하다고 판단하지 않을 수 없습니다."

　그들이 이런 이야기를 서로 주고받으며 가고 있을 때, 돈키호
테는 자기대로 자기 이야기를 계속하며 산초에게 말했다.

　"이봐, 판사 친구, 여태까지의 옥신각신은 다 물에다 흘려보내
게. 그럼 이제 노엽다거나 고깝다거나 하는 건 다 그만두고 말이나

해보게. 어디서, 어떻게, 언제 둘시네아 아가씨를 뵈었지? 무얼 하고 계셨어? 무슨 말씀을 하시고 무어라고 대답하시더냐 말이네. 내편지를 읽으실 때 그 얼굴이 어떠하시던가? 편지는 누가 베껴주고? 그뿐만 아니라 무엇이거나 이 일에 있어 알아야 하고, 물어야 하고, 대답해야 할 것이 있거든 있는 대로 다 말해주게나. 내가 기뻐하라고 보태거나 거짓말로 꾸며대진 말게. 그렇다고 날 애먹이려고 잘라버리지도 말고 말일세."

"나리." 산초가 대답했다. "털어놓고 말씀이지 아무도 편지를 베껴주지 않았어요. 편지라곤 가져간 일조차 없는걸요, 뭐."

"그래그래, 자네 말이 옳아." 돈키호테가 말했다. "내가 그걸 써둔 비망록이 자네가 떠난 지 이틀 만에야 나오지 않았겠나. 그래서 나는 몹시 걱정을 했다네. 편지가 없는 걸 보고 자네가 쩔쩔맬 것을 알고 말일세. 그래서 편지를 전해주지 못하는 그 자리에서 이내 돌아올 줄로만 믿었다네."

"나리가 저한테 읽어주셨을 때 꼭꼭 머릿속에 죄다 집어넣지 않았더라면 그렇게 했을 겁니다요." 산초가 대답했다. "하지만 성당지기한테 말로 가르쳐주었더니, 한 마디씩 한 마디씩 내 머리에 있는 대로 적어줍디다요. 그러고나서 하는 말이, 제 한평생에 파문 편지를 많이도 읽어보았지만, 그렇게 멋진 편지는 처음 읽어본다고 합디다요."

"그럼 아직도 그 편지를 기억하고 있나, 산초?" 돈키호테가 물었다.

"원, 나리도." 산초가 대답했다. "한 번 일러주고난 뒤에는 더 써먹을 데가 없을 것 같아서 다 잊어먹었습니다요. 생각나는 건 그저 '지하에 계신', 아니 '지고하신 아가씨' 하고 끄트머리에 '죽을 때까지 당신의 것, 찌푸린 얼굴의 기사'입니다. 그리고 이 두 마디 사이에 '영혼들'이니 '생명들'이니, 그리고 '나의 두 눈'이란 말을 3백 번 이상 집어넣으라고 했습죠."

제31장

돈키호테와 그의 종자 산초 판사 사이에 오간 재미있는 말과 그 밖의 다른 일들에 대해

"거 모두 아주 좋구먼. 계속해보게나." 돈키호테가 말했다. "거길 가서 보니 어여쁘신 왕비님은 무얼 하고 계셨나? 틀림없이 진주알을 꿰고 계셨거나, 사랑에 포로가 된 당신의 기사인 나를 위해서 금실로 휘장을 수놓고 계셨겠지."

"아닌데요." 산초가 대답했다. "집 마당에서 밀을 두어 아네가[238] 쯤 까부르고 계시던뎁쇼."

"그럼 이렇게 가정해보게나." 돈키호테가 말했다. "밀알들이 그녀의 손에 닿아서 진주알들이 되었다고 말이야. 그런데 친구, 자네가 본 밀은 희던가, 누렇던가?"

"그냥 붉은 밀이었습니다요." 산초가 대답했다.

"응, 그럼 내 자네한테 장담하건대," 돈키호테가 말했다. "그녀

---

238 hanega. 파네가의 고어로, 곡물 단위다. 카스티야 지방에서 1아네가는 55.5리터, 아라곤 지방에서는 22.4리터다.

의 손으로 키질을 하면 의심 없이 흰 빵이 될 것이네. 그리고 또 그 다음으로, 내 편지를 올렸을 때 그것에 입을 맞추시던가? 머리 위에다 얹어놓으시던가? 그런 편지에 알맞은 무슨 인사를 차리시지 않던가? 어떻게 하셨어?"

"제가 막 드리려고 할 때는," 산초가 대답했다. "키에 담은 밀을 까부시는 데 한창이었죠. 그래서 나더러 하시는 말씀이 '여보세요, 그 편지를 부대 위에다 좀 놓아주세요. 이걸 마저 까부르기 전에는 읽을 수 없으니까요'라고 하셨죠."

"슬기도 대단하시지!" 돈키호테가 말했다. "그건 말일세, 아가씨께서는 차근차근 읽고 두고두고 즐기려고 그러셨던 게지. 산초, 그리고 또 그분이 일을 하시는 동안 자네에게 무슨 말씀을 하셨지? 내 소식을 물으실 때 자넨 뭐라고 대답했나? 어서 죄다 이야길 해봐. 아무리 조그마한 것이라도 빼놓지 말고 말이야."

"그분은 저에게 아무것도 묻지 않으셨어요." 산초가 말했다. "저만 말을 했습죠. 나리께서 충성을 다하려고 고행을 하고 계시는데, 야만인처럼 이 산속으로 들어와서 허리띠 위는 벌거벗고 맨땅에서 자며 빵도 먹지 않고 수염 빗질도 하지 않으며 울기만 하면서 운명을 저주하고 계시다고요."

"운명을 저주한다는 말은 잘못했는걸." 돈키호테가 말했다. "도리어 나는 운명을 축복하고 앞으로도 내 일생을 축복하며 살려고 하는데. 그건 엘 토보소의 둘시네아 같은 높으신 아가씨를 사랑할 만큼 되었으니 말이지."

"높으시긴 하죠." 산초가 대답했다. "나보다 주먹 하나는 더 크시니까요."

"뭐라고, 산초?" 돈키호테가 말했다. "그럼 그분하고 키를 대보았단 말인가?"

"이렇게 재보았는뎁쇼." 산초가 대답했다. "밀 부대를 당나귀에다 지우시기에 거들어드리려고 가까이 갔습죠. 그래 나란히 서보니 나보다 한 뼘 정도는 더 있었습니다요."

"옳거니." 돈키호테가 되받아 말했다. "키가 그만은 하셔야 영혼의 천만 가지 고운 티가 한결 돋보이시지. 그런데 산초, 이 말을 꼭 들어주게. 자네가 바싹 가까이 갔을 때 말일세, 맡은 냄새가 사바[239]의 향료, 난 뭐라고 이름도 시늉 낼 수 없는 그 신비한 향기가 아니던가? 내가 말하는 건, 왜 멋진 장갑을 파는 가게에 가면 콕콕 찌르는 그런 냄새 말일세."

"제가 말씀드리자면," 산초가 대답했다. "사내 같은 무슨 퀴퀴한 냄새가 풍기던걸요. 그도 그럴 수밖에 없지요. 원체 일을 많이 해서 땀은 나고 아주 찌든 모양이셨으니까요."

"흠, 그런 것은 아닐 게야." 돈키호테가 말했다. "자네가 고뿔에 걸렸거나 자네 냄새를 자네 자신이 맡은 거지. 나는 잘 안다네. 가시 속 그 장미, 들 가운데 그 백합, 녹은 그 호박琥珀이 어떤 향기를 풍기는지."

"그렇더라도," 산초가 대답했다. "그때 그 둘시네아 아가씨한테 난 듯한 그 냄새가 나한테서도 이따금 나는걸요. 그래도 이상할 거야 없지요. 악마는 이놈이나 저놈이나 다 마찬가지니까요."

"아무튼," 돈키호테는 계속했다. "아가씨께서 밀을 까부르시고 방앗간으로 운반하신 것까지는 확실해졌다. 그러면 편지를 읽으실 때 어떻게 하시더라고?"

"편지는," 산초가 말했다. "읽지 않으셨습죠. 쓸 줄도 읽을 줄도 모르신다면서요. 뭐, 받아가지고는 북북 찢어서 아주 조각조각을 내버렸습니다요. 그러면서 말하기를, 혹시 마을 사람이 보면 비밀이 탄로 날까봐 두렵다고요. 그리고 나리께서 당신을 사모하는 정이라든지 당신 때문에 하고 계시는 엄청난 고행은, 제 말만 듣고도 넉넉히 알 수 있다고 하셨습니다요. 마지막에 가서는 제게 뭐라고 하셨느냐 하면, 나리의 손에 입을 맞춘다고 하며 답장을 쓰기보다 우선 보고 싶어서 견디지 못하겠으니, 이건 애원이요 분부인데 소식을 듣는 즉시로 엉터리 짓을 멈추고 덤불에서 나와서 무슨 큰일이 없거든 시각을 지체하지 말고 촌음을 아껴 엘 토보소로 오시라고요. 보고 싶어서 환장할 지경이라는 겁니다요. 그리고 참, 제가 나리를 보고 '찌푸린 얼굴의 기사'라고 했더니, 깔깔깔 웃으셨습니다요. 그래서 저는 또 물었습죠. 바로 그때 그 비스카야 놈이 왔었냐고요. 그랬더니 왔더라고 하면서, 참 좋은 사람이더라고 하셨습니다요. 노예선 죄수들에 대해서도 물어봤더니, 그때까지 한 놈도 오지 않았다고 하셨습니다요."

"여기까지는 다 좋았어." 돈키호테가 말했다. "그럼 또 한마디 묻겠는데, 자네가 인사를 하고 돌아설 때 나한테 소식을 전하는 대가로 무슨 예물을 주시지 않던가? 편력 기사와 연인 사이에는 예로부터 연인이 기사에게 보내건 기사가 연인에게 보내건, 편지를 들고 가는 종자나 시녀 또는 꼬마에게 고맙다는 심부름 값으로 값진 예물을 주는 법이거든."

"그랬으면 참 좋은 일이고, 그런 좋은 풍속에는 저도 찬성이에요. 하지만 그건 옛날 풍속인가봅니다요. 요새 풍속은 빵 한 조각, 치즈 한 조각이 고작인가봐요. 둘시네아 아가씨께서도 제가 인사하고 떠나려 할 때 안뜰 담장 너머로 주신 게 그거였으니까요. 하긴 그것도 양젖 치즈지만요."

"성격이 활달하셔서 그러신 것이지." 돈키호테가 말했다. "황금 예물을 안 주신 것을 보니, 정녕 그때 수중에 주실 것이 없었던 게야. 하지만 '예수 부활 대축일 후에는 팁을 주거나 새 옷을 선물하는 게 좋다'[240]고 하는데. 내가 아가씨를 뵙게 되면 너끈히 다 받을 걸세. 그런데 산초, 내가 이상하다고 생각되는 게 있는데, 그게 무언지 아나? 암만해도 자네가 날아갔다 온 것만 같단 말이야. 여기서 엘 토보소까지는 30레과 길이나 되는데, 자네는 사흘 좀 더 걸려서 다녀왔거든. 그러니까 나는 이런 생각이 든단 말이야. 즉 나를 맡아 내 반려가 되어 있는 훌륭한 마법사가, 마법사라고 하면 편력 기사에게는 으레 붙어 다니고 안 그럴 수도 없는 것이니, 그이가 필시 자네도 모르게 감쪽같이 자네의 길을 도운 것이 아니냐 그 말이야. 왜 그런고 하니, 그런 마법사는 방 안에 자고 있는 편력 기사를 채어 가서는 어떻게 무슨 수단을 쓰는지는 모르되 간밤에 있던 자리에서 1천 레과 이상 되는 곳에서 새벽을 맞게 하기도 하거든. 편력 기사들은 일이 있을 때마다 서로 돕는 것인데, 이런 기적이 없으

240 '갑자기 들이닥치기는 했지만 선을 베푸는 것은 언제나 좋은 일이다'라는 뜻.

488

면 위기에 처했을 때 서로 도울 길이 없지 않겠는가? 가령 말일세, 어느 기사가 아르메니아 산속에서 어떤 괴물이나 요괴 혹은 또 다른 기사와 엎치락뒤치락 싸움이 벌어져 판세는 기울고 꼼짝 못 하고 죽게 되었을 때, 그 자리에 홀연 구름이나 불 수레를 타고 우군 기사가 난데없이 나타난다네. 조금 전 영국에서 우군을 도와 목숨을 건져주던 기사가 어느새 다시 자기 숙소로 돌아와서는 저녁밥을 한창 맛있게 먹거든. 그때 이쪽저쪽의 거리는 2천이나 3천 레과나 되는 것이 보통이란 말이야. 이런 일은 용감한 기사들을 맡아보는 훌륭한 마법사들의 기술과 재주로 되는 것이네. 그러니까 여보게 산초, 자네가 단시일에 여기서 엘 토보소까지 왕래한 것을 별로 이상하게 보지는 않아. 지금 말한 대로 어떤 훌륭한 친구가 자네도 모르게 자네를 하늘로 날아다니게 한 것이니까 말일세."

"글쎄요, 그런가보죠." 산초가 말했다. "아닌 게 아니라, 로시난테가 귀에다 수은을 부어 넣은 집시의 당나귀처럼 줄달음질을 쳤습니다요."

"뭐, 수은을 부었다고?" 돈키호테가 말했다. "악마들이 아니고? 놈들은 저희가 하고 싶은 대로 달음질을 치고 또 달음질을 시키면서도 끄떡없거든. 이러나저러나 그따위 이야기는 집어치우고, 아가씨께서 자기를 뵈러 오라고 분부하셨다니, 이 일을 어떻게 해야 좋을지. 자네는 어떻게 하면 좋겠는가? 분부대로 하자니 우리하고 같이 가시는 이 공주님께 약속한 바가 있고, 기사도의 법칙으로 하면 구미가 당기는 일보다 약속을 먼저 지키라 했으니 말이네. 그러니 한편에선 아가씨를 뵙고 싶은 마음이 꾸짖고 성화를 내고, 또 한편에선 약속한 성심과 이 계획을 수행함으로써 떨칠 영예가 채질을 하며 소리치네그려. 그러나 별수 있나, 우선 내친김에 이 길로 거인이 있는 곳을 찾아가서 도착 즉시 목을 베어 공주님을 보좌에 편히 앉혀드리고는, 그 자리에서 돌이켜 오관을 비춰주시는 빛을 뵈러 나아가야지. 그분을 뵙기만 하면, 이렇게 늦어진 것을 그리 탓하시지야 않겠지. 늦어진 것이 오직 당신의 영광과 명성을 한결 더 높여드리기 위해서임을 잘 아실 테니까 말이야. 지금까지 그랬고 현재와 미래가 또한 그럴 테지만, 내 평생 무용武勇으로 얻는 바는 일체가 당신이 베푸시는 은혜요, 내가 당신의 기사인 데서 말미암은 것이 아닌가."

"아이고." 산초가 말했다. "나리의 머리도 참 어지간합니다요. 그럼 나리는 쓸데없이 이 길을 마냥 걷기만 하고 이렇게 훌륭하고 행복한 결혼도 그만둔단 말이에요? 결혼 지참금으로 나라를 가지고, 그것도 웬만한 나라가 아니라 제가 알기로는 사방이 2만 레과나 되고 사람들이 먹고 쓸 것이 얼마든지 있고, 포르투갈과 카스티야 두 나라를 합친 것보다 훨씬 크다는 그 나라를 내버려도 좋다는 말씀이에요? 제발 하느님의 사랑으로 빕니다만, 좀 가만히 계셔요. 지금 하신 말씀은 취소하시고, 내 충고대로 하시고, 날 눈감아주시고, 그저 신부님이 계시는 첫 마을에 가서 얼른 결혼식을 올리세요. 그게 아니라도 석사님이 여기 계신데 좀 잘해주시겠어요. 저도 이젠 나잇살이 충고도 드릴 만한 터수이고, 지금 나리께 드리는 충고는 백번 맞는 말입니다요. '복을 들고도 잘못 선택한 자는 뒤에 가서 아무리 후회해도 돌이킬 수 없다'[241]라는 속담 때문에 '손에 든

241 "복을 잘못 선택한 자는 아무리 불행한 일이 닥쳐도 노하지 마라Quien bien tiene y mal escoge, por mal que le venga no se enoje"라는 속담을 산초가 고쳐 말한 것이다.

참새가 나는 독수리보다 낫다'라고 하지 않습니까요."

"여보게, 산초." 돈키호테가 대답했다. "자네가 나더러 추근추근 결혼을 하라는 건, 결국 거인을 죽여서 왕이 되어가지고 자네한테 두둑한 상을 내리고 약속한 바를 주기에 편리하게 하자는 바로 그것인데, 자네의 소원을 풀어주는 일쯤이야 결혼하지 않고도 얼마든지 쉽게 할 수 있다네. 왜냐하면 전투를 개시하기 전에 이걸 보증해줄 수 있으니 말이네. 즉 내가 승리자가 되는 날에는 결혼하지 않는 몸으로도 왕국의 일부를 받아내서 누구에게든 마음 내키는 대로 줄 수 있게 될 텐데, 그래, 기왕 줄 바에는 자네 아닌 누구한테 주겠는가?"

"그야 뻔하죠, 뭐." 산초가 대답했다. "그렇지만 나리, 꼭 바다가 딸려 있는 나라를 골라 주세요. 그래야만 살다가 싫으면 제 깜둥이 신하들을 배에 싣고 제가 마음먹은 대로 처치할 수가 있죠. 아무튼 우선 당장은 둘시네아 아가씨를 보러 갈 생각일랑 그만두시고 거인부터 치러 가세요. 그래서 일단 그 일부터 끝내잔 말입니다요. 하느님만 믿고 장담합니다만, 명예로나 잇속으로나 다 괜찮을 겁니다요."

"산초, 자네 말이 옳아." 돈키호테가 말했다. "그럼 자네의 충고를 좇아서 둘시네아 아가씨를 뵈러 가기 전에 먼저 공주님을 모시고 가도록 하지. 그런데 조심하게. 지금 우리 둘이 이야기하고 작정한 것은 누구한테든, 우리 일행한테라도 절대로 누설해서는 안 되네. 둘시네아 아가씨는 성격이 세심해서 자기의 마음속을 누가 엿보는 것을 아주 질색하시니까, 내가 되었든 누가 되었든 누설하는 게 좋지 않단 말일세."

"그러니까," 산초가 말했다. "나리께서 무력으로 쳐 이기신 자들을 모두 둘시네아 아가씨 앞에 대령시킨다면, 결국 그게 나리는 그분을 사랑하고 그분도 나리를 사랑하신다는 증거가 아니고 무엇입니까요? 그뿐 아니라 아가씨 앞에다 놈들을 꿇어앉혀놓고 나리의 분부로 충성을 다한다고 여쭙게 한다면, 어떻게 두 분의 생각을 숨겨둘 수가 있겠습니까요?"

"아이고, 이 무식하고 순진한 산초야!" 돈키호테가 말했다. "그게 모두 아가씨를 크게 높여드리는 일이라는 걸 어찌 몰라? 이걸 알란 말이야. 우리네의 기사도로 말하자면 한 여성이 여러 편력 기사들의 섬김을 받는 것이 오히려 큰 명예로서, 그러한 기사들은 오로지 그분을 위하여 충성을 다하는 것 외에는 다른 생각이 없는 것이고, 또 그 충성심이 아무리 대단하기로서니 자신들이 그분의 기사라는 데 만족하는 것 이외의 어떠한 보답도 바라지 않는 것이야."

"그런 식으로 사랑하는 거라면," 산초가 말했다. "저도 들은 소리가 있습죠. 강론 때 말씀하시기를, '우리 주님을 사랑하는 것이란 오직 주님만 위해서 사랑을 해야지 천당의 복을 바라거나 지옥의 불이 무서워서 사랑하면 안 된다'라고요. 그렇지만 저 역시 주님께 그만한 힘이 있으셔서 사랑도 하고 섬기고 싶지만요."

"이런 맹랑한 놈을 보았나." 돈키호테가 말했다. "자넨 어쩌다 신통한 소리도 제법 하는구먼. 꼭 글을 아는 사람 같단 말이야."

"글이라곤 읽을 줄도 모르는 게 사실이랍니다요." 산초가 대답했다.

이때 니콜라스 선생이 소리를 지르며 좀 기다려달라고 했다. 바로 그 옆에 옹달샘이 있으니 물이나 마시고 쉬어 가는 게 어떠냐는 것이었다. 돈키호테가 멈칫하고 서자, 산초도 아주 좋아라 하며 따라서 섰다. 그러지 않아도 거짓말을 하느라 진땀을 뺐고, 제 주인이 말꼬리를 잡을까봐 조마조마하던 터였다. 실상 그는 둘시네아가 엘 토보소의 시골 아가씨인 줄만 알았지, 평생 한 번도 본 적이 없었던 것이다.

카르데니오는 도로테아를 처음 만났을 때 그녀가 걸치고 있던 옷을 입고 있었다. 그리 좋은 옷은 아니라도 벗고 있는 것보다는 훨씬 나아 보였다. 그들은 샘가에서 내려 신부가 객줏집에서 가져온 음식으로 요기를 했다. 모두들 몹시 시장했던 것이다.

이럴 즈음 마침 그 길로 지나가는 한 소년이 있었다. 소년은 샘가에 앉아 있는 사람들을 찬찬히 쳐다보다가 말고 돈키호테에게 쫓아와서는 발목을 껴안더니, 일부러 그러는 것처럼 울면서 이렇게 말했다.

"아이고, 기사 나리, 저를 몰라보시겠어요? 자세히 보세요. 제가 안드레스예요. 참나무에 묶여 있었을 때 기사 나리께서 풀어주신 그 아이 말이에요."

돈키호테가 알아보고 소년의 손을 잡더니, 그 자리에 있던 사람들을 향해 이렇게 말했다.

"여러분, 이 세상에 살고 있는 무지막지한 악당들이 일삼고 있는 못된 짓거리를 쳐부수는 편력 기사의 임무가 얼마나 중요한가를 알아주십시오. 벌써 며칠이 되었습니다만, 본인이 어느 숲을 지날 때였습니다. 문득 억눌리고 구원을 청하는 사람의 목소리인 듯 슬피 우는 소리가 들리기에, 나는 내 임무 수행의 때가 바로 지금이로구나 하고 그 우는 소리가 들리는 쪽으로 향했고, 갔더니 지금 여기 있는 이 소년이 참나무에 칭칭 묶여 있었습니다. 마침 이 소년을 여기서 만난 것이 한량없이 기쁩니다. 내가 조금도 거짓말을 하지 못하게 증인이 되어주니까요. 아무튼 이 소년은 웃옷이 벗긴 채 참나무에 묶여 있었고, 한 촌뜨기가, 뒤에 안 일이지만 그는 이 소년의 주인이었습니다만, 말고삐로 어린 소년을 마구 후려치고 있었습니다. 내가 그것을 보고 무슨 이유로 그렇게 심한 매질을 하느냐고 물었더니, 매정한 그 사나이가 대답하기를, 소년은 제 하인으로 멍청할 뿐 아니라 도둑질까지 하는 못된 버릇이 있어서 때리는 것이라고 했습니다. 그때 이 소년이 말하기를, '아니에요, 나리, 제가 품 값을 달라니까 때린답니다'라고 했지요. 주인은 나도 알아듣지 못할 장광설을 이러쿵저러쿵 늘어놓았으나, 나는 듣기는 했어도 들어주진 않았습니다. 결국 나는 소년을 풀어주게 했고, 집으로 데려가 제대로 따져서 품삯을 내줄 뿐만 아니라 이자까지 쳐서 갚겠다는 맹세도 받았습니다. 안드레스야, 내 말이 다 옳지 않으냐? 내가 얼마나 무섭게 그놈에게 명령했는지 잘 알고 있지? 그러니까 그놈이 살살 빌면서 내가 하라는 대로, 일러준 대로, 전하는 대로 무엇이든지 다 하겠노라고 약속한 것을 알지? 어서 대답해보렴, 조금도 두려워할 건 없어. 그러니까 그동안 어찌 되었는가를 이 어른들께 말씀드려라. 편력 기사 덕분에 얼마나 도움이 되었는가를 직접 듣고 아시게 말이야."

"나리가 지금까지 하신 말씀은 다 옳아요." 소년이 대답했다. "그런데 끝에 가서는 나리가 생각하신 것과는 아주 딴판으로 엉뚱한 일이 생겼어요."

"엉뚱하다니?" 돈키호테가 되받아 말했다. "그게 무슨 말이냐?

그럼 그 몹쓸 놈이 돈을 안 치렀단 말이지?"

"치르는 게 다 뭡니까." 소년이 대답했다. "나리께서 숲에서 나가시고 우리 둘만 있게 되니까, 그 참나무에다 저를 도로 꽁꽁 묶어 놓고 무서운 매질을 또 시작했어요. 그래 저는 성 바르톨로메오처럼 가죽이 홀랑 벗겨졌어요. 그리고 저를 때릴 적마다 나리를 비꼬느라고 별별 욕지거리를 다 했어요. 저도 아프지만 않았으면 그런 말을 듣고 웃음이 나왔을 거예요. 어쨌든 뾰족한 수가 없었어요. 그 악당 놈이 어찌나 심하게 때렸던지, 몸을 쓸 수가 없어서 지금까지 병원에서 치료를 받고 있었죠, 뭐. 그게 다 나리 탓이지 뭡니까. 그때 나리가 가시던 길이나 가고 누가 부르지도 않은 데를 오시지 않았다면, 그리고 또 남의 일에 공연한 참견을 안 하셨다면 제 주인도 매질을 한 스무 번밖에 안 했을 테니까요. 난 당장 놓임을 당하고 받을 돈도 다 받았을 텐데 말이에요. 참, 그런 걸 글쎄 나리가 마구 함부로 욕설을 퍼붓고 상소리를 해대니까, 불같이 화가 나서 나리한테는 복수를 못 하고 있다가, 제 세상이 되니까 그냥 나한테 앙갚음을 했지 뭐예요. 그렇게 돼서 저는 이제 이 세상에선 사람 구실도 못 할 것 같아요."

"허허, 내가 그 자리를 뜬 것이 잘못이었구나." 돈키호테가 말했다. "빚을 다 갚을 때까지는 떠나지 말 것을. 상것들이란 저들한테 득이 없을 때는 약속을 지키지 않는다는 사실을 오랜 경험에 비추어 알아두었어야 했는데. 하지만 안드레스, 너도 알아야 해. 그때 내가 맹세하기를, 만일에 돈을 안 갚으면 그놈을 내가 찾으러 나설 것이고, 고래 배 속에 숨더라도 꼭 찾아내고야 말 것이라고 하지 않았느냐?"

"그랬지요." 안드레스가 말했다. "하지만 아무 소용도 없었는 걸요, 뭐."

"소용이 있다는 걸 당장 보여주마." 돈키호테가 말했다.

그러고는 말이 끝나기 무섭게 벌떡 일어서더니, 산초보고 어서 로시난테에 재갈을 물리라고 했다. 로시난테는 사람들이 요기를 하는 동안 풀을 뜯는 참이었다.

도로테아가 무엇을 하실 작정이냐고 기사에게 묻자 그가 대답하기를, 흙 벌레를 찾아가서 아주 결딴을 내고 천하의 흙 벌레들이 뭐라고 하든 안드레스의 돈을 끝전까지 받아내고야 말겠다고 했다. 도로테아는 그래서는 아니 되며, 이미 은혜를 약속하셨으니 제 일을 끝내주실 때까지는 어떠한 사건에도 간섭을 하지 말아야 한다면서, 이러한 사정은 기사님께서 누구보다도 잘 아시느니만큼 제 왕국에서 떠나시는 날까지 마음을 진정하시라고 했다.

"옳으신 말씀입니다." 돈키호테가 대답했다. "하오면 안드레스는 공주님 말씀대로 제가 돌아올 때까지 부득이 참고 있어야겠습니다. 그러나 거듭 맹세하고 약속하거니와, 기어코 이 소년의 원수를 갚아주고 돈을 받아주고 말 것이옵니다."

"그런 맹세는 이제 믿지 않을래요." 안드레스가 말했다. "세상에 있는 원수를 다 갚아준대도 우선 세비야로 가는 게 더 급하답니다. 그러니까 먹을 것이나 있으면 좀 주세요. 나리와 모든 편력 기사님에게 인사나 하고 어서 갈래요. 나도 편력 기사 맛을 봤으니 어른들도 맛이 어떤가 보라죠, 뭐."

산초는 따로 간수해둔 빵 한 조각과 치즈 한 조각을 꺼내서 소년에게 주며 말했다. "안드레스, 자, 받아라. 고생은 너 혼자만 하는

496

건가 뭐, 우리도 다 한 몫인걸."

"어른들한테 무슨 몫이 있다는 겁니까요?" 안드레스가 물었다.

"네게 준 빵 한 조각과 치즈 한 조각이 바로 그거야." 산초가 대답했다. "내가 잘하는지 잘못하는지는 하느님이 아실 일이지만, 너는 알아둬야 해. 편력 기사를 따라다니는 우리는 그저 항상 배가 고프고 고생바가지란 말이야. 말로 할 수 없는 그런 일이 수두룩하거든."

안드레스는 빵과 치즈를 받아 들고 더 이상 받을 것이 없음을 보고는 머리를 끄덕이더니 네 활개를 휘저으며 도망쳤다. 가면서 그는 돈키호테에게 분명 이런 말을 했다.

"제발요, 하느님의 사랑을 걸고 말이지, 저 편력 기사 나리, 다음번에 나를 만나거든 내가 육시를 당하더라도 오지도 말고 덤비지도 말고 그냥 내버려두세요, 예. 괜히 살려준답시고 와서는 고생만 죽도록 시키는 양반, 에잇, 당신과 또 세상에 난 편력 기사는 모조리 하느님의 저주를 받으쇼."

돈키호테는 소년을 혼내기 위해 벌떡 일어나려 했으나, 소년이 아무도 뒤쫓을 수 없을 만큼 멀리 도망치고난 뒤였다. 소년의 말에는 돈키호테의 낯이 달아올랐다. 때문에 주위에 있는 사람들은 그의 체면을 살리기 위해 웃음을 참느라고 무진 애를 쓰는 것이었다.

제32장

객줏집에서 돈키호테 일행에게 일어난 일에 대해

일행은 요기가 끝나자 안장을 올렸다. 그러나 이야깃거리가 될 만한 아무 일도 없이 그들은 다음 날 객줏집에 도착했다. 언젠가 산초 판사가 놀라고 혼이 난 그 객줏집이었다. 그래서 그는 들어가고 싶지 않았으나 달리 어쩔 수가 없었다. 객줏집의 안주인과 바깥주인, 그들의 딸, 그리고 마리토르네스는 돈키호테와 산초가 오는 것을 보고 뛰어나와서 아주 반갑게 맞아주었다. 기사가 의젓하고 거만한 태도로 그들에게 전번보다 훨씬 더 나은 침대를 마련하라고 하자, 안주인은 전번보다 돈을 더 내면 왕자님 침대라도 내주겠다고 대답했다. 돈키호테가 그렇게 하겠다는 말을 하고나서야 비로소 전번과 다름없는 헛간 방에 그만그만한 침대가 놓였다. 그는 그 자리에 고꾸라졌다. 하도 고단한 나머지 정신이 팽팽 돌았기 때문이다.

　문단속을 단단히 하기가 무섭게 안주인은 이발사에게 쫓아가서 수염을 잡고 당겨서 추켜들며 말했다.

　"맹세코 말이지만, 계속 이렇게 내 꼬리²⁴²로 수염을 달고 다니면 안 돼요. 이젠 내 꼬리를 내놓으세요. 어쩌자고 제 남편의 것을 남부끄럽게 끌고 다니세요? 글쎄, 펑퍼짐한 내 궁둥이에 차고 다니던 그 빗을 말이에요.”

이발사는 그 여자가 아무리 잡아당겨도 석사님이 내주라고 하기 전에는 돌려줄 생각이 없었다. 석사님은 이쯤 했으면 구태여 변장할 필요가 없으니 본 얼굴을 드러내도 좋으며, 또 돈키호테에게는 노예선의 죄수 도둑들에게 약탈당하고 이 객줏집으로 도망쳐 온 것이라고 말하라 했다. 그리고 공주님의 종자에 대해서 물으면, 공주님이 구국의 영웅을 대동하고 행차하시기 전에 미리 전하러 간 것이라고 말하라 했다. 그제야 이발사는 안주인에게 쇠꼬리를 선뜻 내주었고, 돈키호테를 구출하려고 빌렸던 물건 일습을 모두 돌려주었다. 객줏집에 있던 사람들은 모두 도로테아의 미모에 놀라고, 청년 카르데니오의 훤칠한 풍채에도 놀라움을 금치 못했다. 신부가 객줏집에 있는 것으로 먹을 것을 차려내라고 하자, 바깥주인은 돈이나 듬뿍 받을까 하여 수선을 피우며 그저 그만한 상을 차려놓았다. 그러는 동안 돈키호테는 정신없이 자고 있었는데, 먹기보다 우선 잠이 급한지라 그들은 깨우지 않는 편이 낫겠다고 생각했다.

식후에는 객줏집 주인과 그의 아내, 딸, 마리토르네스, 지나가는 손님들까지 모두 모여 앉아서 돈키호테의 이상한 광증이며 그를 찾아낸 과정에 대해 이야기꽃을 피웠다. 안주인은 기사와 말꾼

---

242 별 의미 없는 작자의 농담.

499

사이에 일어났던 일을 이야기하고, 산초가 혹시 곁에 있는지 두리
번거리다가 없는 것을 알고는 그가 담요 키질을 당했다는 이야기
까지 들려주었다. 이 이야기에 그들은 모두 재미있어하는 것이었
다. 그리고 신부가 말하기를, 돈키호테는 기사도 책을 너무 많이 읽
어서 정신이 돌아버린 것이라고 했다. 그러자 바깥주인이 그 말을
받아 말했다.

"그게 그렇게 될 수 있는지 나는 모르겠는데요. 말이야 바른 말
이지, 내가 알기로는 세상에 그만한 책도 없습니다. 하긴 나도 그런
책을 두서너 권, 또 다른 책 나부랭이도 얼마쯤 갖고 있습니다만,
재미로는 그게 그만이죠. 어디 나뿐이겠습니까요, 누구나 다 그럴
걸요. 내가 괜히 이런 소릴 하는 줄 아십니까요. 글쎄 추수 때만 되
어보십시오. 쉬는 날이면 일꾼들이 다 우리 집으로 몰려옵니다그
려. 그리고 그중 누구든 글을 읽을 줄 아는 사람이 내 책을 하나 골
라잡지요. 그러면 한 서른 명 정도나 되는 사람들이 삥 둘러앉아서
듣는데, 어찌나 재미가 있던지 세었던 머리털이 검어질 정도죠. 다
른 사람은 어떤지 몰라도 내 경우에는 그 기사들이 맞붙어서 으르
렁대고 치고받고 하는 대목을 들으면 나도 한번 그래보고 싶다는
생각이 왈칵 들죠. 아무튼 그런 이야기는 밤낮없이 계속 듣고 싶거
든요."

"더도 말고 덜도 말고 나도 그렇지요." 객줏집 안주인이 말했
다. "나로서는 내 집에서 당신이 책 읽는 소리를 듣고 있을 때만큼
좋은 때가 없기 때문이에요. 그때만은 황홀경에 빠져 바가지 긁을
생각은 꿈에도 못 한다니까요."

"정말 그래요." 마리토르네스가 말했다. "저도 그런 신나는 이

야기가 제일 좋아요. 그중에서도 근사한 대목은, 기사님이 귤나무 아래서 아가씨를 꼭 껴안아줄 때 멀찌감치 떨어져 훔쳐보는 시녀가 그저 부러워 못 견디면서 어깨를 들먹들먹하는 부분요. 그건 바로 꿀맛이에요.”

“아가씨 생각은 어때요?” 신부는 객줏집 주인의 딸에게 물었다.

“저는 잘 모르겠어요.” 그녀가 대답했다. “저도 듣긴 들었는데, 사실 잘 알아듣지는 못해도 그냥 듣고 있으니까 재미가 있던데요. 그렇지만 제 마음에 드는 건 아버지가 좋아하시는 싸움질이 아니고, 기사님들이 사랑하는 아가씨와 이별을 할 때 슬퍼하는 그런 장면이에요. 어떤 때에는 하도 딱해서 눈물이 절로 나는걸요.”

“그럼 기사들이 아가씨 때문에 울면 슬픈 마음을 진정시켜주겠네요?” 도로테아가 물었다.

“어떻게 할지 저도 모르겠어요.” 처녀가 대답했다. “아무튼 제가 하나 아는 건, 어떤 아가씨들은 어찌나 쌀쌀맞은지 기사님들에게 ‘호랑이’, ‘사자’, 또 무어라고 차마 못 할 소리를 마구 한다는 거예요. 세상에, 마음이 얼마나 독하고 양심이 없으면 글쎄, 훌륭한 사람을 차버려서 그냥 죽어라 하고 미치게 하는지 모르겠어요. 왜 그렇게 뽐내는 건지 전 도무지 알 수가 없단 말이에요. 절개가 굳어서 그런다면 기사님들과 결혼을 하면 되죠. 기사님들은 그게 소원이니까요.”

“애야, 넌 잠자코 있어.” 객줏집 안주인이 말했다. “아무것도 모르면서 아주 그런 일을 훤하니 아는 듯 말하는구나. 계집애들이 말이 많으면 못쓰는 거야.”

“이 손님께서 물으시는데,” 딸이 대답했다. “대답도 못 해요?”

"자, 그럼," 신부가 말했다. "주인 양반, 어디 그 책이나 좀 봅시다. 호기심이 생기는군요."

"그렇게 합시다." 주인이 대답했다.

그는 자기 방으로 들어가더니, 쇠줄로 얽어맨 고물딱지 가방을 하나 들고 나왔다. 그것을 열고 보니 큼직한 책이 세 권, 그리고 아주 좋은 글씨로 쓴 원고가 있었다. 제일 먼저 펼친 책이 《돈 시론힐리오 데 트라시아》[243], 두 번째 것이 《펠릭스마르테 데 이르카니아》[244], 그리고 세 번째 것이 합본 《곤살로 에르난데스 데 코르도바 대장군의 일대기와 디에고 가르시아 데 파레데스의 일생》[245]이었다. 신부가 처음 두 권의 제목을 읽고 얼굴을 이발사에게로 돌리면서 말했다.

"지금 이 자리에 우리 친구네 가정부와 조카딸이 와 있었으면 좋았을걸."

"상관없습니다." 이발사가 대답했다. "뒤뜰이나 난로로 가지고 가는 걸 나라고 못 하겠습니까. 마침 불길이 한창 좋으니까 말이에요."

"아니, 내 책을 태울 작정이시오?" 객줏집 주인이 말했다.

"더도 말고," 신부가 말했다. "이 두 권, 《돈 시론힐리오》와 《펠

---

243 *Don Cirongilio de Tracia.* 1545년 세비야에서 출판된 베르나르도 데 바르가스Bernardo de Vargas의 《용감한 돈 시론힐리오 데 트라시아 전4권*Los cuatro libros del valeroso don Cirongilio de Tracia*》를 말한다.

244 *Felixmarte de Hircania.* 제6장 주 81 참조.

245 *la Historia del Gran Capitán Gonzalo Hernández de Córdoba, con la vida de Diego García de Paredes.*

릭스마르테》만입니다."

"그럼," 객줏집 주인이 말했다. "내 책들이 이단적 서적이나 가래 같은 책이라서 태운다는 겁니까?"

"가래 같은 책이 아니라 불온한 서적[246]이라 하시오, 친구." 이발사가 말했다.

"글쎄올시다." 주인이 되받아 말했다. "어쨌든 간에 이왕 태우시려거든 대장군과 디에고 가르시아를 다룬 책만 태우시오. 나는 차라리 내 자식 놈을 태우면 태웠지 이 책들은 못 태우겠소."

"형제여," 신부가 말했다. "이 두 권은 그야말로 거짓말투성이에 엉터리 미친 소리뿐이오. 그런데 《대장군》은 진짜 이야기를 기록한 것으로, 곤살로 에르난데스 데 코르도바의 업적이 실려 있소. 그분이 누구신고 하니, 위대한 일을 많이 하셔서 세상이 다 잘 아는 대장군으로서, 그의 명성에는 견줄 사람이 없다오. 그리고 디에고 가르시아 데 파레데스로 말하면, 에스트레마두라에 있는 트루히요 시 태생으로 지체 높은 기사였지요. 힘이 장사인 무인으로 완력이 어찌나 대단했던지, 손가락 한 개로 한창 돌아가는 풍차 바퀴를 딱 멈추게 했답니다. 또 긴 칼을 빼어 들고 다리목을 지키고 있다가 대군을 맞아서 한 사람도 못 지나가게 했다고 하는데, 그 밖에도 유명한 일화가 수두룩하지요. 그런 걸 이야기하고 적어놓은 사람이 바로 자기 자신이며 또 절제가 있는 무인으로서 일대기를 제대로 썼으니까 그렇지, 만약에 다른 사람이 자기 마음대로 열을 내어 썼더

---

246 flemático는 '가래 같은'이란 뜻이고 cismático는 '이단적'이란 뜻이지만, 앞에서 '이단적 hereje'이라는 단어가 쓰였기 때문에 여기서는 '불온한 서적' 정도로 번역했다.

라면 헥토르나 아킬레스나 롤단도 망각 속에 파묻힐 뻔했지요."

"당찮은 말씀!" 객줏집 주인이 말했다. "기껏 풍차 바퀴를 세웠대서 그걸 보고 놀라시오? 그렇다면 내가 들은 《펠릭스마르테 데 이르카니아》나 읽어보고 이야기하시오. 한칼로 거인 다섯 놈의 허리를 선뜻 끊어놓은 것은 어떻소? 아이들이 장난으로 만든 꼬마 수사처럼 함부로 생겨먹은 거인이 아니었는데도 말이오. 그뿐인가요. 한번은 또 발끝에서 머리끝까지 중무장을 한 160만 명도 더 되는 서슬 푸른 대군과 맞닥뜨렸는데, 그걸 마치 양 떼처럼 해치워버린 건 어떡하고요. 그리고 또 돈 시론힐리오 데 트라시아의 경우에는 책에도 있는 바와 같이 용기가 비상하고 대담해서, 그가 배를 저어 내려갈 때 물 한가운데서 물뱀이 쑥 나왔답니다. 그러자 금방 그놈에게 덤벼들어서 비늘 등을 타고 앉아가지고는 두 주먹으로 바싹 모가지를 잡아 비트니까, 그 뱀이란 놈은 이제 숨이 막혀 죽는구나 싶어서 물속으로 들어가는 수밖에 다른 도리가 없었다고 합니다. 물론 한사코 기사가 놓아주지 않으니, 그를 업은 채 말입니다. 그래 맨 밑바닥까지 내려가자, 으리으리한 궁궐과 꽃밭이 그림을 그린 듯이 펼쳐져 있는데, 뱀은 순식간에 백발노인으로 변해서 생전 들어보지 못하던 이야기를 기사에게 했다나요. 자, 이쯤 해둡시다. 신부님께서 이런 이야기를 듣고 계시면 하도 재미있어서 정신이 돌아버릴 것입니다. 당신이 말씀하는 '대장군'이나 '디에고 가르시아' 따위는 아무것도 아니란 말이에요."

도로테아가 이 말을 듣고는 카르데니오에게 조용히 속삭였다.

"자칫하면 이 집 주인도 돈키호테의 재판이 되겠네요."

"글쎄, 나도 동감이오." 카르데니오가 대답했다. "하는 짓을 보아하니 책에 있는 것이면 무엇이든 다 곧이곧대로 믿고 있군요. 맨발 수사들이라도 깨우쳐 줄 수가 없겠소."

"형제여, 아실 일이 있소이다." 신부가 다시 말했다. "펠릭스 마르테 데 이르카니아건 돈 시론힐리오 데 트라시아건 기사의 일대기에 나오는 어떠한 기사들도 사실상 이 세상에 살았던 인물이 아니오. 도대체 그런 따위는 한가한 재사才士들이 꾸며서 만든 것인데, 왜 꾸며냈느냐 하면, 추수꾼들이 심심해서 읽는다는 당신의 말처럼 심심풀이를 위해서 그런 것이오. 구태여 당신에게 맹세까지 하고 말이지만, 그러한 기사들이란 이 세상에 있어본 적도 없을 뿐만 아니라 훌륭한 일이건 엉터리 놀음이건 애당초 없었단 말이외다."

"얼토당토않은 말이오." 객줏집 주인이 대답했다. "누구를 뭐 다섯도 셀 줄 모르고 구두가 째지는 것도 모르는 바보로 아시는가 보죠. 괜히 젖꼭지를 물리려 들지 맙쇼. 이래 봬도 숙맥은 아닌걸요. 그래, 당신은 나더러 알아두라는 조로, 이 훌륭한 책들에 나오는 이야기가 모두 다 엉터리고 거짓말이라 했지요? 흥, 그럼 왕실 의회의 그 높으신 어른들이 허가를 해서 찍어냈는데도 그렇다면, 그럼 그분들이 도통 거짓말뿐이고 얼토당토않은 전투와 마법투성이를 찍어내도 좋다 할 사람들이란 말이오!"

"아까 내가 말했잖소, 친구여." 신부가 되받아 말했다. "이런 것은 심심할 때 파적이나 하라고 지어낸 거라는데도 그러네. 그러기에 상하가 고른 나라에서도 일하기 싫은 사람, 할 일 없는 사람, 하려 해도 일할 수가 없는 사람을 위해서 심심풀이로 체스랑 공놀이랑 당구 같은 놀이를 허가하듯이, 이런 종류의 책도 찍어내게 내버려두는 것인데, 그건 어느 무식쟁이가 이따위 책을 설마 진짜 이야기로 믿을 리는 없으리라고 생각하기 때문이지요. 사실 시간만 허락하고 좌중의 요구만 있다면, 기사도 책이 양서良書가 되려면 어떠해야 함을 여러 가지로 말하고 싶습니다. 그건 필요한 일이고, 또 사람에 따라서는 재미도 있을 테니까요. 하지만 그런 이야기는 적당히 조처할 사람이 할 때가 올 테니 그에게 미루기로 하고, 우선 그때까지 주인 양반은 내 말을 잊지 마셔야 합니다. 자, 그럼 당신 책은 도로 가지시오. 그 속에 있는 거짓말과 참말을 구수하게 섞어서 실컷 맛이나 보시오. 그러나 당신의 손님인 돈키호테가 절름거리는 다리를 당신도 절게 되지 않기를 하느님께 빌겠소이다."

"그런 일은 없을 테니 염려 놓으시오." 객줏집 주인이 대답했다. "내가 미쳤다고 편력 기사로 나설 줄 아시오? 나도 잘 안다오. 훌륭한 기사가 천하를 두루 다니는 건 그 당시의 일이지, 지금이야 없는 일이지요."

이 말을 하는 중에 산초가 자리에 나타났다. 그는 얼떨떨해하면서 멈칫 그 자리에 섰다. 편력 기사들이란 지금은 없는 일이고 기사도 책이란 모두가 엉터리 거짓말이라는 말을 듣고 곰곰 생각하는 것이었다. 그와 동시에 그는 마음으로 결정을 내렸다. 즉 자기 주인의 이번 길을 어디쯤 가서 끝장낼 것인가 두고 보다가, 여의치 못하면 모든 것을 내버리고 처자식에게로 돌아가서 하던 일이나 하리라 생각했다.

객줏집 주인이 가방과 책을 들고 나섰다. 그러자 신부는 그에게 말했다.

"잠깐만, 이 원고를 좀 보여주시오. 글씨가 아주 달필입니다그려."

객줏집 주인이 그것을 꺼내어 읽으라고 주었다. 보니 그것은 여덟 플리에고[247]나 되는 작품인데, 첫머리에 굵직하게 '호기심 많은 호사객 이야기'[248]라는 제목이 적혀 있었다. 신부는 서너 줄을 읽어 내려가다가 말했다.

"이 단편소설의 제목이 정말 나쁘지 않으니 다 읽어보고 싶은데요."

이 말에 객줏집 주인이 대답했다.

"신부님 좋도록 하십시오. 몇몇 손님이 우리 집에서 이걸 읽고는 모두 아주 만족해했답니다. 그러곤 달라고 성화들을 했지요. 하지만 나로서 줄 수 없는 사정은, 이 책들과 원고가 들어 있는 가방을 여기다 두고 간 손님이 찾으러 올 것이기 때문입니다. 언제고 임자가 와서 내놓으라 하지 않겠습니까요. 그때는 책이 없어지는 거야 섭섭하지만 물론 돌려주어야지요. 술집을 해서 먹고살긴 하지만, 그래도 명색이 기독교도이니 말씀입니다요."

"당신 말이 지당하오, 친구." 신부가 말했다. "그러나 어쨌건 이 단편소설이 내 마음에 들면, 내가 베끼도록 허락은 하겠지요?"

"그러고말고요." 객줏집 주인이 대답했다.

두 사람이 이런 말을 주고받는 동안 카르데니오가 단편소설을 집어 들고 읽기 시작했다. 그리고 신부와 똑같이 마음에 들어 하면서 모든 사람이 들을 수 있도록 그 책을 읽어달라고 신부에게 간청했다.

---

247 pliego. 1플리에고는 '접은 종이 한 장'을 말한다.
248 Novela del Curioso impertinente. novela는 오늘날의 '단편소설'을 뜻한다.

507

"읽기야 어렵지 않지만," 신부가 말했다. "읽느니 차라리 낮잠을 자는 게 시간 낭비가 덜 될 텐데."

"저 같으면," 도로테아가 말했다. "무슨 읽을거리라도 들으면서 시간을 보내는 것이 수양도 되고 좋겠어요. 아직도 정신이 가라앉지 않아서 시간이 있대도 잠이 올 것 같지 않아요."

"사정이 그렇다면," 신부가 말했다. "호기심을 잔뜩 돋우게 한번 읽어보지요. 제법 재미가 있을지도 모르니까요."

니콜라스 선생이 제발 그렇게 해주기를 간청했고, 산초도 덩달아서 그렇게 해달라고 했다. 이를 본 신부는 모든 이에게 기쁨을 주고 자기도 그것을 맛보리라 생각하며 말했다.

"그렇다면 여러분, 조용히 잘 들어주십시오. 단편소설은 이렇게 시작됩니다."

• 제33장 •

호기심 많은 호사객 이야기

이탈리아 토스카나 지방의 부유하고 유명한 도시 플로렌시아에 안셀모와 로타리오라는 부유한 명문 출신의 두 기사가 살았다. 그들을 아는 사람이면 누구나 '두 친구los dos amigos'라는 별명을 지어 부를 만큼 둘은 막역한 사이였다. 아직 독신으로 나이도 같고 성격도 같은 젊은이라, 이런저런 이유로 두 사람의 친교는 남다른 데가 있었다. 사실 안셀모는 로타리오보다 사랑 놀음을 즐기는 편이었고, 로타리오는 사냥을 좋아하는 편이었다. 그러나 때로는 안셀모가 로타리오의 뜻에 따라 자기의 취미를 버리는가 하면, 로타리오도 마찬가지로 안셀모의 뜻에 따라 자기가 하고 싶은 것을 억제했다. 이렇게 두 사람은 한마음처럼 움직이는 것이어서 잘 가는 시계라도 미치지 못할 정도였다.

그런데 안셀모는 같은 도시에 사는 지체 높은 집안의 딸을 연모하고 있었다. 부모가 훌륭하고 처녀도 아주 예쁘고 착하기 때문에, 무엇이든 로타리오와 상의하던 그는 친구의 동의를 얻어서 처녀의 부모에게 청혼하려 했고, 마침내 이를 결행했다. 중매인 노릇을 하는 것은 로타리오였다. 그는 맡은 일에 좋은 열매를 맺게 해주어서, 친구는 친구대로 어느덧 그토록 소원이던 처녀를 차지하게 된 것을 기뻐했고, 안셀모를 남편으로 맞이한 카밀라도 만족해하며 하늘과 로타리오에게 감사해 마지않았다. 로타리오 덕분에 그런 행복을 누리게 되었기 때문이다.

그저 모든 것이 즐겁기만 한 결혼 초에는 로타리오가 전처럼 친구인 안셀모의 집에 자주 드나들면서 추어주고, 기려주고, 즐겁게 해주는 데 온 힘을 다 기울였다. 그러나 결혼식이 끝나고 한참 지나 방문객과 축하객의 발길이 뜸해지자, 로타리오는 일부러 안셀모의 집에 가는 일을 멀리했다. 어느 정도 염치가 있는 사람이면 누구나 그런 것처럼, 친구가 결혼한 뒤에도 독신일 때처럼 무턱대고 그 집을 찾아가기가 꺼림칙했기 때문이다. 사실 서로가 친한 친구 간에는 의심을 살 만한 일이라곤 조금도 있을 리 없고 또 있어서도 안 되겠지만, 그렇더라도 결혼한 사람의 신분이란 묘한 것이어서 친형제 간이라도 오해를 살 수 있거늘 하물며 친구 간에는 말할 나위도 없다.

안셀모는 로타리오가 자기를 멀리한다는 것을 눈치채고 몹시 섭섭해하며, 결혼이 지금까지의 우정을 멀게 할 줄 알았더라면 결코 하지 않았을 것이라고 말했다. 그리고 미혼 때에는 자신들이 가진 우정으로 '두 친구'라는 아름다운 별명을 얻기까지 했는데, 이제 와서 남의 체면을 돌본다는 그 이유 하나로 이런 자랑스럽고도 듣기 좋은 별명을 망쳐서는 안 된다고 했다. 그러니 이런 별명을 계속 듣게 하려면 전처럼 자기 집 주인이 되어서 마음대로 출입을 해달라고 부탁했다. 아내 카밀라도 정말이지 안셀모 자신이 싫어하는 어떠한 기분, 어떠한 생각도 가지는 법이 없으며 둘의 우정을 잘 아는 터라, 로타리오가 뜸해진 것을 보고 어쩔 줄을 모르고 있다는 것이었다.

안셀모는 로타리오가 그전이나 다름없이 집을 찾아주어야 한다고 설득하기 위해 그 외에도 여러 가지 말을 늘어놓았다. 그러자 로타리오가 슬기롭고 사리에 밝으며 조리 있는 대답으로 응해주므로, 안셀모는 그 뜻을 무척 고맙게 여겼다. 그러고는 두 사람이 약속하기를, 한 주일에 두 번, 그리고 축제일에 로타리오가 안셀모의 집에서 식사를 같이하기로 했다. 이렇게 두 사람의 합의가 이루어지기는 했으나, 로타리오는 친구의 체면을 살리는 것 말고는 더 이상 아무것도 하지 않겠다고 결심했다. 그만큼 그는 자기보다 친구의 체면을 끔찍이 알아주었던 것이다. 그는 혼자 이렇게 말했는데, 옳은 말이었다. '하늘이 고운 아내를 정해주셨으면 마땅히 집에 온 친구의 표정을 살피기도 해야 하고, 제 아내의 친구들이 말하는 것조차 놓치지 말아야 한다. 물론 광장이나 성당에서, 그리고 축제일이나 순례하는 경우에까지 그러라는 것은 아니다. 남편으로서 아내를 졸졸 따라다니면서 그래서는 안 되니까. 하지만 여자란 복잡한 사정도 제 친구나 친척에게 가서는 서슴없이 다 털어놓기 일쑤인 것이다.'

로타리오는 또 이렇게도 말했다. '결혼한 남자에게는 친구가 꼭 필요하다. 그래서 처신하는 데 잘못이 있으면 귀띔을 해주어야 한다. 왜냐하면 남자가 여자를 지나치게 사랑하면, 남편이 아내를 두려워해 자신의 명예에 절대적인 관계가 있는 일인데도 하거나 하지 말라고 딱 잘라 말하지 못하는 경우가 많기 때문이다. 이럴 때 친구가 있어서 깨우쳐주면 어렵지 않게 문제는 해결된다.' 그러나 로타리오가 바라는 그런 슬기롭고 충실한 친구를 어디서 얻을 수 있단 말인가? 그것은 정말 모를 일이다. 그러나 로타리오만은 그럴 만한 사람이었다. 그는 친구의 명예를 위하여 마음을 쓰고, 최선의 주의를 게을리하지 않았다. 부유하고 가문 좋은 집안에서 태어나 모든 면에서 빠지지 않는 청년이 카밀라처럼 예쁜 여자의 집을 드나든다는 것이, 혹시 생트집을 일삼고 남의 흉을 찾아내려고 눈을 희번덕거리는 사람들에게 잘못 보일지도 몰라, 그는 친구 집에 가는 날짜를 되도록 줄이고 피하려고 노력했던 것이다. 물론 그의 양심과 용기가 남의 말 잘하는 혀에다 재갈을 물릴 수도 있었지만, 조금이라도 친구와 자신의 신망에 대하여 공연한 의심을 사기가 싫었다. 그리하여 그는 약속한 날이 오면 대개 일을 만들거나 바빠서 빠져나갈 수 없다고 꾸며댔다. 그러자니 한쪽에서는 지근거리고 또 한쪽에서는 핑계를 대느라고 매일 시간만 미뤄졌던 것이다.

그럴 무렵 하루는 두 사람이 교외의 들판을 산책하다가, 문득 안셀모가 로타리오에게 이런 말을 했다.

"이보게, 로타리오, 자네도 알다시피 내가 우리 부모님 같은 분들에게서 태어난 일이며 타고난 재산 할 것이 남부럽잖게 받았으니, 이것이 다 하느님의 은혜가 아닌가. 내게 이런 은혜를 베푸시고 거기에 자네를 내 친구로, 카밀라를 내 아내로 주신, 말하자면 이들 두 보배에 대해서 힘은 못 미치나 마음만은 티 없이 소중히 여기는 터인데, 이러한 은혜를 어떻게 감사하고 보답해야 할지 모르겠네. 그런데 이러한 모든 행복을 누리는 사람이라면 으레 만족하면서 살아갈 수 있고 또 사는 것이 보통인데, 나만은 이 세상 어느 누구보다 더 불행하고 무미건조하게 살아가고 있다는 생각이 드네. 언제부터인지는 나도 모르지만, 하여간 엉뚱하고 남들이 하지 않는 생각에 스스로 번민하면서 벗어나지 못하는 거야. 나로서는 까닭을 모를 일, 그러기에 나 자신을 탓하기도 하고 혼자 나무라기도 하면서 되도록 이런 생각을 가라앉히고 덮어두려고 노력하고 있지. 그런데도 때로는 이러한 비밀을 세상에 털어놓아야겠다는 생각이 없었던 것도 아니고, 이왕 폭로할 바에는 자네 비밀 창고에다 하고 싶네. 자네야 막역한 친구인 만큼 물샐틈없이 잘 지켜줄 것이고, 어떠한 방법을 강구해서 당장 내가 하고 있는 고민에서 나를 구해줄 테니까. 내가 자네의 노력 덕분에 얻는 희열은 내 망상으로 불행했던 만큼이나 클 것이네."

안셀모가 엮어대는 말에 로타리오는 어리둥절해서, 무엇 때문에 저렇게 장황한 허두와 방패막이를 미리 하는 것인지 도무지 알 수가 없었다. 동시에 무슨 근심이 그토록 크기에 이 친구가 번민을 하는 것인지 아무리 머리를 쥐어짜도 갈피를 잡을 수가 없었다. 그래서 우선 이 짐작조차 할 수 없는 궁금증에서 벗어나기 위해 말하기를, 숨겨둔 비밀을 말하려 하면서 이리저리 마구 둘러대는 것은 자칫 우정의 틈을 벌어지게 할 수도 있다고 했다. 또한 자신은 친구로서 의견을 줄 수 있으며 무슨 수단이라도 아끼지 않을 사람이라고 했다.

"사실이 그래, 로타리오." 안셀모가 대답했다. "자네를 친구로 믿기 때문에 털어놓네만, 그 생각이란 다른 게 아니라 카밀라 때문에 애가 타는 거지. 말하자면 내가 생각하는 것처럼 과연 그녀가 그렇게 착하고 완전한 아내인가 하는 거야. 황금은 풀무 속에 넣어봐야 알 듯이, 그 사실을 증명해줄 길이 없는 만큼 나는 확신을 가질 수 없지 않으냐 말이야. 정말이지 나는 여자의 정조란 유혹을 당하고 안 당하고에 달려 있다고 생각하네. 따라서 구애하는 자들의 약속이나 선물이나 눈물, 그리고 끊임없는 지근덕거림에도 굽히지 않는 여자가 진짜 꿋꿋한 여자로 보여. 왜냐고? 이보게, 건드리는 놈이 아무도 없어서 그런 것을 행실 바른 여자라고 할 이유가 어디 있는가. 기회가 없어서 몸을 해방시킬 수 없고 단 한 번의 실수가 남편에게 들키는 날에는 목숨이 달아나리라는 것을 빤히 아는 여자를 보고, 얌전하고 조심성 깊다고 할 까닭이 없지 않으냐 말일세. 그러니까 나는 무서워서, 기회가 없어서 착한 여자보다 아무리 꾀고 쫓아다녀도 끄떡도 하지 않는 여자를 더 꼽아주고 싶다는 거야. 사실 이런 이유로, 또 자네가 내 의견에 찬동하고 힘이 되어달라고 부탁할 여러 가지 일도 있고 해서, 나는 내 아내 카밀라로 하여금 그런 역경을 거치게 할 작정이야. 누가 마음먹고 나서서 사랑을 걸고 지근덕거리면, 그런 풀무질 속에서 시련을 당하고 시험을 받도록 해야 해. 그래서 카밀라가 승리한다면, 꼭 그럴 줄 믿지만, 나는 누구보다 더 행복해질 거야. 그때야 비로소 나는 내 희망의 절정에 도달했다고 할 수 있고, 그때야말로 나는 저 현왕[249]이 '누가 현숙한 여인을 찾아 얻겠느냐'[250]라고 한 그 꿋꿋한 여성을 맞아들였다고 할 수 있을 거라네. 그러나 만약에 일이 내 기대와는 정반대로 된다면, 내 의견이 옳았었구나 하고 만족하면서 으레 비싼 경험이 내게 줄 고통을 꾹 참고 견디어나가겠네. 물론 자네는 내 생각을 반대하

249 솔로몬왕을 말한다.
250 구약성경 〈잠언〉 31장 10절에 나오는 말.

고 여러 가지 말을 하겠지만, 어차피 내 계획을 중지시키는 데 아무런 소용도 되지 않을 걸세. 오, 로타리오! 자넨 내 친구가 아닌가? 그러니 내가 하고 싶어 하는 이 일을 도와주게. 나는 슬쩍 자네에게 자리를 물려주고나서, 무엇이든 깨끗하고 얌전하고 새침하고 욕심 없는 여성을 꾀어내는 데 필요하다 싶은 것이 있으면 빠뜨리지 않고 해주겠네. 무엇보다도 내가 자네에게 이런 어려운 계획을 맡기게 된 이유는, 카밀라가 패배를 당하는 날 그 패배는 그녀를 죽음으로 가게 하는 것이 아니라 그저 될 일이 되었다 하는 데 그치게 하면 그만이기 때문이네. 그리고 나로 보더라도 체면이 깎인 거야 말할 나위도 없겠지만, 자네가 침묵을 지켜줄 테니 모욕도 비밀로 남을 게 아니겠는가. 나에 관한 사건이니만큼 자네가 죽음처럼 영원한 침묵을 지켜줄 테니까. 그러니 자네가 나로 하여금 보람 있는 생활을 하게 하려면 선뜻 이 사랑의 전투에 투신해야 하네. 마지못해 하는 것이 아니라 내가 희망하는 열과 성의, 그리고 우리의 우정이 보증하는 그런 확신을 가지고 말일세."

안셀모가 로타리오에게 한 말은 이러했다. 로타리오는 정신을 바짝 차려서 듣기만 하고, 조금 전에 한 말 외에는 입도 떼지 않은 채 안셀모가 말을 끝내주기를 기다리고 있었다. 이제 말이 끝나자, 세상에 놀랍고 무서운 일을 처음 보는 사람처럼 한동안 안셀모를 뚫어지게 쳐다보다가 그에게 말했다.

"오, 내 친구, 안셀모, 지금까지 자네가 한 말이 허튼수작이라고밖엔 믿어지지 않네. 참말이라고 생각했다면 이렇게 계속 말하도록 내버려두지 않았을 걸세. 귀를 틀어막고 자네의 장광설을 앞질러버렸을 테니까. 내 생각으로는 틀림없이 자네가 나를 잘 모르거

515

나, 내가 자네를 잘 모르거나 둘 중 하나일세. 아니, 그것도 아니야. 내가 안셀모 자네를 알듯이 자네도 나를 로타리오로 알긴 하겠지만, 문제는 내가 자네를 이전의 안셀모로 생각지 않는 것이고 자네도 나를 나 이하로 형편없게 평가하는 걸세. 왜냐하면 지금 자네의 말은 친구 안셀모의 말이 아니고, 자네의 부탁도 자네가 알고 있는 로타리오에게 해서는 안 될 부탁이니까. 아무리 친한 사이라 하더라도 친구를 시험하고 이용하는 건 어느 시인의 말마따나 '제단까지'[251]만 해야 되는 걸세. 말하자면 하느님을 어기는 일로 우정을 이용하면 안 된다는 뜻이지. 이교도조차 우정을 그렇게 알았거늘 하물며 기독교도로서 그래서야 되겠는가? 어떠한 인간의 우정으로도 하느님의 애정을 잃어서는 안 된다는 것을 알지 않는가? 한낱 친구의 사정을 보아주자고 하늘 무서운 줄 모르는 일을 하는 데는 웬만한 일시적 사정이어서는 아니 되고, 친구의 생명과 명예를 건 중대한 일이어야 하네. 그런 만큼 안셀모, 다시 한번 말해보게. 그래, 내가 자네의 뜻을 받아들여서 자네가 부탁한다는 그 쑥스러운 일을 해야겠다니, 그렇게도 자네 생명이나 명예가 지금 당장 급한 위험에 놓여 있는가? 그건 절대 아니지. 오히려 그러한 자네의 부탁은, 내 생각이지만, 우선 자네의 명예와 생명을 어서 끊어달라고 졸라대는 동시에 나도 죽어 없어지라는 걸세. 왜냐고? 이보게, 내가 자네의 명예를 훼손하기 위해 노력하는 그 일이 바로 자네의 목숨을 끊으려는 일이 아니고 무엇이겠나? 사람이 명예를 잃을 땐 차라리

---

251 usque ad aras. 플루타르코스Plutarchos가 인용한 페리클레스Perikles의 격언으로, 친구로부터 거짓 증언을 부탁받았을 때 이 말을 하면서 거절했다고 한다.

죽는 것만 같지 못한 거야. 그래, 만약에 내가 자네 하라는 대로 자네 불행의 수단이 되어준다고 치세. 그럼 내 명예는 고스란히 살겠는가? 또 목숨이 온전할 줄 아는가? 안셀모, 잘 들어보게. 잠자코 내 말이 끝날 때까지 가만히 있어. 자네가 꿈꾸고 있는 일에 대해서 내가 말할 테니, 다 들은 뒤에 자네의 답변을 해도 내가 들을 시간은 충분할 걸세."

"좋아." 안셀모가 말했다. "자네 좋을 대로 하고 싶은 이야기를 다 해보게."

그러자 로타리오가 이어서 말했다.

"오, 안셀모! 자넨 지금 무어인들이 늘 가지는 어리석은 생각을 하고 있네. 그자들에게 그 종파의 잘못됨을 이해시키는 데는 성경의 인용도, 이성의 추리에 의한 이론도, 신앙 개조에 근거한 논리도 모두 부질없는 짓이지. 그저 손으로 만지듯 평이하고, 알아듣기 쉽고, 분명하고, 확실한 예화例話나 또는 '똑같은 두 부분에서 똑같은 부분을 빼면 남는 부분 또한 똑같다'라는 식으로 부정할 수 없는 수학적 증명을 가지고 해야 한단 말일세. 그러니까 그자들이 말귀를 알아듣지 못하면, 사실 알아듣지 못하지만, 그때에는 손으로 들고 눈앞에다가 바싹 대줘야 하는 거지. 그러나 별의별 짓을 다 한대도 그자들에게 우리 교회의 진리를 설득시킨다는 건 누가 해봐도 소용이 없을 걸세. 결국 이러한 방법을 자네에게 적용시켜야겠네. 뭐니 뭐니 해도 자네가 지금 품고 있는 그 생각은 정도에서 벗어난 것이고, 이성의 그림자도 찾아볼 수 없을 만큼 엉뚱한 것이기 때문이라네. 지금 같아서는 어리석다고밖에 할 수 없는 그따위 어리석음을 깨우쳐주려고 노력하는 것이 공연한 시간 낭비만 같으니, 그런 몹쓸 생각을 하는 자네가 벌을 톡톡히 받아보라고 그냥 내버려두고도 싶네. 하지만 자네에 대한 내 우정이 이런 냉혹한 방법을 용인하지 않아. 죽을 위험에 놓여 있는 것이 뻔한데 차마 모른 체할 수 없기 때문일세. 그러니까 눈을 뜨라고 하는 소리네만, 안셀모, 조금 전 자네가 나한테 말하기를, 가만있는 여자를 꾀어내라, 정숙한 여자를 유혹하라, 사심이 없는 여자를 가까이하라, 슬기로운 여자를 구슬려보라, 이러지 않았나? 그렇다면 이미 자네는 아내가 가만있는 정숙한 여자, 사심이 없고 슬기로운 여자임을 알고 있는 바인데 무엇을 더 알아보겠다는 것인가? 내가 별별 수단을 다 써도 자네의 아내가 승리하리라는 것을, 물론 승리하겠지, 빤히 알면서 대체 그녀가 지금 가진 것보다 얼마나 더 나은 형용사를 붙여주려는 것인가? 지금 그녀보다 더 나은 사람이 또 어디에 있단 말인가? 도대체 자네는, 자네의 아내를 입으로만 칭찬하는 게 아니라면 스스로 그런 부탁을 하는 이유조차 모르는 사람이야. 말뿐이 아니라면 무엇 때문에 그녀를 시험해본다는 거지? 몹쓸 사람이라면 자네 마음대로 그렇게 치부해버리면 그만이 아니냐고. 자네가 믿고 있다시피 그녀가 훌륭한 여자라면 변하지 않는 그녀의 진실을 시험한다는 건 부질없는 짓이야. 시험을 해보았자 진가는 그전이나 다름없을 테니까. 여러 말 할 것 없이 결론을 짓자면, 백해무익한 일을 하려고 한다는 건 물불을 가리지 않는 철없는 소견이고, 더구나 어느 힘에 눌리고 쫓기지도 않는 처지에 그따위를 시험한다는 건 멀리서 보아도 미친 짓이 분명한, 말도 안 되는 짓이야. 아무리 하기 어려운 일이라도 하느님과 세상을 위한 것이라면 꾀해도 좋아. 하느님을 위해 어려운 일을 감당하시는 성인들은 인간의 육체를 지니고 천사 같은 생활을 하시지 않나. 세상을 위해 하는 일이란 망망대해를 건너고, 고르지 못한 기후를 극복하고, 하고많은 이민족 속으로까지 깊이 들어가서 행운의 재화를 얻으려는 사람들이 하는 일이지. 그리고 하느님과 함께 세상을 위해 어려운 일을 꾀하는 이들이란 용감무쌍한 병사들로서, 그들은 대포알이 둥그렇게 뚫어놓은 상대방의 성벽 구멍 하나를 보는 즉시 무서워하기는커녕 두말없이, 또 위험이 자기들을 노리고 있다는 사실에도 아랑곳없이 다만 자기의 신앙과 조국과 임금을 위하는 일념으로 갖가지 죽음이 기다리고 있는 그 한가운데로 돌진하는 사람들일세. 무엇 때문에 그들이 그런 위험 속으로 뛰어 들어가느냐 하면, 비록 곤란과 위험이 있을지라도 그 일을 꾀하는 것이 곧 명예이자 영광이며 이익이 있기 때문이지. 그러나 자네가 계획하고 실천에 옮기겠다는 그 짓은 하느님의 영광을 높이는 일도 아니고, 행운의 재화를 얻자는 일도 아니며, 그렇다고 또 인간의 명예를 위한 일도 아닐세. 이유는 간단해. 설령 자네가 뜻을 이룬다 치더라도, 그로 말미암아 지금보다 더 자랑스러울 게 없고 돈이 더 생기거나 이름이 더 날 것도 없지 않나. 또 일이 뜻대로 안 되는 날에는 상상할 수 없고 더할 수도 없는 슬픔과 끔찍함을 맛보게 될 거야. 그때 가서 자네의 불행을 아무도 모른다고 생각한댔자 무슨 소용이란 말인가. 자네 혼자만 알고 있다고 해도 말할 수 없이 괴롭고 원통할 거야. 이 말이 사실임을 증명하기 위해서 저 유명한 시인 루이지 탄실로[252]의 시 한 구절을 들

---

252 Luigi Tansillo. 이탈리아의 시인(1510~1568).

려주지. 〈성 베드로의 눈물〉[253]이라는 시의 제1편 끝에 그는 이렇게 읊고 있어.

> 날이 샐 무렵 베드로의 가슴에는
> 아픔이 커가고 부끄러움만 자라네.
> 아무도 보는 이는 없건만 스스로
> 지은 죄를 생각하며 스스로 부끄러워했네.
> 벌어진 가슴이 부끄러워지는 것은
> 남의 눈에 띄었기 때문이 아니라네.
> 하늘과 땅밖에 보는 이는 없어도
> 잘못은 스스로 부끄러워지는 것을.

자, 이렇다네. 자네의 고통을 비밀로 파묻어둔다고 해도 자네는 그 속에서 헤어나지 못할 걸세. 그뿐이겠는가? 하루하루 눈물로 세월을 보내게 될 텐데, 눈에서 나오는 눈물이 아니라 심장에서 우러나는 피눈물을 흘리게 될 거야. 우리 시인[254]이 노래한 대로 그 '시험의 술잔'을 들이킨 어리석은 박사가 흘렸던 눈물 말이네. 현명한 레이날도스는 사리에 밝아서 그따위 짓을 하지 않았지만 말일세. 물론 그것은 시로 꾸며낸 이야기에 불과해. 그렇지만 그 안에는 일깨우고 이해와 교훈을 주는 도덕적인 의미가 숨어 있지. 그런

---

253 *Las lágrimas de San Pedro*. 루이지 탄실로가 쓴 원작 《성 베드로의 눈물 *Le lacrime di San Pietro*》은 1585년 출판되었으며, 루이스 갈베스 데 몬탈보가 1587년 카스티야 말로 번역한 것이다.

254 루도비코 아리오스토를 말한다.

데 내가 자네에게 하고 싶은 말은, 지금 자네가 범하려는 그 엄청난 오류를 깨달아야 한다는 점이야. 안셀모, 가령 자네가 하늘이 도왔든지 운이 좋았든지 아무튼 진귀하기 짝이 없는 다이아몬드의 임자가 되었다고 하세. 보석상이란 보석상은 다 그 품질이 기막히게 좋다고 하는 다이아몬드 말이네. 그래서 어떤 사람이든 모두 말하기를, 그 크기로 보나 품질이나 가치로 보나 도달할 수 있는 극치에 도달한 보석이라 하고, 자네 역시 반대할 아무런 이유가 없어서 그대로 믿는다고 하세. 그런데 자네가 그 보석을 모루와 쇠망치 사이에 놓고 팔의 온 힘을 다해 두드려가지고는 남들이 말하는 만큼 단단하고 값진지를 알아보려 한다면, 그게 옳은 생각이겠는가? 뿐만 아니라 실제로 자네가 그렇게 했을 경우에 보석은 어처구니없는 시험을 부득이 당할 수밖에 없겠지만 그렇다고 더 값이 나가거나 더 이름이 날 턱도 없으며, 만일 깨진다고 가정하면, 그럴 수도 있는 일이니까, 모든 것을 송두리째 잃어버리고 마는 게 아닌가? 그렇지, 잃고 말 게 뻔하지. 세상은 보석의 임자인 자네보고 정신병자라고 수군댈 거야. 그러니 잘 생각해보게, 안셀모. 카밀라는 자네나 남이나 모두 둘도 없는 다이아몬드로 아는 보배야. 그런 것을 깨질 자리에다가 가져다놓는다는 건 당치도 않은 일이 아닌가. 설령 시련을 잘 겪었다고 해서 지금보다 인품이 더 나아지겠느냐 말이야. 혹시 잘못되어서 굴복을 했다 치더라도, 자넨 지금부터 잘 생각해두어야 하네만, 정조를 잃은 그녀는 앞으로 어떻게 될 것이며, 자네도 두 사람이 파멸한 원인이 자신임을 알고 스스로를 얼마나 원망하겠느냐 말이야. 세상에 청초하고 정숙한 여성만큼 값진 보석은 없다는 걸 알아야 해. 그리고 여성의 명성이란 전적으로 그녀가 지닌 좋은 세평에 있는 법이야. 딴 사람도 아닌 바로 자네의 부인이 그런 사람이고, 또 자네가 알다시피 모든 면에서 더 이상 바랄 것이 없는데 무엇 때문에 이러한 사실을 자네가 의심하려 드느냐 말이야. 그리고 여자란 불완전한 동물이지. 그런 만큼 걸려 넘어지는 장애물을 그 앞에 가져다놓아서는 안 되네. 차라리 그걸 치우고 불편이 없는 길을 마련해주어서, 그녀가 필요로 하는 완전함을 얻기까지 거침없이 나아가게 해주어야 하네. 그래야 비로소 덕이 있다고 할 수 있거든. 자연학자들은 이런 이야기를 하지. 즉 담비라는 조그마한 동물은 가죽이 눈처럼 흰데, 사냥꾼들이 그놈을 잡으려 할 때에는 꾀를 쓴다더구먼. 어떻게 하는고 하니, 그놈이 다니는 길목을 찾아내서 온통 진흙 바닥으로 만들어놓고는 그곳으로 몰아간다는 건데, 이때 녀석은 진흙 바닥까지 와서는 주춤하고 서서 움직이지 않는다는군. 담비란 놈의 성미가 흰빛을 자유보다, 생명보다 더 아끼는지라 진흙 바닥을 밟다가 몸이 더럽혀질까봐 차라리 붙들리고 만다는 말일세. 청초하고 정숙한 여자는 이 담비 같은 거야. 부덕婦德이란 눈보다 희고 맑은 것이니까, 이것을 잃지 말고 잘 지켜서 유지하려면 담비에게 쓰는 그런 방법으로 해서는 안 되는 거야. 말하자면 구애자들이 성가시게 바치는 선물이나 친절의 진흙 바닥으로 내몰아서는 안 된다는 거지. 짐작건대, 아니 짐작이 아니라 틀림없이 여성에게는 그런 장애물을 치워주고, 세상 사람들의 좋은 평판이 병행하는 여성미 앞에 세워놓아야 하는 법일세. 깨끗한 여성을 맑고 깨끗한 유리 거울에 견줄 수 있지만, 더운 김을 살짝 불면 금방 흐려지고 말지. 그러니까 정숙한 여성을 대하는 태도는 마치 성인의 유골을 대하는 것과 같이 해서 그저 존경할 뿐 만져서는 안 되네. 숙녀를 보호하고 아끼기를 꽃들과 장미꽃들이 만발한 아름다운 동산을 보호하고 아끼듯 해야 한다는 거지. 그 꽃동산의 임자가 누군들 감히 들어가게 하거나 손을 대게 내버려두겠나? 고작해야 그저 먼발치로, 그나마 쇠창살 틈 사이로 냄새나 맡고 구경이나 하라 할 뿐이지. 가만있자, 문득 머리에 떠오르는 한 시구詩句를 다시 자네에게 들려주고 싶네. 내가 요즈음 연극에서 들은 구절인데, 바로 우리가 이야기하고 있는 이 문제에 해당하는 것 같아. 어느 꼼꼼한 노인이 딸을 가진 다른 노인에게, 되도록 그 딸을 잘 지키고 거두어서 집안에다 붙들어두라고 말하는 교훈조의 내용인데, 그 대사 가운데 이런 게 있어.

여자란 유리 같은 것
깨지나 안 깨지나
알아보려 말아라.
그러다간 큰 탈이 날 테니.

부서지기 쉬운 것을
산산조각을 맞출 수 없는 것을
위험한 자리에 두는 짓은
철도 분별도 없는 짓이라네.

사람들아, 이 뜻을 간직하라.
이치에 근거를 두는 말이니
다나에가 이 세상에 있는 한

523

황금비도 있으리라.[255]

오, 안셀모! 지금까지 자네에 관한 말만 했으니, 이제부터는 나에게 관계되는 몇 가지도 들어주게. 다소 길더라도 이해하게나. 결국 자네가 빠진 미궁에서 자네를 건져내려는 일이니까. 자네는 나를 친구라고 하면서 내 명예를 더럽히려 드니, 이건 완전히 우정과 상반되네. 이런 걸 자네는 기를 쓰고 하려 들 뿐 아니라 자네의 명예까지 나더러 없애달라는 거야. 첫째, 내 명예부터 더럽히려는 것이 명백한 이유는, 내가 자네 요구대로 유혹하는 것을 카밀라가 눈치챈다면 틀림없이 나를 천하고 넋 나간 놈으로 생각할 것이 아닌가? 자네와 나 사이에 우정이 명령하는 것과는 아주 딴판으로 엉뚱한 생각, 엉뚱한 행동을 하니까 말이야. 둘째, 자네 자신의 명예를 망쳐놓는다는 것도 의심할 여지가 없는데, 내가 유혹하는 것을 보고 카밀라는 '내가 무슨 경망한 눈치라도 보였기에 저렇게 대담하고 엉큼한 마음을 나타낼까' 하고 생각할 것이 아니겠나. 굳은 절개도 이쯤 되면 더러움을 탔구나 하고 그녀가 생각하게 될 때, 그것은 바로 자네에게 돌아가는 수치인 셈이야. 그녀의 망신이나 자네의 망신이 다 같은 것이니 말이지. 이런 데서 흔히들 세상 사람들의 입방아가 생기는 법이네. 다른 게 아니라 제 여편네가 행실이 나쁜 건 전혀 알지도 못하면서, 못된 짓을 하라고 기회를 준 적도 없고 어

---

255 다나에Danae는 그리스신화에 나오는 여신으로, 아르고스 왕 아크리시오스의 딸이다. 제우스는 아버지에 의해 탑에 갇힌 다나에를 즐겁게 해주기 위해 황금비로 변신하여 내려왔다.

떻게 손을 쓸 수도 없거니와 경계나 주의를 게을리한 바도 없건마는 그런 추행을 막지 못한 책임을 남자에게 돌리고, 심지어 입에 담지 못할 더러운 욕설까지 퍼붓는 것이라네. 그래서 그 여편네의 행실을 아는 사람이면, 남자의 탓이 아니고 기껏해야 상대를 잘못 만나서 그 모양이 된 줄 뻔히 알면서도, 오히려 동정하는 눈으로 보아주기는커녕 멸시의 눈초리를 보내는 것이라네. 내가 자네에게 꼭 하고 싶은 말은 이러하네. 무엇 때문에 못된 여자의 사나이가, 비록 자기는 알지도 못했고 아무런 책임도 없으며 여자에게 그렇게 되라고 시킨 적도, 암시를 준 적도 없는데 망신을 당해야 하는가 하는 점이네. 지루하겠지만 들어보게나. 다 자네를 위해서 하는 말이니까. 성경에 말씀하시기를, 하느님이 우리의 첫 아버지를 낙원에 창조하실 때에 아담을 잠들게 하시고, 아담이 잠들자 왼쪽 갈빗대를 뽑아서 그것으로 우리의 어머니 이브를 만드셨다지 않나. 이윽고 아담이 잠에서 깨어난 여인을 보고는 하는 말이 '이야말로 뼈에서 나온 뼈요 내 살에서 나온 살이로구나!'라고 했다는구먼. 또 하느님께서 말씀하시기를 '그러므로 남자는 아버지와 어머니를 떠나 아내와 결합하여, 둘이 한 몸이 된다'라고 하셨다지 않은가? 그때부터 성스러운 혼인성사를 세워주셔서, 그 매듭은 죽어야만 풀리는 법이네. 그리고 이 오묘한 성사의 권능이 전혀 다른 두 사람을 한 몸 되게 해줄 뿐만 아니라 착한 부부까지 되게 하여서, 영혼은 둘이라도 마음은 하나가 되지. 이를테면 아내의 육체가 모두 남편의 육체이니, 따라서 그 육체에 묻은 때꼽재기나 스스로 만든 흠집도 모두 남편의 육체로 돌아가는 것이네. 조금 전에 말했듯 설령 남편이 그런 짓거리를 할 기회를 안 주었다고 해도 말이지. 아닌 게 아니라 손발이 아플 때 몸 전체가 아픈 것은 같은 육체이니까 그런 것이고, 발목이 아픈데 얼토당토않은 머리가 아픈 것도 그런 까닭에 그런 것처럼, 남편이 아내의 불명예를 나눠 가져야 하는 이유도 부부는 일심동체이기 때문에 그런 것이라네. 그리고 세상의 명예나 불명예도 모두 혈육에서 비롯되고, 따라서 못된 여자의 망신살도 그런 것인 만큼, 어쩔 수 없이 남편도 한몫 끼게 마련이고 자신은 아무것도 모른다지만 창피를 당하지 않을 수 없는 일이지. 그러니 오, 안셀모! 정신을 차리게. 자네는 지금 자네의 그 정숙한 아내가 누리고 사는 평화를 짓밟으려는 일촉즉발의 위기에 몸을 던지려는 거네. 정숙한 자네 아내의 가슴속에 깃든 잔잔한 감정을 뒤흔들려는 자네의 엽기심이 얼마나 무익하고 부질없는 짓인가를 알아야 해. 그리고 자네가 모험을 걸어 얻을 수 있는 것은 적고 잃는 것은 크리라는 점을 명심하게나. 얼마나 큰지는 아무리 강조한다고 해도 말이 모자랄 테니 그만두겠네. 내가 지금까지 한 말이 그래도 자네의 그 짓궂은 계획을 바꾸게 하지 못한다면, 좋아, 자네의 그 망신, 그 불행의 수단으로 다른 사람을 골라보게. 나는 차라리 자네와의 우정, 상상만 해도 그 피해는 막대한 것이지만, 그것 때문에 우정을 잃으면 잃었지 내가 그 수단이 되고 싶지는 않아."

여기서 말을 맺고, 착하고 슬기로운 로타리오는 입을 다물었다. 안셀모는 한참 동안 대꾸할 말을 찾지 못한 채 멍하니 무엇을 생각하다가 마침내 입을 열었다.

"로타리오 친구여, 자네도 보다시피 난 자네가 들려준 말을 주의 깊게 다 들었네. 지금까지 자네가 든 논리, 예증, 비교 등에는 이로理路가 정연해. 또 자네가 가지고 있는 참다운 우정의 극치를 나는 잘 보았네. 그뿐 아니야. 솔직히 고백하지만, 자네의 말을 듣지 않고 나대로 행동했다가는 행복을 피해서 불행 속으로 뛰어들리라는 것도 잘 알고 있어. 그건 그렇지만 한 가지 생각할 점이 있지. 난 지금 병을 앓고 있는 환자야. 흔히 여자들이 흙이나 석회, 그리고 석탄이나 그 밖의 보기조차 싫은 메스꺼운 것들에 입맛을 다시게 되는 그런 병을 앓고 있다고. 내가 병을 고치려면 어떤 처방을 써야 하겠는데, 그건 그렇게 어렵지도 않은 일이란 말이지. 그저 얼렁뚱땅 카밀라를 슬쩍 건드려보기만 하면 그만이야. 그 여자도 만만치는 않은 편이라, 처음 몇 번 손을 내민다고 호락호락 넘어갈 사람은 아니거든. 이렇게 되면 난 자네가 운만 슬쩍 퉁겨주는 것으로 만족할 테고, 그것으로 자네는 우리의 우정이 요구하는 의무를 완전히 다하게 되는 셈이지. 내 목숨을 살려줄 뿐만 아니라 내 명예를 살리려고 애쓴 보람도 찾게 되는 것이네. 자네가 이 일을 꼭 해주어야 한다는 데는 또 다른 이유가 있어. 사실 내가 이런 시험을 꼭 해보겠다고 굳게 결심한 이상, 이런 지각없는 소리를 자네 아닌 다른 사람에게 이야기한다는 건 우선 자네 자신이 싫겠지. 자네가 그토록 아껴주는 내 명예가 위기에 놓일 테니. 또 자네가 유혹하는 동안은 카밀라가 자네를 오해할지 모르지만, 그까짓 건 아무것도 아니잖아. 얼마 안 가서 우리 둘이서 꾸며낸 연극이었다고 자네가 말할 수 있고, 그리 되면 그전이나 다름없이 자네의 신의는 회복될 테니까. 그러니 자네가 힘만 써준다면, 위험은 적고 만족은 더할 바 없는 일을 나에게 해주는 셈이니, 다소 어려움이 있더라도 부디 해주게나. 아까도 말했지만, 뭐 시작만 하면 일은 금방 끝나는 거니까 말이네."

로타리오는 안셀모의 결심이 굳은 것을 보고, 다시 더 어떠한 예증을 대고 무슨 말을 해야 그 뜻을 꺾을지 막막했을 뿐만 아니라, 한편으로 이따위 생각을 다른 사람에게 이야기하면 큰일이다 싶어서 우선 큰 불행이나 면할 양으로 그의 뜻에 따라서 하라는 대로 해줄 생각을 했다. 그는 카밀라의 마음을 다치지 않고도 안셀모를 만족시킬 수 있는 방식으로 일을 진행시키기로 마음먹었다. 그리하여 로타리오는 누구한테도 그 계획을 말하지 말 것을 당부하고, 기회를 엿보아 안셀모가 좋다는 시기에 착수하겠다고 대답했다. 안셀모는 눈물을 글썽거리며 따뜻한 포옹을 하고, 무슨 대단한 상금이라도 받은 것처럼 친구의 승낙에 고마워했다. 그리고 두 사람은 이틀 안으로 일에 착수할 것과, 카밀라에게 줄 돈과 보석을 안셀모 자신이 마련해줄 것을 약속했다. 안셀모는 또 카밀라에게 음악을 들려주라는 둥 시를 써서 추어주라는 둥 귀띔하며, 쓰기가 귀찮거든 자기가 지어주겠다고 덧붙이기까지 했다. 로타리오의 생각은 안셀모와 달랐으나 어쨌든 그대로 해주겠다고 했다.

약속을 맺은 두 사람은 안셀모의 집으로 돌아왔다. 그들은 카밀라가 남편을 기다리느라고 몹시 초조해하며 근심하고 있는 것을 보았다. 그날 그들은 여느 때보다 훨씬 늦게 돌아왔기 때문이다.

로타리오는 자기 집으로 돌아가고, 안셀모는 제 집에 남아 있었다. 벙실거리는 안셀모와는 반대로, 로타리오는 어떻게 꾸며대야 이 엉뚱한 일을 감쪽같이 성공시킬 수 있을까 하고 생각에 잠겨 있었다. 그날 밤 그는 카밀라를 다치게 하지 않고 안셀모를 속일 수 있는 방법을 하나 궁리해냈다. 이튿날 그는 점심을 같이하러 친구네 집으로 갔다. 카밀라는 로타리오가 자기 남편과 남다르게 지내는 사이임을 아는지라, 아주 반갑게 맞아주며 융숭하게 대접했다.

식사가 끝나고 식탁보가 걷히자 안셀모가 로타리오에게 넌지시 말하기를, 자기는 급한 일로 외출을 할 테니 그동안 카밀라와 함께 있어주면 한 시간 반 안으로 돌아오겠다고 했다. 카밀라가 나가지 말라고 하고 로타리오도 외출을 하려면 자기와 같이 나가자고 했으나, 안셀모는 들은 척도 하지 않았다. 오히려 로타리오를 눌러 앉히며 앉아서 기다리면 중요한 이야기는 차차 하겠다고 말할 뿐이었고, 카밀라에게는 돌아올 때까지 로타리오의 곁을 떠나지 말라고 일러두었다. 딴은 시치미를 떼고 외출의 필요를 그럴듯하게 엮어대는 바람에 아무도 그가 꾸며서 그러는 줄은 짐작도 하지 못했다. 그리하여 안셀모는 나갔고, 테이블 앞에는 카밀라와 로타리오만 남게 되었다. 집안에 있는 다른 사람들은 제각기 식사를 하러 나가고 없었기 때문이다. 로타리오는 지금 적수를 눈앞에 두고 제 친구가 부탁한 결전장에 나온 느낌이었다. 그러나 그 적수는 미모 하나로 기갑 중대를 맞아서 싸워 이길 만한 적수이니, 로타리오가 겁을 내는 것도 무리가 아니었다.

그러나 그는 의자 팔걸이에 팔꿈치를 세우고 손바닥으로 턱을 괸 채 앉아 있다가, 카밀라에게 자기의 무례함을 용서해달라고 하면서, 안셀모가 돌아올 때까지 좀 쉬겠다고 말했다. 카밀라는 쉬려면 의자보다 평상이 더 편할 것이라면서 자기의 응접실로 안내하려 했다. 로타리오는 이를 거절하고 그냥 그 자리에서 안셀모가 돌아올 때까지 자고 있었다. 안셀모가 돌아와보니, 카밀라 혼자 안방에 있고 로타리오는 잠을 자고 있었다. 그래서 옳거니, 시간이 제법 오래되었으니 이야기는 물론이고 잠잘 시간까지 있었구나 하고 혼자 생각했다. 그리고 어서 밖으로 나가 전말을 듣고 싶어서 로타리오가 잠에서 깨기만을 기다렸다.

일이 제대로 착착 진행되어, 마침내 로타리오가 잠에서 깨어나자 두 사람은 그길로 밖으로 나왔다. 궁금해서 못 견디는 안셀모가 꼬치꼬치 캐물었다. 로타리오는 처음부터 불쑥 전부를 내미는 것은 좋지 않기에 그저 카밀라가 미인이라는 칭찬밖에 하지 않았다고 대답했다. 읍내 어디를 다 가보아도 재색이 겸비하다는 소문이 자자하더라고 했으며, 이렇게 첫 고동을 틀어야 마음을 살 수 있고 마음을 산 다음에는 차차 말이 달콤하게 들리는 것이라면서, 이를테면 악마의 수법을 한번 써본 셈인데, 고놈이 조심성 있는 사람을 꾀어낼 때는 본시가 어둠의 악마인 주제에 광명의 천사로 변하여 겉만 번지르르하게 선을 꾸미는 것이므로, 처음에는 그 음모가 드러나지 않다가도 나중에 가서는 허울을 벗고 제 뱃속을 채우는 것이라고 말해주었다. 이 말을 다 듣고난 안셀모는 기뻐서 어쩔 줄을 몰랐다. 그러고는 날마다 번번이 외출은 하지 않더라도 똑같은 기회를 주겠다고 말했다. 왜냐하면 집에서는 카밀라가 그의 저의를 알지 못하도록 하는 데 전념할 것이기 때문이라고 했다.

그렇게 여러 날이 지났으나 로타리오는 카밀라에게 한마디도 하지 않았다. 그러나 안셀모에게는, 이야기는 자주 하지만 그녀는 이런 잔꾀에 빠질 싹수가 전혀 보이지 않고 희망을 걸 만한 구석이라곤 손톱만큼도 없다고 말했다. 그뿐만 아니라 심지어 자기에게 탕탕 을러대면서, 그따위 나쁜 생각을 버리지 않으면 남편에게 일러바치겠다고 위협까지 하더라고 말했다.

"잘됐어." 안셀모가 말했다. "카밀라가 말로는 여기까지 저항을 했으니, 행동으로 저항하는 걸 보아야겠네. 내일 내가 2천 에스쿠도를 줄 테니 그걸 아주 줘보게. 또 별도로 그만한 돈을 줄 테니 패물을 사서 구슬려보란 말일세. 여자란 제아무리 현숙하다 해도 인물이 반반할수록 몸치레라면 사족을 못 쓰니까. 카밀라가 이 유혹에도 안 넘어간다면 나는 만족할 것이고, 다시는 자네에게 신세를 지지 않겠네."

로타리오는 이미 시작한 일이니 끝까지 해보기는 하겠으나, 헛물만 켤 따름이지 이길 자신은 없다고 대답했다. 다음 날 그는 4천 에스쿠도를 받아 들고 4천 가지 걱정을 하게 되었다. 또 어떻게 거짓말을 꾸며대야 할지 몰라서였다. 그러나 생각다 못해 결심하기를, 카밀라는 말로나 선물로나 약속으로는 흔들릴 사람이 아니니 공연히 못살게 굴지 말 것이며 쓸데없이 시간만 낭비하는 게 아니냐고 말하기로 했다.

그러나 운명의 얄궂은 손길은 안셀모로 하여금 로타리오와 카밀라를 언젠가처럼 단둘이만 있게 만들었다. 그는 제 방으로 들어가서 열쇠 구멍으로 내다보며, 둘이서 하는 말소리를 듣고 있었다. 그러나 반 시간이 넘도록 로타리오는 카밀라에게 말 한마디 하지 않을뿐더러, 아무리 기다려도 입을 뗄 성싶지도 않았다. 그리하여 안셀모는 제 친구가 카밀라의 대답이라고 한 말이 모두 거짓말이고 꾸며낸 이야기인 것을 알아차렸다. 그래서 그는 사실을 확인하려고 방에서 나와, 로타리오를 따로 불러 무슨 일이 있었으며 카밀라의 기분이 어떻더냐고 물어보았다. 로타리오는 그 일에 다시는 손대지 않겠다고 대답했다. 어떤 일을 그녀에게 더 이상 말할 용기가 나지 않도록 그녀가 성을 내고 냉정한 반응을 보였기 때문이라는 것이었다.

"아," 안셀모가 말했다. "로타리오, 로타리오, 자네를 얼마나 믿었는데, 자네 정말 너무하는군! 지금 자네를 이 열쇠 구멍으로 보고 있었는데, 자네는 카밀라에게 말 한마디 하지 않았네. 보아하니 자넨 아직 어떤 말도 하지 않았고 생각만 하고 있었을 뿐이야. 일이 이렇다면, 이게 틀림없이 사실이니까, 자네는 왜 나를 속이는가? 그러니까 왜 자네는 내가 내 소원대로 해보려는 수단과 방법까지도 일부러 막으려고 하는가?"

안셀모는 더 이상 말을 하지 않았으나, 로타리오는 무안하여 어쩔 줄을 몰라했다. 거짓말을 하다 들켜 너무 치욕스러운 로타리오는 정말로 거짓말을 하지 않고 원하는 일을 잘 들어주겠다고 맹세했다. 혹시 궁금해서 엿보고 싶으면 봐도 좋다고 하면서, 그런 복잡한 짓을 안 해도 자기는 그를 만족시키기 위해 의심할 나위 없이 그녀를 시험대에 올리겠다고 말했다. 안셀모는 그의 말을 믿었다. 그리고 로타리오에게 더 안전하고 편한 기회를 주고자 여드레 동안 집을 비우기로 결심하고, 시내에서 멀지 않은 시골 친구 집에 가 있기로 했다. 그는 카밀라를 떠나 있을 구실을 마련하기 위해, 시골 친구와 의논해 자기를 부르러 오라고 했다.

무기력하고 세상 물정에 어두운 안셀모여! 그대 지금 무슨 짓을 하는가? 의도하는 바가 무엇인가? 명령하고자 하는 것이 무엇인가? 그대 자신을 망치자는 명령을 하면서, 자신의 불명예를 획책하고 자신을 적으로 몰아세우고 있군. 그대의 부인 카밀라는 좋은 여자다. 조용히 그녀를 소유하면 아무도 그대의 즐거움을 빼앗지 않아. 그녀의 마음은 그녀의 집 담 너머로 나간 적이 없다. 이 세상에 있어 그대는 그녀의 하늘이다. 그녀의 온갖 희망의 과녁, 그녀의 모든 즐거움의 바탕, 그리고 그녀의 의지를 재는 잣대다. 그녀는 무슨 일이든 하느님과 그대의 뜻을 따르기 때문이다. 그녀의 명예와 미모와 지조와 근신의 정수가, 그대가 가지고 있고 가지고 싶어 하는 모든 풍요로움을 한껏 뒷받침하고 있는데, 무엇 때문에 땅을 파고 새로운 광맥, 있지도 않을 보화를 캐려고 하여 만사가 수포로 돌아갈 자리로 기어 들어가려 하는가? 가냘픈 본성의 연약한 발판에 애써 몸을 의지하려 함인가? '불가능을 찾는 자는 가능마저 잃는 것이 옳다'는 것을 알라. 일찍이 한 시인이 다음과 같이 노래한 말이 정말 옳았군.

구하노라 죽음에서 생명을
병 가운데서 건강을
옥중에서 자유를
감옥에서 해방을
배신자에게서 충성을.
그러나 나의 운명은
희망이 끊어진 내 운명은
하늘과 함께 정해진 것
불가능을 원하다보니
가능한 것조차 오질 않구나.

다음 날 안셀모는 시골로 떠났다. 그는 카밀라에게, 자기가 없는 사이에 로타리오가 집안을 보살피러 올 것이니 식사도 함께하고 자기를 대하듯 아주 정성껏 대해주라는 부탁까지 하고 갔다. 사리가 밝고 마음이 어질고 정숙한 카밀라는 남편이 하는 부탁을 듣고 마음이 괴로웠다. 그녀는 남편이 없는 동안 누구든 식탁에 함께 앉게 하는 것은 좋지 않다고 말하면서, 집안을 다스릴 줄 모를까봐 마음이 놓이지 않는 것이라면, 이런 기회에 한번 시험해보면 큰일이라도 넉넉히 해낼 터이니 두고 보라고 했다. 그러나 안셀모는 자기가 좋아서 하는 일이니 그저 머리를 푹 숙이고 고분고분 하라는 대로 하면 된다고 대답했다. 카밀라는 자기의 뜻에 어긋나지만 그렇게 하겠다고 말했다.

그리하여 안셀모가 훌쩍 떠나버린 다음 날 로타리오가 그의 집으로 왔다. 다정하고 현숙한 카밀라의 대접을 받은 것은 물론이었다. 그러나 그녀는 로타리오에게 한 번도 단둘이 있는 기회를 주지 않았다. 언제든 남녀 하인들이 모시고 다녔기 때문이다. 그중에도 카밀라가 가장 귀여워하는 레오넬라라는 계집아이는 어릴 때부터 같이 자랐고, 안셀모와 결혼하면서 데리고 온 하녀였다. 그리하여 첫 사흘 동안 로타리오는 입도 떼지 못했다. 식사가 끝나는 대로 카밀라는 하인들에게 어서 가서 식사를 하라고 명령했기 때문에 그동안만이라도 말을 걸려면 걸 수 있었다. 그러나 카밀라는 또 레오넬라에게 분부하기를, 그녀 자신보다 먼저 식사를 하고 와서 항상 자기 곁에 있으라고 했던 것이다. 하지만 레오넬라는 제멋대로 딴 생각을 하느라고, 그리고 그 시간 그 기회가 딴 재미를 보는 데 필요했기 때문에 번번이 주인의 명을 지키지 않았고, 무슨 다른 명령이라도 받은 것처럼 두 사람만 남겨둘 때가 있었다. 그러나 카밀라의 얌전한 몸가짐과 위엄 있는 안색, 구김살 없는 태도가 로타리오의 혀에 재갈을 물려놓았다.

카밀라의 이러한 부덕婦德이 로타리오의 혀를 굳어지게 하는데 도움이 되기는 했지만, 그것은 결국 두 사람에게 더욱 해독을 끼쳤다. 왜냐하면 혀는 비록 말이 없어도 생각은 오락가락해서, 살아 있는 심장은 물론 대리석조차 반하지 않을 수 없는 카밀라의 고운 맵시와 마음씨를 하나하나 뜯어볼 여유가 생긴 까닭이었다.

로타리오는 말을 걸 수 있는 시간과 기회에 다만 카밀라를 바라보기만 하면서, 그녀는 과연 열렬한 사랑을 받을 만한 여자라고 생각했고, 이러한 생각은 차츰 안셀모에 대한 신의를 저버리게 했다. 그는 시내에서 자취를 감추어 안셀모나 카밀라와는 평생 만나지 못할 어디론가 멀리 떠나고 싶은 생각이 몇 번이고 들었으나, 막상 카밀라를 보기만 하면 일어나는 도취경을 물리치려고, 그리고 그것을 느끼지 않으려고 무척 애쓰면서 자기 자신과 싸우기도 했다. 그리하여 자기는 미쳤다고 혼자 자책도 하고, 스스로를 몹쓸 친구 혹은 몹쓸 기독교도라고 불러보기도 했다. 이런저런 궁리도 해보고 안셀모와 비교도 해보았다. 그러나 자기 자신이 신의가 없다기보다는 차라리 지나치게 믿는 안셀모가 미쳤다는 생각이 들면서, 그러니까 자기가 하려는 일은 하느님과 세상 사람들이 탓할 바가 못 되니만큼, 이 일 때문에 벌을 받을까봐 두려워할 것은 없다고 생각하기에 이르렀다.

그리하여 카밀라의 아름다움과 착한 마음씨는 무지하고 철없는 남편이 마련한 기회를 틈타 로타리오의 신의를 무너뜨리게 되었다. 로타리오는 제 구미가 당기는 그것에만 정신이 팔려 안셀모가 떠난 지 사흘 되던 날, 욕망을 억제하느라고 싸움을 계속하던 끝에 마침내 카밀라를 달콤한 말로 녹여내기 시작했다. 카밀라는 하도 어이가 없어 앉았던 자리를 박차고 자기 방으로 들어가버렸다. 물론 한마디 대꾸도 하지 않고 말이다. 그러나 이러한 경우를 당했다고 해서 로타리오의 희망이 꺾이지는 않았다. 희망은 항상 사랑과 함께 용솟음치는 까닭에, 그는 더욱더 카밀라를 두고 애태웠다. 카밀라는 로타리오에게서 뜻밖의 일을 당하고는 어찌할 바를 몰랐다. 그녀는 두 번 다시 말할 기회와 장소를 주는 것이 위험스럽고 나쁜 일이라는 생각이 들어서, 그날 밤으로 편지를 하인에게 들려서 안셀모에게 보내기로 했다. 그녀가 보낸 편지의 사연은 이러했다.

제34장

호기심 많은 호사객 이야기의 계속

흔히 장수 없는 군대가 좋지 않고 성주 없는 성이 좋지 않다고 하듯이, 아내가 되어 부득이한 사정도 없이 남편을 모시지 못하는 유부녀나 남편 없는 청상과부로 수절하는 것은 이보다 더 큰 불행이 없는가 합니다. 지금 제가 처한 불행이 곧 그 불행이니 당신이 계시지 않아 견딜 길이 없습니다. 이제 돌아오지 않으시면, 저는 집을 돌보지 못하는 한이 있어도 제 친정으로 갈 수밖에 없습니다. 다름이 아니오라, 저를 지켜주라고 부탁받은 분은 그런 자격으로 오셨는지는 알 수 없으나, 그 기회를 이용하여 자신의 취미에만 급급한 듯합니다. 사려가 깊으신 당신이니까 더 말씀드리지 않겠습니다. 더 이상 말씀드리는 것이 오히려 좋지 않을 것 같기 때문입니다.

이 편지를 받아본 안셀모는 드디어 로타리오가 계획을 추진했고 자기가 예상한 대로 카밀라가 이런 편지를 하게 되었다고 생각하고 몹시 기뻐하면서, 카밀라에게는 다만 이제 곧 돌아갈 것이니 어떤 일이 있더라도 집을 비우지 말라는 말을 전하라고 했다. 카밀라는 안셀모의 전언을 이상하게 여기며, 처음보다 더욱 갈피를 잡을 수가 없었다. 집에 눌러 있을 수도, 친정으로 갈 수도 없었다. 그대로 집에 있자니 부덕婦德이 위험해지고, 친정으로 가자니 남편의 명령을 거스르는 것이 되기 때문이었다.

마침내 그녀는 가장 나쁜 방법을 선택했으니, 그대로 눌러 있기로 결심한 것이었다. 그리하여 하인들이 뭐라고 수군댈까봐 로타리오의 곁을 떠나지 않기로 마음먹었다. 그리고 남편에게 편지한 일을 후회했다. 필경 자신이 로타리오에게 빈틈을 보였기에 그가 동해서 지켜야 할 예의를 저버린 것이라고 생각할까 두려워지는 까닭이었다. 그러나 자기 품행에 대한 자신이 있는지라 만사를 하느님께 맡기고 또 잘되리라고 믿고는, 로타리오가 어떻게 나오든 일체 침묵으로 대항할 생각이었다. 조금이라도 남편에게 걱정을 끼치지 않기 위해서였다. 그러자니 만일에 안셀모가 무슨 이유로 그런 편지를 보냈느냐고 물었을 때 로타리오가 다치지 않을 구실을 만들려고 궁리하기도 했다. 극진하고 쓸모가 있다기보다는 자못 갸륵한 생각을 가지고 그 이튿날 로타리오를 대했더니, 그의 추근거림은 한결 더해져서 카밀라의 꿋꿋한 마음을 흔들기 시작했다. 그녀의 절개는 로타리오의 눈물과 애원이 그녀의 가슴속에 일깨우는 그 어떤 사랑을 눈에 띄게 할까봐 무척 조심하지 않을 수 없는 정도였다. 그녀의 마음을 다 잘 알고 있는 로타리오는 더욱 몸이 달았다.

결국 그는 안셀모가 없는 틈을 타서 이 요새를 함락해야 한다고 생각했다. 그리하여 우선 카밀라의 미모를 치켜세우기 시작했다. 미녀들이 뽐내는 허영의 탑을 단번에 바닥까지 깨어버리는 데에는 아첨의 혓바닥 끝에 올려놓은 허영심보다 더 나은 것이 없는 까닭이었다. 사실 그는 온 힘을 기울이고 갖은 방법을 다 동원해서 카밀라가 비록 청동으로 만들어졌다고 하더라도 거꾸러지고 말 만큼 그 정조의 주춧돌을 두려 뺐다. 로타리오는 하소연과 진정을 드러내면서 울고불고하고, 빌고, 바치고, 아첨하고, 달라붙고, 꾸며대서 정숙한 카밀라를 옴짝달싹하지 못하게 만들었다. 그리하여 그는 애틋하게 바라면서도 감히 엄두도 낼 수 없었던 것을 마침내 정복해 쟁취하고 말았다.

카밀라는 항복했다. 마침내 카밀라가 항복하고 말았으니, 로타리오의 우정이 땅에 떨어진 것이야 말할 나위도 없지 않은가? 이것이야말로 우리에게 보여주는 뚜렷한 한 교훈이니, 연정을 이기는 길은 오직 그것을 피하는 것뿐이다. 아무도 이 강적과 맞닥뜨리지 말아야 함은 인간의 힘을 이기는 데에는 반드시 하늘 같은 힘이 있어야 되는 까닭이다. 레오넬라만은 제 아씨의 행실을 잘 알고 있었다. 간특한 두 친구, 두드러진 연애 관계가 드러나지 않을 수 없었던 것이다. 로타리오는 안셀모의 속셈을 카밀라에게 말하기가 싫었고, 일이 이 지경에까지 이르게 된 사연을 알려주고 싶지도 않았다. 자기의 애정을 값싼 것으로 보여주기가 싫었고, 어쩌다가 아무 뜻도 마음도 없이 구애한 것 같은 느낌을 주고 싶지 않았다.

며칠이 지난 뒤에 안셀모가 집으로 돌아왔다. 그러나 그는 자기가 가장 대단하게 여기면서도 얄본 그것이 집에서 없어졌다는 사실을 눈치채지 못했다. 그는 오자마자 로타리오를 만나러 갔고, 로타리오는 마침 자기 집에 있었다. 두 사람은 서로 껴안았고 그중 하나가 자기의 생명, 아니 죽음에 대한 소식을 물었다.

"자네에게 전할 소식이라야 뭐 딴게 아니고, 오, 안셀모 친구여!"로타리오가 말했다. "자네야말로 현숙한 아내들 중에도 가장 모범적인 아내를 가졌다는 사실이네. 내가 그 사람에게 지껄인 소리는 바람에 흩어진 셈이 되었고, 목숨을 바친다고 해도 소용이 없고 선물을 주어도 퇴짜만 놓더구면. 눈물도 몇 방울 흘려보았네만, 그건 웃음거리밖에 안 됐어. 한마디로 잘라 말해 카밀라는 천만 가지 미의 정화처럼, 정숙함과 진중함과 고요함이 항시 깃들고 있어 칭송을 받고 행복을 누릴 만한 온갖 미덕을 갖춘 사람이더군. 자, 여기 있어. 자네 돈을 도로 받게. 애당초 이런 건 맡아둘 필요조차 없었어. 카밀라의 지조가 어떠한데 이까짓 것에 넘어갈 성싶은가. 선물이나 약속 같은 하찮은 것 따위는 안중에 없었다네. 안셀모, 이제는 만족하고 다시는 시험을 하지 말게. 한번 해보았으면 알 게 아닌가. 자네는 발에 물 한 방울 묻히지 않고 흔히 여자들이 걸려드는 곤란과 의혹의 바다를 건넜으니, 새삼스레 또 상서롭지 못한 바닷속으로 들어가려고 하지 말게나. 그 바다를 안전히 건너라고 하늘이 자네에게 주신 그 배가 얼마나 좋고 튼튼한지 알아본답시고, 그걸 다른 사공에게 맡겨서는 안 된다는 말일세. 그러지 말고 벌써 안전한 포구에 닿았다고 생각을 해. 그리고 사려의 닻을 내리고 그냥 조용히 있게. 제아무리 지체가 높기로 안 갚을 핑계가 없는 그 빚을 달랄 때까지, 즉 죽는 날까지 말일세."

안셀모는 로타리오의 말에 아주 흡족해서 무슨 신탁神託이나 듣는 것처럼 믿어버렸다. 그럼에도 불구하고 또 말하기를, 이미 시작한 일에서 손을 떼지 말아달라고 했다. 호기심이나 심심풀이로 더 할 수 있고, 이제부터는 처음처럼 그다지 힘들지도 않을 테니 그렇게 해달라는 것이었다. 뿐만 아니라 그는 꼭 한 가지만 부탁한다면서, '클로리'라는 이름으로 카밀라를 찬양하는 시를 쓰라고 했다. 그렇게 하면 안셀모 자신이 카밀라에게, 로타리오가 연모하는 여인이 있어서 그녀의 정숙함을 점잖게 기리기 위해 일부러 다른 사람의 이름을 빌려 쓴 시라고 알려주겠다는 것이었다. 그리고 만일 시를 쓰기가 귀찮거든 자기가 대신 쓰겠다고까지 했다.

"그럴 필요는 없네." 로타리오가 말했다. "1년에 한두 차례쯤 뮤즈가 나를 찾지 않을 만큼 그렇게 시와 인연이 먼 것은 아니네. 지금 자네가 한 말대로 자네는 내가 일부러 그랬다고 카밀라에게 말하게나. 시는 내가 지을 테니까. 주인공에게는 나쁠지 몰라도 최소한 내 것으로는 걸작일 걸세."

철없는 친구와 배신자가 된 친구는 이렇게 서로 약속을 했다. 안셀모는 자기 집으로 돌아왔다. 그리고 왜 물어보지 않는가 하고 카밀라가 이상하게 여기던 일, 편지를 써 보낸 그 일에 대해서 물었다. 그러자 카밀라는 로타리오가 집에 와서 좀 함부로 하는 것 같기에 그랬으나 이제 그런 걱정은 없어졌고, 도리어 로타리오가 자기를 보는 것조차 꺼리고 단둘이 있는 것도 싫어하니, 그게 모두 자신의 상상으로 그렇게 된 일이라고 대답했다. 안셀모는 그런 걱정은 아예 하지 말라면서, 자신이 알기로 로타리오는 이 세상에서 제일가는 처녀를 사랑하고 있는 몸이요, 클로리라는 이름을 빌려서 그여자를 기리고 있다고 말해주었다. 그러고는 그런 연애를 않는다고 가정하더라도 로타리오의 신의나 두 사람의 우정에 대해서는 조금도 염려할 것이 없다고 했다. 로타리오가 미리 카밀라에게, 클로리와의 연애는 꾸며낸 일이고 실은 가끔 카밀라 자신을 예찬할 시간을 얻기 위해서 안셀모에게 그렇게 이야기했다고 귀띔했기에 망정이지, 그렇지 않았으면 틀림없이 그녀는 질투의 그물에 걸려서 아주 낙망했을 것이다. 그러나 이미 들어둔 바가 있었으므로, 이 깜짝 놀랄 소리를 무난히 흘려버렸다.

다음 날 셋이 식탁에 앉아 있을 때, 안셀모는 로타리오에게 애인 클로리를 위해 지은 시를 내놓으라면서, 카밀라는 그 사람을 모르니까 무엇이건 안심하고 얘기할 수 있을 것이라고 말했다.

"뭐, 아신다고 하더라도," 로타리오가 대답했다. "아무것도 감추지 않겠네. 연애하는 사람이 제 애인을 찬양하거나 쌀쌀하다고 투정한들 서로 믿는 사이에 흉이 될 리야 있겠는가. 그건 그렇고, 내가 어제 클로리의 매정함을 노래한 소네트가 있는데, 그걸 보여주지. 내용은 이러하다네."

소네트

밤의 고요 속에 달콤한 잠이
모든 이를 차지하고 있을 때
나는 끝없는 시름 그 애처로움을
하늘에게 나의 클로리에게 하소연하네.

장미꽃 붉은 동창 그 위로
해님이 솟아오를 무렵이면
고르지 못한 흐느낌과 한숨과 함께
지난 시름이 다시 되살아오네.

542

별들의 자리에서 땅 위로

해님이 곧은 햇살로 내려보낼 때

울음은 커지고 한숨은 더욱 깊어지네.

밤이 되면 내 시름도 오건만

못 견디게 안달하며 가슴만 태울 뿐

하늘은 무심한 채 클로리도 말이 없네.[256]

이 소네트가 카밀라에게 좋게 보인 것은 물론 안셀모의 마음에
도 아주 쏙 들어서, 그는 찬탄하기를, 이렇듯 솔직하게 털어놓는 것
을 모른다고 하는 여자야말로 지독한 여자라고 말했다. 이 말을 받
아 카밀라가 말했다.

"그럼 연애 시인의 말은 다 참말인가요?"

"시인이라고 다 그런 건 아니랍니다." 로타리오가 대답했다.
"하지만 연애하는 사람의 말이 항상 간결한 것은 그 말이 진정이기
때문이지요."

"그건 의심할 여지가 없는 사실이지." 안셀모가 되받아 말했다.
그는 로타리오의 의견을 지지하고 카밀라의 찬동을 구하는 것이었
으나, 카밀라는 이미 로타리오에게 마음이 간지라 안셀모의 잔꾀쯤
은 거들떠보지도 않았다.

그녀는 로타리오가 하는 말에 구미가 당기고, 그의 연정과 그

---

256 세르반테스는 이 소네트를 《질투의 집 *La casa de los celos*》 제3막에 약간 변형하여 포함시
켰다.

의 시가 자기를 두고 하는 것이기에 진짜 클로리는 바로 자신임을 알고 있었기 때문에, 또 다른 소네트나 시를 알고 있으면 낭송해달라고 했다.

"예, 알고 있죠." 로타리오가 대답했다. "하지만 먼저 것보다 좋진 않습니다. 아니, 솔직히 이전 것보다는 못하답니다. 아무튼 듣고 판단해주시지요. 이렇습니다."

소네트

나는 안다네, 내 죽음을 믿지는 않아도
죽음이야 뻔한 일, 아름답고도 매정한 임아.
그대에의 사랑을 뉘우치기 전에
그대 발아래 내가 죽을 건 분명한 일.

목숨도 이름도 사랑도 던져두고
망각의 곳으로 나는 가노라.
거기 내 가슴 그대 열고 들여다보면
아름다운 그대 얼굴 찍혀 있으리.

이 흔적 내 가슴에 지니는 탓은
그대 매정할수록 더욱 굳어지는
애달픈 못 잊음을 보이려 함이네.

가엾어라 하늘은 어두운데 거친 바다를
북극성도 포구도 보이지 않는

위험한 뱃길을 노 저어 가는 그대!

안셀모는 이 두 번째 소네트도 첫 번째 소네트에 못지않게 칭찬해 마지않았다. 이렇게 함으로써 자신의 불명예가 이어지는 사슬의 고리가 하나씩 하나씩 겹쳐가는 것이었다. 로타리오가 그를 타락으로 끌어내릴수록 그는 제 명예가 더 높아진다고 믿었으니 말이다. 그리하여 카밀라가 타락의 밑바닥으로 한 발 한 발 딛고 내려가는 층계조차 남편의 생각에는 덕과 좋은 세평의 절정으로 올라가는 것으로 보였다.

이럴 무렵 하루는 카밀라가 자기 하녀와 단둘이 있을 때 그녀에게 말을 건넸다.

"얘, 레오넬라, 이렇게도 호락호락 넘어가다니 참 부끄럽기 짝이 없어. 글쎄, 로타리오가 좀 더 오래 추근거리게 내버려두지 않고 그만 단번에 이것저것 다 내주고 말았으니. 그분이 하도 강하게 나와 도저히 감당해낼 수 없던 내 속도 모르고, 나더러 하잘것없는 여자니, 경박한 여자니 한다면 큰일이 아니겠느냐."

"아씨는 별것을 가지고 다 걱정이세요." 레오넬라가 대답했다. "아, 드리는 것이 값지고 좋을 바에야 금방 드린다고 해서 나쁠 게 뭐 있어요? 속담에도 '빨리 주는 자는 두 번 주는 셈이다'라고 했는데요."

"그렇지만," 카밀라가 말했다. "또 '힘 안 들인 것은 값도 덜 나간다'라는 말도 있지 않느냐."

"그 말씀은 당치도 않아요." 레오넬라가 대꾸했다. "제가 듣기로 연애란 날기도 하고 걷기도 하는 것이랍니다. 벼락치기로 뛰어

545

가는 사람도 있고, 능장을 부리는 사람도 있고, 한쪽에선 시큰둥한데 다른 쪽에선 후끈 달아오르기도 하고, 이편은 상처만 주는데 저편은 죽이기도 하고, 또 정열이 줄달음치던 그 자리에 어느덧 씻은 듯이 스러져버리는가 하면, 아침에 포위했던 성이 저녁때 함락되는 게 일쑤랍니다. 막아낼 힘이 없으니까요. 만사가 모두 이런 건데 무얼 걱정하세요. 로타리오 님이 이럴 줄을 아셨기로 그게 무슨 대수예요. 사랑이 주인어른이 안 계신 틈을 타서 이용한 것밖에 더 되나요? 안 계실 때 사랑하실 마음이 생겼으니까 그동안에 끝을 내시는 게 옳았지요. 안셀모 님이 돌아오실 때까지 미적미적 미루시다가 막상 들어섰더라면 흐지부지되고 말았을 테니, 그랬다면 무슨 꼴이 되었겠어요. 한번 마음먹은 사랑의 끝장을 보려면, 기회보다 나은 장사가 어디 있겠어요. 연애는 언제든지 기회를 잡아서 하는 것이고, 처음일수록 더욱더 그러하답니다. 저도 이런 일이라면 아주 환한걸요. 들은 경험도 이만저만이 아니랍니다. 그러니까 아씨께 제가 일러드리지요. 이래 봬도 피와 살이 젊은 청춘이니까요. 사실 말씀이지, 아씨께서 어디 뭐 단번에 척 몸을 내주셨나요. 먼저 로타리오 님의 눈매와 한숨과 말과 약속을 속속들이 다 보시고, 그 마음까지 쏙 뽑아서 주신다는 바람에 그 마음씨와 행동거지로 보아 로타리오 님은 사랑할 만하다고 생각하셨기에 일이 그렇게 된 거죠. 일이 이쯤 됐으면 이러쿵저러쿵 신경을 쓰실 것도 없고, 괜히 서먹서먹하게 생각하실 게 없습니다. 아씨가 로타리오 님을 위하시는 만큼 로타리오 님도 아씨를 위하신다고 믿으세요. 한번 사랑의 올가미에 걸린 몸이니 진탕 싫도록 살아보는 거예요. 그저 '그임은 도저하시고 존경할 만한 소중한 분이시다.' 이렇게만 아시란 말씀입니다. 아, 그분이야말로 한다하는 사랑의 마술사들이 갖추어야 할 네 개의 S[257]뿐만 아니라 사랑에 대해 기본인 ABC도 갖추고 계시죠. 원하신다면 제가 외워보겠어요. 제가 보고 느낀 대로 말씀드리면 그분은 감사할 줄 아시고agradecido, 착하시고bueno, 점잖으시고caballero, 손이 크시고dadivoso, 이성을 사랑하여 그리워하시고enamorado, 굳세시고firme, 말쑥하시고gallardo, 정직하시고honrado, 뛰어나시고ilustre, 성실하시고leal, 젊으시고mozo, 성품이나 품격이 고상하시고noble, 청렴하시고onesto, 으뜸이시고principal, 품위가 있으시고quantioso, 부자이시고rico, 그리고 네 개의 S야 말할 나위도 없거니와 묵중하시고tácito, 게다가 진실하십니다verdadero. X는 그분에게 맞지 않아요. 껄끄러운 소리를 내는 글자니까요. Y는 이미ya 말씀드렸고, Z는 아씨의 영예라면 물불을 가리지 않는 분zelador[258]이라 이 말씀입니다."

카밀라는 하녀의 ABC 말놀이가 우스웠다. 그리고 연애라면 제 말마따나 한발 앞섰다는 것도 사실이었다. 아닌 게 아니라 카밀라에게 속을 열어 보이는 그녀의 말로는, 벌써부터 이 도시에 사는 어느 미남 청년과 사랑을 속삭이고 있다는 것이었다. 이 말에 카밀라는 깜짝 놀랐다. 자기의 망신거리가 드러날까봐 두려워졌기 때문이다. 그리하여 말뿐만 아니라 정말 그러하냐고 캐어물었다. 레오넬라는 조금도 부끄러워하는 기색 없이 아주 예사롭게 그렇다고

---

257 '슬기롭고sabio, 하나뿐이고solo, 부지런하고solícito, 은밀하고secreto'를 가리킨다. 에스파냐의 극작가 칼데론 데 라 바르카Calderón de la Barca는 사랑이 완전하려면 네 개의 S가 있어야 한다고 했다.

258 에스파냐 말 알파벳 A~Z를 첫 글자로 하는 말을 순서대로 나열한 것이다.

대답했다. 원래 안주인의 잘못이 하인들을 방자하게 만드는 법이다. 하인들이란 한번 주인의 실수를 보기가 무섭게 제 마음대로 놀아나고, 주인이 알더라도 예사로 생각하게 되는 것이다.

카밀라는 레오넬라에게 신신당부하는 수밖에 다른 도리가 없었다. 애인이라는 그 사람한테 자기 일에 대해서 절대 말하지 말고, 레오넬라 이야기도 안셀모나 로타리오가 알게 될까 무서우니 딱 덮어두라고 말이다. 레오넬라는 그대로 하겠다고 대답했다. 그러나 일은 카밀라가 염려하던 대로 진행되었다. 염치나 체면이라곤 도무지 없는 레오넬라는 주인아씨의 행동거지가 전과 다르다는 것을 안 뒤부터 자기 애인을 집으로 끌어들였던 것이다. 주인아씨가 보더라도 잔소리는 못 하리라고 믿었기 때문이다. 말하자면 이런 일은 주인마님들의 죄악이 몰고 들어오는 숱한 불행의 일종인 셈인데, 카밀라의 경우와 마찬가지로 마님들은 도리어 하인들의 종이 되어서 그들의 추행을 덮어주기에 급급해지는 것이다. 그러기에 카밀라도 레오넬라가 그녀의 애인과 한방에 있는 것을 여러 번 보았으나 호통은커녕 오히려 숨길 자리를 마련해주었고, 남편의 눈에 띄지 않게 하려고 갖은 애를 다 썼다. 그러나 이 노릇도 오래가지는 못했다.

한번은 새벽 무렵에 그 사내가 집에서 나가는 것을 로타리오가 보았기 때문이다. 로타리오는 처음에 그 사내의 정체를 모르고 무슨 도깨비나 아닌가 하고 생각했으나, 그자가 휘적휘적 걸어가는 모습이나 또 얼굴을 푹 가린 채 일부러 몸을 감추려고 하는 눈치를 보고는 예사롭던 생각 대신에 퍼뜩 다른 생각이 들었다. 그런데 이 생각은, 나중에 카밀라의 처방이 없었더라면 모두를 망치게 하는 생각이었다. 로타리오는 그때 안셀모의 집에서 나가던 그자가 레오넬라를 만나러 왔다고는 생각지 못했고, 이 세상에 레오넬라라는 여자가 있다는 사실조차 떠올리지 못했다. 그래서 그가 한다는 생각은 고작 '옳지, 카밀라가 나하고 쉽게 바람을 피우더니, 이젠 그 버릇을 딴 놈에게로 옮겼구나' 하는 것이었다. 못된 여자의 죄악은 이런 군더더기를 지니기 마련이다. 애걸복걸하던 사내에게 한번 몸을 허락하고나면 그 사내조차 더럽다고 박차버리는 것이니, 사내는 여자가 딴 남자와도 내통한다고 넘겨짚고는 그에 따른 어떠한 추측도 틀림없는 사실로 확신해버린다. 로타리오 역시 그 순간만은 옳은 판단력을 완전히 상실했고, 건전한 사고력이 머리에서 아주 없어진 것 같았다. 그는 무슨 좋은 생각은 고사하고 이것저것 따지고 잴 사이도 없이 안절부절못하다가 홧김에 끓어오르는 질투심에 사뭇 눈이 뒤집혀, 애매한 카밀라에게 앙갚음을 해야겠다는 생각으로 안셀모가 아직 깨기도 전에 그를 찾아가서는 이렇게 말했다.

"안셀모, 할 말이 있네. 며칠 전부터 나 혼자 고민하면서 자네에겐 절대 비밀로 하려고 해보았네만, 이제 와선 숨길 수도 없거니와 또 숨겨서도 안 될 일이 하나 있네. 무엇인고 하니, 이젠 카밀라의 성도 무너졌단 말이네. 그 사람은 내가 마음먹은 대로 무너졌네. 이런 사실을 진작 말하지 않은 이유는 그녀의 경박스러운 음탕함에서 그랬는지, 아니면 그녀가 날 시험해보고 싶어서 그랬는지, 그리고 자네 부탁대로 내가 시작한 이 사랑이 진정 내 마음속에서 우러난 것인지를 확인해보기 위함이었네. 그런데 말일세, 그 여자가 최소한 우리가 믿고 있던 그런 여자라면, 또 그랬어야 한다면 내가 유혹한 사실을 자네에게 모두 일러바쳤을 걸세. 그런데 여태 아무 말도 않는 걸 보니, 언젠가 그녀가 나더러 자네가 없으면 자네의 보석이 있는 그 옆방에서 만나자고 하던 약속이 거짓이 아니란 걸 짐작하겠네. (사실 로타리오가 카밀라와 밀회를 한 곳은 거기였다.) 그렇다고 해서 무턱대고 자네더러 복수를 하라는 말은 아니네. 죄를 지었다고는 해도 마음의 죄뿐이니까 이제라도 카밀라의 마음을 돌려놓으면 회개하는 날이 오지 않겠나. 그러니까 자네는 옛날부터 내 말이라면 무슨 일이든 다 들어주었던 만큼 지금 자네한테 하는 말을 무조건 따르게. 차근차근 아주 조심스럽게 최선의 방법을 발견하기 위해서 말이야. 전처럼 이틀이나 사흘 집을 비워보게. 슬쩍 그러는 체하고 침실 옆방에서 가만히 숨어 있는 거지. 양탄자가 걸려 있고 다른 물건들이 있어서 숨는 곳으로는 안성맞춤이니까, 거기서 자네 눈으로 카밀라의 거동을 살펴보란 말이야. 나도 보겠지만……그래서 만약에 희망한다기보다 두려워해야 할 사악한 일을 보게 되거든, 그저 아무 말 없이 슬기롭고 재치 있게 자네의 망신에 대한 냉혈 동물이 될 수 있다네."

안셀모는 로타리오의 말에 넋을 잃고 그저 멍하니 있을 뿐이었다. 전혀 예기치 않은 때에 이 말을 들었기 때문이기도 했지만, 안셀모는 카밀라가 이미 로타리오의 거짓 애정 공세를 이겨냈다고 생각해서 막 승리의 영광을 향수(享受)하기 시작하려는 참이었기 때문이다. 그는 눈썹 하나 까딱 않고 한동안 마룻바닥을 내려다보며 말이 없다가 마침내 입을 열었다.

"자네가 해냈군, 로타리오. 내가 자네의 우정에 기대한 대로 과연 잘해주었군그래. 뭐든지 자네 시키는 대로 하겠네. 자네 좋을 대로 해봐. 하지만 뜻밖의 일이 생길 때는 비밀을 꼭 지켜주게나."

로타리오는 그렇게 하겠다고 약속을 하고 돌아서기는 했으나, 방금 한 말을 모조리 뉘우쳤다. 이왕 카밀라에게 앙갚음을 하려면 혼자서, 그리고 또 그런 능청맞고 치사스러운 짓을 하지 않고도 얼마든지 할 수 있는데 공연히 바보짓을 했구나 싶어서였다. 그는 자기의 어리석은 생각을 욕해보고 자기의 경솔한 짓을 탓해보기도 했으나, 어떻게 하면 저지른 일을 중단시키고 다른 좋은 수를 쓸지 알 수가 없었다. 하는 수 없이 그는 카밀라에게 이 모든 이야기를 털어놓기로 마음먹었다. 그럴 기회가 없을 것 같아 그날로 되돌아갔더니, 마침 카밀라가 혼자 있었다. 그런데 카밀라가 이야기할 기회는 바로 이때라는 듯 먼저 이렇게 말하는 것이었다.

"로타리오 친구, 저 고민이 있어요. 가슴이 찢어질 것 같은 고민이에요. 지금 이대로 가슴이 성하니 이상도 하죠. 글쎄, 그 레오넬라란 년이 넉살스레 저녁마다 총각 녀석을 방에 끌어들이고는 아침까지 자빠져 있으니, 제가 무슨 꼴이 되겠습니까. 그 녀석이 무시로 제 집에서 나가는 걸 보면, 저는 볼 장 다 본 게 아니겠어요. 그렇다고 그년을 혼내줄 수도 없고, 말 한마디 따끔하게 해줄 수도 없으니 속만 상해요. 고것이 이미 우리 관계의 비밀을 쥐고 있지 않겠어요. 그러니 무슨 짓을 하든지 입을 다물 수밖에 없습니다. 이러다간 기어코 무슨 창피를 당하고야 말 테니, 걱정이 돼서 못 견디겠습니다."

카밀라의 이 말을 듣고 로타리오는 한동안 '흥, 나가는 놈을 내가 보았는데, 그놈이 자기 서방이 아니라 레오넬라의 것이라고 발라맞추는 수작이로구나' 하고 생각했으나, 하도 울며불며 살려달라는 것을 보고는 사실인지도 모르겠다는 생각이 들었고, 그 순간 앞이 캄캄해지며 자기가 한 일이 모두 뉘우쳐졌다. 그러나 카밀라에게는 염려할 것 없다고 대답하면서, 자기가 뻔뻔스런 레오넬라의 버릇을 고쳐놓겠다고 했다. 그러고는 질투의 불길에 못 이겨 안셀모에게 고자질한 일과, 그래서 옆방에 숨어서 남편에 대한 카밀라의 부정을 똑똑히 목격하라는 약속이 되어 있다는 것까지 말했다. 이어서 그는 이런 미친 짓을 용서해달라고 빌면서, 생각이 모자란 탓으로 빠져버린 이 미궁에서 무슨 수단을 써서라도 제발 구해달라고 애걸했다.

로타리오의 말을 듣고 카밀라는 소스라치게 놀랐다. 그러면서 몹시 성을 내고 온갖 소리를 다 퍼부으며 로타리오의 마음이 틀려먹었다는 둥 바보 같은 몹쓸 약속을 했다는 둥 하고 따지고 들었다. 그러나 여자란 본시 남자보다 선이나 악에 있어 재치가 빠른 법이라, 물론 깊이 생각하는 데 실수가 없지 않지만, 카밀라는 당장 그자리에서 한 가지 묘수를 냈다. 그것은 꼼짝할 수 없게 된 일을 해결하는 방법으로, 다름 아니라 안셀모에게 내일 꼭 약속한 그 자리에 숨으라고만 해달라는 것이었다. 안셀모가 숨어주기만 하면 앞으로 두 사람은 아무 거리낌 없이 흠뻑 재미를 볼 수 있을 것이라고 했다. 카밀라는 로타리오에게 자기의 계획을 모조리 털어놓지 않았다. 다만 책임지고 안셀모를 숨겨두고, 레오넬라가 부르면 곧 와주고, 이쪽에서 말을 걸면 안셀모가 듣고 있는 줄 모르는 듯 대답을 하라고 당부했다. 로타리오는 계획을 숨기지 말고 미리 알려달라고 억지를 썼다. 그래야만 마음 놓고 눈치껏 할 짓을 다 할 게 아니냐는 것이었다.

"하고 말고가 따로 없습니다." 카밀라는 말했다. "제가 묻는 말에 대답만 하시면 그만이니까요." 카밀라는 자기가 생각하고 있는 바를 미리 말해주기가 싫었다. 꼭 틀림없는 자기의 생각을 로타리오가 들어주지 않고, 도리어 서투른 방법을 궁리하거나 할까봐 두려웠기 때문이다.

그리하여 로타리오는 그 자리를 떠났다. 다음 날 안셀모는 앞에서 말한 그 친구의 마을로 간다는 핑계를 대고 일단 나갔다가 되돌아와서 감쪽같이 몸을 숨겼다. 잘된 일이었다. 카밀라와 로타리오가 이렇게 되기를 계획했으니 말이다.

아무튼 안셀모는 꿀꺽 침을 삼키며 꼭꼭 숨어 있었다. 제 눈으로 제 명예의 오장육부를 해부해보려는 장본인인 만큼, 그 모양이 어떠했는지도 상상하기에 어렵지 않으리라. 그는 지금 자기의 사랑하는 아내 카밀라에게 있다고 믿는 최고의 선이 위기에 직면한 찰나를 보려는 것이었다. 카밀라와 레오넬라는 안셀모가 숨어 있음을 확인한 후에 안심하고 옆방으로 들어갔다. 카밀라는 발을 들여놓자마자 깊은 한숨을 내쉬며 이렇게 말했다.

"후유, 레오넬라 친구야! 네가 덤벼들어 방해를 놓을까봐 네게 감쪽같이 감춘 이 일을 시행하기 전에, 차라리 내가 너더러 가져오라고 한 그 안셀모의 단도로 걸레 같은 이 가슴을 아주 꿰뚫어주면 어떻겠니? 아니, 그만둬라. 남이 저지른 죄악을 내가 당할 이유가 없으니까. 우선 알아볼 일이 있단다. 도대체 로타리오의 그 음험하고 뻔뻔스런 눈이 나를 어찌 보았기에, 나에게 탁 터놓고 글쎄 제 친구를 얕보고 나를 망신 주면서 그런 고약한 생각을 털어 보였느냐 말이야. 레오넬라, 어서 저 창문으로 가서 그 사람을 불러들여라. 고약한 욕심을 채워보려고 틀림없이 저 밖에 서 있을 게다. 홍,

그렇지만 절개를 위해서 죽는 꼴을 먼저 볼걸."

"아이고, 이 일을 어째요, 아씨!" 약삭빠르고 능갈친 레오넬라가 대답했다. "이 칼을 가지고 도대체 무얼 하실 작정이에요? 그래, 아씨가 돌아가신단 말입니까? 로타리오를 죽이시겠단 말입니까? 어찌 됐건 아씨의 신망을 잃은 건 마찬가지입니다. 어떤 수모를 당하더라도 차라리 모르는 체하고 지내시는 게 상책이에요. 그런 고약한 사람을 집에 들여서 우리만 있다는 걸 보여주어선 안 돼요. 글쎄, 아씨도 생각해보세요. 우린 연약한 여자들이에요. 저쪽은 사내인 데다 못된 마음까지 품고 있죠. 그러니까 저쪽에서 나쁜 마음을 먹고 마구 미쳐서 덤비는 날에는 아씨가 미처 손을 쓰기도 전에 저쪽에서 먼저 죽음보다 더 흉측스런 짓을 할 거예요. 참, 안셀모 나리도 나쁘죠. 글쎄, 그런 불한당을 일부러 집에다 들일 게 무어람. 아씨, 그래 그 사람을 죽이신다면, 아무래도 그러실 것만 같아서 드리는 말씀인데, 죽인 다음엔 어떻게 처치해야죠?"

"친구, 무슨 걱정이냐?" 카밀라가 대답했다. "그냥 내버려두자꾸나. 안셀모 님이 파묻으시라고. 제 망신거리를 땅속에 묻어주는 것쯤이야 무슨 수고가 되겠느냐. 당연한 대가지, 뭐. 자, 어서 불러오기나 해. 내 망신을 깨끗이 씻기 전까지는 남편에 대한 내 절개가 훼손되는 것만 같아."

안셀모는 이 모든 이야기를 듣고 있었다. 카밀라가 하는 말 한마디 한마디에 그의 마음은 차차 변해갔다. 로타리오를 꼭 죽이겠다는 말을 들었을 때는 얼른 뛰어나가서 그런 짓을 못 하도록 사실을 밝혀놓고도 싶었다. 그러나 한편으로는 또 이러한 갸륵하고 고귀한 결심이 앞으로 어떻게 될 것인가 궁금해서 일단 참았다. 만일에 여의치 못하면 그때 뛰어나가기로 한 것이었다.

이때 카밀라는 정신이 아뜩해진 듯 마침 그곳에 있는 침대에 쓰러지니, 레오넬라가 엉엉 울면서 말했다.

"아이고, 이게 무슨 일이람. 내 품에서 돌아가시기라도 한다면 내 신세가 기박하구나. 세상에, 꽃 같으신 아씨, 어질기로 여자들의 모범이시고 정조의 거울이신데……"

이러저러한 사설을 다 늘어놓는 바람에, 누가 들어도 그녀는 세상에서 가장 동정심 많고 충직한 몸종이고 아씨는 페넬로페[259]만큼이나 욕을 당한 사람이라고 생각할 정도였다. 이윽고 카밀라가 정신을 차리더니 이렇게 말했다.

"레오넬라, 왜 이러고 있니? 해님이 내려다보시고 밤이 감싸주는, 친구 중에도 믿을 그 친구를 부르란 말이야! 어서 빨리 쫓아가라니까. 이렇게 늦다가는 내 분노의 열화가 식어질까 두려워. 벼르고 있는 정의의 복수가 위협이나 욕설로 그치고 말지도 몰라."

"아씨, 그럼 그를 부르러 가겠어요." 레오넬라가 말했다. "하지만 우선 칼이나 이리 주세요. 저 없는 사이에 일을 저지르실까 두려워요. 만일 아씨께서 돌아가신다면, 아씨만 바라보고 살던 사람들은 평생 울음으로 지내야 할 게 아닙니까."

"걱정 말아라, 레오넬라 친구야. 나는 죽지 않을 테니까." 카밀라가 대답했다. "네가 보기엔 내가 덤비는 것 같고 철없이 내 명예만 찾자는 것 같을 테지만, 저 루크레시아 같은 짓은 안 한다. 그

---

259 Penelope. 그리스신화 속 오디세우스의 아내로, 남편이 트로이전쟁에 나가 집에 없는 동안 많은 귀족들에게 구혼을 받았지만 다 물리치고 끝까지 집을 지켰다.

사람은 아무 잘못도 없으면서, 그리고 자기를 망쳐놓은 장본인을 먼저 죽이지도 않고 자결한 사람이라지. 물론 나도 죽기는 죽을 거야. 하지만 복수부터 해야지. 애매한 나를 이렇게 울려주는 그놈의 불한당에게 앙갚음을 해주어야지."

레오넬라는 로타리오를 부르러 나가기 전에 거듭거듭 재촉을 당하다가 마침내 방에서 나갔다. 그가 돌아올 동안 카밀라는 혼자 중얼거리듯 말했다.

"아이고머니! 어쩌면 그전에 번번이 그랬던 것처럼 이번에도 로타리오를 차버리는 게 나을지도 몰라. 이제 곧 제 잘못을 깨달을 때가 온다고는 하지만, 그동안만이라도 나를 행실 궂은 여자로 알지 못하게 말이야. 그래, 그게 정녕 옳아. 하지만 그리 되면, 난 원수를 갚지 못하고 내 남편도 명예를 살리지 못하실 거야. 못된 생각을 품고 들어온 자리에서 아무렇지도 않은 듯 그냥 걸려 보내면 말이야. 배신자는 못된 욕심을 품은 대가로 목숨을 내놓아야 해. 그래야 세상이 알게 될 거야. 카밀라가 남편에 대한 절개를 지켰으며, 범접을 하려 드는 놈에게 복수를 했다고 말하게 될 거야. 그런데 이런 사연을 모조리 안셀모 님에게 알려드려야 좋지 않을까? 그러려고 난 그 마을로 편지를 보냈던 건데. 내가 그 편지에 기막힌 사정을 말했건만 얼른 구하러 오시지 않은 것을 보면, 필시 너무 어질고 믿음이 두터우신 까닭이겠지. 그분으로서는 그렇게도 믿으시는 친구의 가슴속에 제 명예를 짓밟는 그런 생각이 숨어 있으리라고 믿으려 하지 않으셨고, 또 믿을 수도 없으실 거야. 난들 어디 처음부터 믿지 않았을라고. 그 작자가 아주 터놓고 선물을 들이밀고, 별별 약속을 다 하고, 밤낮 눈물을 흘리면서 극성을 떨지 않았더라면 끝끝내 그런 줄을 모르고 지냈을걸, 뭐. 그런데 난 지금 왜 이런 소리만 하고 앉아 있지? 기왕에 결연한 결심을 한 마당인데 누구 충고라도 듣고 싶어서? 천만에, 어림도 없지. 배신자들아, 썩 물러가라! 자, 복수다! 오냐, 어서 들어오너라, 도둑놈아. 냉큼 와서 죽어봐라. 끝까지 결판을 내고 말 테다. 나는 하늘이 내게 정해준 그분을 위해서 고이 간직한 순결한 몸으로 들어갔으니 순결한 몸을 가지고 나가려는 것이다. 그렇다. 깨끗한 내 피에 몸을 적시고, 이승의 가장 능갈친 친구의 더러운 피에 목욕을 하며 나는 가련다."

그녀는 이렇게 중얼거리며 칼집에서 뽑은 단검을 들고 방 안을 왔다 갔다 했다. 그녀의 비틀거리는 걸음걸이나 몸짓은 실성한 사람처럼 보여서, 정숙하기는 고사하고 낙망한 조방꾸니나 다름없었다.

안셀모는 몸을 숨기고 있는 곳의 양탄자 뒤에서 이러한 거동을 죄다 보면서 스스로도 놀라고 있었다. 이만큼 보고 들었으면 어떠한 의심이라도 너끈히 풀 수 있었으니만큼, 로타리오가 와서 시험하는 것을 그만두었으면 싶었다. 혹시 돌발적인 불상사가 일어날까 무서웠던 것이다. 그리하여 아내를 껴안고 안심을 시키려고 막 뛰어나가려는데, 그때 레오넬라가 로타리오의 손을 잡고 들어오는 것을 보고 그만 주춤했다. 카밀라는 로타리오가 오는 것을 보고는 자기가 서 있는 마룻바닥을 단검으로 죽 그어서 굵은 선을 내더니 이렇게 말했다.

"로타리오, 내 말을 똑똑히 들어요. 만일 그대가 이 선을 넘어오려고 했다가는, 아니 얼씬만 했다가는 내가 낌새를 채는 그 순간에 들고 있는 이 비수로 나는 이 가슴을 찌르고 말 거예요. 그러니 두말 말고 먼저 내가 하는 말을 듣고나서 그대 마음대로 대답하세요. 그럼 로타리오, 첫째, 그대는 안셀모가 내 남편이라는 걸 아세요? 안다면 어떻게 알고 있는지 말하세요. 둘째, 나를 어떻게 보고 있는지 알고 싶으니 말해주세요. 당황할 것도, 오래 생각할 것도 없어요. 내가 그대에게 하는 질문은 조금도 어렵지 않으니까."

로타리오는 그리 투미한 사내가 아니었다. 카밀라가 안셀모를 숨게 해달라고 말했을 때부터 그녀가 무엇을 하려는지 대강 짐작했다. 그가 장단을 맞춤으로써 두 사람은 이 거짓을 틀림없는 사실처럼 얼버무리려는 것이었다. 로타리오가 카밀라에게 한 대답은 이러했다.

"어여쁘신 카밀라, 오라고 하셔서 오긴 했습니다만, 그런 엉뚱한 질문을 하시려고 부르신 줄은 몰랐습니다. 이미 약속하신 사랑을 미루시려고 이렇게 나오시는 것이라면 진작부터 늦추어주시는 게 차라리 나을 뻔했습니다. 애타는 행복일수록 잡힐 듯 말 듯할 그때가 가장 간장을 녹이는 거니까요. 아무튼 질문에 대답을 하지 않는다고 꾸중하실까봐 말씀드립니다만, 안셀모가 그대의 남편이라는 것은 잘 알고 있죠. 우리 두 사람은 어릴 적부터 친구 사이고, 우리의 우정에 대해선 그대가 너무나 잘 알고 계시니 더 말하지 않겠습니다. 왜냐고요? 애정이 빚어낸 치욕의 증인이 되기란 나로서 차마 못 할 일이니까 그렇습니다. 하지만 이 애정은 또한 가장 큰 내 과오의 가장 큰 변명이기도 합니다. 나는 당신을 알고 있습니다. 그리고 안셀모가 당신을 두는 그 위치에 나도 당신을 두고 있습니다. 그렇지 않다면, 당신의 그러한 위치가 아니라면 내가 나에 대한 의무, 진정한 우정의 신성한 법칙을 거스른다고 할 까닭이 무엇이겠습니까? 하기야 지금은 사랑이라는 그 무서운 원수 때문에 그 법을 내 손으로 부수고 범해버렸습니다만."

"그걸 알면서도," 카밀라가 대답했다. "사랑받아 마땅한 모든 것에서 저주를 받을 이 원수, 무슨 면목으로 감히 내 앞에 나타났나요? 내 남편이 비치는 거울이 나라는 걸 모를 리 없을 테고, 그분이 어떤 분이신데 그게 그분을 욕되게 한다는 걸 모를 리 없잖아요? 이제 난 끝장이에요. 가엾은 건 이내 몸, 무엇 때문에 그대가 그때 자신에게 소홀했던가를 이제야 알겠어요. 그건 내가 처신이 바르지 못했던 탓이지요. 그렇다고 해서 내 행실이 나쁘다는 건 결코 아니에요. 마음이 있어서 그런 게 아니라, 누군가 조심할 이가 없다는 생각이 들 때 여자들이 저지르기 쉬운 그런 부주의에서 비롯된 일이니까요. 안 그렇다면 그대가 말해봐요. 이 배신자, 언제 내가 말 한마디 눈치 하나 눈곱만큼이라도 당신의 엉큼한 욕심을 채우려는 청을 들어주었던가요? 당신의 감언이설이 언제 한번 성공이나 해보았으며, 매섭고 앙칼진 나의 꾸지람을 듣지 않은 적이 있었나요? 그 숱한 약속을 내가 언제 믿어주었고, 그보다 더 많은 선물을 내가 언제 받아들였느냐고요. 그러나 아무 희망의 뒷받침이 없는 사랑을 언제까지든 한결같이 기다릴 사람은 없는 법. 그러니까 결국 내가 지나쳤던 탓으로 돌릴 수밖에 없어요. 내가 틈을 주었기에 그대가 단념을 못 한 것이니 그대의 잘못이 받아야 할 벌을 내가 짊어질게요. 내가 나 자신에 대해서 잔인한 만큼 그대에게도 그럴 수밖에 없음을 보이기 위해 그대를 오라고 한 겁니다. 당당하신 내 남편의 상처받은 명예를 위하여 내가 바치려는 이 희생의 증인이 되라고 말이지요. 그대가 줄 수 있는 최대의 망신을 당한 그분, 나 역시 그대의 간특한 욕망을 조금이나마 북돋우고 마땅히 틈을 주지 말았어야 하는데 주의가 부족했으니 그분에게 망신을 준 셈이에요. 거듭 말하지만 내 부주의가 그대로 하여금 사심을 품게 했다는 그 의심조차 나를 이토록 괴롭히고 있으니, 이젠 바로 내 손으로 나를 벌주자는 거예요. 남의 손에 죽는다면 나만 잘못했다고 세상이 떠들썩할 테니까. 하지만 그러기 전에, 이왕 죽을 바에야 죽일 사람이 있어요. 내가 꼭 복수를 해야겠다는 그 소원을 풀기 위해서 함께 데리고 갈 사람이 있다 그 말이에요. 그래서 어디로 가든 나를 이런 절망의 구렁텅이로 떨어뜨린 그놈에게 공명정대한 정의의 벌을 보여주겠단 말입니다."

이렇게 말하며 빼어 든 단도를 가지고 번개처럼 로타리오에게 달려들어서 가슴패기를 꿰어놓을 듯이 악을 썼다. 로타리오도 이러한 행동은 진짜인지 가짜인지 분간할 수가 없었다. 그는 카밀라의 손을 막기 위해서 부득이 힘과 재주를 다해 몸단속을 해야만 했다. 이럴수록 카밀라는 엉뚱한 이 속임수를 그럴듯하게 꾸며서 사실같이 채색하기 위해 자기의 피를 바르려 했다. 로타리오를 해치울 수 없어서 그랬는지, 그렇다는 것을 보이려고 그랬는지 그녀는 이렇게 말했다.

"운명조차 내 옳은 뜻을 받아들이지 않는구나. 그러나 내 뜻의 절반을 꺾을 수야 없겠지."

이러고는 로타리오가 붙들고 있는 칼 잡은 손을 빼내려고 안간힘을 쓰더니, 손이 빠지자 칼끝을 크게 해되지 않을 부위에 가져다 대어 왼쪽 어깨 쇄골 위를 찌르고는 힘없이 마룻바닥에 쓰러져버렸다.

일이 이쯤 벌어지고보니, 레오넬라와 로타리오는 얼굴빛이 창백해져서 벌벌 떨고 있었다. 더구나 피를 뒤집어쓴 채 쓰러져 있는 카밀라를 보자, 부쩍 사건의 진상을 의심하게 되었다. 사색이 된 로타리오가 쏜살같이 내달아서 단도를 뽑았다. 상처가 대단치 않은 것을 보고나서야 지금까지의 두려운 마음이 가라앉았으나, 그는 새삼스레 어여쁜 카밀라의 그 총명과 그 슬기와 그 뛰어난 재치에 다시 한번 혀를 내둘렀다. 그는 자기도 한몫을 톡톡히 해야겠다 싶어서, 마치 카밀라가 죽은 것처럼 그 몸을 껴안고 마음껏 길게 통곡을 하기 시작했다. 그러면서 저 자신뿐만 아니라 이 지경을 만들어놓은 장본인에게 마구 욕을 퍼부었다. 친구 안셀모가 듣고 있는 줄 알고 하는 짓이라, 설령 카밀라가 죽은 줄로 아는 누군가가 듣는다 할지라도 카밀라보다는 자기를 더 동정하게 될 그런 소리를 하는 것이었다.

레오넬라는 제 주인아씨를 안아 침대에 눕히고는, 아무도 모르게 카밀라를 치료해줄 의사를 불러달라고 로타리오에게 졸랐다. 그리고 또 그녀는 혹시 안주인이 다 낫기도 전에 안셀모가 불쑥 들어서는 날에는 이 상처에 대해서 무어라고 대답해야 옳을지 의견을 말해달라기도 했다. 로타리오는 알아서 잘 말씀드리라고 했다. 지금 이런 마당에 좋은 생각이 나겠느냐며, 피가 나는 것을 지혈하고 간호나 잘해드리라면서, 자기는 아무도 없는 곳으로 갈까 한다고 대답할 뿐이었다. 그는 슬퍼서 못 견디겠다는 표정으로 그 집을 나왔다. 그러나 자기 혼자뿐이고 아무도 보는 사람이 없다고 느꼈을 때, 그는 연방 성호를 그으며 카밀라의 꾀와 빈틈없는 레오넬라의 솜씨에 감탄해 마지않았다. 분명 안셀모는 자기 아내야말로 또 하

561

나의 로마의 열녀 포르키아[260]라고 믿을 것이라고 생각하니, 갑자기 그를 만나보고 싶어졌다. 상상도 할 수 없는 거짓과 꾸며낸 진실을 둘이서 치하하고 싶었던 것이다.

레오넬라는 로타리오의 말대로 제 아씨의 피를 지혈해주었다. 피는 거짓을 사실로 보이게 할 정도밖에 안 되었으나, 소량의 포도주로 상처를 씻고 갖은 솜씨를 다 부려서 싸매었다. 치료를 하는 동안 그녀는 여러 소리를 지껄였는데, 그전에 한 말이 없었더라도 안셀모로 하여금 카밀라를 정절의 상징으로 믿게 하기에 충분한 말들이었다.

이러한 레오넬라의 말들에 카밀라가 장단을 맞추었다. 카밀라는 자기가 겁쟁이며 옹졸한 자라서 때를 놓쳤다며, 치욕스런 목숨을 싹 끊어야 할 그때를 놓쳤다고 하는 것이었다. 그녀가 제 몸종에게 이 사실을 남편에게 일러야 할지 말아야 할지 의견을 말해달라고 하자, 몸종은 알려서는 안 된다고 하면서 이유를 댔다. 그렇게 되면 주인어른이 로타리오에게 꼭 복수를 하려 드실 테고, 복수를 하는 날에는 위험한 일이 생길 수밖에 없는데, 현숙한 부인으로서 남편에게 싸움을 붙여서는 안 될 일이니, 되도록 그런 일이 없도록 해야 된다는 것이었다.

카밀라는 옳은 말이니 그대로 따르겠지만, 이 상처가 드러나고야 말 테니, 어찌 된 영문이냐고 물으면 곧이곧대로 말씀을 드려야

---

260 Porcia Catonis(B.C. 70~B.C. 43). 고대 로마의 정치가 브루투스Marcus Junius Brutus(B.C. 85~B.C. 42)의 아내. 남편에게 자신의 결백을 보이기 위해 자신의 목을 칼로 자해했으며, 정절을 지킨 여인으로 명성이 자자했다.

하지 않겠느냐고 했다. 레오넬라가 대답하길, 자기는 농담도 거짓말도 할 줄 모른다고 했다.

"동생아, 나는 말이야," 카밀라가 되받아 말했다. "죽고 사는 일이 있기로 감히 거짓말을 꾸며내서 배겨낼 수 있는 그런 사람이 못 돼. 아무래도 우리가 이 일을 어쩌면 좋을지 알 수 없으니, 거짓말을 꾸미다 들키느니 차라리 있는 대로 모두 털어놓고 여쭙는 게 낫겠다."

"아씨는 걱정 마세요." 레오넬라가 대답했다. "오늘부터 내일까지 나리께 여쭐 말씀을 저 혼자 생각해둘게요. 상처 난 자리가 딴데와 달라서 나리께 보이지 않게 숨길 수도 있고, 하느님이신들 이렇게 바르고 떳떳한 우리 마음을 돌봐주지 않으시려고요. 아씨, 잠자코 계셔요. 여러 말 하실 것 없이 그저 잠자코 계셔요. 아씨께서 자꾸 그러시면 나리께서 눈치채세요. 뒷일은 다 저하고 하느님께 맡기세요. 하느님께서는 항상 착한 뜻을 저버리지 않으시니까요."

안셀모는 자기의 명예가 곤두박질치는 이 비극의 연출을 주의 깊게 보고 들었다. 이 비극이 등장인물들의 희한하고도 효과적인 연기로 허구에서 바로 사실로 옮겨 갔다. 안셀모는 어서 밤이 되었으면 했다. 집에서 뛰쳐나갈 기회도 기회려니와, 그길로 친구 로타리오를 만나러 가서 그와 함께 값진 진주의 발견을 축하하고 싶어서였다. 그것은 바로 아내의 미덕을 목격한 때문이었다. 두 여자도 눈치를 채고 그가 빠져나갈 편의와 기회를 주었다. 이 틈을 타 그는 집을 나서서 바로 로타리오를 찾아갔다. 만나자마자 로타리오를 껴안고, 좋아서 어쩔 줄 몰라했다. 카밀라를 칭찬하는 찬사를 제대로 늘어놓기조차 힘들 정도였다. 로타리오는 별로 기뻐하는 기색도 없이 그저 듣고만 있었다. 제 친구가 감쪽같이 속고 있다는 사실, 그러한 친구를 너무나 욕되게 했다는 생각이 머릿속에 떠올랐기 때문이다. 그래도 안셀모는 로타리오가 시무룩해 있는 것이 상처를 입은 카밀라를 두고 와서 그러려니 했으며, 그 원인이 자기에게 있다고 생각해서 그러려니 했다.

그래서 여러 말을 하는 중에 카밀라의 일은 아주 경상이니 염려하지 말라고 했다. 저희들끼리 자기에게 숨기자고 약속하던 것만 봐도 조금도 걱정할 필요 없다며, 그 대신 지금부터 자기와 같이 기쁨을 나누기나 하자고 했다. 친구의 솜씨와 수단 덕분에 자신은 평생소원이던 행복의 절정에 올랐으니, 자기는 이제 후세에까지 영원히 기념될 카밀라의 송가頌歌를 그가 지어주기만을 바랄 뿐이라고 했다. 로타리오도 친구의 고마운 뜻에 감사했고, 훌륭한 기념이 되게 하는 데 한몫 돕겠다고 했다.

이리하여 안셀모는 세상에서 둘도 없이 가장 멋지게 속은 사람이 되었으니, 제 영광의 수단으로 믿었던 그를 제 손으로 제 집에 끌어들여서 완전히 패가망신을 한 것이었다. 카밀라는 겉으로는 이일을 못마땅한 듯이 받아들였으나, 속으로는 흐뭇해 생글거리는 것이었다. 그러나 이러한 속임수도 그리 오래가진 못했다. 몇 달이 지나 운명이 그 바퀴를 돌렸을 때, 지금까지 그렇듯 빈틈없이 감추었던 사악한 비밀도 백일하에 드러났고, 안셀모는 부질없는 호기심 때문에 마침내 목숨을 끊게 되었다.

제35장

호기심 많은 호사객 이야기의 결말

이야기를 읽는 일이 얼마 남지 않았을 때, 돈키호테가 쉬고 있던 다락방에서 산초 판사가 우당퉁탕 뛰어나오며 크게 소리를 질렀다.

"여보시오, 빨랑 오시오. 제 주인 양반 좀 살려주시오. 내 생전 처음 보는 큰 싸움을 하고 계시오. 앗, 저런! 미코미코나 공주님의 거인 원수 놈을 딱 치시네. 고놈의 대가리가 뎅겅 도망을 갔어요. 허허허, 꼭 무 토막 같네요."

"형제, 뭐라는 거요?" 읽다 남은 이야기를 던져두고 신부가 말했다. "산초, 정신이 있나 없나? 거인은 여기서 2천 레과나 멀리 떨어져 있는데, 그놈이 여기 있다니 무슨 소리야?"

바로 그때였다. 방에서 쿵쾅거리는 소리와 함께 돈키호테의 고함이 들려왔다.

"꼼짝 마라, 이 도둑놈, 악당, 비겁한 놈아. 내가 놓아줄 줄 아느냐. 이놈, 그까짓 신월도新月刀로 뭘 한다는 거냐?"

그것은 꼭 사방 벽을 온통 칼로 들이쑤시는 것만 같았다. 그러자 산초가 말했다.

"듣고만 있을 때가 아닙니다요. 들어가서 싸움을 말리든 제 주
인 양반을 돕든 해야죠. 아니 참, 도울 건 없어요. 지금쯤 거인 놈은
영락없이 죽어 나자빠졌을 테고, 하느님 앞에 가서 잘못된 제 평생
을 후회하고 있을 테니까요. 마룻바닥에 피가 흥건하고, 그 옆에 대
가리가 데굴데굴 구르는 걸 난 봤는뎁쇼. 대가리가 어떻게나 크던
지 술 부대만 했습니다요."

"아이고, 이거 큰일 났군." 그 순간 객줏집 주인이 말했다. "그
돈키호테인지 돈 악마인지 하는 사람이 머리맡에 쌓아둔 적포도주
부대를 쑤셔놓은 게 아닌지, 원. 술이 쏟아졌기에 이런 숫된 양반의
눈에는 피처럼 보였구먼."

이런 말을 하면서 객줏집 주인이 방으로 뛰어 들어가니, 다른
사람들도 뒤따라 들어갔다. 그런데 돈키호테의 꼬락서니는 세상에
서 가장 괴상야릇한 옷차림을 하고 있었다. 속옷 한 벌, 그나마 앞
은 넓적다리를 감출 정도고 뒤는 여섯 치가 못 될 깡뚱한 속옷을 걸
치고 있어서 까칠까칠 털만 난 메마르고 기다란 다리가 보기에도
몹시 깡말랐고, 머리에는 기름때가 찌든 빨강 모자를 썼는데, 그나
마 객줏집 주인의 것이었다. 왼팔은 침대 담요를 똘똘 말아서 끼고
있었는데, 그것을 보고 산초가 양미간을 찌푸린 것은 그만이 아는
까닭이 있어서였다. 오른손으로는 칼을 빼어 들고 온 사방을 무작
정 들이치는데, 진짜 거인이 있어서 드잡이를 하듯 소리를 질렀다.
다행히 그는 눈을 감고 있었다. 아직 잠을 자며 거인과 싸우는 꿈을
꾸고 있는 것이었다. 모험을 끝내려는 생각이 너무 지나친 나머지
벌써 미코미콘 왕국으로 쳐들어가 원수와 격전을 벌이는 꿈을 꾸

게 한 것이었다. 그 바람에 거인인 줄 알고 찌른다는 것이 가죽 부대에 칼질을 얼마나 해댔는지 온 방 안은 포도주로 가득했다. 이것을 본 객줏집 주인이 불같이 성이 나서 와락 돈키호테에게 달려들어 주먹을 부르쥐고 마구 두들겨댔는데, 카르데니오와 신부가 뜯어말리지 않았더라면 거인과의 싸움은 이 사람이 끝낼 뻔했다. 그런 중에도 가엾은 기사는 잠을 깰 줄 몰랐다. 이발사가 찬물 한 솥을 우물에서 길어다가 온몸에 퍼부은 뒤에야 겨우 눈을 떴다. 그렇다고 해서 이런 영문을 알아차릴 만큼 정신이 또렷해진 것은 아니었다.

도로테아는 그 깡뚱하고도 얇디얇은 옷을 보고, 자기의 조력자와 그 적수와의 싸움을 보러 들어갈 마음이 없어졌다.

산초는 거인의 대가리를 찾으며 온 마룻바닥을 기웃거리고 다니다가 아무 데도 없는 것을 보고 말했다.

"옳지, 이제야 알겠다. 이놈의 집안은 모두가 마법투성이로구나. 지난번에도 지금 내가 있는 바로 요 자리에서 몽둥이와 주먹 할 것 없이 마구 퍼부어졌것다. 그때도 어느 놈이 나를 때리는지 몰랐고 통 아무도 보이지 않더니, 이번에는 또 분명 내 눈으로 대가리가 떨어지는 걸 보았고, 몸뚱이에서 피가 그저 샘에서 나오는 것같이 철철 흐르는 걸 보았는데, 고놈의 대가리가 싹 없어져버렸습니다요."

"뭐가 어쩌고 어째? 무얼 보고서 피라니 샘이라니 지껄여대는 거냐. 하느님과 성인들에게서 저주를 받을 녀석아." 객줏집 주인이 말했다. "그래, 이 도둑놈아, 피를 모르고 샘을 몰라? 이놈아, 가죽 부대가 뚫려서 적포도주가 방에서 헤엄을 쳐도 몰라? 영혼에 창이 난 놈들이 지옥에서 헤엄치는 걸 보여줘야 시원하겠다, 이놈!"

　"난 아무것도 모릅니다요." 산초가 말했다. "대가리를 못 찾아
내면 백작의 땅도 물에 소금 녹듯 다 틀렸으니, 내 신세가 가련해서
그런 것뿐입니다요."

　잠자던 주인보다 깨어 있는 산초가 더 큰일이었으니, 그의 주
인이 해둔 약속 때문이었다. 객줏집 주인은 벽창호 같은 종자와 못

된 그의 주인을 보고 어처구니가 없었다. 그는 맹세코 지난번처럼 공짜로 그냥 내보내지는 않을 것이며, 이번만은 기사도의 특권이고 뭐고 간에 찢어진 부대를 기울 쪼가리 값까지 모조리 다 쳐서 받아내겠다고 다짐했다.

그때 신부가 돈키호테의 손을 잡아주자, 그는 벌써 모험을 다 끝내고 미코미코나 공주의 어전에 대령한 줄 알고, 신부 앞에 두 무릎을 꿇고는 말했다.

"존귀하시고 고명하신 공주님, 공주님께서는 이제부터 그 못된 추물이 꾀하던 근심에서 벗어나 편안히 사시게 되었사옵니다. 그러하오니 소인도 오늘부터는 공주님께 올렸던 말씀에서 풀려나게 되었나이다. 지존하신 하느님의 은혜와 소인으로 하여금 평생 숨을 쉬고 생활하게 하시는 그분의 도우심이 있어 이 일을 깨끗이 끝냈음이옵니다."

"흥, 내가 말하지 않았던가요?" 이 말을 듣고 있던 산초가 말했다. "내가 뭐 술에 취했단 말이오? 글쎄, 이걸 봐요. 내 주인 양반이 거인 놈을 처치해놓으신 걸 보란 말이에요. 흐흥, 이젠 따놓은 당상이다. 내 백작령은 틀림없구나!"

주인과 그의 종자인 이 두 얼간이를 보고 웃지 않을 사람이 누구이겠는가? 모두가 박장대소했다. 다만 객줏집 주인만은 웃지 않고 오만상을 찡그리고 있었다. 아무튼 이발사와 카르데니오와 신부가 적잖이 애써서 돈키호테를 침대로 데려다 눕혔더니, 그는 매우 지친 모양이어서 이내 잠이 들고 말았다. 그를 자게 내버려두고 객줏집 문간으로 나와서, 거인의 머리를 찾지 못한 산초를 위로했다. 그러나 이보다 객줏집 주인을 달래는 데 더욱 힘이 들었다. 뜻밖에도 술 부대들이 나란히 죽어 자빠진 것에 아주 넋을 잃고 있었기 때문이다. 객줏집 안주인도 악을 쓰며 말했다.

"엎친 데 덮친다고 일이 안 되려니 꼭 때가 나쁠 때 편력 기사가 내 집에 들어왔구나. 차라리 이따위를 내 생전에 안 보았더라면 이런 손해를 입지 않았을 것을. 전에는 저놈하고 종자 놈하고 비루먹은 말하고 당나귀까지 하룻밤을 자고는 저녁밥 값, 침대 값, 짚 값, 보리 값 할 것 없이 한 푼도 내지 않고 모험 중인 기사랍시고 그냥 갔지요. 아이고, 그저 제발 하느님께서 저놈하고 세상의 그 편력 기사라는 놈들을 모조리 골탕 먹이셔야지. 글쎄, 저놈이 말하기를, 기사이기 때문에 아무것도 지불할 의무가 없다는 거예요. 뭐, 편력 기사의 장부책에 그렇게 적혀 있다나요. 그러던 게 오늘은 또 저 녀석을 위한다고 여기 이 양반이 오셔가지고 내 꼬리를 가져가더니만, 가져오실 때는 우리 양반이 쓰려야 다시는 쓸 수도 없게 몽땅 빠진 걸 돌려주시니, 구리 동전 두 푼은 달아났습니다그려. 게다가 또 필경에는 내 가죽 부대를 찢어서 포도주를 다 쏟아놓았으니, 이놈이 피를 쏟는 꼴을 내가 꼭 봐야만 하겠소. 하지만 그럴 생각은 없고, 내 아버님의 백골과 내 어머님의 영생을 걸고서라도 낱낱이 다 쳐서 받아낼 거요. 안 그러면 내 성을 갈겠어요."

파르르 떨면서 이런 말 저런 말을 객줏집 안주인이 늘어놓는 도중에 마음씨 고운 하녀 마리토르네스까지 역성을 드는데, 그 딸은 아무 말 없이 이따금 생긋생긋 웃고만 있었다. 신부는 힘닿는 데까지 손해배상을, 그러니까 포도주와 가죽 부대와 특히 그렇게 소중하다는 꼬리의 털 빠진 것까지 다 배상하겠다고 하며 그들을 진정시켰다. 도로테아도 산초 판사를 위로하면서, 언제고 그의 주인이 거인의 머리를 꼭 베는 날에는 자기 왕국에 무사히 도착하는 대로 최고의 백작령을 주겠다고 했다. 이 말에 산초가 적이 마음이 풀리어 공주에게 다짐하기를, 거인의 머리를 본 것이 사실임을 믿어달라는 말과 그 증거로는 그놈의 수염이 배까지 내려올 만큼 길더라는 말을 했다. 머리가 감쪽같이 없어진 것은, 전에도 틀림없이 확실히 그랬던 것처럼 이 집은 모두가 마법에 걸려 있기 때문이라고 했다. 도로테아는 자기도 그렇게 믿고 있으니 걱정하지 말고, 이제 모든 일이 순조로이 잘되어갈 것이라고 말해주었다.

다들 잠잠해진 뒤에 신부가 이야기를 마저 읽으려 했다. 아직 좀 남은 부분이 있었기 때문이다. 카르데니오와 도로테아와 다른 사람들도 끝까지 읽어달라고 했다. 그는 좌중의 흥미도 돋우고 자기도 읽으며 즐기기 위해 이야기를 계속 읽기 시작했는데, 내용은 다음과 같다.

그리하여 카밀라의 굳은 마음에 한껏 기분이 좋아진 안셀모는 부러울 것 없고 거칠 것 없는 나날을 보내고 있었으나, 카밀라는 일부러 로타리오에게 덜 좋은 얼굴로 대했다. 이런 행동에 뒷받침을 하느라고 로타리오도 안셀모에게 말하기를, 자기를 보기만 해도 카밀라가 번번이 언짢은 얼굴을 하니 다시는 집에 오지 않게 해달라고 했다. 그러나 속아 넘어간 안셀모는 절대 그러지 말라고 부탁했다. 그리하여 결국 안셀모는 여러 가지로 제 망신살 뻗치는 짓만 하면서 그것이 잘하는 짓인 줄로 알고 있었다.

그럴 즈음 레오넬라는 연애에 보증을 얻은지라, 아무 거리낌 없이 그저 죽네 사네 하고 있었다. 주인아씨가 덮어주니 믿는 데가 있을뿐더러 그것이 잘하는 짓인 줄로 알고 있었다. 그런데 어느 날 밤, 안셀모가 레오넬라의 방에서 발소리가 나기에 누가 있는가 하고 들어가보려는데, 안에서 문을 버티고 있었다. 그럴수록 더욱 열어보고 싶은 생각이 간절해졌다. 억지로 밀어젖히고 쑥 들어서는 순간, 그 방 창문으로 후다닥 뛰어넘는 사나이가 눈에 띄었다. 얼른 쫓아가서 누군지 알아보려고 했으나, 레오넬라가 안셀모를 꽉 껴안는 바람에 어쩔 수가 없었다. 레오넬라가 이렇게 말했다.

"나리, 가만 계셔요. 구태여 나가는 사람을 붙들려고 하지 마세요. 제가 알아요. 네, 그래요. 제 남편이에요."

안셀모에게는 믿을 수 없는 말이었다. 그는 울컥 화가 치밀어 별안간 단도를 쑥 뽑아 들고, 바른대로 대라고 하면서 레오넬라를 찌르려고 했다. 여자는 부들부들 떨고 어쩔 줄을 몰라하며 이렇게 말했다.

"나리, 제발 살려주세요. 죽이지만 않으시면 나리께서 상상할 수 없는 더 끔찍한, 정말 끔찍한 이야기를 해드릴게요."

"어디 해봐라." 안셀모가 말했다. "요년 어서, 안 하면 죽을 줄 알아라."

"그렇지만 지금은 못 해요." 레오넬라가 말했다. "이렇게 떨리는걸요. 내일까지만 참아주세요. 그때 가서 정말 나리께서 깜짝 놀라실 말씀을 해드릴게요. 그리고 이 창문으로 나간 사람으로 말씀드리자면 이 도시의 청년인데, 저와 약혼한 사람입니다. 정말이에요."

이 말에 안셀모가 스르르 풀어져서 레오넬라가 참아달라는 때까지 기다리기로 했다. 카밀라의 부덕婦德에 대해서 이미 만족하고 안심하는 만큼, 그녀에 대해 나쁜 소리를 하리라고는 꿈에도 상상하지 못한 까닭이었다. 그리하여 그는 방에서 나오며 레오넬라를 가두어두고는, 할 말을 다 할 때까지 나오면 안 된다고 단단히 일러 두었다.

안셀모는 그길로 카밀라에게 가서, 그동안 하녀의 방에서 일어난 일이며 끔찍스런 사건을 그녀가 말해주겠다고 하던 이야기를 있는 그대로 해주었다. 카밀라가 그 말에 당황하고 안 하고는 말할 나위도 없는 일이었다. 그녀는 겁결에 레오넬라가 자기의 불륜을 안셀모에게 죄다 불어댄 줄 알았고, 또 사실 그렇게 믿었다. 때문에 자기가 넘겨짚는 것인지 아닌지는 캐어볼 생각도 안 하고, 그날 밤으로 안셀모가 잠든 틈을 타서 값진 패물과 돈을 꾸려가지고 아무도 몰래 집을 나와버렸다. 그리고 곧장 로타리오를 찾아가 사건의 전말을 이야기하고는, 자기를 어디다 숨겨주든지, 아니면 안셀모가 찾아낼 수 없는 안전한 곳으로 같이 도망을 가자고 졸라댔다. 카밀라의 말을 듣자 로타리오는 앞이 캄캄해져서 입이 떨어지지 않았고, 어떻게 하면 좋을지 알 수가 없었다.

마침내 그는 자기 누이가 원장으로 있는 수도원으로 카밀라를 데려다주겠다고 했다. 카밀라도 이에 동의했다. 일이 다급한 만큼 로타리오는 지체 없이 그녀를 이끌고 수도원으로 가서 맡긴 다음, 자기도 그길로 아무도 모르게 도시를 떠나버렸다.

날이 샜을 때 안셀모는 카밀라가 곁에 없는 줄도 모르고 레오넬라가 알려주겠다던 그 이야기만을 듣고 싶어서, 일어나기가 무섭게 레오넬라를 가두어두었던 방으로 갔다. 덜커덕 문을 열고 방으로 들어갔다. 그러나 레오넬라는 온데간데없고, 다만 이불 한 장이 들창문에 매달려 있었다. 그것을 타고 도망친 것이 분명했다. 하도

기가 막힌 나머지 이 사실을 카밀라에게 말해주려고 다시 돌아왔다. 그러나 방에도 집에도 그녀는 없었다. 그는 눈이 휘둥그레졌다. 집에 있는 하인들을 불러 물어보았으나, 아무도 시원한 대답을 해주지 못했다. 허둥지둥 카밀라를 찾다가 웬일인지 상자가 열려 있고 값진 패물들이 없어진 것을 발견했다. 이때야 비로소 그는 자기의 불행을 깨달았고, 불행의 원인이 레오넬라가 아니라는 것을 알 수 있었다. 사태가 이렇게 되자 미처 옷도 다 입지 못한 채, 슬프고 답답한 마음으로 이 불행을 이야기하러 친구인 로타리오를 찾아갔다. 그러나 그도 집에 있지 않았다. 그의 하인들이 간밤에 돈을 있는 대로 다 가지고 집을 나갔다고 말했을 때, 그만 미칠 지경이 되었다. 아무튼 끝장이나 보자 하고 집으로 돌아왔더니, 하인들은 남자건 여자건 할 것 없이 죄다 도망쳐버렸고 온 집이 텅텅 비어 있었다. 그는 무얼 생각하고, 무얼 말하고, 무얼 해야 할지 알 수 없었다. 점점 정신만 펑펑 돌았다. 곰곰 생각하고 또 생각할수록 이젠 아내도, 친구도, 하인들도 없는 자기는 스스로 이고 있는 하늘에게까지 버림을 받은 것만 같았다. 무엇보다 카밀라를 잃은 것이 곧 자신의 파멸임을 생각할 때, 모든 명예는 완전히 없어졌다고 느꼈다.

그리고 얼마가 지난 뒤에 결국 그는 자기 친구의 마을로 가기로 결정했다. 이러한 불행을 꾸며내기 위한 기회를 주려고 간 적이 있던 바로 그곳이었다. 그는 집안의 문을 모조리 꼭꼭 잠가버린 다음, 말에 올라 하염없이 길을 떠났다. 거의 절반을 갔을 무렵 온갖 생각이 그를 괴롭혀서 하는 수 없이 내려서 말을 나무에 매어두고는, 그루터기를 베고 누운 채 그냥 그 자리에서 밤을 새울 듯이 뼈저린 한숨을 쉬고 있었다. 그때 마침 도시 쪽에서 한 남자가 말을 타고 왔다. 서로 인사가 끝난 뒤에 묻기를, 피렌체에 무슨 일이 없느냐고 했다. 그러자 그 남자는 이렇게 대답했다.

"오래전부터 듣지 못하던 굉장한 일이 벌어졌지요. 다른 게 아니라 글쎄, 산 후안 근처에 살고 있는 로타리오가, 왜 그 부호 안셀모의 아주 절친한 친구 말입니다, 그 사람이 친구의 아내인 카밀라를 데리고 도망친 바로 어젯밤에 안셀모도 사라졌다는군요. 이건 다 카밀라의 하녀에게서 나온 소린데, 고 계집이 야밤중에 안셀모의 집 들창문으로 이불을 타고 빠져나오는 것을 경찰서장이 붙들었다나요. 사실 말이지 난 그 일에 대해서 자세히는 모르오. 이 사건 때문에 온 도시가 온통 야단법석이라는 것밖에는…… 두 사람 사이가 극진해서 별명이 '두 친구'라고 하면 다 통했기에, 이런 일이 있을 줄은 아무도 몰랐지 뭡니까."

"혹시 아시오?" 안셀모가 물었다. "로타리오와 카밀라가 도망친 곳을?"

"웬걸요." 그 남자가 대답했다. "그걸 알아내려고 서장이 눈이 벌게서 설치고 있는데요."

"그럼 편안히 가시오." 안셀모가 말했다.

"안녕히 계십시오." 그 남자가 대답하고 자리를 떴다.

안셀모는 너무나 끔찍한 이 소식에 정신뿐만 아니라 목숨까지 잃을 지경이었다. 가까스로 몸을 일으켜 다른 친구의 집을 찾아갔다. 그는 안셀모의 불행을 까맣게 모르고 있었지만, 얼굴이 누렇게 뜨고 초췌한 것을 보고는 심상치 않은 일이 일어난 것이라고 생각했다. 안셀모는 들어서자마자 종이와 필기구를 좀 달라고 하면서 혼자 자고 싶으니 문을 잠가달라고 했고, 친구는 그대로 해주었다.

그리하여 주위가 조용해지자, 그는 공상으로 자기의 불행을 어찌
나 키웠던지 이제는 분명 죽을 때가 온 것이라고 느끼면서 어처구
니없는 이 죽음의 원인을 기록으로 남기기로 했다. 그러나 막상 펜
을 들고보니, 하고 싶은 말을 다 쓰기도 전에 숨이 끊어져, 부질없
는 호기심이 저지른 고뇌에다 생명을 내맡기고 말았다.

그 집 주인은 이슥하도록 안셀모가 아무 기척도 없자 병이 더
한지 궁금해서 들어가보았다. 안셀모는 엎드러져서 몸 한쪽은 침대
에, 또 한쪽은 책상 위에 있는데, 책상에는 글을 쓴 종이가 펼쳐져
있고 손에는 펜이 아직 쥐어진 채였다. 친구가 소리쳐 부르며 가까
이 가 손을 잡았으나 대답은 없고, 손은 이미 싸늘했다. 그제야 그
는 죽은 것을 알았다. 한편 놀라고 한편 크게 슬퍼하며 온 집안의
사람들을 불러 안셀모의 불행한 사건을 보여주었다. 그리고 그는
마지막으로 안셀모가 손수 적어놓은 종이를 읽어보니, 그 내용은
다음과 같았다.

어리석고 부질없는 욕망이 내 생명을 앗아 갔다. 내가 죽었다는
소식이 카밀라의 귀에 들어가거든, 내가 용서한다는 것을 알려다
오. 그녀는 기적을 일으켜야 할 의무가 없었고, 나 역시 그녀의 기
적을 바랄 필요가 없었다. 나는 내 불행을 스스로 저지른 장본인,
무엇을 위하여 그런 짓을 했는지……

안셀모는 여기까지만 쓰고, 말을 다 끝맺지 못한 채 숨이 끊어
진 것이었다. 이튿날 그의 친구는 안셀모의 친척에게 부고를 보냈
는데, 그들은 이미 끔찍한 소식을 알고 있었고, 카밀라가 머물던 수

도원도 그러했다. 카밀라는 제 남편의 죽음에 억지 동반자가 되어야 할 지경에 이르렀다. 죽은 남편의 소식 때문이 아니었다. 그것은 다만 이별한 애인의 소식 때문이었다. 그녀는 혼자 된 몸으로 수도원을 나올 생각도 없었고, 그렇다고 수녀가 되려는 것도 아니었다. 그럭저럭 얼마 동안을 거기서 지내고 있는데, 로타리오가 전사했다는 소식이 들려왔다. 그즈음 나폴리 왕국에서 로트렉 전하와 대장군 곤살로 페르난데스 데 코르도바의 전투[261]가 벌어졌었는데, 뒤늦게 후회한 로타리오는 마지막에 그곳으로 달려갔던 것이다. 이러한 사실을 알게 된 카밀라는 그제야 수도 서원을 했으나, 그런지 얼마 되지 않아 비애와 우울을 견디지 못하고 죽고 말았다. 이것이 저 철없는 원인이 빚어낸 모든 사건의 종말이었다.

"이 이야기 제법 잘됐는데……" 신부가 말했다. "하지만 사실이라고는 믿기 어렵군. 허구이겠지만, 허구라고 해도 작가가 서툴러. 왜냐하면 아무리 정신 나간 남자라 하더라도, 안셀모 같은 값비싼 경험을 하리라고는 상상도 할 수 없으니 말이오. 그저 총각 처녀 사이라면 또 모르지만, 기혼 남녀 간에는 있을 수 없는 일이 아니겠소. 물론 이야기를 엮어나가는 솜씨에는 불만이 없지만 말이외다."

---

261 로트렉 전하monsiur de Lautrec(곧 Odet de Foix)와 대장군이 참전했던 세리뇰라 전투la batalla de Ceriñola(1503)를 언급한 것 같다.

• 제36장 •

돈키호테가 적포도주 부대와 벌인 용맹하고 기이한 격투²⁶²와 객줏집에서 벌어진 다른 기이한 사건들 이야기

이러고 있을 때 객줏집 주인이 문밖에 나와 있다가 혼자 중얼거렸다.

"저기 오시는 손님들이 정말 근사하구나. 내 집에서 묵어가시면 좋으련만."

"누구시기에 그래요?" 카르데니오가 말했다.

"네 남자가," 객줏집 주인이 말했다. "등자를 짧게 하고 말을 탔는데, 창과 방패를 들고 얼굴 덮개 모두가 검정이네요. 그 옆에 하얗게 단장한 여자가 부인 안장에 올라앉았는데, 얼굴은 가렸고 마부는 둘인가봐요."

"아주 가까이 왔소?" 신부가 물었다.

"가깝고말고요." 객줏집 주인이 대답했다. "벌써 다 왔는걸요."

---

262 이 격투는 앞 장(제35장)에서 벌어진 일이다. 세르반테스가 이 장 제목에 잘못 끼워 넣는 실수를 한 것이지만, 이 책은 세르반테스가 처음에 쓴 그대로 둔다.

이 말에 도로테아는 얼굴을 폭 가리고, 카르데니오는 돈키호테의 방으로 뛰어 들어갔다. 그러나 이러고저러고 할 겨를도 주지 않으려는 듯 어느덧 주인이 말하던 일행이 들이닥쳤다. 옷차림과 거동이 귀족다운 네 사람이 말에서 내리더니 부인 안장에 타고 있는 여자를 내려놓는데, 그중 한 사람이 제 팔로 안아서 카르데니오가 숨어 있는 방문 앞 의자에다 앉혔다. 이러고 있는 동안에도 여자나 남자들은 얼굴 덮개를 벗지 않았고, 서로 한마디도 하지 않았다. 다만 여자는 의자에 앉는 순간 깊은 한숨을 내쉬었고, 병들고 맥 풀린 사람처럼 두 팔을 힘없이 내려뜨리는 것이었다. 마부들은 마구간으로 말들을 끌고 갔다.

이것을 본 신부가 도대체 이런 모양새로 이런 침묵을 지키는 사람들이 누군지 궁금해서, 마부들이 있는 곳으로 다가가 그들 중 한 사람에게 자기가 알고 싶은 바를 물어보았다. 그러자 그 사람이 대답했다.

"사실인즉 저도 저 양반들이 누군지 잘 모른답니다. 그저 안다면 지체가 높으신 분들이라는 것뿐이죠. 그중에서도 저기 보시다시피, 저 아씨를 안고 계시는 저분이 더욱 그렇습니다. 이렇게 말씀드리는 건 모두들 저 양반만 떠받치고 저 양반이 하라시는 대로 하거든요."

"그럼 아가씨는 누구시오?" 신부가 물었다.

"그것도 몰라요." 마부가 대답했다. "뭐, 오면서 얼굴 구경을 한 번이나 했어야 말이죠. 한숨 소리라면 연거푸 들었습니다만. 우는 소리도요. 정말 그럴 때마다 숨이 꼴깍 넘어가게 울었답니다. 제가 말씀드린 것 말고는 더 모른다 해도 그리 이상할 것도 없습니다요.

저나 제 친구나 저 양반들을 겨우 이틀 모셨는걸요, 뭐. 길에서 우연히 만나가지고는 삯을 두둑이 줄 테니 안달루시아까지 가달라고 해서 가는 것뿐입니다요."

"그럼 누가 이름을 부르는 소리도 듣지 못했소?" 신부가 물었다.

"한 번도 듣지 못했습니다." 마부가 대답했다. "모두가 입을 딱 봉하고 왔으니까요. 그게 참 이상해요. 들은 소리라곤 불쌍한 아씨의 한숨과 울음소리뿐이라, 글쎄, 저희들 마음까지 찡하지 않았겠어요. 어디로 가는지는 모르지만 암만해도 어쩔 수 없이 끌려가는 것만 같아요. 옷차림을 보면 수녀거나 수녀가 될 사람, 그렇죠, 그게 분명해요. 그런데 그나마도 되고 싶어서가 아니라, 짐작건대 하는 수 없이 그러는 것 같아요."

"정말 그런지도 모르지." 신부가 말했다.

이러고는 그들 곁을 떠나 도로테아가 있는 곳으로 갔다. 도로테아는 얼굴을 가린 여인의 한숨짓는 소리를 듣고 절로 가여운 생각이 들어 그녀에게 다가가 말을 건넸다.

"아씨, 어디가 안 좋으세요? 같은 여자끼리 서로 돕는 게 우리네 풍속이니까, 무엇이나 원하시는 대로 다 해드리겠어요."

그렇지만 시름에 찬 그 여인은 아무 대답이 없었다. 도로테아가 아무리 상냥하게 대해주어도 그녀는 입을 다물고 있을 뿐이었다. 그때 아까 마부가 말한, 다른 사람들은 모두 그가 하라는 대로 한다고 한 그 복면의 기사가 가까이 와서 도로테아에게 말했다.

"아씨, 이 여인에게 다정하게 대해주어도 소용없습니다. 별의별 짓을 다 해도 전혀 기뻐하지 않는 성미니까요. 그 입에서 거짓말을 듣겠다면 몰라도 아예 대답을 바라지도 마십시오."

"나는 거짓말을 한 적이 없어요." 지금까지 아무 말이 없던 그 여자가 남자의 말을 듣고는 말했다. "오히려 내가 고지식하기 때문에, 거짓을 꾸밀 줄 모르기 때문에 지금 이런 욕을 당하고 있는 거예요. 증인을 대볼까요? 당신이야말로 티 없는 내 진실을 거짓으로 꾸며내는 바로 그 증인이에요."

이 말을 하나 빼놓지 않고 다 듣고 있는 것은 카르데니오였다. 돈키호테가 누워 있는 방의 문 하나를 사이에 두고 말하는 여자와 아주 가까운 거리에 있었기 때문이다. 그는 그 말을 듣자마자 큰 소리로 외쳤다.

"아이고, 하느님, 내가 지금 듣는 이 말은 뭡니까? 지금 내 귀에 들리는 이 소리가 무슨 소립니까?"

이 소리에 깜짝 놀란 그 여인이 소리 나는 쪽으로 고개를 돌리더니, 후딱 일어나서 방으로 들어가려 했다. 이것을 본 기사가 여인을 꼭 붙들며 한 발자국도 떼지 못하게 했다. 그때 여인이 발버둥을 치는 바람에 얼굴을 가렸던 호박단이 스르르 벗겨지고 해쓱하고 그늘진, 그러나 아름답기 그지없는 기적 같은 얼굴이 나타났다. 그녀는 실신한 사람처럼 사방을 두리번거리며 안타깝게 무엇을 찾는 눈치여서, 이를 본 도로테아와 모든 사람은 영문을 모른 채 몹시 딱한 생각이 들었다. 기사는 여자의 어깨를 꽉 붙들고 있는 데 정신이 팔린 나머지 흘러내리는 복면을 끌어올리지 못했고 결국 그냥 모두 벗겨지고 말았다. 그때까지 여자를 안고 있던 도로테아가 눈을 들고 보니, 역시 여자를 끌어안고 있던 그 사람은 다른 사람이 아닌 바로 자기 남편 돈 페르난도였다. 그를 알아본 순간, 깊은 가슴속에서 길고도 슬픈 외마디 소리가 "아!" 하고 터져 나오면서 그만 까무러쳐 모로 쓰러지고 말았다. 마침 곁에 있던 이발사가 두 팔로 받지 않았더라면 땅바닥에 그냥 쓰러질 뻔했다.

신부도 얼른 쫓아와서 복면을 풀어주고 얼굴에다 찬물을 끼얹으려고 했다. 이렇게 얼굴이 드러나자, 다른 여자를 끌어안고 있던 돈 페르난도가 이 여자를 알아보고는 그만 새파랗게 질리고 말았다. 그러나 그렇다고 해서 제 품에서 빠져나가려고 애쓰는 루신다를 놓아주려고 하지는 않았다. 루신다는 카르데니오의 탄성으로 그를 알아보았고, 그도 루신다를 알아본 것이었다. 카르데니오는 도로테아가 쓰러지면서 '앗!' 하는 소리를 들었을 때 화닥닥 방에서 나왔는데, 그길로 루신다를 안고 있는 돈 페르난도와 곧장 마주쳤다. 돈 페르난도 역시 그를 모를 리가 없었다. 이리하여 루신다와 카르데니오와 돈 페르난도, 이 세 사람은 서로가 어찌 된 영문인지 모르는 듯 멍하니 말이 없었다.

모두가 말문이 막혀 서로 바라보았다. 도로테아는 돈 페르난도를, 돈 페르난도는 카르데니오를, 카르데니오는 루신다를, 루신다는 카르데니오를. 그러다가 맨 먼저 침묵을 깨뜨린 사람은 루신다였다. 그는 돈 페르난도에게 이렇게 말했다.

"돈 페르난도 나리, 당신은 당신대로 할 일이 따로 있으니, 점잖지 못하게 이러지 마시고 날 놓아주세요. 담쟁이덩굴처럼 내가 기대겠다고 하는 그 담으로 가게 내버려두란 말이에요. 여태껏 당신의 무지막지한 위협이나 선물이나 약속도 내 마음을 못 꺾지 않았습니까. 보세요, 하늘은 우리가 모르는 오묘한 수단으로 어엿하신 제 남편을 이렇게 제 앞에 세워주셨어요. 비싼 경험을 해서 아실 테지만, 나를 죽이기 전에는 내 남편을 그리워하는 내 마음을 어디

지워버릴 수 있었습니까? 이만하면 못 깨달을 리 없고 다시 더 할 게 없을 것입니다만, 있다면 사랑을 분노로 돌리고 소망을 원한으로 돌려서 제발 내 목숨을 끊어주십시오. 나도 내 남편 앞에서 죽느니만큼 보람 있게 죽겠습니다. 나 죽는 것을 보시며 마지막 숨이 끊어질 때까지 내가 지킨 절개를 만족하게 여기실 것입니다."

이러고 있는 동안 본정신이 든 도로테아는 루신다가 하는 말을 듣고 그녀가 누구인지를 차차 알게 되었다. 그리고 아직도 돈 페르난도가 팔을 놓지 못한 채 대답할 말이 없어 쩔쩔매고 있는 것을 보고는, 있는 힘을 다해 몸을 일으켜 그 발밑에 두 무릎을 꿇더니 슬픈 눈물을 줄줄 쏟으면서 말하기 시작했다.

"당신의 품에 숨어 있는 태양의 빛이 이제라도 당신의 안총眼聰을 아주 흐리게 하지 못했다면 당신의 발아래 꿇어 있는 이 가엾은 몸, 당신 때문에 이 모양이 된 도로테아를 보아주세요. 저는 농가의 천한 딸로서, 당신께서 좋아해주신 덕분에 당신의 아내로 불릴 만큼 신분이 높아진 몸입니다. 저는 맑은 덕의 울타리 안에서 아무런 근심 걱정 없이 잘 지내고 있었지요. 그러다가 그저 안달하시는 당신의 목소리를 올바른 사랑의 고백으로 믿고, 규중의 문을 열어 자유의 열쇠를 당신에게 바쳤던 것이지요. 그랬는데 저에 대한 대접이 얼마나 소홀했던가는, 당신이 억지로 저를 만나게 되는 이 자리에 이런 모양으로 당신을 뵙게 되는 여기서 너무나 잘 드러나는군요. 그러나 무엇보다도 당신께서는 제가 여기 온 걸 가지고 타락의 길을 걷고 있다고는 생각하지 마세요. 거기에는 오직 한 가지 이유가 있을 뿐이니, 당신께 버림받은 쓰라림과 설움에 끌려온 것이랍니다. 당신은 제가 당신의 것이 되기를 바라셨지요. 그렇습니다. 그러셨으니까 지금은 비록 그런 마음이 없으셔도 어쩔 수 없이 제 남편이 되시고 만 것입니다. 여보, 당신께서 저를 버리신 건 재색과 문벌이 없기 때문이라지만, 오로지 당신만을 사모하는 이 둘도 없는 마음이 그것을 대신할 수 있지 않습니까. 루신다가 아무리 예쁠지라도 당신은 그녀의 남편이 되실 수 없습니다. 당신은 제 남편이니까요. 루신다는 당신의 것이 될 수 없어요. 카르데니오의 사람이니까. 이걸 아신다면 당신을 싫다는 사람을 부득부득 조르시기보다 당신이 그리워 못 견디는 사람에게로 마음을 돌리시는 편이 한결 쉬울 것입니다. 당신은 철없는 저를 꾀어냈습니다. 처녀의 순정을 짓밟아놓았습니다. 제 성품을 모르시지 않고, 또 제가 당신의 뜻대로 모든 것을 당신께 바쳤다는 것도 잘 아시지요. 설마 저에게 속아 넘어갔다고 하실 까닭도 핑계도 없을 것입니다. 그렇다면, 아니 사실이 그렇거니와 또 당신은 기사이신 데다 기독교도이신데, 처음과는 아주 딴판으로 어째서 지금에 와서 제 행복을 이리저리 미루시기만 하나요? 저는 어엿한 당신의 아내입니다. 아내로 사랑할 마음이 없으시거든 달리 어떻게라도 해야 할 게 아닙니까? 하다못해 하녀로라도 삼아주세요. 당신 밑으로 들어가기만 하면 저는 다행으로 알겠습니다. 그저 제발 버리지만 말아주세요. 사람들이 쑥덕거리면서 망신을 주는 건 싫어요. 그리고 제 부모님에게 걱정을 끼치지 마세요. 당신의 부모님께 얼마나 충실한 청지기였나요. 혹시 저하고 사는 것이 체통을 잃는 짓이라 생각하신다면, 세상에 귀족치고 피섞이지 않은 귀족이 어디 있으며, 또 있으면 얼마나 됩니까? 설사 명문의 후예로 따진다 하더라도 여자들은 아예 인정하지도 않지요. 하물며 진정한 귀족이란 덕성에 있는 것이니 만약 당신이 제게 할 일을 못 하시고 덕이 없으시면, 귀족은 당신이 아니고 오히려 저예요. 제가 결국 당신에게 드리려고 하는 말씀은, 싫든 좋든 저는 이미 당신의 아내라는 점입니다. 증인은 바로 당신이 하신 말씀입니다. 제가 천한 몸이라고 해서 고귀하신 당신이 거짓말을 해서는 안 될 일이지요. 또 그러실 리도 만무하고요. 그뿐입니까? 증인은 또 있지요. 당신 손으로 하신 그 서명 말씀입니다. 그리고 또 하늘이 증인입니다. 당신은 하늘을 저에 대한 약속의 증인으로 내세웠으니까 말입니다. 이러한 모든 것이 없다고 하더라도, 당신은 한껏 즐거울 때라도 그 양심의 소리를 듣지 않고는 못 배길 것입니다. 그 양심의 소리는 제가 당신에게 한 말을 일깨우고, 당신의 취미와 당신의 만족도 모두 깨뜨려놓고 말 것입니다."

슬픔에 잠긴 도로테아가 흐느껴 울면서 하는 이 말들에 돈 페르난도의 일행이며 그 자리에 있던 여러 사람들이 모두 따라서 눈물을 흘렸다. 청동으로 만든 가슴이라도 이런 고민의 호소에 녹지 않을 수 없으련만, 돈 페르난도는 말을 마친 도로테아가 울음을 터뜨려놓을 때까지 한마디 대꾸도 없이 듣고만 있었다. 도로테아를 보고 있던 루신다도 그 슬기로움과 아리따움에 더한층 마음이 슬퍼졌다. 가까이 다가가서 몇 마디 위로의 말이라도 들려주고 싶었지만, 꽉 붙들고 있는 돈 페르난도의 팔 때문에 그렇게 할 수가 없었다. 돈 페르난도는 어쩔 줄을 모르고 몸을 후들후들 떨면서 도로테아를 한참 동안 뚫어져라 쳐다보더니, 두 팔을 활짝 벌려 루신다를 풀어주고는 말했다.

"네가 이겼다, 예쁜 도로테아. 네가 이겼어. 이런 사실을 부인할 용기가 있을 수 없으니 말이야."

돈 페르난도에게서 놓여난 루신다는 맥이 풀려서 그 자리에 쓰러지려고 했다. 그러자 곁에 있던 카르데니오가 루신다를 붙들어주었다. 그는 돈 페르난도 모르게 그 어깨 뒤에 있었기 때문이다. 그에게는 이미 두려움이라곤 없었고, 어떤 일이 있더라도 꿈쩍 않겠다는 자세로 루신다를 그러안으며 말했다.

"굳고 곧고 어여쁜 루신다, 자비로운 하늘이 굽어살피시어 그대가 이제 마음의 휴식을 얻을 수 있다면, 지금 내가 안아주는 이내 팔을 떠나서는 어디에든 그런 곳이 없을 것이오. 언젠가 운명이 그대를 내 사람이라 부르게 해주었을 때 그대를 안아본 바로 그 팔이니까."

이 말에 루신다가 눈을 떠 카르데니오를 바라보며 소리로만 짐작한 그를 눈으로 똑똑히 알아보자, 얼떨결에 체면을 차릴 사이도 없이 두 팔로 와락 그의 목을 껴안고 카르데니오의 얼굴에 자기 얼굴을 맞비비며 말했다.

"당신이야말로 사로잡힌 이 몸의 진짜 주인이십니다. 짓궂은 운명이 제아무리 방해를 할지라도…… 당신의 생명에 기대고 있는 이 목숨을 제아무리 위협할지라도……"

이러한 광경은 돈 페르난도는 물론 주위에 둘러서 있던 사람들에게도 너무나 뜻밖이었으므로, 모두가 난생처음 보는 이 사건에 그만 어안이 벙벙해졌다. 도로테아가 보니, 돈 페르난도는 금세 안색이 홱 변하면서 카르데니오에게 덤벼들 눈치였다. 그의 손이 칼자루로 가는 것을 본 때문이었다. 그러자 큰일이라 싶어서 와락 그의 무릎을 그러안으며 입을 맞추더니 꼼짝 못 하게 깍지를 꼭 끼고는, 눈물을 줄줄 흘리며 말했다.

"오, 돈 페르난도 님, 여기서 무얼 어떻게 하시려고 그러세요? 당신의 아내는 지금 당신의 발아래 있습니다. 그리고 아내로 삼으시겠다던 사람은 지금 자기 남편의 품 안에 있어요. 이게 옳은 일입니까? 하늘이 시키는 일을 당신이 그르칠 수 있습니까? 잘 생각해보세요. 당신이 저기 저 부인과 짝을 지으시려 하지만, 그건 당치도 않은 일입니다. 저분은 억울한 일을 다 당한 끝에 자기가 옳다는 확신이 더 굳어졌어요. 지금 당신도 보시다시피 남편의 얼굴과 가슴을 온통 애정의 눈물로 적셔놓지 않나요? 제발 하느님을 걸어 빌고 당신께 애원합니다. 이렇게 환멸을 느꼈다고 해서 성을 돋우려 하지 마시고 가라앉히세요. 그래서 한평생 하늘이 원하시는 대로 저 두 사람이 당신의 방해를 받지 않고 편안히 살게 내버려두세요. 그래야만 당신도 명문 귀족의 도량을 보여주실 것이고, 세상은 당신의 이성이 감정보다 뛰어났다고 보게 될 것입니다."

도로테아가 이렇게 말하는 동안 카르데니오는 루신다를 꼭 껴안은 채 돈 페르난도에게서 눈을 떼지 않았다. 혹시 자기를 해치려는 사람이 있다면 죽기로 싸워서 최후 결판을 내고야 말리라는 태세였다. 그러나 때마침 돈 페르난도의 친구들과 그곳에 있던 신부와 이발사, 그리고 그 잘난 산초 판사까지 모두 내달아서 돈 페르난도를 에워싸고 간청하기를, 도로테아의 눈물을 보아서라도 참아달라고 했다. 그러면서 그녀가 한 말이 틀림없는 사실이고, 또 그렇게 우리가 믿는 한 그런 올바른 소원을 짓밟아서는 안 되며, 더구나 아무도 상상할 수 없던 이런 자리에서 여러분이 다 같이 만나게 되었으니, 이건 우연이 아니라 하느님의 특별한 섭리로 된 것이라고 말했다. 그리고 신부는 또 이런 말도 했다. "루신다를 카르데니오에게

587

서 떼어놓을 것은 죽음밖에 없소. 칼날이 두 사람을 끊어놓는다 해도, 그들은 오히려 죽음을 더없는 행복으로 알 것이오. 그러니까 어쩔 수 없는 이런 경우에는 자기 자신을 누르고 이겨서, 너그러운 마음을 보여주어야만 합니다. 당신의 마음 하나로 저 두 사람으로 하여금 하늘이 정해놓으신 복을 누리게 하라는 말입니다. 그리고 도로테아의 고운 미모도 보아주시구려. 비교할 만한 인물이라곤 아무도 없을 터이고, 있다고 하더라도 드문 일인데, 그보다 나은 인물이야 있을 리가 없지 않소? 더구나 그 미모에 겸손하며 당신에 대한 사랑까지 지극하니, 당당한 기사이며 기독교도로 자처하는 당신으로서는 한번 뱉은 말을 지킬 도리밖에 없소. 그렇게 함으로써 하느님에 대한 본분을 지키는 동시에, 뜻있는 사람들을 만족시키게 될 것입니다. 뜻있는 사람이라면 누구든지 잘 알고 있는 것입니다. 미모란 것이 비록 지체가 낮은 사람에게 있더라도 덕성과 함께 있으면, 아무리 높은 자리라도 올라서 나란히 설 수 있는 특권을 갖는 법이고, 따라서 이 미모를 끌어올려서 나란히 하는 그 사람도 결코 흠잡힐 게 없다는 것을 말입니다. 그러니까 멋의 엄한 법도가 채워질 때, 그에 죄악이 섞이지 않는 한 그를 따른다 함은 탓할 바가 못되지요."

이 말에 덩달아서 다른 사람들도 모두 나서서 어떻게나 많은 말들을 했던지, 돈 페르난도의 억센 가슴이 귀족의 피로 넓어진 가슴답게 누그러졌고, 부정하려야 할 수 없게 된 진실 앞에 굽히고 말았다. 그리고 좋은 의견에 항복하는 표시로 몸을 수그려 도로테아를 안아주며 말했다.

"일어나오, 나의 여인아. 이미 내 마음속에 있는 사람을 꿇려두는 것은 옳지 않소. 내가 지금 하는 말을 여태까지 하지 않은 것은 하느님의 뜻이었는지도 모르지. 나를 위하는 그대의 절개를 보고 그대의 가치를 다시 잘 인정하라고 말이오. 이제 당신에게 빌거니와 잘못된 나를, 딴 데 정신을 팔았던 나를 용서해주오. 당신을 내 것으로 삼으려고 충동하던 그 동기와 그 위력이, 역시 또 나를 가로막아서 당신의 것이 못 되게 했던 것이오. 이게 사실인지 아닌지는 돌이켜서 저 루신다의 만족해하는 눈을 보면 알 것이오. 그 속에는 내 모든 비행의 사연이 들어 있소. 그녀는 이제 평생소원이던 것을 찾아 얻었고, 나도 나의 만족을 당신에게서 발견했으니, 이젠 자기 남편 카르데니오와 함께 안심하고 오래도록 행복을 누리라고 하시오. 나는 나대로 하늘에게 빌어서, 나의 도로테아와 함께 그렇게 살 것이오."

이렇게 말하면서 다시 도로테아를 껴안고 다정스레 얼굴과 얼굴을 마주 댔다. 그는 하염없이 흐르는 눈물이 애정과 회한의 지나친 표가 될까 싶어 스스로를 억제하지 않으면 안 되었다. 그러나 루신다와 카르데니오, 그리고 그 자리에 있던 다른 사람들은 그러지 않았다. 모두 울기는 했으나, 어떤 이는 자기만족 때문에, 또 어떤 이는 남의 일이 기쁘기 때문에 눈물을 흘렸다. 마치 저마다 무슨 큰일이라도 당한 사람들 같았다. 산초 판사까지 울었다. 뒤에 그가 한 말이지만, 그가 운 까닭은 도로테아가 제 생각과는 아주 딴판으로 미코미코나 여왕이 아니었기 때문이다. 그는 여왕이 기막힌 상급을 주리라고 믿고 있었다는 것이다. 사람들의 울음과 놀라움이 뒤섞인 한동안이 계속되었다. 그때였다. 카르데니오와 루신다가 돈 페르난도의 앞으로 나아가 무릎을 꿇더니, 그가 정중한 말로 베푼 호의에 감사했다. 돈 페르난도는 대답할 바를 모르고 그들을 일으키며 애정과 예의가 넘치는 따뜻한 포옹을 했다.

이어서 그는 도로테아에게, 이렇게 먼 곳을 어떻게 왔느냐고 물었다. 도로테아는 간결한 말로 전에 카르데니오에게 했던 이야기를 모두 들려주었다. 돈 페르난도나 그와 함께 있던 사람들은 듣는데 재미를 붙여 다들 시간이 더 있었으면 싶었다. 그만큼 도로테아는 자기의 모험을 이야기하는 말솜씨가 훌륭했다. 그녀의 이야기가 끝나자, 돈 페르난도는 그가 루신다의 품에서 자기는 카르데니오의 아내이며 그의 아내는 될 수 없다고 쓰인 쪽지를 발견한 뒤에 시내에서 일어난 사실을 말했다. 그의 이야기는 이러했다. 그는 루신다를 죽이고 싶었고, 부모들이 막지 않았으면 꼭 죽이고 말았을 것이다. 그는 그때 창피를 당하고 홧김에 그 집을 뛰쳐나왔다. 때를 보아 복수할 각오를 하고…… 그런데 이튿날, 루신다가 부모의 집에서 자취를 감추었고 어디로 갔는지 아는 사람이라곤 개미 새끼 한 마리도 없다는 사실을 알게 되었다. 결국 몇 달이 지난 뒤에야 비로소 그녀가 수도원에 있으며 카르데니오와 살 수 없으면 평생을 거기서 지낼 결심이라는 것을 알았다. 그러한 사실을 알고는 여기 있는 세 명의 기사를 뽑아서 일행을 삼고 그곳으로 갔다. 그러나 그녀에게는 아무 말도 전하고 싶지 않았다. 그가 온 줄 알면 수도원의 경계가 심해질 것을 염려한 까닭이었다. 그런데 어느 날 문어귀가 텅 비어 있는 틈을 타서 둘은 문에서 망을 보고, 그는 또 한 사람과 같이 루신다를 찾으러 수도원 안으로 들어갔더니, 그녀가 회랑에서 한 수녀와 이야기를 하고 있지 않은가? 단숨에 덤벼들어서 채가지고는 어느 마을로 도망쳐서, 그곳에서 루신다를 데려갈 준비를 했다. 이런 일을 감쪽같이 해낼 수 있었던 것은 수도원이 인가에서 멀리 떨어져 들판 한가운데에 있었기 때문이다. 그런데 루신다는 붙잡히는 순간 까무러쳤다가, 정신이 돌아온 뒤에는 그저 울면서 한숨만 쉬느라고 말 한마디 하지 않았다. 그래서 하는 수 없이 우는 벙어리를 데리고 이 객줏집으로 온 것인데, 이렇게 되고보니 그에게는 이 세상의 온갖 불행이 끝을 맺는 천국에 온 것 같다고 했다.

• 제37장 •

유명한 미코미코나 공주 이야기의 계속과
다른 웃기는 모험들에 대해

이런 소리를 다 들으면서 산초는 그만 가슴이 철렁 내려앉았다. 벼슬자리의 희망이 다 틀어지고 연기로 사라져버리는 것을 보았기 때문이다. 그뿐만이 아니었다. 어여쁜 공주님 미코미코나는 도로테아가 되어버리고, 그 거인이란 것 역시 돈 페르난도가 분명하건만, 그의 주인은 이런 일을 전혀 모르고 잠만 쿨쿨 자고 있었다. 도로테아는 꿈인지 생시인지 아직도 어리둥절했고, 카르데니오 역시 마찬가지였다. 루신다도 얼이 빠져 있었다. 돈 페르난도는 그 나름대로 뒤얽힌 미궁에서, 그리고 자칫 신망과 영혼을 다 망칠 뻔한 고비에서 구원받은 은혜를 하느님께 감사하고 있었다. 어쨌든 객줏집에 있던 사람들은 이렇게 얼기설기 얽힌 절망적인 사건이 멋지게 풀려가는 것을 보고 한껏 좋아서 기뻐했다.

신부는 원래 능란한 사람이었던 만큼 모든 일을 혼자 도맡아서, 한 사람 한 사람에게 좋은 말로 치하했다. 그러나 누구보다 우쭐대고 신이 난 것은 객줏집 안주인이었다. 카르데니오와 신부가,

592

돈키호테가 끼친 손해에 대해서 이자까지 붙여 주기로 약속했기 때문이다. 오직 산초 한 사람만이 아까 말한 대로 가슴이 무너지고, 운수가 나쁘다고 슬퍼하는 것이었다. 그리하여 시무룩한 얼굴로 주인이 있는 곳으로 들어가 가까스로 막 눈을 뜬 그에게 말했다.

"찌푸린 얼굴의 양반 나리, 잠이나 실컷 주무세요. 거인을 때려잡거나 공주를 자기 나라로 돌려보내거나 아랑곳없죠? 벌써 일은 다 틀어지고 끝장났는걸요."

"나도 그런 줄 알고 있어." 돈키호테가 대답했다. "왜 그런고 하니 지금 내가 그 거인 놈하고 내 평생 두 번도 있을 것 같지 않은 아주 치열하고도 무서운 싸움을 했는데, 그저 한칼에 고놈의 모가지를 싹둑 베었거든. 피가 어찌나 많이 쏟아지던지, 사뭇 땅에 흐르는 냇물이야."

"차라리 적포도주 같더라 하시죠. 모르시면 내 알려드리리다." 산초가 대답했다. "그 죽었다는 거인은 구멍 뚫린 가죽 부대고요, 피라는 건 그 부대 속에 들었던 여섯 아로바나 되는 포도주랍니다. 그리고 떨어진 목은요, 제기랄, 악마가 가지고 뺑소니쳤답니다요."

"뭐, 뭐라고 지껄이는 거냐, 미친놈아!" 돈키호테가 되받아 말했다. "이놈아, 정신이 있어 없어?"

"흥, 나리, 어서 일어나기나 하고 보세요." 산초가 말했다. "해놓으신 일 꼴이 참 좋구려. 갚아야 할 빚이 생겼것다, 여왕님은 도로테아라는 여염집 아씨로 변했것다, 보시면 아주 빽적지근한 일이 수두룩할 겁니다요."

"뭐라고 해도 놀랄 내가 아니다." 돈키호테가 되받아 말했다. "아직도 네가 기억하고 있다면, 언젠가 이 집에서 당한 일이 모두 마법의 조화에서 비롯되었다고 했었지. 그러니만큼 이번에 또 그런 일이 생겼기로 대단할 게 뭐 있느냐."

"모든 걸 믿겠는데요," 산초가 대답했다. "담요 키질을 당한 일도 그런 일이라면요. 하지만 이건 그런 게 아니고 진짜 참말이래도요. 지금도 저기 앉아 있지만, 그때 주인 녀석이 담요 한끝을 잡고선 깔깔대며 신이 나서 웃음 반 기운 반 나를 들까불렀잖아요. 내아무리 무식쟁이고 죄인이라곤 하지만 사람도 못 알아보겠느냐고요. 그건 아무 마법도 아니란 말입니다요. 그저 운이 나빴고, 그래서 녹초가 된 것뿐이지요."

"그쯤 해두게. 하느님께서 도우시겠지." 돈키호테가 말했다. "옷이나 이리 가져오게. 그리고 가만있어, 내가 밖으로 나가서 자네 말처럼 도대체 무슨 요술바가지인지 알아보자고."

산초가 입을 옷을 내주어서 그가 복장을 차리는 동안, 신부는 돈 페르난도와 나머지 사람들에게 돈키호테의 광증을 이야기하고, 그가 사모하는 사람의 총애를 잃었다 해서 들어가 있던 페냐 포브레 산속에서 그를 빼내느라고 어떤 꾀를 썼는지 들려주었다. 그뿐만 아니라 산초가 말한 갖가지 모험도 거의 말해주었더니, 그들은 별꼴 다 보겠다면서 모두 허리를 쥐고 웃었다. 누가 되었든 미친 사람의 생각치고는 최고의 망상이라고 할 수밖에 없었던 것이다. 그런데 신부는 도로테아 님의 일이 잘되는 바람에 앞으로의 계획이 틀어졌으니, 저 사람을 고향으로 데려가려면 이제 다른 수단을 꾸며내야겠다고 덧붙였다. 카르데니오가 나서며, 도로테아의 역할을 루신다가 대신해서 시작했던 그 일을 끝내자고 했다.

"아닙니다." 돈 페르난도가 말했다. "그럴 필요는 없습니다. 나는 도로테아가 그 일을 계속했으면 합니다. 선량한 그 기사의 마을이 여기서 그다지 멀지 않다면, 그 양반의 병을 고치는 데 한몫 끼는 것도 좋은 일이지요.”

“네, 여기서 이틀 길밖에 안 됩니다.”

“더 멀더라도 기꺼이 가겠습니다. 좋은 일을 한다는데, 뭐.”

이때 돈키호테가 머리에는 쪼글쪼글해진 맘브리노 투구를 쓰고, 팔에는 둥그런 방패를 고정시키고, 손에는 나무 막대기인지 끝에 쇠가 박힌 짧은 몽둥이인지를 들고, 모든 장비로 완전무장을 한 채 나왔다. 이 기상천외한 돈키호테의 몰골, 말 대가리같이 긴 얼굴은 꺼칠하고 싯누런 데다 전혀 어울리지도 않는 무장, 그러나 위풍만은 당당한 꼴을 보고 돈 페르난도와 다른 사람들은 기가 막혀서 할 말을 잊고 어안이 벙벙해 있었다. 그러나 돈키호테는 자못 점잖고 위엄 있게 어여쁜 도로테아를 향해 말했다.

“아름다우신 아가씨, 제 종자의 보고를 듣건대 존귀하심이 낮추어지고 품위가 깎이시어 높으신 여왕의 몸은 이제 예사로운 한낱 아가씨로 변하셨다고요. 만약 아가씨의 부친께서 혹시 제가 아가씨를 도울 힘이 모자랄까 염려하시어 마법사의 분부를 내리신 것이라면, 감히 아뢰옵건대 이는 그대 부친의 불찰이시며, 기사들의 이야기에 대한 조예가 전혀 없으심이 아닌가 하옵니다. 까닭을 말씀드리자면, 아가씨의 부친께서 기사들의 이야기를 제가 통독한 만큼 마음과 시간을 기울여 읽으셨다면, 명망이 저와 비길 바 못 되는 기사들로서도 이보다 더한 어려움을 감당했을 뿐 아니라 제아무리 교만한 거인이라도 식은 죽 먹기로 무찌르는 것을 어디서든 보셨을 테니 말이옵니다. 저는 지금도 그 거인을 만났습니다만, 거

595

짓말을 여쭙는다고 하실까 두려워 침묵을 지키겠습니다. 그러나 시간은 모든 일의 발견자인 이상, 생각지도 않은 때에 이를 해명해줄 것이옵니다."

"만났다는 건 거인이 아니라 가죽 부대 두 자룬데, 뭘." 객줏집 주인이 말했다.

그 말에 돈 페르난도가 그를 말리며, 아무 말을 말고 가만히 있고 돈키호테의 이야기를 중단시키지는 말아달라고 말했다. 돈키호테는 다시 말을 계속했다.

"다시 말씀드리오만, 이제 폐적을 당하신 아가씨, 제가 말씀을 드린 이유로 말미암아 아가씨의 아버님께옵서 아가씨를 둔갑시키셨다면, 그다지 염려하실 바가 못 된다는 것이옵니다. 이 세상에 저의 칼이 길을 트지 못할 위험이란 없기에 저는 이 칼로 아가씨의 원수의 목을 베어 죽일 것이옵고, 머지않은 장래에 아가씨의 머리에 월계관을 씌워드리도록 하겠습니다."

돈키호테가 잠시 말을 끊고 공주의 대답을 기다리자, 도로테아는 돈 페르난도의 뜻이 돈키호테를 속여서 그의 고향으로 데려가려는 것임을 아는지라, 멋지고도 얌전한 말씨로 대답했다.

"찌푸린 얼굴의 용감하신 기사님, 이 몸이 변신을 하고 둔갑을 했다고 누가 당신에게 말했는지 모르나, 그것은 사실이 아닙니다. 어제도 오늘도 이 몸은 언제나 같기에 말입니다. 어떤 변화가 생겼다면 뜻밖의 행운이 내게 닥쳐온 것이고, 그것이 평생소원 중 제일가는 행운임에는 틀림이 없으나, 이로 말미암아 그전의 이 몸을 버린 것은 아닙니다. 또한 언제나 한결같이 신뢰하는 용감하시고 훌륭하신 당신의 완력에 대한 기대는 아직도 변함이 없습니다. 그러하오니 기사님께서는 제 아버님에 대한 존경심을 회복하시어 슬기롭고 사려 깊은 분으로 알아주시기 바랍니다. 아버님께서 저의 불행을 없애주시기 위해 이렇듯 쉽고 확실한 방법을 발견하신 것은 오로지 그 학문의 힘입니다. 만일 기사님께서 계시지 않았으면 저는 이런 행복을 쉽게 얻지 못했으리라 믿습니다. 이 말이 거짓 없는 사실이라는 것에 대해서는 여기 계시는 여러분이 좋은 증인들이십니다. 이제 다만 한 가지 남은 일은 이것인데, 오늘은 얼마 가지도 못할 터이니 내일 길을 가시는 것이 어떨는지요? 앞으로 바라는 훌륭한 성공은 하느님과 용감하신 기사님의 도량에 맡기겠습니다."

도로테아가 감쪽같이 이렇게 말하자, 듣고 있던 돈키호테가 산초를 돌아다보며 몹시 성난 얼굴로 호통을 쳤다.

"이놈, 산초, 에스파냐에서 가장 못된 이놈, 뜨내기 도둑놈아, 말을 좀 해봐라. 아까 네놈 말이 공주님께서 도로테아라는 색시로 변했다고 하지 않았느냐. 또 내가 베어버린 거인의 머리를, 경칠, 뭐라고 했지. 그뿐이냐, 미련스러운 짓으로 내 일생에 처음 당하는 큰 혼란을 일으켜놓지 않았느냐. 이놈, 나는 맹세코……" 하고는 이를 부드득 갈면서 하늘을 향해 말했다. "네놈을 그냥 두지 않고, 앞으로 만천하 편력 기사들의 종자 놈들이 거짓말을 못 하도록 본때를 보이겠다."

"나리, 고정하세요." 산초가 대답했다. "미코미코나 공주님이 변하셨다는 건 제가 잘못 안 일입니다만, 그 거인 놈 대가리, 아차, 아니 그 구멍 뚫린 가죽 부대와 피로, 아니 적포도주로 말씀드리자면 하느님께 맹세코 틀림없는걸요. 뭐, 나리 침대 머리맡에 있던 가죽 부대가 찢어지고 방 안이 온통 적포도주로 강을 이루었는뎁쇼. 이제 차차 아시게 될 겁니다요. 여기 이 주인 양반이 다 물어내라고 할 때 가서 말입니다요. 그리고 공주님께서 그전과 같으시다는 건 저도 기쁘답니다요. 저도 속은 멀쩡하니까요."

"산초, 그러니까 너를 미련퉁이라는 거다." 돈키호테가 말했다. "자, 날 용서하게. 이상!"

"됐습니다." 돈 페르난도가 말했다. "이제 더는 말씀하지 마십시오. 어차피 오늘은 늦어서 내일 길을 떠나자는 것이 공주님의 말씀이시니 그렇게 하기로 합시다. 오늘 밤은 우리 모두 날이 새도록 재미있는 이야기나 하다가 돈키호테 님을 모시고 떠납시다. 대단한 계획을 가지고 가시느니만큼, 우리는 앞으로 그분이 세우실 그 희대의 공훈에 대한 증인들이 되십시다."

"나야말로 여러분을 모시고 섬겨야 할 터인데," 돈키호테가 대답했다. "도리어 나를 이토록 위해주시고 은혜를 베푸시니 고맙고 황송합니다. 이 뜻이 헛되이 되지 않도록 목숨보다 더한 무엇이라도 바치겠습니다."

추기고 떠받치고 하는 말들이 돈키호테와 돈 페르난도 사이에 오고 갔다. 한참 이러고 있는데, 지나가는 사람이 불쑥 객줏집으로 들어서며 말은 뚝 그치고 말았다. 그는 차림새로 보아 근래 무어인의 땅에서 갓 돌아온 기독교도 같았다. 왜냐하면 기장이 짧고 소매가 반밖에 없는 푸른 겉옷을 입었고, 바지도 푸른빛 삼베였으며 모자도 같은 빛깔, 그리고 대춧빛 구두에 비스듬히 가슴에서 내려뜨린 칼의 띠에는 무어식 단검이 꽂혀 있었기 때문이다. 바로 그 남자의 뒤로 역시 무어풍 옷을 입은 여인이 말을 타고 들어오는데, 얼굴은 가리고 머리는 두건으로 싸매었으며, 금은 실로 짠 작은 모자에 어깨부터 발끝까지 덮는 긴 망토를 입고 있었다.

마흔 살이 좀 넘어 보이는 그 남자는 허우대가 크고 훤칠하고 민틋한데, 얼굴은 거무죽죽하고 턱수염이 길게 늘어지고 구레나룻은 아주 잘 다듬어져 있었다. 말하자면 겉으로 보아 옷만 제대로 입었으면 본시 양반 행세깨나 하는 사람처럼 보일 만했다.

그는 객줏집을 들어서면서부터 별실을 하나 달라고 했으나, 객줏집에는 그런 것이 없다는 말에 당황하는 기색이었다. 그리고 차림새가 무어 여인 같은 사람에게로 가더니 그녀를 두 팔로 안아서 내려놓았다. 루신다와 도로테아와 안주인과 그녀의 딸, 그리고 마리토르네스는 난생처음 보는 옷차림이 하도 신기해서 무어 여인을 에워쌌다. 항상 얌전하고 상냥하며 눈치 빠른 도로테아가 방이 없어서 난처해하는 여인과 그녀의 동행인에게 넌지시 말을 건넸다.
"아가씨, 자리가 없어서 불편하시더라도 너무 염려 마십시오. 객줏집에는 으레 그런 것이 없답니다. 그래도…… (루신다를 가리키며) 우리와 함께 묵으신다면, 여행하시는 중에 이만한 환대를 받으시는 것도 그리 쉬운 일은 아닙니다."

얼굴을 가린 여자는 이 말에 한마디 대답도 없이 앉아 있던 자리에서 일어나더니, 가슴 위에 두 손을 십자형으로 포개고 머리를 조아려 두 번 몸을 굽혔다. 감사하다는 표시였다. 그녀가 말이 없는 것을 보고 사람들은, 아마 무어인이라서 기독교도의 말을 모르는 모양이라고 생각했다. 이럴 때 여태껏 다른 일에 정신이 팔려 있던 그 포로가 다가오더니, 여자들이 모두 그 여인을 둘러싸고 있고, 또 하는 말에 대답을 못 하는 그녀를 보고는 이렇게 말했다.
"귀부인 여러분, 이 아가씨는 내가 하는 말이나 알아듣지요. 자기 나라의 말 말고는 모릅니다. 그러기에 묻는 말에 대답을 하지 않

599

는 것이고, 하려 해도 못 하는 것이지요."

"뭐 별다른 질문도 하지 않았습니다." 루신다가 대답했다. "그저 우리와 함께 오늘 밤 한방에서 묵자고 했을 뿐. 우리는 외국 손님들이 불편을 느끼시지 않도록, 더구나 여자 손님인 경우에는 잘 보살펴드려야 할 의무가 있으니까요."

"아가씨, 우리 두 사람을 대표해서," 그 포로가 대답했다. "감사를 드리며, 당신 손에 입맞춤을 해드리겠습니다. 고마우신 뜻과 말씀에 그저 황송할 뿐입니다. 더욱이 이런 때에 여러 귀부인께서 그토록 마음을 써주시니, 그저 감사할 뿐입니다."

"그런데," 도로테아가 말했다. "이 부인은 기독교도입니까, 무어인입니까? 차림새나 입을 꼭 다물고 계시는 걸 보니, 별로 달가워하시지 않는 것 같은데요."

"네, 차림새나 몸은 비록 무어 여인이지만 영혼만은 아주 대단한 기독교도입니다. 몹시 그렇게 되고 싶어 하시니까요."

"그럼 세례를 받지 않았군요?" 루신다가 되받아 물었다.

"그럴 틈이 없었답니다." 그 포로가 대답했다. "아르헬[263]에서 태어나 그곳을 떠나는 날로부터 오늘까지, 우리 성모마리아 교회의 예절을 다 알지도 못한 채 세례를 받아야 할 만한 처지는 아니었거든요. 그래도 하느님께서는 이제 곧 그녀의 신분에 알맞은 훌륭한 세례를 받게 하실 겁니다. 지금은 비록 이렇습니다만."

이런 말들은 듣고 있던 사람들로 하여금 그 포로와 무어 여인

---

263 알제리의 수도 알제.

의 관계를 궁금하게 만들었다. 그러나 바로 묻는 사람은 없었다. 그들의 신분을 캐어묻기보다 우선 쉬게 해주는 것이 더 급하다고 생각했기 때문이다. 도로테아가 그녀의 손을 잡고 자기 옆에 앉히면서 두건을 벗으라고 했다. 그녀는 뭐라고 말했는지, 그리고 어쩌면 좋을지 말해달라는 눈치로 그 남자를 돌아다보았다. 그 남자가 아라비아 말로 여인에게, 두건을 벗으라고 하니 벗는 게 좋겠다고 일러 주었다. 이리하여 그녀가 두건을 벗자 어찌나 어여쁜 얼굴이 드러나던지, 도로테아는 루신다보다 한결 낫다고 여기고 루신다는 도로테아보다 더 예쁘다고 여기는가 하면, 곁에 있던 사람들도 두 여자에 비길 만한 사람이 있다면 바로 이 무어 여인일 테고, 어찌 보면 이 여인이 그녀들보다 월등히 낫다고 생각했다. 아름다움이란 원래 뜻이 통하고 마음이 끌리게 하는 힘과 덕이 있는지라, 사람들은 앞다투어 무어 미녀를 보살피고 아껴주려고 애썼다.

돈 페르난도가 그 남자에게 무어 여인의 이름을 묻자, 그는 렐라[264] 소라이다라고 대답했다. 이 말을 들은 무어 여인은 신자냐고 묻는 말로 알아듣고, 단호하면서도 애교 있는 목소리로 부인했다.

"아니에요, 소라이다가 아니에요. 마리아, 마리아입니다."

말하자면 자기는 마리아지 소라이다가 아니란 뜻이었다. 간절하게 말하는 이러한 무어 여인의 말은 사람들, 그중에도 마음이 착하고 잘 우는 여자들의 눈물을 자아냈다.

루신다가 정답게 그녀를 얼싸안으며 말했다.

---

264 아랍 말로 '아가씨'라는 뜻.

601

"그래요, 그래, 마리아죠, 마리아고말고요."

그 말에 무어 여인이 말했다.

"맞아요, 맞아, 마리아예요, 소라이다 '마캉헤'예요!" '마캉헤'란 '아니다'라는 뜻이다.

이러는 동안 벌써 저녁이 다 되어서, 객줏집 주인은 돈 페르난도 일행의 분부에 따라 일등 상을 차리느라고 온갖 정성과 노력을 기울이는 것이었다. 때가 되자 다들 하인의 식탁처럼 기다란 상을 받고 앉았다. 객줏집에는 둥근 식탁이나 네모반듯한 식탁이 없었기 때문이다. 돈키호테가 사양했지만 그를 상석에 앉혔고, 그는 굳이 미코미코나 공주님을 자기 곁에 모시라고 했다. 경호 책임자가 자신인 까닭이었다. 다음 자리에 루신다와 소라이다가 앉고, 그들 맞은편에 돈 페르난도와 카르데니오, 그리고 그 곁으로 그 포로와 기사 세 명이 앉았다. 한편 부인들 옆에는 신부와 이발사가 자리를 잡았다. 이렇게 모두가 한껏 즐거운 저녁 식사를 하고 있는데, 돈키호테가 음식을 먹다 말고, 문득 앞서 산양 치는 사람들과 함께 저녁을 먹을 때 하던 이야기가 생각나서 다음 이야기를 시작하자, 모두 더욱 흥들이 나는 것이었다.

"여러분, 생각해보건대 편력 기사도를 지키는 사람들이란 실로 위대하고, 또 일찍이 듣지 못하던 일에 직면하기도 하지요. 하긴 지금이라도 누가 이 성문으로 들어와서 이러고 있는 우리들을 본다 하더라도, 우리가 누구라는 걸 알 사람이 이 세상에 어디 있습니까? 다 아시다시피 내 곁에 모시고 있는 이 아가씨께서 위대하신 여왕이라는 걸 누가 알 것이며, 그리고 거의 모든 사람들의 입에 오르내리는 저 찌푸린 얼굴의 기사가 바로 본인임을 누가 알겠습니까? 내가 분명히 말하건대, 무인武人의 무예와 직분은 인간이 발명한 모든 기술과 직분보다 윗자리에 있을 뿐 아니라, 무엇보다도 위험이 따르니만큼 또한 그만한 존경을 받아야 마땅한 것입니다. '무인보다 문인이 낫다'라는 사람은 내 앞에서 썩 없어지는 것이 좋으니, 그렇게 지껄이는 자가 있다면 그는 아무것도 모르는 무식쟁이라고 나는 단언하겠습니다. 왜냐하면 흔히 그런 말을 하고 내세우는 사람들의 이유인즉 정신노동이 육체노동보다 낫고 무인은 다만 육체노동을 할 뿐이라는 것인데, 그것은 곧 막벌이꾼의 일처럼 뚝심만 있으면 된다는 소리요, 우리가 무예라 부르는, 갖가지 지모智謀가 요구되는 그 용감한 행위를 고려하지 않는 소리요, 군사들을 지휘하거나 포위된 성을 수비하는 자의 전투 의식이 육체와 정신에 의존한다는 사실을 모르는 소리입니다. 적의 의도와 계획, 그 술책과 곤란 등을 탐지해서 끔찍한 피해를 미연에 방지하는 것이 육체의 힘만 가지고 어디 되는 일이오? 이런 건 모두 머리로 하는 게지, 육체만 가지고는 어림도 없는 일이지요. 자, 그럼 무인도 문인처럼 정신을 요구한다면, 이번에는 문무文武 두 가지의 정신 중에 어느 쪽이 더 힘든 일인지를 보아야겠는데, 이것은 각각 그 지향하는 목적과 결과에 따라 다를 것입니다. 대상을 위한 목적이 고귀하면 할수록 그 지향하는 바도 가치 있는 것이니까요. 물론 문文의 목적도…… 지금 말하지는 않겠으나 영혼을 천당으로 이끌고 가느니만큼 신성한 것입니다. 무한한 목적에 비길 만한 것은 없으니까요. 그러나 내가 지금 말하는 바는 불편부당한 정의를 유지하고, 각자에게 자기의 것을 돌려주고, 좋은 법률을 제정하여 시행되게 하는 그것을 의미합니다. 그 목적이 관대하고 고상하고 매우 찬양할 만하기는 합니다만, 무武가 지향하는 그것만 못한 것입니다. 무가 노리는 목적이란 평화요, 평화란 이 세상에서 인간이 희망하는 가장 큰 행복이니 말입니다. 그러기 때문에 세상과 인류가 들은 최초의 복된 소식은 우리로 치면 낮이지만 밤중에 천사들이 전해준 것으로, 그때 그들은 하늘에서 '하늘 높은 곳에서는 하느님께 영광, 땅에서는 주님께서 사랑하시는 사람들에게 평화' 하고 노래했던 것입니다. 땅과 하늘에서 가장 훌륭하신 스승께서 사랑하는 제자들에게 가르치신 인사도, 남의 집에 들어갈 때면 '이 집에 평화가 깃들지어다'라고 말하는 것이었지요. 주님은 누차에 걸쳐 마치 보물이나 담보물을 주시듯 '너희에게 내 평화를 주노라', '너희에게 내 평화를 끼치노라', '너희는 평안할지어다'라고 하셨습니다. 그렇습니다. 보물입니다. 그것이 없이는 지상에서나 천국에서나 행복이란 있을 수 없으니까요. 바로 이 평화가 전쟁의 참 목적인 것이니, 무술이라 하건 전쟁이라 하건 마찬가지인데, 이렇게 전쟁의 목적은 곧 평화이니까, 문文의 목적보다 뛰어나다는 것을 우선 전제해놓고, 이젠 학자의 육체적 고난과 무예에 종사하는 사람의 육체적 고난 중 어느 쪽이 더 힘든 것인가를 보기로 하겠습니다."

이런 식으로 돈키호테가 조리 있게 또박또박 이어나가니, 이때만은 누구도 그를 미치광이로 생각하지 않았다. 더구나 거기 있는 사람들은 대부분 무예와 관련이 있는지라 오히려 귀를 기울이고 듣고 있었다. 그는 다시 말을 이어갔다.

"우선 학자의 고생이라면 가난이 첫째인데, 뭐, 다 그렇다는 건 아니고 되도록 극단의 경우를 하나 지적하자는 것으로, 사실 가난에 쪼들린다는 말만 하고보면 구태여 다른 고생은 말할 필요도 없는 것이지요. 가난해서야 좋은 것은 아무것도 못 가지니까 말입니다. 이 가난도 고생이 한두 가지가 아니지요. 굶주림, 추위, 헐벗음, 게다가 때로는 이 모두가 한꺼번에 닥치기도 하죠. 하지만 아무리 가난하다 해도 전혀 안 먹지는 않습니다. 전보다 좀 늦게 먹거나 부자들이 먹고 남은 찌꺼기를 먹더라도 먹는 건 먹는 것입니다. 그러니까 학자들이 기껏 불쌍해진다 하더라도, 그들 말마따나 수도원으로 얻어먹으러 가는 정도일 겁니다. 또 비록 남의 것일망정 화로나 난로가 없지 않으니, 그것으로 몸이 후끈후끈하지는 못하더라도 추위를 덜 수는 있으며, 무엇보다도 밤에는 지붕 밑에서 잠을 이룹니다. 이 밖에 자질구레한 것들, 이를테면 갈아입을 속옷이 없다거나, 신발이 단 한 켤레뿐이라거나, 낡아빠진 옷이 너덜너덜하다거나, 또 어쩌다가 잔치를 만나게 되면 게걸스레 먹어치운다거나 하는 것까지 들먹이고 싶진 않습니다. 학자란 지금 말한 것처럼 험하고 어려운 길, 여기서 넘어지고 저기서 자빠지고, 일어났다가는 또 쓰러지고 하는 고비를 여러 번 넘기면 원하던 지위를 얻기 마련인데, 일단 그 좁은 관문을 지나기만 하면 마지막 행운의 날개라도 단 듯이 구는 자들을 많이 보아왔습니다. 내가 본 대로 말씀을 드린다면 높은 의자에 떡 걸터앉아서 천하를 호령하고 정치를 하는데, 어느새 굶주림은 포식으로 변하고, 추위는 쾌적함으로, 헐벗음은 값비싼 옷으로 변하며, 가마니때기 위에서의 새우잠이 질 좋은 옥양목과 금은으로 수놓은 비단 속에서 뒹굽니다그려. 그야 뭐, 그만한 실력이 의당 받아야 할 보상이지요. 그러나 그들이 겪은 고생을 싸우는 전사의 고생에 비기면, 그건 어림도 없습니다. 자, 그럼 거기에 대해서 말씀드리기로 하겠습니다."

· 제38장 ·

문무에 대한 돈키호테의 신기한 연설

돈키호테는 계속해서 말했다.

"먼저 학자의 가난과 그에 따르는 몇 가지를 이야기했으니, 이 번에는 그럼 무사는 그보다 처지가 나은가에 대해 살펴보기로 합시다. 우선 우리는 아무리 가난하다 해도 무사보다 더 가난한 사람은 없다는 걸 알게 될 것입니다. 이유야 뻔하죠. 늦게 나오거나, 아니면 그나마도 영영 나오지 않는 쥐꼬리만 한 봉급에 몸을 의지한채 목숨과 양심이 왔다 갔다 하는 위험을 무릅쓰고 자기 손수 구하지 않으면 안 되니까요. 때로는 옷이 없어서 찢어진 가죽옷 한 벌이예복 겸 속옷이 되기가 일쑤요, 한겨울 허허벌판에서 모진 추위를 막아주는 건 오직 입김뿐인데, 그 입김조차 자연법칙에 어그러지게 텅 빈 배 속에서 나오는지라 찬 기운뿐이지요. 어디 그뿐인가요. 그를 기다리고 있는 침대에 들어가 지친 몸을 쉬기 위하여 밤이 오기를 기다리는 걸 생각해보십시오. 침대는 그의 잘못이 없는 한 좁아서 못 쓰란 법이 없답니다. 왜 그런고 하니, 뻗치고 싶은 대로 두 발을 땅바닥에 뻗치고 침대보가 구겨질 염려가 없으라고 몸뚱이는 되는 대로 맨땅에 뒹굴기 마련이니까요. 이런 끝에 드디어 무예를 시험하는 날과 시간이 오고 전투의 날이 올라치면 머리에다 실로 짠 술을 씌워주는데, 그건 혹시 관자놀이가 꿰뚫리든가 팔이나 다리에 구멍이 났을 때 상처를 치료하라는 것입니다. 다행히도 하느님 덕분에 이런 일 없이 멀쩡하게 살아나가는 수가 있다 하더라도, 가난에 있어서는 그전이나 마찬가지고, 그래도 약간 신세가 피려면 거듭거듭 전투를 하고 몇 번이고 격전을 치러야 하는 것이니, 그러자니 이런 기적이 어디 흔합니까? 자, 여러분, 여러분께서도 말씀을 좀 해보십시오. 잘 아시다시피 전투로 상을 받은 자가 많습니까? 물론 여러분은 이렇게 대답하실 겁니다. 두말할 것도 없이 그건 비교가 안 된다고요. 죽은 사람은 이루 다 헤아릴 수 없지만, 살아서 상을 받은 사람이야 세 자릿수도 넘지 못하니까요. 그런데 문관의 경우는 아주 딴판입니다. 아닌 게 아니라 과연 그럴 것이, 그들은 때 묻은 돈이든 깨끗한 돈이든 그것을 가지고 넉넉히 살 수가 있습니다. 그저 고생만 실컷 하고 상이 적은 건 무관뿐이지요. 이렇게 말하면 혹 누군가 말할지도 모릅니다. 무관 3만 명보다 문관 2천 명을 상 주는 것이 더 쉬운 일이며, 문관은 그 직위에 따라 주어지는 봉급을 받고 살지만 무관은 그들이 섬기는 영주의 개인 재산이 아니면 보수를 받을 곳이 없기 때문이라고요. 그러나 오히려 바로 그 불가능성이 제 논점을 더욱 강화할 따름입니다. 그러나 이건 헤어날 수 없는 미궁처럼 복잡한 문제이니 옆으로 제쳐두고, 문文에 대한 무武의 우위성 문제로 되돌아갑시다. 이 문제야말로 오늘날까지 쌍방이 서로 우기는 이유들 때문에 충분히 다루어지지 못하고 있는 문제로서, 그 한쪽의 주장인즉 문관이 없이는 무관도 있을 수 없다는 것입니다. 그 논거로는 전쟁도 법칙이 있고 법칙에 따라야 하는데, 그 법이란 결국 문관과 문자에 속한 것이라는 점을 내세웁니다. 그런가 하면 다른 한쪽에서는 또 법도 무관 없이는 지탱할 수 없다고 나옵니다. 왜 그런고 하니 나라를 지키고, 왕국을 보전하고, 도시를 방어하고, 도로를 안전하게 하며, 바다의 해적을 물리치는 것은 곧 무관으로서, 결국 무관이 없고보면 나라와 왕국, 도시와 수륙의 통로들이 모두 전쟁의 횡포와 혼란에 휩쓸려 들어가고 만다는 것입니다. 전쟁이 계속되는 동안은 이런 권리와 세력을 발휘하기 마련이니까요. 무엇이든 제일 힘든 것이 더욱 값나가고 더욱 존경을 받는다는 사실은 널리 알려진 하나의 진리입니다. 학문의 길로 출세를 하려면 지금 말씀드린 대로 긴긴 세월 동안 밤샘을 하고, 못 먹고, 헐벗으며, 골치가 아프고, 꼬르륵꼬르륵 창자가 우는 따위의 일들을 겪어야 합니다. 그러나 무관으로서 상당한 지위에 오르려면 학문을 하는 사람보다 훨씬 더한, 비교가 안 되는 모든 일을 해야 합니다. 내딛는 발걸음마다 생명이 왔다 갔다 하니까요. 그렇습니다. 학자가 겪는 가난이나 곤궁이 제아무리 두렵다 한들 무관이 당하는 것에야 어찌 비할 수가 있겠습니까? 요새지에서 포위를 당한 무사는 진지를 지키는 중에 적군이 자기가 서 있는 바로 그 밑을 파고드는 것을 뻔히 알면서도 절대로 자리를 뜰 수가 없고, 절박해 들어오는 위험을 피할 수도 없는 것이지요. 그때 그가 할 수 있는 일이란 이쪽에서도 방어책으로 갱도를 파기 위해서 상관에게 상황 보고를 하는 것뿐인데, 그렇더라도 그는 꼼짝도 하지 못하고 언제 어느 때에 날개 없는 몸이 구름 속으로 치솟아 올랐다가 바라지도 않는 심연으로 굴러떨어질지 모르는 가운데 태연히 자리를 지켜야 하는 것입니다. 그런데 만일 이것이 그리 대단찮은 위험이라 한다면, 망망대해 한가운데서 두 척의 군함이 맞부딪치는 것과 비교해봅시다. 두 군함이 서로 맞부딪쳐 붙어버린 다음에는, 이때 군사의 발판이라고는 두 자 길이의 널조각밖에 없고, 그런가 하면 또 창 한 자루의 거리밖에 안 되는 저쪽에서 죽음의 사자인 적군의 무수한 포문이 입을 벌리고 있는 걸 눈앞에 보면서도, 자칫 발 한번 헛디디기만 하면 넵투누스[265]의 깊은 품속을 구경하러 가야 한다는 것을 뻔히 알면서도, 그래도 굴하지 않는 용기와 힘을 북돋우는 명예심으로, 자기 몸을 과녁으로 삼고 그 좁은 길목을 통해서 적의 군함으로 쳐들어가는 것입니다. 그런데 가장 경탄해야 할 일은, 한 사람이 쓰러져 세상의 끝까지 헤어나지 못할 곳으로 떨어지고나면 그 즉시로 다른 사람이 그 자리를 대신하며, 또 그 사람이 원수처럼 입을 벌리고 기다리는 바다 속으로 빠지면 다음 또 다음이 죽는 때를 놓치지 않고 계속 입을 벌리는데, 이것이야말로 전쟁의 모든 위험 중에서도 가장 용감하고 대담한 모습입니다. 그 대포라고 하는 악마 같은 화기의 무시무시한 광포가 없던 때는 축복을 받은 시대였지요. 생각하건대 이를 발명한 놈은 악마 같은 발명을 한 대가로 지옥의 상을 받을 것입니다. 그놈 때문에 용감한 기사의 목숨이 하찮고 비겁한 놈의 손에 꺾이게 되는데, 기사가 한창 열이 나서 용맹을 떨치고 그 뛰는 가슴이 가쁘게 숨 쉴 때, 어디서 난데없이 생각

---

265 Neptunus. 로마신화에 나오는 바다의 신으로, 그리스신화의 포세이돈에 해당한다.

지도 않은 탄환이 날아와 오래오래 누려야 할 목숨과 사상을 한순간에 앗아 가고 맙니다그려. 물론 그나마도 원수 놈의 기세가 꽝 하고 불을 내뿜으며 번쩍할 때는 무서워서 꽁무니를 빼는 그따위 놈이 쏘는 것이긴 합니다만…… 그런즉 이런 걸 생각하면, 지금 우리가 살고 있는 이따위 말세에 편력 기사 노릇을 한다는 게 답답한 노릇인지도 모릅니다. 어떤 위험이 따르든 조금도 무서워할 내가 아닙니다만, 마음 한구석이 개운치 않은 것은 그 화약하고 납붙이 때문에 이 완력, 이 검법으로 전 세계에 이름을 날릴 기회를 행여 놓치지나 않을까 해서 그렇습니다. 하지만 하느님의 뜻대로면 만사는 그만인 것이고, 나로 말할 것 같으면 지난 세기의 편력 기사들이 미치지 못한 거창한 위험을 치를 터인즉, 뜻한 바를 이루는 날에는 그 명예 또한 굉장할 것이오."

남들이 저녁밥을 먹는 동안에 이런 사설을 늘어놓느라고, 돈키호테는 산초 판사가 몇 번이고 "제발 좀 드십시오. 그러고나서 얼마든지 얘기하십시오."라고 말했지만 음식을 제 입에 넣는 것조차 잊어버리고 있었다. 듣고 있던 사람들은 새삼스레 딱한 생각이 들었다. 보아하니 다른 문제를 논할 때에는 그토록 이해심이 깊고 옳은 소리만 하는 위인이, 일단 그 씨가 박히지 않은 기사도에 대한 이야기만 나오면 정신이 홱 돌아버리기 때문이었다. 신부는 돈키호테가 설명한 무관의 변이 모두 옳으며, 자기는 문관이요 학위가 있는 몸이지만 그와 의견이 일치한다고 말했다.

저녁 식사를 끝내고 식탁이 치워졌다. 객줏집 안주인과 그녀의 딸과 마리토르네스는, 그날 밤 여자들만 재우기로 결정된 라만차의 돈키호테의 다락방을 치웠다. 그러는 동안 돈 페르난도는 새로 온 포로에게, 소라이다를 데리고 온 것부터가 필시 아슬아슬하고 흥미진진한 무슨 곡절이 있을 법하니, 그 신상 이야기를 들려달라고 했다. 이 말에 그 포로는 모처럼 청을 하시니 즐겨 응하기는 하겠으나, 기대하시는 만큼 흥미 있는 이야기가 아니라 죄송하지만, 아무튼 뜻을 받들어 해보겠다고 대답했다. 신부와 나머지 사람들이 모두 기뻐하면서 재차 그 포로에게 졸랐다. 그는 이렇게도 청이 많이 들어오자, 분부가 간곡하신데 더 청하실 필요는 없다고 말했다.

"그럼 여러분, 조용히 들어주십시오. 사실대로 말씀을 드리겠습니다. 어쩌면 일부러 흥미를 돋우느라고 재주껏 꾸며낸 거짓말보다 더한 사실이 있을지도 모릅니다."

이 말에 모두들 자리를 잡고 앉았고, 좌중은 쥐 죽은 듯이 조용했다. 그는 모두가 잠잠해져서 자기가 하려는 이야기를 기다리고 있는 것을 보고는, 부드럽고 유쾌한 목소리로 이렇게 나지막이 이야기를 시작했다.

제39장

포로가 이야기하는 자기의 일생과 겪은 사건들

"본시 제 집안은 레온[266]의 한 산악 지방 계통이며, 재산보다는 기풍이 너그럽고 활달했습니다. 그래도 그런 시골구석에서는 제 아버지도 제법 부자라 일컬어졌고, 사실 또 아버지가 재산을 없애는 그 부지런을 치부하는 데 기울였더라면 큰돈을 모으셨을지도 모를 일입니다. 아버지가 손이 크고 가산을 탕진하게 된 발단은, 청년기의 오랜 세월을 군인으로 지내신 데 있었습니다. 사실 말이지 군대란 구두쇠의 간을 키우고, 간 큰 사람을 난봉꾼으로 만드는 학교이니까요. 군인으로서 좀팽이가 있다면 그건 괴물이지요. 그런 일은 아주 드물지 않습니까? 그런데 제 아버지는 손이 컸을 뿐 아니라 난봉에 가까우신 편이었습니다. 이건 결혼한 분으로, 더구나 가문을 이어받을 자식들을 거느린 분으로서 한심한 노릇이었지요. 아버지에게는

---

266 에스파냐 북서부의 도시. 10~13세기 중세 이베리아반도의 북부에 있던 레온 왕국의 수도였으며, 사적이 많이 남아 있는 관광지이다. 오늘날 레온주의 주도이다.

아들이 셋 있었는데, 모두 다 제구실을 할 나이였답니다. 아버지는 당신의 말씀마따나 지금까지의 습성을 버리지 못할 것을 아시고, 당신이 호쾌하게 가산을 탕진하실 그 바탕부터 없애야겠다고 작정하셨습니다. 그것은 무슨 말인고 하니, 아예 재산을 송두리째 없애버리자는 것으로서, 재산만 없고보면 알렉산더대왕이라도 초라하게 보였을 테니까요. 그래서 어느 날 아들 셋을 당신 방에다 불러놓으시고는 이렇게 말씀하셨습니다. '얘들아, 내가 너희를 사랑한다는 증거로는 너희가 내 자식들이란 걸 말해주면 될 것이다. 그리고 내가 사랑하지 않는다는 것을 이해시키려면 너희들 재산을 지켜주는 일에 일절 상관을 않는다고 일러두면 될 것이다. 그러니까 이제부터 내가 앞으로 너희를 아비답게 사랑하고 의붓아비처럼 잘못되기를 바라지 않는다는 걸 알려주기 위해서, 이미 며칠 전부터 심사숙고한 끝에 결정을 지은 일을 의논하려 한다. 너희도 이제는 각자 제구실을 할 나이가 되었고, 또 이미 장년이 되어 명리名利를 세워줄 직업을 선택할 나이가 되었구나. 그런 만큼 나는 내 재산을 네 등분으로 나눌 생각이다. 그래서 세 몫을 너희들에게 내줄 테니, 더도 말고 덜도 말고 각자 자기 몫을 차지하거라. 그리고 남은 몫은 내가 가지고 천명이 다하는 날까지 버텨나가겠다. 각자가 자기 몫을 받은 뒤에는, 내가 이제 말할 직업 중 한 가지를 골라야 한다. 우리 에스파냐에는 훌륭한 격언이 있는데, 모두가 옛적부터 자상한 경험을 통해서 얻어진 금언 명구인 만큼 다 곡진한 것들이다. 그런데 내가 말하고 싶은 격언은 '교회냐, 바다냐, 왕궁이냐?' 하는 것이다. 더 자세히 말하자면 '발신發身을 해서 부자가 되려거든 교회의 사람이 되든지, 해외로 나가서 장사를 하든지, 아니면 왕궁에 가서 왕을 섬기라'는 것이다. 예로부터 '왕의 빵 부스러기가 고관대작의 상급보다 낫다'라고 하니 말이다. 내가 왜 이런 소리를 하는고 하니, 너희들 중에 하나는 공부를 하고, 다른 하나는 장사를 하고, 또 하나는 우선 당장 왕을 섬길 수는 없으나 왕을 따라서 전쟁에 나갔으면 하기 때문이다. 전쟁에 나가는 게 무슨 돈벌이가 되겠느냐고 하겠지만, 대장부다운 명예를 떨치기는 그게 그만이거든. 그럼 일주일 안으로 너희 몫을 돈으로 줄 것이니, 한 푼이라도 속이는 일이 없을 것은 사실이 증명할 것이다. 자, 그럼 이젠 너희들이 말할 차례다. 내가 너희들에게 제안한 대로 내 생각에 따라서 그렇게 할 테냐, 하지 않을 테냐?' 그리하여 아버지께서는 맏이인 저보고 먼저 대답하라는 것이었습니다. 저는 저희들도 이젠 돈벌이를 할 만큼 자랐으니 재산을 나누지 말고 아버님 마음대로 다 쓰시라고 여쭌 다음에, 마지막에 가서 아버지의 뜻에 따라 저는 군대에 들어가 하느님과 왕을 섬기겠다고 했습니다. 바로 아래 동생도 저와 같은 말을 하고나서, 제 몫의 돈으로 물건을 싣고 서인도 제도로 가겠다고 했습니다. 그리고 막냇동생은, 제가 알기로는 우리 중 가장 영리한 편이었는데, 교회를 좇아서 살든지, 아니면 하던 공부를 마저 끝내기 위해서 살라망카로 가고 싶다고 했습니다. 이렇게 우리가 사이좋게 직업을 골라잡으니까, 아버지께서는 우리 셋을 모두 껴안아주셨습니다. 그리고 며칠 사이에, 아까 말씀드린 대로 약속하셨던 일을 그대로 실천해주셨습니다. 아버지께서는 우리들 각자의 몫을 나누어주셨는데, 제 기억으로는 금화로 3천 두카도씩이었습니다. 왜냐하면 우리의 숙부 되시는 분이 다른 사람의 손으로 가산이 넘어갈 것을 염려해서 몽땅 사들이고 돈을 치르셨으니까요. 우리들 셋은 그날로 인정 많으신 아버지께 하직을 고

했습니다. 그때 저는 연만하신 데다 재산도 얼마 없는 아버님을 두고 떠난다는 것이 매정스러워 제 돈 3천 두카도에서 2천 두카도를 도로 드렸습니다. 군인 한 사람 몫으로는 나머지로도 넉넉했으니까요. 내 두 동생들도 저를 본받아서 저마다 1천 두카도씩 돌려드렸습니다. 아버지께서는 현금 4천 두카도와, 당신 몫으로 팔지 않고 부동산으로 남겨둔 3천 두카도를 가지시게 된 셈이었습니다. 마침내 우리는 아버지와 숙부님하고 작별을 했습니다. 떠나는 우리나 남으신 어른들이나 모두 슬퍼하고 눈물을 흘렸는데, 두 분께서는 좋은 일이든 나쁜 일이든 틈나는 대로 편지를 해달라고 당부하셨습니다. 우리는 그렇게 하겠다고 약속을 하고 포옹과 축복을 받은 뒤에 길을 떠났는데, 하나는 살라망카로, 또 하나는 세비야로, 그리고 저는 알리칸테로 갔습니다. 알리칸테에서 저는 제노바[267]의 배 한 척이 양모를 싣고 마침 제노바로 떠난다는 소식을 들었습니다. 그러니까 제가 집을 떠난 지도 이럭저럭 스물두 해가 되나봅니다.[268] 그동안 저는 몇 번이고 편지를 띄웠지만, 아버지나 동생들에 대한 소식은 전혀 듣지 못했습니다. 그럼 그동안에 제가 겪은 이야기를 간추려서 말씀드리겠습니다. 알리칸테에서 배를 타고 무사히 제노바에 도착한 뒤 다시 밀라노로 가서 군복을 입고 군인이 되었습니다. 거기서 다시 피아몬테 요새로 가서 자리를 잡으려 했는데, 그만 알레한드리아 데 라 파야로 가는 도중에 소문이 들리기를, 알바의 대공大公이 플란데스[269]

---

267 이탈리아의 항구도시.

268 1567년의 일이다.

269 플랑드르. 벨기에 서부를 중심으로 네덜란드 서부와 프랑스 북부에 걸쳐 있는 지방이다. 플란데스에 도착한 때는 1567년 8월이다.

로 진격 중이라는 것이었습니다. 저는 계획을 바꾸어 그를 따르기로 했습니다. 대공의 전투에 참가한 저는 에게몽과 호른 두 백작의 죽음[270]에 입회했고, 디에고 데 우르비나[271]라고 하는 과달라하라의 명장 지휘하에 장교로 승진하게 되었습니다. 플란데스에 도착한 지 얼마 안 되어 한 정보를 입수했습니다. 그것은 그의 추억조차 행복스럽게 만든 교황 비오 5세께옵서 베네치아와 에스파냐와 동맹을 맺고, 공동의 적인 터키와 항쟁을 한다는 것이었습니다. 그때만 하더라도 이미 터키는 함대를 파견해서 베네치아에 딸린 유명한 섬 키프로스를 공략한 이후로, 그건 아주 비통하고 여간 불행한 손실이 아니었습니다. 확실한 정보에 의하면 동맹군의 총사령관으로 침착 무쌍한 돈 후안 데 아우스트리아, 즉 영명하신 금상폐하 돈 펠리페의 친동생이 오신다고 했으며, 군비는 더없이 완벽하다는 소문이었습니다. 이런 모든 것이 저를 격동시켜서 이제 곧 벌어질 전투에 참가할 정열과 용기를 북돋웠습니다. 그러니까 다음번에 대위가 될 수도 있었고, 또 거의 따놓은 당상이기도 했으나, 그런 건 그만두고라도 아무튼 이탈리아로 갈 마음을 먹었고 실제로 갔습니다. 때마침 돈 후안 데 아우스트리아 님이 제노바에 도착하신 때라 저는 운이 좋았습니다. 그분께서는 베네치아 함대와 합류하기 위해 나폴리로 향하던 참인데, 함대의 병합은 뒤에 메시나에서 실현되었지요. 결국 저는 저 영광스러운 전투[272]에 보병 대위로 참가했습니다만, 그러한 영

---

270 에게몽Eguemoń과 호른Hornos 두 백작은 1568년 8월 5일에 교수형을 당했다.
271 Diego de Urbina. 세르반테스는 이 장군의 휘하에서 레판토 전투에 참전했다.
272 1571년 10월 7일의 레판토 전투.

예의 승진도 공적보다는 행운 덕분이었습니다. 그러나 기독교계를 위하여 가장 경사롭던 그날, 터키가 해상 무적이라고 믿던 세계의 모든 국민이 그 악몽에서 깨어난 그날, 오스만제국의 그 거만과 불손이 완전히 꺾어지던 그날, 그날 싸움에 넘어진 기독교도들은 승리자로 살아남은 그들보다 더 행복스러웠기 때문에, 모든 사람이 즐거워하던 바로 그날에 저 혼자만은 불행한 사람이었습니다. 다름이 아니라 로마 시대 같았으면 병선兵船이 그려진 훈장이라도 받았을 텐데, 저 유명한 그날 밤이 되자 제 발에는 족쇄, 양손에는 수갑이 채워진 것입니다. 어찌해서 그리 되었느냐 하면, 그 용감하고 행운 많은 해적이자 아르헬의 왕인 우찰리[273]가 몰타 함대의 기함을 습격해서 굴복시켰는데, 그 배 안에 살아남은 사람이라곤 셋뿐이고 그나마 중상자들이었지만, 제가 전우들과 함께 타고 있던 후안 안드레아 기함이 그들을 구원하러 갔던 것입니다. 이런 경우에 마땅히 해야 하는 의무를 수행하느라 제가 적함으로 뛰어들자, 적함은 습격을 받은 배에서 뚝 떨어져나가면서 제 부하들이 저를 따라오지 못하게 막아놓았습니다. 그래서 저는 적들 가운데 혼자 남겨졌고, 중과부적으로 만신창이가 되어서 끝내는 항복하고 말았습니다. 여러분도 들으셨을 테지만 우찰리의 함대는 모두 빠져나갔고, 저는 포로가 되어서 그의 압제를 받게 되었습니다. 기뻐서 날뛰는 환희 속에 슬픈 자는 저 하나뿐이고, 자유해방이 되었건만 저만은 포로가 되어버린 것이었습니다. 말해서 무엇 합니까? 터키 함대에서 노 젓기를 하던 1만

---

273 Uchalí. 포로가 나중에 더 자세히 언급하는데, 이탈리아의 한 지방인 칼라브리아Calabría의 배교자 알루츠 알리Aluch Alí 혹은 올루즈 알리Uluj Alí를 말한다.

5천 명의 기독교도들이 바라고 바라던 자유를 찾은 것이 바로 그날이 아니었습니까. 저는 콘스탄티노플로 끌려갔습니다. 그곳의 터키 황제 셀림은 제 주인을 해군 제독으로 임명했습니다. 우찰리가 무엇보다도 해전 중 임무를 잘 수행했고, 몰타 함대의 장수 기旗를 빼앗아 제 뛰어난 역량을 보여준 까닭이었습니다. 이듬해가 되어서, 그러니까 1572년에 저는 나바리노[274]에서 해군 대장의 표시등 셋을 달고 가는 기함의 노를 젓고 있었습니다. 그곳에서 제가 보고 느낀 점은, 항구에 집결해 있던 터키의 전 함대를 무찌를 수 있는 유일한 기회를 놓쳤다는 것이었습니다. 왜냐하면 그곳으로 몰려오던 육해군 전부는 그 항구가 습격을 당하고야 말리라는 생각에서, 싸움에 대비하기는커녕 재빨리 육지로 도망을 치려고 옷가지며 구두 따위를 꽁꽁 뭉쳐두고 있는 판이었습니다. 그만큼 그들은 우리 함대가 무서워서 벌벌 떨고 있었던 것이지요. 그러나 운명은 달리 전개되었으니, 이는 우리를 지휘하는 대장의 잘못이나 불찰 때문이 아니라 기독교도들의 죄악 때문이요, 또한 하느님의 뜻이 우리를 편달할 채찍을 언제든 묵인하시고자 하는 까닭이었습니다. 사실 우찰리는 나바리노에 인접한 모돈이라는 섬으로 몰려가서 장병들을 상륙시키고, 항만 어귀에 보루를 쌓고 돈 후안 님이 돌아갈 때까지 가만히 있었습니다. 돌아가던 길에 '라 프레사'라는 군함 한 척을 잡았는데, 그 함장은 저 유명한 해적 바르바로하의 아들이었습니다. 그것을 잡은 배가 나폴리의 '라 로바'라는 군함이고, 그 배를 지휘한 분은 바로 저

---

274 펠로폰네소스반도 남쪽 메세니아만에 있는 항구.

돈 알바로 데 바산으로, 전쟁의 번개이자 장병들의 긍지이며 불퇴의 대장인 산타 크루스의 후작이셨습니다. 말이 났으니 말이지, 라 프레사를 잡을 때 일어난 사건에 대해서 한마디 하지 않을 수 없습니다. 바르바로하의 아들놈은 천하의 악독한 자로서 포로들을 호되게 부려먹던 놈이었습니다. 노를 젓고 있던 포로들이 라 로바가 쳐들어오는 걸 보았을 때도 놈은 뱃전에 서서 빨리 저으라고 소리소리 지르고 있었는데, 그들은 잡았던 노를 탁 놓고는 놈을 붙잡아가지고 벤치에서 벤치로, 이물에서 고물로 건네면서 모두 한 대씩 먹여댔던 것입니다. 그래서 채 돛대에까지 이르지도 못해서 그놈의 영혼은 벌써 지옥행이었지요. 놈이 포로들을 모질게 다룬 만큼 그들도 놈을 증오해서, 지금 말씀드린 대로 그렇게 된 것이었습니다. 우리가 콘스탄티노플로 돌아온 것은 이듬해인 I573년, 거기서 듣고 알게 된 사실은 돈 후안 님이 튀니스[275]를 점령하고 터키 왕국을 빼앗아 물레이 아메드를 그 자리에 앉힘으로써, 잔인무도하기로 세계에서 제일가는 이슬람교도 물레이 아미다가 왕권을 회복할 희망조차 아예 없애버렸다는 것이었습니다. 터키 황제는 이러한 손실을 통분히 여기고 조상 전래의 권모술수를 써서 베네치아와 화친을 맺었는데, 사실인즉 화친은 저쪽이 먼저 바라고 있었던 것입니다. 이리하여 터키 황제는 그다음 해인 I574년에 라 골레타[276]와 돈 후안 님이 튀니스 근처에 구축한 요새를 공격했습니다. 상황이 이렇게 다급해졌으니, 저는 그저 노 젓기만 할 뿐 구원의 희망은 조금도 없었습니다. 하다

---

275 지중해 남부의 무역항. 오늘날 튀니지의 수도.

276 튀니스항의 요새.

못해 볼모 속전을 받을 길조차 끊어지고 말았는데, 저는 이런 불행한 소식을 아버지께 편지하지 않기로 결심한 까닭이었습니다. 끝내는 라 골레타가 점령되고 요새도 함락되고 말았습니다. 이 두 곳을 공격하기 위해 투입된 터키의 용병이 7만 5천 명, 아프리카 전역에서 온 무어인과 아라비아인이 40만 명 이상으로, 이렇듯 끔찍한 대군이 엄청난 탄약과 군수품으로 무장했으니 공병들이 흙 한 주먹씩만 던져도 라 골레타의 요새를 뒤덮을 만했습니다. 먼저 함락된 것은 그때까지 난공불락을 자랑하던 라 골레타였지만, 수비병들의 잘못이 아니었습니다. 그들은 방어에서 최대의 의무와 최대의 능력을 발휘했으니까요. 다만 그들은 경험이 없어서 그 황량한 모래밭에서는 참호를 쉽게 파 축성할 수 있다는 것을 몰랐습니다. 성안에서는 한 자만 파도 물이 솟지만 터키 측은 여섯 자를 파도 끄떡없어서 그렇게 된 것입니다. 그러니 놈들은 모래 가마니를 연방 날라서 요새의 성벽보다 훨씬 높이 보루를 쌓고 그 위에서 총을 쏘아대는 바람에 아무도 막아낼 재간이 없었던 것입니다. 하긴 일반의 여론이 우리 편도 라 골레타에서 농성을 하지 말고 상륙 지점까지 나가서 한바탕 싸워보는 것이 옳았다고 하지만, 이런 소리를 하는 자들은 아무것도 모르며 그 같은 상황을 겪어보지 못했기 때문입니다. 생각해보세요, 그때 라 골레타와 요새에 있는 병사들은 고작 7천 명이었는데, 아무리 강하다고 하더라도 그런 병력으로 무수한 적을 맞아서 어떻게 버틸 수가 있었겠습니까? 원병이 없는 요새가 어떻게 지탱을 할 수 있으며, 더구나 수적으로 월등한 적군이, 그것도 저희 땅에서 한사코 포위를 좁혀 들어오고 있는데 말입니다. 그러나 많은 사람들은 이렇게도 생각하는데, 실은 저도 같은 생각입니다만, 저 불한당의 소굴이며 쓸데없이 국고만 무한정 축내는 그곳을 두려빠지게 한 것은 하늘이 에스파냐에 베푸신 은총이라고요. 그게 무슨 소용이 있다면, 기껏해야 무적의 카를로스 5세가 행복하게 그 땅을 공략했었다는 그 기억뿐이라는 겁니다. 지금도 그렇고 앞으로도 그렇겠지만, 언제나 변함없을 그 왕의 추억이 어디 그까짓 돌무더기에 있겠습니까? 아무튼 그 밖의 요새도 속속 함락되었습니다. 그러나 수비군의 저항이 워낙 완강했기 때문에, 터키 측은 한 뼘씩밖에 먹어 들어오지 못했습니다. 그러다보니 스물두 차례의 총공격에 적병 전사자는 2만 5천 명이나 되었지요. 이쪽은 살아남은 포로가 3백 명이었는데 모두가 전상자뿐이었으니, 이것이 바로 용전분투의 뚜렷한 증거인 셈이며 진지를 끝까지 수비한 보람이었습니다. 해자 한가운데에 있던 망대는 발렌시아의 기사로 이름난 병사 돈 후안 사노게라가 지휘했으나, 끝내 손을 들고 말았습니다. 라 골레타의 수비대장 돈 페드로 푸에르토카르레로는 사력을 다해 막았으나 사로잡힌 몸이 되었고, 콘스탄티노플로 끌려가다가 성의 함락을 몹시 슬퍼하던 끝에 그만 죽고 말았습니다. 요새의 대장인 가브리오 세르베욘 역시 포로가 되었지요. 그는 밀라노 출신으로 지용智勇을 겸비한 무사였습니다. 아무튼 이 두 군데 요새에서 쟁쟁한 인사들이 많이 전사했지요. 그중에도 산 후안 수도회의 파간 데 오리아는 훌륭한 그의 아우 후안 안드레아 데 오리아[277]에게 베푼 지극한 우애로 보아

---

277 Juan Andrea de Oria. 그의 형 파간 데 오리아Pagán de Oria에게 전 재산을 물려받았다. 파간 데 오리아는 펠리페 2세의 시동侍童으로 레판토 해전에 참전했다. 나중에 말타 교단에 입적했다.

너그러운 그 성미를 알 수 있거니와, 유독 그분의 전사가 처참한 것은 자기가 믿었던 아라비아 놈들의 손에 죽었기 때문입니다. 성이 함락되자 그중 몇 놈이 자진해서 나서더니, '무어인처럼 변장을 하십시오. 타바르카까지 모시겠습니다'라고 했더랍니다. 그곳은 아주 작은 항구이고, 제노바 사람들이 산호를 따는 바닷가에 집이 한 채 있었습니다. 거기서 아라비아 놈들은 그의 목을 베어 터키 함대의 대장에게 바치니, 대장은 '배신은 좋으나 배신자는 싫다'라는 카스티야의 격언을 실천하여, 그들이 오리아를 산 채로 잡아 오지 않았다는 이유로 놈들을 교수형에 처했답니다. 요새에서 목숨을 잃은 기독교도들 가운데 돈 페드로 데 아길라르라는 사람이 있었는데, 아마도 안달루시아의 어디에서 태어났을 거예요. 그는 요새 소위로 계산이 빠르고 머리가 썩 좋았을 뿐만 아니라, 특히 시에 대한 소질이 풍부했습니다. 제가 이 말을 하는 까닭은 어쩌다 그가 나하고 같은 배 같은 자리로 끌려오게 되었고, 또 같은 주인 밑에서 하인 노릇을 하게 되었기 때문입니다. 그런데 우리가 그 항구를 떠나올 때 그 기사는 마치 묘비명 비슷하게 소네트 두 편을, 즉 하나는 라 골레타에, 또 하나는 요새에 부쳐 썼습니다. 사실인즉 그것을 여러분께 한번 소개하고 싶습니다. 지금도 줄줄 외고 있는데, 구슬프기보다는 차라리 멋진 소네트입니다."

포로가 페드로 데 아길라르를 들먹이는 때에 돈 페르난도가 자기 일행을 쳐다보니, 셋은 모두 빙긋 웃고 있었는데, 소네트라는 말에 한 사람이 이렇게 말을 건넸다.

"가만히 계십시오. 이야기를 더 하시기 전에, 지금 말한 그 돈 페드로 데 아길라르가 어떻게 됐는지 말해주십시오."

"제가 알기로는," 그 포로가 대답했다. "콘스탄티노플에 두 해 있다가, 알바니아 사람으로 변장을 하고 그리스의 첩자와 도망쳤지요. 다행히 살아갔는지는 몰라도 정녕 그랬을 겁니다. 왜냐하면 그로부터 한 해가 지나서 저는 그 그리스 사람을 만났거든요. 콘스탄티노플에서요. 그가 무사히 갔는지 물어볼 수는 없었지만."

"잘 갔답니다." 기사가 대답했다. "왜냐하면 그 돈 페드로가 바로 제 형님이랍니다. 지금 고향에서 행복하게 살고 있지요. 결혼해서 자식도 셋이나 있고요."

"천주님께 감사를 드립니다." 그 포로가 말했다. "원, 이런 은혜가 어디 있겠습니까? 제 생각에 이 세상에서 잃었던 자유를 도로 찾는 것보다 더한 기쁨은 없으니까요."

"그리고 또," 기사가 되받아 말했다. "저는 제 형님이 지은 소네트도 알고 있지요."

"그럼 당신이 외워보시구려." 그 포로가 말했다. "저보다는 더 잘 아실 테니까요."

"그러지요." 기사가 대답했다. "라 골레타의 노래는 이렇습니다."

제40장

계속되는 포로의 이야기

소네트

썩어질 허울을 벗고 자유로운
행복한 넋들이여, 옳은 일 하시었기에
낮고 낮은 이 땅에서 아득히 높고
높은 하늘로 그대들 오르셨나니.

의분과 의기에 불타며
온몸의 기운을 내뿜으며
이 몸의 피, 남의 피로
가까운 바다며 모래밭 땅을 물들이셨네.

힘 빠진 팔들에 맥이 다해도
강철 같은 심장이야 다함 있으랴,
싸움에 졌으나 승리를 얻으셨네.

성벽과 창검 사이에 그대들

슬픈 죽음이 누웠어도, 세상이 주는 명성

하늘이 주는 영광을 그대들은 지니네.

"그렇습니다. 제가 알고 있는 것과 꼭 같습니다." 그 포로가 말했다.

"다음은 요새의 노래인데, 제 기억에 틀림이 없다면," 기사가 말했다. "이렇습니다."

소네트

무너져 메마른 이 흙 속에서

바닥까지 밀린 이 땅속에서

3천 군사들의 거룩한 영혼이

더 좋은 곳으로 살아서 올랐네.

처음에는 굳센 그 팔들이 뽐내던

그 힘도 마침내 아무런 보람도 없이

수효는 모자라고 몸은 지쳐서

목숨은 칼날 아래 끊기고 말았네.

흘러간 과거에도 오늘에 있어서도

수많은 단장의 추억 스스로 지니고

언제나 애달픈 땅 이곳이라네.

무정한 땅이건만 그래도 그 품에서

의로운 혼들이 맑은 하늘로 올라 있으리.

굳센 몸들 모신 곳 이곳뿐이라네.

소네트들은 그다지 나쁘지 않았다. 포로는 옛날 동지에 대한 소식을 들으니 마음이 기뻐서, 하던 이야기를 이어갔다.

"라 골레타와 요새가 함락되자 터키 사람들은 라 골레타를 허물어버리라는 명령을 내렸습니다. 요새는 평지가 되다시피 허물어져 흔적도 없었으니까요. 그런데 되도록 시간과 노력을 줄이려고 세 군데를 파기 시작했는데, 옛 성은 가장 약한 곳도 도무지 꿈쩍을 하지 않았고, 엘 프라틴[278]이 신축했던 남아 있는 성 부분만 어이없게 폭삭 주저앉았습니다. 마침내 함대는 승리와 개선을 얻고 콘스탄티노플로 돌아왔으나, 그런 지 몇 달이 안 되어 제 주인 우찰리가 죽었습니다.[279] 그의 이름이 우찰리 파르탁스였는데, 터키 말로는 '쇠버짐투성이 개종자'라는 뜻이었습니다. 실제로 그는 쇠버짐투성이에 개종자였으며, 터키 풍속으로는 그 사람이 지닌 흠이나 장점을 따서 이름을 지었답니다. 그리고 성자姓字는 오스만 집안에서 내려오는 네 가지뿐이고, 나머지는 모두가 지금 말한 대로 몸에 있는 흠집 아니면 마음의 덕성을 따서 작명을 했습니다. 이 쇠버짐투성이 개종자로 말하면, 터키 황제의 노예로 14년 동안 노 젓기를 하다가 나

---

278 el Fratín. 카를로스 5세와 펠리페 2세를 모시고 일 프라티노il Fratino라 불렸던 이탈리아 기사 자코모 팔레아초Giacomo Paleazzo.

279 포로의 말에 의하면, 우찰리는 아마 1575년에 사망했을 것이다.

이 서른넷이 넘어서 이슬람교로 개종을 한 것입니다. 동기라야 별 게 아니고, 노를 젓고 있을 때 어느 터키 사람에게 따귀를 한 대 얻어맞은 것이 분해서 복수를 하겠다고 자기의 신앙을 버린 것이었답니다. 원체 실력 있는 위인이라 황제의 총신이라면 으레 치러야 하는 복잡한 절차를 밟지 않고도 아르헬의 왕이 되었고, 다시 그 나라에서 셋째 가는 자리인 해군 제독으로 올랐습니다. 그는 칼라브리아 사람으로 마음씨가 착해서 자기 포로들을 인정으로 대해주었습니다. 그가 거느린 포로 3천 명은 그가 죽은 뒤 유언에 따라 황제와 황족의 소속이 되었습니다. 터키 황제는 누가 죽든 그 상속자가 되어서 고인의 상속 아들과 유산을 받았으니까요. 그리하여 저는 베네치아 출신 개종자의 수하로 가게 되었습니다. 그 사람은 애초에 하급 선원이었으나 우찰리에게 사로잡힌 뒤에는 그의 눈에 들어서 신임받는 심복이 되었을 뿐만 아니라, 개종자 중에서도 전례가 없을 만큼 혹독한 자가 되었습니다. 이름은 아산 아가라 했는데, 많은 재산을 얻어 아르헬의 왕이 되기까지 했습니다. 나는 그를 따라 콘스탄티노플을 떠나게 되었고, 올 때는 은근히 기쁘기도 했습니다. 에스파냐와 아주 가까운 지점이니까 말이죠. 그렇다고 해서 제 불행한 처지를 누구에게 편지로라도 알리고 싶어서가 아니라, 아르헬이라면 콘스탄티노플보다 운이 트일 가능성이 많아서였는데, 콘스탄티노플에서 빠져나오기 위해 별의별 짓을 다 해보았지만 아무런 기회도 얻지 못했던 겁니다. 그래서 저는 아르헬에서 초지를 관철해보기 위해 다른 방법을 강구했습니다. 구원의 희망은 제게서 한 번도 떠난 적이 없었으니까요. 그런 만큼 궁리를 하고 생각을 짜내고, 그리고 막상 착수한 일에 기대했던 성과가 없을 때에도 마음만은 늦추지 않고, 또 다른 희망, 가냘프고 덧없기는 해도 제가 의지할 수 있는 희망을 가지고 찾았던 것입니다. 그러면서 저는 터키 사람들이 바뇨[280]라 부르는 집, 즉 감옥에 갇혀서 겨우 목숨을 부지하고 있었습니다. 거기에 갇힌 사람들은 포로가 된 기독교도들, 왕이며 그 외 특수한 자들의 노예들, 그리고 알마센이라는, 말하자면 시의회의 포로들이었습니다. 알마센은 시의 공사나 다른 일들에 사역되는 포로들로, 이들이 자유해방이 되기는 아주 어려운 일입니다. 이들은 어느 특정한 주인이 없는 공유물로서 설령 볼모 속전이 있다 하더라도 처리해줄 수가 없기 때문이지요. 그런데 조금 전에 말한 이 바뇨에다 보통 사람들이 가끔 제 포로들을 맡기기도 했습니다. 특히 속량에 대한 말이 났을 경우에는 속전이 올 때까지 거기에서 쉬게 할 겸 도망치지 못하게 하려는 것이었지요. 왕의 포로들도 속량하기로 되어 있으면 다른 일꾼들처럼 일을 시키지 않습니다. 속전이 늦으면 별문제지만…… 그럴 때면 서둘러서 편지를 쓰도록 하려고 일도 혹독히 시키고, 다른 사람들과 같이 땔나무를 하러 내보냅니다. 그 일이 쉬운 일이 아니니까요. 그런데 어쩌다보니 제가 속량받을 사람 중 하나가 되고 말았답니다. 제 신분이 대위였음이 밝혀진지라, 저는 아무것도 가진 것이 없어 그럴 처지가 못 된다고 했지만, 그들은 아랑곳하지 않고 저를 속량될 신사로 치부해버렸습니다. 쇠사슬은 채웠어도, 그건 저를 징계한다기보다 속량될 몸이라는 표시일 뿐이었습니다. 이러구러 저는 그 바뇨에서 풀려나기로 되어

---

280 baño. 본래 뜻은 '목욕실' 혹은 '목욕탕'이지만, 여기서는 포로의 막사가 있는 마당 모양의 넓은 공간을 의미한다.

있는 많은 신사들과 함께 나날을 보냈습니다. 때로는 굶주리고 헐 벗어서 고생도 되었지만, 그보다 더 못 견딜 일은 제 주인이 듣도 보도 못한 잔인성으로 기독교도들을 다스리는 꼴을 항상 보고 듣는 것이었습니다. 날이면 날마다 사람의 목을 죄는가 하면, 말뚝을 박아 죽이기도 하고 귀를 베기도 했습니다. 그렇다고 무슨 큰 이유나 까닭이 있는 것도 아니었지요. 그들 터키 사람들조차 다 알고 있는 사실이었지만, 그가 그런 짓을 하는 이유는 그저 그 짓이 하고 싶어서였고 전 인류의 도살자로 태어났기 때문이었습니다. 그런 가운데서도 사아베드라[281]라는 에스파냐의 병사 한 사람만은 이런 꼴을 당하지 않았습니다. 그는 저쪽 사람들이 몇 해를 두고 잊지 못할 일들을 했고 자유를 얻기 위해서 별의별 짓을 다 했는데도 뺨 한 번 맞거나 맞으라는 소리조차 듣지 않았을뿐더러 욕 한 번 들은 적이 없었습니다. 그가 저지른 여러 가지 일들 중에 개중 하찮은 일에도 우리는 말뚝을 박히지나 않을까 하고 조마조마했으며, 본인도 무서워한 것이 한두 번이 아니었는데 말입니다. 그 병사가 한 일을 몇 가지 말하고 싶습니다만, 제 이야기보다 더 재미있고 희한한 그 내용을 시간 때문에 할 수 없는 것이 유감입니다. 다시 제 이야기로 되돌아갑니다만, 우리 감옥의 안마당 쪽으로 부자이며 귀족인 무어인의 저택 창문들이 나란히 있었습니다. 창문이라야 무어식은 대개가 구멍뿐이고, 그나마 두툼하고 촘촘한 격자창이 하나 있는 것입니다. 그런데 어느 날 기독교도들이 모두 일하러 나간 사이 저는 다른 세 친

---

281 Saavedra. 세르반테스의 이름이 미겔 데 세르반테스 사아베드라Miguel de Cervantes Saavedra이니, 작가 자신을 가리킨다.

구와 함께 감옥 축대에 남았는데, 우리는 심심풀이로 사슬을 맨 채 얼마나 뛸 수 있는가 시험을 하고 있었지요. 그러다가 문득 눈을 들어서 보니, 아까 그 닫힌 들창의 끝에 주머니를 매단 갈대가 내려오고 있지 않겠습니까? 그러면서 어서 받으러 오라는 듯이 갈대가 자꾸만 흔들리고 있었습니다. 우리 모두가 다 보았으나, 저와 같이 있던 한 사람이 그 밑으로 가까이 가서 떨어뜨린 것인지 아닌지 알아보려 했습니다. 그랬더니 갈대는 곧장 올라가면서, 아니라고 머리를 내젓는 듯 간들거렸습니다. 그 사람이 되돌아오자 갈대는 다시 아까처럼 내려와서는 똑같이 흔들흔들하는 것이었습니다. 다른 친구가 그 밑으로 가보았으나 첫 번째 사람이나 같은 일을 당했습니다. 세 번째 사람이 갔으나, 첫째나 둘째와 마찬가지였습니다. 이것을 보고 저는 문득 운명을 시험해볼 생각이 나서 그 갈대 아래로 가보았는데, 과연 그게 계속 내려오더니 바뇨 안의 제 발등에 찰싹 떨어지는 것이었습니다. 얼른 끌러서 보니 그 안에 또 싼 것이 있고, 또 그 안에는 10시아니[282]가 들어 있었습니다. 시아니는 무어인들이 사용하는 금화로, 우리 돈으로 10레알이 그 돈 한 닢 꼴이랍니다. 이 돈을 발견한 순간 제가 얼마나 기뻐했는지는 구태여 설명할 필요가 없을 것입니다. 갈대를 저 아닌 다른 사람에게 떨어뜨리지 아니한 사실로 보아 제게 베풀어진 은혜인 것이 분명하니, 도대체 어디서 이런 행운이 우리에게, 그것도 제게 굴러든 것인가를 생각할 때 한편 즐겁고 한편 놀랍기도 했습니다. 제가 갈대를 꺾어버린 다음

---

282 cianií. 옛 아라비아의 금화.

돈을 쥐고 축대로 다시 돌아와 창문을 쳐다보자, 거기서 하얀 손이 나와서는 몹시도 재빠르게 폈다 오므렸다 하는 것이었습니다. 이것을 보고 우리는 그 집에 살고 있는 어느 여인이 우리에게 이런 고마운 일을 하는 것이라 짐작하고는, 네 사람이 감사하다는 뜻으로 머리를 숙이고 두 손을 가슴에 대며 무어식 인사를 했습니다. 그러자 이내 같은 창문에서 갈대로 만든 조그마한 십자가가 내려오다가 얼른 도로 올라갔습니다. 이러한 신호로 우리의 짐작은 굳어져, 필연코 그 집에는 어떤 여자 교우가 포로로 있고, 우리에게 은혜를 베푸는 것은 바로 그녀일 것이라고 믿었습니다. 그러나 그녀의 하얀 손이라든지 끼고 있는 팔찌가 이런 생각을 버리게 했습니다. 그리하여 우리는 다시 짐작하기를 틀림없이 이건 이슬람교로 개종한 여자 교우이며, 그런 여자라면 남자들이 정식 아내로 삼기 일쑤요, 자기 나라 여성들보다 그런 사람들을 우러러보는 만큼 그들과 결혼하는 것을 행운으로 아는 터이니까…… 이렇게도 생각해보았습니다. 온갖 이야기를 서로 나누어보았으나 모두가 사실과는 거리가 먼 것이었습니다. 아무튼 그때부터 우리는 갈대의 별이 나타난 창문을 바라보기를 낙으로 삼았으며, 그 창을 우리의 북극성으로 여겼습니다. 그러나 그 일이 있은 지 보름이 지나도록 우리는 그 별이나 손이나 아무런 신호도 볼 수 없었습니다. 그동안 우리는 저 집에 사는 자가 누구이며, 거기에 개종한 여자 기독교도가 살고 있는지 알아보려고 했습니다. 하지만 세도가이며 부호인 무어인 아히 모라토[283]가 살고

---

283 Agi Morato. 하지 무라드Hajji Murad라는 역사적 인물로, 개종한 노예로서 1581년 알제리의 무어인들 사이에서 유지가 된 자이다.

있으며, 그는 라 바타의 성주로 그 직함은 저들 사회에서는 굉장한 것임을 알아냈을 뿐입니다. 그리하여 이제는 그 창문에서 또다시 돈 비가 내리리라고는 아예 생각지도 않던 어느 날, 뜻밖에도 주머니가 매달린 갈대가 보였는데, 그 속에 든 꾸러미는 앞서보다 더 불룩한 것이었습니다. 먼젓번처럼 바뇨에는 다른 사람들은 없고 우리들만 있을 때였습니다. 우리는 또 먼젓번처럼 시험을 해볼 양으로, 저보다 먼저 같이 있던 세 사람이 한 사람씩 가보았습니다. 그러나 갈대는 저에게만 허락이 되어서, 제가 다가갔을 때 찰싹 떨어졌습니다. 주머니를 끌러서 보니 에스파냐 금화 40에스쿠도와 아라비아 말이 쓰인 종이쪽지가 한 장 들어 있었는데, 쪽지 끝에는 큰 십자가가 그려져 있었습니다. 저는 십자가에 입맞춤을 하고 돈을 집어넣은 다음, 축대로 나와서 넷이서 허리를 굽혀 절을 했습니다. 그랬더니 또 손이 나오기에 제가 읽어보겠다는 신호를 하자, 창문이 탁 닫혔습니다. 모두가 영문을 몰랐지만 잘된 일이라고 기뻐했습니다. 그러나 우리 중 아라비아 말을 아는 사람이 없으니, 종이쪽지에 쓰인 내용을 알고 싶어서 답답했고, 읽을 사람을 찾는 일이 큰일이었습니다. 마침내 저는 무르시아 태생으로 개종한 한 사람에게 부탁하기로 작정했습니다. 그는 저의 막역한 친구로 자처했고, 우리 둘 사이에는 비밀을 엄수해야 할 사정이 있었습니다. 무엇인고 하니 혹시 개종자로서 기독교도의 나라로 갈 생각이 있는 사람이면 보통은 포로 중에서도 신분이 높은 자의 증명서를 가지고 있는데, 그건 '개종자 아무개는 착한 사람으로 기독교도에게 항상 잘해주었고, 기회가 있는 대로 도망할 뜻이 있음'이라고 쓴 것이었습니다. 어떤 이는 이 증명서를 진정한 마음으로 지니기도 했지만, 간혹 어떤 이는 때를 보아서 방편으로 써먹기 위해 가지는 자도 있었습니다. 이런 자들은 기독교도들의 땅을 약탈하러 갔다가 실패해서 붙들리는 날이면 이 증명서를 내보이고, 종이에 적힌 대로 기독교도의 나라로 오고 싶어서 터키 해적선에 묻혀 왔다고 하려는 겁니다. 그렇게 되면 우선 당장 호되게 혼나는 것을 모면할 테고, 성당으로 돌아오게 되어서 벌도 받지 않습니다. 그렇지 않고 진심으로 이 증명서를 지니고 있는 사람들은 기독교도의 땅에 계속 눌러 있는 것이랍니다. 지금 말씀드린 그 친구도 이런 종류의 개종자로, 우리네 동지가 해준 증명서를 다 가지고 있었습니다. 증명서 중에서도 최고의 것인 만큼, 이 서류가 무어인들의 눈에 띄기라도 하면 산 채로 화형을 당했을 것입니다. 그는 아라비아 말에 능통해서 대화가 될 뿐만 아니라 문장도 잘 썼습니다. 그래도 저는 그에게 사실을 털어놓지 않고, 그저 어쩌다가 내 방 틈서리에서 이 종이가 나왔으니 좀 읽어달라고만 했습니다. 그는 종이를 펴 들고 잠시 훑어보더니 중얼중얼 읽으며 뜻을 새겼습니다. 내가 알아보겠느냐고 묻자 그는 다 알겠다면서, '구절구절 모두 다 설명해줄 테니 잉크와 펜을 이리 주게, 그게 제일 나을 것 같네' 하고 말했습니다. 그의 말대로 그 자리에서 잉크와 펜을 내주었더니, 그는 조금씩 번역을 해 내려가다가 끝에 가서 이렇게 말했습니다. '자, 여기 글자 한 자 빼놓지 않고 에스파냐 말로 번역한 것이 이 무어인의 쪽지 내용일세. 또 '렐라 마리엔'이라는 건 '우리 동정녀 성모 마리아'란 뜻이니 그리 알게.'

이리하여 우리는 그 쪽지를 읽어보니, 이런 말들이 있었습니다.

제가 어렸을 때 아버지께서 하녀 하나를 두셨는데, 그녀는 우리말로 살라[284]라고 하는 기독교의 기도를 내게 가르쳐주었고, 렐라 마리엔에 대한 이야기를 많이 해주었습니다. 그녀는 끝내 기독교도로 죽었습니다만, 지옥 불로 가지 않고 알라에게 갔다고 저는 생각합니다. 그 뒤로 저는 그녀를 두 번 보았는데, 그때마다 그녀는 말했습니다. '부디 렐라 마리엔을 만나러 기독교도의 나라로 가십시오. 당신을 무척 사랑하고 계십니다'라고요. 그래도 저는 어떻게 갈지를 몰랐습니다. 저는 이 창문 너머로 많은 기독교도들을 보았으나 당신처럼 훌륭한 기사는 아무도 없었습니다. 저는 얼굴이 예쁘고, 젊고, 가지고 갈 돈도 많이 있답니다. 저와 같이 떠나실 수 있는지 생각해주십시오. 당신만 원하신다면 거기 가서 결혼을 하겠어요. 뜻이 없으시다면 그만이지요. 렐라 마리엔 님이 제 혼처를 구해주실 테니까요. 이렇게 쓰기는 했습니다만, 읽을 사람을 잘 알아서 하십시오. 무어인을 믿으시면 안 됩니다. 모두가 다 나쁜 사람들뿐이랍니다. 이 일이 가장 걱정되는 터이니, 누구에게도 비밀을 꼭 지켜주십시오. 아버지께서 이 일을 아시면, 저를 당장 잡아서 우물 속에 처넣으시고 돌로 뚜껑을 닫을 것입니다. 이제 갈대 끝에 실을 매어드리겠으니 답장을 붙여주십시오. 아라비아 말로 써줄 사람이 없거든 그림으로 해주십시오. 렐라 마리엔께옵서 당신의 뜻을 전해주실 것입니다. 렐라 마리엔 님과 알라, 그리고 거듭거듭 제가 입을 맞추는 이 십자가가 당신을 지켜주실 것입니다. 십자가에 대한 입맞춤은 여자 포로가 나에게 가르쳐주었답니다.

---

284 이슬람교도의 기도.

여러분, 보시다시피 이 편지 내용에 우리가 감격하여 어쩔 줄을 몰랐던 것은 당연한 일이었습니다. 이렇게 되니 그 개종자도 이 편지가 우연히 발견된 것이 아니라 우리들 중 누군가에게서 나온 것임을 눈치챘습니다. 그는 자기 짐작이 옳거든 믿고 말을 해달라고 졸랐습니다. 동시에 그는 목숨을 걸고 우리를 해방시키겠다는 것이었습니다. 그러더니 품속에서 쇠로 만든 십자가상을 꺼내어 눈물까지 흘려가면서 말하기를, 십자가가 표시하는 주님, 자신이 죄인이든 악인이든 아무튼 독실히 믿는 그 주님을 두고 맹세하며 말하기를, 절대로 신의를 저버리는 일은 없겠으며 우리가 지키라는 비밀이면 무엇이든 다 지키겠노라고 했습니다. 그의 생각으로는 편지를 보낸 여자의 힘을 얻음으로써 그와 우리가 구원을 받을 수 있을 뿐만 아니라, 자기가 그렇게 열망하는 소원도 성취할 수 있으리라고 믿었던 것 같습니다. 그 소원이란 다른 게 아니고 성모 성교회의 품으로 되돌아가는 것으로, 그는 자신의 무지와 죄로 말미암아 썩은 시체처럼 성모님에게서 분열되고 멀어진 몸이었습니다. 개종자가 어찌나 눈물을 흘리고 뉘우치는지, 우리는 다 같이 사건의 진상을 밝혀주자는 데 의견이 일치되어 아무것도 숨기거나 남기지 않고 있는 그대로를 말해주었습니다. 창문을 가리키며 갈대가 내려온 자리가 저기라고 하자, 그는 그 집을 확인하고나서 거기에 살고 있는 자가 누구인지 자세히 알아보자고 했습니다. 우리는 이미 무어 여자의 쪽지에 대한 회답을 하자고 합의되어 있었고, 또 편지를 쓸 줄 아는 사람도 얻었으므로, 개종자는 당장 그 자리에서 내가 부르는 대로 받아썼습니다. 이제 곧 한 자도 빼지 않고 말씀을 드리겠습니다. 무엇보다도 제가 겪은 이 사건에서 중요한 모든 골자 하나도 제 기억에서 사라지지 않았고, 앞으로 죽는 날까지도 지워지지 않을 겁니다. 무어 여인에게 보낸 답장은 이런 내용이었습니다.

아가씨, 진실하신 알라와 저 복되신 마리엔 님이 당신을 지켜주시옵기를 기도하나이다. 주님의 참 어머니이신 마리엔 님은 당신을 어여삐 여기사, 기독교도의 나라로 가시도록 당신 마음을 움직여주셨습니다. 아무쪼록 당신은 그분에게 빌어서, 이미 당신에게 명하신 바를 어떻게 실행할 수 있겠는지를 가르쳐달라 하십시오. 그분은 자애가 깊으셔서 반드시 그렇게 해주실 것이옵니다. 한편 이 몸은 여기 나와 함께 있는 기독교도와 더불어 당신에게 몸을 바쳐 죽기까지 당신을 위해 최선을 다하겠습니다. 당신이 하시고 싶은 일을 편지로 제게 알려주시면, 언제고 빠짐없이 답장을 올리겠습니다. 위대하신 알라가 우리에게 한 기독교도 포로를 주시어서 당신 나라의 말과 글을 알고 있으니, 그것은 이 편지로도 보시는 바와 같습니다. 그러므로 아무 거리낌 없이 무엇이든 원하시는 대로 알려주시기 바랍니다. 기독교도의 땅에 가서 제 아내가 되어주시겠다는 말씀에 대해, 저는 선량한 기독교도의 자격으로 굳게 맹세합니다. 기독교도는 무어인보다 약속한 바를 꼭 지킨답니다. 아가씨, 알라와 그의 어머니 마리엔께서도 당신을 보호하시기를 빕니다.

이 편지를 써서 봉한 다음, 우리는 바뇨가 텅 빌 때까지 이틀을 기다렸습니다. 저는 버릇처럼 가보곤 하던 그 축대로 얼른 올라가서 갈대가 내려오는가 하고 살폈고, 얼마 안 되어 그것이 나타났습니다. 내려뜨리는 사람은 보이지 않았지만, 갈대가 보이자 저는 실을 달아달라는 뜻으로 편지를 꺼내 보였으나, 실은 이미 갈대에 매어져 내려왔으므로 거기에다 편지를 매어주었습니다. 그러자 또 창문에서 다시 우리의 별이 나타났는데, 거기에는 평화의 깃발인 작은 보자기가 묶여 있었습니다. 찰싹 떨어지는 것을 주워서 보자기를 펴보니, 금화와 은화 모두 합해 50에스쿠도가 넘게 들었는데, 이로써 우리의 기쁨은 50갑절 더했고 자유해방의 희망은 그만큼 굳어졌습니다. 바로 그날 밤 개종자가 우리에게로 와서 말하기를, 자세히 알아보았더니 저 집에 살고 있는 자는 우리도 들은 대로 백만장자 아히 모라토이며, 그에게는 외동딸이 있는데 그녀는 전 재산의 상속자로서 라 베르베리아에서 가장 미인이라는 소문이 자자하다고 했습니다. 그리하여 수많은 부왕들이 그 집으로 통혼을 넣었지만 그녀는 언제나 결혼할 의사가 없다고 말하고 있으며, 그녀가 데리고 있던 여자 기독교도 포로가 일찍 죽고 없다는 것도 사실이라고 말해주었습니다. 모두가 편지에 써 보낸 사실과 들어맞았지요. 우리는 곧 그 개종자와 함께 의논에 들어갔는데, 어떻게 하면 무어 여인을 빼내서 다 같이 기독교도의 땅으로 갈 수 있을지를 상의했습니다. 결국 소라이다의 두 번째 편지를 보고나서 그때에 의논하자고 의견이 모아졌습니다. 소라이다란 지금은 마리아로 불러달라는 그녀의 그때 이름이었지요. 왜 그런 의견이 나왔는가 하면, 그런 곤란을 타개해줄 사람이 그녀뿐이라는 것을 너무나 잘 알았기 때문입니다. 이렇게 결정하고나자, 개종자가 우리더러 걱정을 하지 말라며 목숨을 내놓는 한이 있더라도 해방을 시켜주겠다고 말했습니다. 그 후 나흘 동안은 바뇨가 사람들로 법석였습니다.

637

그래서 갈대가 나흘이나 늦추어진 셈이었지요. 그러던 끝에 바뇨가 그전처럼 조용해지자, 행복의 분만을 약속하는 배부른 보자기가 나타났습니다. 갈대와 보자기가 제게 떨어지기에 풀어서 보니, 두 번째 편지와 다른 돈도 아닌 금화가 1백 에스쿠도나 들어 있었습니다. 그때는 개종자도 마침 와 있어서, 저는 우리들 방으로 들어가서 편지를 읽어달라고 했습니다. 그가 읽어주는 말은 이러했습니다.

기사님, 저는 우리가 에스파냐로 갈 방법을 모르옵고, 렐라 마리엔 님께 여쭈었으나 아무 말씀도 계시지 않습니다. 저로서 다만 할 수 있는 일이라고는 이 창문으로 금화를 많이 보내드리는 것뿐입니다. 그것으로 당신과 친구들의 몸을 속량하시기 바랍니다. 그리하여 어느 한 분이 기독교도들의 땅으로 가서서, 배 한 척을 사 가지고 남은 분들을 맞으러 오라고 하십시오. 올여름에 저는 아버지를 모시고 노비들과 함께 바다 근처 바바손 어귀에 있는 별장에 있을 겁니다. 거기서는 밤중에 어렵지 않게 저를 몰래 빼내어 배에 태우실 수 있을 것입니다. 제 남편이 되어주시기로 한 것을 잊지 말아주세요. 그렇지 않으시면 제가 마리엔 님에게 빌어 벌을 내리시게 할 것입니다. 만일 배를 마련하러 갈 분이 안 계시거든 당신이 속량을 받고 가세요. 당신은 기사님이시고 그리스도를 믿는 분이니, 다른 사람보다 쉽게 돌아오실 것을 저는 믿습니다. 별장을 잘 알아두시기 바랍니다. 당신이 산책을 하실 때면 바뇨가 비어 있는 줄로 알고 돈을 더 많이 드리겠습니다. 기사님, 알라께옵서 당신을 지켜주시옵기를.

이것이 두 번째 쪽지의 내용이었습니다. 이 글을 보자 모두가 자유를 얻겠다며 나서고, 저마다 빨리 갔다가 돌아오겠다는 약속을 했습니다. 저 역시 이에 못지않게 앞장을 섰지만, 개종자는 이러한 모든 제안에 반대했습니다. 그는 모든 사람이 다 해방되기 전에 누구 한 사람만 자유의 몸이 되는 것을 찬성할 수 없다면서, 경험에 비추어 보건대 사로잡혔을 때 한 말을 자유를 얻고난 뒤에 지키는 일은 거의 없다고 했습니다. 사실인즉 전에도 종종 귀족 포로 몇몇이서 이런 방법을 써서, 한 사람을 속량받게 하여 그에게 큰돈을 주며 발렌시아나 마요르카로 가서 자기들을 위해 배를 구해 오라고 한 일이 있었지만, 한 번도 돌아온 일이 없었습니다. 왜냐하면 애써 얻은 자유를 잃을지도 모른다는 두려움이 세상의 모든 의무를 기억에서 사라지게 하는 까닭이었습니다. 그는 자기의 말이 틀림없음을 증명하려고 그 무렵 어떤 기독교도 기사들 사이에 오간 이야기를 대강 들려주었는데, 사사건건 모두가 기막힌 일이고 놀라운 일밖에 없는 그런 곳에서도 아주 희한한 사건이었습니다. 그가 늘어놓는 의견에 의하면, 지금 자기로서 할 수 있고 또 반드시 해야 할 일이란, 교우 한 사람을 빼내는 속전을 자기가 받아 아르헬에서 배한 척을 사가지고 표면상으로는 테투안 해안에서 무역상을 하는 척하는 것이랍니다. 그렇게 되면 자기는 선장인지라 포로들을 모두 바뇨에서 데리고 나와 배에 싣기 쉬우며, 일이 더욱 잘 되려고 무어 여인이 제 말처럼 전원이 속량될 만큼의 돈을 주는 날에는 자유해방이 된 몸들이라 대낮에도 배에 오를 수가 있다는 것이었습니다. 그런데 그로서도 가장 곤란한 일이 한 가지 있었는데, 무어인들은 해적질을 하러 가는 큰 배가 아닌 한 어떤 개종자도 배를 사지 못하

게 하리라는 것입니다. 더구나 에스파냐의 경우이고 보면, 기독교
도의 땅으로 갈 생각으로 그러는 것이라고 의심하게 되니까요. 그
렇지만 이런 불편도 옛 아라곤왕국 출신 무어인을 중간에 넣어서
배를 사고 동업을 하면 쉽게 해결할 수 있으니, 그때에는 자기가 뒤
에 앉아서 배의 실권을 쥐게 될 터인즉 뒷감당은 문제없다고 했습
니다. 저와 동지들은 무어 여인의 말대로 마요르카로 누구를 보내
서 배를 사 오는 것이 상책이냐 하고 생각하던 터라, 누구 한 사람
감히 그의 말에 반대할 수가 없었습니다. 그 사람의 말을 안 들었다
가는 일을 그르칠지도 모르고, 소라이다와의 관계가 폭로되는 날이
면 이미 우리가 그녀를 위해 목숨을 바치기로 한 이상 몰사를 당할
위험이 있다는 사실이 무섭기도 했기 때문입니다. 사태가 그런 만
큼 우리는 모든 것을 하느님과 개종자의 손에 맡기기로 했습니다.
그러고는 곧 소라이다에게 답장을 쓰기를, 당신이 귀띔해주시는 것
은 렐라 마리엔 님의 말씀같이 슬기로우니 그대로 다 하겠으나, 일
을 늦추거나 곧 착수하는 것은 오직 당신에게 달렸다고 했습니다.
제가 거듭 그녀의 배우자가 될 것을 다짐했더니, 다음 날 바뇨가 또
텅 비었을 때 그녀는 갈대와 보자기를 계속 떨어뜨려서 2천 에스쿠
도나 되는 금화와 쪽지 한 장을 보냈습니다. 쪽지에는 다음 금요일
에 아버지의 별장으로 갈 텐데, 가기 전에 돈을 또 주겠지만 그것으
로도 부족할 경우 알려주면 달라는 대로 다 주겠다고 쓰여 있었습
니다. 그러면서 아버지는 돈이 많기 때문에 약간 훔쳐내도 상관없
고, 더구나 열쇠는 모두 자기가 가지고 있다고 했습니다. 우리는 그
자리에서 배를 살 돈 5백 에스쿠도를 개종자에게 주었습니다. 8백
에스쿠도는 그즈음 아르헬에 있던 발렌시아 상인에게 주어서, 그로

하여금 제 보증인이 되어 이번 발렌시아에서 배가 들어오는 대로 속전을 바치겠다고 왕에게 약속하여 제 몸을 빼낼 수 있도록 했습니다. 왜냐하면 만일에 돈을 바로 다 지불할 경우 속전이 이미 아르헬에 와 있는데도 왕은 그 상인이 제 잇속 때문에 아무 말도 안 했다는 의심을 할 것 같았기 때문입니다. 무엇보다도 제 주인은 하도 의심이 많은 위인이라서 즉각 돈을 쥐여준다는 것이 아무래도 꺼림칙했기 때문입니다. 아름다운 소라이다는 별장으로 향하는 금요일을 앞둔 목요일에 다시 1천 에스쿠도를 보냄으로써 떠난다는 소식을 전했는데, 제가 해방이 되거든 그 즉시로 아버지의 별장을 알아내서 어떻게 해서든 찾아오고 상봉할 기회를 마련하라는 것이었습니다. 저는 짤막한 답장을 보내기를, 그렇게 할 테니 당신은 여자 포로가 가르쳐준 기도를 외고 우리를 렐라 마리엔 님께 맡길 것을 잊지 말아달라고 했습니다. 이렇게 한 후에 우리 세 동지들도 속히 바뇨를 벗어나도록 속량할 방법을 강구해주었습니다. 왜냐하면 저만 돈이 있어 해방되고 자기들은 그렇지 못한 것을 알게 되면 떠들어댈까 두려웠고, 게다가 악마가 들어 소라이다에게 불상사가 있을까 해서였습니다. 세 사람의 사람됨으로 보자면 괜한 걱정을 한다는 생각도 들지만, 그래도 저는 일을 섣불리 하고 싶지 않았습니다. 저는 제가 속량을 받은 것과 같은 방법으로, 확실한 보증을 얻기 위해서 상인에게 돈을 있는 대로 다 내주고 그들을 속량해달라고 했습니다. 하지만 나중에 일이 크게 될까 해서 우리의 계책이나 비밀은 그에게 밝히지 않았습니다."

제41장

포로가 자신이 겪은 사건 이야기를 계속하다

"보름이 채 못 되어 우리의 개종자는 서른 명 이상을 태울 수 있는
매우 훌륭한 배 한 척을 장만했습니다. 그는 일을 빈틈없이 처리하
는 한편 눈가림을 하기 위해 아르헬에서 오랑 쪽으로 30레과쯤 떨
어진, 말린 무화과 거래가 성행하는 항구 사르헬이라는 곳으로 떠
나려 했고, 정말 그렇게 떠나 다녀왔습니다. 이 두세 차례의 내왕에
그는 전에 말한 타가리노tagarino를 동반했습니다. 타가리노라는 이
름은 베르베리아 지방에서 아라곤 출신 무어인을 부르는 말이고,
그라나다 출신의 무어인은 무데하르mudéjar라고 한답니다. 페스 왕
국에선 이 무데하르를 엘체elche라 부르는데, 페스 왕은 전쟁 중 대
개 그들을 많이 동원한답니다.

그런데 개종자는 배를 타고 지날 때마다 소라이다가 기다리고
있는 별장에서 쇠뇌로 두 바탕쯤 되는 물굽이에 닻을 내리고는, 거
기서 일부러 노를 젓는 이슬람교도들과 함께 그들의 기도인 살라
를 외우기도 하고, 자기가 하려던 일을 장난삼아 해보기도 했습니

다. 그가 소라이다의 별장으로 가서 과일을 좀 달라고 했더니, 그녀의 아버지는 누군지도 모르면서 과일을 주더랍니다. 그가 나중에 제게 들려준 말이지만, 자기는 소라이다에게 제 명령으로 그녀를 기독교도의 땅으로 데려가려고 온 사람이니 안심하라고 말하고 싶은 생각이 간절했으나 도저히 할 수가 없었다고 합니다. 본디 무어 여인들이란 자기 아버지나 남편의 허락 없이는 무어인이건 터키 사람이건 만나면 안 되는 법이니까요. 그렇지만 기독교도 포로들에게만은 지나칠 만큼 마구 지껄이기도 합니다만. 사실 저로서는 그가 말을 했더라면 더 큰일이 날 뻔했습니다. 자기 일이 개종자들 입에 오르내리는 것을 보았다면 그녀가 질겁했을 테니 말입니다.

그러나 하느님께서는 안배를 잘하셔서 우리 개종자의 착한 뜻을 이루어주지 않으셨습니다. 개종자는 제게 사르헬 왕래가 아무 위험이 없을뿐더러 언제 어디서든 마음대로 닻을 내릴 수 있고, 게다가 동행인 타가리노도 말을 잘 들으며, 저도 이제는 속량이 된 몸이니 앞으로는 노 젓는 기독교도를 구하는 일만 남았다고 말했습니다. 즉 우리의 출발을 다음 금요일로 정했으니, 그때까지는 이미 속량된 사람 말고도 내가 데려갈 사람들을 잘 보아두라는 것이었습니다. 그래서 저는 노를 잘 젓고 누구보다 자유롭게 도시에서 나올 수 있는 사람으로 에스파냐인 열두 명과 이야기를 해보았는데, 때가 때인지라 그만한 사람들을 구하기가 힘들었습니다. 해적질을 하러 갈 배가 스무 척이나 들어와 있어서 노 젓는 사람을 모조리 쓸어 간 터였지요. 그러니까 이 열두 명도 그들의 주인이 조선소에서 배를 완성하기 위해 그해 여름엔 해적질을 나가지 않는다고 했기에 망정이지, 그렇잖으면 어림도 없을 뻔했습니다. 저는 이들에게 금요일 저녁때가 되면 한 명씩 몰래 빠져나와 아히 모라토의 별장으로 가서 제가 나오기까지 기다리라는 지시 외에는 아무 말도 하지 않았습니다. 저는 이 지시를 각자에게 따로따로 했고, 혹시 거기서 다른 기독교도들을 만나더라도 제가 그곳에서 기다리라고 했다는 말을 절대 입 밖에 내지 말라고 부탁했습니다.

이런 절차가 끝난 후 제가 할 일은 그중 중대한 일이었습니다. 즉 우선 소라이다에게 일이 어디까지 진행되고 있으니 그쯤 알고 있으라고 전갈하고, 기독교도의 배가 갑자기 예상보다 먼저 들이닥치더라도 당황하지 말라고 귀띔하는 일이었습니다. 그리고 저는 그별장으로 가서 소라이다와 이야기를 할 수 있는지 없는지 두고 보기로 했습니다. 어느 날 저는 출발하기 전에 그곳으로 가서 채소를 뜯는 척했는데, 우연히 만난 사람이 그녀의 아버지였습니다. 그는 베르베리아에서나 콘스탄티노플에서 포로와 아라비아 사람끼리 통하는 말, 그건 무어 말도 카스티야 말도 아닌, 그렇다고 어느 나라의 말이라고도 할 수도 없지만, 여러 나라의 잡탕말인데도 누구나 다 알아듣는 그런 말씨로 저한테 묻기를, 정체가 무엇이고 자기별장에서 무얼 하고 있느냐고 했습니다. 저는 아르나우테 마미[285]의 종인데(라고 한 것은 그와 각별한 사이라는 것을 잘 알았기 때문이었지요) 샐러드를 만들기 위해 채소를 뜯고 있다고 했습니다. 그러자그는 다시 제게 속량된 몸인지, 혹 속량이 되겠다면 주인이 얼마를요구하는지 물었습니다.

---

285 Arnaute Mami. 갈레라 솔la galera Sol에서 세르반테스를 포로로 잡았던 알바니아의 개종자.

이렇듯 서로 주거니 받거니 할 때, 그 어여쁜 소라이다가 별장에서 나왔습니다. 아마도 벌써부터 저를 보았겠죠. 그런데 아까 말씀드린 대로 무어 여인들은 기독교도에게 얼굴을 보여도 전혀 수치감을 느끼지 않고 또 외면을 하지 않는 만큼, 자기 부친이 저와 함께 있는 곳으로 온다는 게 아무렇지도 않았습니다. 오히려 그녀의 아버지는 소라이다가 걸어 나오는 것을 보고 이름을 부르며 어서 오라고 했습니다. 나의 애인 소라이다가 내 눈앞에 나타났을 때의 그 고운 모습, 귀하고 얌전하고 갖은 단장을 한 그 모습을 무어라 표현해야 좋을지 모르겠습니다. 구태여 형용한다면, 그 고운 목덜미며 귀밑머리에 늘어뜨린 진주들이 머리카락보다 더 많더라고나 할까요. 관습에 따라 맨발인 두 발목에는 카르카헤carcaje를 두 개나 찼는데, 팔찌와 발찌를 무어 말로 카르카헤라 부릅니다만, 순금에 다이아몬드를 총총히 박아서 만든 것이었습니다. 나중에 소라이다가 해준 말에 의하면 그녀의 아버지가 그것들을 I만 도블라[286]어치나 된다고 평가했다고 하는데, 팔찌도 그만한 값어치는 되는 것이었습니다. 그리고 진주도 엄청나게 많을뿐더러 품질이 아주 좋아 보였습니다. 뭐니 뭐니 해도 무어 여인들이 제일 호사로 여기는 일은 값지고 작은 진주로 몸치장을 하는 것인데, 그러니만큼 진주는 다른 어느 나라에서보다 무어인들 사이에 더 많답니다. 소라이다의 아버지는 아르헬에서도 극상품을 제일 많이 가지고 있어서, 값으로 따지면 에스파냐 돈 20만 에스쿠도가 넘는다는 소문이었습니다.

---

286 dobla. 옛 에스파냐의 금화.

그것으로 모두 몸치장을 한 아가씨가 지금의 제 아내인 것입니다.

그랬으니 예뻤겠습니까, 안 예뻤겠습니까. 많은 고생 끝이지만 아직도 남아 있는 그 모습을 보아서 한창 시절에 어떠했으리라고 짐작이 가실 겁니다. 잘 아시다시피 여자의 아름다운 자태란 때가 있고 철이 있어서 환경에 따라 더하거나 덜하기도 하고, 마음의 정서에 따라 도수가 높아지기도 낮아지기도 하며, 대개는 씻은 듯이 가시기도 하는 게 일상 있는 일이 아니겠습니까? 어쨌든 그날 그때의 소라이다는 한껏 치장한 모습이 아름답기만 하여, 적어도 제 눈에는 제 생애 제일가는 미인이었습니다. 게다가 큰 은혜까지 베풀어준 그녀였으니, 마치 제 앞에 저를 기쁘게 하고 구원하려고 지상으로 내려온 천상의 한 여신女神이 있다고 생각하게 되었습니다.

소라이다가 제 앞에 이르자 그녀의 아버지는 자기네 나라말로, 제가 그의 친구 아르나우테 마미의 종으로 샐러드용 채소를 뜯으러 왔다고 말했습니다. 그러자 소라이다는 조금 전처럼 그 잡탕말로 물었습니다. '그대는 기사인가 아닌가, 아직 속량되지 못한 몸이라면 무슨 까닭으로 그러한가.' 그래서 저는 이미 속량되어 있는 몸이고, 제 주인이 얼마나 저를 소중히 여기는가는 몸값이 1천5백 솔타미[287]였다는 것으로도 짐작할 수 있을 것이라고 대답했습니다. 그 말에 소라이다가 이렇게 대답했습니다. '그대가 내 아버지의 종이었더라면 두 배를 바쳐도 난 절대 놓아주지 않았을 겁니다. 왜냐고요? 당신네 기독교도들의 말은 모조리 거짓말뿐이라서 무어인을

---

287 zoltamí. 알제리의 화폐.

속이기 위해 일부러 돈이 없는 체하니까 말이죠.' 그래서 저는 '아가씨, 그럴지도 모르죠. 하지만 저는 제 주인과 정당하게 이야기가 된 겁니다. 사실이지 저는 지금까지 온 세상 사람들과 언제나 정직하게 지내왔고, 앞으로도 그럴 것입니다' 하고 대답했습니다. 소라이다가 그럼 떠나는 날짜가 언제냐고 묻기에, 저는 '내일일 것 같습니다. 마침 프랑스 배가 한 척 들어와 있어 내일 출항을 한다니, 저도 그 편에 갈까 합니다'라고 대답했죠. 소라이다는 다시 되받아 말했습니다. '프랑스 배보다는 에스파냐 배를 기다려서 타는 게 더 좋을걸요. 프랑스는 당신네와 감정이 좋지 않으니까요.' 그러기에 제가 또 대답했죠. '아닙니다. 물론 에스파냐 배가 온다는 게 사실이라면 저도 기다릴 생각입니다만…… 내일 꼭 떠날까 합니다. 고국 땅이 하도 그립고 사랑하는 사람들이 몹시 보고 싶으니, 아무리 선편이 좋다 하더라도 늦게까지 기다릴 마음은 없습니다.' 소라이다가 '고국 땅에 아내를 두고 왔으니 하루라도 빨리 보고 싶어서 그러는 거로군요'라고 말했습니다. 저는 '아닙니다. 전 아직 결혼하지 않았는걸요. 귀국하는 대로 결혼을 하자는 말만 남겼을 뿐입니다'라고 대답했습니다. '그럼 약혼녀는 예쁜가요?' 하고 소라이다가 물었고, '예쁘다마다요. 좋게, 아니 사실을 말하자면, 당신과 많이 닮았답니다'라고 내가 대답했습니다.

그러자 그녀의 아버지가 껄껄대며 말했습니다. '알라를 걸고 맹세하네만, 기독교도, 그녀가 내 딸을 닮았다면 보통이 아닌 미인이겠군. 내 딸이야 이 나라에서 첫째가는 미인이니까 말이야. 내 말이 미심쩍거든, 자, 똑똑히 봐두어. 내 말이 사실이라는 걸 깨닫게 될 테니.' 소라이다의 아버지는 여러 나라의 말을 알았기에 그녀와 내가 주고받은 이야기를 통역해주었어요. 그런데도 소라이다는 거기서 통용되던 얼치기 말을 쓰면서 말보다는 몸짓으로 의사 표시를 했습니다.

　이런저런 말을 하고 있을 때, 한 무어인이 이쪽으로 달음박질쳐 오면서 고함을 질렀습니다. 터키 사람 네 명이 별장 울타리를 뛰어넘어 들어와 아직 익지도 않은 과일들을 따고 있다고요. 그녀의 아버지의 안색이 금세 변하고 소라이다의 안색도 변했습니다. 원래 무어인들은 터키 사람, 특히 군인이라면 몹시 두려워하고 있었으니 당연하지요. 그들은 거만하기 이를 데 없어, 자기네 무어인에게 세도를 부리기를 노예에게 하는 것보다 더 못되게 구니까요. 그래서 그랬던지 소라이다에게 그녀의 아버지가 이렇게 말했습니다. '애야, 안으로 들어가서 문을 꼭 잠그고 있어라. 난 그 녀석들하고 이야기나 좀 하겠다. 그리고 기독교도인 자네는 풀이나 뜯어가지고 잘 가게. 알라께서 자네가 무사히 고국으로 돌아가게 해주시기를 바라네.' 나는 꾸뻑 절을 했습니다. 그는 소라이다와 나를 남겨두고 터키 사람들에게로 갔습니다. 소라이다는 아버지의 말대로 들어가는 척하다가, 아버지가 별장 숲속으로 사라지자 발길을 제게로 돌리더니 눈물어린 눈으로 이렇게 말했습니다. '아멕시, 크리스티아노, 아멕시'. 이 말은 '떠나세요, 기독교인, 떠나세요'라는 뜻입니다. 저는 대답했지요. '아씨, 떠나겠습니다. 하지만 당신을 두고는 절대 떠나지 않을 것입니다. 이번 금요일을 기다려주십시오. 그때 우리를 보아도 놀라지 마십시오. 틀림없이 기독교도들의 땅으로 가게 될 테니까요.'

　이 말을 할 때 저는 우리 두 사람의 심정을 그녀가 잘 이해하도록 정신을 바싹 차리고 했습니다. 그녀는 한 팔로 제 목을 감고 가냘픈 걸음걸이로 별장을 향해 걷기 시작했습니다. 그런데 공교롭게도, 하늘이 달리 안배하시지 않았더라면 큰일이 나고 말았을 뻔한 그 찰나, 즉 지금 말씀드린 대로 제 목을 감고 걷던 그 찰나에 터키 사람들을 쫓아 보내고 돌아오던 그녀의 아버지가 우리가 걷고 있는 모습을 보았습니다. 우리는 물론 들켰구나 하고 알아차렸지요. 그러나 소라이다는 영리하고 눈치가 빠른지라, 제 목에서 팔을 놓지 않고 오히려 더 바싹 몸을 기대면서 제 가슴에다 머리를 박고는 무릎을 휘청거렸습니다. 기절해서 곧 넘어지려는 것처럼 말이에요. 그래 저도 어쩔 수 없이 부축하는 체했지요. 그녀의 아버지가 허겁지겁 우리 있는 곳으로 쫓아오더니, 딸이 그런 모양을 하고 있는 것을 보고는 대체 어찌 된 일이냐고 물었습니다. 그러나 소라이다가 대답이 없자, '이건 분명코 그 녀석들이 들어오는 것을 보고 놀라서 까무러친 거로구나' 하고 말했습니다. 그가 제 가슴에서 딸을 떼어 자기 품에 안아줄 때, 딸은 한숨을 쉬며 눈물이 채 마르지 않은 눈으로 이렇게 다시 말했습니다. '아멕시, 크리스티아노, 아멕시'. '가세요, 기독교도, 가세요.' 그 말에 그녀의 아버지가 대답했습니다. '애야, 괜찮다. 기독교도가 가건 말건 너는 잘못한 게 없고, 터키 놈들은 벌써 다 갔단다. 무서워하지 마라. 아무것도 염려할 게 없잖니? 지금 말한 대로 그 터키 놈들은 말이다, 내가 잘 타일렀더니 들어왔던 그곳으로 도로 나갔단다'라고 했습니다. 나도 그녀의 아버지에게 말했죠. '어르신, 지금 말씀하신 대로 그놈들이 따님을 놀라시게 했군요. 하지만 저더러 가라고 하시니 다시 더 걱정을 끼쳐드리고 싶지 않습니다. 그럼 편안히 계십시오. 허락하신다면 또 필요할 때 이 별장으로 채소를 뜯으러 오겠습니다. 제 주인 말씀이, 샐러드 야채는 여기만큼 좋은 곳이 없다고 하셨거든요.' 아히 모라토가 대답했습니다. '원한다면 언제든지 오게. 내 딸아이가 한 소리는 자네가, 또 기독교도가 싫어서 한 게 아니네. 터키 놈들 보고 가라는 게 자네더러 가라는 소리가 되었거나, 아니면 때가 되었으니 채소나 뜯으러 가라는 소리였겠지.'

이만큼 하고 저는 두 사람에게 인사를 하고 나왔습니다. 소라이다는 가슴이 미어지는 듯한 모습으로 그녀의 아버지를 따라 들어갔고, 저는 채소를 뜯는 구실로 이리저리 마음대로 별장을 돌아다니며, 출입구와 집의 허실과 우리가 일을 거뜬히 해치울 수 있는 형편 등을 잘 살펴보았습니다. 이런 다음에 돌아와서 그동안 일어났던 일을 개종자와 동료들에게 들려주었습니다. 한편 저는 벌써부터 예쁘고 아리따운 소라이다라는 운명이 제게 안기는 행복을 마음 놓고 즐길 수 있는 시각이 환히 보이는 것 같았습니다.

마침내 시간은 흘러서 바라고 바라던 그날이 오고야 말았습니다. 우리는 심사숙고하고 오랜 시간에 걸쳐 몇 차례 토의를 거듭한 수단과 방책에 따라 그렇게도 그리던 대성공을 거두게 되었습니다. 금요일, 즉 소라이다와 제가 별장에서 이야기를 나눈 다음 날 해가 질 무렵에 우리 개종자는 어여쁜 소라이다가 있는 곳의 거의 맞은편에 닻을 내렸습니다. 노를 젓기로 되어 있는 기독교도들은 미리 와서 그 근처 이곳저곳에 몸을 감추고 있었습니다. 모두 조바심과 기쁨에 가슴이 설레어, 바로 눈앞에 있는 배에 뛰어오르고 싶어서 저만 기다렸습니다. 왜냐하면 그들은 개종자와의 밀약을 알지 못하기 때문에 배 안에 있는 무어인들을 처치해서 완력으로 자유를 얻으려고 생각했던 것입니다.

　　그러던 차에 제가 동지들과 함께 나타나자 숨어 있던 사람들이 우리에게로 몰려왔습니다. 벌써 성문은 닫히고, 그 근처의 들에는 개미 새끼 하나 얼씬하지 않던 때였습니다. 그런데 모인 우리는 우선 소라이다를 빼내러 가는 것이 좋을지, 배 안에서 노 젓기를 하는 무어인들을 먼저 항복시켜야 좋을지 결정을 내릴 수가 없었습니다. 이렇게 갈팡질팡하고 있는 참에 개종자가 우리 쪽으로 뛰어오더니, 왜들 우물거리고 있느냐고 말했습니다. 지금 무어인들이 다 방심하고 있을 뿐 아니라 대부분 잠을 자고 있다는 것이었습니다. 그에게 우리의 생각을 말했더니, 그는 당장 급한 일은 배에 오르는 일이며, 지금이라야 아무 위험 없이 쉽게 할 수 있으니 소라이다 구출은 그 다음에 하자고 말했습니다. 사람들은 그의 말을 옳게 여겨서 시각을 지체하지 않고 그를 앞장세운 채 배로 올랐습니다. 개종자가 선봉으로 뛰어 오르더니 신월도를 빼어 들고 무어 말로 이렇게 명령했습니다. '죽고 싶지 않거든 어느 놈이고 여기서 꼼짝하지 마라.' 그때는 이미 기독교도들이 거의 다 들어온 뒤라, 어리석은 무어인들은 선장의 이 말을 듣자 벌벌 떨며 누구 하나 감히 무기에다 손을 대려는 사람도 없이 (무기라야 뭐 가진 게 없었으니까) 두말 않고 묶였습니다. 기독교도들은 찍소리만 했다가는 모두 한칼에 베어버리겠다고 무어인들을 을러대면서 번개같이 묶었던 것입니다.

　　그 일이 끝나자 우리들 절반은 남아서 지키기로 하고, 나머지는 개종자를 앞장세워 아히 모라토의 별장으로 갔습니다. 대문을 열려고 가까이 갔을 때, 다행히도 문은 잠겨 있지 않은 듯 저절로 열렸습니다. 그래서 우리는 살금살금 조용히 집까지 다가갔지만, 아무에

651

게도 들키지는 않았습니다. 어여쁜 소라이다는 창가에서 우리를 기다리다가, 인기척이 나자 낮은 목소리로 니사라니[288]냐고 물었습니다. 즉 기독교도들이냐고 묻는 말이지요. 제가 '그렇습니다. 어서 내려오십시오'라고 대답하자, 그녀는 저를 알아보고는 잠시도 지체하지 않았습니다. 그저 말 한마디 없이 한달음에 내려와서 문을 열고 나왔던 것입니다. 그 비길 데 없이 아름답게 단장한 모습을 어찌 다 그려낼 수 있겠습니까. 저는 그녀를 보는 순간 한 손을 잡고 입을 맞추었으며, 개종자와 두 동지들도 저와 같이 했습니다. 그랬더니 속도 모르는 다른 사람들까지 우리 흉내를 내는 것이었습니다. 그들은 우리를 해방시켜주었다고 해서 아가씨에게 우리가 고맙다는 인사를 드리는 줄로 안 모양이었습니다. 개종자가 무어 말로 '아버님께서는 별장에 계십니까?' 하고 묻자, 소라이다는 '네, 주무십니다'라고 대답했습니다. 개종자는 다시 말했습니다. '그럼 깨워서 우리와 같이 가시도록 합시다. 그리고 아름다운 이 별장에서 값나가는 건 무엇이든 다 가지고 갑시다.' '아니에요' 하고 소라이다는 이렇게 말하는 것이었습니다. '아버님께는 절대 손을 대면 안 됩니다. 이 별장에 있는 것이라곤 제가 가진 것뿐이고, 또 이만하면 여러분이 다 부자가 되고도 남을 만하답니다. 잠깐 계셔요. 보여드리지요.'

그러면서 그녀는 다시 안으로 들어가며 말하기를, '곧 돌아올 테니 조용히들 계셔요. 소리를 내면 안 됩니다'라고 했습니다. 내가 어찌 된 일이냐고 개종자에게 묻자 그는 이리이리되었다는 이야기

---

288 나사렛 사람, 즉 기독교도.

를 하기에, 나는 소라이다의 기분을 상하게 하는 일은 아예 하지 말라고 당부했습니다. 그런데 소라이다는 어느새 에스쿠도 금화가 가득 든 궤짝을 가지고 나타났는데, 무거워서 쩔쩔맬 정도였습니다. 그런 사이에 운수 사납게도 그녀의 아버지가 잠에서 깨어, 정원에서 무슨 소리가 나는 것을 들었습니다그려. 창가로 나와서 보니, 거기에 있는 사람들이 모조리 기독교도라는 걸 금방 알았지 뭡니까? 그는 고래고래 소리를 지르며, '기독교도 놈들아, 기독교도 놈들아! 도둑놈들아, 도둑놈들아!' 하는 것이었습니다. 우리는 이 호통 소리에 무서워서 정신을 차리지 못하고 있었는데, 개종자는 우리가 당황하는 꼴을 보고는 무엇보다도 발각되기 전에 계획을 수행하는 것이 상책이다 싶었던지, 나는 듯이 아히 모라토가 있는 곳으로 올라갔습니다. 잇따라서 몇 사람이 그의 뒤를 따랐습니다만, 저만은 소라이다가 새파랗게 질려서 제 품에 쓰러져 있었기에 그녀를 내동댕이치고 갈 수가 없었습니다.

올라갔던 사람들은 무슨 수를 썼는지 삽시간에 아히 모라토를 결국 끌고 내려왔는데, 두 손은 결박 짓고 입은 말을 못 하게 헝겊으로 틀어막은 채, 입만 떼면 죽인다고 엄포를 놓았습니다. 딸은 이 광경을 보고 눈을 가렸고, 아버지는 언제 자기 딸이 자진해서 우리 손으로 넘어왔는가를 모르기 때문에 그저 떨고만 있었습니다. 그러나 그 순간 우리는 걸음아 날 살려라 하고 서둘러, 그러나 조심스럽게 배에 올랐습니다. 배에 타고 있던 사람들은 혹시나 일이 잘못되었는가 싶어서 걱정들을 하고 있었죠.

이리하여 전원이 배에 오르기는 한밤중 2시가 넘었을 때인데, 그제야 소라이다의 아버지는 묶였던 결박이 풀리고 입을 틀어막았던 헝겊도 떼어졌습니다. 그래도 개종자는 '소리를 내서는 안 돼, 죽일 테니까' 하고 거듭 말했습니다. 딸이 거기 있는 것을 본 아버지는 땅이 꺼지게 한숨을 쉬기 시작했는데, 더구나 제가 꼭 껴안고 있는데도 마다하는 기색 없이 울지도 않고 태연히 있는 걸 보고는 더한층 그러했습니다. 그러나 별수 있습니까. 개종자가 계속 엄포를 놓고 있으니 하라는 대로 할 수밖에 없는 노릇이라, 입도 뻥긋하지 못하고 가만히 있었습니다. 소라이다는 이미 자신이 배 안에 들어와 있다는 걸 알았습니다. 또 우리가 노를 저으려는 것을 보자, 그의 아버지와 거기 묶여 있는 무어인들을 생각해서 개종자에게 말했습니다. 즉 저 무어인들과 아버지를 풀어주라고 제게 부탁해달라면서, 끔찍이도 자기를 사랑해주시던 아버지가 자기 때문에 포로가 되어 끌려가는 것을 자기 눈으로 보느니 차라리 바닷물에 빠져 죽고 말겠다는 것이었습니다. 개종자가 그 말을 해주기에 제가 선뜻 그렇게 하라고 대답했더니, 그는 천부당만부당하다고 했습니다. 그도 그럴 것이 지금 놓아주면 그 즉시로 그들은 해안이 떠나가게 온 마을을 선동해서 쾌속 범선 몇 척으로 우리를 추격할 것이고, 그렇게 되면 우리는 독 안에 든 쥐가 되고 말 테니까, 기독교도의 땅에 닿는 대로 해방을 시켜주자는 말이었습니다. 이 말에 모두가 찬성했고, 소라이다도 우리가 그녀의 소원을 곧 들어줄 수 없는 이유를 듣고나서 그렇게 하자고 했습니다. 힘 좋은 우리 뱃사람들은 아무 말이 없었으나 우쭐우쭐 신바람이 나서 저마다 노를 잡고는, 있는 정성을 다 들여 자신들을 하느님께 맡기며 마요르카 군도로 향했습니다. 그 섬들이 제일 가까운 기독교도의 땅이었으니까요. 그러나 북풍이 불어오고 물결이 다소 세어 마요르카섬으로 직행하지 못하고 부득이 오랑 쪽으로 해안을 따라 갈 수밖에 없었는데, 아르헬에서 60마일 지점에 있는 사르헬이라는 곳의 사람들에게 들킬까 봐 두려웠기 때문입니다. 또 꺼림칙한 것은 그 길로 갔다가 흔히 테투안에서 화물을 싣고 오는 갈레오타[289]를 만나게 될지도 모른다는 점이었습니다. 그러나 한편으로 우리 모두의 제각기 생각으로는, 설령 갈레오타를 만나더라도 그게 화물선이고 해적선이 아닌 바에는 손해를 보기는커녕 오히려 그 배를 잡아서 우리의 항로를 가장 안전하게 만들 수도 있다는 배짱이 없는 것도 아니었습니다. 이럭저럭 배가 가는 동안 소라이다는 자기 아버지를 차마 볼 수 없어서 머리를 제 양손 안에 파묻고, 렐라 마리엔 님을 부르면서 우리를 도와주십사 빌었습니다.

30마일을 훨씬 지나왔을 무렵 날이 새었는데, 대포 세 바탕 거리에 육지가 보였습니다. 거기는 무인지경이라 우리를 볼 사람이라곤 아무도 없었습니다. 그래도 기를 쓰고 깊은 곳으로 들어갔습니다. 바다가 잔잔해졌으니까요. 그리하여 2레과쯤 들어갔을 때, 번갈아서 노를 저으라는 명령이 내려졌습니다. 배에 양식이 제법 실려 있었기 때문에 그동안 요기를 시키기 위함이었습니다. 그러나 노를 젓던 사람들은 '아직 쉴 때가 못 되었으니 노를 젓지 않는 사람들이 먹을 걸 가져다주세요. 우리는 아무래도 노에서 손을 뗄 수 없어요'라고 했습니다. 그러는 동안에 이번에는 순풍이 불어와서 우리는 노를 던지고 돛을 달아야 했고, 이리하여 딴 길로는 가려야 갈

---

289 galeota. 돛대가 두 개에 노가 마흔 개인 배.

수 없어 곧장 오랑으로 향했습니다. 그것도 어찌나 빨랐던지, 돛을 펴고 시속 8마일로 항해를 했으며, 그저 걱정이라면 해적선을 만나지나 않을까 하는 것뿐이었습니다.

우리는 노를 젓는 무어인들에게도 먹을 것을 주었습니다. 개종자는 그들을 위로하며, 포로로 데려가는 것이 아니니 기회가 닿는 대로 제일 먼저 해방을 시켜줄 것이라고 말했습니다. 같은 말을 소라이다의 아버지에게도 하자, 그는 이렇게 대답했습니다. '흠, 기독교도 놈들! 다른 일 같으면 너희들이 선심을 쓰면서 해주는 걸 믿을 만도 하겠지만, 나에게 자유를 준다는 말은 그걸 믿는 것부터가 어리석은 노릇이다. 그렇게 선뜻 내줄 자유였다면 내 자유를 빼앗기 위해 이런 모험을 할 너희들이 아닐 테니까 말이다. 너희들은 내가 누군지 잘 알고 있다. 그러니 내게서 얼마만한 돈을 얻어낼 수 있는지도 잘 알고 있다. 그럼 문제는 돈인데, 나와 불쌍한 내 딸까지 해서 얼마든지 달라는 대로 다 주겠다. 뭣하면 딸 하나만이라도 좋다. 이내 영혼의 둘도 없는 한쪽이니까 말이다.'

이렇게 말하면서 슬프게 통곡을 하기 시작하므로, 모두가 측은한 생각이 들어 소라이다 쪽으로 눈을 돌릴 수밖에 없었습니다. 아버지가 슬피 우는 것을 보고 마음이 약해진 그녀는 제 발 곁에서 몸을 일으켜 자기 아버지에게로 달려가더니, 그를 껴안고 얼굴을 비비며 둘이서 몹시도 서럽게 울었습니다. 그 바람에 그 자리에 있던 여러 사람도 따라서 눈물을 흘렸습니다. 그런데 그녀의 아버지가 명절날 입는 옷차림에다 보석으로 몸을 치장한 딸을 보고는 자기네 말로 이렇게 말했습니다. '애야, 이게 어찌 된 영문이냐? 어제 저녁때만 하더라도 우리가 이런 무서운 꼴을 당하기 전에는 입던 옷 그대로였는데? 옷을 갈아입을 틈도 없고 곱게 단장할 좋은 일도 없는 터에, 너는 지금 내가 알기로는 최상의 치장을 하고 있구나. 이건 우리가 아주 잘살 적에 너에게 사준 건데? 어서 대답해봐라. 난 지금 당한 이 불행보다도 그게 더 궁금하고 까닭을 알 수 없구나.'

무어인이 자기 딸에게 한 말을 개종자가 우리에게 모조리 일러주었습니다. 딸은 한마디 대꾸도 없었죠. 아버지는 배 한구석에서 언제나 딸이 패물을 넣어두던 손궤를 보게 되었습니다. 분명 아르헬에 두었고 별장으로 가지고 온 기억은 없는지라, 그럴수록 괴이쩍은 생각이 든 그는 대체 어찌해서 그 손궤가 우리의 손으로 들어오게 되었으며, 그 안에는 무엇이 들어 있느냐고 딸에게 물었습니다. 개종자가 소라이다의 대답을 기다릴 것도 없이 앞질러 말했습니다. '어르신, 그런 것까지 공연히 소라이다에게 묻지 마세요. 내가 한마디만 하면 다 알게 될 테니까요. 어르신이 우선 알아야 할 건 당신의 딸이 기독교도라는 사실이오. 그래서 우리들의 사슬을 풀어주고, 사로잡힌 우리에게 자유를 준 것도 저분입니다. 그러니까 따님이 이곳에 오신 것도 자진해서 한 일이죠. 내 짐작에 따님은 지금 여기 이렇게 있는 것을 만족해할 겁니다. 마치 어둠에서 빛으로, 죽음에서 생명으로, 고통에서 영광으로 나가는 사람처럼 말입니다.' 그러자 무어인이 물었습니다. '애야, 이 사람이 말하는 게 사실이냐?' '그렇습니다'라고 소라이다가 대답했습니다. '네가 기독교도라는 말이 사실이냐? 그래서 네가 아비를 원수들에게 넘겼단 말이냐?' 그러자 소라이다가 대답했습니다. '제가 기독교도가 된 건 사실입니다만, 아버님을 이렇게 만든 것은 제가 아니에요. 아버님의 슬하를 떠난다거나, 아버님을 불행하게 해드릴 생각은 꿈에

657

도 없습니다. 단지 제가 행복해지고 싶어서 한 일입니다.' '네가 한
짓이 무슨 행복이란 말이냐, 얘야?' '그것은,' 그녀가 대답했습니다.
'아버님께서 렐라 마리엔 님에게 직접 물어보세요. 저보다도 그분
이 더 잘 가르쳐주실 겁니다.'

　　이 말을 듣자마자 무어인은 눈 깜짝할 사이에 바닷속으로 몸
을 날려 거꾸로 내리박혔습니다. 그가 입었던 옷이 통이 넓고 거추
장스러워서 물 위에 뜨게 했기에 망정이지, 그렇지 않았더라면 틀
림없이 빠져 죽고 말았을 겁니다. 소라이다가 '아버님을 살려주세
요!'라고 비명을 지르는 바람에 모두가 재빨리 나서서 그의 겉옷을
걷어잡고는 정신을 못 차리고 거의 죽어가는 그를 끄집어 올렸습
니다. 소라이다는 그 충격이 얼마나 컸던지, 아버지가 이미 죽은 것
처럼 그를 붙들고 애달프고 서럽게 대성통곡을 했습니다. 우리가
그를 엎어놓자 물을 연방 토하더니 두 시간 만에 깨어났습니다. 때
마침 바람이 반대로 불어와 우리는 뭍으로 뒷걸음질을 치게 되었
기 때문에 기슭에 닿지 않으려고 힘껏 노를 저었습니다. 그런데 운
이 좋게도 우리가 닿은 곳은 조그마한 곳, 즉 무어인들이 '라 카바
루미아la Cava Rumía'라고 부르는 곳 언저리의 물굽이였습니다. 우리
말로 하면 '몹쓸 기독교 계집'이라는 뜻인데, 저들 무어족의 전설에
의하면 에스파냐를 망치게 한 '카바'가 묻힌 곳이 바로 그곳입니다.
'카바'는 저들 말로 '몹쓸 계집'이라는 뜻이고 '루미아'는 '여자 기
독교도'라는 뜻으로, 그 때문에 저들은 지금도 어쩔 수 없이 그곳에
닻을 내리면 아주 불길한 것으로 여긴답니다. 보통 때야 절대 그곳
에 머무는 일이 없지만요. 하지만 우리로서는 몹쓸 계집의 대피소
가 아니라, 바다가 사나운 때였던 만큼 구원의 안전한 포구였습니

다. 우리는 파수꾼을 내려보내면서도 노 잡은 손을 떼지 않았습니다. 일변 개종자가 날라다 주는 음식을 먹으며, 일변 주님과 성모님께 정성껏 빌기를, 이미 시작된 행운이 유종의 미를 거둘 수 있도록 도와달라고 했습니다. 소라이다의 간청에 따라 그녀의 아버지와 거기 묶여 있던 무어인 전부를 뭍에 내려놓자는 의견이 나왔습니다. 자기 아버지와 동포들이 잡혀 있는 광경을 눈앞에 두고 본다는 것은 그녀에게 너무나 괴로운 일일뿐더러, 마음 약한 그녀로서는 차마 견딜 수 없는 일이었기 때문입니다. 그리하여 배가 떠날 무렵에 그렇게 해주겠다고 우리는 그녀에게 약속했습니다. 사람이 살지 않는 그곳에 그들을 버려둔다고 해도 아무 위험이 없을 성싶었으니까요. 우리의 기도가 헛되지 않았는지 하늘이 들어주셨으니, 갑자기 잠잠해진 바람과 잔잔해진 바다는 우리를 재촉하여 항로를 힘차게 헤쳐나가게 했습니다.

　이런 현상을 보자마자 우리는 무어인들의 결박을 풀고 한 사람씩 상륙시켰는데, 그들은 영문을 모르고 멍하니 있었습니다. 배에서 내릴 때쯤 해서 이미 정신이 돌아온 소라이다의 아버지만은 이렇게 말했습니다. '기독교도들아, 내가 풀려나는 걸 요 못된 계집애가 왜 좋아하는지 알기나 하느냐? 아비한테 효성이 있어서 그렇다고? 천만의 말씀! 내가 곁에 있으면 제 못된 욕심을 채우는 데 방해가 되니까 그러는 게야. 이 계집애가 개종한 까닭도 너희들 종교가 우리 종교보다 낫다고 해서 그랬다고는 생각하지 마라. 그건 우리나라에서보다 너희 나라에 가면 못된 짓을 더 마음대로 할 수 있기 때문이다.' 그가 난폭한 짓을 할까봐 저와 다른 교우 한 사람이 양팔로 끼고 있었는데, 그는 소라이다를 향해 소리쳤습니다. '천하에

659

배워먹지 못한 요 계집애! 태어날 때부터 천생 원수인 이 개 같은 놈들에게 끌려서 그래 눈깔이 멀고 미친바람이 나서 어디로 갈 테냐, 요런 망할 것아! 내가 너를 낳은 그 시각이 저주스럽구나. 너를 길러낼 때 갖은 호강, 갖은 호사를 다 시킨 게 분하고 원통하다, 이 못된 것아!' 저는 그가 좀처럼 입을 다물지 않을 것 같아 얼른 그를 육지에 내려놓았습니다. 거기서도 그는 계속 욕설을 퍼붓고 울부짖으며, '저놈들을 멸망케 하소서! 길을 잃게 하소서!' 하고 마호메트와 알라에게 빌어대는 것이었습니다. 우리가 돛을 올리려고 할 무렵, 말소리는 알아듣지 못했으나 그의 하는 행동을 볼 수 있었는데, 턱수염을 뽑고 머리털을 쥐어뜯으며 맨땅에 데굴데굴 뒹굴고 있었습니다. 그러다 한번은 우리가 알아들을 수 있는 큰 소리를 목청껏 질렀습니다. 그 말은 이러했습니다. '귀여운 딸아, 돌아오너라. 뭍으로 돌아와. 다 용서하마. 돈은 그놈들에게 주어버려라. 이젠 그놈들 것이니까 말이다. 너는 돌아와서 불쌍한 이 아비를 위로해다오. 네가 나를 버리고 가면, 나는 이 모래사막에서 죽고 말겠다.'

소라이다는 이 말을 모두 들었고, 그럴수록 더욱 슬프게 흐느껴 울면서 뭐라고 대답해야 할지 몰라서 그저 이렇게만 말했습니다. '아버님, 저를 그리스도에게 인도하신 렐라 마리엔 님이 아버님의 슬픔을 위로해주시길 빕니다. 알라는 제가 이렇게밖에 할 수 없음을 잘 알고 계실 것입니다. 그리고 기독교도들이 제게 아무런 강요도 하지 않았다는 것도 말입니다. 제가 이분들과 함께 오지 않고 가만히 집에 있으려고 했더라도, 그렇게 될 수는 없었을 것입니다. 아버님께는 나쁘게 보이더라도 제게는 착하게만 보이는 일을 어서 하도록 제 영혼이 그렇게 몰아갔으니까요.' 이렇게 말했지만 이미 그때는 그녀의 아버지가 들을 수도 없었고, 우리도 그를 다시 볼 수 없게 된 뒤였습니다. 저는 소라이다를 위로하고, 다른 사람들은 모두 항로에만 정신이 쏠려 있었습니다. 순풍에 돛을 단지라, 이대로만 가면 이튿날 새벽녘에 에스파냐 해안에 닿을 것이 틀림없다고들 믿었습니다.

그랬는데 난데없이 심술을 부리는 불행이 따르지 않는 순수한 행운이란 있어도 아주 드물고, 아주 거의 없는 법이지요. 마찬가지로 우리도 무어인 영감이 자기 딸에게 퍼부은 저주 탓이었던지, 누가 되었든 아버지의 저주란 항상 무서운 것이니까, 우리가 공해로 들어서고 밤은 거의 3시가 지난 때였습니다. 노들을 거두고 높다랗게 돛을 올리고 가는데, 뒤에서 바람이 솔솔 불어주니 애써 노를 저을 필요가 없었던 거죠. 맑게 비치는 달빛에 한 척의 네모난 돛을 올린 배가 가까이 보였습니다. 돛이란 돛은 있는 대로 죄다 펴 올렸고, 배를 바람 부는 쪽으로 약간 돌리며 우리 앞을 지나가고 있었습니다. 지척에 있으니 충돌을 피하기 위해 이쪽에서는 돛을 내렸고, 저쪽에서는 우리 길을 비키느라고 키를 바짝 돌려야 했습니다.

그런데 뱃전에 나온 놈들이 우리를 향해 누구인지, 어디로 가는 길이며 어디서 오는 길인지 물었습니다. 그들은 프랑스 말로 물었기 때문에 개종자가 이렇게 귀띔해주었습니다. '아무 말도 하지 마시오. 필시 닥치는 대로 약탈하는 프랑스 해적들인가보오.' 그래서 아무도 대꾸해주지 않았습니다. 그리하여 바람 불어오는 쪽에 있는 그 배를 약간 지나쳐 갔을 때, 그들이 느닷없이 대포 두 발을 쏘았습니다. 그건 필시 두 발 모두 쇠고리가 연결되어 있는 포탄인 듯했습니다. 왜냐하면 그중 하나가 우리 돛대의 중동을 부러뜨려서 돛과 함께 바닷속으로 떨어져버렸고, 또 한 방이 꽝 터지면서 우리 배 한복판을 때려서 뱃전이 완전히 결딴나고 말았기 때문입니다. 우리 배는 가라앉을 수밖에 없으므로 저쪽 뱃사람들을 향해 소리소리 지르며, 빠져 죽겠으니 살려달라고 했답니다. 그러자 저쪽에서도 돛을 내리고 종선從船을 바다에 내렸는데, 대포와 화승총으로 무장을 한 프랑스 사람 열두 명이 우리 쪽으로 왔습니다. 그들은 우리 수가 적은 것을 보고, 또 배가 가라앉는 것을 보고 우리를 구해주며 말하기를, 버릇없이 대답을 하지 않아서 이런 꼴을 당한 것이라고 했습니다.

우리의 개종자는 소라이다의 패물 상자를 바다로 던졌습니다. 눈치챈 사람은 아무도 없었습니다. 결국 우리 모두는 프랑스 배로 갈아타게 된 셈인데, 그자들은 우리를 면밀히 조사한 뒤에 무슨 대단한 원수나 되는 양 우리가 가진 것을 몽땅 빼앗았습니다. 심지어 소라이다가 발목에 차고 있던 장식물까지 벗겼는데, 실상 저에게는 소라이다의 값진 보석쯤 아무것도 아니었습니다. 그보다는 오히려 이 세상에서 가장 귀하고 그녀가 가장 소중히 여기는 것마저 빼앗을까 두려웠습니다. 그러나 그런 놈들의 욕심이란 원래 재물 이상을 탐내지 않았습니다. 그래도 욕심이란 끝이 없는지라, 그때 포로들의 옷이 몇 푼어치만 되었더라도 아마 모조리 벗겨놓았을 그들이었습니다. 그들 중에서는 또 우리를 모두 돛폭에 말아서 물속으로 던져버리자는 의견도 나왔습니다. 놈들은 브르타뉴 사람[290]을

---

290 브르타뉴는 오늘날 프랑스의 한 지방이나 16세기 말 프랑스에 통합되었으므로, 프랑스 사람이 아니라 브르타뉴 사람이라고 해야 맞는다.

사칭하고 에스파냐 항구로 들어가서 한밑천 잡아볼 요량이었던 만큼, 우리를 그냥 데려가는 날에는 해적질한 것이 드러나서 감옥에 갈까봐 두려웠던 것입니다.

그러나 제 애인 소라이다의 물건을 약탈한 선장 놈은 말하기를, 노획물은 이만하면 족하여 에스파냐의 어느 항구에도 갈 마음이 없으니, 밤이든 어느 때든 지브롤터해협을 빠져나가 본래의 출항지인 로첼라로 가자고 했습니다. 그래서 저희들끼리 한동안 상의를 하더니, 우리에게 저희들 종선 한 척과 앞으로 얼마 남지 않은 항해에 필요한 물건을 준다고 하더군요. 이튿날 에스파냐 해안에 근접했을 때, 그놈들은 다행히 우리를 보내주었습니다. 육지를 보자, 지금까지의 갖은 고생과 궁핍이 언제였더냐 싶게 씻은 듯이 잊혔습니다. 우리는 잃었던 자유를 되찾는다는 기쁨이 그만큼 컸던 것입니다. 정오쯤 되었을 때 그들은 우리를 작은 배에 옮겨 태우고, 물 두 통과 약간의 건빵을 주었습니다. 어여쁜 소라이다가 배에 오를 때 선장은 무슨 자비심이 동했는지 금화 40에스쿠도까지 그녀에게 주었고, 지금 입고 있는 옷을 그들의 부하들이 벗기려는 것까지 말렸습니다. 우리는 배에 올라서 불평하기보다 상냥한 얼굴을 지어 보이며, 그들에게서 받은 은혜에 대해 고마움을 표했습니다. 그들은 해협을 향하여 멀리 가버렸고, 우리는 눈앞에 빤히 보이는 육지 쪽으로 재빨리 노를 저어 갔습니다. 그러니까 해 질 무렵이면 육지와 아주 가까워질 터인즉, 밤이 깊지 않아서 넉넉히 닿을 줄로 믿었습니다. 그런데 그날 밤은 달빛이 흐리고 하늘도 어둠침침한데다 우리의 위치조차 분간할 수 없어서 무턱대고 상륙한다는 것이 불안해 보였는데, 우리 중 대다수는 바위가 되었건 인가가 없는

데건 우선 내리고보자는 의견이었습니다. 그래야만 필시 그 근방을 돌아다닐 테투안 해적들을 피할 수 있다고 했습니다. 놈들은 보통 저녁때 베르베리아에 있다가 새벽에 에스파냐 해안으로 와서 노략 질을 한 뒤에야 제 집으로 기어 들어갔으니까요. 그러나 오랫동안 의논한 끝에 채택된 의견은, 천천히 육지로 접근하며 바다가 잠잠 해지는 걸 보아 적당히 어디에든 상륙하자는 것이었습니다.

일은 그대로 진행되어서, 자정이 가까울 무렵 우리는 어느 울 퉁불퉁하고 높다란 산 밑에 닿았습니다. 그 산은 바다에서 좀 떨어 져 있어, 상륙하기에 알맞은 빈터가 있었습니다. 우리는 처음 모래 톱에 배를 붙이고 뭍으로 뛰어올라 흙에 입을 맞추며 한없이 즐거 운 눈물을 흘리고, 베풀어주신 은혜에 대해 하느님이신 우리 주님 께 감사드렸습니다. 그러고는 배에 있던 양식을 꺼내어 산허리로 기어 올라갔습니다. 왜냐하면 거기까지 오기는 했지만 아직 가슴이 두근거리고, 발을 붙이고 있는 그 자리가 정말 기독교도의 땅인지 좀처럼 믿기지 않았기 때문이었습니다. 웬일인지 생각보다는 아주 더디게 날이 밝았습니다. 산은 벌써 오를 대로 다 올랐습니다. 행여 나 꼭대기에 어느 마을이나, 하다못해 양치기들의 움막이나마 있을 까 해서였지요. 그러나 아무리 둘러보아도 마을은커녕 개미 새끼 하나 볼 수 없고, 길이라고는 하나도 보이지 않았습니다.

그럼에도 어느 방향인지를 알려줄 사람이 당장 나설 것만 같아 서, 우리는 후미진 곳으로 더 들어가기로 했습니다. 그러나 저는 그 처럼 험한 곳을 소라이다에게 걷게 하는 것이 몹시 안쓰러워서 두 세 번 업어보기도 했습니다만, 그녀는 자기보다 제가 힘들어하는 것을 더욱 안타까워했습니다. 그래서 다시 더 그런 고생을 나에게 시키지 않으려고 꾹 참고 아무렇지도 않은 듯이 꾸며 보이며 제 손을 놓지 않고 4분의 1레과나 따라왔습니다. 바로 그때 우리는 귓전에 울리는 딸랑딸랑 방울 소리를 들었습니다. 틀림없이 그 근방에 가축들이 있다는 증거였습니다. 모두가 정신을 바싹 차리고 혹시 누군가 나오지 않나 하고 살펴보았더니, 한 젊은 양치기가 떡갈나무 아래에 태평스럽게 앉아서 주머니칼로 막대기를 깎고 있었습니다. 우리가 소리를 지르자, 그는 고개를 쳐들더니 그냥 줄달음질을 쳤습니다. 뒤에 안 일이지만, 첫눈에 띈 것이 개종자와 소라이다였는데, 그들이 무어족 옷을 입고 있었기 때문에 베르베리아 패가 습격해온 줄 알고, 정신없이 숲속으로 도망가면서 목청껏 큰 소리로 이렇게 고함을 쳤더랍니다. '무어인이오, 무어인이 상륙했습니다! 무어인이오, 무어인! 무기를 드시오, 무기를!'

이 소리에 우리는 어이가 없어 어찌하면 좋을지 몰랐습니다. 어떻든 양치기의 이 소리가 온 동네를 떠들썩하게 만들 것이고, 그리 되면 해안 기병대가 당장에 조사를 나올 것인즉, 우리는 개종자에게 터키 복장을 벗어버리고 포로 복장으로 바꾸어 입으라고 했습니다. 그 말이 떨어지자 우리 중 하나가 옷을 개종자에게 내주고 자기는 속옷 바람이 되었습니다. 한편 우리는 하느님만 믿고 아까 양치기가 쫓아가던 그 길을 따라갔습니다. 해안 기병대가 불쑥 나타나겠거니 하고 줄곧 가슴을 죄면서 말입니다. 그러한 우리의 예상은 틀리지 않았습니다. 왜냐하면 두 시간도 채 못 되어 우리가 덤불에서 평지로 나왔을 때, 50여 명의 경비대원들이 나는 듯이 우리 쪽으로 달려오는 걸 보았기 때문입니다. 그들을 보긴 했으나 우리는 가만히 기다릴 따름이었습니다. 그런데 그들이 막상 다가와서 보니 자신들이 찾던 무어인은 온데간데없고 가련한 기독교도들뿐이므로 잠시 어리둥절한 듯했습니다. 그들 중 한 사람이 묻기를, 아까 양치기가 무장하라고 소리를 친 것은 바로 당신들을 보고 한 말이냐고 했습니다. 저는 그렇다고 대답했지요. 그리고 제 내력과 우리가 어디서 왔으며 누구라는 것을 말하려는데, 우리와 함께 온 기독교도 중 한 사람이 우리에게 질문하던 그 기병을 알아보고는 제가 뭐라고 말을 꺼내기도 전에 이렇게 말했습니다. '여러분, 하느님께 받은 은혜에 감사를 드립시다. 이런 좋은 곳으로 우리를 인도하셨으니까요. 내 짐작이 틀리는지 모르겠습니다만, 우리가 밟고 있는 이 땅은 벨레스 말라가라는 곳입니다. 그리고 포로가 된 지 몇 해 동안 아직도 제 기억이 살아 있다면, 우리더러 누구냐고 물으시는 당신은 제 삼촌이신 페드로 데 부스타만테가 아니십니까?'

기독교도 포로가 이 말을 하자마자 말 탄 기사는 뛰어내려서 젊은이를 껴안으며 말했습니다. '오냐, 이제야 알겠구나. 내 영혼이며 내 생명인 내 조카야! 지금까지 네가 죽은 줄로만 알고 나와 내 누이인 네 어머니, 그리고 모든 일가친척이 모두 눈물로 지내왔단다. 그간 별고 없었느냐? 하느님께서 너를 만나 기쁨을 나누라고 내 생명을 늘려주신 게로구나. 진작부터 아르헬에 있다는 건 알았다만, 막상 지금 네 옷차림이나 몰골을 보고 동행하신 분들을 보니 기적적으로 살아났다는 걸 알겠구나.' 그러자 젊은이가 대답했습니다. '네, 그렇습니다. 자세한 이야기는 나중에 다 해드리겠습니다.' 기병대원들은 우리가 기독교도 포로임을 알고는 말에서 내려 제각기 자기 말을 타라고 권했습니다. 거기서 1레과 반 거리의 벨레스 말라가로 데려다주려고요. 또 우리가 타고 온 배를 매어둔 곳을 일러주자 몇몇은 그 배를 벨레스 말라가로 돌리러 갔고, 어떤 이들은 우리를 뒤에 태워주었습니다. 소라이다는 그 교우의 삼촌 뒤에 탔습니다. 우리를 앞질러 간 사람에게서 벌써 소식을 전해 들은 시내 사람들은 모두 나서서 우리를 영접했습니다. 그들은 해방된 포로나 포로가 된 무어인을 보고도 별로 놀라는 기색이 없었습니다. 그쪽 해안 지방 사람들은 이편저편 할 것 없이 모두 보아왔기 때문입니다. 그러나 소라이다의 아름다운 미모에는 놀라는 빛이 역력했습니다. 그도 그럴 것이 비록 먼 길에 시달린 몸이긴 했지만 이제 다시 빼앗길 염려도 없이 기독교도의 땅에서 살게 된 것이 기뻐서, 더할 나위 없이 아름다워 보였기 때문입니다. 제가 사랑에 눈이 멀었는지도 모르지만, 어쨌든 홍조를 띤 그녀의 모습은 제가 그때까지 보던 중에 가장 아름다웠습니다.

우리는 그길로 성당에 가서 하느님의 은혜에 감사드리기로 했습니다. 성당 안으로 들어선 소라이다가 렐라 마리엔 님의 얼굴과 비슷한 얼굴들이 많기도 하다고 말했습니다. 우리는 그 모두가 성모상이라고 대답했고, 개종자도 되도록 잘 알아듣도록 뜻을 설명하면서 그 하나하나를 렐라 마리엔 님에게 하듯 경배하라고 했습니다. 원래 총명하고 무엇이건 잘 깨치는 소라이다인지라 성상聖像에 대한 설명도 곧 이해했습니다. 성당에서 나오자 사람들은 우리를 데리고 가서 읍민들 집에 여기저기 분산시켰습니다만, 개종자와 소라이다와 저는 우리와 같이 온 교우가 자기 집으로 데려갔습니다. 부모님께서는 재산도 어지간하신 모양이었는데, 친자식처럼 우리를 따뜻하게 대해주셨습니다.

우리가 벨레스에서 엿새를 묵은 뒤였습니다. 개종자는 필요한 자신의 신상 보고를 끝내고 교회 재판소를 거쳐 성교회의 품으로 다시 가기 위하여 그라나다시市로 향했고, 나머지 해방된 포로들은 각자 가고 싶은 대로 흩어졌습니다. 소라이다와 저만은 갈 데가 없어서, 친절하게도 프랑스 선장이 소라이다에게 주었던 돈으로 아까 타고 온 당나귀를 샀습니다. 그 후로 지금까지 저는 남편이라기보다 그녀의 종자 노릇을 해오면서 가는 길입니다. 아버지께서는 아직 살아 계시는지, 제 형제들은 저보다 더 잘들 살고 있는지 찾아볼 생각입니다. 이미 하늘이 소라이다를 제게 짝지어주신 바이니, 어떠한 행운을 막론하고 이보다 더한 행운이 없으리라고 저는 생각했으니까요. 가난에 따르는 고생들을 견디어내는 소라이다의 인내심과 교우가 되고 싶어 하는 정열이 어찌나 대단한지, 저는 여기에 굴복해서 저의 온 생애를 그녀를 위해 바칠 결심입니다. 그러나 제가 그녀의 것이 되고 그녀가 제 것이 된다는 기쁨도 한편 불안과 비애가 없는 것이 아닙니다. 설령 고향에 가더라도 그녀가 편하게 있을 곳이 있을지? 세월이 흐르는 동안 제 부모 형제들의 재산과 생명에 이변이 생겨서 아무것도 없는 날에는 저를 알아볼 사람이 없을지도 모를 일이니 말입니다.

여러분, 이젠 제 내력에 대해 더 드릴 말씀이 없습니다. 재미가 있고 신통했는지 여러분의 판단에 맡기겠습니다. 실은 너무 지루해하실까봐, 이야기는 너덧 더 있습니다만, 좀 더 간단히 이야기했으면 하는 마음뿐이어서 여기서 줄이겠습니다."

제42장

객줏집에서 일어난 더 많은 사건들과
그 밖의 다른 많은 주목할 만한 일들에 대해

포로가 이야기를 끝내고 입을 다물자, 돈 페르난도가 그에게 말했다.

"대위님, 정말이지 희한한 내력에 대해 이야기하시는 수법이 기기묘묘한 그 사실과 아주 딱 들어맞습니다그려. 그저 모두가 생소하고 희한하고 파란곡절이 중첩되어 듣는 사람이 놀라고 감탄할 뿐입니다. 들어서 맛보는 재미로 말한다면, 같은 이야기로 밤을 새운다고 해도 한 번 더 되풀이해주셨으면 좋겠다고 할 정도입니다."

이런 말을 하고 있는 도중에 카르데니오와 다른 모든 사람이 서로 나서며 자기들이 무엇이든 힘껏 도와주겠다고 했다. 그들의 한마디 한마디가 모두 인정스럽고 충심에서 우러나는 말들이라, 포로도 그들의 후의에 위로를 받았다. 그중에서도 돈 페르난도는 자기와 같이 가면 후작인 자기 형을 소라이다의 영세 대부로 세워주고, 자기는 또 자기대로 무슨 수를 쓰든 그의 신분에 맞는 격식을 갖추어서 고향으로 돌아가게 해주겠노라고 약속했다. 포로는 정중하게 고마움을 표했으나, 그의 너그러운 호의를 받아들일 생각은 조금도 하지 않았다.

이럴 무렵 이미 저녁이 다가오고, 아주 밤이 되자 마차 한 대가 객줏집으로 들어왔는데, 말 탄 종자 몇이 딸려 있었다. 그들이 잠자리를 구하자 객줏집 안주인이 대답하기를, 집에는 한구석도 빈 데가 없다고 했다.

"아무리 그렇다고 하지만," 말 타고 들어온 종자 중 하나가 말했다. "저기 행차하시는 판관님께서 쉬실 자리가 없대서야 말이 되는가."

관직 이름을 듣고 정신이 버쩍 난 안주인이 말했다.

"네, 나리, 침대가 없다는 말씀입니다. 혹시 판관님께서 침대를 가지고 계시다면, 뭐 꼭 가지고 계실 테지만, 어서 드시죠. 저하고 제 남편이 저희들 안방을 비워드리겠습니다. 판관님을 모시게요."

"아무렴, 그래야지." 종자가 대답했다.

그러나 이때 벌써 마차에서 내리는 한 사람이 있었다. 옷차림으로 보아 첫눈에 그의 관직을 알 수 있었다. 품이 넓은 웃옷에 주름 잡힌 소매가 달렸으니, 그의 종자 말대로 틀림없는 판관이었다. 그는 한 손에 열여섯 살쯤 되어 보이는 소녀를 데리고 있었다. 여행자 차림이건만 하도 곱고 예뻐서 보는 이마다 놀라지 않는 사람이 없었다. 마침 객줏집에 있는 도로테아와 루신다와 소라이다를 보지 않았다면, 이 소녀만 한 미모도 쉽지 않으리라고 믿을 만했다. 그 판관과 소녀가 들어오는 것을 보고 돈키호테가 이렇게 말했다.

"대감님께서 이 성에 듭시어 쉬시는 것이 옳을까 하옵니다. 자리가 협소하고 불편하실 것이오나, 아무리 좁고 편치 못하시더라도 무武와 문文에 구별이 있지는 않을 것이옵니다. 하물며 무와 문이

각각 그 아름다움을 길잡이로 삼을진대 이 곧 금상첨화라, 대감님
께서는 문반文班으로 아리따운 처녀를 거느리셨은즉, 이분 앞에서
는 모든 성문이 절로 열려 대령해야 마땅할 뿐 아니라, 바위가 깨지
고 산들이 서로 나뉘고, 몸을 낮추어 모셔야 할 것이옵니다. 그러므
로 대감님께서는 이 천국으로 드시옵소서. 대감님께선 하늘의 별들
과 해들이 있음을 보시리이다. 여기 무가 그 자리를 얻고, 아름다움
이 그 극치에 있음을 보시리이다."

671

돈키호테가 이렇게 지껄이는 소리를 듣고, 판관은 어이가 없어 물끄러미 그를 바라보고만 있었다. 언사에 못지않게 그의 모양새 또한 기괴하여 한마디 대꾸할 말도 찾지 못한 채 눈을 돌려서 보니, 다시 한번 깜짝 놀라지 않을 수 없는 것은 루신다와 도로테아와 소라이다가 자기 앞에 있었기 때문이다. 그들은 새 손님들이 오셨고 예쁜 아가씨가 왔다는 안주인의 말을 듣고, 그녀를 보기도 하고 맞이할 겸 나왔던 것이다. 그러나 돈 페르난도와 카르데니오와 신부는 그저 공손하게 흔히 있는 인사로 판관을 환대했다.

이 모든 것을 보고 듣는 동안 판관은 그저 정신이 얼떨떨했으나, 객줏집의 미인들은 예쁜 소녀를 크게 환영해주었다. 결국 판관은 거기 있는 사람들이 예사 사람이 아님을 단번에 알아차리기는 했으나, 돈키호테의 그 모양새와 행동거지에는 아주 질리고 말았다. 피차간에 모두 인사가 끝나고 객줏집의 형편이 허락하는 대로 앞서 마련한 것이 진행되었다. 그것은 다름이 아니라 여자들은 전부 이미 말한 다락방으로 들고, 남자들은 그녀들을 호위라도 하는 듯 밖에 남아 있는 것이었다. 그리하여 판관은 자기 딸인 소녀가 그 부인들과 자리를 함께하게 되는 것을 만족하게 여겼고, 딸도 여간 좋아하지 않았다. 말하자면 객줏집 주인의 좁은 침대 한쪽과 판관이 가지고 온 침대의 반을 빌려서, 그날 밤 여자들은 생각보다 편히 쉬게 된 것이다.

포로는 판관을 본 그때부터 가슴이 뛰며, 저 사람이 자기 동생이거니 하는 예감이 들었다. 그래서 그와 함께 왔던 종자에게, 주인의 이름이 무엇이며 어디 출신인지 아느냐고 물었다. 종자의 대답은 그가 석사이며 성명은 후안 페레스 데 비에드마이고, 레온의 시

골 출신이라고 들었다는 것이었다. 이렇게 일러주는 말과 자기가
본 바로 그는 확증을 얻어서, 저 판관이 아버지의 의견에 따라 학문
의 길로 나아간 자기 동생임에 틀림없다고 생각했다. 동시에 너무
나 기뻐 어쩔 줄을 모르며 돈 페르난도와 카르데니오와 신부를 따

로 불러 앉히고는 지금 알게 된 사실을 이야기하면서, 저 판관이 분명 자기 동생이라고 했다. 그뿐 아니라 종자에게 들기로 그는 판관에 임명되어 서인도의 멕시코 법원으로 부임하는 길이며, 소녀는 그의 딸인데 그 어머니가 딸을 낳다 죽어서 딸과 함께 고스란히 남겨둔 지참금으로 판관은 아주 부자가 되었다는 것이었다. 포로는 어떤 절차로 자기 정체를 밝혀야 옳을지, 또 자기 정체를 밝히면 아우가 형의 곤궁함을 보고 외면하지나 않을지, 아니면 다정하게 맞아줄지, 도대체 이것을 먼저 알 수가 없겠느냐고 그들에게 물었다.

"그런 시험은 나에게 맡기시오." 신부가 대답했다. "대위님을 뜨겁게 맞아들이리라는 것은 의심할 여지가 없습니다. 동생 분의 풍채에 나타나는 인품과 슬기로 보아 결코 거만하거나 몰인정한 구석이 없으니, 운명이 서로 달라졌다고 해서 그걸 탓할 분이 아니오."

"그렇지만," 대위가 말했다. "난 대뜸 말하기보다 에둘러서 알게 해주는 편이 나을 것 같습니다."

"아까 말한 대로," 신부가 대답했다. "길은 내가 틔워드린다니까요. 우리가 다 만족할 수 있게."

벌써 저녁이 차려져서 모두가 저녁상을 받고 앉았는데, 포로와 여자들은 딴 방에서 각기 저녁을 먹게 되었다. 식사 도중에 신부가 말을 꺼냈다.

"판관님과 성씨가 꼭 같은 동지를, 내가 수년간 콘스탄티노플에서 포로로 있을 때 만났소이다. 그 동지는 에스파냐의 보병 대위 중에도 아주 드문 용사였지요. 그러나 용감한 만큼 그에 못지않게 불행도 컸답니다."

"신부님, 그럼 그 대위의 이름이 무엇이던가요?" 판관이 물었다.

"이름이," 신부가 대답했다. "루이 페레스 데 비에드마라고 했지요. 고향은 레온이라는 시골 산중이었고요. 그런데 그 친구가 자기네 부자지간에 나눈 이야기를 들려주었는데, 원체 고지식한 사람이 했기에 망정이지 딴 사람 같았으면 겨울날 화롯가에서 하는 할머니의 이야기로 돌려버렸을 것입니다. 무슨 이야기인고 하니, 그의 아버지가 말입니다요, 재산을 3등분해서 삼형제에게 주면서 카토보다도 더한 훈계를 내리더랍니다. 그래서 어찌 되었느냐 하면, 그 친구는 일부러 자기가 원해서 군인으로 나가게 되었는데, 나간 바 일이 잘되어서 불과 2~3년 만에 순전히 자기의 노력과 용기로 보병 대위까지 되어가지고는, 이제 곧 소령으로 출세를 하게 되었답니다. 그런데 운이 나빴어요. 왜냐하면 운수가 막 트이려는 바로 그때에 그만 놓쳐버린 까닭인데, 남들은 다 자유를 찾았다고 우쭐대는 판국에, 왜 그 레판토 전투 때 말입니다, 글쎄 그 판에 그 친구는 되레 자유를 빼앗겼지 뭡니까? 내가 잡힌 곳은 라 골레타였지만, 그 뒤 어찌어찌하다가 콘스탄티노플에서 서로 만나 동지가 되었습니다그려. 거기서 그는 아르헬로 옮겨 갔지만, 거기서 또 겪은 일이란 이루 말할 수 없이 기구했지요. 정말 그렇고말고요."

신부가 여기까지 말하고, 소라이다와 판관의 형 사이에 일어난 이야기를 간단하게 들려주었다. 판관은 어찌나 열심히 들었던지, 그때처럼 남의 말에 귀를 기울인 적이 없을 정도였다. 그러나 신부는 항해하던 교우들이 프랑스 사람들에게 약탈을 당해 친구와 미녀 소라이다가 곤궁에 빠진 데까지만 이야기했다. 그러고는 그들이 에스파냐로 귀국했는지, 프랑스 사람들에게 끌려 프랑스로 갔는지 도무지 행방을 알 수가 없다고 말했다.

그때까지 대위는 멀찍이 떨어져 신부의 이야기를 들으면서 자기 동생의 거동을 낱낱이 지켜보고 있었다. 동생은 신부의 이야기가 거의 끝나자 긴 한숨을 쉬며 눈물이 가득 괸 눈으로 말했다.

"오, 신부님, 지금 이야기하신 사연들이 나와 관계가 있다는 걸 어찌 아시겠습니까만, 걷잡을 수 없는 눈물이 이렇게 염치없이 나와서 사실을 폭로하고 마는군요. 신부님이 말씀하신 그 용감했다는 대위가 바로 제 맏형이랍니다. 저와 제 아우[291]에 비해 사상이 온건하고 몸이 건장하여 명예스럽고 훌륭한 군인의 길을 선택한 것인데, 그건 신부님이 옛날이야기처럼 들으신 그대로 아버지께서 제안하신 세 가지 길 중 하나였습니다. 저는 학문을 택하기로 했고, 위로 하느님의 은혜와 아래로 부지런함이 있어서 보시다시피 이런 자리를 얻게 되었습니다. 제 아우는 지금 피루[292]에 있는데, 처음 가지고 갔던 자기 몫보다도 훨씬 더 많은 돈을 아버지와 제게 보낸 것을 보면 상당히 부자인 것 같습니다. 아버님께는 활달하신 그 성미에 옹색함이 없으시도록 돈을 보내드렸고, 저로서도 그걸로 넉넉히 공부를 마치고 오늘의 지위를 얻게 되었습니다. 아버님께서는 아직 살아 계시는데, 큰아들의 소식이 궁금하여 괴로워하십니다. 그저 늘 하느님께 비시기를, 아들을 보기까지는 두 눈을 감기지 말아달라는 것이지요. 사려 분별이 남다르신 그 형님이 좋건 나쁘건 간에 어째서 아버님께 편지 한 장 없는지 이상한 일입니다. 아버님이나 우리 형제들이 알았다면, 몸을 속량하기 위해 구태여 갈대의 기적을 바랄 까닭도

---

291 삼형제의 막내가 판관이었는데, '제 아우'라 함은 작가의 건망증에 의한 잘못이다.
292 오늘날 남아메리카의 한 공화국인 페루.

없었을 것입니다. 어쨌든 우선 당장은 그 프랑스 놈들이 형을 해방시켜주었는지, 아니면 놈들의 해적질을 감추려고 죽여버렸는지 그게 걱정입니다. 그러고보니 나설 때는 만족감을 가지고 길을 떠났는데, 이제부터 제 부임의 길은 우울과 비애뿐이겠습니다. 아, 마음씨 고운 형님, 형님 계신 곳이 어디란 말씀입니까! 제가 무슨 일이 있더라도 형님을 찾아내서 고생을 면해드려야겠는데. 오, 베르베리아의 지하 감옥이 제아무리 깊기로서니 늙으신 아버님께 형이 살아 있다는 소식을 전할 이 없겠는가. 아버님의 재산과 저의 재산, 그리고 동생의 재산을 몽땅 바쳐서 형을 구할 수만 있다면! 아름답고 너그러운 소라이다여, 제 형님에게 베푸신 은혜를 어찌 다 갚겠소? 당신의 영혼이 새로 탄생하는 것(세례)을 보고, 당신들의 결혼식을 보는 날이 언제이겠소. 그렇게 된다면 우린 모두 얼마나 기쁘겠는가!"

이런 말, 이와 비슷한 말을 판관이 하며 자기 형에 대한 소식을 하도 간절히 슬퍼하므로, 듣고 있던 사람들도 마음이 움직여 슬픔을 함께 나누었다.

신부는 자기가 뜻하고 포로가 바라던 바가 척척 맞아떨어지는 것을 보고 더는 그들을 울리고 싶지 않아서, 테이블에서 일어나 소라이다가 있는 방으로 갔다. 신부가 그녀의 손목을 잡자 루신다와 도로테아, 그리고 판관의 딸이 그 뒤를 따라 나왔다. 대위가 신부의 하는 거동만 살피고 있으려니, 신부는 대위의 한 손을 잡더니 두 사람을 데리고 판관과 다른 사람들이 있는 곳으로 갔다. 그러더니 이렇게 말했다.

"판관님, 그만 눈물을 그치세요. 당신의 그 좋으신 형님과 착하신 형수가 앞에 와 계시니, 소원대로 마음껏 기쁨을 나누시오. 자, 이쪽이 비에드마 대위시고, 또 이쪽은 그에게 선의를 베풀어준 무어족 미인이십니다. 내가 이야기한 그 프랑스 사람들이 보시다시피 이분들을 이런 곤궁에 빠뜨렸지만, 그것은 도량 넓은 판관님의 인정을 보여주기 위함이었나봅니다."

대위는 와락 동생을 껴안았다. 동생은 형을 자세히 보기 위해 좀 떨어져서 두 손으로 형의 가슴을 밀어내다가, 마침내 알아보자마자 달려들어 서로 껴안고 기쁨에 겨워 뜨거운 눈물을 흘렸다. 곁에 있던 사람들도 덩달아서 눈물을 흘렸다. 형제가 서로 나누던 말들과 저절로 나타나던 그 감정은 이루 다 적기는 고사하고 실로 상상도 하기 어려운 것이었다. 그저 간단히 줄이자면, 그때 그 자리에서 그들이 주고받던 말은 지나간 일들이었고, 그 자리에서 보여준 것은 두 형제의 기막힌 우애였다. 판관은 소라이다를 포옹하고 자기 재산을 그녀에게 넘겨주겠다면서, 그 자리에서 자기의 딸을 소라이다의 품에 안기게 했다. 그리하여 하나의 어여쁜 기독교도 여인과 또 하나의 아름다운 무어 여인이 다시 한번 모든 이의 눈물을 자아냈다.

그 자리에는 돈키호테도 있었는데, 아무 말 없이 긴장한 채 이 희한한 일들을 기사도의 환상에 내맡기며 생각에 잠겨 있었다. 그 자리에서 의논이 되기를, 대위와 소라이다는 동생과 함께 세비야로 가서 자유를 얻고, 그들이 서로 만난 일을 아버지에게 알려서 아버지가 소라이다의 영세와 결혼식에 참석하시도록 하자고 했다. 판관의 여정을 변경할 수가 없어서 이렇게 의논되었는데, 누에바 에스파냐[293]

---

293 오늘날 북아메리카의 멕시코.

행 배가 한 달 안에 세비야를 떠난다는 소식이 있었던 만큼 그 선편을 놓치면 큰일이었기 때문이다.

아무튼 포로의 일이 멋지게 해결된 것을 모두가 기뻐하고 만족해했다. 벌써 밤은 3분의 2가 지난 듯해서, 남은 시간이나마 자리를 물려서 눈을 붙여보기로 했다. 돈키호테는 자진해서 성을 지키기로 했다. 어떤 거인이나 무장한 놈이 그 성에 꼭꼭 숨겨둔 미의 보고를 탐내 덮칠지도 모르기 때문이었다. 그를 알고 있는 사람들은 그 일에 대하여 치하했고, 판관은 돈키호테의 엉뚱한 기질에 대한 이야기에 자못 흥미 깊게 귀를 기울였다.

산초 판사 한 사람만 이래저래 잠만 밑지는 것에 그만 지쳐버린 나머지 누구보다도 편한 잠자리를 마련했다. 당나귀의 언치 위에 벌렁 누워버린 때문인데, 그러나 다음에 이야기하겠거니와 그것은 비싼 대가를 치르게 되는 일이었다.

제43장

노새 모는 소년의 재미있는 이야기와
객줏집에서 일어난 또 다른 기이한 사건들[294]

여자들은 자기들 방으로 들었고, 다른 사람들도 불편한 대로 자리를 잡았다. 돈키호테는 아까의 약속대로 성을 지킨답시고 객줏집 밖으로 나갔다.

그런데 동이 트기 그리 멀지 않은 무렵에 일이 생겼다. 갑자기 여자들의 귓가에 한 노랫소리가 어쩌면 그렇게도 아름답게 들려오는지, 듣는 이마다 귀를 쫑긋 세우지 않을 수가 없었다. 그중에서도 뜬눈으로 있던 도로테아가 더욱 그러했는데, 그녀의 옆에는 판관의 딸인 클라라 데 비에드마 양이 자고 있었다. 노래를 그렇게 잘 부르

---

[294] 《돈키호테 1》 초판본에서는 이 장의 제목이 몽땅 빠져 있는데, 마지막 차례에 제목이 나온다. 초판본에서 빠진 제43장의 제목은 1977년 토론토에서 개최된 국제 에스파냐 어학자 협회 제6차 회의에서 삽입하기로 결정되었다. "나는 사랑의 뱃사공Marinero soy de amor"으로 시작되는 노래 앞에 나오는 내용이 제42장 끝부분이 아니라 제43장 시작 부분이라는 것이 분명하게 판단된다. 나중에 나온 모든 판본에서는 모두, 아마 식자공의 실수로 인해 노새 모는 소년의 노래가 시작할 때 제42장과 제43장이 나뉘는데, 이 번역서에서는 제43장에 삽입하기로 했다.

는 사람이 누구인지 아무도 상상조차 할 수 없었다. 그것은 어떠한 악기 반주 없이 혼자 부르는 목소리였다. 어쩌면 안마당에서 부르는 것 같기도 하고, 또 어쩌면 마구간에서 부르는 것 같기도 했다. 여자들이 영문을 모른 채 그저 긴장만 하고 있는데, 방문 밖에서 카르데니오가 이렇게 말하는 소리가 들려왔다.

"주무시지 않는 분은 들어보십시오. 노새 모는 소년의 목청이 아주 멋들어지게 넘어가지요?"

"네, 벌써 우리도 듣고 있어요." 도로테아가 대답했다.

그러고는 이 말을 마친 카르데니오가 가버렸다. 도로테아가 바짝 귀를 기울여 들어보니, 그 노래는 다음과 같았다.

나는 사랑의 뱃사공
끝없는 바다를 저어 가노라.
나를 기다리는 항구는 없는데
희망도 없는 뱃길을 갈 뿐이네.

아득히 먼 곳에 보이는
빛나는 고운 별 하나 따라가네.
팔리누로스[295]가 본 별들보다
더 곱고 빛나는 별을.

---

[295] Palinurus. 로마신화에서 이탈리아로 향하던 아이네이아스의 배를 몰던 키잡이로, 이아소스의 아들이다.

어디로 이끄는지 나는 몰라도
정신없이 나는 배를 저어 가노라.
마음은 오직 별만 바라보며
허전한 마음 오직 그에만 쏠리면서.

수줍음도 부질없어라.
내 임의 정숙함도 너무 지나쳐
별을 보려 애태울수록
구름 되어 내 앞을 막는구나.

오, 별아 반짝이는 고운 별아
그 빛살에 내가 꺼져가나니!
네 모습 내 앞에서 빛을 감추면
그 순간 내 죽음도 오고 말리라.

노래가 이 대목에 이르렀을 무렵, 도로테아는 저렇게 좋은 목소리를 클라라에게 들려주지 못하는 것이 안타까워서 그녀를 흔들어 깨우며 말했다.

"아가씨, 잠을 깨워서 미안해요. 지금까지 들은 적 없을 저 아름다운 목소리를 한번 들어보시라고 깨웠어요."

클라라는 잠에 취한 채로 눈을 겨우 떴으나, 처음에는 도로테아가 하는 말을 잘 알아듣지 못해 무슨 일이냐고 물었다. 도로테아가 했던 말을 되풀이하자, 클라라도 조용히 귀를 기울였다. 그러나 노래의 주인공이 계속해나가던 두어 줄을 듣기가 무섭게 마치 지독한 학질에 걸린 사람처럼 오들오들 떨며 도로테아에게로 기어들면서 말했다.

"아, 제 영혼이며 제 생명의 아가씨, 왜 저를 깨우셨어요? 운명의 여신이 지금의 저에게 베풀어줄 수 있는 가장 좋은 일은 눈과 귀를 다 막아서 저 가엾은 음악가를 보지도 듣지도 못하게 하는 거예요."

"아니, 그게 무슨 말이에요, 아가씨? 저 노래를 부르는 사람은 노새 모는 소년이라던데."

"아니에요. 땅을 많이 가지고 있는 귀족이랍니다. 어디 그뿐인 줄 아세요? 내 마음속에도 그분의 땅이 있는 셈이어서, 그분이 소유권을 포기하지 않는 한 아무도 빼앗을 수 없어요."

도로테아는 소녀의 흥분된 어조에 자못 놀랐다. 나이 어린 소녀치고는 어른다운 데가 있었기 때문이다. 그래서 그녀는 말했다.

"클라라 아가씨, 무슨 말인지 난 통 못 알아듣겠네요. 좀 더 자세히 말해봐요. 마음이라는 둥 땅이라는 둥 그게 뭐예요? 노래 부르는 소리만 듣고도 이렇게 안절부절못하니. 뭐, 지금 다 이야기하라는 건 아니에요. 아가씨의 놀란 가슴을 가라앉히려다가 멋진 저 노래를 놓치겠어요. 저런, 이젠 노래가 말도 다르고 곡조도 다른 것 같네요."

"그럼 혼자서나 잘 들어보세요." 클라라가 대답했다.

그러더니 자기는 더 듣지 않으려는 듯 두 손으로 귀를 막았다. 도로테아는 다시 한번 놀랐으나, 노래를 자세히 들어보니 이렇게 이어졌다.

행복한 나의 희망이여,
불가능과 가시덤불 헤치면서
스스로 힘차게 나아가는
탄탄한 길 너 따르리니
두려워 말라 걸음마다
죽음이 따를지라도.

승리의 월계관은
게으른 자에게는 없는 법
운명을 맞아 맞설 줄 모르는 자
태만에 탐닉하여 나약해지고
안일을 꿈꾸는 자
어이 행복해질 수 있으리오.

사랑이 영광을 차지하는 것은
값은 비싸나 마땅한 일
어떠한 황금이나 보석도
사랑의 약속보다는 값지지 않네.
값이 적은 물건은
다시 보지도 않네.

사랑에 타는 마음은
때로는 불가능도 깨뜨리네.
내 임의 곧은 마음이

사랑의 고비들을 넘기는 해도
땅에서 하늘까지 닿지 못할까
졸이는 마음은 가시지 않네.[296]

노랫소리는 여기서 끝이 났고, 이어서 시작된 것은 다름 아닌 클라라의 울음이었다. 도로테아는 도대체 저토록 아름다운 노래와 이토록 슬픈 울음 사이에 어떤 관계가 있는지 궁금해서, 그 이유를 캐보고 싶은 생각이 불현듯이 일어났다. 그래서 그녀는 클라라가 조금 전에 한 말이 무슨 뜻이냐고 다시 물었다. 클라라는 루신다가 듣지나 않을까 하고 꺼리면서, 아무도 엿듣지 못하게 도로테아를 꼭 껴안아 입을 그녀의 귀에 바싹 대고는 비로소 입을 열었다.

"아가씨, 지금 노래를 부른 저분은 아라곤왕국 출신으로 두 고을을 차지하고 있는 기사님의 자제분이에요. 그분은 우리 집 맞은쪽에 있는 궁에 사셨지요. 아버님께서는 우리 집 창문들을 겨울이면 커튼, 여름이면 격자로 막아놓았는데도, 어찌 된 일인지 저분이 저를 보았던가봐요. 성당에선지 어디선지 모르지만요. 그 뒤로 저를 무척 좋아하기 시작했는데, 그 사실을 자기 집 창문을 통해 몸짓과 눈물로 알려주었어요. 그래서 저도 그분을 좋아하게 되어 결국 사랑하기에 이르렀답니다. 사랑이 무엇인지도 모르면서 말이에요. 그분이 제게 보이신 여러 가지 중에는 손과 손을 맞잡는 몸짓이 있었습니다. 저와 결혼하고 싶다는 뜻이었지요. 그렇게만 되었다

---

296 《돈키호테》 집필이 시작되기 전인 1591년에 이 노래에 곡이 붙여졌다.

면 얼마나 좋겠습니까마는, 어머님이 없는 외동딸로서는 어느 누구
와도 상의할 수 없었습니다. 그래서 별수 없이 제 아버님이 외출을
하시거나 그쪽 어른들이 안 계시는 틈을 타서 그저 커튼이나 격자
를 조금 올리고는 제 얼굴을 보여주는 호의를 베풀밖에 달리 방법
이 없었습니다. 그나마도 그분은 어찌나 좋아하시는지, 마치 미친
사람 같은 몸짓을 했어요. 그러던 차에 아버님께서 부임지로 떠나
실 때가 되었는데, 그분이 그러한 사실을 알게 되었지 뭡니까. 저야
뭐 말 한마디 알려드릴 수가 없었지요. 까마귀 날자 배 떨어진다고,
마침 그때 그는 그만 덜컥 병이 들어 드러눕게 되었답니다. 짐작
건대 너무 상심해서 그랬던가봐요. 우리가 떠나던 날은 그분을 통
뵐 수가 없었습니다. 그저 눈인사만이라도 하고 싶었는데. 그런데
길을 떠난 지 이틀이 되던 날이었어요. 여기서 하룻길이 되는 곳에
우리가 도착해보니 글쎄, 그분이 노새 하인 차림을 하고 여관집 문
간에 서 있질 않겠어요. 변장을 어떻게나 잘했던지, 그분의 모습을
제 마음속에 간직하고 있지 않았더라면 저도 몰라볼 뻔했지 뭐예
요. 저는 곧 그분을 알아보고는 한편 놀라고 한편 기뻤습니다. 그분
은 아버님 몰래 저를 바라보았습니다. 길에서나 우리가 묵는 여관
에서나 항상 그분은 아버님의 눈을 피하면서 제 곁을 스쳐 가는 것
이었어요. 저는 그분이 누구인지 잘 아는 만큼, 저를 사랑하기 때문
에 그 고생을 하며 걸어오고 있다는 걸 생각하면 가슴이 미어지는
듯했어요. 그래서 저는 그분의 발자국마다 제 눈을 뗄 수가 없었답
니다. 그분이 무슨 마음을 먹고 왔는지, 그리고 어떻게 그쪽 어른들
에게서 빠져나왔는지 저는 몰라요. 외아들일 뿐만 아니라, 보시면
아시겠지만 아주 미남이어서 그의 아버님이 끔찍이 사랑하고 계시

니까요. 그리고 또 한 가지 드릴 말씀은 저 노래인데, 저 노래는 그분이 지으신 거랍니다. 모두가 말하기를, 그분은 아주 공부를 잘하는 데다 시인이랍니다. 그런데 말이지요, 저분을 뵙거나 노랫소리를 듣기만 하면 저는 그만 전신이 오싹해집니다. 아버님께서 눈치채시고 우리 두 사람의 속마음을 아시면 어쩔까 하고요. 저는 지금까지 그분에게 말 한마디 건넨 적 없지만, 그분을 사랑하고 그분 없이는 못 살 것만 같아요. 아가씨, 아가씨께서도 그렇게 저분의 목소리를 좋아하시니까 말씀드렸습니다만, 저분에 대한 제 이야기는 이것뿐이랍니다. 아가씨가 말씀하신 노새 모는 소년이 아니란 것쯤은 목소리 하나만으로도 넉넉히 짐작하실 것입니다. 아까 제가 마음과 땅의 주인이라고 말씀드린 건 바로 이런 뜻입니다."

"클라라 아가씨, 이젠 그만하세요." 도로테아는 수없이 입을 맞추며 말했다. "그만 말씀하시고 새날이 밝아오기를 기다리세요. 두 분 사이가 처음부터 깨끗했으니까, 하느님께서도 뒤끝이 행복하게 해주시리라 믿습니다."

"아니에요, 아가씨." 클라라가 말했다. "뒤끝이 행복하기를 어떻게 바라겠어요. 그의 아버님은 재산과 세력이 여간한 분이 아니라서, 저 같은 건 당신 아드님의 아내는커녕 하녀로도 들이지 않으실 거예요. 그렇다고 그 어른 몰래 결혼을 한다는 건 저로서 꿈도 꾸지 못할 일입니다. 그저 한 가지 바라는 것이 있다면, 저분이 싹 돌아서서 저를 버리시는 거예요. 서로 보지 않고 두 사람 사이가 아주 멀어지면, 당장은 괴롭겠지만 차츰 고민이 가실 테니까요. 하지만 제가 생각하는 이런 방법도 그리 신통하지는 못할 거예요. 글쎄, 악마가 씌어 그런지 어떻게 해서 이런 연정이 제 가슴속으로 들어왔는지 알 수가 없습니다. 저나 저분이나 아직 나이가 어리지 않습니까? 우린 아마 동갑일 거예요. 그리고 저는 아직 열여섯 살도 다차지 못했어요. 아버님 말씀이, 성 미카엘 대천사 축일[297]이 되어야 열여섯 살이 된다고 하셨으니까요."

도로테아는 클라라가 애티 나는 소녀같이 종알거리는 소리를 듣고는 우스워 못 견디겠다는 듯 말했다.

"아가씨, 이제 그만 잡시다. 밤도 이제 얼마 남지 않았나봐요. 하느님께선 꼭 새날을 맞이해서 모든 일이 잘되게 해주실 거예요. 두고 보세요, 안 그러는지."

여기서 두 사람의 이야기는 그쳤고, 객줏집은 쥐 죽은 듯이 고요하기만 했다. 잠들지 않은 사람이라곤 주인집 딸과 하녀 마리토르네스뿐이었다. 이들은 진작부터 돈키호테가 약간 돌았다는 것을 알고 있었고 지금 무장을 하고 말을 탄 채 객줏집 밖에서 보초를 서고 있는 줄도 아는지라, 장난을 치든지 하다못해 무슨 넋두리라도 들으면서 시간을 보낼까 했던 것이다.

그런데 마침 그 객줏집에는 들판 쪽으로 창문이라곤 하나도 없고, 밖에서 안으로 짚단을 던져 넣을 때 사용하는 구멍 하나가 뚫려 있을 뿐이었다. 이 구멍으로 다가가 처녀 둘이 보니, 말을 탄 돈키호테가 창에 몸을 기대고 이따금 간장이 녹아날 듯 시름에 찬 한숨을 땅이 꺼지도록 쉬고 있었다. 동시에 그들은 그가 부드럽고 사랑이 넘쳐흐르는 목소리로 이렇게 말하는 것을 들었다.

---

297 '성 가브리엘 대천사 축일' 혹은 '성 라파엘 대천사 축일'이라고도 한다. 9월 29일.

"오, 나의 아가씨, 엘 토보소의 둘시네아여! 모든 아름다움의
으뜸이며 슬기의 마지막 끝이시여, 더없는 애교의 마침이여, 부
덕婦德의 덩어리시여, 한마디로 세상의 모든 선함과 정결함과 즐거
움의 전형典型이시여, 지금 당신은 무엇을 하고 계시나이까? 행여나
당신의 기사인 이 몸을 생각하고 계시온지? 그러하옵니다. 이 몸
은 당신 한 분을 섬기고자 어떤 위험도 무릅쓰고 흔연히 목숨을 내
놓았사옵니다. 오, 세 얼굴[298]을 지닌 달님이여, 내 임의 소식을 어
서 전해다오. 그대 정녕 그녀를 시새우며 비추고 있으리니. 지금쯤
그녀의 궁전 어느 회랑을 거닐고 계시는지? 아니면 그 어느 노대에
가슴을 기댄 채 생각에 잠겨 계시는지? 당신으로 해서 애타는 이
가슴, 쓰라린 이 번민을 어찌하면 깨끗하고 말끔하게 가라앉혀주
실까 하고? 이내 괴로움에 어떠한 영광을 주실까 하고? 이내 시름
을 어떻게 잊게 해주실까 하고? 이 몸의 죽음에 어떠한 삶을 주시
고, 이 몸의 섬김에 무슨 상을 내리실까 하고? 그리고 그대 해님아,
그대는 새벽같이 일어나, 내 임을 뵙기 위해 부지런히 그대 말에 안
장을 지워라. 내 임을 뵈옵거든 그대 부디 나 대신에 문안을 드려다
오. 그러나 뵈옵고 문안을 드릴 때, 행여 그 얼굴에 입을 맞출까 조
심하여라. 그대를 내가 투기하는 것은 테살리아의 평원[299]이 아니
면 페네오의 강변[300]을 땀 흘리며 쫓아다니게 한 그 변덕스런 여자

298　las tres caras. 달의 이명異名으로 초승달, 보름달, 그믐달을 말한다.
299　테살리아는 그리스 북부 에게해에 면해 있는 지방으로, 많은 신화와 전설이 전해지는 곳
　　　이다.
300　페네오는 테살리아의 한 강이다. 테살리아와 페네오를 통해 그리스신화의 요정 다프네
　　　와 태양의 신 아폴로의 우화를 은연중 시사하고 있다.

를 투기하는 것보다 더한 것이니라. 그때 그대 상사병이 들어 질투하며 줄달음치던 곳이 어딘진 나도 잘 모른다만."

돈키호테의 시름이 가득 찬 넋두리가 여기에 이르렀을 즈음, 객줏집 딸이 가느다랗게 속삭이며 말하기 시작했다.

"여보세요, 기사 나리, 제발 부탁이오니 이리 좀 와주세요."

그녀의 몸짓과 목소리를 들은 돈키호테가 머리를 번쩍 쳐들고 휘영청 밝은 달빛에 보니, 자기를 부르는 소리는 구멍에서 나는 것이었다. 그러나 그것조차 그의 눈에는 예사로운 창문이 아니라 황금 격자가 끼워진 궁전 창문으로만 보였다. 객줏집을 근사한 성으로 여기는 그였던지라 그럴 수밖에 없었다. 그러자 금방 그의 어지러운 머리에 떠오르는 생각은, 간밤의 그 아리따운 아가씨, 성주님의 딸이 열렬한 사랑에 못 이겨 사랑을 호소하러 다시 왔거니 하는 것이었다. 그러나 비록 생각은 이러했으나 행여 무례하고 무지막지한 사람으로 보일세라, 로시난테의 고삐를 거머잡고 구멍에 가까이 가서 두 처녀를 향해 이렇게 말했다.

"아리따우신 아가씨여, 비록 연모의 정을 품고 오시기는 했지만, 자리가 자리인지라 고귀하옵신 당신께 합당한 보답을 해드리지 못함을 송구스럽게 생각하나이다. 그러하오니 불쌍하고 가엾은 이 편력 기사를 과히 탓하지 마시옵소서. 이 몸은 첫눈에 영혼의 절대적인 주인으로 모신 그분이 아닌 다른 여인에게는 마음을 바칠 수 없는 불가능한 사랑의 소유자가 되어버린 몸이오니, 갸륵하신 아가씨께서는 이를 너그러이 용서하시고 아가씨의 침실로 드시와, 더이상 그대의 연정을 드러내지 않으심으로써 이 몸이 무정함을 다시는 더 보여드리지 말게 해주소서. 그러하오나 아가씨께서 제게 베푸시는 사랑을 다만 사랑이 아닌 다른 것으로 갚아드리기를 원하시거든, 그걸 말씀해주시옵소서. 그러기만 하시오면 멀리 계신 저의 아가씨를 걸고 맹세하거니와, 설령 머리카락이 온통 뱀인 그리스신화의 거인 메두사의 머리털을 뽑아 바치라 하시더라도, 유리병 속에 든 햇빛을 바치라 하시더라도 당장 갖다 바치오리다."

"기사 나리, 우리 아가씨는 그런 건 소용이 없으시답니다." 마리토르네스가 즉각 받아서 말했다.

"그럼 그대 아가씨께서 원하시는 건 무엇이란 말인고? 총명한 시녀여" 하고 돈키호테가 묻자, 마리토르네스가 대답했다.

"다른 건 다 그만두고 기사 나리의 고우신 손을 원하신답니다. 명예를 걸고 이 구멍을 찾아오신 그 소원을 풀어주시라는 말씀입니다. 아가씨의 아버님께서 이런 일을 아신다면, 최소한 귀를 싹둑 잘라버리실 거예요."

"거 구경할 만하겠구려." 돈키호테가 대답했다. "하지만 세상의 아버지들이 상사병이 난 딸의 연약한 몸에 손을 댔다가 갑자기 죽기라도 한다면 그 끔찍한 꼴을 어떻게 보려고…… 아예 그런 일은 하지를 마셔야지."

마리토르네스는 돈키호테가 틀림없이 손을 내밀 것이라고 믿고, 무슨 생각인지 구멍에서 쪼르르 내려와 마구간으로 갔다. 거기서 산초 판사의 당나귀 고삐를 가지고 또 쪼르르 아까 그 구멍으로 돌아왔다. 때마침 돈키호테는 로시난테의 안장에 올라서서 상사병이 난 아가씨가 기다리고 있을 격자창으로 손을 밀어 넣기 위해 발돋움을 하고 있었다. 그는 손을 내밀면서 말했다.

"아가씨, 이 손을 잡아주시옵소서. 아니, 더 정확히 말한다면,

세상의 악한들을 응징하는 무서운 채찍인 이 손을 잡아주소서. 이 손으로 말씀드리자면, 어떤 여성의 손도 잡아보지 못한 손이옵니다. 그러한 손을 지금 당신께 내어드림은 입맞춤을 해주십사 하는 것이 아니고, 그 신경의 조직과 근육의 억셈과 힘줄의 굵음을 보시사 이러한 손이 지닌 완력이 얼마나 큰가를 짐작하시게 하기 위함이옵니다."

"네, 지금 잘 보고 있습니다." 마리토르네스가 말했다.

그러고는 가져온 고삐의 느슨한 한쪽 끝을 돈키호테의 팔목에 걸어놓고는 구멍 아래로 내려와서 마구간 걸쇠에 힘껏 졸라매었다. 돈키호테는 제 손목이 몹시 아프도록 줄이 감기는 것에 놀라서 말했다.

"아가씨께서는 제 손을 어루만지시는 것이 아니라 거칠게 할 퀴시나이다. 부디 이러한 푸대접을 하지 마시옵소서. 당신에 대한 잘못이 있다면 이 마음이 그럴 뿐, 손이야 무슨 죄가 있사오리까. 하물며 당신의 모든 노여움을 이까짓 부분으로 복수하심은 옳지 못하옵니다. 정말 사랑하는 사람은 이렇게 악한 복수를 아니 한다 함을 통촉하시옵소서."

그러나 돈키호테가 아무리 이런 말을 해보았자 들어줄 사람은 아무도 없었다. 마리토르네스가 그렇게 단단히 잡아매고 난 뒤에, 그와 또 다른 처녀는 허리를 잡고 웃으면서 가버렸기 때문에 풀어주려야 풀어줄 수가 없게 되었다.

그러니 그는 지금 두 발은 로시난테 위에 뻗디디고 두 팔은 구멍 속으로 들이민 채 손목은 잔뜩 걸쇠에 매여 있게 되었는데, 로시난테가 한쪽에서 딴 쪽으로 삐끗만 하는 날이면 팔만 대롱대롱 매

달리게 될 지경이라 걱정은 태산 같고 진땀이 나는 것이었다. 어쨌거나 그는 꼼짝달싹할 수가 없었다. 로시난테의 참을성과 얌전함으로 미루어, 한 백 년이라도 가만히 그대로 있어주겠거니 하는 희망뿐이었다.

마침내 자기는 묶여 있고 여자들은 가버린 것을 알게 된 돈키호테는 이번에도 또 자기 멋대로 상상을 해서, 이것이 모두 마법의 장난이로구나 하고 생각했다. 즉 언젠가 같은 성안에서 마법에 걸린 무어인 마부에게 호되게 당한 것처럼 이번에도 또 그 꼴이로구나 하고는, 자신의 철없고 변변치 못함을 스스로 꾸짖었다. 왜냐하면 같은 성에서 한 번 당했으면 그만이지 두 번씩이나 곤욕을 치르게 되었으니, 편력 기사의 경고에도 있듯이 어떤 모험을 해서 성공을 못 했을 경우에는 자기의 할 일이 아니라 딴 기사의 할 일이라는 증거이니 두 번씩이나 시험할 필요가 없다고 한 까닭이었다. 아무튼 그는 어떻게 풀려날 수가 없나 하고 손을 뽑아보려 했으나, 워낙 단단히 매여 있어 갖은 애를 다 써보아도 아무 소용이 없었다. 그나마도 로시난테가 움직일까봐 살그머니 뽑아보았음은 물론이다. 하는 수 없이 그는 펄쩍 안장에 주저앉으려 했으나, 뻣정다리가 아니면 손을 빼는 수밖에 다른 도리가 없었다.

이리하여 생각나느니 어떠한 마법도 그 앞에서는 힘을 못 쓰는 아마디스의 칼이요, 나오느니 자기 신세에 대한 욕뿐이었다. 그는 자기가 마법에 걸려 이러고 있는 동안, 그렇게 믿어버린 그로서는 추호의 의심도 없었으니까, 세상은 자기가 없어서 아쉬우리라는 생각을 하면서 새삼스레 자기의 애인 엘 토보소의 둘시네아가 한결 더 그리워졌다. 충실한 종자 산초 판사를 불러보기도 했으나, 그는 당나귀 언치 위에 네 활개를 벌린 채 곯아떨어져 저를 낳아준 어미 생각조차 못 하고 있는 때였다. 그는 도와달라고 마법사 리르간데오와 알키페를 부르기도 하고, 좋은 친구 우르간다에게 살려달라고 해보기도 하다가, 끝내 낙심천만으로 앞이 캄캄해져서 황소처럼 징징 울면서 밤을 지샜다. 그는 날이 밝으면 이 고생을 면하리라곤 아예 바라지도 않았다. 마법에 걸려들었으니 언제까지나 이대로 있을 것으로 알았기 때문이다. 특히 로시난테가 옴짝달싹도 않는 것을 보고는 더욱 이런 생각이 들었다. 그는 자신과 말이 먹지도 마시지도 자지도 않은 채로 흉악한 별들의 힘이 사라지든지, 어떤 훌륭한 마법사가 마법을 풀어주든지 하기까지 이 모양으로 있으리라고 믿었다.

　　그러나 이러한 그의 믿음은 아주 잘못된 것이었다. 왜 그런가하면 바야흐로 날이 새기 시작했을 무렵에 말을 탄 네 사람이 차림새도 그럴듯하게, 더욱이 안장 앞고리에는 총들을 얹고 객줏집으로 들이닥친 때문이었다. 그들은 아직 닫혀 있는 객줏집 대문을 쾅쾅 두드리면서 소리쳤다. 이를 본 돈키호테는 아직 자신의 보초 임무가 끝나지 않았다고 믿고, 주제넘게도 큰 소리로 이렇게 말했다.

　　"기사인지 종자인지, 아니 누구를 막론하고 이 성문을 두드려서는 아니 되오. 이런 시각이면 성안에 있는 사람들이 모두 잠들어 있을 테니 말이오. 햇살이 온 땅에 퍼질 때까지는 요새 문을 열지 않는 법임을 잘 알지 않소? 저만큼 썩 물러나서 날이 밝기를 기다리시오. 꼭 열어줘야 할지 말아야 할지는 그때 가서 봅시다."

　　"뭐, 이게 요새고 성이라고? 별 빌어먹을 소릴." 한 사람이 말했다. "우리더러 인사닦음을 하라는 수작이냐? 당신이 객줏집 주인이거든 어서 문이나 열어. 우린 지나가는 사람들이니 말에게 먹일 보리 말고는 더 필요한 게 없어. 금방 갈 사람들이야, 갈 길이 바쁘니까."

"기사분들, 그렇다면 내가 객줏집 주인으로밖에 안 보이는가?" 돈키호테가 대꾸했다.

"그런지 안 그런지는 몰라도," 다른 사람이 대답했다. "이 객줏집을 보고 성이라고 하는 건 농담이시겠지."

"성이고말고." 돈키호테가 되받아 말했다. "이 모든 지역에서는 가장 큰 성이오. 이 성안에는 손에 홀을 잡으시고 머리엔 왕관을 쓰신 분이 살고 계시지."

"거꾸로 해야 더 잘 맞겠구먼." 행인이 말했다. "손에는 왕관이요, 머리엔 홀이라. 흥, 별놈의 잠꼬대를 다 듣겠네. 필시 광대 패가 있나보구나. 그렇다면 네 말마따나 홀이나 왕관을 가질 법하지. 도대체 요따위 작고 초라한 객줏집에 그래, 홀이며 왕관을 가지실 만한 어른이 묵으실 것 같지가 않군."

"세상에 별 숙맥들도 다 있군." 돈키호테가 되받아 말했다. "편력 기사도에서 흔히 일어나는 일을 모르다니, 원."

질문하던 사람과 동행하던 친구들은 돈키호테와 옥신각신하는 대화에 진저리가 나서, 다시 큰 소리를 지르며 요란하게 문을 두드려댔다. 그 바람에 객줏집 주인뿐만 아니라 거기 있는 사람들이 모두 잠을 깼다. 객줏집 주인은 누가 문을 두드리는지 알아볼 양으로 일어나서 나갔다. 바로 이때 소리를 지르는 네 사람이 타고 온 말 중 한 마리가 로시난테의 냄새를 맡으러 어슬렁어슬렁 다가갔다. 로시난테는 처량하게 두 귀를 드리운 채 옴짝달싹도 않고 서 있는 제 주인을 업고 있었으나, 아무리 나무로 보여도 살을 지닌 놈이라 어쩔 수 없이 돌아서서 사랑을 하자고 가까이 온 놈의 냄새를 맡아보려고 했다. 이리하여 그저 약간 움찔한 것이 그만 돈키호테의 두 다리를 안장에서 미끄러지게 했다. 팔만 비끄러매어 있지 않았으면 안장에서 빠져나간 몸이 그대로 땅바닥으로 떨어질 뻔했다. 아무튼 어찌나 아프던지 손목이 끊어져나가는 것만 같았고, 팔이 쑥 뽑혀나가는 것만 같았다. 발끝이 흙에 입을 맞출 만큼 땅바닥에 닿을락 말락 하니 그게 더 죽을 지경이었다. 웬만하면 발바닥이 땅에 닿을 듯해서 빠득빠득 몸뚱이를 뻗쳐보았으나, 그것은 도르래 고문[301]과도 같았다. 도르래 고문을 당하는 사람들은 조금만 뻗치면 땅바닥에 발이 닿을 줄로 잘못 알고 한사코 몸을 뻗치는 바람에 고통이 더욱 심해지는 것이다.

---

301 도르래가 지나가는 굵은 밧줄에 죄수의 손을 묶어 매다는 고문.

· 제44장 ·

객줏집에서 계속되는 전대미문의 사건들

돈키호테가 내지르는 비명이 어쩌나 컸던지 마침내 객줏집 주인이 후닥닥 문을 열고 나오기는 했으나, 마구 비명을 질러대는 사람을 보고는 깜짝 놀랐다. 거기 있던 다른 사람들도 마찬가지였다. 그 소리에 벌써부터 잠이 깨었던 마리토르네스가, 어쩌면 그럴지도 몰라 하는 생각으로 마구간으로 달려가서 돈키호테가 매달려 있는 고삐를 아무도 모르게 살짝 풀었다. 그러자 돈키호테는 객줏집 주인과 행인들이 보는 앞에서 풀썩 땅바닥에 고꾸라졌다. 그들은 가까이 가서 무엇 때문에 그런 소리를 질렀느냐고 물었다. 그는 한마디 대꾸도 없이 손목에서 줄을 풀고 일어나더니, 훌쩍 로시난테에 올라 방패를 끼고 창을 비껴들고 얼마만큼 물러갔다가 말을 채쳐 다시 오며 호통을 쳤다.

"어느 놈을 막론하고 내가 마법에 걸린 것이 당연하다고 입을 놀리는 자가 있다면, 난 미코미코나 공주님의 허락을 받아 그 거짓을 밝히는 한편, 그런 놈을 단병접전短兵接戰으로 때려눕히겠다."

새로 온 행인들은 돈키호테의 이 말에 기가 막혔으나, 객줏집 주인이 돈키호테가 누구이고 정신이 약간 돈 사람이니 이러고저러고 할 것 없다고 설명을 해주어서 모두 놀라움을 풀었다.

　　그들은 객줏집 주인에게, 혹시 이 객줏집에 열다섯 살쯤 되는 소년이 노새 모는 소년 같은 복장을 하고 찾아온 일이 없느냐고 물었다. 이러저러한 특징까지 말했는데, 그것은 영락없이 클라라의 애인이 지닌 특징들이었다. 주인은 숱한 손님이 들러 가시는 터라 그들이 말하는 그런 소년을 눈여겨봐두지 못했다고 대답했다. 그러나 그들 중 한 사람이 판관이 타고 온 마차를 보고는 말했다.

　　"옳지, 여기 계실 것이 틀림없다. 따라오셨다는 마차가 이것이지 뭐야. 자, 한 사람은 문에 그냥 남아 있고, 다들 안으로 들어가서 찾아보세. 아니, 한 사람은 또 객줏집 뒤를 돌아보아야 해. 안마당 담을 넘어서 도망치시면 큰일이니까."

　　"그렇게 하지." 그들 중 한 사람이 대답했다.

　　그리하여 둘은 안으로 들어가고, 한 사람은 문간에 남고, 또 한 사람은 객줏집 주위를 돌았다. 이것을 본 객줏집 주인으로서는 아까 그들이 일러주던 특징의 소년을 찾나보다 하고 짐작은 했지만, 대관절 무엇 때문에 저리도 법석들을 떠는지 도무지 까닭을 알 수 없었다. 그럭저럭 날도 이미 밝았고, 돈키호테가 야단을 치는 바람에 모두 깨어 일어나지 않은 사람이라곤 한 사람도 없었으나, 그중에서도 클라라 아가씨와 도로테아는 더 일찍 깨어 있었다. 한 사람은 자기 애인이 가까이 있으니 마음이 싱숭생숭했고, 또 한 사람은 소년이 보고 싶어서 간밤에 잠을 잘 이루지 못했기 때문이다.

　　돈키호테는 행인 네 사람 중 아무도 자기를 거들떠보지 않고,

이쪽의 질문에 대해서 한마디 대답도 없는 것을 보고 분통이 터져 죽을 지경이었다. 그래서 만일 기사도에 있어 편력 기사가 한번 약속한 일을 끝마칠 때까지는 다른 일에 절대 손대지 않겠다고 맹세했으나 꼭 그렇게 하지 않아도 된다는 법만 있다면, 그는 와락 달려들어서 억지로라도 대답을 듣고야 말았을 것이다. 그러나 미코미코나 공주를 그녀의 왕궁으로 모시기까지는 다른 일에 손댄다는 것이 옳지도 않고 좋지도 않게 여겨져, 아무 말도 하지 않고 저들 행인의 법석이 어떻게 끝날지 그것만 지켜보며 잠자코 있었다. 마침내 그들 중 한 사람이 찾고 있던 소년을 발견했다. 그는 누가 찾아올 줄은, 더구나 찾아낼 줄은 꿈에도 생각하지 못하고 노새 모는 소년 곁에서 자고 있었던 것이다. 누군가가 그의 팔을 잡으며 말했다.

"보아하니 루이스 도련님, 입고 계시는 옷도 썩 어울리고, 주무시는 방도 어머님께서 호사스레 키워주신 몸에 꼭 어울리십니다요."

소년은 거슴츠레한 눈을 비비면서 자기를 붙들고 있는 자를 찬찬히 바라보다가, 제 아버지의 하인인 것을 알아보고는 어찌나 놀랐던지 한동안 말도 하지 못했다. 그러자 하인이 말을 이어갔다.

"루이스 도련님, 아버님께서 돌아가시는 꼴을 보지 않으시려거든 여기서 딴 도리가 없습니다. 그저 순순히 집으로 돌아가시는 것밖에는. 집을 나간 도련님 때문에 노심초사하시는 것을 차마 볼 수 있어야지요."

"그럼 아버님께서는 어떻게 아셨지?" 루이스가 말했다. "내가 이 모양을 하고 이 길로 온 걸?"

"어떤 학생이 다 일러드렸지요." 하인이 대답했다. "도련님이

속내를 열어주신 그 학생이 말입니다. 아버님께서 도련님이 없어진 줄 아시고 하도 슬퍼하시니, 보다 못해서 그랬겠지요. 그래서 사람 넷을 놓아 도련님을 찾아오라고 하신 겁니다. 저희들이 여기까지 온 것도 도련님 때문이었는데, 밤낮으로 도련님 걱정을 하시는 아버님께로 도련님을 모시게 되었으니, 이런 대성공은 생각만 해도 속이 후련합니다요.”

“그거야 내 마음이 있어야 하고 하늘의 뜻이 있어야 그렇지.” 루이스가 대답했다.

“무슨 말씀이세요? 집으로 돌아가시지 않고 뭘 어쩌시겠다고요? 하늘의 뜻이 어떻다고요? 아무려면 딴 생각이야 하시지 않겠죠?”

루이스의 곁에 있던 노새 모는 소년은 이들 두 사람이 주고받는 말을 다 듣고는 자리를 떠나, 돈 페르난도와 카르데니오, 그리고 또 다른 사람들이 있는 데로 가서 사정을 이야기했다. 즉 그 사람이 소년에게 도련님이라고 불렀다는 것, 서로 주고받던 이야기, 아버지에게로 가자거니 가기 싫다거니 하는 그런 내용이었다. 이야기 내용이 그렇고 또 타고난 목청이 아름다운지라, 모두는 그가 과연 누구인지 몹시 궁금해서 쫓아갔다. 필요하다면 도와줄 생각도 없지 않았던 것이다. 그리하여 그들은 소년이 아직 그 하인과 함께 주거니 받거니 하고 있는 곳으로 갔다.

도로테아가 자기 방에서 뛰어나간 것도 이때였다. 그 뒤로 클라라 아가씨도 허둥지둥 뒤따라갔다. 도로테아는 카르데니오를 자기 곁으로 불러, 노래하던 소년과 클라라에 얽힌 사연을 아주 간단히 이야기해주었다. 그러자 카르데니오는 소년의 아버지가 하인들

을 시켜서 찾으러 온 것이라고 가만가만 말했으나, 그만 클라라가
그 소리를 듣고 말았다. 순간 클라라는 새파랗게 질렸다. 도로테아
가 붙들어주지 않았다면 땅바닥에 쓰러질 뻔했다. 카르데니오가 도
로테아에게 어서 방으로 데리고 들어가라고 했다. 뒷일은 자기가
수습하겠다고 해서, 두 여인은 그렇게 했다.

그 무렵 루이스 도련님을 찾으러 온 네 사람은 객줏집 안에서
그를 둘러싸고 한창 타이르고 있었다. 소년은 자기의 생명과 명예
와 영혼을 걸고 있는 이 일의 끝장을 보기 전에는 결코 그럴 수 없
다고 대답했다. 일이 이쯤 되니 하인들도 마구 으르대며, 천하없어
도 도련님을 그냥 두고 가지는 않을 것이며 싫든 좋든 꼭 모시고 가
야만 하겠다고 말했다.

"그렇게는 못 할 것이다." 루이스가 되받아 말했다. "내 시체를
가져가기 전에는 말이야. 무슨 수로든지 데리고 가봐. 그땐 이미 내
가 죽었을 테니까."

이때 객줏집에 있던 모든 사람이 그곳으로 달려왔다. 카르데니
오, 돈 페르난도와 그의 동행, 판관, 신부, 이발사, 그리고 이제 더는
성 감시가 필요 없다고 생각한 돈키호테까지 왔다. 카르데니오는
소년의 사정을 잘 알고 있었으므로, 그를 데려가려는 자들을 향하
여 무엇 때문에 싫다는 소년을 기어코 데려가겠다고 하느냐고 물
었다.

"도련님 아버님의 생명을 구해드리기 위해서죠." 네 사람 중
한 사람이 대답했다. "도련님이 집을 나간 뒤로 목숨이 경각에 달려
계십니다요."

이 말을 받아 루이스가 말했다.

"이런 데서 내 개인 이야기까지 할 건 없다. 나는 자유야. 가고 싶으면 가고, 가고 싶지 않으면 너희들로선 억지로 나를 가게 하진 못할 것이다."

"도련님, 이치를 따져보셔야지요." 그 사람이 대답했다. "도련님에게는 이치에 닿지 않을지 몰라도, 우리로선 여기 온 목적이나 해야 할 의무가 이치에 합당하거든요."

"도대체 어찌 된 영문인지 들어봅시다." 이때 판관이 말했다.

그 남자는 이웃집에 살던 판관을 잘 알고 있는지라 이렇게 대답했다.

"판관님께서는 이 도련님을 모르십니까? 바로 이웃 댁 아드님이신뎁쇼. 이분이 글쎄, 나리께서도 보시다시피 체통도 없는 이런 행색으로 그 아버님 댁을 훌쩍 나오셨다고요."

그제야 판관이 자세히 들여다보더니, 소년을 알아보고 그를 안아주면서 말했다.

"오, 돈 루이스, 이게 무슨 꼴이람? 귀족 신분에 당치도 않게 이 꼴을 하고 여기를 왔으니, 꼭 이래야 할 무슨 큰 곡절이라도 있었나?"

소년은 눈물만 줄줄 흘리면서 대답을 하지 못하고 있었다. 판관은 네 사람에게 일은 잘 처리될 테니 가만히 있으라 하고는, 루이스의 손을 잡고 한 모퉁이로 가서 그곳으로 온 연유를 물어보았다.

한참 이런저런 말을 묻고 있는데, 별안간 대문 쪽에서 와자지껄 떠드는 소리가 들려왔다. 그 원인은 다른 것이 아니라, 객줏집에서 하룻밤을 묵고난 두 손님이, 모두가 네 사람이 찾던 소년에게로 정신이 팔려 있는 것을 보고는 숙박료도 치르지 않고 슬쩍 도망질

치려 했기 때문이다. 그러나 객줏집 주인은 워낙 남의 일보다 자기 일에 빈틈이 없는 사람이라, 객줏집 문으로 뺑소니를 치려는 자들을 붙잡아놓고 돈을 내라고 하면서, 마음보가 글렀다느니 어쩌느니 하며 욕설까지 퍼부은 까닭에, 그들이 화가 나서 객줏집 주인을 주먹으로 치는 일이 벌어졌다. 이리하여 손찌검을 당한 가엾은 객줏집 주인은 소리를 지르며 도움을 청하게 된 것이었다. 객줏집 안주인과 딸이 그를 구원하려고 별일 없는 사람을 찾으려니 돈키호테밖에 없으므로, 딸이 그를 보고 이렇게 애걸했다.

"기사 나리, 하느님께서 주신 힘으로 불쌍한 제 아버님을 살려주셔요. 두 악당들이 제 아버님을 보리타작하듯 두들겨 패고 있어요."

이 말에 돈키호테는 미적미적 능청을 부리며 대답했다.

"어여쁘신 아가씨, 지금으로서는 당신의 소청을 즉석에서 들어드릴 수가 없습니다. 왜 그런고 하니, 내가 한번 약속한 이상 이 모험이 끝장나기까지 다른 모험에 뛰어들지 못하게 금지되어 있기 때문이라오. 그러나 당신을 도울 수 있는 일로서 지금 내가 한마디 말씀을 드리는 바이오니, 어서 쫓아가서 당신 아버님께 여쭈시오. 될 수 있는 대로 이번 싸움을 질질 끌면서, 아무렇든 지지만 마시라고. 그동안 나는 당신 아버지의 곤욕을 면해드리기 위해 미코미코나 공주님께 허가를 청하여보겠소. 만약에 그분께서 허가를 내려주시면, 그땐 염려 마시오. 필연코 내가 구해드릴 테니까."

"아이고, 몹쓸 내 팔자야." 이때 앞에 있던 마리토르네스가 말했다. "나리가 말하는 그 허가가 나오기 전에 우리 주인어른은 벌써 저승으로 가실 겁니다요."

"아가씨, 우선 내가 말한 허가나 얻도록 가만히 계시오." 돈키

704

호테가 대답했다. "허가만 내리시면 저승에 가셨던들 뭐가 어떻소. 저승 전체가 들고 일어나더라도 거기서 내가 꼭 구해 올 것을 말이오. 아니, 최소한 어른을 저승으로 보낸 그놈들에게 내가 실컷 복수를 해줄 테니, 그때 가선 당신들도 웬만큼 흡족하실 것이오."

여기서 잠시 말을 끊고 그는 도로테아 앞에 무릎을 꿇더니, 존귀하옵신 공주님께옵서는 굽어살피사 소인이 지금 일대 위기에 처한 성주를 구하러 가도록 허락해주시옵소서 하고 편력 기사다운 말씨로 아뢰었다. 이에 공주가 쾌히 승낙하자, 그는 지체 없이 방패를 팔에 걸고 손에 칼을 잡고는, 아직도 두 손님들이 주인을 때리고 있는 문간으로 치달았다. 그러나 막상 그곳까지 가서는 멍하니 서 있기만 했다. 마리토르네스와 안주인이 왜 가만히 서 있기만 하느냐면서, 어서 자기들의 주인 양반을 구해주라고 해도 꼼짝을 하지 않았다.

"내가 가만히 있는 까닭은," 돈키호테는 말했다. "저런 종자 따위를 상대로 칼을 뺀다는 것은 법에 어긋나기 때문이오. 그러니까 두 분은 내 종자 산초를 이리로 불러오시오. 이런 방어와 보복은 원래 그의 소관이니까요."

객줏집 문간에서 이러고 있는 동안 주먹질은 갈수록 거세져서 객줏집 주인은 진탕 얻어맞고 있었고, 마리토르네스와 객줏집 안주인과 그의 딸은 발만 동동 구를 뿐이었다. 그들은 겁쟁이 돈키호테와 자기 남편, 자기 주인, 자기 아버지가 당하는 곤욕을 보고 어쩔 줄을 몰라했다.

그러나 이 이야기는 여기서 멈추기로 하자. 설마 살려줄 사람이 없을 리 없을 테고, 없더라도 힘도 없으면서 일을 저지른 그 사람이 두말 못 하고 곤경을 치러야 할 테니까. 그러니 우리는 눈을 돌려서 루이스 도련님이 판관에게 뭐라고 대답하는지 들어보기로 하자. 아까 말대로 판관이 소년에게 가까이 다가가, 무슨 곡절로 그런 너절한 차림을 하고 여기까지 걸어왔느냐고 물었다. 그때 소년은 판관의 품속으로 기어들어 가슴을 쥐어짜는 듯한 고통을 이기지 못하고 펑펑 눈물을 쏟으며 말했다.

"나리, 다름이 아니오라 하늘이 뜻이 있어 우리를 이웃에 살게 해주셔서 그랬던지, 제가 클라라 아가씨를 한번 본 그때부터 따님을 사랑하게 되었습니다. 그러니까 판관님이나 제 아버님, 그리고 어른들께서 못마땅하게 생각지 않으시면 당장 오늘이라도 제 아내가 될 수 있을 것입니다. 저는 그래서 아가씨 때문에 집을 버렸습니다. 아가씨 때문에 이런 꼴을 하고 화살이 과녁을 노리듯, 뱃사공이 북극성을 그리듯 그녀가 가는 곳이면 어디든지 따라가렵니다. 그녀는 제 마음을 모릅니다. 안다고 해야 제가 우는 것을 멀리서 두어 번 보고 짐작하는 것이 고작일 겁니다. 판관님, 제 부모님은 부자이며 귀족입니다. 상속을 받을 사람도 오로지 저 하나뿐입니다. 이런 행운을 가지고 저를 진실로 행복하게 해주시려거든, 판관님, 저를 이 자리에서 사위로 삼아주세요. 혹시 제 아버님께 다른 뜻이 있어서 제가 바라는 이 행복을 반대하신대도, 시간이란 인간의 의지보다 더한 힘이 있지 않습니까. 일을 틀어놓고 뒤바꾸는 힘 말입니다."

사랑에 불타는 소년은 여기서 말을 끊고 입을 다물었다. 판관은 그처럼 똑똑하게 제 감정을 토로하는 돈 루이스의 재치와 모습을 보고, 또 미처 생각지도 못한 이 돌발 사건에 어찌할 바를 몰라 그저 놀라고 당황할 따름이었다. 그리하여 겨우 대답한다는 것이, 우선 마음을 진정하고 오늘로 당장 데려가지 못하게 하인들과 잘 상의를 해보라면서, 큰일일수록 생각하는 데 시간이 걸리는 법이라는 말을 했을 뿐이었다. 소년은 그의 손에 뜨겁게 입을 맞추며 눈물로 흠뻑 적셨다. 이야말로 판관은 고사하고 대리석의 심장이라도 녹일 만했다. 판관은 명철한 사람이라 벌써부터 이 혼사가 자기 딸에게 얼마나 다행한 일인가를 알고 있었다. 그러니 이왕이면 될 수 있는 한 루이스의 아버지와 합의를 보는 것이 좋겠다고 생각했다. 그의 아버지가 아들에게 높은 지위를 얻어주려고 애쓰는 것을 이미 알고 있었기 때문이다.

그 무렵 객줏집 주인과 손님들은 서로 화해가 되었다. 위협하기보다 차근차근 권유하는 돈키호테의 말을 듣고는 그들이 객줏집 주인이 달라는 대로 값을 치러준 것이다. 루이스의 하인들은 판관의 이야기가 끝나기를, 그리고 저희 상전의 결심을 기다리고 있었다. 그런데 잠도 안 자는 악마가 일을 꾸미느라고, 마침 이때 이발사가 객줏집으로 들어선 것이었다. 그 이발사가 누구인고 하니, 돈키호테한테 맘브리노의 투구를 빼앗기고 산초 판사한테 당나귀 마구를 빼앗긴, 산초는 제 것과 바꿔친 것이라고 하지만, 바로 그 사람이었다. 그는 마구간으로 당나귀를 끌고 가다가 안장 자루를 고치고 있는 산초 판사를 발견하고, 또 그 안장 자루가 제 것임을 알고는 다짜고짜 산초한테 달려들며 소리를 질렀다.

"이 도둑놈 양반, 너를 이제 잡았구나. 내 세숫대야와 도둑질해 간 마구 안장 모두 다 내놓아라."

산초는 난데없는 습격을 받은 데다 그런 욕지거리를 듣자, 한 손으로는 안장을 거머쥐고 다른 한 손으로는 이발사를 한 대 먹이니, 금세 이발사의 입은 피투성이가 되어버렸다. 그렇다고 한번 붙잡은 안장을 놓아줄 이발사가 아니었다. 그가 바락바락 악을 쓰는 바람에, 객줏집에 있는 사람들이 모두 우르르 이 난장판으로 달려왔다. 이발사가 말했다.

"국왕과 법의 이름으로 저를 도와주십쇼. 제 물건을 내놓으라는데 이 강도 놈이 날 죽이려 합니다. 이 흉측한 노상강도 놈이!"

"거짓말 마라." 산초가 대답했다. "난 노상강도가 아냐. 이건 내 주인 돈키호테 기사께서 당당히 싸워서 얻으신 전리품이란 말이야."

진작부터 돈키호테는 그곳에 와 있었는데, 그는 자기 종자가 방어와 공격을 잘하는 것에 무척 흡족해하며, 앞으로 꽤 쓸 만한 위인이로구나 하고 생각했다. 그래서 기회가 닿는 대로 즉시 그에게도 기사 작위를 주어야겠다고 마음먹었다. 아마도 넉넉히 기사도를 지켜갈 것이라고 믿어졌기 때문이다. 그런데 이발사가 싸움 도중에 지껄인 이야기 가운데는 이런 말이 있었다.

"여러분, 이 안장은 제 목숨이 하느님께 있는 것처럼 틀림없이 제 것입니다. 저는 제가 낳은 것같이 이걸 잘 알고 있어요. 그리고 마구간에 있는 저 당나귀가 저에게는 거짓말을 못 하게 할 겁니다. 이걸 당나귀 등에 한번 얹어보세요. 꼭 맞지 않으면 제가 거짓말을 한다고 해도 좋아요. 그리고 참, 안장을 도둑맞던 바로 그날 놋대야도 빼앗아 갔어요. 한 번도 쓰지 않고 1에스쿠도나 되는 새 대야를 말이에요."

여기에 이르러 돈키호테는 대답을 안 하려야 안 할 수가 없게 되었다. 그는 두 사람 사이로 비집고 들어가 그들을 양쪽으로 갈라

세우더니, 진상이 밝혀질 때까지 여러 사람들이 보라고 안장을 땅바닥에 공탁물로 던져놓고 말했다.

"자, 여러분, 분명히 보아주시기 바랍니다. 과거와 현재와 미래를 통해 변함없는 맘브리노의 투구를 대야라고 하는, 이런 엉터리 같은 양반이 잘못되었다는 것은 이제 분명해졌습니다. 이 투구는 제가 정정당당한 결투를 하여 그로부터 빼앗은 것이니, 제가 이 투구의 합법적인 주인입니다. 안장에 대해서는 제가 참견을 않겠습니다만 한마디 말씀을 드린다면, 저의 종자 산초가 싸움에 진 이 겁쟁이의 말에서 마구를 벗겨 자기 당나귀를 단장해도 좋으냐고 묻기에 제가 허락을 해서 가지게 된 것이오. 그런데 말의 마구가 당나귀의 안장으로 변한 사실에 대해서는 가장 평범한 설명밖에 드릴 수가 없으니, 이러한 변화는 기사도에 흔한 일이니까요. 여보게, 산초 아들, 이걸 증명해야 하겠으니 어서 쫓아가서 똑똑한 이 양반이 대야라고 하는 그 투구를 냉큼 가져오게."

"야단났어요, 나리." 산초가 말했다. "우리의 증거품이 나리께서 말씀하는 것밖에 없다면, 이 잘난 양반의 마구가 안장으로 변해버린 것과 같이 맘브리노의 투구도 대야로 변해버리고 말았어요."

"내가 하라는 대로 하게." 돈키호테가 되받아 말했다. "이 궁전에 있는 물건이 모조리 마법에 걸리진 않았을 테니까."

산초가 달려가서 대야를 가져오니, 그것을 본 돈키호테가 손에 들고 이렇게 말했다.

"자, 여러분, 보십시오. 제 종자가 도대체 무슨 영문인지 이것을 대야라고 하니, 어처구니가 없습니다. 제가 종사하는 기사도에 걸어 맹세하거니와, 이것이야말로 제가 저 작자한테서 노획한 그 투구로서 무엇 하나 붙이지도 떼어내지도 않았습니다."

"틀림없고말고요." 이때 산초가 말했다. "글쎄, 제 주인 나리께
서 그걸 빼앗은 뒤부터 오늘날까지 싸움이라곤 단 한 번밖에 하지
않으셨으니까요. 그게 어느 때인고 하니, 사슬에 묶여 가던 불쌍한
놈들을 풀어주시던 때인데, 그때 만약 이 놋대야 투구가 없었더라
면 큰일이 날 뻔했습죠. 정말 아슬아슬한 고비에 온통 돌 소나기가
내렸으니까요."

제45장

맘브리노의 투구와 안장에 대한 의혹이 밝혀지고 정말로 연거푸 일어난 다른 모험들

"여러분, 여러분은 어떻게 생각하십니까?" 이발사가 말했다. "이 딱한 친구들이 대야를 보고 투구라고 우기는데요?"

"누구를 막론하고 그렇지 않다고 한다면," 돈키호테가 말했다. "그때는 따끔하게 버릇을 고쳐줄 테다. 기사건 종자건 천 번을 말한다 해도 그건 거짓말이오."

그동안 되어가는 일을 보고 있던 우리의 친구 이발사는 돈키호테의 미친 기질을 너무나 잘 아는지라, 광기를 돋우어 웃음거리로 만들어서 사람들을 한바탕 웃겨볼 작정으로 강도를 당했다는 다른 이발사를 향해 넌지시 이런 말을 했다.

"이발사 양반, 초면이오만 실은 나도 당신이나 같은 직업을 가진 사람이오. 면허장을 가진 지 20년도 더 되는 만큼 이발 기구라면 무엇 하나 모르는 게 없지요. 그뿐만 아니라 한창 젊었을 때는 군인 노릇도 해봐서 무엇이 투구고, 전투모가 어떤 것이며, 얼굴 덮개 달린 투구와 그 밖의 군사에 관한 일들, 말하자면 군 장비라면 무엇이건 환하다오. 그래서 말씀입니다만, 하긴 제가 틀리는지 모르니까 여러분의 훌륭하신 판단에 따르겠습니다만, 여기 눈앞에 있는 이 거, 기사께서 손에 들고 계시는 이것은 절대 이발사가 쓰는 대야가 아닙니다. 그것은 마치 검은색과 흰색이 다르고, 참과 거짓이 다른 것처럼 대야와는 거리가 아주 먼 것입니다. 덧붙여 말한다면, 이건 투구는 투구지만 온전한 투구가 아니라는 것뿐입니다."

"물론 그렇지." 돈키호테가 말했다. "투구의 절반, 즉 투구의 턱 이 떨어져나가고 없으니까."

"그렇군요." 친구 이발사의 속뜻을 알아차린 신부가 말했다.

그러자 카르데니오와 돈 페르난도, 그리고 그의 동료들도 다 그렇다고 했다. 판관도 루이스의 일로 머리가 복잡하지 않았으면 그 장난에 한몫 끼었을 것이나, 뜻밖에 당한 큰일에 생각을 깊이 하 느라고 그런 장난에는 조금도 주의를 기울이지 않고 있었다.

"아이고, 맙소사!" 놀림감이 된 이발사가 말했다. "아니 이럴 수가 있단 말입니까? 아, 이 점잖으신 분들이 모두 이걸 대야가 아 니라 투구라고 하다니? 대학에 제아무리 똑똑한 사람이 있더라도 이걸 보고 놀라 나자빠지지 않을 수 없겠군요. 좋아요, 이분 말씀대 로 이 대야가 투구라면, 그럼 이 안장도 마구가 되어야겠네요."

"내가 보기에는 안장 같지만," 돈키호테가 말했다. "그건 내 알 바 아니라고 미리 말해두지 않았소."

"안장이든 마구든 간에," 신부가 말했다. "돈키호테께서 말씀 하시기에 달렸죠. 이런 기사도에 관한 것은 이 자리에 계시는 여러 분이나 나나 이분에게 맡겨야 되니까요."

"물론입니다, 여러분!" 돈키호테가 말했다. "사실 말이지, 제가 이 성에 든 것은 두 번뿐이지만 그때마다 이곳에서 하도 여러 가지 이상한 일들만 연거푸 일어나니, 성안에서 일어난 일이면 무엇이 거나 꼭 이렇다고 확실한 답변을 할 수가 없습니다. 여기서는 모든 것이 마법의 장난 아닌 게 없다고 생각되니까요. 첫 번째로 나를 골탕 먹인 것은 이곳에 사는 무어 놈이었는데, 산초도 그놈들 패거리한테 아주 혼이 났었지요. 어제 저녁에는 또 무려 두 시간 동안이나 팔이 묶여 있었는데, 어찌 된 셈인지 통 영문도 모르면서 그런 욕을 당하게 되었습니다. 이러니만치 제가 지금 이렇게 알쏭달쏭한 일에 의견을 말한다는 것은 경망스러운 판단이 되지 않을까 합니다. 이 물건이 대야가 아닌 투구라는 사실에 관해서는 이미 제 대답이 있었습니다만, 이것이 안장이냐 마구냐 하는 것에 대해서는 선뜻 단언을 하기 어렵습니다. 그래서 이 문제만은 여러분의 판단에 맡기려니와, 여러분은 저 같은 기사가 아니기 때문에 이곳의 마법에 걸려들 리 없고 판단도 자유롭게 하실 터인즉, 성안에 있는 사물을 제 눈에 보이는 것과는 다르게 실제 있는 그대로 판단하실 수 있을 것입니다."

"의심의 여지가 없습니다." 돈 페르난도가 대답했다. "돈키호테 나리께서 오늘 말씀을 참 잘 하십니다. 이 경우의 판단을 우리한테 맡긴다는 건 아주 잘 생각한 것입니다. 그러니 확실한 근거를 얻기 위해서 제가 이분들의 의견을 비밀리에 듣고나서, 그 결과에 대한 상세한 보고를 자세히 알려드리겠습니다."

돈키호테의 광증을 아는 사람들에게는 이것이 모두 큰 웃음거리였으나, 그런 줄을 모르는 이들, 특히 루이스의 네 하인과 루이스, 그리고 때마침 객줏집에 당도한 성스러운 형제단의 단원들로 보이는—실제로 그들은 그랬다—세 사람에게는 천하의 어리석은 수작처럼 보였다. 그러나 누구보다도 어이가 없어하는 사람은 이발사였다. 바로 눈앞에서 자기 대야가 맘브리노의 투구가 되어버리고, 그 안장이 멋진 마구로 둔갑을 했으니 말이다. 돈 페르난도는 이 사람 저 사람에게 의견을 청취하러 다니며 귀에다 대고 굉장한 싸움을 벌어지게 한 저 보물이 안장인지 마구인지 살짝 말해달라고 했는데, 그러한 광경을 보고 여기저기서 모두 픽픽 웃었다. 그는 돈키호테를 잘 아는 사람들의 의견을 다 듣고나서 목청을 돋우어 큰 소리로 말했다.

"문제는, 이 마음씨 고운 사람아, 이렇게 많은 사람들의 의견을 다 듣자니 벌써 기운이 빠지네그려. 그런데 묻는 사람마다 모두 그게 당나귀의 안장이란 건 어림도 없는 소리며 그것도 아주 족보 없는 말의 마구임에 틀림없다고 하니, 당신이 그저 참아야겠소. 당신이나 당신의 당나귀로 보아선 미안하나, 이게 마구이고 안장이 아닌 데야 별수 있겠소. 당신도 무던히 버티기는 했지만, 그걸 증명하지 못했으니 안됐소."

"제가 하늘을 원망하지는 않겠습니다." 가련한 이발사가 말했다. "당신들이 다 틀렸어요. 그렇잖다면 내가 지옥에 떨어져도 좋소. 내 영혼이 하느님 앞에 나아가더라도 이게 내 안장이지 마구로는 안 보일 게요. 하지만 여럿이 우기는데 혼자서 견딜 수 있나요? 나는 정말이지 술 취한 게 아닙니다. 죄는 지었는지 몰라도 아직 금식 중에 있으니까요."

이발사가 지껄이는 엉뚱한 소리는 돈키호테의 미친 짓에 못지않게 웃음을 자아냈다. 이때 돈키호테가 말했다.

"그러면 각자 자기의 소유물을 가지고 가는 것만 남았군. 하느님께서 주시고 성 베드로의 축복이 있을지어다."

네 하인 중 한 사람이 말했다.

"이게 짜고 하는 장난이 아니라면, 난 통 알아먹질 못하겠소. 여기 계신 분들은 모두 똑똑해 보이는데, 원, 이건 대야가 아니고 저건 안장이 아니라고 빽빽 우기다니요. 하지만 이렇게들 다짐을 두고 말씀하는 걸 보면, 사실과 경험에 비추어 환히 들여다뵈는 걸 가지고 억지를 쓰는 데에는 무슨 꿍꿍이속이 없지 않을 것 같군요. 사실 맹세코," 이러면서 그는 큼직한 맹세를 했다. "세상 사람들 모두가 이건 이발사의 대야가 아니고 이건 당나귀의 안장이 아니라고 뒤집어엎는데도, 나까지 곧이듣게 할 수는 없을 것입니다."

"암탕나귀의 것인지도 모르죠." 신부가 말했다.

"뭐가 됐든," 하인이 말했다. "문제는 다른 데 있는 게 아니라, 당신들 말마따나 안장이냐 아니냐 하는 데 있습니다."

산타 에르만다드라고 하는 성스러운 형제단의 단원들도 들어와서 옥신각신하는 소리를 듣고 있었는데, 그중 한 단원이 발끈하여 꽥 소리를 질렀다.

"저건 우리 아버지가 내 아버지인 것처럼 안장이 틀림없소이다. 그렇지 않다고 말하는 사람은 술이 취했겠지."

"이런 고약한 쌍놈 같으니!" 돈키호테가 대답했다.

그러고는 손에서 놓은 적 없는 창을 번쩍 들더니 상대방의 머리를 겨누고 내리쳤다. 그가 살짝 비키지 않았으면 그 자리에서 쭉 뻗을 뻔했는데, 이 바람에 창은 땅바닥만 치며 뚝 부러지고 말았다. 나머지 단원들은 제 친구가 욕을 당하는 것을 보고, 산타 에르만다

드에 알리자고 소리를 질렀다.

　객줏집 주인도 성스러운 형제단의 단원이었으므로[302] 칼과 몽둥이를 들고 들어와서 단원들의 편이 되었다. 루이스의 하인들은 행여 이 난리 통에 루이스가 도망칠까봐 그를 에워싸고 있었다. 이발사는 집안이 발칵 뒤집힌 것을 보고는 자기 안장을 다시 거머잡았고, 산초도 그와 같이 마주 움켜잡았다. 돈키호테가 칼을 뽑아 들고 단원들에게 덤벼들었다. 루이스는 돈키호테와, 그를 편들어주고

302　이 시대에는 객줏집 주인들이 산타 에르만다드라는 성스러운 형제단의 단원인 경우가 잦았다. 아마 그 시대에도 치안 유지상 정보망이 필요했을 것이다.

있는 카르데니오와 돈 페르난도를 돕겠다고 하인들더러 비켜나라며 고함을 질렀다. 신부는 소리 지르고, 객줏집 안주인은 부르짖고, 딸은 울상이 되고, 마리토르네스는 큰 소리로 울었다. 도로테아는 갈피를 못 잡고, 루신다는 얼떨떨해하고, 클라라는 졸도했다. 이발사는 산초에게 몽둥이질하고, 산초는 이발사를 개 패듯 때렸다. 루이스는 놓치지 않으려고 자기 팔을 꽉 붙들고 있는 하인들을 주먹으로 때려서 입을 피투성이로 만들었다. 판관은 이를 말렸고, 돈 페르난도는 단원 중 한 사람을 발밑에 깔고 두 발로 몸을 재가며 실컷 발길질을 해댔다. 객줏집 주인은 또 한 번 목청을 돋우어 산타 에르만다드한테 가자고 외쳤다. 그러다보니 객줏집은 온통 우는 소리, 고함치는 소리, 부르짖는 소리, 혼란, 공포, 전율, 꼴불견, 난투극, 몽둥이질, 발길질, 유혈로 변하고 말았다. 이 난장판의 어수선한 뒤죽박죽 속에서도 돈키호테는 지금 자기가 꼼짝없이 아그라만테 평야의 싸움[303]에 휘말렸다는 생각이 떠올라, 객줏집이 떠나갈 듯 큰 소리로 말했다.

"모두 멈춰라! 모두 칼을 거두고 침착하라! 목숨이 아깝거든 조용히 내 말을 들어라!"

이 호령 소리에 모두가 멈칫하고 서니, 그는 이어서 말했다.

"여러분, 내가 이미 이 성은 마법에 걸려 있고 성안에는 악마들이 득실거린다고 하지 않았습니까. 그것이 사실임을 증명하기 위해서 내가 여러분에게 바라는 바는, 여기 우리들 한가운데로 저 아

---

303 《격노하는 오를란도》에 나오는 아주 참혹한 전투를 말한다.

그라만테 평야의 싸움이 옮겨진 사실을 좀 보시란 말입니다. 자, 보십시오. 저기는 칼, 여기는 말, 저쪽은 독수리, 이쪽은 투구로 모두 한데 어울려 싸우되, 그 까닭도 모르면서 싸우고 있는 것이오. 그럼 판관님, 그리고 신부님, 두 분 중에서 한 분은 아그라만테 왕의 편이 되고, 또 한 분은 소브리노 왕의 편이 되셔서 평화 조약을 맺도록 해 주십시오. 전지전능하신 하느님을 걸고 말씀드리는데, 그렇듯 점잖으신 분들께서 이렇게 하찮은 이유를 가지고 서로 죽기로 싸운다는 것은 어리석기 짝이 없는 노릇이 아닌가 합니다."

산타 에르만다드 단원들은 돈키호테가 무슨 소리를 하는지 알아듣지 못할뿐더러, 돈 페르난도와 카르데니오의 동료들한테서 마구 얻어맞은지라 가만히 있으려고 하지 않았다. 이발사도 마찬가지였다. 치거니 받거니 하는 바람에 수염이 뽑히고 안장이 결딴난 때문이었다. 산초는 충실한 종자답게 주인의 한마디에 복종했고, 루이스의 네 하인도 싸워봤자 별로 얻을 것도 없었으므로 잠잠해졌다. 들어주지 않은 것은 객줏집 주인뿐이었다. 그는 저 미친놈 때문에 번번이 객줏집이 난장판이 되어서, 그 버릇을 톡톡히 가르쳐놓아야겠다는 것이었다. 좌우간 소동은 일단 그쳤고, 돈키호테의 환상 속에서 안장은 재판 날까지 마구로, 대야는 투구로, 객줏집은 성으로 남아 있게 되었다.

드디어 판관과 신부의 권유로 모든 사람이 화해를 하자, 루이스의 하인들은 어서 같이 떠나자고 다시 그를 붙들고 늘어졌다. 그들과 소년이 타협을 하는 동안, 판관은 돈 페르난도와 카르데니오와 신부에게 루이스의 이야기를 들려주며 장차 이 일을 어찌하면 좋겠느냐고 의견을 물었다. 마침내 돈 페르난도가 루이스의 하인들

718

에게 자기 신분을 밝히고, 루이스를 안달루시아로 데리고 가서 자기 형인 후작에게 신분에 맞는 대우를 받도록 하겠다고 말하기로 결정되었다. 루이스는 설령 자기 몸이 토막 쳐지는 일이 있더라도 아버지에게는 절대로 돌아가지 않으리라는 것을 알았기 때문이다. 네 하인은 돈 페르난도의 지위와 루이스의 고집을 알고는 자기네들끼리 의논한 끝에, 세 사람은 돌아가서 그동안의 경위를 루이스의 아버지에게 알리고 한 사람은 남아서 루이스의 시중을 들되, 세 사람이 소년을 데리러 다시 올 때까지, 아니면 그의 아버지의 명령이 있을 때까지 그의 곁을 떠나지 않기로 했다.

이렇게 아그라만테 왕의 권위와 소브리노 왕의 지혜에 의하여 어수선하던 싸움판은 수습이 되었다. 그러나 화합의 원수이며 평화의 적인 악마는, 사람들을 온통 난장판으로 빠뜨렸던 것이 되레 무시와 조롱을 당하고 얻은 것이라야 변변치 않자, 다시 한번 손을 써서 새로운 싸움과 소동을 일으키기로 결심했다.

사실을 말한다면, 산타 에르만다드 단원들은 자기들과 싸우던 상대방의 신분을 엿듣고 무슨 일이 생기든 싸움을 하면 손해 볼 것이 뻔한지라 슬그머니 싸움에서 물러났다. 그런데 그중 돈 페르난도한테서 호되게 얻어맞은 단원 한 사람만은 문득 생각에 떠오르는 것이 있었다. 죄인을 잡으러 지니고 다니던 영장 가운데 돈키호테를 잡아들이라는 영장이 있었던 것이다. 산초가 염려했던 대로, 산타 에르만다드에서는 노예선의 노예를 놓아준 돈키호테를 체포하라는 명령을 내렸다.

단원은 이놈임에 틀림없으리라 짐작하고는, 인상착의가 돈키호테와 맞나 안 맞나 대조해보려고 했다. 그는 품속에서 양피지를 이리저리 뒤지더니, 찾던 것이 마침 나오자 손에 들고 떠듬떠듬 읽었다. 죽죽 내리읽을 만한 실력이 없는 까닭이었다. 한마디씩 읽을 때마다 돈키호테를 쳐다보며 영장의 인상착의와 돈키호테의 인상을 비교했다. 그러다가 마침내 그는 추호의 의심도 없이 체포 영장에 명기된 자가 바로 이 사람임을 알아냈다. 확신을 얻기가 무섭게 양피지를 딱 접어서 왼손에 들고, 오른손으로는 돈키호테의 멱살을 질식할 만큼 틀어쥐며 큰 소리로 말했다.

"산타 에르만다드다! 자, 내 말이 거짓이거든 이 영장을 읽어봐라. 이 노상강도 놈을 체포하라는 영장이다!"

신부가 영장을 들고 보니, 단원의 말이 모두 사실이고 인상착의도 돈키호테와 틀림없이 일치했다. 그러나 돈키호테는 되지 못한 놈한테 망신을 당한다는 생각에 당장 분통이 터져서, 전신의 뼈마디가 우두둑 소리가 날 때까지 있는 힘을 다해 두 손으로 산타 에르만다드 단원의 목을 졸랐다. 그 순간 그의 동료들이 달려들어 구해주지 않았으면, 돈키호테를 잡기 전에 그가 먼저 숨을 거둘 뻔했다. 객줏집 주인은 그 나름대로 제구실을 하느라고 즉시 손을 거들었고, 객줏집 안주인은 제 남편이 다시 싸움판으로 뛰어드는 것을 보고 다시 소리를 지르니, 이 소리를 듣고 마리토르네스와 객줏집 딸도 덩달아 하늘과 거기 있는 사람들에게 도움을 청하는 것이었다. 산초는 되어가는 꼴을 보고 말했다.

"이런, 제기랄, 내 주인님이 이놈의 성은 모두 마법이라더니, 과연 그 말이 맞았어. 여기선 잠시도 조용히 있을 수가 없구먼."

돈 페르난도는 산타 에르만다드 단원과 돈키호테를 갈라놓았다. 한 사람은 다른 사람의 옷깃을, 다른 한 사람은 상대방의 목을 움켜잡고 있던 손을 풀어주어 쌍방이 섭섭하지 않게 해주었다. 그러나 단원들은 그것으로 그치지 않았다. 그들은 국왕과 산타 에르만다드에 협조하는 것은 모든 사람의 의무인 만큼 죄인을 체포하는 일에 협조해달라면서, 도둑놈이자 산적이며 노상강도인 자를 체포하겠다고 했다. 이런 소리를 듣자 돈키호테는 빙그레 한번 웃으면서 태연자약하게 말했다.

"이 쌍스럽고 씨알머리 없는 오합지졸아, 이리 썩 나서거라. 묶인 자를 해방시키고, 죄수를 풀어주고, 불쌍한 자를 구원하고, 넘어진 자를 일으키며, 곤궁한 자를 도와주는 일을 너희 놈들은 그래 강도질이라 하느냐? 에끼, 이 너절한 떼거리야, 네놈들의 소견 구멍이 그렇게 좁고 야비하게 생겼으니, 하늘이 기사도의 존귀함을 가르치시지 아니하고 그 그림자조차 받들 줄 모르는 너희들의 무지와 죄악을 깨우쳐주시지 않거늘, 어찌 감히 편력 기사의 정체를 알게 해주실까보냐! 이놈 도적 떼야, 네놈들이야말로 산타 에르만다드를 등에 업은 노상강도다. 어디 말 좀 해봐라. 나 같은 기사를 잡아 오라고 그 영장에 서명을 한 밥통이 도대체 누구냐? 그래, 얼마나 무식했으면 편력 기사의 치외법권도 모르고, 그의 법이 곧 칼이요, 권리가 곧 기백이요, 명령이 곧 의지라는 걸 모르더냐? 거듭 말하거니와, 얼마나 멍청한 놈이기에 기사 작위를 받고 기사도라는 엄숙한 사업을 시작하는 날에 편력 기사가 받는 것만큼 많은 특권과 특혜를 가지는 귀족도 없다는 걸 모른다더냐? 어느 편력 기사가 취득세, 영업세, 혼인세, 시민세, 길값, 뱃삯을 치른다더냐? 편력 기사에게 옷을 해주고 돈을 받았다는 재봉사가 어디 있더냐? 성의 성주가 편력 기사에게 숙박료를 내라고 한 적이 어디 있더냐? 그리고 어떤 왕이 식탁에 편력 기사를 초대하지 않더냐? 어떤 아가씨가 편력 기사에게 기꺼이 자진해서 몸을 맡기지 아니하더냐? 산타 에르만다드 단원 4백 명이 덤벼들 때 혼자서 몽둥이찜 4백 대를 골고루 먹여줄 용기가 없는 편력 기사가, 도대체 과거와 현재와 미래에 어디 있단 말이냐?"

제46장

산타 에르만다드 단원의
빼어난 모험과 우리의 훌륭한 기사
돈키호테의 대단한 분노에 대해

돈키호테가 이런 말을 하는 동안 신부는 산타 에르만다드 단원들을 타이르며 말하기를, 돈키호테가 그 말이나 행동으로 보아 본정신이 아닌 만큼 잡아가봐야 미친 사람이라 해서 곧 놓아 보낼 테니, 더 이상 끈끈하게 조르지 말라고 했다. 그러나 영장을 가진 사람은, 자기는 돈키호테가 미치고 안 미치고 가릴 입장이 아니며 단지 상관의 명령만 복종할 따름이니, 한 번 잡았다가 3백 번 석방이 되어도 놓아줄 수는 없다고 말했다.

"그렇다고는 하지만," 신부가 말했다. "이번만은 안 잡아가는 게 좋겠소. 내가 보기에는 만만히 잡혀갈 성싶지도 않으니까 말이오."

사실 신부가 여러 가지로 설득하고 돈키호테도 광증이 여간 아니어서, 산타 에르만다드 단원들이 돈키호테의 병을 알아주지 않는다면 오히려 그들이 돈키호테보다 더한 미치광이로 보일 지경이었다. 그래서 그들은 잠자코 있는 게 상책이라 여겼을 뿐만 아니라, 아직도 으르렁대고 있는 이발사와 산초 판사 사이에서 평화의

723

중재자 노릇까지 하게 되었다. 말하자면 그들은 정의의 수행자답게 사건을 조정하고 재결을 내림으로써 양쪽이 다 만족할 수는 없지만 적어도 피차간 섭섭함은 없게 해주었다. 즉 안장은 서로 바꾸기로 하고 뱃대끈과 고삐는 그냥 두기로 한 것이었다. 그리고 맘브리노의 투구로 말하면, 신부가 돈키호테 몰래 슬쩍 놋대야 값으로 8레알을 내주니, 이발사는 돈을 받았다는 영수증을 써서 주면서 이후로는 영원히 사기죄로 고발하지 않겠다는 약속을 했다.

가장 크고 시끄럽던 이 두 가지 문제가 해결되고나니, 남은 것이라곤 루이스의 세 하인은 돌아가고 한 사람이 남아서 소년을 모시고 돈 페르난도가 가자는 데로 따라가는 일뿐이었다. 이제는 바야흐로 행운이 깃들어 객줏집의 두 애인과 용사들을 위해 장애물을 제거하고 난관을 없애버려 만사형통으로 일이 잘되어갔으니, 하인들이 루이스의 뜻을 기꺼이 받아들인 때문이었다. 말할 나위도 없이 이때 가장 좋아하는 것은 클라라 아가씨였다. 그때 그녀의 안색을 보고 그 마음속의 기쁨을 모를 사람은 아무도 없었다.

소라이다는 비록 눈앞에 보는 일을 다 분명히 이해하는 것은 아니었으나, 다른 사람의 얼굴 표정에 따라서 슬퍼하기도 하고 기뻐하기도 했다. 그러나 소라이다가 온 마음과 정신을 기울여 보는 대상은 자기의 애인인 에스파냐 사람뿐이었다. 객줏집 주인은 신부가 이발사한테 내준 우수리와 배상금을 똑똑히 보아둔지라, 돈키호테의 몫에 가죽 부대와 포도주에 대한 손해배상까지 얹어서 내라고 했다. 그러면서 그는 옴니암니 다 쳐서 내지 않으면 로시난테고 산초의 당나귀고 간에 객줏집에서 내보내지 않겠다고 으르대었다. 이것 역시 신부가 달래고 판관이 선심을 써서 자기가 내겠다고 했지만, 돈 페르난도가 그 돈을 치러주었다. 이리하여 모든 일이 씻은 듯 고자누룩해지니, 이제 객줏집은 돈키호테의 말처럼 아그라만테 평야의 싸움이 아니라 옥타비아누스 시대의 평화[304]와 안정 그 자체였다. 모두는 그게 다 신부의 착한 마음과 능한 언변, 그리고 돈 페르난도의 비할 바 없는 아량 덕분이라고 했다.

돈키호테도 지긋지긋한 싸움에서 종자와 함께 거뜬히 놓여나게 되자, 이왕 시작한 길을 이어가 특별히 선택되어 부름을 받은 큰 모험을 완수하는 것이 좋겠다고 생각했다. 이렇게 결심을 굳게 하고는 이내 도로테아 앞으로 가서 무릎을 꿇으려 하자, 도로테아는 이를 말리면서 일어나지 않으면 한마디도 말을 하지 않겠다고 했다. 돈키호테는 황송하여 겨우 몸을 일으키고 말했다.

"아름다우신 아가씨여, 속담에 이르기를 '근면은 행운의 어머니'라 했습니다. 복잡다단한 일에 있어 당사자의 열심이 까다로운 말썽을 원만히 해결 짓게 한다는 사실은 경험이 보여주는 진리입니다. 이러한 진리를 가장 뚜렷이 드러내는 것이 바로 전투로서, 전투에서는 날래고 빨라야만 적의 계략을 미리 막고 상대자가 수비를 튼튼히 하기에 앞서 승리를 거둘 수 있는 것이옵니다. 존귀하신 아가씨여, 제가 이런 말씀을 드리는 것은 다름이 아니오라, 이 성안에 더 이상 우리가 지체하면 오직 백해무익할 뿐이니 다음 날 무슨 화가 미칠지 모르겠나이다. 아가씨의 원수인 저 거인이 쉴 새 없이

---

304 로마제국의 제1대 황제 아우구스투스 때 오랜 기간 지속된 평화를 일컫는 말이다. 아우구스투스(본명 옥타비아누스)는 레피두스 및 안토니우스와 삼두정치를 하다가, 악티움해전에서 안토니우스를 격파하고 지배권을 확립한 이후 로마 문화의 황금시대를 이룩했다.

노리는 첩자들을 통하여 제가 그놈을 처치하러 가는 중이라는 것을 미리 알고, 그놈이 시간을 얻는 대로 난공불락의 성과 보루를 이룩하여 제 불패의 완력과 노력을 수포로 돌아가게 할지 누가 압니까? 사세事勢가 이러하온즉 아가씨여, 제가 말씀드린 바와 같이 힘써 부지런히 달려가, 그놈의 계획을 앞지르도록 하옵소서. 그러니까 일각을 지체하지 말고 출발하여 행운을 놓치지 말아야 하겠나이다. 제가 아가씨의 원수를 만나는 날이 늦어질수록 아가씨가 소원을 성취하시는 날이 늦어질 것이기 때문이옵니다."

돈키호테는 여기서 잠시 입을 다물고 다시 더 말이 없었다. 그저 잠잠히 어여쁜 공주의 하회를 기다릴 뿐이었다. 공주는 위엄 있는 태도로 돈키호테와 비슷한 말투로 대답했다.

"기사님, 부모 없는 고아와 곤궁한 이를 돕는 것이 자비로운 기사의 본분이므로, 깊은 시름에 빠져 있는 이 몸을 돌보아주시는 그 고마운 뜻에 깊은 감사를 드리는 바이오. 바라옵건대 하늘이 우리 두 사람의 뜻을 이루게 하시어, 세상에는 은혜를 잊지 않는 여성도 있음을 아시게 되기를 바랍니다. 그런즉 내 출발은 일각을 지체하지 않고 다만 기사님의 뜻에 따를 뿐이니, 기사님이 원하시는 대로 재량껏 나에 관한 일을 처리하소서. 기사님에게 이미 신변의 보호를 맡겼고, 또 영토의 회복도 맡긴 이상, 기사님의 지혜가 명하는 바를 감히 거역할 수는 없는 일이옵니다."

"하느님의 손에 걸어 맹세하옵건대," 돈키호테가 말했다. "고귀하신 아가씨께서 저 같은 사람 앞에 자신을 낮추시는 것을 보니, 제가 어찌 아가씨를 모셔 본래의 왕좌에 앉혀드릴 기회를 놓치겠나이까. 곧 출발토록 하겠습니다. 지체하는 가운데 위험이 따른다

는 것은 바로 이를 두고 한 말이옵니다. 내가 무서워하고 두려워할 아무것도 하늘은 내지 않으셨고, 지옥도 아직 본 적이 없으니, 산초, 로시난테에 안장을 지우고 자네의 당나귀와 공주님의 말도 채비를 차리게. 성주님과 여기 계신 여러분과 작별하는 길로 바로 떠나야겠네."

곁에 있던 산초가 이 소리를 다 듣고는, 좌우로 고개를 설레설레 저으며 말했다.

"아이고, 나리도 참, 그건 안 될 말입니다요. 점잖으신 분 앞에서 못 할 소리지만, 이 마을에서 아주 흉측한 꼴을 보았는걸요."

"이 세상에서 내 명예를 훼손할 만한 흉측한 꼴이 어느 마을, 어느 도시들에 있다더냐, 이 맹추 같은 촌뜨기야."

"나리께서 그렇게 우락부락 성만 내시면," 산초가 대답했다.

"난 아무 말도 않을래요. 충실한 종자가 제 상전을 위해 꼭 해야 할 말을 하려 했더니만."

"말하고 싶거든 해보게." 돈키호테가 되받아 말했다. "나한테 겁을 집어먹게 하려는 말이 아니거든. 자네가 겁을 내는 것은 생겨먹길 그렇게 생겨먹어서 그런 게고, 내가 두려움을 모른다는 건 본래 성질이 그래서 그런 거지."

"그게 아니에요. 아이고, 답답해서 속 터져 죽겠네." 산초가 대답했다. "글쎄, 그게 아니라 내 말은 저 아가씨 말이에요, 자기는 미코미콘 대국의 여왕이라 하지만서도 정말이지 내 어머니가 여왕이 아닌 것처럼 저 아가씨도 절대 여왕이 아니란 말이에요. 자기 말대로 진짜 여왕이라면 여기 있는 누구랑 흘끗흘끗 눈치나 보며 입을 쪽쪽 맞추진 않을 거예요."

산초가 하는 이 말에 도로테아는 금세 얼굴이 새빨개졌다. 사실인즉 남편 되는 돈 페르난도가 몇 번 남의 눈을 피해가며 그의 사랑이 받아야 할 보상의 한쪽을 입술로 받고 있었던 것이다. 이것을 본 산초에게는 그런 큰 나라의 여왕으로서는 못 할 짓이요, 논다니 계집이나 할 지저분한 짓처럼 여겨졌기 때문이다. 도로테아는 산초의 말을 부인할 수도 없었던지라, 그가 말하는 대로 내버려두고 있었다. 산초는 이렇게 계속했다.

"나리, 이 말씀은 어째서 해드리는고 하니, 우리가 크고 작은 길을 가리지 않고 돌아다니며 쓰라린 밤 괴로운 날을 다 보낸 터에, 이 객줏집에서 혼자 재미나 보는 양반한테 우리의 수고한 보람을 가로채일 바에야, 무엇 때문에 그렇게 서둘러서 로시난테에 안장을 지우고 당나귀에 굴레를 씌우며 망아지를 준비하느냐 이 말씀이에요. 그저 가만히 앉아 있는 게 상책이죠, 뭐. 갈보 년은 제멋대로 뺑뺑 놀아나라 하고 우리는 먹기나 합시다요."

아이고, 맙소사! 돈키호테가 종자의 그 버릇없는 말을 듣고 벌컥 성내는 그 모양! 그는 분에 못 이겨 목소리는 꺽꺽 막히고 혀는 굳어 더듬거리는데, 두 눈에서는 불을 뿜으며 소리쳤다.

"에끼, 이 천하의 상놈 같으니라고! 철딱서니 없고, 버릇없고, 배운 데 없고, 주둥아리만 까고, 아갈머리 사납고, 무엄하고, 욕질만 하는 악당 놈아! 어디라고 감히 내 앞에서, 이 고귀하신 아가씨들 앞에서 그따위 소리를 한단 말이냐. 이놈, 그렇게 불손하고 무엄한 수작을 어찌 감히 네놈의 그 멍청한 대갈통으로 꾸며낸단 말이냐? 내 앞에서 썩 없어지지 못하겠느냐? 이 천하의 괴물, 거짓말 창고, 사기의 저장소, 악행의 시궁창, 음모의 제조자, 미친 소리의 공표자, 왕가의 어른들에 대한 존경의 원수 놈! 어서 썩 없어지질 못해? 이놈, 내 앞에 다시는 얼씬도 하지 말아라. 내 분노를 감당 못할 테니."

이렇게 말하며 눈썹은 활처럼 찌부러지고, 두 볼은 퉁퉁 부어가지고 휙휙 사방을 두리번거리며, 심중에 끓어오르는 분노의 표현으로 오른발을 땅바닥에 쿵쿵 내리질렀다. 산초는 주인의 말과 사나운 몸짓이 어찌나 무서운지 그만 오갈이 들어서 벌벌 떨고만 있었다. 디디고 서 있는 땅이라도 당장에 쫙 갈라져서 그 속으로 쑥 들어갔으면 싶을 만큼 어찌할 바를 몰라, 다만 등을 돌려 무서운 제 주인 앞에서 물러가는 수밖에 달리 도리가 없었다. 그러나 도로테아는 원체 눈치가 빠르고 돈키호테의 광증을 잘 아는지라, 그의 성을 가라앉히기 위해서 이렇게 말했다.

"찌푸린 얼굴의 기사님, 기사님의 착한 종자가 철없이 한 말을 가지고 과히 노여워하지 마십시오. 터무니없는 말을 마구 할 사람도 아니고, 누구를 걸어서 거짓 증거를 댈 만큼 그렇게 못되거나 교우로서의 양심이 없는 사람으로는 보이지 않습니다. 기사님의 말씀대로 이 성에서는 모든 일이 마법에 의해서 일어나기 때문에, 혹시 산초도 마법에 씌어 제 명예를 손상시키는 듯한 환상을 보았을 수도 있지 않습니까?"

"전능하신 하느님을 걸고 맹세하거니와," 돈키호테가 말했다. "공주님의 말씀이 백번 지당하십니다. 어떤 흉측한 환상이 저 죄 많은 산초를 홀려, 마법이 아니고는 보려야 볼 수도 없는 광경을 보여준 것이옵니다. 저도 이 가련한 사람의 착하고 순박한 마음씨를 잘 아는 터라, 남을 중상모략하리라고는 결코 생각하지 않나이다."

"그렇습니다, 그러할 것입니다." 돈 페르난도가 말했다. "그러니 기사님께서는 산초를 용서하시고, 그러한 환상에 홀리기 전 처음과 같이[305] 다시 한번 그를 총애의 품으로 불러들이시기 바랍니다.[306]"

돈키호테가 그를 용서하겠다고 대답하자, 신부는 산초를 부르러 갔다. 산초가 풀이 죽은 채로 들어와 두 무릎을 꿇고 주인의 손을 청했다. 주인은 손을 내주어 입맞춤을 하게 한 다음, 그를 축복하며 이렇게 말했다.

"산초 아들, 이제야 믿겠느냐? 내가 늘 하던 말이 정말이고, 이

---

305 천주교 교회의 영광송 첫머리.
306 '총애의 품으로 불러들이다'라는 말은 '파문당한 교인을 다시 교회의 품으로 받아들이다'라는 의미다.

성에서는 무슨 일이든 마법에서 비롯된다는 사실을."

"믿고말고요." 산초가 말했다. "다만 담요 사건만 빼놓고요. 그건 정말 멀쩡해서 당한 일이니까요."

"그걸 믿지 말게나." 돈키호테가 대답했다. "그게 사실이었다면, 그때 내가 복수를 하고 말았을 게야. 아니, 지금이라도 복수를 해주겠네. 하지만 그때나 지금이나 자네 원수를 갚을 수가 없고, 또 원수가 어느 놈인지도 알 수 없는 게 아닌가?"

모두가 담요 사건이 무엇인지 알고 싶어 하는 눈치를 보이자, 객줏집 주인이 산초 판사가 공중제비를 당하던 이야기를 낱낱이 해주었고 사람들은 적잖이 웃었다. 사실 산초 역시 자기 주인이 그게 마법이었다고 새삼스레 다짐을 하지 않았더라면, 부끄러운 중에도 더 부끄러웠을 것이다. 그러나 분명히 살과 뼈가 있는 사람들한테 담요 키질을 당한지라, 자기 주인이 아무리 꿈속의 도깨비한테 당했다고 믿고 또 그렇게 다짐한다고 해서, 그것을 진짜로 곧이들을 정도로 산초가 그토록 바보는 아니었다.

그들 점잖은 일행이 객줏집에 묵은 지도 어느덧 꼭 이틀이 되었다. 그만하면 떠날 때도 되었다고 생각한 그들은, 미코미코나 여왕을 복위시켜준다는 구실 아래 도로테아와 돈 페르난도가 돈키호테의 마을까지 가는 대신, 애초에 마음먹은 대로 신부와 이발사만 그를 데리고 고향으로 가서 미친병을 고쳐주기로 했다. 이렇게 작정을 하고나서, 그들은 때마침 그곳을 지나는 달구지에 그를 싣고 가기로 했다. 그들은 나무를 얼기설기 엮어서 우리 같은 것을 만들되 돈키호테가 충분히 들어갈 만큼 넓게 하고, 돈 페르난도와 그의 동료들, 루이스의 하인들과 산타 에르만다드 단원들, 그리고 객줏집 주인은 모두 신부의 지시와 의견에 따라 여러 가지 모양으로 얼굴을 가리고 변장을 하여, 돈키호테에게는 전에 그 성에서 보던 사람들과는 아주 딴판으로 보이게 했다.

이렇게 한 다음 그들은 아무 소리도 내지 않고, 방금 싸운 피로를 풀기 위해 늘어지게 자고 있는 돈키호테의 방으로 살금살금 들어갔다. 이런 줄을 까맣게 모르고 천하태평으로 잠들어 있는 그의 곁으로 가서는 와락 덤벼들어 손발을 꽁꽁 묶어버렸다. 그 바람에 깜짝 놀라 눈을 번쩍 뜨기는 했으나, 꼼짝달싹 못 하고 자기 앞에 보이는 이상야릇한 형상들을 멀거니 바라볼 뿐이었다. 그러면서 얼핏 머리에 떠오르는 것이 있었는데, 다름 아닌 그의 간단없는 망상이었다. 그는 속으로 '이 모습들은 모두 마법에 걸린 도깨비들이로구나. 내가 이렇게 꼼짝할 수도 없고 손을 쓰려야 쓸 수도 없게 된 것을 보니, 나도 이미 마법에 걸려든 것이 분명하다' 하고 생각하는 것이었다. 이야말로 이 계획의 창안자인 신부가 예측한 대로 척척 맞아 들어가는 셈이었다. 거기 있던 사람 중에 산초 한 사람만은 본정신을 차리고 변장을 하지 않고 있었다. 그도 역시 주인이나 마찬가지로 미친병이 없는 것은 아니었으나, 변장한 사람들이 누구라는 것을 못 알아보지는 않았다. 그럴지라도 이 불의의 습격과 주인 생포가 장차 어찌 될 것인가를 알기까지는 입을 열 생각을 못 했고, 그의 주인 역시 이 갑작스런 재난의 결말을 궁금해하는 데만 정신을 쓰느라고 한마디 말도 하지 못했다. 재난의 결말이란 다른 것이 아니었다. 그들은 그를 끌어다가 우리 안에 가두고는 아주 튼튼히 못을 박아 좀처럼 부수지 못하게 했다.

그러고는 다짜고짜 우리를 둘러메고는 방에서 나갔다. 바로 그때 아주 무시무시한 소리가 들려왔다. 이발사, 안장의 이발사가 아니고 다른 이발사가 있는 재주를 다해 무서운 소리를 냈던 것이다.

"오, 찌푸린 얼굴의 기사여! 감금당한 것을 슬퍼하지 말라. 그대의 충천하는 용기로써 착수한 모험을 보다 빨리 종결시키기 위해서는 이러한 방법이 필요했도다. 그대의 모험은 용맹스러운 라만차의 사자가 하얀 엘 토보소의 비둘기와 결합하여, 저들의 높은 머리를 숙여 부드러운 혼례의 멍에를 질 때에 끝나리로다. 그 기적적인 결합으로부터 태양 빛 속에 용감한 자손이 나올 것이며, 그들은 용맹스러운 아버지의 사나운 발톱을 닮으리라. 이러한 일은 도망하는 님프의 추격자인 태양이 빠르고도 자연스런 길을 달려, 밝은 성좌를 두 번 방문하기 전에 이루어지리라. 그리고 그대, 허리에 칼 차고, 턱에 수염 나고, 코로 냄새를 잘 맡는, 종자 중에서도 가장 지조 높고 충직한 종자여! 편력 기사의 정화가 이렇게 그대의 눈앞에서 붙잡혀 가는 것을 보고 놀라거나 슬퍼하지 말라. 이제 곧 세상을 다스리는 섭리자의 뜻이 계시오면, 어느덧 그대는 자신도 알아보지 못할 만큼 높고 귀하게 되어 있음을 볼 것이니, 어진 그대의 주인이 그대에게 하신 그 약속이 결단코 헛되지 않으리라. 영명한 현인 멘티로니아나[307]를 대신하여 보증하거니와, 적당한 시기가 되면 그대는 낱낱이 계산된 보수를 받을 것이로다. 그런즉 그대는 마법에 걸린 이 용감한 기사를 따라가도록 하라. 그대들 두 사람이 머물러야 할 곳으로 그대가 가야 마땅한 까닭이로다. 자, 그럼 다른 말을 하

---

307 la sabia Mentironiana. '거짓말mentira'이라는 단어로 세르반테스가 지어낸 이름이다.

는 것은 내 임무가 아니니 잘 가거라. 나는 내가 잘 아는 곳으로 돌아가려 하노니, 하느님께서 함께하실지어다."

이 예언을 끝낼 무렵 이발사의 목소리는 한껏 높았다가 차츰차츰 가늘어졌다. 그 억양이 어찌나 기묘하던지, 서로 짜고 하는 그들마저 사실처럼 믿어질 지경이었다.

돈키호테는 이 예언을 듣고 적이 안심이 되었다. 그도 그럴 것이 예언의 뜻을 요모조모로 새겨본 결과, 이 예언들이 약속하는 바는 곧 자기가 사랑하는 엘 토보소의 둘시네아와 거룩하고 정당한 결혼을 하여 아내의 축복받은 태반으로부터 라만차의 영원한 영광을 이룩할 아들들이 태어나리라는 것이었다. 이러한 확신이 생기자, 그는 목소리를 높여 깊은 한숨과 함께 말하는 것이었다.

"오, 뉘신지 모르겠으나, 나에게 크나큰 행복을 예언해준 그대여! 청컨대 나를 대신하여 내 사정을 맡고 계신 그 현명하신 마법사님께 빌어서, 나로 하여금 방금 내게 하신 그 즐겁고도 비할 데 없는 약속들이 이루어지는 것을 볼 때까지 붙잡혀 가고 있는 이 옥중에서 제발 죽지 않게 해주소서. 그렇게만 된다면 옥중 고난도 영광으로, 묶인 사슬도 위로로 삼으리니, 몸을 눕힌 이 들것도 거친 전쟁터가 아닌 폭신한 침대, 행복한 초례청으로 알겠소이다. 그리고 나의 종자 산초 판사에게 위로의 한마디를 붙이거니와, 내 그대의 선함과 어진 소행을 믿는 터인즉, 괴로우나 즐거우나 나를 버리고 갈 그대가 아닌지라, 그대와 나의 운명이 기구하여 잘못될지라도, 내 한번 약속을 한 이상 섬나라 아니면 그와 비슷한 상급을 줄 것이고, 하다못해 그대가 수고한 보수는 잃어버릴 염려야 없으리라. 이미 내가 만들어놓은 유언장에 밝혀두기를, 마땅히 줄 것을 주라 했으니, 그것이 비록 허다한 그대의 충성된 봉사에 넉넉한 것은 못 될지라도 내가 할 수 있는 힘대로는 한 셈이로다."

산초 판사는 깊은 존경의 뜻을 보이며 머리를 숙이고 주인의 두 손에 입을 맞추었다. 두 손이 다 묶여 있어 한 손만 입을 맞출 수가 없었기 때문이다.

그 즉시로 저 낮도깨비들은 우리를 어깨로 메어다가 소달구지 위에 실었다.

제47장

라만차의 돈키호테가
마법에 걸린 이상한 모습과
다른 주목할 만한 사건들에 대해

돈키호테는 이렇듯 자기가 우리 안에 갇혀서 달구지에 실리자 말했다.

"내 여태 편력 기사에 대한 이야기를 많이 또 진지하게 읽어보았지만, 마법에 걸린 기사치고 이따위로 느려빠진 짐승들한테 끌려가는 것은 읽어본 일도 들어본 일도 없다. 으레 시커먼 구름에 휩싸이지 않으면, 불 수레를 타거나 히포그리프³⁰⁸ 같은 짐승을 타고 번개처럼 공중을 날아갔단 말이야. 그런데 나는 이렇게 소달구지에 실려 가다니, 천하의 괴이한 일이로구나! 하긴 우리 시대의 기사도나 마법이 옛사람의 것과 다를 수도 있긴 하겠지만 말이다. 또 내가세상에 처음 나타난 기사인 데다 오랫동안 잊혔던 기사도를 다시부활시킨 것처럼, 마법의 수법이나 마법에 걸린 기사를 데려가는

---

308 hippogriph. 그리스신화에 나오는, 말의 몸통에 독수리의 머리와 날개를 가진 괴수.

방식도 아주 새로 개발되었는지 모를 일이지. 산초 아들, 자네는 이 것에 대해 어떻게 생각하나?"

"저야 뭐," 산초가 대답했다. "나리처럼 편력 기사에 대해 통 읽어보지를 못했으니 무엇이 어떤지 알 까닭이 없습니다만, 좌우지간 외람스레 딱 잘라서 한마디로 말씀드린다면, 지금 여기 돌아다니는 이 도깨비들은 맹세코 모두 기독교도들이 아님에 틀림없습니다요."

"뭐, 기독교도들? 아이고, 맙소사!" 돈키호테가 대답했다. "설마하니 기독교도들일라고. 악마들이 나를 데리고 가려고 이렇게 괴상한 모양을 하고 온 건데 기독교도일 수가 있나. 정 알아보고 싶거든 손을 대서 만져보게. 보기엔 형체가 있는 것 같지만, 실은 빈 공기뿐이란 걸 알게 될 거야."

"아이고, 맙소사, 나리." 산초가 되받아 말했다. "나리도 참, 벌써 만져봤구먼요. 여기 돌아다니는 이 악마들은 살이 토실토실한뎁쇼. 악마는 안 그렇다고 들었는데, 이건 아주 다르게 생겨먹었습니다요. 듣기로는 모두 유황이나 고약한 냄새를 풍긴다던데, 이 악마는 반 레과 떨어져 있어도 용연향 냄새가 나니 말이에요."

산초의 이 말은 돈 페르난도를 두고 하는 말이었다. 그는 귀공자인지라 산초가 말하는 그런 향수 냄새가 날 법도 했다.

"여보게, 산초 친구, 그게 괴이할 건 없네." 돈키호테가 대답했다. "자네한테 일러두는 말이네만, 본래가 악마들이니까 냄새가 나는 건 아니란 말이야. 만약에 냄새가 나더라도, 좋은 향기는 고사하고 코싸등이가 물러날 고약스런 냄새밖엔 못 내는 게야. 어째서 그런가 하면, 놈들은 어딜 가든지 지옥을 짊어지고 다니기 마련이라 절대로 괴로움에서 벗어나지 못하거든. 한편 또 좋은 향기는 사람을 즐겁고 흐뭇하게 만드는 것인지라, 놈들이 좋은 향기를 피운다는 건 있을 수 없는 일이지. 이렇거늘 자네 말은 이 악마가 용연향 냄새를 피우는 듯하다고 하니, 필시 자네가 잘못 알았거나 아니면 놈이 악마가 아닌 척하며 자네를 한번 속여보려는 것 아니겠나."

이러한 대화가 주인과 종자 사이에 오고 갔다. 돈 페르난도와 카르데니오는 자기네 계략이 산초한테 드러날까 걱정하여, 사실 얼마쯤은 이미 드러나고 있었지만, 출발을 서두르기로 결정했다. 그리하여 객줏집 주인을 따로 불러 로시난테와 산초의 당나귀에 안장을 지우라고 하니, 주인은 말이 떨어지기가 무섭게 금방 다 해치웠다.

그사이에 신부는 벌써 산타 에르만다드 단원들과 언약을 맺어, 돈키호테를 그의 고향으로 데려다주면 일당을 얼마씩 주기로 했다. 카르데니오는 로시난테의 안장 한쪽에다 방패를 걸고 다른 쪽에는 대야를 높이 매달고는, 산초에게 눈짓하여 당나귀를 타고 로시난테의 고삐를 잡으라고 했다. 그리고 달구지 양편에는 각기 총을 멘 산타 에르만다드 단원들을 따르게 했다. 달구지가 막 떠나려 할 무렵에 객줏집 안주인과 그녀의 딸, 그리고 마리토르네스가 돈키호테에게 작별 인사를 하려고 우르르 쫓아 나와 몹시 안됐다는 듯이 우는 척을 했다. 돈키호테는 그녀들에게 이렇게 말했다.

"마음씨 고운 아가씨들이여, 울음을 거두옵소서. 이러한 불운은 저 같은 일에 종사하는 사람이 늘 당하는 일이옵니다. 오히려 이 같은 재난이 일어나지 않는다면, 본인은 이름난 편력 기사라고 할 수도 없을 것이옵니다. 아무 이름도 없는 기사들에게야, 세상에 그들을 알은체할 사람이 없을 테니까 이런 일도 생기지 않는 법이지요. 그러나 용감한 기사는 악랄한 방법으로 훌륭한 사람을 파멸시키는 수많은 다른 기사들과 왕자들이 그 용기와 덕행을 시기함으로써 으레 이런 일을 당하게 됩니다. 아무리 그러할지라도 무슨 일이 있든 간에 덕행은 위력을 지닌 것이어서, 마법의 창시자인 소로아스테스[309]가 가진 온갖 마법에도 불구하고 스스로의 힘으로 능히 어떤 시련이든 이겨낼 것이오. 하늘에 태양이 비치듯 온 세상을 비쳐줄 것이옵니다. 아름다운 아가씨들이여, 혹시 본인의 불찰로 어떠한 무례가 있었다면 용서하여주소서. 저는 고의로 누구에게든 그러한 일을 한 적이 결단코 없었나이다. 그리고 또 본인을 이 감옥에서 구해주시도록 하느님께 빌어주소서. 아주 못된 어떤 마법사가 본인을 이렇게 가두어버렸나이다. 이 몸이 여기서 풀리는 날에는 이 성안에서 본인에게 베풀어주신 은혜를 결코 잊지 않았다가 합당한 보답을 하오리다.”

성의 아가씨들과 돈키호테가 이러고 있는 동안 신부와 이발사는 돈 페르난도와 그의 일행, 대위와 그의 아우, 그리고 모두 행복해진 아가씨들, 특히 도로테아와 루신다에게 작별을 고했다. 그들은 서로를 껴안으며 앞으로 소식이나 자주 알리자고 약속했다. 돈 페르난도는 신부에게 어디로 편지를 할지 가르쳐주면서, 돈키호테에 대한 이야기보다 더 듣고 싶은 것은 없으니 그가 어떻게 되어가는지 꼭 알려달라고 했다. 한편 자기편에서도 신부가 반가워할 소

---

309 Zoroastes 혹은 소로아스트로Zoroastro. 마법의 창시자로 알려진 페르시아 왕.

식, 이를테면 자기의 결혼, 소라이다의 세례, 루이스의 일, 루신다의
귀가 등을 낱낱이 알려주겠다고 했다. 신부도 그가 해달라는 것은
무엇이거나 하나도 빠뜨리지 않고 다 해주겠다고 대답했다. 그들은
다시 서로를 껴안았고, 다시 약속들을 거듭했다.

　그때 객줏집 주인이 신부 앞으로 오더니 종이 뭉치를 내밀며
말하기를, "이건 '호기심 많은 호사객 이야기'[310]가 들어 있는 가방
한구석에서 나왔는데, 아직 주인이 찾으러 오지 않으니 마저 가져
가십시오. 저는 글을 읽을 줄 몰라 아무 소용이 없습니다"라고 했
다. 신부는 고맙다는 말을 하고 이내 펼쳐서 보니, 그 첫머리에 '린
코네테와 코르타디요의 이야기'[311]라고 씌어 있었다. 그는 소설이려
니 하는 생각과 함께 '호기심 많은 호사객 이야기'가 제법이었으니
이것도 그러리라고 짐작했다. 둘이 같은 작가의 작품이었기 때문이
다. 그리하여 기회가 나는 대로 읽어볼 마음으로 소중히 간직했다.

　그리고 신부는 친구 이발사와 함께 말을 타고 돈키호테가 알아
보지 못하도록 가면을 쓴 채 달구지 뒤를 따르기로 했다. 그들의 행
렬 순서는 다음과 같았다. 즉 달구지 주인이 앞장을 서서 달구지를
끌고 갔고, 그 양쪽으로는 산타 에르만다드 단원들이 아까 말대로
총을 메고 갔으며, 바로 그 뒤에는 당나귀 등에 앉은 산초 판사가
로시난테의 고삐를 잡고 따랐고, 맨 꽁무니에 신부와 이발사가 위
에서 말한 바와 같이 얼굴을 가린 채 심각하고도 의젓한 태도로 튼

310　Novela del Curioso impertinente. 제32장 주 248 참조.
311　Novela de Rinconete y Cortadillo. 1613년 출판된 세르반테스의 《모범 소설집las Novelas
　　ejemplares》에 포함된 작품.

튼한 노새에 올라 소의 걸음에 보조를 맞추며 갔다. 돈키호테는 우리 안에서 두 손을 묶인 채 두 다리는 쭉 뻗고 앉아 나무 기둥에 기대어 꼼짝도 않는 꼴이, 육체를 가진 사람이라기보다 차라리 돌로 깎아 만든 석상石像 같았다.

이렇게 아무 말 없이 느리게 2레과쯤 가다가 어느 골짜기에 다다랐다. 달구지꾼이 보니 소도 먹이고 쉬어 가기에 알맞은 곳이라 신부에게 그런 말을 했지만, 이발사가 조금만 더 가면 좋은 데가 있다고 했다. 저만큼 보이는 고개 하나만 넘으면 풀도 지천으로 널려 있을 뿐만 아니라 지금 쉬어 가자는 여기보다 훨씬 좋은 곳이 있다는 말이었다. 이발사의 의견이 그럴듯해서 모두 가던 길을 계속 갔다.

바로 그때 신부가 고개를 돌이켜 보니, 뒤에 몸치장이 화려한 예닐곱 명의 남자들이 말을 타고 오는 것이 보였다. 그들은 소걸음으로 느릿느릿 오는 것이 아니라 교구 참사회 위원[312]의 노새를 잡아탄 듯 빨리 달렸기 때문에 곧 신부 일행을 따라잡았다. 그들은 1레과도 채 못 되는 곳에 위치한 객줏집에서 낮 휴식을 취하기 위해 서두르고 있었다. 빠른 패가 느린 패를 따라잡자 서로가 깍듯이 인사를 나누었다. 알고보니 오던 사람들 중 하나는 실제로 톨레도 교구 참사회 위원으로, 같이 오는 사람들의 주인이었다. 그는 달구지와 산타 에르만다드 단원들과 산초, 로시난테, 그리고 신부와 이발

---

312 가톨릭에서 참사회란 교구나 수도회에서 주교나 수도원장의 자문에 응하여 사목 행정에 관한 안건을 심의하는 자문 기구다. 이는 제2차 바티칸공의회가 제정한 새 교회법에서 사제 평의회와 구별하고 있다. 참사회는 평의회 위원 중 일부와 교구장이 임명하는 위원으로 구성된다.

사로 이루어진 행렬이며, 그중에서도 특히 우리 안에 갇힌 돈키호테를 보고, 도대체 저 사람을 저 모양으로 끌고 가는 까닭이 무엇이냐고 묻지 않을 수 없었다. 더군다나 산타 에르만다드 단원들의 곤봉이 눈에 띈지라, 노상강도 상습범이 아니면 산타 에르만다드 단원의 맛을 보아야 할 중죄인이라는 생각이 들었던 것이다. 질문을 받은 산타 에르만다드 단원들 가운데 한 사람이 이렇게 대답했다.

"나리, 이 기사가 왜 이런 꼴을 하고 가는지는 직접 물어보십시오. 우리도 까닭을 모릅니다."

돈키호테가 그들이 주고받는 말을 듣고 말했다.

"기사 여러분, 혹시 편력 기사도에 대해 잘 알고 계시는지요? 그러시다면 제 불행을 들어 이야기해드릴 게고, 그렇지 못하다면 맥만 빠지게 이러쿵저러쿵 말할 필요도 없습니다."

이때 신부와 이발사는 여행자들이 라만차의 돈키호테와 말을 주고받는 것을 보고는, 자기들의 계책이 드러날까 두려워 바싹 가까이 달려 나왔다.

그런데 돈키호테의 말을 들은 교구 참사회 위원이 이렇게 대답했다.

"형제여, 사실인즉 나는 비얄판도의 《수물라스》[313]보다 더 많은 기사도 책들을 알고 있소. 그러니까 이것 말고 무어 다른 일만 없다면, 안심하고 나한테 하고 싶은 말을 다 하실 수 있을 것이오."

---

313 *Súmulas.* 알칼라 대학교에서 교재로 사용되던, 가스파르 카르디요 데 비얄판도 Gaspar Cardillo de Villalpando의 논리학 입문서 《대전 *Summa summularum*》을 말하며, 1557년 알칼라에서 출판되었다.

"그것참 잘됐습니다그려." 돈키호테가 되받아 말했다. "정말 그러시다면 말씀드리겠습니다, 기사 나리. 저는 못된 마법사들의 시기와 속임수로 마법에 걸려든 탓으로 이 우리에 갇히게 되었습니다. 덕이란 원래 선한 자의 사랑을 받기보다 악한 자의 미움을 더 받는 법입니다. 저는 편력 기사입니다. 기사라도 명성의 여신이 그 이름을 길이길이 남기지 않으려는 따위의 기사가 아닙니다. 질투의 여신한테는 달갑지 않을지 모르지만, 페르시아의 마법사나 인도의 브라만³¹⁴이나 에티오피아의 고행 철학자라도 당해낼 수 없는 기사로서, 마땅히 그 이름을 불멸의 전당에 새기어 후세의 모범이 되며, 다른 편력 기사들이 무예로써 최고의 명예를 얻기 위하여 따라 행해야 할 표본과 귀감이 될 수 있는 기사인 것입니다."

"라만차의 돈키호테께서 하신 말씀은 모두 사실입니다." 이때 신부가 말했다. "이분이 마법에 걸려서 이렇게 달구지에 실려 가시는 것은, 이분이 허물이나 잘못이 있기 때문이 아니랍니다. 다만 덕을 싫어하고 용기를 미워하는 자들의 간악스런 나쁜 마음 때문이지요. 이분으로 말씀드리자면, 찌푸린 얼굴의 기사로서 당신께서도 이미 그 명성이 어떠함을 듣고 계실 터이나, 이분의 무훈과 위대한 업적이야말로 질투가 제아무리 먹칠을 하려 들고 악의가 제아무리 숨기려 들지라도 영원한 청동과 불멸의 대리석에 기록될 것입니다."

---

314 페르시아의 마법사 및 에티오피아의 나체 고행 철학자와 더불어 환술사의 전형으로, 고대 그리스인이나 로마인은 브라만교도를 피타고라스의 추종자라고 믿었다. 여기서는 인도의 브라만과 무관하다.

교구 참사회 위원은 갇힌 사람과 갇히지 않은 사람이 똑같이 말하는 소리를 듣고, 하도 괴이쩍어서 성호를 그을 뻔했다. 그는 도 대체 어찌 된 영문인지 알 도리가 없었다. 마찬가지로 그와 함께 온 사람들도 모두 얼떨떨해 있었다. 이때 곁에서 이야기를 듣고 있던 산초 판사가 모든 사건의 가닥을 지어볼 셈으로 이렇게 말했다.

　"에, 여러분, 제 말을 듣고 싶으면 듣고, 싫으면 안 들어도 상관 은 없습니다요. 사실 그대로 말씀을 드리자면, 제 주인 돈키호테 님 은 마법에 걸려 가시기는 하지만, 그것은 꼭 제 어머니와 같소이다. 무슨 말인고 하면, 제 주인 나리는 정신이 멀쩡하시고, 잡숫고 마시 시고 대소변을 보시는 게 모두 여느 사람과 꼭 같으시다 이 말씀입 니다요. 우리에 드시기 전인 바로 어저께도 그러하셨으니까요, 뭐. 사실이 이런데도 왜들 저한테 대고 주인 나리가 마법에 걸린 듯이 억지를 쓰는지 모르겠습니다요. 저도 남들이 하는 소릴 들은 적이 있는데, 마법에 걸린 사람은 먹지도 않고 자지도 않고 말하지도 않 는다더군요. 제 주인 나리는 맘대로 그냥 놔두면 변호사 서른 명보 다 더 말을 많이 하실 겝니다요."

　그러고는 신부 쪽을 바라보고 말을 이어갔다.

　"아, 신부님, 신부님! 제가 신부님을 모를 줄 아십니까요? 이 어처구니없는 마법 바가지가 어찌 되어 갈지, 그래 아무려면 제가 그것도 모르고 눈치도 못 챌 줄 아십니까요? 어디, 똑똑히 보십시 다요. 신부님이 아무리 얼굴을 가리고 있어도 저는 다 안다니까요. 무슨 꿍꿍이속으로 감추고 있어도 환히 알고 있다는 걸 아시란 말 씀이에요. 결국 질투가 세력을 부리는 곳에 덕이 있을 수 없고 인색 이 판치는 곳에 아량이 없다더니, 바로 그런 격이 되고 말았구면요.

제기랄! 신부님만 중간에 튀어나오지 않았으면 지금쯤 제 주인은 미코미코나 공주님과 결혼을 하셨을 테고, 저는 못해도 백작은 됐을 거예요. 제 주인 나리, 찌푸린 얼굴의 기사님께서는 마음이 넓으신 걸로 보나 또 제가 해드린 대단한 공로로 보나 그보다 못한 자리를 얻을 리는 만무하니 말입니다. 그런데 이제 보니 운명의 바퀴는 물레방아보다 빨리 돌고, 어제 높은 자리에 있던 자도 오늘은 땅바닥에 앉는다고 하더니, 그 말이 옳은 말인 줄을 지금에야 알겠군요. 아이고, 불쌍한 건 제 자식새끼들과 여편네예요. 이 아비가 어느 섬이나 어느 왕국의 총독이나 왕이 되어서 문으로 썩 들어서는 걸 보게 될 줄 알았는데 말입니다요. 신부님, 제가 지금 한 말들은 한마디 한마디가 모두 신부님을 위해서 한 겁니다요. 뭣보다 제 주인 나리를 이렇게 함부로 취급하신 데 양심의 가책을 좀 느끼시라는 말씀입니다요. 저세상에 갔을 때 하느님께서 제 주인 나리를 잡아 가둔 일을 따져 물으시지 않게 하기 위함입니다요. 제 주인 돈키호테 나리께서 붙잡혀 있는 동안 행하시지 못한 구조와 선행에 대해 모든 책임을 져달라는 말입니다요."

"얼토당토않은 소리 그만하라고." 이때 이발사가 말했다. "산초, 그렇다면 자네도 주인과 한통속이군. 정말이지 자네도 주인의 광증과 기사도에 약간 물든 것 같은데, 그렇다면 자네도 우리에 갇혀서 주인과 같은 마법에 걸려가지고 고생을 좀 해봐야겠군. 주인의 그 약속을 마음에 담고 있다니, 배가 불렀구먼. 좋지 않은 때에 그렇게도 바라던 섬이 머릿속으로 파고 들어간 거로군."

"저야 아무 배도 안 부른뎁쇼." 산초가 대답했다. "설사 임금을 시킨다고 해도 제가 어디 배부를 사람인가요. 가난할망정 이래 봬도 조상 대대로 기독교도입니다요. 누구한테도 신세 진 적이 없답니다요. 저더러 섬을 바란다지만, 다른 사람들은 별 몹쓸 것들을 얼마나 바랍니까요. 사람이란 누구나 제 할 탓이에요. 사내로 태어났으면 교황도 될 수 있는데, 그까짓 총독 하나쯤 못 되겠어요? 더군다나 제 주인 나리는 다 나누어줄 사람이 모자랄 지경으로 많은 섬들을 쳐서 얻으실 텐뎁쇼. 이발사 양반, 당신도 말조심하시오. 수염만 깎으면 그만인가요? 베드로라도 다 제각각³¹⁵이란 말이에요. 내가 이런 소릴 하는 건, 다름 아니라 우리가 서로 다 아는 터수에 내 앞에선 눈 감고 아웅 하는 건 안 통한단 말이에요. 제 주인 나리가 마법에 걸리셨다는 사실은 하느님께서 알고 계시니 이만해둡시다요. 덮어두는 게 상책이니까요."

이발사는 산초에게 대답하고 싶지 않았다. 자기나 신부가 그토록 애써 감추려는 일이 산초의 지나친 우직함 때문에 폭로가 될까 봐 두려웠기 때문이다. 신부도 내심 염려가 되어서 교구 참사회 위원에게 말하길, 좀 앞서가면 우리에 갇힌 사람의 비밀과 그의 재미있는 여러 가지 이야기를 들려주겠다고 했다. 교구 참사회 위원은 그가 하라는 대로 일행과 함께 신부를 따라 앞으로 나갔다. 신부는 돈키호테의 성격과 생활, 광증과 습관 등을 들어 말한 다음, 그가 실성하게 된 시초와 원인, 그리고 우리에 갇히게 된 내력, 끝으로 그의 광증을 고쳐줄 무슨 방도가 있을까 하고 고향으로 데려가는 길이라고 이야기해주었다. 교구 참사회 위원과 그의 하인들은 돈키

---

315 Algo va de Pedro a Pedro. '사람마다 제 몫이 있다'는 뜻의 속담.

호테의 기이한 내력을 듣고 다시 한번 놀랐다. 이야기가 끝나자 교구 참사회 위원이 입을 떼었다.

"신부님, 정말이지 제가 듣기에도 그 기사도 책들이라는 게 공화국에 얼마나 해독을 끼치는지 알겠습니다. 저도 그저 심심할 때 옳지 못한 취미가 있어서 인쇄된 것이라면 모조리 그 첫 장을 훑어보았습니다만, 어느 책이고 간에 처음부터 끝까지 읽어볼 생각은 아예 나지를 않더군요. 책의 크고 작음을 막론하고 모두가 줄거리는 하나뿐, 그게 그거고 이게 이거고 하니 말입니다. 제 생각으로 그런 종류의 책은 소위 밀레토풍風의 황당무계한 이야기[316]로서, 기껏해야 사람을 웃기려는 것뿐이지 가르치는 바가 전혀 없습니다. 그런 책들의 근본 목적이 즐거움을 주는 것이라 할지라도, 괴상망측한 엉터리 이야기들만 모아놓는대서야 소기의 목적을 달성할지 의심스럽습니다. 사람의 마음속에 싹트는 즐거움이란 눈이나 상상으로 사물에서 그 아름다움과 조화를 보거나 명상하는 데서 비롯되는 것이지, 내용이 그토록 비열하고 난잡스러운 것이면 도무지 아무런 즐거움도 줄 수 없으니까요. 예컨대 열여섯 살짜리 소년이 탑만큼이나 큰 거인을 한칼에 밀가루 반죽 자르듯 두 동강을 냈다는 책, 그리고 또 접전을 묘사할 때는 먼저 상대방에 백만의 정예 부대가 있다 해놓고는 책의 주인공이 그들과 맞붙어 싸우게 되면 으레 그 기사 혼자서 제 완력 하나로 거뜬히 이기고야 만다는 걸 억지로 이해시키려는 그따위 이야기에 무슨 재미가 있으며, 전체에

---

316 las fábulas milesias. 그리스의 밀레토에서 유행한, 거짓말 같은 이야기를 말한다.

대한 부분의 균형이며 부분에 대한 전체의 비례가 어디 있습니까? 또 이런 일도 있습니다. 대대로 왕위를 이어받는 공주나 여왕이 걸 핏하면 이름도 없는 편력 기사의 품속에 뛰어들곤 하니, 될 법이나 한 말입니까? 어디 그뿐이겠습니까? 기사들이 가득 찬 거대한 탑이 순풍을 만난 배처럼 바다 위를 둥둥 떠가서, 하룻밤 사이에 오늘은 롬바르디아에서 밤을 지내고 이튿날 아침이면 서인도제도의 프레스테 후안의 땅, 아니면 톨로메오도 찾지 못하고 마르코 폴로도 보지 못한 그런 땅에 닿았다고 하니, 무식쟁이나 야만인의 머리가 아니고서야 이걸 읽고 재미있다고 할 사람이 어디 있겠습니까? 혹시 누가 이에 대한 답변으로, 그런 걸 쓰는 사람은 지어낸 이야기라 하고 쓰는 것이니까 세밀한 점이나 사실 여부에 구애될 필요가 없다고 한다면, 그런 사람한테 나도 할 말이 있답니다. 거짓말도 참말같이 한다면 그게 오히려 낫고, 사실같이 그럴듯한 것이 많으면 많을수록 더욱 재미가 있는 법이라고요. 그러니까 쓰는 사람의 수법은 꾸며낸 이야기라도 읽는 사람의 이해력과 잘 조화를 시킴으로써 아닌 것도 그럴듯하게, 어마어마한 것도 예사롭게 다루어서 독자들의 정신을 황홀경에 이르게 해야 되거든요. 그래야 그들이 놀라고 반하고 재미있어서 못 견딘단 말입니다. 즉 경탄과 희열이 동시에 보조를 맞추게 한다는 것이지요. 이런 것은 모두 박진감이나 모방을 싫어하는 사람으로서는 하지 못할 일이지만, 작품의 완벽은 바로 여기에 있는 것이 아닙니까. 그런데 기사도 책을 보면 어느 것이든 이야기의 몸뚱이와 팔다리가 따로따로라서, 중간이 처음과 맞는다든지 끝이 시작과 중간하고 맞는 것이라곤 보지 못했습니다. 이건 오히려 사건들만 잔뜩 주워 모아가지고 하나라도 짜임새 있는 틀거지를 꾸며내기는커녕 망측한 괴물을 만들려고만 한 것 같아요.
어디 그뿐입니까? 문장은 딱딱하고, 행적이라는 건 믿을 수 없고,
연애는 구질구질하고, 예의는 억지스럽고, 싸움은 진절머리 나고,
구설은 당치도 않고, 여행은 갈피를 잡을 수 없고, 뭐 한마디로 털
끝만큼도 기교와 의미가 없는 것뿐이니, 기독교 사회에서 쓸데없는
부류들처럼 마땅히 추방을 당해야 합니다.”

　신부는 그의 말을 주의 깊게 들으면서, 썩 지각 있는 사람이고
하는 소리마다 사리가 분명하다는 생각이 들었다. 그는 자기도 아
주 동감이며, 기사도 책들에 대해서 못마땅하게 생각하던 차에 돈
키호테의 많은 책들을 다 태워버렸다고 말했다. 그러면서 그 책들
을 재판하여 화형에 처할 것은 처하고 살릴 것은 살려주었다는 이
야기를 했더니, 교구 참사회 위원은 한바탕 크게 웃었다. 그러고는
이런 종류의 책들을 통틀어 나쁘게 말해오긴 했지만 한 가지 좋은
점도 있는데, 그런 책들은 멋진 재주를 부릴 수 있는 기회를 제공한
다는 것이었다. 그 이유인즉 기사에 관한 이야기에서는 아무런 장
애물도 없이 펜이 마음대로 달릴 수 있는 넓은 영역을 제공하여 난
파선과 폭풍과 충돌과 접전을 마음껏 묘사할 수 있고, 용감한 대장
과 함께 그에 따르는 여러 가지 사실들을 다 그릴 수 있으며, 적군
의 계략을 앞지르는 주인공의 지혜와, 휘하 장병들을 마음대로 들
었다 놓았다 하는 웅변과, 그의 원숙한 충고와 민첩한 결단과 막고
치는 용기를 보일 수 있을 뿐만 아니라, 애절하고 슬픈 사건을 묘사
할 때가 있는가 하면 기쁘고 예상치도 못한 일을 말할 때가 있고,
정숙하고 슬기로우며 얌전한 미인이 나오는가 하면 용맹스럽고 예
의 바른 기독교도 기사가 나오고, 흉측하고 야만적인 망나니가 등

장하는가 하면 용감하고 지혜롭고 교양 있는 왕자가 나타나고, 하인의 착한 마음씨와 충성스런 마음을 묘사하는가 하면 주인의 위대한 정신과 넓은 아량을 묘사할 수도 있는 것이며, 어떤 때는 점성술에 대한 자기 지식을 내보일 수도 있고, 우주학에 대한 조예와 음악가로서의 탁월성, 국가 경영의 정치에 대한 지혜를 과시할 수도 있으며, 마법에 관한 기술을 뽐낼 수도 있고, 율리시스의 계략과 아이네이아스의 경건과 아킬레우스의 용맹과 헥토르의 불행과 시논의 배신과 에우리알로스의 우정과 알렉산더의 아량과 카이사르의 용기와 트라하노의 온후함과 충직함, 소피로[317]의 충성과 카토의 지혜 등등, 완전한 영웅이 되는 데 필요한 모든 요소를 때로는 어느 한 사람에게 다 주기도 하고 때로는 많은 사람들에게 나누어서 그려낼 수가 있다는 것이다.

"이런 모든 것을 유려한 필치와 재치 있는 솜씨로 사실인 듯 그려내기만 한다면야, 가지각색 고운 실로 짜내는 비단을 이룰 것은 물론입니다. 그런 이야기를 완성하는 날에는 완전성과 아름다움이 한결 돋보여서 글로써 얻고자 하는 최상의 목적, 즉 방금 말씀을 드린 바와 같이 교훈과 즐거움을 한꺼번에 줄 수 있을 겁니다. 이런 부류의 책들이 지닌 그 자유분방과 필치가 작가로 하여금 시문학이나 연설이 내포하는 맛과 멋을 마음껏 구사하게 함으로써 서사 시인, 서정 시인, 비극 시인, 희극 시인이 될 수 있게 해주지요. 서사시란 산문으로든 운문으로든 마음대로 쓸 수 있는 것이니까요."

317 Zopiro. 페르시아 왕 다리오에게 충성을 바친 인물로 유명하다.

• 제48장 •

교구 참사회 위원이 말하는
기사도 책의 문제와
그의 재치에 어울리는 다른 일들의 계속

"지당한 말씀입니다, 교구 참사회 위원님." 신부가 말했다. "그러니까 여태까지 그따위 책들을 엮어낸 자들이 비난을 받아야 마땅하다는 겁니다. 그들은 도통 사리 판단이나 예술 법칙에 있어서 아무런 주의도 하지 않으니까요. 그리스와 로마의 두 시성詩聖[318]이 운문으로 이름을 날렸듯이, 그들도 산문으로 그럴 수 있었는데도 말입니다."

"저는 적어도," 교구 참사회 위원이 되받아 말했다. "방금 말씀드린 모든 점을 참작해서 기사도 책을 한 권 써볼 생각이었습니다. 사실을 고백하자면, 백 장 넘게 써두었답니다. 그래서 그게 제 생각과 맞는지 안 맞는지 알아볼 양으로 그런 책을 즐기는 학식 있는 사람들에게 보여주기도 하고, 황당무계한 이야기를 좋아하는 무식한

---

318 dos príncipes de la poesía griega y latina. 직역하면 '그리스와 로마의 시의 두 왕자들'이다. 호메로스와 베르길리우스를 말한다.

사람들한테 보여주기도 했더니, 모두가 다 아주 좋다고 하더군요. 하지만 그렇다고 해서 제가 더 계속하지는 않고 있습니다. 왜냐하면 제 신분에 맞는 일이 아닌 성싶고, 또 똑똑한 사람들보다는 멍청한 사람들이 훨씬 더 많다는 걸 알았기 때문이죠. 설사 다수의 멍청한 사람들에게서 조롱을 받더라도 소수의 똑똑한 사람들에게서 찬사를 받는 게 낫겠지만, 그런 부류의 책을 읽는 대부분의 사람들이란 모두 얼간이뿐이니, 흐리멍덩한 비판을 받고 싶지 않아서인 것입니다. 그렇지만 제가 결정적으로 그것을 완성하려는 생각을 포기한 것은, 요즈음 상연되는 연극에서 그 이유를 발견했기 때문입니다. 저는 혼자 이런 생각을 했습니다. '창작극이건 역사극이건 오늘날 횡행하고 있는 연극들이 전부 또는 대부분 머리도 꼬리도 없는 황당무계한 내용들인데도, 사람들은 즐겨 구경을 하고 그저 좋다고들 손뼉을 치는구나. 좋은 데라곤 하나도 없는 것을 말이다. 또 극작가나 출연하는 배우들조차 딴것은 그만두고 우선 관객이 저렇게 좋아하니 좋은 것임에 틀림없다고 믿고, 예술이 요구하는 일정한 방식에 따라 이야기를 전개하는 작가들은 그런 법칙을 이해하는 소수의 유식한 사람들의 구미나 당길 뿐이지 다른 사람들은 그 현묘한 이치를 모를 테니, 불과 몇 사람의 의견을 따르느니보다 차라리 많은 사람들의 의견에 따라서 먹고사는 게 낫다고 본다. 결국 내 작품도 그 꼴이 되고 말 테니, 내가 그 법칙을 지키느라고 노심초사를 해봤자 남는 것이라곤 도로무공徒勞無功일 뿐이 아닌가. 그야말로 손해 막심한 헛수고를 하는 양복장이의 꼴이 되는 셈이다.' 그래서 저는 몇 차례 배우들에게 당신들의 주장이 틀렸다고 따져보기도 하고, 황당무계한 것보다는 예술의 법칙에 따라서 상연하는 각본이 훨씬 더 인기를 끌고 관객을 모을 것이라고도 해보았으나, 벌써 자기들 주장에 아주 찌들고 배어버린 그들을 움직일 논리나 논증이 없었습니다. 어느 날 나는 그들 중에도 고집불통인 사람을 붙들고 이런 말을 했죠. '여보시오, 요 몇 해 전 에스파냐 시단의 거성이 창작한 비극 세 편을 상연한 일이 있지 않습니까. 그때 그걸 구경한 관객은 머리가 깬 사람이건 아니건, 특별한 사람이건 보통 사람이건 모두 감탄하면서 재미있어했으며, 그 세 작품만 가지고도 그 이후 가장 성공했다는 작품 서른 편의 수입보다 더 많았다는 게 있었죠?' 하고 물었더니, 그 사람이 '당신이 말하는 건 바로 〈라 이사벨라〉와 〈라 필리스〉와 〈라 알레한드라〉[319]군요'라고 대답합디다. 그러기에 전 그렇다고 하면서, 이렇게 말했습니다. '그 작품들이 예술의 법칙을 충실히 지켰는지, 그리고 지켰던 까닭에 진가를 잃었는지, 아니면 도리어 그것 때문에 일반의 인기를 얻었는지 보세요'라고요. 그러니까 잘못은 엉터리 작품을 찾는 대중에게 있는 게 아니라 그것 말고는 다른 것을 상연할 줄 모르는 사람들에게 있는 것입니다. 자, 보십시오, 〈복수당한 배신〉[320]이나 〈라 누만시아〉[321]는 물론, 〈사랑에 빠진 상인〉[322]이라든지 〈다정한 원수〉[323]라든지 그 밖에 유명한 몇몇 극시인들이 자기 명예를 위하고 출연자들의 이익

---

319 La Isabela, La Filis, La Alejandra. 루페르시오 레오나르도 데 아르헨솔라Lupercio Leonardo de Argensola(1559~1613)의 작품.

320 La ingratitud vengada. 1585년과 1595년 사이에 쓰인 로페 데 베가Lope de Vega의 희극.

321 La Numancia. 1583년 만들어진 세르반테스의 비극.

322 El Mercader amante. 가스파르 데 아길라르Gaspar de Aguilar(1561~1623)의 희극.

323 La enemiga favorable. 프란시스코 아구스틴 타레가Francisco Agustín Tárrega(1554~1602)의 희극.

을 위하여 엮어낸 작품들도 황당무계한 엉터리는 아니었습니다. 저는 이외에도 다른 이유를 붙여서 상대편의 답변을 궁하게 만들어 주었습니다만, 그의 잘못된 생각을 버리게 하기에는 오히려 역부족이었고, 더구나 만족하게 납득시킬 수는 더더욱 없었습니다."

"교구 참사회 위원님, 귀하께서 하시는 말씀을 들으니," 신부가 말했다. "근자에 흥행되는 연극이나, 또 기사도 책들에 대해서 언제부터인가 제가 품고 있던 불만이 새삼스레 떠오릅니다. 연극이란 본시 툴리우스[324]의 주장에 의하면, 인간 생활의 거울이고 풍속의 표본이며 진실의 영상影像[325]이라야 하는데, 요즈음 상연되는 것들은 엉터리의 거울이요 맹꽁이의 표본이며 음욕의 영상들뿐이죠. 사실 그렇지요. 연극에서 제1막 1장에 어린아이가 포대기에 싸여 등장했다가 2막에는 대뜸 수염 난 어른으로 나오니, 글쎄 이런 엉터리가 어디 있습니까? 더군다나 씩씩한 노인, 겁쟁이 청년에 마부가 수사학자요, 졸개가 고문관이요, 왕이 날품팔이요, 공주가 부엌데기니, 그래 이럴 수가 있습니까? 또 행위가 일어나는 시간과 장소에 대해서도 전혀 아랑곳이 없습니다. 내가 본 연극은 1막이 유럽에서 시작하여 2막은 아시아, 3막은 아프리카에서 막을 내렸으니, 4막이라도 있었더라면 아메리카에서 끝났을 테고, 이런 식으로 하다간 전 세계에까지 뻗쳐나갔을 것입니다. 그러니 지구의 네 대륙을 다 돌아다니며 상연하는 셈이죠. 모방을 연극의 주요 목적이라고 한다

---

324 마르쿠스 툴리우스 키케로Marcus Tullius Cicero(B.C. 106~B.C. 43)를 말한다.

325 여기서 인용된 키케로의 말은 "imtatio vitae, speculum consuetudinis, imago veritatis"이다.

면, 피핀왕[326]과 샤를마뉴대제[327] 시대에 일어난 일이라고 하면서, 헤라클리우스 황제[328]를 주인공으로 등장시켜 고드프루아 드 부용 [329]처럼 십자가를 메고 예루살렘으로 들어가 성가聖家를 도로 찾은 사람이라고 하는 따위는 그 시기가 서로 틀려도 이만저만이 아닌데, 그런 허구를 그래 일반 지식인들이 만족할 수 있겠습니까. 허구의 사건을 바탕으로 하는 연극에 역사적 사실을 뒤집어씌우기도 하고, 시대가 다르고 인물이 다른 것을 엉뚱한 데다 섞바꿔놓기도 하니, 그것도 그럴듯한 짜임새가 있다면 모르려니와, 도시 변명의 여지가 없게 틀린 것이 빤히 들여다보이지 않습니까? 답답한 노릇은, 멋모르는 사람들이 그것을 완전하다고 하면서 되레 공연한 타박이라고 말하는 겁니다. 다음은 종교극을 보기로 합시다. 이것 역시 말이 아니지요. 엉터리 기적들이 튀어나오고, 이 성인의 기적을 저 성인한테 갖다 붙여서 얼토당토않은 것을 꾸며내지 않습니까. 그들은 사회극에까지 함부로 또 예사로 기적을 끌어다 대는데, 딴은 어리석은 대중이 홀려서 연극을 보러 오게 하려면 이러이러한 자리에는 이러이러한 기적이 있어야 된다고 하지만, 통틀어서 이런 따위가 사실을 왜곡하며 역사를 망쳐놓고, 심지어는 에스파냐의 자질을 모욕하는 게 아니겠습니까? 왜냐하면 연극의 법칙을 엄격히 지

---

326 Pippin. 프랑크왕국 카롤링거왕조의 제1대 왕(714~768). 재위 기간은 752~768년.

327 Charlemagne. 피핀왕의 아들(742?~814). 재위 기간은 768~814년.

328 Heraclius. 동로마제국 헤라클리우스 왕조의 제1대 황제(575?~641). 재위 기간은 610~ 641년.

329 Godefroy de Bouillon. 제1차 십자군의 유명한 기사들 중 한 사람(1061?~1100). 1099년 예루살렘을 정복하여 예루살렘왕국의 초대 왕이 되었다.

켜나가는 외국 사람들이 우리가 하고 있는 엉터리 연극을 구경한다면 우리를 무식한 미개인으로 간주하게 될 테니 말씀입니다. 혹시 누가 변명을 한답시고 되지도 않게 이렇게 말할지도 모릅니다. 즉 질서가 잡힌 국가에서 연극 상연을 허가하는 근본 취지는 일반 대중에게 건전한 오락을 즐기게 함으로써 아무 하는 일이 없을 때 생기는 불쾌한 기분을 전환시키는 데 있으며, 좋은 연극이든 나쁜 연극이든 모두 다 그런 역할을 할 수 있으니까 어떤 연극이건 목적만 달성하면 그만이니, 무슨 법칙을 꼭 지키라고 얽어맨다든가 작가와 배우들에게 연극을 올바른 방법으로 하라고 강요할 필요는 없는 것이라고 말입니다. 하지만 그 말에 대하여 저는 이렇게 답변하겠습니다. 그런 따위보다는 좋은 연극을 상연함으로써 그 목적도 비교가 안 되게 훌륭히 달성할 수 있는 것이니, 그 이유는 예술적으로 잘 짜인 연극을 감상한다는 것은 관객들로 하여금 그 익살을 즐기고 진실을 배우며, 사건을 보고 놀라며, 말에 신중을 기하며, 속임수에 깨우침을 얻고 도덕심을 높이며, 악에 대하여 분노를 느끼고 선행을 사랑하게 하기 때문이라고요. 좋은 연극일수록 관객이 아무리 멍청하고 어리석어도 그 마음에 이러한 정서를 일깨워주는 것이며, 또 이러한 요소들을 구비한 연극이 그렇지 못한 연극보다 훨씬 더, 물론 오늘날 보통 상연되는 연극의 대부분이 그렇지 못한 것이 사실이지만, 기쁨과 즐거움과 흐뭇함과 만족감을 주는 것이라고 말입니다. 그렇다고 해서 이 문제가 연극을 쓰는 시인들만의 탓이라는 건 물론 아닙니다. 그들 가운데 몇몇은 자기네가 무엇을 잘못하고 있는지 잘 알고 어떻게 해야 할지도 빤히 알고 있으니까요. 하지만 그들 말대로 각본도 하나의 상품인 이상 그런 각본이 아니면 흥행사들이 사주지를 않는다는 것입니다. 딴은 옳은 말입니다. 누구든 자기 작품을 사줄 흥행사의 요구에 맞추려고 애쓰게 마련이지요. 이 말이 거짓 없는 사실이라는 건 우리나라에서 가장 행복한 천재가 지은 그 하고많은 각본을 보아도 알 수 있습니다. 그 유려하고 재치 있고 빼어난 운문과 구수한 말솜씨와 심각한 사상, 한마디로 말해서 풍부한 언설言說과 고아한 작풍이 천하에 명성을 떨치게 합니다. 그러나 흥행사들의 구미에 맞추려 들다보니, 몇몇 작품을 제외하고는 모두가 소기의 완벽성에 이르지 못하고 있는 것입니다. 또 다른 시인들은 앞뒤 생각도 하지 않고 마구 써젖히기 때문에, 출연자들은 당할 일이 무서워서 공연이 끝나자마자 도망하기에 바쁩니다. 왜냐하면 국왕을 모욕하거나 귀족을 조롱하는 연극을 했다고 해서 봉변을 당한 예가 허다하니까요. 이러한 모든 불상사는, 아니 제가 들추지 않은 다른 여러 가지 불미스러운 일들은 안 생기게 할 수도 있습니다. 연극이 상연되기 전에 수도에 있는 어느 견식 있는 사람이 각본을 모두 검열해주면 됩니다. 비단 수도뿐만 아니라 에스파냐 어디에서든 상연될 연극이면 모두 검열을 해서, 그 사람의 동의와 서명과 도장이 없이는 어떠한 연극이든 상연을 못 하도록 지방 관청들이 단속을 하게 한단 말입니다. 이렇게 하기만 하면, 출연자들은 각본이 수도로 올라가야 한다니 조심하게 되고 검열을 마친 후에는 마음 놓고 할 수 있으며, 각본을 쓰는 작가들도 자기 작품이 연극에 대해 잘 아는 사계斯界의 권위자의 엄정한 심사를 치러야한다는 데 마음이 켕겨서 창작을 할 때 세심한 주의를 기울이고 좀 더 연구하게 될 겁니다. 이런 식이면 좋은 연극이 나올 수 있고, 또 연극이라는 오락물의 목적도 성공적으로 달성될 수 있습니다. 다시 말해서 서민층은 오락거리를 갖게 되고, 에스파냐적인 창의성에 대한 평판도 좋아지고, 출연자의 이익과 신분이 보장되는 것은 물론 봉변에 대한 조바심도 줄일 수 있는 것입니다. 그뿐 아니라 새로 저술될 기사도 책들도 검열자나 다른 사람에게 그것을 심사하는 책임을 맡기면, 틀림없이 당신이 말씀하신 걸작들이 속속 나와서 주옥 같은 문장으로 우리의 말을 풍성하게 할 것이며, 새 책들이 등장해 빛을 발하면 낡은 책들은 자연히 빛을 잃을 것입니다. 그런 책은 한가한 사람이나 바쁜 사람을 막론하고 정상적인 즐거움을 주게 될 것입니다. 활은 당겨진 채로 둘 수 없고, 인간은 원래 언제나 눈살을 찌푸리고 살 수는 없는 노릇이어서, 어떤 건전한 오락 없이는 지탱해나갈 수가 없기 때문입니다."

교구 참사회 위원과 신부의 대화가 이 대목에 이르렀을 때, 이발사가 뒤쫓아 따라붙더니 신부에게 말했다.

"석사님, 여기가 바로 아까 제가 말씀드린 곳입니다. 우리가 한참 쉬기에 알맞은 곳이고, 소들도 신선한 풀을 얼마든지 뜯을 수 있는 곳이에요."

"내가 보기에도 그럴 성싶군." 신부가 대답했다.

두 사람이 자기들의 뜻을 교구 참사회 위원에게 전하니, 그 역시 눈앞에 펼쳐진 계곡의 아름다운 경치에 마음이 끌려서 그들과 함께 쉬어 가기로 했다. 그리하여 쉬면서 경치도 즐기고, 어느 사이에 마음에 든 신부와 이야기도 나누고, 그리고 돈키호테의 눈부신 활약을 좀 더 자세히 알고 싶어서 하인 몇 사람에게 이르기를, 자기는 그곳에서 쉬기로 했으니 근처에 있는 객줏집으로 가서 먹을 것을 가져오라고 했다. 이 말에 하인 하나가, 음식을 실은 노새는 이미 객줏집에 당도했을 터인데, 객줏집에서 가져올 것이라고는 노새에게 먹일 보리밖에 없다고 대답했다.

"그렇다면," 교구 참사회 위원이 말했다. "우리가 타고 온 말들은 모두 그곳으로 데리고 가고, 노새만 이리로 데리고 오게."

이러고 있는 사이 산초는 그동안 수상쩍었던 신부와 이발사의 계속되는 참견을 피해 주인에게 말을 건넬 수 있겠다 싶어서 주인이 타고 가는 우리로 다가가 말했다.

"나리, 제 양심이 보채서 못 견디겠으니, 나리께서 걸리신 마법에 대해서 한마디 말씀드리겠습니다요. 저기 저 얼굴을 가린 두 사람은 우리 고향의 신부와 이발사예요. 저들이 무슨 꿍꿍이속으로 저 모양을 하고 있느냐 하면, 제 생각엔 나리께서 훌륭한 공을 세우셔서 출세를 하실까봐 그게 샘이 나서 그러는 것 같아요. 그러니 제 생각이 옳다면, 나리는 마법에 걸리신 게 아니에요. 이건 꼼짝없이 속은 것이고, 사기를 당한 거예요. 이걸 증명하기 위해서 제가 한 가지만 묻겠습니다요. 나리께서 저 혼자 생각과 같은 대답을 하신다면 이 속임수가 바닥이 드러나게 되고, 따라서 이건 마법에 걸린 게 아니라 깜빡 잘못 생각하셨다는 걸 아시게 될 겝니다요."

"그럼 자네 맘대로 한번 물어보게나, 산초 아들아." 돈키호테가 대답했다. "난 자네 속이 시원하게끔 대답을 해주겠네. 그런데 자네 말인즉 우리하고 동행하는 저들이 우리 고향 사람이자 우리가 잘 아는 신부와 이발사라는 건데, 혹시 겉모습은 같을지 몰라도 잠시나마 그들이 진짜 이발사와 신부님이라고 생각해선 절대 안 되네. 자네가 바윗돌같이 꼭 믿고 알아들어야 할 일은, 자네 말마따나 설사 그렇게 보일지라도 말이야 그건 나를 마법에 걸리게 한 놈이 그 모양을 꼭 같이 만들었다는 사실이네. 마법사들이야 자기들 하고 싶은 대로 둔갑을 하는 것인즉, 아마도 지금 자네가 그런 생각을 하게 만들려고 우리 친구들의 모양을 차린 것일세. 그래서 자네를 끝없는 추측의 미궁에 빠뜨려서 제아무리 테세우스의 밧줄을 가졌더라도 빠져나오지 못하게 한 걸세. 그건 또한 내 머리를 혼란시켜서, 이 불행의 원인을 추측조차 할 수 없게 하기 위한 것인지도 모르네. 왜냐하면 말일세, 한편으로 자네 말대로라면 나와 동행하는 자들이 우리 마을의 이발사와 신부일 수도 있겠지만, 또 한편으로는 내가 지금 우리에 갇혀 있는 것은, 초자연적인 힘이 아닌 사람의 힘으로는 절대 할 수 없다는 걸 내가 뻔히 알고 있는 이상, 지금 내가 마법에 걸렸다는 것이야말로 지금까지 내가 읽어온 편력 기사를 다룬 어떤 이야기에서도 읽어본 적이 없다고밖에 할 말이 없다네. 그러니 자네는 저 사람들이 우리 마을의 친구들이라고 괜한 생각을 해서 심란해하지 말게. 내가 터키 사람이 아닌 것처럼 저 사람들이 신부님과 이발사가 아니라는 걸 믿고 안심하게. 그런데 참, 무언가 나한테 묻고 싶은 게 있다더니, 말해보게나. 지금부터 내일까지 계속 물어도 대답해줄 테니까."

"아이고, 성모님!" 큰 소리를 내며 산초가 대답했다. "어쩌면 요렇게도 나리의 머리통이 차돌 같고 골수가 모두 빠졌답니까요. 제가 하는 말은 모두 사실이고, 나리가 이렇게 갇혀 있는 것도 마법은커녕 못된 꾀가 치는 장난이라는 걸 어째서 모르세요? 어쨌거나 좋습니다요. 이게 마법이 아니라는 증거를 톡 까놓고 보여드리겠습니다요. 안 그런지 잘 보세요. 하느님께서 나리를 꼭 이 불행에서 건져주실 테니까요. 그리고 천만뜻밖에 우리 둘시네아 아가씨의 품에 안기실 날이 있을 테니까요."

761

"아따, 그런 간지러운 기원은 집어치우고," 돈키호테가 말했다. "물을 것이나 어서 물어보게. 묻는 대로 무엇이든 대답해준다고 약속하지 않았나."

"그러겠습니다요." 산초가 대답했다. "하지만 먼저 아셔야 할 것은, 보태지도 빼지도 말고 아주 정직하게 말씀하셔야 한다는 겁니다요. 나리께서 편력 기사로서 하시는 그 칼 쓰기나 말 타기를 하는 양반들은 다 참말만 하고, 또 누구나 그럴 것으로 아니까요."

"아무렴, 거짓말은 안 하고말고." 돈키호테가 대답했다. "자, 그럼 어서 묻기나 하게. 장담과 부탁과 다짐이 너무 길어 정말 넌더리가 날 지경이네, 산초."

"주인 나리가 착하시고 정직하신 것에 대해 난 의심이 없습니다요. 그러면 우리 이야기로 들어갑니다만, 여쭙기 죄송한 말씀을 묻거니와, 나리께서 우리로 들어가신, 아니 나리의 말마따나 마법에 걸려서 이 우리로 들어가신 이후로 혹시 그저 보통 말투로 큰 물이든 작은 물이든 하실 마음이 없었습니까요?"

"물을 하다니, 무슨 말인지 모르겠는걸. 속 시원한 대답이 듣고 싶거든 좀 더 분명하게 말을 하게나."

"아니, 나리는 그래 작은 물 큰 물 한다는 말도 모르신단 말씀이에요? 학교에 가면 어린아이들도 곧장 하는 소린데. 그럼 이렇게 말하면 아시겠죠. 다른 사람이 대신 해줄 수 없는 일이 하고 싶지 않으시더냐고요."

"오, 이제야 자네 말뜻을 알겠군, 산초! 음, 몇 번이고 생각이 있었지. 아니, 지금도 그러고 싶어. 날 좀 이 위험에서 구해주게. 자칫하다간 아주 지저분해지겠는걸!"

• 제49장 •

산초 판사가 그의 주인 돈키호테와 주고받은
은근한 대화에 대해

"아이고!" 산초가 말했다. "이제야 아셨군요! 그게 바로 내 영혼과 목숨을 다해서 알고 싶었던 거랍니다요. 자, 나리, 말씀해보십쇼. 가령 누가 병이 들었을 때는 으레 '아무개가 먹지도 마시지도 않고 잠도 안 자고 묻는 말에 대답도 없으니, 왜 그러는지 모르겠군. 혹시 도깨비에 홀린 거나 아닌지, 원' 하고 말하죠. 어디 제 말이 틀렸습니까요? 그러고보면 먹지도 마시지도 자지도 싸지도 않는 것은 마법에 걸렸기 때문입죠. 그런데 나리처럼 마려운 게 있고, 주는 걸 받아 마시고, 먹을 게 있으면 먹고, 묻는 질문마다 대답을 하는 사람은 마법에 걸린 게 아닌 거죠."

"산초, 자네 말이 사실이야." 돈키호테가 대답했다. "하지만 내가 이미 말한 바와 같이 마법도 하도 많아서, 시대와 함께 변하는지도 모르지. 그래서 전에는 하지 않던 짓을 요새는 지금 내가 하듯 마법에 걸려서도 하게 되는지 모를 일이지. 그러니까 말이네만, 시대에 따라서 격식과 풍습이 달라지는 걸 가지고 어쩌고저쩌고할 것도 없고, 이렇다 저렇다 하고 떠들 것도 없지 않은가? 나는 내가 마법에 걸렸다고 확신하네. 그러면 그뿐이지 뭐, 내 양심이 편하기 위해선 말일세. 그런데 만약에라도 내가 마법에 걸린 때문이 아니라 태만과 비겁함 때문에 이 우리에서, 그것도 지금 이 시각 아슬아슬한 고비에서 내 도움과 내 손길을 몹시 바라는 그 숱한 사람들의 구원을 저버리고 나 혼자 편안히 있는 것이라고 생각한다면, 양심이 괴로워 견딜 수 없을 걸세."

"아무리 그렇긴 하지만," 산초가 되받아 말했다. "이왕이면 좀 의젓하게 여봐란듯이 우리를 부수고 나오시는 게 좋겠습니다요. 제가 힘자라는 대로 도와드릴 테고, 까짓것 때려 부술 수도 있어요. 그다음엔 준마 로시난테에 쓱 한번 올라타보시란 말씀이에요. 아, 저놈마저 수심이 가득 차서 마법에 걸린 모양입니다요. 그러고나서 우린 다시 행운을 점쳐보고 모험을 찾아갈 수도 있죠. 혹시 일이 틀어지더라도 다시 우리로 돌아올 시간은 있을 거예요. 저도 그때는 충직한 종자답게 나리하고 꼭 같이 갇혀드리지요. 그런데 그건 나리의 재수가 나쁘시든가 제가 멍청해서 제 계획이 성공하지 못했을 경우에 말씀입니다요."

"여보게, 산초 형제, 고마우이. 내 자네가 하라는 대로 다 함세." 돈키호테가 되받아 말했다. "그러니까 자네가 보아서 나를 해방시킬 때가 바로 이때다 할 적에 난 덮어놓고 자네를 따르겠네. 하지만 산초, 자넨 내가 왜 이런 불행한 지경에 빠졌는지를 잘 모르네. 어디 두고 보게나."

편력 기사와 그의 종자는 이런 이야기를 서로 주고받으면서 어느덧 신부와 교구 참사회 위원, 그리고 이발사가 말에서 내려 기다리고 있는 장소에 도착했다. 그럴 적에 달구지 임자는 소 멍에를 벗기고 푸르고 상쾌한 그곳 풀밭에 놓아주었다. 푸르고 상쾌한 그곳은 돈키호테같이 마법에 걸린 사람뿐만 아니라 그의 종자처럼 정신이 멀쩡한 사람의 마음도 흠뻑 쉬어 가라는 듯 잡아끄는 것이었다. 산초는 신부에게 자기 주인을 잠깐 우리에서 나오게 해달라고 청했다. 왜냐하면 저 우리는 자기의 주인어른 같은 훌륭한 기사가 들어가 있기에는 체면이 서지 않는 곳이기 때문이라고 했다. 신부는 아차 하고 알아차리기는 했으나 대답하기를, 청을 들어줄 마음이야 간절하지만 당신의 주인이 자유를 얻으면 또 제 버릇을 고치지 못하고 다시는 찾을 수도 없는 곳으로 가실까봐 걱정이라고 말했다.

"도망은 제가 책임지겠습니다요." 산초가 대답했다.

"그리고 저도," 교구 참사회 위원이 말했다. "그 책임에 한몫 끼겠습니다. 하지만 저분이 기사다운 약속으로 우리 허가 없이는 우리 곁을 떠나시지 않는다고 한다면 말입니다."

"좋소, 약속하리다." 처음부터 끝까지 이 소리를 듣고 있던 돈키호테가 대답했다. "나같이 마법에 걸린 사람은 제 몸을 제 맘대로 할 수도 없지 않소. 더군다나 마법사는 사람에게 마법을 걸어 한곳에 3백 년 동안 꼼짝 못 하게 할 수도 있고, 설사 도망을 간다 해도 공중으로 다시 붙들어 올 수도 있지요."

그러면서 또 말하기를, 사실이 그러하니 자기를 잠시 놓아주어도 무방하며, 이는 또 여러분을 위해 매우 유익한 일이기도 하니, 만일 그렇게 못 할 경우 지린내에 못 견뎌서 당신들은 이 자리를 떠나야 할 것이라고 말했다.

묶인 손이지만 교구 참사회 위원이 그의 한 손을 잡고 그의 맹

765

세를 받은 다음 우리에서 놓아주니, 그는 기뻐서 어쩔 줄 몰라했다. 그가 가장 먼저 한 일은 쭉 한번 기지개를 켜는 일이었다. 그러고는 곧장 로시난테가 있는 곳으로 가서 엉덩이를 철썩철썩 두드려주면서 말했다.

"명마의 정화요 귀감인 로시난테야, 나는 아직 하느님께서 우리 둘이 곧 다시 마음에 그리는 자유의 몸으로 돌아가게 해주실 것을 믿는다. 그러면 너는 네 주인을 등에 모시고 나는 네 등에 올라타, 하느님께서 나를 세상에 보내어 행하게 하신 일을 할 수가 있지."

말을 마치자 돈키호테는 산초와 함께 거기서 좀 떨어진 곳으로 갔다가, 한참 후에야 아주 거뜬해진 기분으로 되돌아왔다. 이제는 종자의 계획을 실천에 옮길 작정이었다.

교구 참사회 위원은 미쳐도 여간 미치지 않은 그를 요모조모 뜯어보고는, 그의 하는 말이나 대답하는 솜씨로 보아 정신이 아주 멀쩡한 것에 놀라지 않을 수 없었다. 단지 위에서 말한 바와 같이 기사도에 대해서 말할 때만 정신이 오락가락하기 때문이었다. 그래서 음식이 오기를 기다리면서 잔디밭에 둘러앉았을 때, 교구 참사회 위원은 그가 불쌍하다는 생각이 들어 이렇게 말을 건넸다.

"어르신, 어떻게 이럴 수가 있소. 그래, 당신이 아무리 그 몹쓸 놈의 기사도 책들을 탐독했기로서니, 이토록 정신이 돌아 마법에 걸렸다는 등 전혀 터무니없는 소리를 믿는단 말이오? 이성을 가진 사람이 어떻게 그 수많은 아마디스, 유명하다는 기사의 무리, 트라피손다 황제와 이르카니아의 펠릭스마르테, 그 많은 아가씨가 타는 말과 방랑하는 처녀, 그리고 수많은 뱀과 괴물과 거인, 게다가 터무니없는 모험과 이상야릇한 마법, 치열한 전투와 처참한 단병접전,

호화찬란한 옷과 사랑에 빠진 공주, 백작이 된 종자와 익살꾼 난쟁이, 연애편지와 구애, 용감한 아가씨 등등, 아무튼 기사도 책에 나오는 그리도 많고 그리도 어처구니없는 이야기들을 정말로 믿을 수 있답니까? 나도 그것을 읽으면 얼마간 재미를 느끼기도 하죠. 그게 다 엉터리 같은 거짓말이라는 생각을 하지 않을 때는 말입니다. 그러나 한 번 딱 그 정체를 알고나서부터는 아주 그럴듯한 것이라도 벽에다 내동댕이친답니다. 뭐, 그뿐인 줄 아시오? 곁에 불이라도 있으면 당장 그 속에다 처넣고 맙니다. 온통 거짓말에 사술邪術이고, 상식에 어긋나는 일이며, 괴상망측한 부류와 기괴한 생활 방식을 만드는 것으로, 모두 철이 없거나 무식한 대중으로 하여금 그런 거짓말을 복음 같은 진리로 받아들이게 하니, 벌을 받아 마땅한 것입니다. 더욱이 그것들은 어찌나 악착같은지, 유식하고 지체 높은 양반의 정신을 망가뜨릴 만큼 무엄하기까지 합니다. 그런 사실은 당신에게서도 볼 수 있습니다. 글쎄, 사자나 호랑이를 구경시켜서 돈을 받겠다고 이곳저곳으로 끌고 다니는 것처럼, 당신을 우리에 억지로 집어넣어 달구지에다 끌고 가니 말입니다. 자, 그러니 돈키호테 님, 당신 자신을 생각해서 정신을 바로 돌리십시오. 하늘이 내려주신 그 풍부한 재주를 제대로 쓰십시오. 천성으로 타고난 그 좋은 재질을 양심에 이롭고 명예에 보탬이 될 다른 학문에 쓰십시오. 그래도 타고난 성미가 어쩔 수 없어서 기사도 책이나 모험담이 정 읽고 싶거든, 성경에 있는 〈판관기〉[330]를 읽으십시오. 장엄한 진

---

330 개신교의 〈사사기〉.

리들이며 진실하고도 용맹스러운 역사적 사실들이 거기 있지 않습니까? 포르투갈에는 비리아토[331]가 있었고, 로마에는 카이사르, 카르타고에는 한니발, 그리스에는 알렉산더, 카스티야에는 페르난 곤살레스 백작, 발렌시아에는 시드, 안달루시아에는 곤살로 페르난데스[332], 에스트레마두라에는 디에고 가르시아 데 파레데스, 헤레스에는 가르시 페레스 데 바르가스[333], 톨레도에는 가르실라소[334], 세비야에는 돈 마누엘 데 레온[335]이 있었으니, 이런 영웅들의 무용담을 읽는 것은 아무리 유식한 사람이라도 즐거움과 교훈과 경이감을 느끼지 않을 수 없습니다. 친애하는 돈키호테 님, 이것이 당신처럼 머리 좋은 사람의 읽을거리입니다. 또 읽은 다음에는 역사에 밝아지고, 덕행을 사랑하게 되며, 선에 대해 감화를 받고 몸가짐이 의젓해지며, 용감하나 경솔해지지 않고, 대담하고 두려움이 없게 될 것이니, 이 모두 하느님의 영광을 위함이요, 당신에게 유익함이요, 라만차의 명예가 될 것입니다. 더욱이 내가 알기로 당신의 태생이 그곳이라니 말씀입니다만."

돈키호테는 교구 참사회 위원의 이야기를 잠자코 듣고 있다가 말이 끝난 후에도 한참 동안 물끄러미 그를 바라보더니만, 마침내 이렇게 입을 열었다.

---

331 Viriato. 로마 사람들에 저항한 포르투갈의 영웅.

332 Gonzalo Fernández. 대장군.

333 Garcí Pérez de Vargas. 산 페르난도San Fernando 왕의 기사.

334 Garcilaso de la Vega. 가르실라소 시인과 동명이인. 그라나다 공략에서 혁혁한 공을 세운 전사.

335 don Manuel de León. 가톨릭 두 왕los Reyes Católicos 시대의 기사로, 귀부인이 던진 장갑을 사자 우리에서 꺼내 온 일로 유명하다.

"여보시오, 듣자니 당신의 말씀은 세상에 편력 기사는 없었다, 기사도 책들은 모조리 다 거짓투성이며 나라에 해롭고 쓸모없는 것이다, 따라서 그것을 읽은 내가 잘못이요 믿는 것은 더 큰 잘못이며, 그걸 본뜬답시고 그 가르침대로 편력 기사로서의 어려운 일을 하기 위해 나선 것은 더더욱 큰 잘못이란 말이군요? 게다가 당신은 또 세상에는 가울라의 아마디스나 그리스의 아마디스, 그 밖의 기사도 책에 넘치도록 등장하는 기사들이 실재 인물이었다는 것을 부정하시는군요."

"당신의 말씀대로 글자 하나 틀리지 않고 그렇습니다." 교구 참사회 위원이 대답했다.

이 말에 돈키호테가 말했다.

"그리고 또 그런 책들이 내게 해독을 끼치고 머리를 돌게 하며 지금의 우리에 갇히게 했으니, 좀 더 진실하고 즐겁고도 배울 것이 많은 다른 책들을 읽음으로써 잘못을 고치도록 하자, 이런 말씀이군요."

"그렇습니다." 교구 참사회 위원이 말했다.

"그렇다면," 돈키호테가 되받아 말했다. "내가 보기에 머리가 돌고 마법에 걸린 건 오히려 당신이오. 온 세상이 다 시인하고 사실로 인정하는 것에 대해서 감히 악담을 퍼부으니 말입니다. 당신같이 그걸 부정하는 사람은, 그런 책들을 읽다가 재미없다고 화를 내면서 가하는 바로 그 벌을 받아야 마땅하오. 왜냐고요? 자, 들어보시오. 아마디스가 실재 인물이 아니라느니, 역사에 수두룩한 다른 모험의 기사들도 하나도 없었다느니 하는 따위로 누구를 이해시키려 드는 것은 마치 태양이 빛을 내지 않는다, 얼음이 차지 않는다, 땅

이 오곡백과를 생산하지 않는다며 억지를 쓰는 것이나 마찬가지니
까요. 세상에 제아무리 똑똑하기로서니 어느 누가 플로리페스 공주
와 구이 데 보르고냐 공의 이야기[336]가 거짓말이라고 남이 믿게 말
할 수 있으며, 샤를마뉴 시대에 일어난 만티블레 다리[337]에서의 피
에라브라스의 모험[338]을 사실이 아니라고 할 수 있습니까? 그건 지
금이 대낮인 것처럼 사실이 아니고 무엇이오? 아킬레우스도 트로
이의 전쟁도, 프랑스의 열두 기사도 없고, 지금까지도 까마귀로 변
신해 날아다닌다는, 영국 사람들이 고대하고 있는 그 아서왕도 거
짓이란 말입니까? 그리고 구아리노 메스키노[339]의 이야기며 성
배聖杯 찾기도 거짓이라 하고, 돈 트리스탄과 이세오 여왕의 사랑과
히네브라와 란사로테의 사랑도 지어낸 이야기라고 우겨대겠군요.
시녀 킨타뇨나는 영국에서 제일 술 시중을 잘 하기로 유명한 시녀
로서, 그 존재 여부는 고사하고 그 아가씨를 눈으로 본 것을 기억하
는 사람도 있습니다. 여기에 대해서 나도 한 가지 생각나는 일이 있
소이다. 바로 내 할머니께서 품위 있는 옷차림을 한 귀부인을 보실
때면, '얘야, 저분을 봐라. 어쩌면 저렇게도 킨타뇨나와 꼭 같으신

---

336 la infanta Floripes y Guy de Borgoña. 플로리페스는 무어족 공주로 피에라브라스의 여동
생인데, 구이 데 보르고냐를 사랑해 포로로 붙잡힌 프랑스 병사들을 구출하는 데 큰 공을
세운다.

337 la puente de Mantible. '샤를마뉴대제와 프랑스의 12기사 이야기'에 나오는 다리로, 거인
갈라프레가 지키고 있어 통과하기가 무척 어려웠다고 한다. 폭발적 인기를 끌었던 모험
소설《샤를마뉴 황제의 이야기la Historia del Emperador Carlomagno》(1525)에 나온다.

338 12세기 프랑스의 무훈 서사시 테마의 하나.

339 《귀족 기사 구아리노 메스키노의 연대기Crónica del noble caballero Guarino Mezquino》
(1512)를 말한다. 에스파냐에서 번역된 안드레아 다 바르베리노Andrea da Barberino의
소설.

지'라고 하셨던 것입니다. 이로 미루어서 나는 단정하거니와, 내 할머니는 그분을 알고 계셨고, 아니라면 최소한 그 초상화라도 보신 것이 확실합니다. 그뿐이 아닙니다. 누가 저 피에르와 아름다운 마갈로나의 이야기를 부정하겠습니까? 오늘날까지도 왕립 박물관에는 용감한 피에르가 하늘로 타고 간 목마를 굴려준 굴대가 있지 않습니까? 그건 수레의 굴대보다 약간 큰데, 이 굴대 옆엔 바비에카의 안장이 있죠. 론세스바예스에는 아직도 크기가 대들보만 한 저 롤단의 뿔 나팔이 있죠. 그러니까 이런 걸로 보건대, 열두 기사도 있었고, 스스로 모험가임을 자처하는 피에르와 시드 같은 기사들이 실제로 있었다는 것을 알 수 있습니다.

> 사람들이 말하는 기사들은
> 자신의 모험을 위해 길을 떠난다.[340]

만일 그것을 부정한다면, 용감한 편력 기사 포르투갈의 후안 데 메를로가 부르고뉴로 가서 피에르 대공이라고 불리는 유명한 차르니 공과 라스시庿에서 싸우고, 그 후에는 바젤시에서 엔리케 데 레메스탄 대공과 겨루어 두 번 싸움에 승리를 거두고 영광과 명예를 떨친 사실도 거짓말이라 하겠군요. 같은 부르고뉴에서 에스파냐의 용사 페드로 바르바와 구티에레 키하다가, 제가 바로 그 키하다의 직계 자손이오만, 산 폴로 백작의 아들들을 쳐 이긴 모험과 결

---

340 제9장 주 122 참조.

투도 거짓말이겠군요. 그리고 또 페르난도 데 게바라가 독일로 가서, 오스트리아 공작의 기사인 호르헤 나리와 싸웠다는 사실도 부인할 테고, 파소의 수에로 데 키뇨네스의 무술 시합도 꾸며낸 이야기라 하겠고, 루이스 데 팔세스가 카스티야의 기사 돈 곤살로 데 구스만을 무찔렀다는 사실과, 그 밖에 우리 에스파냐와 외국의 기독교도 기사들이 세운 정확하고 진실하고 수많은 그 공적들도 말끔 엉터리라 하겠군요. 거듭 말하거니와, 그런 사실들을 부정하는 사람은 도통 이성도 분별력도 없는 숙맥임에 틀림없습니다."

교구 참사회 위원은 돈키호테가 사실과 허구를 마구 뒤섞어놓는 것을 듣고 놀랐고, 편력 기사의 행적에 관계되는 것이면 무엇이든 환히 아는 것을 보고 신기하게 여겼다. 그리하여 교구 참사회 위원은 돈키호테에게 이렇게 대답했다.

"돈키호테 님, 당신이 말씀하신 몇 가지 사실, 특히 에스파냐의 편력 기사들에 대한 것을 나는 부정하지 않습니다. 프랑스에 열두 기사가 있었다는 것도 시인해드리죠. 하지만 그들의 행적을 튀르팽 대주교가 지으신 그대로 믿고 싶진 않습니다. 역사적 사실로 보면, 그들은 프랑스 왕에게 선발되어 인품과 지위와 무술이 꼭 같다고 해서 열두 기사라 일컬어진 것이죠. 아니, 꼭 같지는 않다고 하더라도 거기에는 그럴 만한 까닭이 있었죠. 말하자면 실제로 같지 않았다면 같도록 힘써야만 했는데, 그들은 오늘날 산티아고나 칼라트라바의 수도회와 같은 기사단에 속해 있었습니다. 그 기사단에 들어간 자라면 으레 인품이 있고 용감하고 가문이 좋은 사람이며, 또 그래야 되었겠죠. 지금도 산 후안 기사니 알칸타라 기사니 하는 말을 하는데, 그와 마찬가지로 그 당시 사람들은 그들이 그 군사 단체의 구성원으로 뽑힌 열두 사람이었기 때문에 열두 기사라고 불렀던 것입니다. 시드가 살아 있었다는 건 의심할 여지가 없고, 베르나르도 델 카르피오의 경우도 마찬가지입니다. 하지만 그들이 세웠다는 공적에 대해서는 적잖은 의심이 가죠. 그건 그렇고 아까 또 피에르 백작의 굴대가 지금도 왕립 박물관에 바비에카의 안장과 나란히 있다 말씀하셨는데, 그것만은 내가 무식해선지 눈이 나빠선지 모르지만, 안장은 보았으나 굴대만은 눈을 씻고 보아도 볼 수가 없었거든요. 당신의 말씀처럼 그렇게도 엄청나게 크다는데 말입니다."

"분명히 바로 거기에 있소." 돈키호테가 되받아 말했다. "뿐만 아니라 녹이 슬지 말라고 암소 가죽으로 집을 해서 씌워놓았는데요."

"글쎄, 그런지는 몰라도," 교구 참사회 위원이 대답했다. "내가 받은 성직을 걸고 말하지만, 난 본 기억이 없어요. 설령 있다고 하더라도 그렇듯 많은 아마디스들이나 사람들이 이야기하는 기사들이 무더기로 있다는 것은 아무래도 믿어지지 않습니다. 더군다나 당신같이 뛰어난 이해력과 명성과 재능을 가진 양반이, 엉터리 기사도 책에 실린 그 헤아릴 수도 없이 많은 황당무계한 이야기들을 사실처럼 믿는다는 건 당치도 않습니다."

• 제50장 •

돈키호테와 교구 참사회 위원이 주고받은
재치 있는 논쟁과 다른 사건들에 대해

"그 말 한번 잘했소!" 돈키호테가 대답했다. "국왕의 인가가 있고 심의회 위원의 허가가 있어서 찍어내고, 남녀노소, 빈부귀천, 유식과 무식의 구별 없이 한마디로 어떠한 지위와 신분에 있든 모든 사람이 다 같이 읽고 다 같이 즐기고 기리는 책들이 어찌 거짓말일 수가 있겠습니까? 더구나 기사 아무개가, 혹은 몇몇 기사가 한 일을 그 아버지, 어머니, 고향, 친척, 나이, 장소와 공적까지 낱낱이 날짜를 따져가면서 이야기하는 것은 사실을 증명하는 것이 아니고 무엇입니까? 그만 입을 다물고 함부로 험담을 하지 마시오. 이만큼이라도 충고하는 이유는 당신이 분별력이 있는 사람임을 믿기 때문이라는 것이나 아시오. 아무튼 그런 책들을 한번 읽어보시오. 읽는 가운데 맛을 알게 될 테니. 그렇게까진 못 한다 하더라도, 자, 그럼 생각해보구려. 가령 여기 우리 앞에 검은 먹물 호수가 부글부글 끓고 있는 걸 보는 것보다 더 재미있는 게 또 어디 있겠습니까? 그 속에 무수한 뱀과 도마뱀, 그 밖에 여러 가지 사납고 무시무시한 짐승들이 헤엄을 치며 뒹굴다가, 갑자기 그 호수 한가운데서 소름이 오싹 끼치는 이런 소리가 들리는 거요. '이 무서운 호수를 바라보고 섰는 기사여, 그대가 누구이든 이 검은 물밑에 숨겨진 보물을 가지고 싶거든 대담한 용기를 뽐내어 이 시꺼먼 열탕 속으로 뛰어드시오. 그렇게 하지 아니하면, 이 검은 물밑에 사는 일곱 마녀의 일곱 성이 간직한 기묘한 신비를 보지 못하리라.' 그러면 기사는 그 무시무시한 소리를 다 듣기도 전에 앞뒤를 헤아리거나 일신의 위험을 돌아볼 겨를도 없이, 더구나 자신이 입은 무거운 갑옷조차 생각하지 않고 오로지 하느님과 자기의 사랑하는 아가씨에게 몸을 맡기면서 그 끓는 호수로 풍덩 뛰어든단 말입니다. 그러자 어디로 가 닿을지도 모르는 참에 천만뜻밖에도 눈을 들어 보니, 어느 틈에 낙원보다도 훨씬 아름다운 꽃동산에 와 있는 것이 아니겠습니까? 그곳의 하늘은 더욱 맑고 태양이 한결 눈부시게 비치는데, 눈앞에는 푸른 잎이 무성한 나무숲이 펼쳐지고 그 푸르름에 그의 시선이 완전히 매혹되고 맙니다. 한편 이리저리 뒤엉킨 나뭇가지 사이로 날아다니는 오색찬란한 수많은 작은 새들의 고운 노랫소리에 그만 귀가 아찔해집니다. 또 둘러보니 작은 개울이 있는데, 수정을 녹인 듯 맑은 물이 체로 친 금가루와 티 없는 진주 같은 잔모래와 하얀 잔돌 위로 흐르는가 하면, 저쪽에는 오색영롱한 벽옥碧玉과 대리석을 갈아서 갖은 솜씨를 다 발휘하여 만든 분수가 있습니다. 그리고 이쪽에는 그로테스크 양식으로 장식된 분수가 또 하나 있고요. 여기에는 작은 조가비들이 하얗고 노란 달팽이 껍질과 뒤섞여서 반짝이는 수정과 모조 에메랄드 사이에 끼어 있어 다종다양한 아름다운 일대 예술품을 이루어놓았는데, 이는 자연의 모방이라는 예술 그 자체를 훨씬 능가하는 것입니다. 또 저 멀리에는 순금으로 된 벽과, 다이아몬드로 된 탑과, 홍옥으로 된 성문이 있는 휘황찬란한 성채가 갑자기 나타납니다. 한마디로 그 모양은 너무나 황홀하며 그 재료가 모두 다이아몬드, 홍옥, 진주, 황금, 벽옥 등이긴 하지만, 그 건축 기술은 실로 더욱 경탄할 만한 것입니다. 이런 광경을 보고나서 다시 또 보니, 수많은 아름다운 아가씨들이 눈이 부신 치장을 하고 성문에서 나오는데, 지금 내가 기사 이야기에 나오는 대로 다 말하려다가는 끝이 없을 겁니다. 그보다 더한 경치가 또 어디 있겠습니까? 그런데 그들 중 우두머리처럼 보이는 아가씨가 손을 내밀어, 끓어오르는 호수로 뛰어든 용감한 기사와 악수를 합니다. 그러고는 아무 말도 없이 곧장 으리으리한 성안으로 기사를 안내하여, 그 어머니의 배 속에서 나올 때처럼 옷을 홀랑 벗기고는 따뜻한 물에 목욕을 시키고 전신에 온통 향유를 발라주고 향긋하고 훈훈한 값진 황금 비단을 입힙니다. 그런 연후에는 또 다른 아가씨가 쫓아와서 어깨에 망토를 걸쳐주는데, 최소한 한 개 도시, 아니 그 이상의 값이 나간다는 것이랍니다. 어디 그뿐인 줄 아십니까? 기사를 안내해서 다른 방으로 모시는데, 거기에는 깜짝 놀라서 말문이 막힐 정도로 진수성찬이 차려진 식탁들이 질서 있게 마련되어 있습니다. 용연향과 향기로운 꽃에서 짜낸 물로 손을 씻어주고 상아 의자에 앉힌 다음 아가씨들이 식탁 시중을 드는데, 그 조심성이며 조용함이란 이루 말할 수가 없죠. 갖은 맛의 산해진미를 연방 갈아 들이니 무얼 먼저 먹어야 할지 손 뻗칠 바를 모를 지경인데, 그동안 누가 부르는지 어디에서 오는지 모를 음악 소리가 들려옵니다. 먹기를 다하고 식탁을 물린 다음 기사가 의자에 비스듬히 기대어 늘 하던 버릇대로 이를 쑤시고 있을 때, 자, 이건 또 뭡니까? 천만뜻밖에 아까 들어왔던 아가씨들보다 훨씬 더 아름다운 아가씨가 방문을 열고 들어오더니 기사 곁에 다가앉아 말하기를, 이 성은 어떤 성이며 자기는 어떻게 해서 마법에 걸려 이곳으로 오게 되었는지를, 기사가 놀라고 그의 이야기를 읽는 독자들이 놀랄 다른 일들과 함께 세세하게 말해주는 것입니다. 뭐, 이 이상 이야기를 더 끌고 싶지 않습니다. 어느 편력 기사의 이야기든, 어느 대목을 읽든, 읽는 독자가 누구든 그저 맛이 나고 신이 난다는 것을 한 가지로도 미루어 알 수 있으니까요. 그러니 당신도 날 믿으시고, 아까 일러드린 대로 이런 책들을 읽어보십시오. 그러면 우울을 몰아내고 분노를 풀어준다는 사실을 발견하실 것입니다. 이건 내 경험에서 드리는 말씀인데, 편력 기사가 된 뒤로 나는 용감하고, 신중하고, 관대하고, 교양 있고, 아량이 넓고, 예절 바르고, 대담하고, 친절하고, 참을성이 있어서 온갖 노고와 감금과 마법도 잘 견뎌내는 사람이 되었습니다. 그러니까 내가 아까 미친 사람처럼 저기 저 우리에 갇히긴 했었지만, 나는 스스로 생각하는 바가 있었답니다. 하늘이 나를 돕고 운명이 나를 가로막지 않으면 불과 수일 내에 이 완력으로 어느 나라의 왕이 되어, 내 가슴속에 깃든 감사의 정과 넓은 도량을 한껏 펼쳐 보이게 될 것입니다. 사실 말씀이지, 가난한 사람은 제아무리 도량이 넓다 하더라도 관대한 덕을 나타내 보일 수 없습니다. 마음뿐인 감사와 생각은, 행함이 없는 믿음이 죽은 믿음이듯 죽은 것이나 마찬가지 아니겠습니까?[341]

---

341 〈야고보 서간〉 2장 14절 "형제 여러분, 누가 믿음이 있다고 말하면서 실천이 없으면 무슨 소용이 있겠습니까?"와 17절 "이와 마찬가지로 믿음에 실천이 없으면 그러한 믿음은 죽은 것입니다"를 인용한 것이다.

이런 까닭에 나는 하루빨리 운명이 나를 왕으로 올려줄 기회가 오기를 바랄 뿐입니다. 그래야만 가슴을 헤치고 보란 듯이 좋은 일을 친구들에게, 특히 이 가엾은 산초 판사에게 베풀 수 있을 게 아닙니까? 내 종자 산초 판사는 세상에서도 가장 착한 사람이지요. 백작 자리 하나를 주기로 진작부터 약속은 해두었습니다만, 다만 한 가지 걱정이라면 그에게 영지를 다스릴 능력이 과연 있을까 하는 점입니다."

산초는 이 마지막 몇 마디 말만 들었는지, 자기 주인에게 말했다.

"돈키호테 나리, 어서 서두르세요. 나리께서 그토록 주신다 주신다 해서 제가 이토록이나 기다리고 있는 백작 자리를 주시게 말씀이에요. 툭 까놓고 말씀이지, 다스릴 능력이 없어서 다스리지 못하진 않을 테니까요. 설령 능력이 없다고 하더라도, 이 세상에는 영주領主의 영지領地를 임대해서 그들에게 해마다 얼마쯤씩 임대료를 내는 사람들이 있어서 그들이 임대한 영지를 다스리는 데 신경을 쓰는 동안 영주는 두 다리 쭉 뻗고 그저 바치는 조공이나 받아먹으면서 천하태평으로 지낸답니다요. 저도 그렇게 하죠, 뭐. 저는 그까짓 한두 푼 가지고 까다롭게 따지진 않겠어요. 속 시원히 한꺼번에 몽땅 다 맡겨버리고 공작님처럼 수입이나 받아먹죠. 그다음엔 세상일이야 어찌 되건 제가 알 바 아니죠."

"여보시오, 산초 형제, 그건 말이오," 교구 참사회 위원이 말했다. "수입을 거두어들이는 일에 속하고, 영지의 영주가 꼭 행해야 할 재판권이라는 게 또 있다오. 그러니까 능력이 있어야 하고, 명철한 판단력이 요구되며, 무엇보다 옳은 일을 하려는 굳은 의지가 필요한 것이오. 처음부터 이런 게 없고보면, 중간도 끝도 모두 틀려나가기 마련이니까요. 그런 까닭에 하느님께선 언제나 순박한 이의 착한 뜻을 도우시고, 간사한 자의 악한 뜻을 버리시는 것이오."

"저야 뭐, 그런 철학적인 말을 모릅니다만," 산초 판사가 대답했다. "하여간에 백작 자리가 내 손에 들어오기만 하면 다스리는 것쯤이야 문제없어요. 저라고 해서 남들이 가진 영혼을 못 가진 것도 아니고, 더구나 팔다리와 몸뚱이도 멀쩡합니다요. 그러니 남들이 자기 영지를 다스린다면, 저도 제 영지를 다스릴 수 있죠. 백작이 되기만 하면 멋들어지게 할 것이고, 해본즉슨 맛이 날 테고, 맛이 있은 즉슨 만족할 테고, 만족한즉슨 더 바랄 것이 없을 테죠. 더 바랄 게 없은즉슨 일은 다 끝난 것이니, 영지나 어서 얻게 해주십쇼. 그럼 장님이 다른 장님에게 하는 말마따나, 어디 한번 두고 봅시다."

"산초, 그대 말도 그릇된 철학은 아니나, 좌우간 백작 문제에 대해서는 할 말이 많아요."

돈키호테가 이 말을 되받아 말했다.

"무엇이 그리 말할 게 많은지는 모르겠소만, 나는 저 위대하신 가울라의 아마디스가 자기 시종을 인술라 피르메의 백작으로 삼으신 그 전례를 따르는 것뿐이오. 산초 판사는 편력 기사의 시중을 들어준 가장 훌륭한 종자 중 한 사람이니 나는 조금도 양심의 거리낌 없이 그를 백작으로 봉할 수 있는 것이오."

교구 참사회 위원은 그만 입이 딱 벌어지고 말았다. 돈키호테의 말이 엉뚱할망정 조리가 있고, 호수의 기사의 모험을 그려내는 솜씨가 훌륭한 데다, 그가 읽은 책들의 꾸며낸 거짓말들이 그토록 큰 영향을 그에게 주었나 싶어서였다. 그리고 제 주인이 약속한 백작 자리를 얻겠다고 그리도 열렬히 갈망하는 산초의 어리석음에도 어안이 벙벙해지고 말았다.

그럴 무렵 짐 실은 노새를 데리러 객줏집으로 갔던 교구 참사회 위원의 하인들이 돌아왔다. 그들은 털로 짠 요 한 장과 잔디밭을 식탁 삼아 나무 그늘에 자리를 잡고 식사를 했다. 위에서도 말이 있었거니와, 달구지 임자는 그곳의 풀밭 덕분에 소 먹일 꼴을 따로 사지 않아도 되었다. 그들이 한창 식사를 하는 도중에 갑자기 근처에 있는 가시덤불과 빽빽한 잡목 속에서 딸랑딸랑 울리는 방울소리와 우두둑우두둑 하는 소리가 들렸다. 그쪽을 바라보는 순간, 덤불 속에서 한 예쁘장한 산양이 뛰어나왔는데, 검은색과 하얀색과 황갈색이 뒤섞인 얼룩 암산양이었다. 그 뒤로는 산양 치는 사람이 하나 따라 나오며, 달아나는 산양에게 그들 특유의 말투로 무리가 있는 데로 돌아오라고 소리를 질렀다. 도망친 산양은 무서워 벌벌 떨면서 마치 살려달라는 듯 사람들 가까이 와서는 가만히 서 있었다. 이윽고 산양 치는 사람이 도착하여 산양 뿔을 잡더니만, 말을 알아듣는 상대에게나 하듯이 이렇게 말했다.

"요놈, 말썽꾸러기 얼룽이 요놈아! 그래, 어쩌자고 요 며칠째 계속 절룩대며 돌아다니느냐? 늑대한테 혼났니, 이 꼬마야? 안 가르쳐줄래, 이 귀염둥이야. 뭐, 딴 게 있을라고, 너도 암놈이라고 가만히 있질 못하겠는 모양이구나. 하지만 네 고 성깔머리와 너 같은 암컷들의 변덕은 악마나 가져가래라. 자, 이리 와, 이리 오라고, 내 친구야. 아주 행복스럽진 못하겠지만, 그래도 우리에 들어가거나 네 친구들과 같이 있는 게 안전하단다. 네 친구들을 이끌고 앞장서야 할 네가 되레 길을 잃고 헤매고 있으니, 네 친구들은 어쩌란 말이냐, 응?"

산양 치는 사람의 말을 듣고 있던 사람들, 특히 교구 참사회 위원은 매우 흥미가 느껴져 이렇게 말을 건넸다.

"여보시오, 너무 성급히 굴지 말고 잠깐만 참으시오. 이 산양을 서둘러 데려가려고 몰아치지 마시오. 당신 말마따나 암컷이고보니 본능을 따를 수밖에 없는 것인즉, 그걸 억지로 막을 수는 없는 노릇이오. 우리와 같이 여기서 뭘 좀 드시고 한잔하십시다. 그렇게 하면 당신도 헐레벌떡 쫓아온 마음이 좀 풀릴 테고, 이 산양도 숨을 돌릴 수 있을 테니까요."

이렇게 말하며 식은 토끼 등 고기를 칼끝에 찍어서 건넸다. 산양 치는 사람은 그것을 받아 들고 고맙다고 말했다. 그러고는 술을 한 잔 들이켠 뒤 숨을 가라앉히고 말했다.

"지금 제가 이 짐승에게 너무 사람같이 이야기했다고 하여 여러 어른들께서 저를 어리석은 사람으로 돌리시면 곤란합니다. 사실 제가 한 말에는 그럴 만한 곡절이 없지 않습니다. 촌뜨기일망정 사람 말, 짐승 말도 구별 못 하는 그런 무지렁이는 아니랍니다."

"나도 그렇게 생각하오." 신부가 말했다. "나는 그전부터 학자는 산속에서 나고, 철학자는 양치기의 오두막에서 난다는 걸 경험으로 알고 있다오."

"적어도, 나리," 산양 치는 사람이 되받아 말했다. "학자나 철학자는 잘 모르지만 그럴 만한 사람들이 더러 묵기는 하죠. 여러분께서 이 사실을 손에 쥐듯 믿으시도록, 청하지도 않으신 군소리 같습니다만, 귀찮게 생각만 마시고 잠깐이라도 들어주신다면 (신부를 가리키며) 이 어른께서 하신 말씀과 제 말이 옳다는 걸 증명할 사실을 한 가지 이야기하겠습니다."

이 말에 돈키호테가 대답했다.

781

"보아하니 이 사건인즉 모르기는 해도 어딘가 기사도의 모험 냄새가 풍기는 것 같으니, 노형, 나만은 듣겠소. 대찬성이오. 또 여기 이분들도 모두 사리가 밝으실뿐더러 이상한 것, 기묘한 것, 재미있는 것을 좋아하시는 분들이니, 틀림없이 노형의 이야기를 무척 반가워하실 겁니다. 그럼 시작하시오. 한 사람도 빠짐없이 다 듣고 있을 테니."

"전 빼놓으십쇼." 산초가 말했다. "저야 뭐, 이 엠파나다³⁴²나 저쪽 시냇가로 가지고 가서 사흘 치를 한꺼번에 포식해보겠습니다요. 우리 돈키호테 나리의 말씀이, 편력 기사의 종자는 있을 때 양껏 먹어두어야 한다고 하셨거든요. 엿새 동안 찾아도 빠져나갈 구멍이 없는 숲속에서 길을 잃을지도 모르니, 탱탱하게 먹어두지 않거나 먹을거리 자루를 든든히 마련해두지 않으면, 흔히 그렇듯이 미라처럼 말라 죽을지도 모르거든요."

"산초, 자네 말이 옳아." 돈키호테가 말했다. "자네 마음대로 어디든 가서 실컷 먹어두게. 나는 이만하면 배가 부르니까 요기할 것은 영혼뿐이네. 그야 뭐, 훌륭한 양반의 이야기를 들으면 저절로 해결되겠지."

"우리도 모두 영혼 요기나 합시다." 교구 참사회 위원이 말했다.

이렇게 말하고는, 어서 해준다던 이야기를 하라고 산양 치는 사람에게 재촉했다. 산양 치는 사람은 뿔을 잡고 있던 산양의 등을 두어 번 살짝 두드려주며 말했다.

---

342 파이의 일종.

"얼룽이야, 나한테 바싹 다가앉아. 우리로 돌아갈 시간은 아직 넉넉해."

산양도 그의 말을 알아들은 듯했다. 제 주인이 앉으니 저도 따라 그의 곁에 얌전히 앉더니, 주인의 얼굴을 쳐다보며 자기도 주인의 이야기를 듣고 있다는 시늉을 해 보였다. 산양 치는 사람은 자기 이야기를 이런 식으로 시작했다.

• 제51장 •

산양 치는 사람이 돈키호테를 데리고 가는
모든 사람에게 한 이야기

"이 계곡에서 3레과 떨어진 곳에 마을이 하나 있습니다. 조그맣기는 하지만 이 근방에서는 손꼽히는 부촌이죠. 거기에 한 농사꾼이 뭇사람의 존경을 받으며 살았는데, 부자면 으레 존경을 받게 마련이지만 그는 가지고 있는 재산보다도 덕이 있어서 존경을 받았답니다. 그러나 그가 남달리 행복하다는 것은, 자기 말처럼 딸 하나를 둔 때문이었습니다. 그 아가씨는 인물이 뛰어난 데다 총명하고 덕성과 귀염성을 함께 갖추었으니, 그녀를 아는 사람이나 한번 보기만 한 사람까지도 하늘과 자연이 깔축없이 점지해주신 그녀의 비할 데 없는 아름다움에 놀라지 않는 자가 없었답니다. 어려서부터 예쁘던 것이 자라면서 더욱 예뻐지더니, 나이 열여섯에 이르러서는 그 아름다움이 아주 활짝 피었더랍니다. 아름답다는 소문이 그 근방 마을들로 두루 퍼져나가기 시작했습니다. 아니, 그 근방뿐이겠습니까. 멀리 떨어진 도시까지 퍼져나갔고, 왕궁에까지 들어가고 말았으니, 듣는 이마다 그 아가씨를 마치 진기한 구경거리나 기적을 일으키는 성상聖像인 양 구경을 하러 오곤 했습니다. 그러나 그녀의 아버지는 딸을 지키고 보호하는 데 신경을 썼고, 딸은 딸대로 스스로 제 몸을 삼갔습니다. 처녀를 지키는 데에는 자물쇠나 빗장 따위가 다 소용이 없고, 그저 처녀 자신이 제 몸을 지키는 게 상책이니까요. 아버지의 재산과 딸의 미모는 마침내 먼 곳의 사람, 가까운 곳의 사람 할 것 없이 뭇사람의 마음을 흔들어놓아서 모두가 구혼을 해왔습니다. 그러나 아버지는 그처럼 귀중한 보배를 처분하는 문제를 두고, 무수한 구혼자들 중 누구를 택해야 할지 결정하지 못하고 갈팡질팡했답니다. 그런데 그 아가씨를 원하는 많은 사람들 틈에 저도 끼게 되었습니다. 성공할 가망성이야 여러모로 많았답니다. 그녀의 아버지는 저를 잘 알고 계셨고, 한 고향 사람이고, 또 순수한 혈통을 타고났고, 한창 꽃다운 나이에다 재산도 넉넉하고 재주도 남 못지않게 가졌으니까요. 그런데 이런 조건들을 나와 똑같이 갖춘 같은 마을의 딴 녀석이 덩달아서 청혼을 하는 바람에 그 아버지는 결정을 연기하고 어물어물 망설이게 되었습니다. 아마 둘 중 누구한테 주더라도 좋은 연분이라고 여겼던 모양입니다. 마침내 그녀의 아버지는 이러한 어려움을 타개하기 위해 레안드라에게 직접 물어보기로 했습니다. 레안드라는 저를 이 비참한 지경으로 몰아넣은 그 부잣집 딸의 이름이랍니다. 우리 두 사람이 서로 막상막하이니, 귀여운 딸에게 일임하여 자기 마음대로 고르게 하는 것이 좋겠다고 생각한 거죠. 이런 일이야 성혼할 자식을 둔 부모로서 누구나 본받을 일이 아니겠습니까. 물론 흉악하고 못된 사람들 중에서 고르라는 말이 아니라, 좋은 사람이 여럿이면 그중에서 좋은 대로 택하게 하라는 말입죠. 저는 레안드라가 누굴 골랐는지 모릅니

785

다. 어쨌든 그녀의 아버지는 우리가 좋다든가 싫다든가 하는 말은 하지 않고, 어정쩡한 말로 딸의 나이가 어리다느니 어쩌니 하는 말만 했습니다. 제 경쟁자의 이름은 안셀모고, 저는 에우헤니오입니다. 이 비극에 등장하는 인물들이니 알아두시는 게 좋겠죠. 비극이 끝난 것은 아닙니다만, 비참이 예측되는 건 뻔한 일이니 말입니다. 어떻든 그럴 무렵, 우리 마을로 비센테 데 라 로사라는 사람이 왔습니다. 같은 마을에 사는 가난한 농사꾼의 아들이었죠. 비센테는 이탈리아 등지에서 군인 생활을 하다가 돌아온 것이었지요. 그가 겨우 열두어 살 때 어떤 대위가 중대를 거느리고 지나다가 우리 마을에서 데리고 갔는데, 그런 지 열두 해 만에 돌아왔을 때는 군복을 입은 청년이 되어 있었죠. 군복도 여러 가지 화려한 색깔로 장식하고, 수많은 유리 조각과 가느다란 쇠 목걸이가 수없이 달려 있었습니다. 오늘은 이런 멋을 내는가 하면 내일은 또 저런 멋을 냈는데, 싸구려로 울긋불긋할 뿐이지 값어치나 품위는 조금도 없었습니다. 상일꾼들이란 원래 짓궂고 할 일이 없을 때면 외로 꼬아서 보기가 일쑤라 비센테한테 눈총을 주고 그의 나들이옷이며 장신구를 하나하나씩 세보았는데, 옷은 도통 세 벌인데 빛깔만 다르고 양말 세 켤레에 양말대님이 셋뿐이었다는 걸 알게 되었습니다. 그래도 그는 그걸 이렇게 저렇게 바꿔 입는 솜씨가 능수능란해서, 만약 세두지 않았더라면 옷은 열 벌도 더 되고 모자 깃털은 스무 개도 더 된다고 했을 겁니다. 옷 이야기가 군더더기 같고 지루한 듯합니다만, 이야기의 중요한 대목이 바로 여기에 관계된답니다. 비센테는 마을 광장에 있는 커다란 미루나무 아래 돌의자에 앉아서 자신의 가지가지 모험담을 떠벌리곤 했는데, 듣는 우리는 입을 헤벌리고 군침을 삼키며 멍청하게 듣고 있었습니다. 세상에 그가 안 가본 땅이 없고, 안 해본 싸움이 없고, 모로코와 튀니지에 살고 있는 무어인보다 더 많은 무어인을 그가 죽였고, 그의 허풍대로라면 간테와 루나[343]며 디에고 가르시아 데 파레데스 등의 수많은 사람들보다 단병접전을 더 많이 치렀으나 언제나 피 한 방울도 흘리지 않고 이겼다는 것이 었습니다. 그런가 하면 잘 드러나지도 않는 것을 상처라고 보여주면서, 곳곳에서 접전을 벌이다가 얻은 총상이라고 했습니다. 더욱이 놈은 또 어찌나 건방지던지, 동갑내기는 물론이고 저를 환히 알고 있는 사람들까지 어린아이 다루듯 했습니다. 그는 자기의 완력이 아버지이며, 자기의 공훈은 바로 가문이며, 군인으로서 자기는 국왕에게 손색이 없다는 말을 떠들어대곤 했지요. 건방에 한 가지 보탤 것이 있다면, 제법 음악도 아는 위인이라 기타를 잘 쳤는데 그의 기타 소리를 들은 몇몇이 '기타가 말을 하게 한다'라고 칭찬하더라는 겁니다. 그러나 그의 재주는 거기서 끝나는 게 아니고 시 또한 잘 지었거든요. 그래서 그는 마을에서 일어나는 일이면, 아무리 하찮은 일이라도 1레과 반이나 될 긴 로맨스를 엮어냈습니다.

그런데 지금까지 제가 이야기해온 이 군인, 이 용사, 이 멋쟁이, 이 음악가, 이 시인, 즉 비센테 데 라 로사를, 레안드라가 광장이 내다보이는 자기 방의 창 너머로 몇 번이고 보고 또 보고 했더랍니다. 옷이라야 겉만 번지르르한 눈속임인데도 그에게 마음이 쏠렸고, 매

---

343 Gante y Luna. 확실하지는 않지만 '간테'는 병사兵士 후안 데 간테 Juan de Gante, '루나'는 유명한 결투를 벌였던 마르코 안토니오 루넬 Marco Antonio Lunel일 것이라고 추측하고 있다. 이 두 사람은 16세기 초반 동시대에 활약했다.

번 스무 부씩이나 베껴내는 로맨스건만 그것에 반해버린 것입니다. 제가 했다고 떠들어대는 자랑거리가 레안드라의 귀에까지 들어가게 되었으니, 결국 악마란 놈이 그렇게 씌운 것이겠지만, 그 녀석이 여자를 꾀어내려고 감히 선수를 쓰기도 전에 도리어 이쪽에서 먼저 반해버렸습니다그려. 뭐니 뭐니 해도 연애란 여자 편에서 먼저 애태울 때처럼 쉽게 되는 일이 없으니, 레안드라와 비센테는 제꺽 서로 뜻이 통하게 되었습니다. 그러니까 뭇사람이 졸라대도 마음을 줄 사이도 없이 여자는 벌써 그 녀석에게 마음을 허락하고는, 그렇듯 사랑하는 아버지의 집을 뛰쳐나와 군인과 함께 그 마을에서 달아나버렸습니다. 그녀에게는 어머니가 계시지 않았습니다. 결국 비센테는 지금껏 자랑하던 그 많은 모험 중에서도 가장 멋진 모험을 떠난 셈이었지요. 일이 이쯤 되었으니 온 마을뿐이겠습니까, 소문을 듣는 이마다 모두 깜짝 놀랐죠. 저는 무엇에 얻어맞은 듯 얼떨떨했고, 안셀모도 기막혀했으며, 그녀의 아버지는 슬픔에 빠졌고, 친척들은 창피해할 뿐이었습니다. 관청은 등이 달았고, 산타 에르만다드 단원들은 눈에 불을 켜고 수색 작업을 벌였습니다. 길이란 길은 다 가보고 숲이란 숲은 다 뒤져본 끝에 사흘 만에야 그 바람난 레안드라를 어느 산 굴속에서 찾아냈는데, 자기 아버지의 집에서 가지고 나간 돈과 값진 보석들은 온데간데없이 속옷 한 벌만 입고 있더랍니다. 사람들이 그녀를 자애로운 아버지 앞에 데려다놓고 그 모양이 된 까닭을 물었습니다. 그러자 그녀는 서슴지 않고 고백하면서 말하기를, 비센테 데 라 로사가 자기를 속였다고 했습니다. 결혼을 해주겠다면서, 집을 나오기만 하면 이 세상에서 제일 호화롭고 즐거운 도시인 나폴리로 데려가겠노라고 하더랍니다. 그래서 죄다 주었더니, 험한 산속으로 끌고 가서는 자기가 발견된 그 굴속에다 처넣고 말더라는 것이었습니다. 레안드라가 덧붙이기를, 그 군인이 자기의 순결은 빼앗지 않고 가진 것만 몽땅 빼앗고는 그 굴속에다 집어넣고 가버렸다고 이야기했지요. 그래서 사람들은 모두 새삼스레 놀라고 말했습니다. 설마 그 녀석이 금욕자일 리 없으니 우리는 곧이듣지 않았지요. 하지만 레안드라가 한사코 맹세하는 바람에 풀이 죽어 있던 그녀의 아버지도 적이 안심했습니다. 자기 딸이 한번 잃어버리면 다시는 찾을 길 없는 보배를 빼앗기지 않았다는 점에서, 도둑맞은 돈쯤은 문제도 삼지 않았던 거죠. 레안드라가 돌아온 그날로 그녀의 아버지는 딸을 우리 눈에서 치워 근처 수도원에 감추었습니다. 세월이 흐르면 딸에 대한 나쁜 소문도 스러지리라고 은근히 바랐던 거죠. 레안드라가 잘했건 못했건 상관할 게 없는 사람들은 나이가 어려서 그랬겠거니 하고 잘못을 잘못으로 돌리지 않았습니다만, 그녀의 똑똑함과 영리함을 잘 아는 사람들은 철이 없어서 저지른 잘못으로 보지 않고 여자들의 타고난 성미와 들뜬 기분 탓으로 돌렸습니다. 사실 여자란 대개 흥뚱항뚱하고 진득한 맛이 없지 않습니까. 레안드라가 수도원에 갇히자 그만 안셀모의 눈이 멀었습니다. 그에게 즐거움을 줄 만한 어느 것도 볼 수 없게 되었단 말입니다. 마찬가지로 제 눈도 캄캄해졌지요. 무슨 재미있는 걸 보여줄 만한 한 줄기 빛도 없었으니까요. 레안드라가 없는 동안 우리의 슬픔은 더욱 커가고 인내심은 더욱 줄어들어, 군인 녀석의 옷차림을 저주하기도 하고 레안드라의 아버지의 주의력 부족을 원망하기도 했습니다. 결국 안셀모와 저는 마을을 떠나 이 계곡으로 들어온 것입니다. 여기서 그는 자기 소유의 엄청나게 많은 양 떼를, 그리고 저도 그에 못지않은 산양 떼를 치면서 이 숲속에서 세월을 보내고 있습니다. 이곳에서 우리는 아름다운 레안드라를 노래로 찬양하기도 하고 원망하기도 하며, 혼자 한숨짓다가 하늘에 대고 하소연하기도 하면서 그렁저렁 우리의 시름을 달래는 것이죠. 레안드라 때문에 애태우던 다른 사람들도 덩달아 이 험한 산속으로 들어와서 우리와 같은 모양으로 지낸답니다. 그런 사람들이 어찌나 많은지, 여기는 온통 목가적인 정서가 풍기는 아르카디아[344]로 화해버린 것 같습니다. 양치기와 양 우리가 꽉꽉 들어차서, 어느 구석을 가든지 아름다운 레안드라의 이름이 들리지 않는 곳이 없답니다. 이쪽에서 욕을 퍼부으며 변덕쟁이, 덜렁쇠, 바람둥이라 부르면 저쪽에선 쉬운 여자, 경솔한 여자라고 합니다. 한쪽에서 용서하고 풀어주는가 하면 다른 쪽에선 죄를 주어 비난하고, 아름답다고 치켜세우는 사람이 있으면 행실이 나쁘다고 욕하는 사람이 있어, 좌우간 모두가 욕하고, 모두가 속을 태우고, 모두가 미칠 지경에 이른 것입니다. 그러다보니 말 한번 걸어보지 못한 사람도 공연히 자기를 얕본다고 투덜대고, 어느 누구에게도 시새울 기회를 주지 않았건만 질투와 병에 걸려 운명을 한탄하고 있습니다. 아까도 말씀드렸지만, 레안드라는 연정보다 행실이 먼저 드러난 것이죠. 그러고보니 바위틈이고 시냇가고 나무 그늘이고 양치기가 제 신세

---

344 그리스의 펠로폰네소스반도에 있는 지역으로 고대 그리스의 목가적 이상향이 되었으며, 야코포 산나차로Jacopo Sannazzaro의 동명 작품《라 아르카디아*La Arcadia*》의 무대가 된 곳이다. 14세기 말에서 16세기 초에 걸쳐 이탈리아를 중심으로 전 유럽에 퍼진 학문상·예술상의 혁신 운동이었던 르네상스에서 목가시와 목가소설의 주 모델이었으며, 특히 세르반테스에 의해 재조명된 곳이다.

를 바람에 대고 하소연하지 않은 곳이 없어서, 울려 나올 수 있는 곳에서는 어디서든 레안드라의 이름을 부르는 소리가 메아리치고 있죠. 산들도 레안드라를 울려 퍼뜨리고 시내들도 레안드라를 속삭이니, 우리는 모두 레안드라에 팔리고 홀려서 희망 없는 가운데 불안할 까닭도 없는 불안을 느끼고 있습니다. 이런 못난이들 중에 그래도 본정신이 똑바로 박힌 것은 제 연적인 안셀모입니다. 그는 슬퍼해야 할 일이 너무나 많은데도 단지 레안드라가 없어진 것만을 슬퍼할 따름입니다. 그는 자작시를 능숙한 솜씨로 라벨[345]에다 싣고 노래를 부르면서 슬픔을 달래는 것입니다. 그러나 저는 그와 달리 아주 쉬운, 그리고 어찌 보면 좀 더 현명한 길을 택했습니다. 그것은 바로 여자의 변덕을 저주하고, 그들의 변심과 속임수와 지키지 않는 약속과 깨뜨린 맹세, 그리고 그들의 욕망과 사랑의 대상을 선택할 때의 판단력 부족을 욕하는 것입니다. 조금 전 제가 여기 왔을 때 이 산양에게 무어라고 한 것도 이런 연유가 있어서입니다. 이놈은 제 산양들 중에서 제일 좋은 녀석이긴 하지만 암컷이라는 점에서 멸시를 합니다. 여러분께 들려드린다는 이야기가 바로 이겁니다. 이야기가 너무 지루했다면 그 보상을 해드리죠. 제 오두막집이 바로 이 근처에 있는데, 신선한 우유와 맛 좋은 치즈, 그리고 보기에도 좋을뿐더러 맛 또한 기가 막히는 여러 가지 잘 익은 과일들이 얼마든지 있습니다."

---

345 양치기 소년들이 타던 현악기. 제11장 주 145 참조.

제52장

돈키호테와 산양 치는 사람의 싸움과
땀 흘린 보람으로 성공을 거둔
고행자들과의 진기한 모험에 대해

산양 치는 사람의 이야기를 듣던 사람들은 모두 재미있어했는데, 특히 교구 참사회 위원은 유난히 호기심을 가지고 이야기하는 수법에 대해 흥미를 느꼈다. 이야기를 하는 수법으로 보아 그는 시골의 산양 치는 사람이 아니라 세련된 도시인 같아 보였던 것이다. 산속에서 학자가 난다는 신부의 말은 옳은 것이었다. 사람들은 모두 에우헤니오를 도와주겠다고 했는데, 누구보다 호기롭게 앞장을 서는 것은 돈키호테였다. 그는 이렇게 말했다.

"산양 치는 형제여, 정말이지 내가 모험을 착수할 수 있는 몸이기만 하다면 당장에 손을 써서 당신의 일을 행복한 결말로 이끌어드리겠소. 뭐, 보나마나 레안드라는 억지로 갇혀 있는 몸일 테니, 수녀원장이건 누구건 나를 막는다 해도 수도원에서 그녀를 빼낼 자신이 내겐 있소이다. 물론 기사도의 법이 여인에게도 난폭한 짓을 하지 말라고는 하지만, 그 법을 지키면서도 그 아가씨를 당신의 손에 넘겨서 당신 마음대로 하도록 하겠소. 그런데 내가 하느님께 오직 바라는 바는, 악한 마법사의 힘이 아무리 세더라도 선한 마법사의 힘에는 미치지 못하도록 해주십사 하는 것입니다. 그때를 위해서 내 직업이 명령하는 그 힘, 그 도움을 당신께 드리기로 약속하는 바입니다. 내 직업이란 다른 게 아니라, 약자와 궁한 이를 돕는 것이니까요."

산양 치는 사람이 그를 찬찬히 들여다보니 너무 남루하고 초췌한지라, 놀라서 곁에 있는 이발사에게 물었다.

"여보십시오, 이 사람이 누군데 꼴이 이 모양이고 말투가 이렇습니까?"

"누구긴 누구겠습니까?" 이발사가 대답했다. "유명한 라만차의 돈키호테라는 분이죠. 불의를 무찌르고, 부정을 바로잡으며, 여인들을 보호하고, 거인들을 벌벌 떨게 하며 전투에서는 승리만 하는 사람이죠."

"어쩐지," 산양 치는 사람이 대답했다. "편력 기사의 책에 나오는 사람 같군요. 옛날의 편력 기사들은 이 사람이 했다는 그런 일들을 했죠. 하지만 제 생각으로는 선생께서 농담을 하고 계시든지, 아니면 이 양반의 머리통에 구멍이 뚫린 것만 같습니다."

"천하의 몹쓸 놈 같으니라고!" 이때 돈키호테가 말했다. "구멍이 뚫린 건 바로 네놈이다, 이놈아! 너를 낳은 네 어미 년보다 난 뚫린 데 없이 멀쩡하다. 이 후레자식아!"

이렇게 말하면서 앞에 놓인 빵 덩어리를 움켜쥐고 산양 치는 사람의 면상에 냅다 던지니, 산양 치는 사람의 코가 납작해졌다. 산양 치는 사람은 단순한 장난이 아니고 진짜로 그런 변을 당한 것임을 알자, 양탄자고 식탁보고 주위에 널린 음식이고 간에 돌아보지 않고 돈키호테에게 와락 달려들어서 두 손으로 그의 목을 졸랐다. 그 순간 산초 판사가 쫓아와서 산양 치는 사람의 덜미를 낚아채 식탁 위에 동댕이치지 않았던들 돈키호테는 영락없이 숨이 막혀 죽었을 것이다. 이 서슬에 접시는 박살이 나고, 찻잔은 깨어지고, 식탁에 놓였던 것들은 사정없이 엎질러져 흩어지고 말았다. 돈키호테는 몸이 놓여나자 대뜸 산양 치는 사람을 올라타려고 달려들었다. 산초의 발길에 채어 얼굴이 온통 피투성이인 산양 치는 사람은 피의 복수를 할 셈으로 엉금엉금 기면서 식칼을 찾고 있었다. 그러나 교구 참사회 위원과 신부가 그것만은 못 하게 막았는데, 산양 치는 사람은 이발사의 도움으로 돈키호테를 넘어뜨리고 타고 앉게 되었다. 그러고는 비 오듯 얼굴에 주먹질을 가하니, 가엾은 기사의 얼굴도 그의 얼굴처럼 피가 철철 흘렀다.

교구 참사회 위원과 신부는 우스워 못 견디었고, 산타 에르만다드 단원들은 신이 나서 날뛰며 엎치락뒤치락 개들이 싸울 때처럼 이쪽저쪽에서 기세를 돋우고 있었다. 그러나 산초 판사만은 낙심천만이었다. 제 주인을 도우려 해도 교구 참사회 위원의 하인 하나가 중간에 들어서 비켜주지를 않았기 때문이다.

이렇듯 맞붙어서 쥐어박기를 하는 두 사람 말고는 모두가 한창 재미나는 판에, 문득 구슬픈 나팔 소리가 들려왔다. 사람들은 모두 소리가 나는 쪽으로 얼굴들을 돌렸다. 그 소리에 누구보다 펄쩍 정신이 난 것은 돈키호테였다. 그는 본의는 아니나마 분하게도 산양 치는 사람한테 깔려서 실컷 두들겨 맞는 몸이면서도, 이렇게 말을 걸었다.

"이놈아, 네놈이 나보다 힘이 센 걸 보니 악마임에 틀림없다마는, 더도 덜도 말고 단 한 시간만 휴전할 수 없겠느냐. 우리 귀에 들려오는 나팔 소리가 저렇게 슬플 적에는 필연코 무슨 딴 모험이 나를 부르는 것만 같으니 말이다."

때리고 맞고 하느라고 벌써부터 기진맥진한 터라, 산양 치는 사람도 손을 놓았다. 돈키호테가 일어나서 소리 나는 쪽으로 얼굴을 돌이켜 보니, 난데없이 고개에서 고행자처럼 흰옷을 입은 한 무리의 사람들이 내려오고 있었다.

그해에 구름은 가랑비 한 줄기도 땅에 내려주지 않아서, 인근의 모든 마을에서 하느님께 자비를 베풀어 비를 내려주십사 하고 기도를 올리기 위해 행진과 기우祈雨와 고행을 하고 있었던 것이다. 이러한 목적에서 부근에 사는 마을 사람들이 그 계곡 옆 산 위에 있는 성스러운 암자로 행렬을 지어 오는 중이었다.

그런데 이들 고행자의 이상한 옷차림을 본 돈키호테는 이전에도 여러 번 보았던 기억은 간데없이 또 무슨 새로운 모험거리가 생겼다고 생각하고는, 이걸 해치울 사람은 편력 기사인 자기밖에 없다고 믿었다. 더구나 그의 이런 생각을 더욱 부채질한 것은 그들이 검은 천으로 휘감아 메고 가는 성모상으로, 그는 필시 저 무지막지한 놈들이 어떤 귀부인을 납치해 가는 줄로 알았던 것이다. 이런 생각이 머릿속에 번뜩 떠오르자 그는 지금까지 한가로이 거닐고 있던 로시난테에게 나는 듯이 뛰어가더니, 고삐와 방패를 풀어 댓바람에 재갈을 물렸다. 그리고 산초한테 칼을 달라 하고는 로시난테를 잡아타고 방패를 낀 다음, 그 자리에 있는 사람들을 향하여 큰 소리로 외쳤다.

"자, 동행하시는 여러분, 지금이야말로 기사도에 종사하는 편력 기사들이 이 세상에 얼마나 중요한가를 보여드릴 때입니다. 지금 납치되어 끌려가시는 저 귀부인을 구하는 것을 보시면 편력 기사의 가치를 인정하시게 될 것입니다."

이렇듯 말하면서, 박차가 없기 때문에 양쪽 발뒤축으로 로시난테의 허구리를 쿡 질렀다. 그러고는 전속력으로, 이 실제 이야기를 다 읽어보아도 로시난테가 질주했다는 말은 없는데도, 고행자들을 향하여 마주 나갔다. 신부와 교구 참사회 위원과 이발사가 그를 제지하려고 했으나 막무가내였고, 산초가 다음과 같이 고함을 지르며 말렸으나 아무 소용이 없었다.

"돈키호테 나리, 어딜 가세요? 우리의 가톨릭 신앙을 치러 가시다니, 악마 놈들이 부추기는 줄은 모르시고, 원. 아이고, 이 일을 어쩝니까요? 잘 보십쇼, 저건 고행자들의 행렬이고 가마에 태워 가지고 가는 건 순결무구하신 동정녀의 축복받은 성모상이에요. 나리, 제발 큰일 저지르지 않도록 조심하세요. 이번엔 정말 잘못 보셨어요."

산초는 하릴없이 헛수고만 했다. 그의 주인은 서둘러 흰옷의 무리에게로 육박해 들어가서 상복 입은 귀부인을 구하려는 일념에 말 한마디도 듣지 못했기 때문이다. 또 설령 들었다고 해도, 그게 왕의 명령이라도 돌아올 그가 아니었다. 드디어 행렬에 맞닿아지자, 그는 벌써부터 좀 쉬었으면 하는 로시난테를 세운 뒤 거칠고 성난 목소리로 호통을 쳤다.

"얼굴들을 가린 것으로 미루어 네놈들은 정녕코 흉악한 자들인 것 같으니, 걸음을 멈추고 내가 하려는 말을 잘 듣거라!"

맨 먼저 주춤하고 멈춘 것은 성모상을 메고 가던 사람들이었다. 위령기도를 읊조리며 가던 네 신부 중 하나가 돈키호테의 이상야릇한 몰골이며 삐쩍 마른 로시난테, 그리고 우리 기사 나리의 우스꽝스러운 몰골을 이모저모 살피고는 이렇게 대꾸했다.

"여보시오, 형제분, 우리한테 하실 말이 있거든 어서 하시오. 여기 이분들은 모두 몸을 괴롭히며 가는 길이니, 두어 마디로 할 수 있게 간단한 말이 아니면 그 말을 듣자고 발길을 멈출 수도 없고 그럴 까닭도 없다오."

"그럼 한마디로 말하겠다." 돈키호테가 되받아 말했다. "즉각 이 아리따우신 아가씨를 풀어드려라. 이분의 눈물과 수심에 찬 얼굴이 명백히 증명하는바, 네놈들이 본인의 뜻을 강박해서 납치해 가는 것이고 또 무슨 무례한 짓을 하려는 것임이 분명하다. 나는 이러한 모욕을 씻어주기 위해 세상에 태어난 만큼, 저분이 바라고 또 얻어 마땅한 자유를 드리지 않는 한 한 발자국도 나가지 못하게 할 것이다."

이 소리를 들은 모든 사람은 돈키호테가 미친 사람임에 틀림없구나 하고 한바탕 웃음보를 터뜨렸다. 그들의 웃음은 돈키호테의 분노에 화약을 더했으니, 그는 잡담을 제하고 다짜고짜 칼을 빼어 들고 가마가 있는 쪽으로 돌진해갔다. 그러자 가마를 메고 가던 사람 중 하나가 제 동료에게 뒤를 부탁하고는, 쉴 때에 가마를 받쳐 놓는 받침대인지 지팡이인지 몽둥이 하나를 잡아 들고 돈키호테와 맞서기 위해 나섰다. 돈키호테가 내리치는 강타에 몽둥이는 두 동강이 나버렸으나, 손에 잡힌 반 토막으로 돈키호테의 칼 잡은 팔의 어깻죽지를 사정없이 내려쳤다. 가엾은 돈키호테는 상일꾼의 뚝심을 방패로 막을 겨를도 없이 쿵 하고 땅바닥에 쓰러지고 말았다.

씨근벌떡 뒤쫓아 온 산초 판사는 주인이 거꾸러진 것을 보고는 몽둥이를 휘두르는 자에게, 이 양반은 마법에 걸린 불쌍한 기사이며 평생 남한테 나쁜 짓이라곤 하신 적이 없는 분이니 그만해두라면서 소리를 질렀다. 그러나 상일꾼이 손을 멈춘 것은 산초의 소리 때문이 아니라, 돈키호테의 수족이 꼼짝 않는 것을 본 때문이었다. 그는 상대가 죽은 줄 알고, 허둥지둥 겉옷을 걷어들고 사슴처럼 들판으로 도망쳐버렸다.

이때 돈키호테의 일행이 그가 쓰러져 있는 곳으로 왔다. 행렬을 짓고 있던 사람들은 그들이 달려오는 모습과 그중에 화승총을 든 산타 에르만다드 단원들까지 있는 것을 보자, 무슨 행패라도 부릴까봐 성모상의 주위를 뼁 둘러쌌다. 그들은 얼굴 가리개를 벗은 다음 고행할 때 쓰는 채찍을 들고 신부들은 촛대를 든 채 방어를 하는 한편, 만약 가능하다면 습격자들을 공격할 태세로 그들을 기다렸다. 그러나 염려했던 것보다는 운수가 좋아서 일은 잘 수습이 되었다. 산초는 제 주인이 죽은 줄로 알고, 그의 몸을 얼싸안고는 구슬프고도 우스꽝스럽기 짝이 없는 통곡을 했다.

기도 행렬을 짓고 오던 다른 신부는 신부를 알아보았다. 그 알음알이 덕분에 양쪽에서 서로 품었던 불안과 의구심이 풀어지게 되었다. 이쪽 신부가 저쪽 신부에게 돈키호테가 누구임을 간단히 이야기해주었다. 그리하여 신부와 고행자 모두 불쌍한 기사가 죽었는지 보려고 다가가니, 산초 판사가 눈물을 흘리며 소리쳤다.

"아이고, 기사도의 꽃이시여, 몽둥이질 한 번에 훌륭하셨던 일생을 이렇게 끝내시고 말다니! 아이고, 원통해라. 가문의 명예이시고, 온 라만차 지방의 자랑이며, 온 세상의 영광이시더니, 이제 이곳에 안 계시니 악당 놈들이 득시글대고 나쁜 짓을 해도 두려워할 게 없겠군요. 모든 알렉산더를 묶어놓은 것보다 후하신 어른! 여덟 달밖에 섬기지 않은 이놈한테 바다에 둘러싸인 제일 좋은 섬을 주신 양반! 아이고, 교만한 자에게는 겸손하시고, 겸손한 이에게는 교만하시며, 위험 속으로 뛰어드시고, 모욕을 잘 참으시며, 까닭 없이 반하시고, 착한 이를 본받고, 악한 자를 매질하고, 천박한 자와는 사귀지 못하시는, 한마디로 말해서 이 세상에 둘도 없는 편력 기사님이시여!"

산초의 탄식하는 소리에 돈키호테가 부스스 깨어났다. 깨어나자마자 그가 맨 먼저 한 말은 이러했다.

"그리운 둘시네아여, 당신과 떨어져 사는 이 몸은 이보다 더한 고생도 해야 되나보오. 여보게, 산초 친구, 나를 좀 부축해서 마법에 걸린 수레에다 실어주게. 이쪽 어깨는 아주 으스러졌는지, 이젠 로시난테의 안장에 올라탈 수가 없군."

"아이고, 해드리고말굽쇼, 나리." 산초가 대답했다. "나리의 행복을 비는 여기 이분들과 함께 고향으로 돌아가서, 좀 더 수지도 맞고 이름도 빛낼 수 있는 모험을 다시 떠나기로 합시다요."

"산초, 거참 말 잘했네." 돈키호테가 대답했다. "지금 한창 기세를 뻗치고 있는 저 별들의 요사스런 기운을 피하는 게 무엇보다도 현명한 일이지."

교구 참사회 위원과 신부, 그리고 이발사는 돈키호테의 결심을 사뭇 칭찬하고 산초 판사의 어리석음을 실컷 즐긴 뒤에 우리의 기사를 끌고 오던 달구지에 그전처럼 실었다. 이리하여 기도 행렬은 다시 나란히 길을 가기 시작했고, 산양 치는 사람은 일동과 작별을 고했다. 산타 에르만다드 단원들이 더는 가지 않겠다고 해서, 신부는 그들에게 약속한 돈을 치러주었다. 교구 참사회 위원도 신부에게 돈키호테가 어떻게 되는지, 그의 광증이 없어졌는지 그냥 그대로인지 알려줄 것을 부탁하고는 제 갈 길로 가버렸다. 결국 모두가 헤어져 떠나고나니, 남은 이들이라곤 신부와 이발사와 돈키호테와 산초 판사, 그리고 제 주인 못지않게 참을성을 가지고 이것저것 온갖 경험을 다 감당해낸 준마 로시난테뿐이었다. 말꾼은 달구지에 소를 비끄러맨 다음 돈키호테를 짚더미 위에 올려 앉히고는 신부가 가자는 대로, 또 여태 오던 대로 느릿느릿 길을 계속하여 드디어 엿새 만에 돈키호테의 마을에 도착했다. 도착한 것은 정오 무렵이었는데, 때마침 주일이라 돈키호테의 달구지가 지나갈 때 광장에는 사람들이 가득 차 있었다. 그들은 달구지 안에 무엇이 들어 있나 보려고 몰려왔다가 같은 마을 사람이 타고 있는 것을 알고 깜짝 놀랐다. 한 소년이 기사의 가정부와 조카딸에게로 달려가서, 주인이며 아저씨인 이 집 양반이 바짝 말라가지고 소달구지 위에, 그것도 짚더미에 누워서 돌아왔다는 소식을 전했다. 마음씨 착한 두 여자가 비명을 지르고 제 손으로 제 뺨을 철썩철썩 때리며 새삼스레 원수 놈의 기사도 책들을 저주하는 소리를 들을 때는 눈시울이 뜨거울 지경이었다. 이러한 일은 돈키호테가 문 안에 들어설 때에 한결 더했다.

돈키호테가 돌아왔다는 소식을 듣고 헐레벌떡 달려온 것은 산초 판사의 아내였다. 그녀는 남편이 종자 노릇을 하려고 그를 따라갔다는 것을 이미 잘 알고 있었다. 산초를 보기가 무섭게 그녀는 대뜸 당나귀는 어떡했느냐고 물었다. 산초는 주인인 자기보다 더 잘 있다고 딴전을 피웠다.

"하느님도 고마우시지." 아내가 되받아 말했다. "이런 은혜를 다 베푸시다니! 그런데 여보야, 종자 노릇은 수지가 맞았나요? 어디 내 외투를 사 오셨나요? 애들 신발은 어떤 걸로 사 오셨나요?"

"그런 건 아무것도 안 가져왔어." 산초가 말했다. "마누라, 하지만 그따위보다 더 굉장한 다른 것을 가져왔거든."

"아이고, 어쩌면." 아내가 대답했다. "여보, 그럼 어서 그 굉장한 걸 좀 보여줘요. 내 눈으로 직접 보아야 속이 후련할 것 같아요. 당신이 없는 동안 나는 얼마나 쓸쓸하고 허전했다고요."

"여보, 집에 가서 보여줄게." 판사가 말했다. "지금은 그쯤 알고 있으라고. 하느님의 은혜로 우리가 다시 한번 모험의 길을 떠나는 날이면, 그때 가서 마누라는 내가 제격 백작이나 섬나라의 총독이 되는 걸 보게 될 테니. 그것도 이런 데 있는 시시한 시골 섬들인 줄 알아? 천하제일의 섬이거든."

"제발 하느님 덕분에 그렇게만 되기를 빌어요, 서방님. 그런데 여보, 그 섬나라고 뭐고 하는 게 무슨 말이에요? 난 알아듣지 못하겠는데요."

"당나귀 입에 어디 꿀이 당한가." 산초가 대답했다. "이 마누라야, 때가 되면 차차 알게 될걸, 뭐. 어디 그뿐인가, 굽실거리는 신하들한테 나리 마님이란 소리를 들으면 놀라 자빠질걸."

"아니 산초, 뭐라고요? 마님이니 섬나라니 신하들이니 하는 소리가 대체 뭐래요?" 후아나 판사가 대답했다. 후아나 판사란 산초의 아내 이름으로, 라만차 지방의 풍습으로는 친척이 아니라도 여자들은 남편의 성을 따랐다.

801

"원, 성미도 급하지. 후아나, 이런 건 그렇게 냉큼 아는 게 아니야. 그저 내가 하는 말을 믿기만 하면 돼. 그러곤 입을 다물어. 이왕 말이 났으니 내 한마디만 귀띔을 해주지. 세상에 똑똑한 남자치고 모험을 찾아다니는 편력 기사의 종자 노릇을 하는 것보다 더 좋은 일은 또 없다 그 말이야. 물론 당하는 모험마다 뜻대로 척척 잘되리라는 법이야 없지. 가령 당하는 게 백이라 치면, 아흔아홉은 실패하는 것이 보통이지. 난 경험으로 그걸 잘 알고 있어. 언제는 담요 키질을 당하고, 또 언제는 녹초가 되도록 늘씬하게 두들겨 맞았지 뭐야. 하지만 그렇지만서도 성공을 기대하며 산을 넘고 숲을 헤치고 바위를 타고 성을 찾아들며 마음대로 객줏집에 묵으면서도 돈 한 푼 내지 않는 게, 거참 멋진 노릇이거든."

이런 이야기가 산초 판사와 그의 아내 후아나 판사 사이에 오가는 동안, 돈키호테의 가정부와 조카딸은 그를 모셔서 옷을 갈아입히고 그의 낡은 침대에 눕혔다. 그는 눈을 흘끔 떠서 그들을 멍청히 바라보았으나, 자기가 지금 어디에 와 있는지를 알 수가 없었다. 신부는 조카딸에게 아저씨를 집으로 데려오느라고 혼난 일을 이야기해주며, 그를 정성껏 잘 돌보고 다시는 집에서 빠져나가지 못하도록 둘이서 꼭 지키고 있으라고 신신당부했다. 그 말을 들은 두 여자는 다시금 울음을 터뜨리며, 새삼스레 기사도 책들에 대해 저주를 퍼부었다. 그따위 거짓말과 엉터리를 지어낸 작가들을 밑바닥 없는 지옥에 빠지게 해달라고 하느님께 빌었다. 마침내 그녀들은 자신들의 주인이자 아저씨인 양반이 조금만 몸이 회복되면 또 집을 빠져나가지 않을까 걱정이 되어 안절부절못했다.

이 이야기의 작가는 돈키호테가 세 번째로 출정을 나가서 행한

일에 대하여 호기심을 가지고 열심히 찾아보았으나, 그에 관한 기록이나 최소한의 믿을 만한 자료도 찾을 수가 없었다. 다만 라만차 지방에 전해 내려오는 소문에 의하면, 돈키호테는 세 번째로 집을 나가 사라고사로 가서 유명한 무술 시합에 참가했고, 그곳에서 그의 용기와 지혜에 걸맞은 모험을 했다고 한다. 사실 우리의 작가는 돈키호테의 최후와 종말에 관해 아무것도 알아낼 수 없을 뻔했지만, 천만다행으로 한 늙은 의사를 만나게 되었다. 그 의사는 납 상자를 하나 가지고 있었는데, 낡은 성당을 개축할 때 무너진 초석 사이에서 발견된 것이라고 했다. 그 상자에서 카스티야 말로 된 시를 고딕체로 쓴 양피지가 나왔는데, 거기에 돈키호테의 가지가지 모험과 엘 토보소의 둘시네아의 아름다움과 로시난테의 모습과 산초 판사의 충직함과 돈키호테의 장례에 관한 정보가, 그의 생애와 행장을 적은 비명碑銘이며 송덕시頌德詩와 함께 들어 있더라는 것이다.

이 독창적이고 비할 데 없이 훌륭한 이야기를 지은 믿을 만한 작가는 그중 읽을 수 있고 이해할 수 있는 것을 여기에 수록한다. 작가는 독자들에게 자신이 그 이야기를 세상에 내놓기 위하여 라만차의 기록 보관실을 샅샅이 뒤진 무한한 노력의 대가는 받고 싶지 않다고 했다. 단지 지식 있는 분네들이 세상에서 아주 높이 평가받고 있는 기사도 책을 믿듯이, 독자들이 이 책을 믿어주기만을 바랄 뿐이라고 했다. 그것으로 작가는 충분한 대가를 받은 것으로 만족하며, 나아가 이 책만큼 진실하지는 못하나 적어도 창의와 재미에서 이에 못지않은 다른 작품을 찾아낼 용기를 갖게 될 것이다.

납 상자에서 발견된 양피지에 적혀 있는 첫머리는 이러했다.

라만차의 한 마을인 라 아르가마시야의 한림원 회원들이
용감한 라만차의 돈키호테의 생애와 죽음에 대하여
이렇게 기록함

돈키호테의 무덤에 부쳐
아르가마시야의 한림원 회원 모니콩고[346]

비명

크레타의 하손[347]보다 더 많은 전리품으로
라만차를 장식한 미친 기사
공연한 지혜가 날카롭기만 해
무디고 폭이 넓었으면 한결 좋았을걸.

카타이에서 가에타까지[348]
용맹을 휘날린 억센 그 팔뚝
청동 판에 노래를 새긴
처절하게 총명한 그 뮤즈.

---

346 콩고의 흑인.

347 그리스신화 속 영웅 이아손Jason을 말한다. 아버지가 빼앗긴 왕권을 되찾기 위해, 아르고 Argo호 원정대를 이끌고 황금 양털 가죽을 가져왔다.

348 중국에서 나폴리까지. 앙헬리카는 중국의 북쪽에 위치한 카타이의 공주이며, 가에타에 서는 에스파냐 사람들이 프랑스 사람들을 격파했다.

사랑과 용맹에 몸을 맡겨서
수많은 아마디스들을 압도했고
갈라오르 같은 것들은 무시했으며,

벨리아니스 족속을 침묵케 했고
로시난테를 타고 편력하던 그이
여기 차디찬 돌 아래 누워 있노라.

엘 토보소의 둘시네아를 기리며
아르가마시야의 한림원 회원 파니아구아도

소네트

여기 건장하고 앞가슴 높은
풍채 당당한 몸매를 그대 보나니
위대한 돈키호테가 홀딱 반한
엘 토보소의 여왕이신 둘시네아라네.

돈키호테는 험하디험한
그 큰 시에라 네그라³⁴⁹의 산속을 헤매고
유명한 몬티엘의 들판과 아랑후에스의 숲
여기저기 힘없이 방랑했네.

---

349 시에라 모레나를 말한다.

불운한 운명이여, 로시난테의 죄이런가
라만차의 아가씨와 불굴의 편력 기사
꽃다운 청춘을 못다 피운 채

아가씨는 죽어서 아름다움을 그쳤고
대리석에 이름 남긴 편력 기사는
사랑과 노여움과 속임수를 피할 길 없었네.

라만차의 돈키호테의 말, 로시난테를 칭송하며
아르가마시야의 매우 재치 있는 한림원 회원 카프리초소

소네트

전쟁의 신 마르스가 피에 젖은 발로
딛고 선 높다란 금강석 보좌 위에
라만차의 미치광이가 자기의 깃발을
심심풀이 삼아 흔드네.

치고 부수고 가르고 잘라내는
좋은 강철 칼과 갑옷을 걸어놓네.
새로운 위업이여! 그러나 예술은 보여주네
새로운 용사에게 새로운 방법을.

용사들의 아버지 아마디스를
가울라는 드높이 찬양하지만

그의 용감한 후손들을 위해 그리스는
수없이 승리했고 그의 명성을 떨치네.

벨로나[350]가 주재하는 어전에서
그리스나 가울라가 아니라 위대한 라만차가
오늘 영광의 관을 돈키호테에 씌우네.

망각은 그의 영광을 더럽히지 못하리니
심지어 로시난테는 그 늠름함에서
브리야도로와 바야르도[351]를 능가하리.

산초 판사에게
아르가마시야의 한림원 학사 부를라도르

소네트

몸은 비록 작아도 담은 아주 큰
산초 판사 여기 잠들다, 이상한 기적이어라!
곧고 바르기 세상에 다시없는 종자임을
나는 맹세코 다짐하노라.

---

350 Bellona. 전쟁의 여신으로, 군신 마르스의 딸.
351 브리야도로Brilladoro는 오를란도의 말, 바야르도Bayardo는 레이날도스 데 몬탈반의 말
이름.

한 마리 당나귀마저 두남둠이 없는
약삭빠른 세대의 횡포와 무례가
한사코 그를 방해하지만 않았던들
하마터면 백작이 될 뻔했던 몸.

좀 창피하지만 당나귀 등에 앉아
착한 종자는 로시난테와 함께
주인의 뒤를 따라 어디든 갔네.

헛되고 헛되도다 인간의 꿈
행복의 약속은 달콤하지만
끝내는 그림자와 꿈과 연기뿐인 것을.

돈키호테의 무덤에서
아르가마시야의 한림원 학사 카치디아블로[352]

비명

여기 한 기사가 누워 있노라
만신창이의 몸으로
로시난테에 실려
숱한 길을 헤매 다니던 몸.

---

352 Cachidiablo. 카를로스 5세 시대 터키의 해적.

엉뚱한 산초 판사도
그의 곁에 누워 있네.
종자 노릇 한 사람치곤
둘도 없이 충직한 사람.

엘 토보소의 둘시네아의 무덤에서
아르가마시야의 한림원 학사 티키톡

비명

여기 둘시네아 잠들다
한때는 건장하던 아가씨가
무섭고 더러운 죽음 앞에
먼지와 재로 돌아갔네.
지체 높은 가문에서 태어나서
귀부인다운 풍모는
돈키호테를 애태우던 불꽃
마을의 영광이었다네.

이것만이 겨우 읽을 수 있는 시들이었다. 나머지는 좀이 먹었기 때문에 어떤 학자에게 넘겨주어 대강의 의미가 무엇인지 알아봐 달라고 했다. 듣건대 그는 여러 날 밤을 새워가며 노력을 기울인 보람이 있어 이를 해독하기에 이르렀고, 또 그것을 출판할 생각이라는 말을 들었다. 이에 우리는 돈키호테의 세 번째 출정 이야기를 듣게 될 희망을 가질 수 있게 된 것이다.

아마도 다른 이가 보다 더 나은 시흥詩興으로 읊조려주리.³⁵³

끝

(《돈키호테 2》로 계속)

---

353 Forsi altro canterà con miglior plectro. 아리오스토의《격노하는 오를란도》중 한 절. 〈Canto XXX〉 16연에 있는 원문은 "Forse altri canterá con miglior plectro." 세르반테스 는《돈키호테 1》(1605)를 마치면서 이런 식으로 그가 '돈키호테의 세 번째 출향la tercera salida de don Quijote'을 후일 출간할 책에서 이야기할 계획이 있음을 분명히 광고하는 꼴 이 되었다. 그런데 1614년 알론소 페르난데스 데 아베야네다의 위작《라만차의 돈키호테 속편》이 시중에 나돌자, 그 위작은 자기가 의도한 내용과 너무나 다른 것을 알고 1년 뒤 출 간한《돈키호테 2》(1615)의 제목을《재치 넘치는 기사 라만차의 돈키호테》로 바꾸었다.

옮긴이 김충식

한국외국어대학교 스페인어과를 졸업하고 스페인어 강사로 일했다. 스페인을 비롯해 아르헨티나, 칠레, 멕시코, 쿠바 등 스페인어권 20개국을 여행하며, 현지에서 사용되는 스페인어를 연구하고 현지 교민들에게 스페인어를 가르쳤다. 스페인어 문화원을 설립해 스페인어 보급에 힘썼으며, 월간지《스페인어세계》를 발간했다. 한국사전협회 평생회원으로《스페인어-한국어 대사전》,《엣센스 스페인어사전》,《엣센스 한서사전》,《포켓 스페인어사전》,《포켓 한서사전》,《스페인어 강독》,《스페인어 테마 사전》,《알기 쉬운 스페인어 회화 1, 2, 3》등 스페인어 사전과 교재 20여 권을 집필했다. 그 밖에 저서로 중남미 여행기《마추삑추에 서다》가 있다. 한국 스페인어문학회 평생명예회원으로 활동하고 있다. 역서로《마음의 역사》,《빠스꾸알 두아르떼의 가정》,《황금과 평화》,《나의 어머니》등 다수가 있다.

돈키호테 1 · 살바도르 달리 에디션

재치 넘치는 시골 양반 라만차의 돈키호테

1판 1쇄 발행	2021년 5월 14일
1판 4쇄 발행	2024년 3월 1일

지은이	미겔 데 세르반테스 사아베드라
옮긴이	김충식
펴낸곳	(주)문예출판사
펴낸이	전준배
책임편집	이효미
편집	백수미 박해민
영업·마케팅	하지승
경영관리	강단아 김영순

출판등록	2004. 02. 12. 제 2013-000360호 (1966. 12. 2. 제 1-134호)
주소	04001 서울시 마포구 월드컵북로 21
전화	02) 393-5681
팩스	02) 393-5685
홈페이지	www.moonye.com
블로그	blog.naver.com/imoonye
페이스북	www.facebook.com/moonyepublishing
이메일	info@moonye.com

ISBN	978-89-310-2208-7 04870
ISBN	978-89-310-2207-0 (세트)

잘못 만든 책은 구입하신 서점에서 바꿔드립니다.

ॐ문예출판사® 상표등록 제 40-0833187호, 제 41-0200044호